Der Richter

Steve Martini

Der Richter

Roman

Aus dem Englischen
von Ulrike Wasel
und Klaus Timmermann

Scherz

In Erinnerung an George Coleman

Die Originalausgabe erschien unter dem Titel
«The Judge» bei G. P. Putnam's Sons, New York

Erste Auflage 1998

PROLOG

Sie ist wie eine Rose: groß und schlank, mit dunklem Teint, blitzenden Augen und Zähnen und einer mitunter ungemein stacheligen Ausstrahlung.

Ich kenne Lenore Goya seit meiner vorübergehenden Verpflichtung als Staatsanwalt für Davenport County vor drei Jahren. Abgesehen von ein paar kurzen Begegnungen im Gerichtsgebäude habe ich sie seit Nikkis Beerdigung nicht mehr gesehen. Ich habe zwar des öfteren daran gedacht, sie anzurufen, den Impuls aber jedesmal unterdrückt. Das Klischee des Witwers auf Frauenjagd ist mir zuwider, und so hab ich alle meine Wünsche in dieser Richtung gleich im Ansatz erstickt.

Aber als sie anrief, war mir klar, daß sie das Verlangen in meiner Stimme hören konnte.

Heute abend sind wir bei Angelo's draußen am Fluß verabredet. Es ist kühl. Eine leichte Brise läßt die japanischen Lampions sachte hin und her pendeln. Die Tische stehen auf dem Kai direkt am Wasser. Weiter unten, im Jachthafen, dümpeln die Ausflugsboote an ihren Anlegestellen. Meine lässig elegante Aufmachung hat mich zwei Stunden gekostet. Als Lenore anrief, klang es eher nach einem Geschäftsessen als nach einem vergnüglichen Abend. Trotzdem mache ich mir Hoffnungen.

Ich entdecke sie am anderen Ende der Terrasse, eine Ebene über mir. Lenore ist dem Anlaß entsprechend gekleidet; sie trägt einen geblümten Faltenrock, halblang, und einen hellen, pastellfarbenen Pullover mit Rollkragen. Lenore sieht wie der Frühling aus.

Sie sieht mich und winkt. Ich gebe mich zwanglos, winke heiter zurück, bloß ein Treffen unter Freunden, rede ich mir ein, obwohl mir das Herz bis zum Halse klopft.

Heute abend ist sie geschmeidig und beschwingt, sowohl körperlich als auch geistig. Lenores feine Gesichtszüge sind wie in Stein gemeißelt – hohe Wangenknochen und eine Nase, die scharf geschnitten und gerade ist, wie alles an ihr. Sie sucht sich ihren Weg zwischen den größtenteils leeren Tischen hindurch. Die meisten Gäste haben es vorgezogen, drinnen zu essen, geschützt vor der kühlen Abendluft. Es ist noch nicht richtig Sommer in Capital City.

Während sie auf mich zukommt, folgen ihr einige Blicke. Lenore gehört zu den auffälligen Frauen, die in jedem Raum zum Mittelpunkt des Interesses werden. Mit ihrer hispanischen Abstammung erinnert sie an eine schöne Wilde, ihr Aussehen grenzt fast ans Exotische.

«Es ist wunderschön hier», sagt sie. Ein Küßchen auf meine Wange, ein leichter Druck mit der Hand auf meinen Arm, und ich bin sturmreif.

«Wir haben uns lange nicht gesehen», sagt sie.

«Eine ganze Weile», sage ich. Ich mache auf betont lässig.

Ich erkläre, daß sie großartig aussieht, und rücke ihr den Stuhl zurecht. Dann schaffe ich es, auf dem Weg zu meinem eigenen Stuhl über ihre Handtasche zu stolpern.

Sie lacht, legt eine Hand vor den Mund. Unsere Blicke treffen sich, und ich sehe das Glimmen in ihren Augen. Selbst jetzt, wenn sie sich auf meine Kosten amüsiert, hat sie etwas Faszinierendes an sich.

Sie taucht häufig in meinen Träumen auf, aber nicht so, wie man vielleicht meinen würde. Meine Träume werden von der Erinnerung gespeist: die wuchtige Gestalt von Adrian Chambers, die über mir aufragt, die Metallstange, die sich in meine Brust zu bohren droht, und hinter ihm Lenore, Feuer und Wind, das funkensprühende Bild einer vorzeitlichen Kriegsgöttin.

Wir sprechen nicht darüber, aber in jedem Gespräch schwingt stets die Erinnerung an jenen gefährlichen Tag mit, und das Bewußtsein, daß Lenore einen Menschen getötet hat, um mein Leben zu retten. Wir tauschen Nettigkeiten aus, sprechen über gemeinsame Bekannte von früher, über unsere Kinder. Lenore hat zwei Töchter, die nur wenig älter sind als Sarah.

«Sie muß inzwischen ganz schön gewachsen sein», erkundigt sie sich nach meiner Tochter.

«Sieht Nikki von Tag zu Tag ähnlicher.» Ich hätte tausenderlei

Dinge sagen können, aber ich muß ausgerechnet rührselig werden. Ihre Augen wenden sich ab. Lenore ist schmerzlich berührt – der Gedanke an ein mutterloses Kind tut ihr weh. Sie ist ungemein mütterlich.

«Wie läuft's?» Ich gehe davon aus, daß sich die Frage auf uns beide bezieht, auf Sarah und mich.

«Wir kommen zurecht», erkläre ich. «Für Sarah ist es schwerer als für mich.»

«Aber du vermißt sie. Das lese ich in deinen Augen, wenn du ihren Namen erwähnst.»

Ich leugne es nicht, aber ich wechsle das Thema: Lenores neue Arbeitsstelle.

Offenbar keine glückliche Wahl.

«Man wächst an seinen Aufgaben», sagt sie. «So unangenehm sie auch sind.»

Lenore ist vor gut einem Jahr Stellvertreterin des leitenden Staatsanwaltes von Capital County geworden. Vielleicht ist das einer der Gründe, warum wir uns nicht mehr privat gesehen haben. Wir leben in den entgegengesetztesten Ecken desselben Boxrings. Bislang sind wir noch nicht vor Gericht gegeneinander angetreten, und ich frage mich, welche Auswirkungen es auf unsere Bekanntschaft haben wird, wenn das einmal der Fall ist.

Man munkelt, daß es bei ihr im Büro einige Unruhe gibt. Duane Nelson, der Lenore eingestellt hat, ist aus dem Amt geschieden, um Richter zu werden. An seine Stelle ist ein neuer, schärferer und unsicherer Nachfolger getreten. Coleman Kline ist der politische Arm der Aufsichtsbehörden. Er ist ganz versessen darauf, dem Amt seinen Stempel aufzudrücken – durch radikalen Personalabbau.

Lenore erzählt, daß sie sich jeden Morgen, wenn sie ihr Büro betritt, fragt, ob der Todesengel vorbeigehen wird – in diesem Fall eine Frau namens Wendy, die die Entlassungsschreiben überreicht. «Es sind schon so viele rausgeschmissen worden», sagt Lenore.

Ohne den Schutz des Beamtenstatus und mit ihrem hohen Rang bei der Staatsanwaltschaft bietet Lenore eine ideale Zielscheibe. Es gibt Dutzende von politischen Speichelleckern, die bei den letzten Wahlen als Wasserträger fungierten und nun begehrlich nach Lenores Posten schielen.

Wir bestellen Cocktails und ein Horsd'œuvre. Dann betrachte ich einen Moment lang still ihr Gesicht, während sie eine Motorjacht beobachtet, die den Fluß hinaufgleitet und deren grüne Lichter auf dem Wasser tanzen. Als sie sich wieder umwendet, bemerkt sie meinen Blick. «Was denkst du?» fragt sie.

Irgendwie ahne ich, daß die Schwierigkeiten bei ihr im Büro nicht der Grund für unser Treffen sind.

«Ich würde ja gern glauben, daß du mich angerufen hast, weil ich so charmant bin», sage ich.

«Aber du denkst, es muß einen tieferen Grund haben?» führt sie meinen Gedanken zu Ende.

Ich lächele.

«Du bist sehr charmant.» Ihre Augen glitzern wie das schimmernde dunkle Wasser unter uns. In beiden Wangen entdecke ich Grübchen.

«Aber?» frage ich.

«Ich brauche deine Hilfe. Ich habe einen guten Freund», erklärt sie mir. «Er ist Polizist, und er steckt in Schwierigkeiten...»

1

«Sie haben zwei Möglichkeiten», sagt er zu mir. «Entweder Ihr Mann sagt aus oder ...»

«Oder was? Daumenschrauben?» frage ich.

Er sieht mich an, als wollte er sagen: «Wenn Sie wollen.»

Armando Acosta hätte sich in einem anderen Zeitalter sicherlich Ruhm erworben: Das Bild eines dunklen, steinernen Kerkers mit Eisenketten an den Wänden steigt in mir auf. Ich sehe flackernde Fackeln, die Luft voller Ölgeruch, während behaarte, massige Männer mit schwarzen Kapuzen eilig unter seinem Kommando Folterinstrumente hin und her schleppen. Die «Kokosnuß» ist ein Mann mit schlechtem Timing. Mit der Abschaffung der spanischen Inquisition hat Acosta die Chance auf seinen Traumberuf verpaßt.

Wir sitzen in seinem Büro hinter dem Gerichtssaal von Department 15 und atmen die stickige Sommerluft. Dieses Gebäude hat einen ganz eigenen Geruch, wie muffige Umkleideräume einer Turnhalle. Sieben Millionen Dollar hat der neue Anbau gekostet, und jetzt fehlt das Geld, um die Filter in der Klimaanlage zu wechseln.

Acosta sinkt in die voluminöse Lederpolsterung seines Sessels zurück und fährt sich mit den manikürten Fingern einer Hand über die Oberlippe, als wäre er tief in Gedanken.

«Ich werde ihn in Beugehaft nehmen», sagt er. «Und er bekommt keine Einzelzelle. Keine Sonderbehandlung.» Diese Idee scheint Acosta ungeheuer zu gefallen, was wieder einmal bestätigt, daß der Richterstand in unserem System der Ort ist, wo Autorität praktisch straflos mißbraucht werden kann, besonders hier in der Abgeschiedenheit seines Büros.

«Das Gefängnis ist nun mal überbelegt.» Dieser Umstand scheint ihm eine günstige Gelegenheit zu bieten.

«Und Sie wissen ja, welche Gefahren einem Cop im allgemeinen

Strafvollzug drohen. Manche Leute da sind wie Tiere. Was die mit ihm anstellen könnten ...» Am liebsten würde er es mir plastisch ausmalen.

Acosta spricht von meinem Mandanten: Tony Arguillo ist Mitte Dreißig und gutaussehend, ein junger Cop bei der städtischen Polizei, erst vier Jahre im Dienst. Er ist jetzt vor den Untersuchungsausschuß geladen worden. Er ist entfernt mit Lenore verwandt, der Vetter eines Vetters oder so ähnlich. Aber sie stehen sich anscheinend näher, als der Verwandtschaftsgrad vermuten läßt. Tony und Lenore sind zusammen auf den gefährlichen Straßen von Los Angeles aufgewachsen. Vermutlich lieferte er die Muskeln und sie das Gehirn.

Arguillo ist zum Pingpongball in dem Machtspiel geworden, das sich die Polizeigewerkschaft und die Stadtväter liefern, ein lange schwelender Arbeitskampf, bei dem beide zu unlauteren Mitteln greifen. Die Stadt hat Korruptionsvorwürfe gegen die Polizei erhoben, die sie schnell wieder fallen lassen würde, wenn die Gewerkschaft ein Wundermittel gegen die sogenannte Bullengrippe fände, wegen der sich zahllose Polizisten krank gemeldet haben. Acosta, der für ein hohes Amt kandidiert, ist darauf aus, die Polizeigewerkschaftler fertigzumachen. Die haben sich nämlich für die bevorstehende Wahl auf die Seite seines Gegners geschlagen und sind eifrig damit beschäftigt, dem Kandidaten ihres Herzens riesige Summen zuzuschieben.

Es ist Tony Arguillos Pech, daß die anfänglich wirren und unbegründeten Vorwürfe plötzlich Hand und Fuß bekommen haben. Inzwischen mehren sich die Anhaltspunkte dafür, daß sich ein paar Gewerkschaftsbosse an den Mitgliedsbeiträgen und Pensionsfonds vergriffen haben. Die ganze Sache eskaliert zusehends und könnte bald an die Öffentlichkeit gebracht werden. Und wenn das geschieht, kann die Staatsanwaltschaft den Kopf nicht länger in den Sand stecken.

Ich führe mit Acosta ein fruchtloses Gespräch über den Gehalt dieser Vorwürfe. Ich bezeichne sie als «Gerede, unfundierte Mutmaßungen» und bete, daß die Staatsanwaltschaft noch keine Buchprüfung durchgeführt hat. Acosta wiederum versucht, ein wenig moralische Entrüstung an den Tag zu legen. Angesichts seiner eingeschränkten Tugend kommt das dem Versuch gleich, aus Stroh Gold zu spinnen.

«Es ist nicht zu fassen», sagt er. «Jetzt verteilen Polizeibeamte am Flughafen Handzettel, auf denen sie die Touristen davor warnen, daß unsere Stadt nicht sicher ist. Eine unglaubliche Arroganz», zischt er mit zusammengepreßten Zähnen, so daß sein Gerichtsdiener, der nebenan Sonnenblumenkerne kaut und die Hülsen auf den Teppichboden spuckt, nichts verstehen kann.

«Als ob es da einen direkten Zusammenhang gäbe», sagt er. «Als ob der Bursche, der dich letzte Woche überfallen hat, es nicht getan hätte, wenn die Cops ihre achtprozentige Lohnerhöhung bekommen hätten. Sie stellen es so dar, als wäre der Schutz der Bürger bei ihnen zu kaufen», sagt er. «Unprofessionell. Beschissene Erpressung.»

Als ob es ehrenwert wäre, wenn ein Richter unflätig wird und meinem Mandanten indirekt mit körperlicher Gewalt droht.

Das sage ich ihm.

«Ich habe niemanden bedroht. Und ich verwahre mich dagegen...»

«Das werde ich meinem Mandanten sagen, wenn Sie ihn mit Brutus in eine Zelle sperren.»

«Er sperrt sich selbst in diese Zelle.»

Es wird immer schlimmer. Ich versuche es mit ein wenig Vernunft.

«Mein Mandant war doch bloß der Erbsenzähler», erkläre ich. «Er hat die Gewerkschaftsbücher geführt.»

«Frisiert wäre zutreffender», sagt Acosta. «Wie ich höre, fehlt in der Gewerkschaftskasse ungefähr eine halbe Million.»

Ich betrachte ihn mit einem Gesichtsausdruck, der Überraschung signalisieren soll. «Vielleicht sollten Sie sich an die Gewerkschaftsfunktionäre halten. Tony war noch nicht mal Kassenführer. Die Buchführung hat er nebenbei gemacht, aus Gefälligkeit für ein paar Freunde.»

«Natürlich», sagt Acosta. «Wahrscheinlich ist Arguillo der einzige in dem Haufen, der das große Einmaleins beherrscht.» Er hat keine hohe Meinung von der Polizei.

Mein Mandant hat mir gegenüber mehrfach beteuert, daß er kein Geld genommen hat. Aber ich vermute, daß Tony genau weiß, in welchen Löchern erkleckliche Sümmchen vergraben sind und wer aus dieser Meute von Kettenhunden es getan hat. Und genau das, Beweise für kriminelle Machenschaften und Betrug will Acosta haben. Damit wäre der Gewerkschaft der Wind aus den Segeln genommen, und die Jungs in Blau würden gesenkten Hauptes wieder an ihre

Arbeit hasten. Kurz gesagt, eine offizielle Anklageerhebung würde den sich anbahnenden Streik im Keim ersticken.

«Wenn Sie ihn in Beugehaft nehmen», erkläre ich, «beantragen wir Vollstreckungsaufschub. Wir gehen vors Berufungsgericht.»

«Das wird ein paar Tage dauern.» Acostas Gesicht spricht Bände: In der Zwischenzeit wird Ihr Mandant ganz neue Seiten des menschlichen Sexualtriebs kennenlernen können.

Ich finde das empörend und sage es ihm auch, ein potentielles Todesurteil für einen Beamten, der in dieser Sache nur am Rand beteiligt ist und keinesfalls zu den Schlüsselfiguren in der Gewerkschaft zählt.

In Acostas Lächeln liegt etwas Dunkles und Hintergründiges. Er starrt mich über den Schreibtisch hinweg an, auf dem Papiere und verschiedene Objekte angeordnet sind, die ein kulturell Minderbemittelter als Kunst bezeichnen würde, so beispielsweise eine Metallskulptur von Don Quijote, wie er gegen eine blecherne Windmühle anreitet. Das einzige, das die «Kokosnuß» mit dieser metallenen Darstellung vom großen Don der Weltliteratur gemeinsam hat, ist der harte Hintern.

«Hab ich mich klar ausgedrückt?» fragt er eindringlich.

«Mal sehen, ob ich Sie richtig verstanden habe. Sie wollen, daß mein Mandant auf seine Rechte verzichtet – sich vielleicht sogar selbst belastet. Wenn er sich weigert, werden Sie ihn zusammen mit irgendeiner menschlichen Bestie in eine Zelle stecken und dem Gesetz der Natur seinen Lauf lassen.»

Der Gesichtsausdruck, mit dem er mich mustert, scheint meine Zusammenfassung zu bestätigen.

«Vielleicht sollten wir die Gerichtsschreiberin dazubitten, damit sie das ins Protokoll aufnimmt», schlage ich vor.

Seine schmalen Lippen kräuseln sich zu einem dunklen Grinsen, als ob er sagen wollte: «Nix da.»

«Ihr Mandant wird entweder reden oder sitzen, vielleicht auch beides», sagt er. «Aber er wird reden. Darauf sollten Sie ihn schon mal vorbereiten.»

«Das klingt ja fast wie ein persönliches Anliegen», erwidere ich.

«Nein. Nein. Es ist überhaupt nichts Persönliches dabei.»

«Dann eben ein politisches Anliegen», sage ich.

«Ah. Jetzt haben Sie es erfaßt.» Acosta findet dieses Eingeständnis keineswegs peinlich. «Es kostet nun mal seinen Preis, wenn man auf das falsche Pferd setzt.» Er überlegt einen Augenblick, dann sagt er: «Wie heißt er – Johnston?»

Zumindest ist er ehrlich. Es geht ihm nur um die Wahl. Er kann sich noch nicht mal an den Namen des Mannes erinnern, der gegen ihn kandidiert.

«Es ist...», er sucht nach den richtigen Worten: «... eine Frage des Überlebens. Ich sitze seit zwanzig Jahren auf diesem Stuhl. Habe sie immer anständig behandelt. Nie einen Polizisten im Zeugenstand auseinandergenommen. Und dann machen sie so was», sagt er.

Er übergeht dabei die Tatsache, daß er jahrelang Zuhälter und Prostituierte laufengelassen hat. Was die Cops von der Sitte nicht sonderlich schätzten. Bei den einfachen Beamten gab es deswegen einige Verbitterung, und zweifellos war es ein wesentlicher Grund dafür, daß die Gewerkschaft auf ein anderes Pferd gesetzt hat.

«Vielleicht sollten Sie dieses Verfahren wegen Befangenheit abgeben», sage ich.

«Das hätten Sie wohl gern», sagt er. «Aber Ihr Mandant hat meinem Gegner kein Geld zukommen lassen. Das hat bloß die Gewerkschaft getan. Und die spielt bei der Frage, ob er aussagt oder nicht, keine Rolle. Wir wissen verdammt gut, daß er so einiges mitbekommen hat.»

«Wer ist denn ‹wir›? Ich wußte gar nicht, daß Rechtsprechung mittlerweile zur kollektiven Übung geworden ist.» Ich ziehe eine Augenbraue hoch.

Acosta weiß, daß er sich verplappert hat.

«Ich will Ihnen nur helfen», sagt er. «So wie Ihr Mandant uns helfen könnte, wenn er aussagt. Falls er wirklich nichts Unrechtes getan hat, muß er sich keine Sorgen machen.»

«O ja, genau. Als ob Ihre Willkür da noch drauf Rücksicht nehmen würde», entgegne ich.

«Der Untersuchungsausschuß übt keine Willkürjustiz.»

Stimmt genau, womöglich ist er noch schlimmer. Es gibt keinen Rechtsbeistand, keine noch so rudimentären Regeln dafür, was als Beweis zugelassen wird, einen Staatsanwalt, der den gesamten Prozeß steuert, und um juristisch einzugreifen, bleibt mir nur die Möglichkeit, mich direkt an den selbsternannten Diktator zu halten. Ich könnte mit ihm darüber diskutieren, aber wozu?

Der richterliche Ausschuß, der im Gerichtssystem von Capital County das Sagen hat, wird von den Anwälten, die regelmäßig mit seinen willkürlichen Erlassen zu kämpfen haben, abfällig als «die Kurie» bezeichnet. Der jüngste launische Akt dieses Gremiums war es, Acosta den Vorsitz des Untersuchungsausschusses zu übertragen. Das ist ungefähr, als würde man einem Päderasten die Leitung eines Kindergartens übertragen.

Einen Moment lang erwäge ich, auf die ethnische Karte zu setzen. Schließlich ist auch Arguillo ein Hispano. Zumindest glaube ich das. Ich überlege, ob die «Kokosnuß» bei seinesgleichen ein wenig milder gestimmt sein könnte. Doch dann lasse ich es.

«Und wenn mein Mandant das Recht auf Aussageverweigerung in Anspruch nimmt?» will ich wissen.

«Das kann er nicht, wenn der Staatsanwalt ihm Immunität gewährt.»

«Das hat der Staatsanwalt aber nicht getan», sage ich.

«Das wird er tun», sagt Acosta.

Der Richter, dessen Rolle im Untersuchungsausschuß sich eigentlich auf reine Verwaltungstätigkeit beschränken würde, hat sich also eingemischt und mit dem Staatsanwalt den Verlauf der Untersuchung in die Hand genommen: Sie werden Tony in grenzenloser Großzügigkeit Immunität zusichern. Er kann dann nicht angeklagt werden, wenn er sich durch seine Aussage selbst belastet. Aber, und darum geht es ihnen, er hat auch kein Recht mehr, die Aussage zu verweigern.

«Sie sollten in unserem Fall die Anklagevertretung übernehmen. Vielleicht hätten Sie im Wahlkampf gegen Kline antreten sollen.»

Er lächelt, als hätte er tatsächlich daran gedacht. Coleman Kline, der neue leitende Staatsanwalt von Capital County, war früher Lobbyist für eine landesweit umtriebige Interessengruppe von Reaktionären. Er hat sich bei jedem Thema zu Wort gemeldet: Alkohol am Steuer, Gewalt in der Familie, Rechte von Verbrechensopfern und so weiter. Das alles hat er dann vor vier Monaten bei einem erbitterten Wahlkampf eingesetzt. Mit der Unterstützung einiger Organisationen der Abtreibungsgegner und einer konservativen Koalition von Menschen, die glauben, daß es mit unserer Gesellschaft seit dem Tage bergab geht, an dem Noah aus der Arche trat, hat er seinen Konkurrenten aus dem Felde geschlagen. Die vergangenen zwei Monate hat Kline damit verbracht, seine Macht zu festigen, indem er die Staatsanwälte belohnt, die ihn unterstützt haben, und diejenigen rausdrängt, die es nicht getan haben.

«Die Sache wird langweilig», sagt Acosta. «Erklären Sie Ihrem Mandanten, daß seine Möglichkeiten ganz einfach sind. Entweder er kooperiert, oder er springt über die Klinge.»

Unser Gespräch ist beendet.

«Ich werde mit ihm reden», sage ich.

«Das dürfte kaum länger als zwei Minuten dauern.»

Ich erkläre, daß mein Mandant nicht im Gerichtsgebäude ist. Eine Vorsichtsmaßnahme, die ich bewußt getroffen habe.

«Ich erwarte morgen Ihre Antwort. Um zwei Uhr hier, und bringen Sie Arguillo mit – mit seiner Zahnbürste», sagt er. «Wenn nicht, sollten Sie Ihre eigene mitbringen.»

Als ich in mein Büro zurückkomme, sieht es dort aus wie auf einer Parteiversammlung. Es fehlen bloß noch die Luftballons. Mein Partner, Harry Hinds, wühlt in einem Teller mit Süßigkeiten, der seit Weihnachten auf dem Schreibtisch unserer Sekretärin steht und den er seit über einem halben Jahr immer wieder erfolglos durchstöbert hat. Nach einem unbekannten darwinistischen Gesetz über die Entwicklung von Süßigkeiten scheinen sie jetzt plötzlich eßbar geworden zu sein.

Tony Arguillo hat seine Gesäßbacke auf die Schreibtischecke geschoben und wartet auf die neuesten Nachrichten über sein zukünftiges Schicksal. Er ist in ein angeregtes Gespräch mit Lenore vertieft. Sie sitzt mit übereinandergeschlagenen Beinen auf dem Sofa und teilt ihre Aufmerksamkeit zwischen Tony und einigen Papieren, die sie aus ihrem geöffneten Aktenkoffer geholt hat. Als ich die Tür hinter mir schließe, blickt sie auf.

«Wenn man vom Teufel spricht», sagt Harry.

«Wie ist es gelaufen?» erkundigt sich Lenore, und in ihrem Gesicht spiegelt sich Ängstlichkeit. Sie wirkt besorgter als Tony; ein Außenstehender könnte meinen, daß sie es ist, die mit einem Bein im Knast steht.

«Wie erwartet. Seine Eminenz ist nicht bereit, ein Auge zuzudrükken. Er meint, entweder Tony redet oder ...» Ich hebe die Schultern.

«Oder was?» fragt Tony.

«Oder ab in den Knast.»

Arguillo scheint das kalt zu lassen.

Lenore dagegen spult schon einige Gegenstrategien herunter: Einspruch gegen die Vorladung einlegen, die Untersuchung durch den Ausschuß als Verletzung des Arbeitsrechts anfechten. Mein Schweigen macht Tony deutlich, daß diese Möglichkeiten ziemlich illusorisch sind.

Ich konnte Lenores Bitte, Tony in dieser schwierigen Situation zu vertreten, nicht ablehnen. Aber es war wider besseres Wissen. Ich vertrete nicht oft Cops; wenn es nicht aus Gefälligkeit für Lenore wäre, hätte ich es auch diesmal nicht getan.

Schließlich macht Arguillo das, was Cops typischerweise tun, wenn sie sich in die Enge getrieben fühlen: Er mimt den Tapferen.

«Acosta kann mich mal kreuzweise», sagt er. Er rutscht vom Schreibtisch und fängt an, auf und ab zu tigern. «Da hat er sich geschnitten, wenn er denkt, ich würde meine Freunde ans Messer liefern. Diese Witzfigur von Richter.» Tony flucht leise vor sich hin. «Ich habe so einiges über Acostas außerdienstliche Aktivitäten gehört. Der Typ behandelt unsere Leute von der Sitte wie sein privates Vermittlungsbüro. Der hat die Moral eines streunenden Katers.»

«Das ist eine Beleidigung unserer Katzenfreunde», sagt Harry, der ganz Ohr ist und auf genauere Informationen lauert.

Schon seit Jahren kursieren Gerüchte, daß eine Prostituierte, falls sie attraktiv ist, mit einer milden Bewährungsstrafe rechnen kann, wenn sie ein Stelldichein mit der «Kokosnuß» hatte. Das entspräche seiner Vorstellung vom Dienst an der Allgemeinheit. Meines Wissens gibt es dafür keinerlei Beweise, und deshalb habe ich dieses Gerede schon längst abgeschrieben.

«Vielleicht zieht die Staatsanwaltschaft die Sache doch nicht durch», sagt Tony. Die typische Haltung eines Polizisten. Richter sind korrupt, aber der Staatsanwalt sitzt auf dem kleinen Melkschemel zur Rechten Gottes, von wo aus er alle Euter und Zitzen des Rechtssystems erreichen kann. Der gute Mensch schlechthin. Einer der ihren.

«Da würde ich mich aber nicht drauf verlassen», sagt Harry. «Lenore hat mir erzählt, wie gemütlich es derzeit in ihrer kleinen Schlangengrube zugeht.» Gemeint ist das Büro der Staatsanwaltschaft. Bestimmt hat er in meiner Abwesenheit versucht, Lenore auf die ehrliche Seite des Gesetzes zu ziehen.

Lenore blickt ungeduldig drein, als ob sie darauf wartet, daß Harry geht, damit wir offen über Tonys Misere reden können. Hinds genießt den Augenblick offensichtlich. Ein Cop auf dem Weg ins Gefängnis ist Harrys Ideal von sozialer Gerechtigkeit. Ich könnte sie in mein eigenes Büro bitten, aber wie ich Harry kenne, würde er einfach mitkommen. Außerdem brauche ich bei der Sache vielleicht noch seine Hilfe.

«Ich dachte, du wärst in deinem Büro», sage ich zu Lenore. «Du hättest nicht mitkommen müssen. Tony ist ein großer Junge.»

Und ein Hitzkopf. Das lese ich in ihren Augen, ohne daß sie es ausspricht.

«Ich sorge nur für ein wenig moralische Unterstützung», sagt sie. Lenore bemuttert Tony. Ich vermute, das war das Problem in ihrer Beziehung. Sie brauchte einen Mann, und bei Tony war sie die Mama. Sie sind ungefähr gleichaltrig, aber sie ist zwanzig Jahre älter, wenn Sie verstehen, was ich meine.

«Außerdem nutze ich zur Zeit jede Gelegenheit, da wegzukommen. Ich habe gesagt, ich wäre in der Bibliothek», erklärt sie mir.

«Also läuft's nicht so gut bei dir?»

«Ich laß mich nicht unterkriegen.» Sie biegt die Finger wie Krallen. Ob sie damit andeuten will, daß sie sich mit letzter Kraft festhält oder daß sie Kline das Gesicht zerkratzt hat, muß jeder selbst entscheiden. Bei Lenore weiß man nie.

«Kannst du nicht mit deinem Boß reden? Ihn dazu bringen, daß er einen Rückzieher macht? Die Vorladung zurückzieht?» fragt Tony. «Daß er Acosta in der Luft hängen läßt?»

«Als ob der auf mich hören würde», sagt sie.

«Aber du kennst ihn wenigstens», sagt Tony.

«Wie Moses Gott kannte. Wir sind nicht gerade per Du», erwidert sie. «Er nennt mich ‹Ms. Goya›. Ich ziehe die Schuhe aus, bevor ich sein Büro betrete. Geweihter Boden. Der Mann steht auf Formalitäten. Die Etikette der Macht.»

Wenn Kline wüßte, daß Lenore hier ist, oder auch nur, daß sie Arguillo an mich vermittelt hat, würde er sie zweifellos teeren und federn. Bislang ist es ihr gelungen, sich aus seinem Blickfeld zu halten. Glücklicherweise war Lenore noch zu frisch im Amt, um sich bei der Wahl auf eine Seite zu schlagen.

Kline hat schütteres Haar, ist achtunddreißig und reich verheiratet. Wie ich höre, ist seine Frau die Erbin ertragreicher Ländereien: Mandeln und Reis. Nicht bloß ein kleines Vermögen, sondern genug, um eine Politikerkarriere in schwindelerregende Höhen zu katapultieren.

Wer meint, er wüßte, was in Klines berechnendem Gehirn vor sich geht, ist schief gewickelt. Er lächelt nur auf Kommando, und auch dann nur, wenn er vor einem Publikum von mehr als hundert Personen spricht. Es heißt, seit er denken könne, sei jeder seiner Schachzüge ausschließlich auf politische Wirkung ausgelegt. Es wäre nicht dumm von Lenore, wenn sie auf diesen Zug aufspringen würde. Aber aus Gründen, die mir nicht recht klar sind, scheint sie ihm nicht zu trauen. Vielleicht behagt ihr sein Führungsstil nicht. Zudem hält sie ihn für einen religiösen Fanatiker.

«Vielleicht solltest du dich selbständig machen», schlage ich ihr vor. «Eine eigene Kanzlei ist wahrscheinlich weniger risikoreich.»

«Dann würde ich ja doch bloß das machen, was du machst.» Sie schenkt mir ein verlegenes Lächeln. Sie spielt auf Tonys Fall an, den ich vorläufig unentgeltlich betreue, weil Arguillo pleite ist. Die Unterhaltszahlungen für Kind und Exfrau lasten schwer auf ihm.

«Was machen wir denn jetzt?» Tonys Machopose löst sich allmählich auf wie Milchpulver in heißem Kaffee.

«Viele Möglichkeiten haben wir nicht gerade», erwidere ich.

Lenore und ich erörtern Tonys Recht, die Aussage zu verweigern. Die von Acosta schon angekündigte Maßnahme bringt diese schöne Seifenblase zum Zerplatzen. Wenn Kline will, wird er Tony ganz einfach Immunität zusichern und ihn so zwingen, seine Aussage zu machen. Letztlich hängt alles davon ab, wieviel Tony wirklich weiß, und das hat er mir bisher noch nicht verraten. Was zwischen Anwalt und Mandant besprochen wird, ist zwar streng vertraulich, aber ein Polizist, der seine eigenen Loyalitäten hat, würde keinen Pfifferling für dieses Recht geben. In diesem Staat steht auf der Tür jedes

Streifenwagens «Dienen und schützen», aber drinnen ist in die Kunstlederbezüge das wahre und höchste Kredo jedes Cops eingebrannt, die wichtigste Faustregel, um auf den Straßen zu überleben: Verrate nie einen Kollegen. Tony Arguillo hat mich völlig im unklaren darüber gelassen, was er weiß und wen er belasten könnte.

«Vielleicht sollten wir uns mal ein wenig unterhalten», schlage ich ihm vor.

«Ja. Genau.» Er sieht zur Decke und ringt die Hände. Ein Seitenblick zu Lenore, die ihm jetzt bloß ein aufmunterndes Lächeln bieten kann.

«Ausgeschlossen», sagt er. «Auf keinen Fall werde ich hinter verschlossenen Türen vor irgendeinen Untersuchungsausschuß treten. Und ich werde nicht aussagen. Acosta ist auf dem Holzweg. Der kriegt mich nicht dazu, gute Cops in die Pfanne zu hauen. Was bildet das Schwein sich ein? Daß er sich einen Namen machen kann, indem er über noch mehr Leichen geht, daß er es vielleicht bis zum Berufungsrichter bringt?»

Ich spüre, wie Harry bei dieser Vorstellung ein kalter Schauer durchläuft.

«Er hat mit allgemeinem Strafvollzug gedroht», kläre ich Arguillo auf. Vermutlich sucht sich Acosta gerade ein paar Schlägertypen aus, die Tony eingebuchtet hat und die er mit ihm in eine Zelle stecken will.

Aber Tony ist jetzt voll in Fahrt. Ich glaube, was ich gesagt habe, ist gar nicht bis zu ihm durchgedrungen. Jedenfalls hat es keine ernüchternde Wirkung.

«Er versteht die einfachen Cops nicht. Wir halten zusammen. Wir wissen, wie wir unsere Leute schützen», sagt Tony zu mir. «Wenn er sich mit uns anlegt, kriegt er so einen Tritt in den Arsch, daß ihm Hören und Sehen vergeht.» Er steigert sich immer mehr in diese Vorstellung hinein, und seine männliche Anatomie scheint sich aufzublähen, während ihm Adrenalin und Testosteron aus jeder Pore quellen. Dann bricht er unvermittelt ab und sieht mich an.

«Ich muß mal kurz raus», sagt er.

«Wohin?»

«Zum Klo», antwortet er.

Sein Gesicht ist rot, und seine Hände zittern, so daß ich mich nicht wundern würde, wenn ihm vor lauter Aufregung übel geworden ist.

Tony eilt aus dem Zimmer auf den Flur in Richtung Herrentoilette. Einen Augenblick lang sitzen wir drei – Harry, Lenore und ich – stumm da und sehen uns an.

«Er wird nicht aussagen.» Lenore äußert das ganz sachlich, wie ein Naturgesetz.

«Loyalität? Die Treuemaxime eines anständigen Polizisten?»

«Das und der Wunsch zu überleben.»

«Sein Job?»

«Sein Leben», sagt sie.

«Jetzt wirst du melodramatisch. Er ist von niemandem bedroht worden.» Die von der «Kokosnuß» geplante Gefängniszellengemeinschaft lasse ich mal beiseite.

«Es ist kinderleicht, einen Polizisten während eines Einsatzes in Gefahr zu bringen.» Ihr Verstand arbeitet subtil. «Man gibt ihm nicht die notwendige Rückendeckung oder vergißt ihm mitzuteilen, daß ein Verdächtiger bewaffnet ist. Zahllose Möglichkeiten, ihn umzubringen, und alle würden als Unfall durchgehen.»

«Warum sollten sie so was tun?» frage ich und überlege, ob Tony ihr vielleicht irgend etwas erzählt hat, wovon ich nichts weiß.

«Was weißt du von diesem Mendel?» sagt sie.

«Mir sind ein paar Geschichten zu Ohren gekommen», erwidere ich. «Begegnet bin ich ihm nie, und nach allem, was man so hört, ist mir nicht viel entgangen.»

Phil Mendel ist der Kopf der Polizeigewerkschaft. Ein Mann mit einem ungeheuren Ego und krankhaftem Ehrgeiz. Seit er vor vier Jahren an die Gewerkschaftsspitze gelangt ist, hat er seine tastenden Tentakel in jeden Winkel unseres Landes ausgestreckt. Wenn es um Vorwürfe des Amtsmißbrauchs seitens der Polizei geht, kann er ganze Behörden lahmlegen. Die Befehlsstruktur der Polizei ist mittlerweile eine Gemeinschaftsübung geworden. Der Polizeichef tut nichts, ohne vorher Mendel um Rat gefragt zu haben.

Man sagt Mendel nach, daß er sich für seine Leute einsetzt, was für einen Gewerkschaftsboß der Schlüssel zum Überleben ist, der Weg zur Macht. Wenn du ein Cop bist und einen relativ unbegründeten Antrag auf Dienstunfähigkeit stellen willst, sprich mit Phil. Es gibt heute Expolizisten, die kaum über Dreißig sind, eine Spitzenpension beziehen, während sie ihre Zeit beim Wasserskilaufen verbringen. Sie alle verdanken ihr Glück dem guten Phil und seinen Spezis in der Prüfungskommission des öffentlichen Dienstes.

Aber Mendel tut seine guten Werke nicht bloß durch geschicktes Manipulieren der entsprechenden politischen Fäden. Man munkelt, daß ein Journalist, der ihn in einer Zeitschrift regelmäßig attackiert hat, seinen Wohnsitz aufgrund von Morddrohungen in einen anderen Staat verlegen mußte. Phil meinte dazu, für die heftigen Reaktionen loyaler Mitarbeiter, die durch die wiederholten Verleumdungen bis aufs Blut gereizt waren, könne er nicht verantwortlich gemacht werden.

«Willst du damit sagen, daß Mendel meinen Mandanten bedroht hat?»

«Wenn irgendwas an der Sache dran ist, ich meine das fehlende Geld, dann wird Mendel sich absichern», sagt Lenore. «Er gehört nicht zu den Leuten, die ehrenhaft untergehen. Ist nicht sein Stil.»

«Meinst du, er würde versuchen, Tony zum Schweigen zu bringen?»

An ihrem Gesicht sehe ich, daß ich damit nicht ganz falsch liege.

2

Meine Tochter ist ein Schmuse- und Kuschelkind, das oft ohne ersichtlichen Grund zu mir kommt und umarmt werden möchte, so wie andere Kinder einen Bonbon wollen. Ich gebe ihr einen Kuß auf die Stirn oder auf die Wange, die liebevolle Beruhigung, daß ich sie nicht verlassen werde so wie ihre Mutter, die letztes Jahr gestorben ist.

Ich bin jetzt Vater und Mutter für unsere Tochter, keine leichte Aufgabe. Nikki war in unserer Familie nicht bloß diejenige, die auf Disziplin achtete, sondern auch die gute Fee. Immer wenn Sarah einen Zahn verlor, fand sie am nächsten Morgen wie von Zauberhand hingestreut ein wenig Kleingeld unter ihrem Kopfkissen. Letzte Woche nun hat die gute Fee einen solchen Termin vergessen, und am nächsten Morgen kam Sarah in Tränen aufgelöst zu mir. Jetzt ließ auch noch die gute Fee sie im Stich. Ich bin sicher, daß sie im stillen schon damit rechnet, demnächst auch von der Liste des Weihnachtsmannes gestrichen zu werden.

Den nächsten Abend verbrachte ich damit, ein Entschuldigungsschreiben auf feeisch zu verfassen, winzige Blockbuchstaben, die mir mehrere Krämpfe in der Schreibhand einbrachten. Ich erfand einen Notfall – eine erkrankte Elfe, die ich nicht allein lassen konnte – und hoffte inständig, daß Sarah dafür Verständnis haben würde.

Als Sarah noch jünger war, kam sie oft zu mir, wenn sie von ihrer Mutter ausgeschimpft worden war. Sie sah in mir eine nachsichtige Berufungsinstanz. Kinder haben einen sechsten Sinn. Sie spüren genau, wie es um die elterliche Entschlossenheit steht, und Sarah wußte, daß ich, ihr väterliches Idol, das Urteil aufheben würde.

Mittlerweile habe ich die traurige und undankbare Aufgabe übernehmen müssen, die Stimme der Verantwortung im Leben eines Kindes zu sein. Der schwerste Moment des Tages ist für mich, wenn ich mich innerlich wappnen und meiner Tochter ein entschiedenes «Nein» entgegenhalten muß. Heute abend versuche ich, dabei ganz ruhig zu bleiben.

«Wir haben das alles schon besprochen», sage ich zu ihr. «Was hatten wir abgemacht?»

«D-A-D-D-Y.» In Augenblicken wie diesem kann sie das Wort auf fünf Silben ausdehnen.

«Nichts ‹Daddy›. Ich habe dir gesagt, daß du dein Zimmer aufräumen mußt, wenn du bei Amber übernachten willst. Das ist die Regel. Weißt du nicht mehr?» Ich fürchte, daß meine Stimme eher flehend als bestimmt klingt. «Hatten wir uns nicht auf diese Regel geeinigt?»

Ich hoffe auf Einsicht.

«Aber Daddy. Amber hat nichts weggeräumt, und sie hat die meiste Unordnung gemacht.» Sie druckst herum, während Amber und ihre Mutter unten im Flur warten. Sarah dreht sich eine Haarlocke um den Finger, steht mit eingeknickten Knien neben dem Bett und sieht mich aus traurigen braunen Augen an. Die Tochter eines Anwalts hat gelernt, wie man Verhandlungen führt.

«Amber ist nicht meine Tochter», erkläre ich.

Auf dem Boden des Zimmers sind Puppen verstreut, manche halb ausgezogen, manche mit fehlenden Armen oder Augen, mehr Leichen als auf dem Schlachtfeld bei Gettysburg. Aus reinem Selbsterhaltungstrieb habe ich aufgehört, meiner Tochter Spielzeug zu kaufen, das kleine Einzelteile hat. Mehrfach bin ich mit nackten Füßen auf derlei Teile getreten, und ich kann es anhand der Narben beweisen.

«Aber Amber wartet doch», sagt Sarah mit Jammermiene, hält sich mit einer Hand am Bettpfosten fest und dreht sich hin und her.

«Du räumst jetzt auf. Sofort», sage ich. Betonung auf dem letzten Wort.

Sie wirft mir einen tödlich beleidigten Blick zu und fängt an, zerzauste Körper in die Plastikkiste zu werfen, wo sie zu Hause sind.

Ich trabe die Treppe hinunter zu Becky Saunders, Ambers Mutter, die neben der Haustür steht. Ich entschuldige Sarah bei ihr.

«Ich denke, heute abend ist es nicht so gut», sage ich. «Vielleicht ein anderes Mal. Sarah hat noch etwas zu erledigen.»

Amber wirft mir einen Blick zu, bei dem ich sofort im Boden versinken müßte.

«Natürlich, das verstehen wir», sagt ihre Mutter. «Kinder.»

Amber zieht an ihrem Hosenbein. «Aber Mama.» Die universelle Beschwörungsformel.

«Ein anderes Mal», tröstet diese ihre Tochter.

«Es muß schwer sein ohne Nikki.» Sie sieht auf das Chaos in unserer Küche am Ende des Flurs, während die Kleine noch immer an ihr hängt und bettelt. Becky versucht angestrengt, sie zu ignorieren. Nikki und Becky kannten einander. Eine Zeitlang wechselten sie sich mit dem Fahrdienst ab, um die Kinder zu verschiedenen Festen und Veranstaltungen zu bringen.

«Manchmal ist es sehr schwierig», sage ich.

«Haben Sie es schon mal mit *Eltern ohne Partner* versucht?»

Ich wittere Kuppelei und schüttle den Kopf.

«Sie sind doch Anwalt, nicht?» sagt sie. Ich argwöhne, daß sie einige rasche Berechnungen anstellt, was ich auf dem Ehemarkt so bringen könnte. «Ich kann Ihnen die Telefonnummer besorgen, wenn Sie möchten. Es gibt eine ganze Menge berufstätiger Frauen ...» Sie beendet den Satz nicht.

Ich schüttle den Kopf und hebe den Arm wie ein Verkehrspolizist. «Nein. Nein. Vielen Dank. Sie sind doch auch bestimmt sehr beschäftigt.»

«Überhaupt nicht», sagt sie. «Es muß interessant sein, als Anwalt zu arbeiten.» Sie ist jetzt abgelenkt, notiert sich etwas und steckt den Zettel in ihre Handtasche. Ich kann meinen Namen lesen und die Buchstaben EoP. Das ist das Problem eines unverheirateten Mannes in einem Meer von Hausfrauen: Alle wollen sich um ihn kümmern.

«Es ist einfach furchtbar.» Sie starrt geistesabwesend über meine Schulter, und einen Moment lang denke ich, sie meint Nikkis Tod. «Da denkt man, solchen Leuten könne man vertrauen.»

In den Monaten nach Nikkis Tod habe ich selbst Phasen der Wut erlebt, aber ich habe ihn niemals als Vertrauensbruch betrachtet.

«Was für Leuten?» frage ich nach.

«Zum Beispiel diesem Richter.»

«Welchem Richter?»

«Der heute verhaftet worden ist», sagt sie und deutet an mir vorbei auf den leise gestellten Fernseher, der im Wohnzimmer flimmert.

Ich drehe mich um, aber nun läuft schon Werbung.

«Haben Sie denn nichts davon gehört? Heute ist ein Richter verhaftet worden. Prostitution. Nicht zu fassen. Und solchen Leuten vertraut man. Da fragt man sich doch, was eigentlich mit der Welt los ist.»

Sie kann an meinem Gesicht ablesen, daß sie jetzt meine volle Aufmerksamkeit hat.

«Heute am frühen Abend in irgendeinem Edelhotel im Stadtzentrum. Sie haben ihn mit einem Callgirl erwischt. Einfach furchtbar», sagt sie.

«Welcher war es denn?»

«Hmm?»

«Wie heißt der Richter?»

«Oh, keine Ahnung. Wie hieß der noch gleich?» Sie schnippt zwei-, dreimal mit den Fingern, sieht zur Decke hinauf. «Locata? Armada? Irgendwas Spanisches.»

«Acosta?» sage ich.

«Genau der.»

Becky Saunders blickt mich an und wundert sich bestimmt, warum diese traurige Nachricht ein breites Grinsen auf mein Gesicht zaubert. Sie muß mich für übergeschnappt halten, aber das ist mir egal. Die Welt ist doch in Ordnung. Und es gibt doch einen Gott im Himmel.

3

Ich lese erste Einzelheiten in der Morgenzeitung. Unter dem Bild der «Kokosnuß» steht die Zeile: «Richter tappt in Polizeifalle». Genau das hat der Onkel Doktor für die nächste Wahl empfohlen.

Mit meiner Aktentasche in der Hand steige ich aus dem Aufzug im dritten Stock des modernen, schmucklosen Bürohauses aus viel Glas und Stahl, in dem die Staatsanwaltschaft untergebracht ist. Es steht schräg gegenüber vom Gerichtsgebäude, am Rande eines Elendsviertels, das nur teilweise saniert werden konnte, bevor die städtischen Finanzen erschöpft waren. Die Staatsanwaltschaft teilt sich die Räumlichkeiten mit dem Archiv von Capital County und einigen anderen papierproduzierenden Behörden, die das Erdgeschoß okkupieren.

Eine Empfangsdame hinter fünf Zentimeter dickem kugelsicherem Glas ruft Lenore an und drückt wenige Sekunden später auf den Türöffner. Ich marschiere den Gang hinunter, vorbei an einem Dutzend winziger Kabinen, die wohl Büros darstellen sollen. Ich sehe Anwälte darin sitzen, einige telefonieren, andere arbeiten still wie Mönche in einem mittelalterlichen Skriptorium über ihre Schreibtische gebeugt, auf denen sich Berge von Papier türmen. In manchen Büros stapeln sich die Akten die halbe Wand hoch, alles laufende Fälle.

Hier begegnet man jungen, überarbeiteten Anwälten, die täglich soviel leisten wie die meisten Menschen in einer durchschnittlichen Arbeitswoche. Manche, die zukünftigen Moralapostel Amerikas, wollen auf Biegen und Brechen Karriere machen. Sie sind ganz versessen darauf, unsere Gesellschaft von Korruption und Verfall zu befreien. Reaktionäre Eiferer, für die sich jedes Problem entweder schwarz oder weiß darstellt. Andere sind pragmatischer und betrachten ihre Arbeit hier lediglich als Lehrzeit. Sie sammeln Erfahrung vor

Gericht, bevor sie sich an eine der angesehenen Topanwaltskanzleien verkaufen, wo das Verbrechen einen weißen Kragen trägt und häufig beim Geschäftsessen oder in irgendwelchen edlen Privatclubs begangen wird.

Lenore hat eines der größeren Büros neben dem, was von Seiner Eminenz, Coleman Kline, bewohnt wird. Hier befindet sich ein weiterer Empfang, in dem zwei Sekretärinnen eifersüchtig Klines Büro bewachen. Ich kann seine Stimme durch die geschlossene Tür hören. Er telefoniert gerade. Die Innenwände dieses Hauses sind so dick wie Kleenex. Wenn hier einer niest, ruft der ganze Flur «Gesundheit!».

Ich klopfe an die Glasscheibe neben Lenores Tür.

«Herein.» Sie hat eine Hand über die Sprechmuschel ihres Telefons gelegt, während sie mich hereinwinkt und auf einen der Besuchersessel vor ihrem Schreibtisch deutet.

In dem Sessel daneben sitzt eine Frau, vielleicht Anfang Zwanzig, mit honigblondem Haar, das ihr bis auf die Schultern fällt, und mit erstaunlich blauen Augen, die jetzt zu mir aufblicken. Mit ihrem makellosen Teint und den sanft modellierten Wangenknochen sieht sie aus, als wäre sie am Strand von Santa Monica aufgewachsen. Ein Minirock bedeckt ihre sonnengebräunten Oberschenkel nur notdürftig. Die Muskulatur der Beine ist genau richtig, um sexy zu wirken, so daß man nicht sagen kann, wo das Sportliche aufhört und die Erotik beginnt. Ich überlege, ob sie vielleicht Lenores Sekretärin ist, aber erstens sieht sie nicht so aus, und zweitens hat sie weder Notizblock noch Stift in den Händen.

«Ich bin gleich fertig», sagt Lenore.

«Nein. Nein. Das haben wir nicht vereinbart. Er bekennt sich schuldig in Punkt eins und zwei der Anklage, und dafür lassen wir die anderen Punkte fallen. Er sitzt mindestens ein Jahr ab und kriegt den Rest auf Bewährung. Es war nie die Rede davon, die gesamte Strafe auf Bewährung auszusetzen.»

Eine Pause, während sie dem Gesprächspartner zuhört.

«Das hat Mr. Kline mir aber anders gesagt.» Sie gestikuliert wild mit einer Hand, während sie versucht, den Redefluß des anderen zu unterbrechen.

«Hören Sie. So lautet unsere Abmachung. Irgendwelche Änderungen kommen nicht in Frage. Nein, für diesen Fall ist nur eine Person zuständig, und mit der sprechen Sie gerade.»

Ich kann ihr Gegenüber jetzt aus drei Meter Abstand laut und deutlich verstehen. Die Stimme kommt mir bekannt vor. Wenn Lenore den Burschen am Telefon schon so fertigmachen kann, frage ich mich, was sie vor Gericht mit ihm anstellen wird.

«Meinetwegen. Sprechen Sie mit ihm. Ich habe das bereits getan, und er hat unser Angebot abgesegnet. Wenn Sie nein sagen, ist es vom Tisch.» Die übliche Drohung der Staatsanwälte. «Nehmen Sie's an, oder lassen Sie's bleiben», sagt sie schließlich, legt auf und flucht leise vor sich hin.

«Du kannst es ihm nicht verübeln, daß er versucht, ein möglichst gutes Geschäft zu machen», sage ich zu ihr.

«O ja, und jetzt versucht er es in der Abteilung Billigangebote.» Sie nickt leicht zu der Membrane hinüber, die ihr Büro von Klines trennt. Die Frau scheint nichts verstanden zu haben, oder sie zeigt es nicht.

Ich lege los und will auf den Artikel in der heutigen Zeitung zu sprechen kommen, aber Lenore fällt mir ins Wort.

«Darf ich vorstellen, Paul Madriani, Brittany Hall. Paul ist ein Freund von mir, und wir wollen zusammen Kaffee trinken gehen», sagt sie.

Das ist mir völlig neu. Aber offenbar will Lenore nicht hier im Büro reden. Also spiele ich mit.

«Arbeiten Sie hier?» Ich versuche die Frau namens Brittany nicht allzu aufdringlich anzustarren.

«In gewisser Weise», antwortete Lenore für sie. «Brittany arbeitet von Zeit zu Zeit für die Polizei. Sie studiert Kriminalistik an der Universität und wird gelegentlich als Hilfspolizistin eingesetzt.»

«Undercover», sagt die junge Frau.

«Oh.»

«Vielleicht hast du schon was über ihren letzten Erfolg gelesen, in der Morgenzeitung?» Lenore sieht, daß ich sie in der Hand halte.

«Man hat einen Richter verhaftet.» Lenore wirft mir einen beschwörenden Blick zu, der sagt: *Halt bloß den Mund.* «Brittany ist unsere wichtigste Zeugin in dem Fall.»

«Ach.» Der Lockvogel. Die Leute von der Sitte haben in dieser Stadt schon einen gewissen Ruf. Man weiß, daß sie gelegentlich weibliche Fans einsetzen, also Frauen, die Cops anschwärmen wie andere Frauen Filmstars. Sie haben sogar schon Schönheitsköniginnen dafür angeheuert, sich als Huren auszugeben.

Meine Augen wandern über die wohlgeformten Knie und die endlosen Beine, die vor Lenores Schreibtisch kaum Platz finden. Für ein Kriechtier wie die «Kokosnuß» hätte es keine bessere Falle geben können.

«Gute Arbeit», sage ich. Die Begeisterung in meiner Stimme ist kaum zu überhören.

Sie schenkt mir ein offenes Lächeln, das ihrem Zahnarzt alle Ehre macht. «Vielen Dank.» Nach kurzem Nachdenken folgt ihre Beurteilung. «Ich glaube, er war ein ziemlich übler Bursche.» Sie versucht, das Ausmaß ihrer Leistung abzuschätzen. Mir scheint, sie hält meine Anerkennung fälschlicherweise für aufrichtiges Interesse an einem moralisch einwandfreien Beamtentum.

«Abscheulich», bestätige ich. «Eine ganz miese Type.»

«Und noch dazu ein Richter», sagt sie. Das hört sich an, als stünden nur Präsidenten und Gouverneure noch höher auf der ethischen Leiter. Sie lächelt jetzt breit und entspannt sich. Schließlich bin ich kein sturer Bock von einer Topanwaltskanzlei, der ihre Aktivitäten als verwerflich beurteilt, weil ein Bruder im Geiste ihr Opfer geworden ist.

«Der hat die Moral einer Viper», erkläre ich. Ich würde gern fragen, wie weit die Schlange denn nun genau gegangen ist, aber Lenore wirft mir einen Blick zu, der töten könnte.

«Ich habe so was schon öfter gemacht. Aber diesmal, schließlich war er Richter. Ich hatte keine Ahnung. Kam mir vor wie ein ganz normaler Geschäftsmann.»

Sie hört sich an wie ein Teenager, dem klar wird, daß er soeben den stärksten Schlägertypen der Schule k.o. geschlagen hat.

«Und heute sind die Zeitungen voll davon», sage ich. Dies treibt ihr ein wenig Röte in die Wangen.

Ich halte meine Zeitung hoch. Am liebsten würde ich sie um ein Autogramm bitten, aber Lenore sähe das bestimmt nicht gern.

«Mein Name steht aber nicht drin.»

Das scheint sie zu ärgern.

«Lassen Sie ihnen ein bißchen Zeit.» Ich kann mir die Gier der

Presseleute, wenn sie erst mal einen Blick auf sie geworfen haben, lebhaft vorstellen. Brittanys Reize auf der Titelseite würden die Auflage in die Höhe treiben.

«Ihr Name ist aus ganz bestimmten Gründen nicht erwähnt worden», sagt Lenore. «Wir möchten, daß das so bleibt. Ich hoffe, Sie verstehen das.»

Ein ernüchtertes Nicken von der Frau, der anzusehen ist, daß ihr der Gedanke an Anonymität nicht behagt.

«Wir waren noch nicht ganz zu Ende mit unserer kleinen Besprechung», sagt Lenore zu mir. «Macht es dir was aus, wenn du draußen wartest?»

Ob es mir nun was ausmacht oder nicht, Lenore bringt mich zur Tür. Sie will den Schmutz aufsaugen, den ihre Leute für die Anklageschrift gegen Acosta brauchen. Ich könnte ja ein Ohr ans Schlüsselloch pressen, aber vermutlich hätten die Sekretärinnen was dagegen.

Zehn Minuten später ist mein Hinterteil vom Sitzen auf der harten Holzbank gefühllos geworden. Ich hege die Hoffnung, daß Lenore ein wenig aus dem Nähkästchen plaudern wird, ein bißchen Klatsch und Tratsch über den Beutezug gegen die «Kokosnuß». Ich kann das gedämpfte Murmeln aus Lenores Büro hören, verstehe aber nichts. Um mir die Zeit zu vertreiben, konzentriere ich mich auf Klines Telefongespräch, das durch die geschlossene Bürotür zu hören ist. Sein Teil des Dialogs besteht größtenteils aus wenigen, pointierten Fragen.

«Ja. Ich werde mir die Sache ansehen und mich wieder bei Ihnen melden. Mhm-mhm. Mhm-mhm. Wie ist der Name Ihres Mandanten?» Stille, wahrscheinlich macht er sich Notizen.

«Frühere Straftaten?» fragt er. Lange Pause. Weitere Notizen.

«Ich kann Ihnen nichts versprechen, aber ich werde mit ihr reden. Nein, Ms. Goya arbeitet für mich. Die Entscheidung treffe letztlich ich.»

Die Sekretärinnen beäugen mich. Eine von ihnen spürt, daß meine Antennen auf Empfang gestellt sind und ein vertrauliches Gespräch mitbekommen. Sie schaltet den Kopierer ein, und Klines Stimme wird unverständlich. Wahrscheinlich wirft die Frau ein paar öffentliche Dollars zum Fenster hinaus, indem sie leere Seiten kopiert.

Wenige Sekunden später öffnet sich die Tür, die Gegenstand meines Interesses war, und heraus tritt Coleman Kline, angetan mit einem Tausend-Dollar-Anzug, Leinenmanschetten und goldenen Manschettenknöpfen. Sein Gesicht sieht ein wenig wettergegerbt aus. Wie ich höre, geht er an den Wochenenden oft segeln. Selbst mit seinem höher werdenden Haaransatz ist er ein attraktiver Mann, wie dem Titelblatt eines eleganten Herrenmagazins entstiegen.

Er hat einen gelben Post-it-Zettel in der Hand, auf dem etwas gekritzelt steht.

Die eine Sekretärin ist schon aufgesprungen und kommt unterwürfig um ihren Schreibtisch geeilt, um die Befehle ihres Herrn entgegenzunehmen. Er reicht ihr den Zettel.

«Bringen Sie mir diese Akte.»

Sie saust mit Lichtgeschwindigkeit davon.

Er sieht mich aus den Augenwinkeln und erkundigt sich im Flüsterton bei der anderen Sekretärin, ob ich auf ihn warte. Sie beruhigt ihn, daß das nicht der Fall ist. Dann wirft er einen Blick auf Lenores geschlossene Tür.

«Hat Ms. Goya Besuch?»

«Ms. Hall ist bei ihr.»

Ein gebieterischer Blick seinerseits. «Ich hatte doch ausdrücklich gesagt, daß Ms. Hall sofort in mein Büro geführt werden soll.»

«Sie waren gerade am Telefon, und Ms. Goya meinte...»

«Es ist mir egal, was Ms. Goya meint. Ich erwarte, daß meine Anweisungen befolgt werden.»

Ergebene Blicke von der Sekretärin, wie bei einem geprügelten Hund. Sie sitzt mit niedergeschlagenen Augen da, das personifizierte schlechte Gewissen, unternimmt aber nichts, um ihren Fehltritt wiedergutzumachen.

«Nun rufen Sie sie schon an», sagt er.

«Ms. Goya?»

«Ja, Ms. Goya. Und sagen Sie ihr, daß ich Ms. Hall auf der Stelle in meinem Büro erwarte.»

«Ja, Sir.»

Nachdem ihm einmal nicht gehorcht worden ist, bleibt er jetzt am Ort des Geschehens, um sicherzustellen, daß sein Wort Gesetz ist. In der Zwischenzeit kehrt die andere Sekretärin zurück.

«Die Akte, die ich für Sie holen sollte ...»

«Ja. Was ist damit?»

«Sie liegt bei Ms. Goya.»

Die Wut steht Kline ins Gesicht geschrieben.

Ich höre das Summen der Sprechanlage in ihrem Büro. Lenore meldet sich.

«Mr. Kline erwartet Ms. Hall in seinem Büro.»

Gedämpftes Gemurmel dringt durch Lenores Tür. Sie hat keine Ahnung, wie gereizt die Stimmung hier draußen ist. Sie bittet noch um ein paar Minuten, bis sie alle Informationen hat, die sie für die Klageschrift braucht.

«Er möchte sie aber jetzt sofort sprechen.» Obwohl Kline direkt neben ihr steht, klingt die Sekretärin nicht gerade eindringlich.

«Geben Sie her.» Er reißt ihr den Hörer aus der Hand. «Ich hatte angeordnet, Ms. Hall sofort nach ihrem Eintreffen in mein Büro zu schicken. Niemand sonst sollte mit ihr reden.»

Er zögert. Offenbar versucht Lenore, etwas einzuwenden.

«Das interessiert mich einen Dreck. Haben Sie verstanden?»

In Lenores Büro tritt Totenstille ein. Plötzlich dämmert ihm, daß es keinen Grund für dieses Telefongespräch gibt. Er wirft der Sekretärin den Hörer zu und eilt in Richtung Goyas Büro. Als er die Tür öffnet, bittet er zuerst Brittany Hall höflich, in seinem Büro auf ihn zu warten. Sie quetscht sich eilig zwischen Kline und dem Türrahmen hindurch, wie eine Katze auf der Flucht vor den gefletschten Zähnen eines Hundes. Kline schließt die Tür hinter sich.

Wütende Worte dringen an mein Ohr, überwiegend von einer tiefen Männerstimme. Dann fängt Lenore an, sich, so gut sie kann, zu wehren.

«Sie vergreifen sich im Ton. Ich wußte nichts von Ihren Anweisungen, geschweige denn, daß sie in Stein gemeißelt waren.» Im Geiste sehe ich Lenore hinter ihrem Schreibtisch stehen, die Hände in die Hüften gestemmt.

Kline schießt eine weitere Salve ab, Vorhaltungen, sie stelle seine Autorität in Frage und untergrabe seine Position bei den anderen Mitarbeitern.

«Die Presse belagert mich mit Anfragen», sagt er. «Diese Angelegenheit ist äußerst heikel und sollte nicht von Ihnen bearbeitet werden. Ein hoher Beamter, dem ein Verbrechen zur Last gelegt wird. Ich muß wissen, wie die Sache steht.»

Lenore argumentiert, weist ihn darauf hin, daß die öffentlichen Stellungnahmen so knapp wie möglich gehalten werden sollten, daß es um feine Nuancen geht und schon eine Kleinigkeit dazu führen könnte, die Richter zu verärgern, die mit Acosta kollegial verkehrt haben. Keiner von ihnen könnte bei einem möglichen Prozeß den Vorsitz führen. Trotzdem sei mit zahllosen Schwierigkeiten zu rechnen, wenn die Richterschaft von Capital City den Eindruck gewinne, daß einer der Ihren von der Staatsanwaltschaft öffentlich durch den Schmutz gezogen werde. Das geht bei Kline zum einen Ohr rein und zum anderen wieder raus.

«Sie halten mich also nicht für fähig, mit der Presse umzugehen?»

«Das habe ich nicht gesagt. Wenn Sie auf dem laufenden gehalten werden wollten, wäre ich gern bereit gewesen –»

«Ich will selbst mit der Zeugin reden. Diesen Fall werde ich übernehmen», sagt er.

«Bitte sehr. Hier ist die Akte», sagt sie.

Die Tür geht auf, und Kline steht da mit einem Ordner unter dem Arm, aus dem ein wirrer Stapel Blätter heraushängt. Sein Gesicht rötet sich, als er mich erblickt und begreift, daß ein Außenstehender Zeuge dieser Szene war.

Da fällt ihm etwas ein, um den Gesichtsverlust wieder wettzumachen. «Bevor ich's vergesse», sagt er und dreht sich in der Tür um, «die Sache Bagdonovich. Alles auf Bewährung. Wir lassen die Gefängnisstrafe fallen.»

«Wie bitte?»

«Sie haben mich schon verstanden. Keine Gefängnisstrafe.»

«Wir haben das besprochen. Gestern haben wir den Fall erörtert, und Sie waren einverstanden», sagt Lenore.

«Ich habe gerade mit seinem Anwalt gesprochen.»

«Was hat denn das damit zu tun? Hat er Ihnen etwas Neues erzählen können? Irgendein Faktum, das ich Ihnen nicht schon mitgeteilt hatte?»

«Sie scheinen nicht zu begreifen, wer hier die Entscheidungen trifft. Ich wünsche, nicht mehr darüber zu debattieren. Es wird so gemacht, wie ich es sage.»

Damit knallt er ihr die Türe vor der Nase zu und wendet sich zu Brittany Hall um, die sich in die Nähe des Empfangs zurückgezogen hat.

«Ms. Hall.» Er sammelt sich und pumpt, da er Lenore zum Abschluß noch eines verpaßt hat, ein wenig Selbstzufriedenheit in seinen Gesichtsausdruck. Er richtet seine Krawatte gerade und fordert Hall mit einer Handbewegung auf, in sein Büro zu kommen.

«Darf ich Sie Brittany nennen?» fragt er.

Sie schenkt ihm einen strahlenden Blick, während sie in sein Büro strebt, wie ein Filmstarlet in ein prominentes Bett.

«Was für ein Arschloch.» Lenore ist nicht gerade dafür bekannt, auf Provokationen mit feiner Zurückhaltung zu reagieren. Wir sitzen in einem kleinen Café in der Nähe ihres Büros. «Er hält sich für seine eigene Gesetzgebung. Läßt sich gern von Bittstellern belagern. Wenn die Leute vor seinem Büro Schlange stehen, ist das für ihn ein Erfolg. Da erzähle ich dem Anwalt von diesem Typen, er soll sich verpissen. Hast du ja mitgekriegt. Und Kline fällt mir in den Rücken.»

«War das Bagdonovich?»

Sie nickt. «Und jetzt will er den Acosta-Fall übernehmen.»

«Seine große Gelegenheit», sage ich.

«Ja, genau. Ein skandalträchtiger Fall, und Kline will sich das Medieninteresse zunutze machen. Zum Teufel mit Recht und Ordnung. Hier geht es um Politik.»

Ich komme zur Sache. «Wie steht denn der Fall Acosta?»

«Du weißt alles, was wir wissen.» Sie deutet auf die Zeitung. «Tony wird jetzt ja wohl einen Aufschub bekommen.» Sie lacht. Das ist die positive Seite.

«Vorläufig jedenfalls. Seine Hoheit sitzt heute nicht zu Gericht. Ich habe seinen Assistenten angerufen. Alle Termine sind abgesagt worden», sage ich.

Harry vertritt die Theorie, daß Acosta, nachdem er gestern so unsanft unterbrochen wurde, jetzt vermutlich zu Hause sein Vergnügen sucht.

«Ich wette, er wird behaupten, daß man ihn in eine Falle gelockt hat», sage ich.

«Das behauptet doch jeder Freier», erwidert sie. «Aber es wird nicht leicht werden für seine Anwälte. Unsere Dame hat ein Mikro getragen. Der Auftakt für das Verbrechen ging in all seiner Herrlichkeit vom Hosenschlitz des Verdächtigen aus.»

Ich sehe sie an.

«Er hat Igor zu einem kleinen Ausritt aus dem Stall geholt, bevor sie auch nur die Zuchtgebühren besprochen hatten. Zumindest nach Aussage der Zeugin», sagt sie.

«Habt ihr das auf Band?» frage ich. «Daß er den Anfang gemacht hat?»

«Was willst du denn, Fotos?»

«Nein, bloß die Gewißheit, daß Acosta ein toter Mann ist.»

«Nach Aussage der Zeugin. Das Band habe ich noch nicht gehört. Die Techniker arbeiten noch dran. Es gibt irgendwelche Probleme mit der Tonqualität. Sie versuchen, sie zu verbessern.»

«Und wie gut ist eure Zeugin?»

«Absolut untadelig. Nichts, was ihre Glaubwürdigkeit in Frage stellen könnte. Hier geboren und aufgewachsen. Gute Studentin. Will zur Polizei. Hat sich politisch engagiert und bei ein paar Wahlkämpfen der Konservativen mitgearbeitet, Kleinkram. Zuletzt hat sie sich für Klines Wahlkampagne eingesetzt.»

«Hat er sie da reingebracht?»

Sie schüttelt den Kopf. «Die Sitte. War von Anfang bis Ende deren Veranstaltung. Wenn Kline das Ganze organisiert hätte, wären Brittanys Fingerabdrücke auf dem Schwanz des Täters gewesen, und Acostas Anwalt würde behaupten, daß sie ihm dafür Geld geboten hat.»

«Wie sind sie ausgerechnet auf den Richter gekommen?» frage ich. «Purer Zufall?»

Sie weiß, warum ich frage. Ich denke an Tony Arguillos letzte Bemerkung in meinem Büro, daß die Cops wüßten, wie sie ihre Leute schützen. Ich würde mich nicht wundern, wenn diese Schlafzimmerparty von Phil Mendel und seiner Gewerkschaft geplant und initiiert worden wäre. Das würde zu Mendel passen, seine Art, eine Vorladung zu annullieren.

«Das kannst du nie beweisen», sagt sie.

«He, hältst du mich etwa für einen Moralapostel. Ich würde am liebsten allen Beteiligten den Verdienstorden verleihen.»

«Du mußt bedenken, wen es da getroffen hat», sagt sie. «Das Gesetz der Wahrscheinlichkeit. Wer allzuoft sündigt, kommt mit Sicherheit in die Hölle.»

«Purer Zufall», entgegne ich. «Meinst du, der gute Richter wird uns ein Geschäft vorschlagen?»

«Er hat nichts anzubieten.» Die Aufforderung zur Prostitution ist lediglich ein Bagatelldelikt, ein Vergehen, für das der Täter in unserem Staat normalerweise nicht einmal in Haft genommen wird. Jeder andere Freier würde die Tausend-Dollar-Strafe zahlen, die vorgeschriebene Beratung über die geheimnisvollen Schutzfunktionen von Latex über sich ergehen lassen und dann weitermachen, als wäre nichts geschehen. In diesem Fall jedoch handelt es sich, Bagatelldelikt hin oder her, um ein Vergehen, das von moralischer Verwerflichkeit zeugt. Es ist nicht das erste Mal, daß einem Richter in diesem Staat dergleichen zur Last gelegt wird – und die normale Konsequenz ist der Ausschluß aus der Richterschaft.

4

Phil Mendel ist grob und despotisch. In Konfliktsituationen, wenn er bei seinem Gegner einen Treffer gelandet hat, scheint er sich innerlich die Hände zu reiben. Von einer Minute zur anderen wechselt sein Verhalten von schroff zu blasiert und so selbstgefällig, wie es nur tyrannische Männer mittleren Alters sein können. Anders ausgedrückt, er hätte einen großartigen Prozeßanwalt abgegeben.

Als Harry und ich endlich in Mendels Büro gebeten werden, ist es kurz vor fünf Uhr. Seit fast einer Stunde haben wir uns in seinem Vorzimmer die Beine in den Bauch gestanden. Er sitzt hinter einem großen, polierten Edelholzschreibtisch, dessen Maserung sich wie eine Galaxie in alle Himmelsrichtungen ausbreitet – eine Sternkarte, die den Ehrgeiz des Mannes widerspiegelt.

Hinter ihm lauern zwei seiner Leibeigenen, ein Teil der Schattenarmee von Untergebenen, die ihm nachfolgen, als wäre er Moses, der sie zum Gelobten Land führt. Diese Leute vertreten bei Tarifverhandlungen die Strategie der verbrannten Erde – skrupellose Typen, die zu allem bereit sind, um ihr Ziel zu erreichen. In letzter Zeit hat es einige Unruhe gegeben. Eine Gruppe, die sich selbst PBA, «Polizeiliche Befreiungsarmee», nennt, zweifellos eine Splittergruppe von Mendels Streitmacht, hat sich darauf verlegt, Telefonnummern und Adressen von hohen Polizeifunktionären zu veröffentlichen. Sie wissen, daß ihre Verhandlungspartner durch die Vorstellung von einer ganzen Schlange von frisch entlassenen Sträflingen, die ihre Privatnummer und Adresse in Händen halten, bei Tarifverhandlungen durchaus nachdenklich gestimmt sein könnten.

Einer von Mendels Legionären läßt die Asche seiner Zigarette auf Mendels Schulter rieseln. Er reicht seinem Boss irgendwelche Papiere und flüstert ihm etwas ins Ohr, während Harry und ich geduldig darauf warten, mit dem Gewerkschaftsguru plaudern zu können.

«Man könnte meinen, es wäre ihr eigenes verdammtes Geld, so wie sie es horten», sagt Mendel unvermittelt. «Zwei Prozent Inflationsausgleich nach einer Nullrunde im letzten Jahr – und das nennen die großzügig.» Er zupft leicht am Ärmel seines Kaschmirpullovers. Ein Gewerkschaftler trägt keinen Anzug. Ausgeschlossen.

Er schiebt Blätter mit Zahlen darauf hin und her. Ihrem Gespräch ist zu entnehmen, daß es sich dabei um die letzten Angebote in der Tarifrunde handelt, die letzte Nacht gescheitert ist.

«Dieser Scheiß sollte auf kleine Rechtecke gedruckt und als Rolle neben dem Klo aufgehängt werden.» Mendels Meinung zum letzten Angebot des Stadtrates.

Harry begleitet mich, weil ich mich nicht allein hierher wagen würde. Er soll mein Zeuge sein, ebenso wie die beiden Assistenten für Mendel.

Ich weiß nicht, ob sie schon vor den Untersuchungsausschuß zitiert worden sind, und wenn ja, was sie ausgesagt haben. Aber ich will ausschließen, daß man mir später Zeugenbeeinflussung vorwirft. Harry ist meine Absicherung dagegen.

«Sie vertreten Officer Arguillo», sagt Mendel. «Ich hoffe, Tony bekommt gute Arbeit für sein Geld. Was führt Sie zu mir?»

«Der Ort des Verbrechens.»

Er schaut mich mit großen Augen an. «Welches Verbrechen?» fragt er.

«Ich dachte, das könnten Sie mir vielleicht verraten. Tonys Probleme scheinen mit seiner Arbeit für die Gewerkschaft angefangen zu haben.»

«Probleme? Hat hier jemand irgendwelche Probleme?» Er lehnt sich zurück, kreiselt einmal langsam mit seinem Sessel herum, den Kopf gegen die hohe Rückenlehne, und bricht mit seinen beiden Adlaten in albernes Gelächter aus. Sie wissen von keinen Problemen.

«Ich sehe keinerlei Probleme», sagt er.

«Der Untersuchungsausschuß», klärte ich ihn auf.

«Ach der. Ist auf Eis gelegt.» Das sagt er, als ob er diese lästige Angelegenheit mit einem Fingerschnippen aus der Welt geschafft hätte. Es ist nicht klar, ob Mendel hinter dem strafrechtlichen Mißgeschick der «Kokosnuß» steckt oder nicht. Aber es ist so klar wie

Kloßbrühe, daß er es alle Welt glauben machen will. Die Macht der Illusion.

«Wohl eher *vorläufig* auf Eis gelegt», erwidere ich.

«Ja. Während sie den Richter von der Wand kratzen», meint Mendel. Die beiden Penner hinter ihm kichern und feixen wie Collegeboys.

Harry und ich könnten ihre Freude teilen, aber das wäre etwas unziemlich. Irgendwie ist mir nicht wohl bei dem Gedanken, einen gemeinsamen Gegner mit Phil Mendel zu haben.

«Wie ist es dazu gekommen, daß Tony die Gewerkschaftsbücher geführt hat?» erkundige ich mich. «Wäre ein Buchhalter zu teuer gewesen?»

«Wieso sollten wir für etwas bezahlen, das wir auch umsonst kriegen können?» sagt Mendel. «Wir vertrauen Tony. Nicht wahr?» Blick nach oben, der mit eifrigem Nicken beantwortet wird.

«Das kann ich mir denken. Und so bleibt ja auch alles in der Familie. Keine lästigen Buchprüfungen oder unschönen Berichte.»

Mendel versteht genau, was ich meine. Er verzieht das Gesicht: «Wenn Sie so wollen. Tony hat gute Arbeit geleistet.»

So professionell, daß ihre Buchführung jetzt in unsichtbarer Tinte auf der Rückseite von Bierdeckeln steht. Ganz nach Mendels Geschmack.

«Ich denke, Sie müssen sich keine Sorgen machen», sagt er. «Der Untersuchungsausschuß tritt auf der Stelle. Die haben nichts in der Hand. Was diese angebliche Unterschlagung betrifft – die Gewerkschaftsbeiträge ...» Er wischt locker mit der Hand über die Schreibtischplatte, als ob er diese Behauptungen wegfegen wollte.

«Wie es scheint, sprechen Sie aus Erfahrung», sage ich. «Haben Sie mit dem Untersuchungsausschuß hinter verschlossenen Türen geredet?»

Er sieht mich an, als wolle er sagen: «Ja klar. Und das würde ich *Ihnen* bestimmt auf die Nase binden.» Er beugt sich in seinem Sessel vor, die Augen zu kleinen Schlitzen zusammengekniffen. Ein Moment der Wahrheit kündigt sich an.

«Herr Anwalt, verraten Sie mir doch, was für einen Kuhhandel Sie mit dem Richter abschließen wollten – im Hinblick auf Tonys Aussage.»

Mein Augenblick der Wahrheit, nicht seiner.

«Auf welchem Tablett wollten Sie uns servieren?»

«Geheimnis des Küchenchefs», erwidere ich, «ein Vorrecht des Mandanten.» Tony scheint auf dieses Vorrecht aber nicht viel zu geben, da er sich an Mendels Schulter ausgeweint hat.

«Klingt nach Schlachtplatte», sagt er. «Durch den Fleischwolf gedrehte Freunde.» Er sieht zu seinen Kumpanen auf. «Ein Glück für uns, daß Tony loyal ist.»

«In der Tat, ein Glück für euch», entgegne ich.

«Sie steuern geradewegs in gefährliches Gewässer», sagt er. «Viel gefährlicher, als Sie ahnen.»

«Gut, daß ich schwimmen kann.»

«In einem Fluß voller Scheiße zu paddeln kann fürchterlich anstrengend sein.»

«Ist mir noch nicht aufgefallen», erwidere ich.

«Das geht den meisten so, bis sie absaufen.»

Tod durch Ertrinken in Fäkalien, eine Metapher, die in all ihrer Erhabenheit zu Mendel paßt.

«Wenn ich nicht genau wüßte, daß Sie hier der Bademeister sind, wäre ich wirklich verängstigt.»

Einer der Typen hinter ihm muß tatsächlich lachen, bis er seinen Boß ansieht und feststellt, daß Mendel nicht lacht.

«Wieso müssen wir uns gegenseitig mit Steinen bewerfen?» Plötzlich ist er die Liebenswürdigkeit in Person, wechselt den Tonfall, wie plötzlicher Sonnenschein nach einem Gewitter.

«Paul. Darf ich Sie Paul nennen?» fragt er.

Er wartet meine Antwort gar nicht erst ab.

«Hören Sie, Paul. Wir sollten Frieden schließen. Ich glaube, wenn Sie sich die Zeit nehmen, darüber nachzudenken, werden Sie feststellen, daß wir viel gemeinsam haben.» Er versucht, seine Stimme mit der Weisheit des Alters zu ölen.

Augenblicklich wünsche ich mir eine heiße Dusche und ein Stück Seife.

«Wir könnten Freunde werden», sagt er.

Er schielt zu Harry hinüber. So wie er angezogen ist, mit irgendwas von der Wohlfahrt, muß Mendel denken, daß dieses Freundschaftsangebot nicht viel kosten wird.

«Wir könnten jemanden gebrauchen, der uns gut vertritt», erklärt er. «Und wie ich höre, haben Sie was auf dem Kasten.»

Mendel gehört zu den Leuten, die eine gute Bestechung in einen ehrbaren Talar kleiden können.

«Wer ist ‹wir›?» erkundigt sich Harry.

«Die Gewerkschaft. Die Polizeivereinigung», sagt Mendel. «Das gilt auch für Sie.» Sonderangebot. Zwei zum Preis von einem.

Anwalt für die Cops. Harrys schlimmster Alptraum.

«Was für eine Art von Vertretung schwebt Ihnen vor?» frage ich.

«Na die, die Sie uns bieten können. Rechtlicher Art. Was sonst?»

«Ich dachte, das hätten Sie nicht mehr nötig. Wie war das noch? Der Untersuchungsausschuß tritt doch auf der Stelle.»

Er blickt bemüht konsterniert, als würde ich die Sache schwieriger machen, als sie ist. Warum nicht einfach den Mund halten, das Geld nehmen und abhauen? Er würde es am liebsten genau so formulieren, aber ein Leben voller Schlechtigkeit hat ihn gelehrt, die Kunst der Verführung vorsichtig zu handhaben.

«Paul. Seien wir doch vernünftig. Diese Feindseligkeit ist absolut überflüssig.» Er bietet uns einen Drink an, und bevor ich ablehnen kann, sind seine Lakaien schon eifrig dabei, Schranktüren und Schubladen zu öffnen. Eiswürfel klingeln in Gläsern. Korken ploppen. Harry streckt schon die Hand aus, aber ich stoße ihn mit dem Knie an, und seine griffbereite Hand wandert jäh nach oben, um die paar Haare zu glätten, die ihm noch geblieben sind. Er lehnt den angebotenen Whisky kopfschüttelnd ab, wenn auch mit der Entschlossenheit eines Trinkers auf Entzug.

«Sie nehmen Mandanten an. Ich will Sie lediglich engagieren. Wie hoch ist Ihr Honorar? Ganz einfach», sagt Mendel.

Er mag ja auf Tonys Loyalität vertrauen, aber er ist sich nicht sicher, wieviel Arguillo mir erzählt hat. Bin ich bloß ein Großmaul, oder weiß ich etwas, das ihn eine Stange kosten würde?

«Mal angenommen, ich würde Sie vertreten.»

«Mal angenommen», sagt er.

«Was würden Sie von mir erwarten?»

Er legt das Gesicht in Falten. Die finstere Seite seiner Seele macht sich bemerkbar. «Sie erhalten einen Vorschuß und stehen auf Abruf bereit. Mehr nicht.»

Wie ich es mir gedacht hatte. Vor meinem geistigen Auge sehe ich mich schon seinen Ringfinger küssen.

«Denken Sie darüber nach, bevor Sie ablehnen. Wir wären ein dickes Mandat. Und würden einen Großteil Ihrer laufenden Kosten decken.» Er tönt jetzt großzügig und warmherzig. Wie ein Autoverkäufer, bevor man den Vertrag unterschrieben hat.

«Paul, wir gehören alle zusammen: Tony, die Gewerkschaft, ich. Sie könnten uns alle vertreten. Wie ich schon sagte. Wieviel kosten Sie? Nennen Sie Ihren Preis.»

Ich könnte seinen Erstgeborenen verlangen, und er würde ihn mir überreichen.

«Phil. Darf ich Sie Phil nennen?» frage ich.

Ein breites Lächeln. «Ich bitte darum.»

«Sie sind so freundlich, Phil, daß ich nur ungern ablehne, aber es geht einfach nicht.»

«Wieso nicht, verdammt noch mal?» Die Freundlichkeit tropft förmlich von seinem Gesicht.

«Interessenkonflikt», erkläre ich.

«Dann vertreten Sie nach wie vor Tony?»

Die Fliege in ihrer Suppe.

«Bis er mich abserviert.»

Er dreht sich mit seinem Sessel um. Eine Besprechung. Zischelndes Geflüster. Mendels Untergebene sind sehr diskret und reden nur hinter vorgehaltener Hand. Gelegentlich werfen Sie uns verstohlene Blicke zu. Mendel ist längst nicht so vorsichtig.

«Verdammt, wie heißt die?» fragt er laut.

Wieder wird ihm etwas ins Ohr geflüstert, und er dreht sich erneut um, um mich anzusehen.

«Diese Frau», sagt er, «diese Goya von der Staatsanwaltschaft. Welche Rolle spielt sie bei dieser Sache?»

Jetzt habe ich Grund, mir Sorgen zu machen; Tony hat es geschafft, Lenore in eine schwierige Lage zu bringen. Wenn Mendel weiß, daß sie Tony an mich vermittelt hat, dann dauert es nicht mehr lange, bis auch Coleman Kline davon erfährt. Mendel hat unsere empfindliche Stelle gefunden.

«Wer?» Ich schinde Zeit.

«Hören Sie auf mit dem Scheiß, Madriani.» Mendel weiß Bescheid.

«Daraus entnehme ich, daß wir uns nicht mehr mit Vornamen anreden.» Ein weiteres Hinhaltemanöver. Er überhört mich.

«Wir wissen, daß Tony mit ihr geredet hat», sagt er.

«Mit wem?»

«Goya.»

«Ach, hat er?»

«Ja, er hat.» Er trommelt mit den Fingern auf den Schreibtisch, er will eine Antwort.

«Sie sind bloß befreundet», sage ich.

«Aber sicher. Und ihr drei habt euch auch bloß zu einem Täßchen Tee in Ihrem Büro getroffen.»

«Aber, aber, Phil, ich bin empört. Haben Sie mein Büro beobachten oder bloß Tony beschatten lassen?» frage ich.

Vielleicht hat Tony sie doch nicht kompromittiert.

«Purer Zufall. Eine öffentliche Straße.»

«Natürlich. Notier doch mal» – ich drehe mich zu Harry um – «daß wir das Büro reinigen lassen. Vielleicht ist irgendwas unter der Tür durchgekrochen, als wir gerade mal nicht hingeschaut haben.»

Harry grinst. Mendel nicht. Ich würde ihm durchaus zutrauen, daß er den Inhalt sämtlicher vertraulicher Telefongespräche kennt, die ich im letzten Monat geführt habe.

«Sie haben mir noch immer nicht erzählt, was sie bei Ihnen gemacht hat.»

Ich bin aufgestanden und wende mich zum Gehen, Harry dicht hinter mir.

«Stimmt. Das habe ich nicht.»

Ich lasse ihn das Schlimmste argwöhnen, nämlich daß Lenore vielleicht als autorisierte Unterhändlerin der Staatsanwaltschaft bei mir war und daß sie Tony irgendein finsteres Geschäft mit seiner Aussage vorgeschlagen hat. Dieser Verdacht ist immer noch besser als die Wahrheit. Ich werde mit Tony reden müssen, bevor Mendel es tut.

«Wir sollten uns irgendwann noch mal unterhalten», sagt er.

«Ich bringe dann den Gerichtsschreiber mit», erwidere ich und gehe.

Leo Kerns ist einer von diesen übergewichtigen Männern mit beginnender Glatze, die wie ein Gartenzwerg aussehen; nur daß Gartenzwerge nicht immer so finster dreinblicken. Ich kenne ihn seit zwölf Jahren, und nie hatte er einen anderen Gesichtsausdruck. Wahrscheinlich ist er berufsbedingt, denn Kerns ist Ermittler für die Staatsanwaltschaft, wo auch ich früher, in einem anderen Leben, gearbeitet habe und mich mit ihm angefreundet habe.

«Du hättest anrufen sollen. Dann hätte ich mir was angezogen», sagt er.

Leo steht im Unterhemd in seiner Wohnungstür. Schwarze Haare quellen aus seinen Achselhöhlen. Er hat einen Bauch wie Buddha. Sein Atem riecht nach seiner letzten Mahlzeit und nach Bier.

«Wie lange ist es her – ein Jahr?» fragt er.

«Mindestens», antworte ich. «Aber du siehst gut aus.»

«Ja, ja, ich werde von Jahr zu Jahr jünger, bloß meine Kopfbehaarung wächst jetzt nach unten und kommt mir aus Nase und Ohren raus.»

Ich kann nicht erkennen, ob noch jemand in der Wohnung ist. Vielleicht habe ich für meinen Besuch einen ungünstigen Augenblick gewählt. Leo lebt allein und ist nicht gerade der Typ, auf den die Frauen fliegen, aber man weiß, daß er hin und wieder Damen aus irgendwelchen Kneipen abschleppt.

«Ich würde dich ja reinbitten, aber die Wohnung ist ein Saustall», sagt er.

«Was keine Rückschlüsse auf ihren Bewohner zuläßt», entgegne ich. Wir lachen beide, und schließlich öffnet er die Tür ganz.

«Ein Bier?» fragt er.

Wer würde schon eine Friedenspfeife ausschlagen? Er rupft die Dose aus ihrer Plastikhalterung und hält sie hoch, damit ich das Etikett lesen kann.

«Gut?»

«Meine Lieblingssorte. Warm», antworte ich.

Er selbst hat schon eine Dose in der Hand und läßt sich rückwärts in die Couch sinken. Sein Platz gegenüber dem Fernseher ist richtig abgewetzt, und auf dem Bildschirm flimmert irgendeine alberne Gameshow.

Allein das Hinsetzen bringt Leo ins Schnaufen. Kerns zählt zu dem, was im Versicherungswesen als «Risikogruppe» bezeichnet würde.

«Mach's dir bequem.» Er deutet auf einen Sessel in der Ecke, dessen Bezug unglaublich verschlissen ist. Wenn sich das Ding bewegen würde, müßte man annehmen, es wäre in der Mauser.

«Ich würde wetten, du bist nicht bloß gekommen, um ein Bier zu trinken und ein bißchen zu plaudern?»

«Wie kommst du denn darauf?» erwidere ich.

Er lächelt, und wir reden über die Staatsanwaltschaft und die personellen Veränderungen bei den Ermittlern seit Klines Thronbesteigung. Leo erzählt, daß alle verunsichert sind. Leute, die noch gestern Busenfreunde waren, wären jetzt bereit, sich gegenseitig einen Dolch in den Rücken zu stoßen. Leo weiß, wovon er spricht. Er verfügt selbst über eine ganze Sammlung besonders spitzer Stichwaffen.

«Es macht keinen Spaß mehr, aufzustehen und zur Arbeit zu gehen», sagt er. Als ob das bei ihm je so gewesen wäre.

«Klingt ganz nach einer guten Begründung für Arbeitsunfähigkeit», sage ich mitleidig.

«Wenn es im Arbeitsrecht eine Klausel gäbe, die Angestellte von der Zusammenarbeit mit Arschlöchern befreit, wäre ich jetzt irgendwo draußen beim Angeln», entgegnet er.

«Sind Kline und sein Hofstaat so schlimm?»

«Wenn man diesem Wichser ‹Guten Morgen› sagen muß, braucht man anschließend ein Valium», sagt er.

Er hat sich über jeden Staatsanwalt von Capital City beschwert, der in den letzten hundert Jahren gewählt wurde. Und gleichzeitig hat Leo alles getan, um ihnen möglichst elegant in den Arsch zu kriechen. Er ist unter drei verschiedenen Amtsleitern über die Kadaver entlassener Kollegen gekrochen und hat so eine bescheidene Karriere gemacht.

«In letzter Zeit verbringen wir unsere Tage damit, das Rad neu zu erfinden.» Leo behauptet, Räder müßten nach Klines Meinung viereckig sein. Das ganze unterlegt er mit einigen wenigen, sorgfältig ausgewählten Schimpfwörtern.

«Du solltest dir eine andere Arbeit suchen», sage ich.

«O ja, in meinem Alter.» In Wahrheit ist Leo bloß über das böse

Wort «Arbeit» entrüstet. Aber wo sonst würde er so auf seine Kosten kommen?

«Kaum hat man einem von diesen Arschlöchern einigermaßen was beigebracht, da wird er auch schon wieder aus dem Amt gewählt.» Leo tut so, als wäre der gewählte Staatsanwalt ein Pawlowscher Hund und die Beamten auf Lebenszeit seine Ausbildertruppe mit Würgehalsband und Übungsleinen.

Ich rufe ihm in Erinnerung, daß Nelson sein Amt aufgegeben hat, um Richter zu werden.

«Ist doch dasselbe», sagt er. «Endlich hatten wir ihn soweit. War ein guter Ankläger.» Das steht in krassem Widerspruch zu den wüsten Beschimpfungen, die er noch vor zwei Jahren über Klines Vorgänger geäußert hat.

«Der Neue ist ein humorloser Spießer... ein bekloppter Missionar.» Für Leo sind Religion und Verbrechen ein und dasselbe. «Vielleicht geht es ihm wie Nelson», sagt er.

Ich sehe ihn fragend an.

«Vielleicht wird er zum Richter berufen.»

Das würde Leo gut in den Kram passen: Wer Leo mit seinen persönlichen Ansichten zuwider ist, wird zum Richter gemacht, damit Leos bequemes Leben leichter wird.

«Apropos Richter», sagt er, «hast du das von Acosta gehört?»

«Ich hab's in der Zeitung gelesen und die ganze Nacht geweint.» Meine Schwierigkeiten mit der «Kokosnuß» sind allgemein bekannt.

«Ich habe mir schon gedacht, daß du wahrscheinlich Einladungen zum Leichenschmaus verschicken wirst», sagt Leo. «Könnte das der Grund für deinen Besuch sein?» Er ist wieder bei der Hauptfrage, warum ich gekommen bin.

«In gewisser Weise. Es hat was mit Acosta und dem Untersuchungsausschuß zu tun», erwidere ich. «Ich habe einen Mandanten, einen netten Cop. Und der hat ein paar Probleme mit...»

«Tony Arguillo», sagt er, bevor ich meine Einleitung beendet habe. Kerns hört überall Gras wachsen.

Ich mache eine Handbewegung, die besagen soll: «Stimmt genau.»

«Und jetzt fragst du dich, wie dieser nette Cop sich so viele Schwierigkeiten einhandeln konnte.»

Ich gestikuliere, wackle mit dem Kopf und nicke schließlich.

«Man munkelt, es liegt am Umgang, den er pflegt.»

«Soll heißen?»

«Soll heißen, daß er in schlechte Gesellschaft geraten ist.»

«Mendel und seine Leute?»

Leo antwortet nicht, aber sein Schweigen bestätigt, daß ich richtig liege.

«Zugegeben», sage ich, «Mendel ist nicht gerade der Typ, den ich in die Familie aufnehmen möchte. Und ich weiß von den Unterschlagungsvorwürfen. Aber trotzdem habe ich den Eindruck, daß die Sache hochgespielt wird. Da werden schwere Geschütze aufgefahren, ein Untersuchungsausschuß einberufen. Kommt mir so vor, als sollte die Gewerkschaft eins drüberkriegen.»

«Wenn das mal alles wäre», sagt er.

Ich fixiere Leo. Er ist ein Großmaul erster Güte, aber es gibt Momente, da weiß man, daß er etwas todernst meint.

«Buschtrommeln und Rauchsignale?» sagt er. Damit ist klar: Was er mir sagen will, stammt aus der Gerüchteküche und es gibt dafür keinerlei Beweise.

«Ich riskiere Kopf und Kragen. Du mußt mir versprechen, daß es unter uns bleibt.»

Ich hebe drei Finger der Hand, die die Bierdose hält – ein Schwur zwischen Saufkumpanen. Leo kann es kaum erwarten, mir alles zu erzählen, und da ich ihn kenne, ist das ein sicheres Zeichen dafür, daß ich mich auf eine schlechte Nachricht gefaßt machen muß.

«Vor ungefähr sechs Monaten wurde ein Cop namens Wiley bei einer Drogenrazzia niedergeschossen.»

«Tödlich getroffen, wenn ich mich recht erinnere», sage ich. «Ich habe das damals gelesen. Es gab irgendwelche Streitigkeiten.»

«Er war zu dem Zeitpunkt gar nicht im Dienst, und das hat einige Leute stutzig gemacht», erklärt Leo. «Er gehörte einem eingeschworenen Haufen an. Besonders Diensteifrige, die Sturmböcke im Kofferraum liegen hatten, so wie andere Leute Angelruten. Wenn sie einem Dealer mit dem Lauf ihrer Beretta in der Nase bohren konnten, war es für sie ein gelungener Abend. So Typen kennt man ja.»

Für Leo ist eine Verletzung der Arbeitszeitregelung eine Todsünde. Sie beherrscht das ganze Leben, und niemals hat er eine Minute länger gearbeitet, ohne sich dafür bezahlen zu lassen.

«Sie haben den Mord irgendeinem jungen Burschen angehängt. Sechzehn Jahre alt. Wurde aber vor Gericht wie ein Erwachsener behandelt.»

«Finde ich ganz gerecht», werfe ich ein.

«Bis auf eine Kleinigkeit», sagt er. «Der Junge hat abgestritten, daß er es war. Hat behauptet, die Tatwaffe gehörte ihm nicht.»

«Unglaublich. Ist ja mal ganz was Neues.»

«Und wie», sagt Leo. «Deshalb hat ihm auch keiner geglaubt. Sie haben die Seriennummer überprüft. 38er Smith and Wesson. Und siehe da, das Ding war als gestohlen gemeldet. Seit einem Einbruch. Also hielt jeder den Burschen für schuldig.»

Ich sehe Leo an, daß er noch mehr weiß.

«Aber damit ist die Geschichte dieser Waffe noch nicht zu Ende. Anscheinend hat einer der Mitarbeiter in der Asservatenkammer eine kleine Inventur veranstaltet. Er wollte feststellen, wie viele von den Beweisstücken, die da in amtlicher Verwahrung sind, im Laufe des Jahres verloren gehen, Autos, Flugzeuge, Hotels und so weiter. Und was glaubst du, hat er dabei entdeckt?»

Ich zucke die Achseln.

«Eine 38er Smith and Wesson fehlte.»

«Laß mich raten. Dieselbe Seriennummer.»

«Bingo», sagt Leo. «Wahrscheinlich hat einer der Cops dem Jungen die Waffe noch am Tatort untergeschoben.»

«Was willst du damit sagen? Eine verirrte Kugel? Hat einer von ihnen die Nerven verloren?»

«Du bist zu vertrauensselig», sagt Leo. Der einzige Mensch, der noch zynischer ist als ich.

«Was dann?»

«Seit über einem Jahr kommen uns Gerüchte zu Ohren – wohlgemerkt, keine Klagen, bloß Gerüchte von der Straße –, daß einige Cops selbst ins Geschäft eingestiegen sind, daß sie Dealer unter Druck setzen, Bargeld kassieren und, wenn sie können, Drogen. Nichts richtig Großes», sagt Leo. «Hier ein bißchen, da ein bißchen, hier einen Riesen, da ein Kilo. Das läppert sich zusammen. Und jetzt überleg dir, daß diese Typen, die Opfer, nicht gerade in der Position sind, Anzeige zu erstatten. Deshalb ist alles, was wir hören, völlig inoffiziell.» Leo kommt in Fahrt.

«Zum Beispiel so», sagt er. «Officer, sehen Sie den Dreckskerl da drüben? Der hat mir mein Crack weggenommen und einen ganzen Monatsvorrat an Heroin. Ja genau, der da drüben, der die gleiche Uniform trägt wie Sie.»

«Ich kann mir vorstellen, daß das deprimierende Aussichten für eine Anzeige sind.»

«Wenn du das schon deprimierend findest», meint Leo, «dann hör mal weiter. Sämtliche Officer bei der Razzia mit Wiley in jener Nacht gehörten zu Mendels Clique. Zwei von ihnen waren sogar im Gewerkschaftsvorstand.»

Leo kommt zum Finale.

«Was hat das mit Tony Arguillo zu tun? Du willst mir doch wohl nicht erzählen, daß . . .?»

Er deutet ein Kopfnicken an.

«Dein Mandant Tony hat dem jungen Burschen die Waffe abgenommen.»

5

Den ganzen Abend habe ich Lenores Privatnummer gewählt, aber sie meldet sich nicht. Sarah schläft, und ich vertreibe mir die Zeit damit, einige Akten aus meinem Büro durchzusehen. Zehn Minuten später nehme ich erneut den Hörer in die Hand und habe eines von diesen übersinnlichen Erlebnissen, wie man sie nur alle Jubeljahre einmal erlebt. Ich will gerade wählen, als sich am anderen Ende eine Stimme meldet. Es ist Lenore.

«Telepathie», sage ich und werfe einen Blick auf die Uhr. Es ist nach zehn. «Du machst wohl Überstunden», füge ich hinzu.

«Ich ziehe die Bilanz meines Lebens», antwortet sie. Ihre Stimme klingt verschnupft, als ob sie erkältet wäre.

«Ich wollte dich fragen, wo Tony Arguillo sein könnte. Seit zwei Tagen hinterlasse ich eine Nachricht nach der anderen auf seinem Anrufbeantworter. Aber er ruft nicht zurück.» Ich erzähle ihr nichts von meinem Treffen mit Phil Mendel und von den bedenklichen Informationen, die ich von Leo Kerns bekommen habe, die Gründe, warum ich mit Tony sprechen will.

«Ich habe keine Ahnung», sagt sie. «Seit unserem Treffen in deinem Büro habe ich ihn nicht mehr gesehen.»

Es folgt ein verlegenes Schweigen in der Leitung – ein Pause, wie sie der Mitteilung vom Tode eines Verwandten vorausgehen könnte.

«Du bist dran», sage ich.

«Ich muß mit jemandem reden», sagt sie. «Bloß eine freundliche Stimme.»

«Warum? Was ist los?»

«Ich bin entlassen worden.»

Eine halbe Stunde später klopft es leise an meiner Haustür. Ich öffne, und draußen auf der Veranda steht Lenore, die Haare so zerzaust, wie ich es nie für möglich gehalten hätte. Als sie «Hallo» sagt, rieche ich eine schwache Fahne. Sie sieht aus wie ein Vulkan nach der Haupteruption, jede Menge psychischer Qualm, während das Feuer weitgehend erloschen ist.

Ich bitte sie herein und biete ihr einen Kaffee oder einen Drink an.

«Was hast du denn da?»

In ihrem Zustand wäre vermutlich sogar Salzsäure noch zu schwach. Ich führe sie in die Küche und öffne die Schranktür, damit sie sich selbst etwas aussuchen kann.

«Warst du nicht überrascht?» fragt sie. «Über die Nachricht von meinem Untergang?»

«Ein bißchen», antworte ich. «Aber mir war schon aufgefallen, daß du nicht unbedingt den gleichen Führungsstil hast wie Kline.»

Sie lacht. «Schön formuliert. Du bist und bleibst der geborene Diplomat.»

«Als nächstes wirst du mir jetzt erzählen, du hättest das nicht kommen sehen», sage ich.

«Ich habe es gesehen», erwidert sie, «aber trotzdem ist man erstaunt, wenn man dann seine eigene Todesanzeige liest.»

Ihr Sarkasmus zeigt, wie tief sie verletzt ist. Sie findet ein paar nette Bezeichnungen für ihren früheren Chef, aber die schlimmsten Beschimpfungen hat sie vermutlich bei einem früheren Wutanfall abgelassen. Ich frage mich, wer von ihren Freunden wohl das meiste abbekommen hat, vielleicht bei ein paar Drinks, nachdem sie das Büro verlassen hatte.

Sie nimmt eine Flasche Johnnie Walker, gießt sich ein großes Glas halb voll, während sie die ganze Zeit auf mich einredet. Kein Wasser oder Eis zum Verdünnen. Lenore will sich morgen an nichts mehr erinnern.

«Also, nun erzähl, was passiert ist. Seid ihr wieder aneinander geraten?»

Sie schüttelt den Kopf und schnieft ein ganz kleines bißchen. «Ach wo. Dafür ist er zu berechnend. Er hat sich das alles genau überlegt und gut geplant. Wollte den Augenblick auskosten. Ich bin am Nachmittag vom Gericht zurückgekommen, so gegen halb fünf, und da stand meine Bürotür offen.» Sie nimmt einen tiefen Schluck und hustet kurz, wie ein Jugendlicher, der zum erstenmal an einer Zigarette zieht.

«Das schmeckt ja widerlich.»

«Deine eigene Wahl.»

«Hast du Wein da?» Lenore trinkt normalerweise keine harten Sachen. Sie möchte bloß ein Schmerzmittel, etwas, das ihren kleinen Schwips noch verstärkt.

«Damit kannst du dich genausogut besaufen.»

«Aber mit Wein dauert es länger, und ich habe einiges zu erzählen», sagt sie.

Ich krame zwei Flaschen heraus und halte sie ihr hin.

«Den Gewürztraminer», sagt sie.

«Erinnere mich daran, daß ich nie versuchen sollte, dich mit Whisky zu verführen», sage ich.

«Wenn du dir nicht die Zeit nimmst, es richtig zu machen, solltest du es gleich lassen», sagt sie.

«Also, du kommst vom Gericht zurück, und deine Bürotür steht offen.» Ich nehme den Faden wieder auf, während ich nach einem Korkenzieher suche.

«Genau. Meine Bürotür steht offen. Ich weiß genau, daß ich sie geschlossen habe, als ich ging. In einem Besuchersessel draußen lümmelt sich ein Beamter in Uniform und liest Zeitung. Ich habe gedacht, daß er vielleicht als Zeuge in einem Verfahren aussagen soll und auf ein Vorgespräch wartet.»

Ich nicke. Logische Überlegung. Ich entkorke die Flasche und gieße Lenore ein Glas ein.

«Aber noch bevor ich meine Tür erreiche, höre ich Geräusche aus dem Büro. Jemand kramt da herum. Ich will natürlich wissen, was da los ist, aber der Typ hält mich zurück.»

«Wer?»

«Der Beamte», sagt sie. «Er packt mich am Arm und reißt mich fast um, als ich mein Büro betreten will. Er verlangt, daß ich mich ausweise. Also zeige ich ihm meinen Dienstausweis.»

Der sieht aus wie ein kleiner Paß und dient beispielsweise an Tatorten als Passierschein. Er wird von der Staatsanwaltschaft an sämtliche Anwälte ausgegeben, die für sie tätig sind – die Eintrittskarte für die Bruderschaft der Strafverfolgungsbehörden.

«Er wirft einen Blick darauf und steckt ihn in die Tasche», empört sie sich.

Das ist in der Tat eine vielsagende Geste.

«Ich will den Ausweis zurückhaben, aber er sagt nur, daß ich mich setzen soll. Ich frage ihn, was zum Teufel eigentlich los ist. Er antwortet nicht. Und die ganze Zeit ist jemand in meinem Büro und geht meine Schreibtischschubladen durch. Ich höre Papierrascheln, Stimmen, während ich mich mit dem Cop im Flur fetze. Ich werde ziemlich sauer.»

Ich stelle mir Lenore vor, wie sie mit der ganzen Wucht ihrer fünfundfünfzig Kilo den stämmigen Cop attackiert.

«Dreimal darf ich raten», unterbreche ich sie, «und die ersten beiden Male zählen nicht. Kline ist mit Taschenlampe und Dietrich in deinem Büro und macht sich an den Schlössern deines Schreibtischs zu schaffen.»

Sie nickt heftig.

«Wendy ist dabei. Der Todesengel. Sie war schon seine Mitarbeiterin, bevor er ins Amt gewählt wurde, und er hat sie in die Staatsanwaltschaft mitgebracht. Sie steht also da und macht sich Notizen auf einem kleinen Block. Es sieht so aus, als würde sie ein Inventurverzeichnis meines Büros anlegen. Ich frage ihn, was zum Teufel eigentlich los ist.»

Lenore nippt an ihrem Wein. «Der ist gut.»

«Ich packe nur rasch den Käse aus, dann können wir eine Weinprobe machen», sage ich.

Sie wirft mir einen entnervten Blick zu.

«Er will wissen, wo meine sämtlichen Notizen in der Sache Acosta sind. Ich sage, daß alles in der Akte war, die ich ihm gegeben habe. Aus unerfindlichen Gründen scheint er das nicht zu glauben. An diesem Punkt bin ich dann wirklich ausgerastet. Mir sind dabei wohl so einige unfeine Bemerkungen rausgerutscht.»

Sie nimmt einen Schluck, und es bleibt meiner Phantasie überlassen, die Leerstellen zu füllen. Ich kann mir bestens vorstellen, wie sie Kline die Meinung gesagt hat.

Sie schluckt und sieht mich an. «Und dann eröffnet er mir, daß ich gefeuert bin.» Ihr Gesichtsausdruck läßt nur wenig von dem Schock erkennen, den sie, wie sie sagt, bei dieser Mitteilung hatte.

«Ich frage ihn, wieso, und er antwortet, daß ihm geraten wurde, keine Gründe zu nennen, daß ich einen Brief bekommen werde, aber daß mein Beschäftigungsverhältnis Punkt fünf Uhr am heutigen Tag ausläuft. Ohne Erklärung. Kannst du dir so was vorstellen?»

Die traurige Wahrheit ist: Ich kann es mir vorstellen. Wir erörtern, welche Einsprachemöglichkeiten Lenore hat, aber das dauert kaum eine Nanosekunde. Kline braucht keinen besonderen Grund, um sie rauszuschmeißen. Alles, was nicht auf Diskriminierung hinausläuft, ist Grund genug. Lenore sagt, daß sie keineswegs vorhat, sich zu wehren, auf lange Sicht sei es vermutlich besser so. «Es ist an der Zeit, mich auf eigene Füße zu stellen.»

Ich frage nach potentiellen Mandanten oder Geld, sie hat keins von beiden.

«Ich könnte dir Tony als Mandant abtreten», schlage ich vor.

«Na prima. Genau das brauche ich jetzt.»

Wenn sie sich am Monatsende klarmachen wird, wie hoch ihre laufenden Ausgaben sind, muß sie sich etwas einfallen lassen.

«Hast du rausgefunden, was Kline aus der Acosta-Akte haben wollte? Wonach er gesucht hat?» Ich vermute, das könnte etwas mit ihrem Rausschmiß zu tun haben.

«Gott allein weiß, was der Typ will», sagt sie.

«Du hast gesagt, daß er deine Notizen haben wollte.»

Sie macht ein Gesicht wie ein Fragezeichen. Sie hat keine Ahnung.

«Was ist dann passiert?»

«Alles hochdramatisch», sagt sie. «Wendy überreicht mir einen Karton mit meinen persönlichen Sachen, die ich im Büro hatte, und Kline weist den Cop an, mich aus dem Gebäude zu begleiten. Als ob ich ein Verbrechen begangen hätte.»

Lenore geht in der Küche auf und ab, wirres Haar, Glas in der Hand, und von ihrem Körper scheint förmlich Dampf aufzusteigen, als sie sich das Bild in Erinnerung ruft.

«Ich hätte nie gedacht, daß ich mal zu so einem Scheißer wie Acosta halten würde», sagt sie.

«Der Feind meines Feindes», erwidere ich.

«Genau. Vor zwei Tagen hätte ich an den keinen Gedanken verschwendet, geschweige denn, ihm den Hauch einer Chance eingeräumt.»

«Und jetzt ist er ein Ritter in schimmernder Wehr.»

«Soweit würde ich nicht gehen. Aber ich denke, Acosta könnte einigen Leuten Feuer unterm Arsch machen. Zumindest werden seine Anwälte das tun.»

«Glaubst du, daß Kline vor Gericht eine so schlechte Figur macht?»

«Erstens das, und zweitens haben sich seine Beweise plötzlich in Luft aufgelöst.»

«Wie bitte?»

«Gleich nachdem Kline mir die Akte vom Schreibtisch gerissen und lauthals verkündet hatte, daß er diese Sache selbst in die Hand nehmen würde, haben die Leute von der Kriminaltechnik angerufen. Das Mikro, das Brittany Hall an dem Abend getragen hat – es hat nicht funktioniert.» Diese Eröffnung zaubert das erste Lächeln des Abends auf ihr Gesicht, ein unheilvolles Lächeln, das ihr nicht sonderlich gut steht. «Sie wissen nicht, ob es einfach kaputt war oder ob es abgeschaltet wurde.»

«Abgeschaltet?»

Sie wirft mir einen Blick zu, der besagt, «denk doch mal nach». «Acosta. Mendel und die Gewerkschaft. Wenn einer den Richter fertigmachen wollte...» Sie läßt mich den Gedanken zu Ende führen: Wenn die Cops Acosta eine Falle gestellt haben und man das auf dem Tonband heraushört, dann würden sie es wohl kaum vorlegen.

«Es wäre doch sinnvoller, wenn sie es bei Halls Aussage gegen die des Richters belassen», sagt Lenore.

«Auf dem Band war nichts?» frage ich.

«Nichts, außer Acostas heiserer Stimme und einem etwas anrüchigen ‹Hallo› von ihr. Nicht sonderlich belastend. Danach hört man nur noch Rauschen.»

Ich spüre, wie mir das Herz ein wenig tiefer rutscht. Noch weitere zwanzig Jahre mit der «Kokosnuß» als Richter.

«Dann steht also bloß ihr Wort gegen seins?» frage ich.

Lenore nickt.

«Es könnte reichen. Ich hatte den Eindruck, daß sie eine ziemlich gute Zeugin abgeben würde.» – Wunschdenken meinerseits.

Lenore macht eine Handbewegung: «Kann sein, kann auch nicht sein.»

«Bevor man mich mit sanfter Gewalt aus dem Haus geworfen hat, sind mir einige Gerüchte zu Ohren gekommen», sagt sie. «Man munkelt, daß sie Acosta einen Handel vorgeschlagen haben.»

«Um Himmels willen, bloß das nicht.»

«Aber nur unter der Bedingung, daß er als Richter zurücktritt.»

Ich seufze wie ein Mann vor einem Erschießungskommando, das soeben mit Platzpatronen geschossen hat.

«Er hat das Angebot glattweg abgelehnt», sagt sie. «Hat irgendwas erzählt von einem Treffen mit der Zeugin in einer dienstlichen Angelegenheit.»

«Das soll seine Verteidigung sein?» frage ich. «Was denn für eine Angelegenheit? Eine Matratzeninspektion? Ich kann ihn förmlich im Zeugenstand hören: ‹Ich habe mich nur deshalb auf die Frau gelegt, um festzustellen, ob die Matratze das aushält.›»

Lenore lacht nicht. «Du mußt schon zugeben, daß alles ein bißchen eigenartig ist. Der Richter versucht, Informationen über ein Dienstvergehen der Polizei zu bekommen, und tappt in eine Falle, die ihm Beamte von der Sitte gestellt haben. Bevor sie ihn vor Gericht bringen können, lösen sich die Beweise in Luft auf.»

«Also was denkst du? Ein Schuß vor den Bug. Sie wollen ihn abschrecken.»

«Wer weiß. Bis jetzt steht lediglich fest, daß es auf einen Wettstreit um Glaubwürdigkeit hinauslaufen wird. Wem werden die Geschworenen glauben?» sagt Lenore. «Und am Ende wird er als Richter abserviert.»

Plötzlich meldet sich der Piepser in ihrer Handtasche. Sie stellt das Glas ab und wühlt zwischen Haarbürsten und Taschentüchern herum, bis sie das schwarze, kleine Biest findet.

«Das einzige, was sie nicht gekriegt haben.»

Lenore hat den staatseigenen Piepser mitlaufen lassen. Sie wirft einen Blick auf die Nummer, die auf der Anzeige abzulesen ist: «Das Objekt deiner Begierde.»

Ich schaue sie fragend an.

«Tonys Handy-Nummer.»

«Sag ihm, daß ich ihn sprechen will.»

Lenore geht leicht schwankend zum Wandtelefon neben der Küchentür. Im Interesse ihrer Sicherheit bringe ich ihr einen Hocker, und sie wählt. Nach wenigen Sekunden sagt sie: «Ich bin's». Mehr nicht.

Die Stimme am anderen Ende übernimmt das Reden. Ich vermute, es ist Tony. Das Gespräch ist ausgesprochen einseitig, und während ich sie beobachte, spiegeln sich auf Lenores Gesicht zahlreiche Regungen: von deprimierter Gleichgültigkeit bis hin zu heftigem Interesse.

«Wo bist du jetzt?» fragt sie.

«Sag ihm, daß ich ihn sprechen will.» Ich versuche, ihre Aufmerksamkeit zu gewinnen, aber sie ist völlig darauf konzentriert, was am anderen Ende gesagt wird. Ohne auf mich zu achten, kritzelt Lenore etwas auf den Block, der an der Wand hängt.

«Wie ist es passiert? Wer ist sonst noch da?» Kurze Pause. «Irgendwer von der Staatsanwaltschaft?» Sie feuert diese Fragen im Stakkato ab, ohne ihrem Gegenüber viel Zeit zum Antworten zu lassen.

«Irgendeine Vorstellung, wann es passiert ist?» Nach dieser Frage tritt eine lange Pause ein. Der Ausdruck auf Lenores Gesicht verrät reine Verblüffung.

«Zeugen?» Auf der anderen Seite wird ausführlich geantwortet, doch Lenore macht sich keine Notizen.

«Ich bin in zehn Minuten da», sagt sie und legt auf. Sie sieht durch mich hindurch, auf einen fernen Punkt in einer anderen Welt.

«Was ist los? Tony?» frage ich.

Sie nickt, antwortet aber nicht.

«Was ist denn?»

«Brittany Hall», sagt sie. Sie wirkt wie in Trance, als ob sie durch dieses Telefongespräch hypnotisiert worden wäre. Sie starrt mit leerem Blick die Wand an: «Vor einer Stunde hat man ihre Leiche in einem Müllcontainer gefunden. Hinter dem Bürogebäude der Staatsanwaltschaft.»

Als wir ankommen, sind dort schon ein halbes Dutzend Polizeiwagen geparkt, auf die übliche Art, das heißt, wie es ihnen gerade gefällt, mit flackerndem Blaulicht. Eine Handvoll Obdachloser steht vor dem gelben Polizeiband, das die Gasse hinter der G-Street absperrt. In jedem anderen Viertel der Stadt hätten diese Betriebsamkeit und die Ansammlung von Polizisten Schaulustige und Passanten angezogen. Aber hier, gegenüber vom Gerichtsgebäude und mitten in der Nacht, sind die einzigen Zuschauer ein paar heimatlose Penner, die aus der Gasse vertrieben wurden und jetzt zitternd, in dünne Decken und andere Wohlfahrtszuteilungen gehüllt, zusammenstehen.

Auf der anderen Seite des Polizeibandes sind eine kleinere Gruppe von Männern und eine Frau zu sehen, alle uniformiert. Ich erkenne einen der Typen von der Mordkommission. Sie müssen ihn aus dem Bett geholt haben. Er trägt eine Jogginghose und ein graues Sweatshirt, das aussieht wie aus einem Rocky-Film.

«Überlaß das Reden mir.» Lenore gestikuliert aufgeregt, angeheitert wie sie ist. Aus genau diesem Grund bin ich hier. In der kurzen Zeit nach Tonys Anruf habe ich ihr den Autoschlüssel abgenommen und eine befreundete Nachbarin gebeten, ein Nickerchen auf meiner Couch zu machen, während Sarah oben schläft. Ich war nicht gewillt, Lenore fahren zu lassen. Gerade jetzt würde Kline nichts lieber sehen, als daß sie wegen Trunkenheit am Steuer verhaftet wird.

Ich entdecke Tony Arguillo rund dreißig Meter entfernt in der Gasse, außer Rufweite, es sei denn, wir wollen die allgemeine Aufmerksamkeit erregen.

«Bleib in meiner Nähe», sagt sie und steigt aus. Noch bevor ich um den Wagen herum bin, höre ich am Klappern ihrer Absätze, daß sie auf die andere Straßenseite geht. Ich folge ihr, versuche sie einzuholen, damit sie nicht von einem Wagen angefahren wird. Ohne ihren Dienstausweis baut Lenore darauf, daß sich ihre Entlassung noch nicht bei den Cops herumgesprochen hat.

Bevor ich bei ihr bin, spricht sie bereits einen der Polizisten an der Absperrung an: «Wo ist Officer Arguillo?» Ihre gebieterischste Stimme unter den gegebenen Umständen und kaum genuschelt.

Der Mann kennt sie und nimmt sie deshalb nicht so genau unter die Lupe, er riecht auch ihre Fahne nicht. Statt dessen reagiert er mit dem für Polizisten typischen Achselzucken. Lenore deutet das als Zeichen, passieren zu dürfen, und bevor der Beamte in Uniform ein Wort sagen kann, ist sie unter dem Band durchgeschlüpft. Einen Moment scheint er sie zurückhalten zu wollen, doch dann läßt er es. Wer legt sich schon gern mit Autoritäten an?

«Er gehört zu mir», sagt sie und packt mich am Jackettärmel.

Sekunden später stolpere ich auf den Schauplatz des Verbrechens zu, folge einer Frau, die zwar nicht richtig betrunken ist, aber doch unter falscher Flagge segelt.

Zehn Meter vor uns quatscht Tony mit einem Kollegen. Als er uns sieht, hört er auf zu reden und entfernt sich von seinem Kumpel.

Heute nacht scheint er ein einziges Nervenbündel zu sein. Er schielt ängstlich über die Schulter, wirft den anderen Cops, die sich bei dem Müllcontainer aufhalten, nervöse Blicke zu, als ob er wüßte, daß er seinen Kopf riskiert, wenn man ihn im Gespräch mit uns erwischt. Obwohl er mir die Hand schüttelt und «Hallo» sagt, stört es ihn offenbar, daß ich hier bin, ich, sein eigener Anwalt.

«Ich dachte, du würdest allein kommen.» Das flüstert er Lenore zwar zu, aber ich höre es trotzdem.

«Paul wollte fahren», sagt sie. Sie fragt ihn, wer die Ermittlung leitet. Er nennt ihr einen Namen, der mir nichts sagt, und deutet die Gasse hinunter auf ein paar Männer in Overalls, die vorsichtig den Müll durchsuchen.

«Ist Kline schon hier gewesen?» fragt Lenore. Selbsterhaltung. Das Wichtigste zuerst.

«Sie haben ihn informiert. Normalerweise hätten sie sich nicht die Mühe gemacht», sagt Tony. «Aber schließlich war sie Zeugin in einer Strafsache. Sie haben ihn irgendwo unterwegs nach San Francisco erreicht, da hat er morgen eine Besprechung. Er soll auf dem Rückweg sein.»

«Dann haben wir nicht viel Zeit. Was ist passiert?» drängt Lenore.

«Laß uns lieber da drüben hingehen.» Er deutet auf die andere Seite der Absperrung.

«Wir werden die Leiche schon nicht begaffen», sagt Lenore. «Erzähl uns bloß, was passiert ist, und dann sind wir wieder weg. Wer hat die Leiche gefunden?»

«Ein Obdachloser, vor nicht ganz einer Stunde. Er hat einen Streifenwagen angehalten.»

Tony erzählt, daß er Lenore sofort angerufen hat, nachdem er in seinem eigenen Dienstwagen die Nachricht von der Entdeckung der Leiche empfangen hatte.

Zwei Cops in Overalls stehen im Container und reichen dessen Inhalt heraus, während die anderen sich durch die Müllberge arbeiten, die sie auf dem Boden aufgehäuft haben. Alle paar Sekunden sehe ich im Innern des Containers Blitzlicht aufleuchten – man macht Fotos vom Inhalt, der eventuell als Beweismittel dienen könnte. Zwei Detectives beugen sich über ein weißes Tuch, auf dem sich etliche Ausbuchtungen abzeichnen. Es ist kein Blut zu sehen.

«Hat dieser Obdachlose irgendwas gesehen?» fragt Lenore.

«Zum Beispiel, wer die Leiche da abgeladen hat?» entgegnet Tony. Er schüttelt den Kopf. «Unser Mann hatte den Kopf zu tief in der Flasche, um noch irgendwas zu bemerken. Hier fahren dauernd Wagen vorbei. Er sagt, daß er auf so was nicht achtet.»

«Vielleicht hat er Angst», sagt Lenore.

«Der Typ ist viel zu benebelt, um noch Angst zu haben.»

«Wie hat er sie gefunden?»

«Na, wie wohl?» Tony schaut sie von der Seite an. «Ein Müllcontainer aus Metall, ein Dach über dem Kopf und vier Wände. Das ist das große Los. Da schlafen im Normalfall ein halbes Dutzend Penner drin. Wenn so ein Ding frisch geleert ist, wird es zum Fünf-Sterne-Hotel.»

«Aber heute war er nicht leer?» sage ich.

«Nein.» Tony beäugt mich argwöhnisch. Mir kommt der Gedanke, daß er sich vielleicht mit Phil Mendel beraten hat und ich nun zur Persona non grata geworden bin, nicht mehr vertrauenswürdig.

«Hat er die Leiche gefunden, kurz nachdem sie dort hineingeworfen wurde? Das muß ein ziemlicher Schock gewesen sein», sage ich.

«Sie war eingepackt.» Tony sagt das, als würde er ein Thunfisch-Sandwich in Butterbrotpapier beschreiben. «War in eine Decke gewickelt. Aber die wühlen im Müll wie Ungeziefer.» Gemeint sind die Obdachlosen, die diese Metallkiste zu ihrem Zuhause erkoren haben.

«Er hat wohl gedacht, er hätte einen Schatz entdeckt, als er die Decke sah. Wir können von Glück sagen, daß er nicht ein paar Nächte mit ihr gebumst hat, bevor er uns verständigte.» Tony hat keine sonderlich gute Meinung von der Unterschicht.

«Wie ist sie gestorben?» fragt Lenore.

«Vielleicht erwürgt. Hat ein paar Abdrücke am Hals. Der Arzt ist noch nicht da. Sie hatte sich nicht gerade in Schale geschmissen.»

«Was soll das heißen?»

«Sie hatte einen Slip und ein Oberteil an. Außerdem ein Handtuch um ihren Kopf gewickelt wie ein Turban.»

«Vielleicht hatte sie sich gerade die Haare gewaschen?» sagt Lenore. «Vielleicht wollte sie ausgehen oder gerade ins Bett.»

Arguillo zieht eine Braue hoch, legt den Kopf leicht schief, als wollte er sagen: «Denk, was du willst.»

«Irgendwelche Hinweise auf ein Sexualdelikt?» fragt Lenore.

«Halbnackte Frau, in einen Müllcontainer geschmissen, jung, gutaussehend. Ich würde es zumindest nicht ausschließen. Aber wir müssen auf den Gerichtsmediziner warten.»

Er bedeutet Lenore, etwas näher zu kommen. «Wenn du noch einen Moment Zeit hast, würde ich gern allein mit dir sprechen.» Er geht mit ihr außer Hörweite, und sie unterhalten sich. Das Gespräch dauert ein Weilchen. Einmal läßt Lenore deutlich Verblüffung erkennen, woraufhin Tony noch aufgeregter gestikuliert, dann lautere Stimme, die ich fast verstehen kann, bis beide in meine Richtung blicken. Schließlich scheint Lenore das Gespräch zu beenden, sie wendet sich ab und läßt Tony einfach stehen.

Als sie wieder neben mir ist, wirkt ihr Gesicht noch blasser. Ich denke mir, daß Tony ihr wohl ein paar weitere schauerliche Details mitgeteilt hat, Informationen, die normalerweise nicht in der Öffentlichkeit verbreitet werden.

«Mehr kann er uns im Moment nicht sagen.» Eine kleine Notlüge von Lenore. Sie meint, es sei Zeit, sich zu verdrücken.

«Ich wollte, daß du es als erste erfährst», sagt Tony.

«Gut gemacht», sagt Lenore.

«Ich dachte, daß du vielleicht den Fall übernimmst», fährt er fort.

«Das bezweifle ich», erwidert sie. Lenore hat ihm nicht erzählt, daß sie rausgeflogen ist. Noch eine Täuschung.

Tony geht mit uns in Richtung Absperrung und Wagen.

«Ich wußte, daß es dich interessieren würde», sagt er. «Du hast schließlich mit ihr zusammengearbeitet, in der Acosta-Sache. Es ist schrecklich. Sie war ein netter Kerl.» Tony wird ein wenig weinerlich. «Wir kriegen den, der das gemacht hat. Sie war mit vielen im Morddezernat befreundet. Die werden keine Ruhe geben, jeder Spur nachgehen.» Sein Kredo lautet nach wie vor, daß die Cops sich um ihre Leute kümmern.

Plötzlich verlieren sich Tonys Gesichtszüge im grellen Licht eines Wagens. Groß und dunkel, mit eingeschaltetem Fernlicht biegt er am anderen Ende in die Gasse ein.

«Ich halte dich auf dem laufenden», sagt Tony und geht zurück zu seinen Leuten.

«He! Wir müssen uns unterhalten», rufe ich ihm nach.

«Jaja. Später.»

«Wir müssen weg», sagt Lenore. Sie zieht mich wieder am Ärmel bis zur Absperrung zurück, während ich die große, schlanke Silhouette aus dem Wagen steigen sehe, dicht gefolgt von einem wahren Kometenschweif von Uniformierten: Coleman Kline.

«Ich muß mir noch was ansehen», sagt sie. «Bieg hier ab.»

Ich bin auf dem Weg nach Hause, und Lenore will einen Umweg machen. Es ist spät, und ich denke an Sarah. Auf diese Einwände beteuert Lenore, daß es nur einen Moment dauert. Sie gibt mir die Richtung an, wir fahren die Fifteenth Street hinunter aus dem Stadtzentrum hinaus.

Ich frage sie, was sie mit Tony besprochen hat.

«Das kann ich dir jetzt nicht sagen», antwortet sie.

«Wohin fahren wir?»

«Wirst du schon sehen. An der nächsten Kreuzung links.»

Ich tue, was sie sagt. Während ich fahre, versucht sie die Hausnummern zu erkennen, und wenige Sekunden später läßt sie mich unter einer alten Ulme anhalten, deren wuchtig aufragende Krone zahllosen Krähen Obdach bietet. Die Straße darunter sieht aus wie ein Dalmatinerfell.

Wir befinden uns in einem der älteren Stadtviertel mit Häusern aus der Jahrhundertwende, von denen die meisten schon bessere Tage gesehen haben. Sie sind auf Pfählen erbaut, zum Schutz gegen die Überschwemmungen, die die Stadt früher jedes Jahr heimsuchten. Die Unterbauten sind hinter einer Fassade aus vermoderndem Gitterwerk verborgen. Dazwischen stehen vereinzelt ein paar Miets- und Apartmenthäuser aus den späten sechziger und frühen siebziger Jahren.

Bevor ich ein Wort sagen kann, hat Lenore ihre Tür geöffnet.

«Wo willst du hin?»

Als Antwort knallt sie die Tür hinter sich zu und eilt über die Straße. Vor vollendete Tatsachen gestellt, bleibt mir nichts anderes übrig, als ihr nachzugehen. Bis ich den Wagen abgeschlossen habe, ist Lenore längst in einem dunklen Türeingang verschwunden. Wenn ich mich nicht rechtzeitig nach ihr umgedreht hätte, wüßte ich jetzt nicht, wo sie ist. Ich folge ihr über die Straße. In der Dunkelheit zwischen den Büschen des Vorgartens kann ich sie zwar nicht sehen, aber ich höre, wie sie in ihrer Handtasche herumkramt, das Klingeln von Schlüsseln.

«Wo zum Teufel willst du hin?»

«Pssst.»

«Wer wohnt denn hier?»

«Klappe.»

Dann plötzlich ein schwacher Lichtstrahl, wie eine kleine Fee im Tintenfaß. Lenore hat gefunden, wonach sie gesucht hat, eine winzige Taschenlampe an ihrem Schlüsselbund.

«Ich hoffe, hier wohnt ein richtig guter Freund von dir», sage ich. Ich werfe einen Blick auf die Leuchtziffern meiner Uhr. Es ist fast ein Uhr.

Lenore dreht den Knauf der Wohnungstür im Erdgeschoß. Erst als ich das Taschentuch sehe, das sie sich um die Hand gewickelt hat, schlägt mein Unbehagen in Angst um. Die Bedrohlichkeit der Situation senkt sich auf mich, und als die Tür sich öffnet, gibt mir eine dunkle Ahnung ein, wer hier wohnt.

In einer solchen Gegend ist die Tatsache, daß jemand seine Wohnungstür unverschlossen läßt, ebenso kurios wie Feuerspeien oder Schwertschlucken.

«Glück gehabt», sagt sie.

Ich würde es nicht so nennen.

Lenore schlüpft durch die Tür und zieht mich hinter sich her.

«Wir haben hier nichts verloren», sage ich.

Sie hebt den Finger vor den Mund und schließt die Tür hinter uns. Ich habe Horrorvisionen von Sirenengeheul und Blaulicht.

«Es kann nicht mehr lange dauern, bis sie hier sind», sage ich.

«Wir brauchen nicht lange.»

«Wir sollten überhaupt nicht hier sein.»

«Dann warte im Wagen», sagt sie. Mit diesen Worten läßt mich

Lenore in der Dunkelheit stehen und entfernt sich mit dem spärlichen Licht aus ihrer Minitaschenlampe.

Einen Augenblick später spiele ich im Dunkeln Blindekuh mit ihr.

«Halt die Hände in den Taschen», flüstert sie.

«Das sollte kein Annäherungsversuch sein. Ehrlich.»

«Ich denke an die Fingerabdrücke», sagte sie.

«Du hast allen Grund dazu.»

Ich mache mir Gedanken über die fantastischen Fortschritte der Wissenschaft und überlege, ob sie vielleicht bereits genetische Fußabdrücke von den Ledersohlen meiner Schuhe nehmen können. In dieser Wohnung muß ich mir darüber aber keine Sorgen machen. Auf dem Boden liegt dermaßen viel Zeug herum, daß ich ihn mit ein wenig Geschick gar nicht berühren werde.

Eine der unabänderlichen Regeln, die man schon in der Pubertät lernt, besagt: Je besser eine Frau aussieht, desto unordentlicher ist ihre Wohnung. In diesem Fall hier könnte man vom Boden essen, aber bloß deshalb, weil die Teller noch dreckiger sind.

Durch die Vorderfenster fällt Licht herein, und ich kann erkennen, daß Papiere auf dem Küchenboden verstreut liegen. Darüber hat sich der Inhalt eines Joghurtbechers ergossen. Im Spülbecken türmen sich Teller, Töpfe, Pfannen – ein größeres Durcheinander als auf einem durchschnittlichen Schrottplatz. Einer der Stühle ist umgekippt und versperrt den Eingang in die Küche. Also wählen wir den Weg des geringeren Widerstands und gehen durch den Flur in die Richtung, wo vermutlich das Wohnzimmer liegt.

Hier herrscht nicht bloß Unordnung, sondern die totale Zerstörung. Ein gerahmtes Bild liegt auf dem Boden. Es wurde offenbar von der Wand gerissen, das Glas ist zersplittert, der zerschrammte und verbogene Aufhänger noch an Ort und Stelle. Als ich das Wohnzimmer betrete, sehe ich neben einem Couchtisch mit Glasplatte und Metallgestell Schmutz auf dem Teppich, Blumenerde aus einem Pflanzenkübel, der umgekippt auf dem Boden liegt, gleich daneben einen anderen, dunkleren Fleck. Etwas ist in den Teppich eingedrungen wie Öl in Sand.

Ich denke gerade, eine solche Unordnung sei schon fast absurd. Da beschleicht mich die Erkenntnis, daß ich hier nicht auf das normale Chaos des Lebens blicke. Es gibt eine erschütternde Erklärung. Hier, in ihrer Wohnung, ist Brittany Hall gestorben.

Es dauert ein paar Sekunden, bis Lenore sich von der Stelle rühren kann. Schließlich geht sie um die Trümmer herum. Im Licht der Taschenlampe glänzt Metall auf, etwas Goldenes, halb unter der Blumenerde auf dem Boden vergraben. Sie hält die Mini-Lampe näher. Ich erkenne, daß der Fleck auf dem Teppich feucht und rot schimmert und daß eine ähnlich aussehende, noch nicht ganz geronnene Flüssigkeit an der scharfen Metallkante des Couchtischs klebt. In spätestens einer Stunde werden die Leute von der Spurensicherung wie die Heuschrecken über diese Wohnung herfallen. Ich weise Lenore darauf hin.

«Stimmt», sagt sie. «Ich hatte so eine Ahnung, daß es hier passiert ist.»

«Das Zweite Gesicht ist eine wunderbare Fähigkeit», sage ich. «Und jetzt nichts wie weg hier.»

«Sieh dich mal am anderen Ende vom Flur um», entgegnet sie.

«Ich finde, wir sollten gehen.»

«Sieh dich nur kurz um. Wer das getan hat, ist längst weg.»

Ihr nachzugeben statt mit ihr zu streiten ist einfacher und außerdem weniger dazu angetan, die Nachbarn zu alarmieren. Also tue ich es.

Der Flur ist dämmrig, nur schwach von einem kleinen Nachtlicht erhellt, das in einer Steckdose knapp über dem Boden eingestöpselt ist. Am Ende befindet sich auf jeder Seite eine offene Tür und in der Mitte das Badezimmer, durch dessen Fenster etwas Licht dringt. Ich gehe rasch, aber vorsichtig den Flur entlang.

Auf halber Höhe ist noch eine Tür, die leicht offensteht. Ich spähe durch den Spalt, der gerade soviel Licht einfallen läßt, daß ich oben an der Wand ein Regalbrett erkenne. Es handelt sich bloß um eine Art Wandschrank, dunkel und eng.

Der erste Raum hinten, in den ich hineinschaue, geht auf die Straße vor der Wohnung. Offenbar handelt es sich um Halls Schlafzimmer. Das Bett ist bis auf die Laken abgezogen, doch abgesehen von den durcheinandergeworfenen Kissen und der fehlenden Decke kommt mir nichts ungewöhnlich vor. In der Ecke steht ein Schrank, die Tür ist geschlossen.

Ich wende mich um und inspiziere das Zimmer gegenüber. Hier steht ein kleines Bett, und ich sehe das Durcheinander, mit dem sich kleine Kinder umgeben: Puppen, Plastikteile von Spielzeug, kleine Steckelemente, mit denen man bauen kann, und ein Kasten mit Holzklötzchen. Auf dem Bett liegt eine helle Tagesdecke. Das Zimmer eines kleinen Mädchens. Aber von dem Kind ist nichts zu sehen. Ich schleiche um das Bett und sehe auf der anderen Seite nach. Nichts.

Ich gehe durch den Flur zurück. Lenore untersucht noch immer das Wohnzimmer. Sie bewegt sich vorsichtig, um nicht auf das Beweismaterial zu treten.

«Ich wußte gar nicht, daß sie ein Kind hat.»

«Ein Mädchen», sagt sie.

«Wo ist die Kleine?»

«Bei den Großeltern.»

«Woher weißt du das?»

«Ich hab in der Küche eine Notiz gefunden.»

Während ich unterwegs war, hat sie herumgeschnüffelt.

«Na schön. Und jetzt nichts wie weg hier.»

«Geh denselben Weg, den wir gekommen sind», befiehlt sie, «und sieh nach, ob wir auch nichts angerührt haben.»

Als ich mich zum Gehen wende, stehe ich schon wieder im Dunkeln. Lenore ist in die andere Richtung gegangen, dorthin, wo Eßzimmer und Küche liegen.

«Wo willst du hin?»

«Wir treffen uns an der Tür», sagt sie.

Es ist sinnlos, mit Lenore zu diskutieren, und mir ist alles recht, was uns schnellstmöglich zur Tür hinaus und zurück zum Wagen bringt. Ich gehe denselben Weg zurück, den ich gekommen bin, was nicht länger als drei Sekunden dauert. Als ich an der Küche vorbeikomme, sehe ich Lenore. Sie hat sich durch die Tür auf der anderen Seite gezwängt. Sie steht mit dem Rücken zu mir und studiert einen großen Kalender, der an der Wand gleich neben der Tür hängt.

«Nun komm.» Meine Stimme reißt sie aus irgendwelchen Gedanken. Typisch Lenore, sich ausgerechnet jetzt für das Privatleben des Opfers zu interessieren.

Sie tänzelt elegant über den Joghurt, umgeht den Blätterwirrwarr und legt die Hand, die sie mit dem Taschentuch umwickelt hat, auf die Lehne des Stuhls, der ihr den Weg versperrt. Sie schiebt ihn sachte beiseite, geht vorbei und bringt ihn so genau wie möglich wieder in seine alte Position. Kaum ist sie im Flur, bin ich auch schon zur Wohnungstür hinaus, Lenore direkt hinter mir. Sie schließt sie, und wir traben über die Straße zu meinem Wagen.

Erst als wir ein gutes Stück gefahren sind, bringe ich den ersten Satz heraus.

«Falls uns irgendwelche Nachbarn gesehen haben, hoffe ich bloß, daß ihre Uhr richtig geht.» Zwei Leute schleichen in der Wohnung eines Mordopfers herum, während die Leiche noch auf der Straße liegt, von Polizisten umringt.

Dann die Frage, die mir nicht aus dem Kopf will: «Was zum Teufel sollte das?»

«Was meinst du?»

«Ich meine diesen Einbruch in ihre Wohnung.»

«Tony hatte so einen Verdacht, daß sie dort ermordet wurde», antwortet sie.

«Dann hätte Tony selbst nachsehen sollen», stelle ich fest. «Woher wußtest du überhaupt, wo sie wohnt?»

«Die Adresse war in der Acosta-Akte.» Ein Gedächtnis wie ein Computer.

Dann spekuliert Lenore ein wenig über den Hergang der Tat, die Hinweise auf einen Kampf, ob Hall an den Folgen eines Sturzes auf die Tischkante gestorben ist oder an einer anderen Verletzung.

«Wieso sollte jemand die Leiche wegschaffen?» frage ich.

«Keine Ahnung.»

Falls sie in ihrer eigenen Wohnung getötet wurde, und dafür sprechen alle Anzeichen, was hatte es für einen Sinn, sie von dort wegzuschaffen? Damit waren doch wohl mehr Risiken als Vorteile verbunden.

«Und wieso war die Tür nicht verriegelt?»

«Manche Menschen sind nun mal vertrauensselig», sagte Lenore.

«Eine allein lebende Frau?»

Sie wirft mir einen Blick zu, der mir recht gibt.

«Und ich habe noch was Besseres», sagte sie.

«Das wäre?»

«Warum sollte sie sich wohl mit einem Mann treffen, gegen den sie vor Gericht aussagen würde?»

Mein Gesicht ist ein einziges Fragezeichen.

«Auf ihrem Kalender», erklärt Lenore, «war eine Eintragung. Sie war für vier Uhr heute nachmittag mit Acosta verabredet.»

6

«Kinderspiel», sagt er.

Heute nachmittag platzt Tony Arguillo förmlich vor Selbstbewußtsein, wie jemand, der allen Kugeln ausgewichen ist und jetzt das Gefühl hat, unsterblich zu sein.

Arguillo wurde heute morgen dem Erschießungskommando in Gestalt des Untersuchungsausschusses vorgeführt, und wenn man ihm glauben darf, hatten sämtliche Gewehre Ladehemmung. Ich selbst habe keine Ahnung, was vor sich gegangen ist, denn ein Anwalt darf seinen Mandanten nicht vor den Untersuchungsausschuß begleiten.

Ich habe in Erfahrung gebracht, daß sich die Untersuchung beim derzeitigen Stand der Dinge nicht gegen Tony richtet, und seine Aussage können sie – unter Immunität – nicht dazu verwenden, um gegen ihn Anklage zu erheben. Allerdings wären Aussagen von anderen Zeugen ein gefundenes Fressen für sie.

Tony rekelt sich auf der Couch in meinem Büro, beide Füße hochgelegt, die Hände hinter dem Kopf verschränkt. Die Pose des entspannten Siegers.

Es kommt mir vor, als habe er sich seine ganze Kindheit hindurch nach Kräften bemüht, cool zu wirken, und sich dabei manchmal etwas überanstrengt. Er hält sich, da bin ich sicher, für gerissen und gefährlich, für einen harten Cop, der dem Bösen, lässig fluchend, ungerührt entgegentritt: Dirty Tony.

«Unser Bursche wußte überhaupt nicht, worauf er hinauswollte und was er fragen sollte», sagt er. Die Rede ist von Coleman Kline, der ihn befragt hat.

«Der reinste Spaziergang.»

Der Kommentar des Mannes, der Angstschweiß wie Aknepickel produziert hat, und das über einen Monat lang, weil die Befragung aufgrund von Acostas Sturz aus Rang und Würden dreimal vertagt wurde.

Tony teilt mir mit, daß er keine hohe Meinung von Coleman Klines Fähigkeiten vor einem Geschworenengericht hat. Ich werde doch lieber eine andere, objektivere Einschätzung abwarten.

«Zwei linke Hände. Ein Bulle im Porzellanladen.» Mit derlei wirren Metaphern beschreibt er ihn.

«Alles gut und schön, vorausgesetzt, Sie haben die Wahrheit gesagt», sage ich.

Die Gefängnisse dieses Landes sind voll von Menschen, die nicht im Traum daran gedacht hätten, ein echtes Verbrechen zu begehen. Jetzt brummen sie mehrjährige Gefängnisstrafen ab, wegen Behinderung der Justiz oder weil sie einem Freund zuliebe einen Meineid geleistet haben.

Ich frage mich, wie weit Tony wohl gehen würde, um Mendel und seine Schäfchen zu schützen.

«Der ist gar nicht richtig auf den Punkt gekommen, hat die Bücher mit keinem Wort erwähnt.»

Tony spricht von Kline und den Geschäftsbüchern der Gewerkschaft, die jetzt auf mysteriöse Weise verschwunden sind. Peng! Zauberei. Phil Mendels Allheilmittel.

«Sie können dich nicht am Arsch kriegen, wenn sie nicht die richtigen Fragen stellen», belehrt mich Tony.

Diese Feststellung ist im Grunde eine Art Eingeständnis, daß sie ihn mit den richtigen Fragen tatsächlich am verlängerten Rücken kriegen könnten. Doch das scheint meinen Mandanten nicht zu stören.

Er will mir noch mehr über seinen Triumph erzählen, aber ich falle ihm ins Wort. Ich will Fakten hören, will genau wissen, was sie ihn gefragt haben. Ich sitze an meinem Schreibtisch, den Stift über dem Block balancierend.

«Okay», sagt er. Ich habe ihm die Stimmung versaut, seine Begeisterung ist plötzlich wie weggeblasen. Er fängt an, kleckerweise ein paar Informationen auszuspucken. «Die meisten Fragen waren unwichtig», sagt er.

Ich erkundige mich noch einmal eindringlich, ob er die Wahrheit gesagt hat.

«Sie machen sich zu viele Sorgen. Indianerehrenwort.» Er hebt zwei Finger, die er ein wenig gekrümmt hält, so daß ich mich frage, ob er sie vielleicht während seiner Aussage vor dem Ausschuß über Kreuz gehalten hat.

Seit der grausigen Entdeckung von Brittany Halls Leiche ist fast eine Woche vergangen, und die zuständigen Behörden haben bislang kaum etwas von Spuren verlauten lassen. Lenore und ich haben tagelang sämtliche Zeitungen durchforstet, immer in der Angst, daß sie von unserem Besuch in der Wohnung Wind bekommen haben könnten – ein Nachbar, der den Hund Gassi führte, jemand, der nicht schlafen konnte und mal austreten war und durch einen Sprung im Klofenster unsere Gesichter gesehen hat.

Aber wie es so wunderschön heißt: Gott ist mit den Dummen. Unsere törichte Eskapade scheint von niemandem bemerkt worden zu sein.

Am Tag nach dem Mord haben die Cops versucht, mit Acosta zu sprechen. Wie ich hörte, hat er jede Aussage verweigert, und er hat ihnen kein Alibi geliefert. Ich könnte die Gerüchteküche der Presse zum Dampfen bringen, wenn ich ihnen von der Notiz auf Halls Kalender berichten würde. Aber sosehr ich den Mann auch verabscheue, ich kann mir nur schwer vorstellen, daß Acosta einen Mord begehen würde.

«Wieso haben Sie Phil Mendel von unserer Unterredung hier im Büro erzählt?» fragte ich Tony unvermittelt. Überrumpelung ist meist der beste Weg zur Wahrheit.

Er wirkt verunsichert, zieht die Augenbrauen hoch, mimt aber den Lässigen. «Sie sind gereizt», sagt er. Aber er streitet es nicht ab. Während er über die Frage nachdenkt, kratzt er sich leicht verlegen am Kopf.

«Er scheint über ziemlich vieles informiert zu sein, was zwischen uns besprochen wurde.»

«Vielleicht macht Phil ja in Voodoo, schwarze Magie, Teufelsbeschwörung und so'n Zeugs.»

Er lacht bei diesem Gedanken.

Phil ist der Teufel, Tony weiß es nur noch nicht.

«Lassen Sie mich überlegen», sagt er.

Der Vorwurf hat ihn nicht sonderlich aus der Fassung gebracht, er rekelt sich noch immer auf meiner Couch, die Füße auf einem Kissen. «Ich kann mich nicht erinnern, mit ihm gesprochen zu haben.»

Wenn das ein Beispiel für die Wahrheit ist, die er dem Untersuchungsausschuß erzählt hat, sollte Tony schon mal ausprobieren, wie ihm Quergestreiftes steht.

«Phil hat viele Quellen», sagt er. «Außerdem, was ist denn so schlimm daran? Der Untersuchungsausschuß sucht an den falschen Stellen.»

«Es geht hier um Vertrauen», kläre ich ihn auf. «Um meines in Sie.»

Das entlockt ihm ein kühles Grinsen, als sei dies allein mein Problem.

«Es ist recht schwierig, ein gutes Verhältnis zwischen Anwalt und Mandant aufrechtzuerhalten, wenn eine der beiden Parteien alles, was zwischen ihnen besprochen wird, in die Welt hinausposaunt.»

«Mit Phil zu sprechen bedeutet ja nicht, etwas in die Welt hinauszuposaunen.» Tony muß noch viel lernen. Offensichtlich hat er gerade wieder ein Eingeständnis gemacht. «Wo liegt das Problem?» will er wissen.

«Erstens wird dadurch die Schweigepflicht hinfällig, der ich unterliege.»

Zum erstenmal schenkt er mir einen fragenden Blick, als ob er das nicht richtig verstanden hätte. Also erkläre ich es ihm. «Alle unsere Gespräche unterliegen der Schweigepflicht. Die Anklage kann mich nicht zwingen, irgend etwas offenzulegen, was wir im Rahmen meiner Anwaltstätigkeit besprochen haben.»

Ein erleichterter Blick. Das hört Tony gern.

«Es sei denn, Sie haben es jemand anderem erzählt», füge ich hinzu. «Dann können sie mir die Daumenschrauben ansetzen und mich zwingen, alles zu wiederholen, was Sie mir gesagt haben.»

«Oh.» Jetzt blickt er ernüchtert drein, rührt sich aber immer noch nicht.

«Ja. Oh.» Allmählich dämmert es ihm. Was er mir erzählt hat, enthielt einige, meist geringfügige Indiskretionen. Diese wären kein Grund, ihn vor Gericht zu bringen, aber sie würden ausreichen, um ihn zu entlassen. Zwischen Kriminalität und Amtsmißbrauch liegen zwar Welten, doch in diesem Niemandsland kann einem Polizisten seine Karriere leicht abhanden kommen.

«Natürlich besteht die Möglichkeit, daß Phil bereits Dinge über Sie wußte, von denen ich nichts weiß.» Jetzt werde ich konkret, und endlich dreht Tony sich um, setzt sich auf und stellt die Füße fest auf den Boden.

In seinen Augen liegt der bedrohlichste Blick, den er zustande bringt.

«Drücken Sie sich klar aus», sagt er.

«Zack Wiley. Den Namen schon mal gehört?» frage ich.

Sein Gesichtsausdruck verrät mir, daß dem so ist.

«Officer Wiley wurde, wie Sie ja wissen, letztes Jahr bei einer Drogenrazzia getötet. Ich habe erfahren, daß Sie dabei waren, daß Sie die Waffe gefunden haben, mit der der Officer erschossen wurde. Ich habe außerdem erfahren, daß es mit ebendieser Waffe ein Problem gab, daß die Frage auftauchte, ob sie nicht bereits bei einem früheren Verbrechen von der Polizei beschlagnahmt worden war.»

Arguillo starrt mich düster an. «Verdammte Scheiße», steht ihm ins Gesicht geschrieben.

«Ist heute morgen bei der Befragung irgend etwas angesprochen worden, wovon Sie mir nichts erzählt haben?»

«Nichts Besonderes. War unwichtig», sagt er.

Es entsteht eine längere Pause. Ich kann förmlich riechen, wie sein Kopf anfängt zu rauchen, als ob er einige Fragen und seine Aussage erneut durchspielt. Coleman Kline ist durchtriebener, als Tony gedacht hatte.

«Er hat ein paar Fragen zu einem Raubüberfall auf der East Side gestellt, der vor drei Jahren passiert ist. Ob ich damals am Tatort war. Ein Schuß ins Blaue. Er hat nichts in der Hand.»

«Und, waren Sie am Tatort?» frage ich.

«Nicht daß ich wüßte. Es ist schwer, sich an etwas zu erinnern, das so lange zurückliegt. Schließlich wird man am Tag zigmal irgendwohin geschickt. Sechs bis acht Raubüberfälle pro Monat. Wenn dabei keiner niedergeschossen wird, weiß man nach einer Weile nicht mehr, was wann wo war.»

«Stammte der Revolver von da?»

Er blickt mich an mit einer Miene zwischen Zustimmung und Ungewißheit. «Woher wußten Sie von dem Revolver?» fragt er.

«Die halbe Stadt weiß von dem Revolver», entgegne ich.

«Was wollen Sie damit sagen?»

«Ich will damit sagen, daß sich der Untersuchungsausschuß inzwischen vielleicht schon mit ganz anderen Fragen beschäftigt als ursprünglich geplant, mit gefährlicheren Fragen.»

Ich habe den Satz noch nicht beendet, da beginnt Tonys Gleichgültigkeit bereits zu zerfließen.

7

Nach meiner Schätzung ist sie Anfang Fünfzig. Sie hat dunkles Haar und ist unattraktiv, obwohl ihr Make-up ein wenig verschmiert aussieht. Vielleicht hatte sie es heute morgen eilig.

Sie ist gut gekleidet, hochhackige Schuhe, dunkler Rock und weiße Bluse unter einem Seidenblazer mit passendem blauem Schal. In ihrem Gesicht zeichnen sich auf Stirn und Wangen ein paar Falten ab. Wie ich annehme, hat sie in letzter Zeit einige Unannehmlichkeiten gehabt. Ihre Anwesenheit in meinem Büro läßt mich vermuten, daß diese rechtlicher Art sind.

Sie heißt Lili. Lenore stellt sie mir nur mit Vornamen vor. Und obwohl sie mich nicht darüber aufklärt, warum sie beide hier sind, nehme ich den Duft eines guten Geschäfts wahr, eine Mandantin mit Geld und eine hungrige Anwältin namens Goya.

«Ich hoffe, es stört dich nicht, daß wir dein Büro benutzen», sagt Lenore.

«Mi casa, su casa», entgegne ich und biete ihnen an, mich zurückzuziehen, damit sie ungestört reden können.

Wir haben schon über eine Partnerschaft gesprochen, über eine gemeinsame Nutzung der Büroräume; Harry und ich haben nämlich noch freie, wenn auch unmöblierte Räumlichkeiten am Ende des Flurs. Lenore will darüber nachdenken.

«Ich kann ein Weilchen in die Bibliothek gehen», schlage ich vor.

«Nicht nötig», sagt Lenore. Während sie spricht, nippt sie an ihrem Plastikbecher mit Kaffee und hinterläßt dabei rubinrote Lippenstiftspuren am Rand. «Ich könnte ein wenig Beratung gebrauchen.»

Sie denkt wohl an praktische Fragen, mit denen sich Staatsanwälte sonst nicht rumschlagen müssen, wie beispielsweise Honorare und Spesen. Trotzdem fühle ich mich geschmeichelt. «Gern», sage ich.

«Ist Ihr Gatte nicht mitgekommen?» wendet sich Lenore an die Frau.

«Er muß gleich hier sein», antwortet diese. «Er mußte noch einen Parkplatz suchen.»

«Ich kann mir vorstellen, daß die letzten Wochen für Sie beide nicht leicht waren.»

«Unbeschreiblich. Mein Mann ist zutiefst besorgt, welche Folgen es für unsere Familie, besonders für unsere beiden Töchter haben wird, falls man ihn verhaftet.»

«Sind sie noch klein?» fragt Lenore.

«Nein, nein. Sie sind verheiratet. Sie haben selbst schon Kinder.» Die Frau holt ihr Portemonnaie aus der Handtasche und hält uns gleich darauf zwei Fotos hin, auf denen niedliche, dunkeläugige Mädchen von vielleicht sechs oder sieben Jahren zu sehen sind. Die beiden sind fein herausgeputzt, haben Lockenköpfe, und auf ihren Gesichtern liegt ein zahnloses Lächeln der Unschuld.

«Die kleinere ist Gabriella.» Lili deutet mit einem gepflegten Finger auf das Foto. «Ihr Opa – mein Mann – ist absolut vernarrt in sie. Es wäre schrecklich für ihn, wenn diese Angelegenheit ihr irgendwie schaden würde. Diese häßlichen Beschuldigungen und Unterstellungen.»

«Hat Ihr Mann bei der Polizei eine Aussage gemacht?» fragt Lenore.

«Nein.» Sie schüttelt den Kopf. «Er hat zu niemandem etwas gesagt. Er will noch nicht mal mit mir darüber reden. Er ist sehr deprimiert. Ich mache mir Sorgen um ihn.»

«Meinen Sie, er könnte sich etwas antun?»

Lilis Gesichtsausdruck macht deutlich, daß sie das für möglich hält. «Sie werden ihm doch nicht erzählen, daß ich das gesagt habe?»

Lenore schüttelt energisch den Kopf.

«Vielleicht sollten wir ganz von vorne anfangen», werfe ich ein. Ich komme mir vor wie ein Mann im Mond. Ich habe keine Ahnung, wovon sie reden.

«Am besten warten wir, bis er hier ist», sagt Lenore. «Damit wir nicht zweimal dasselbe durchgehen müssen.»

Ich zuckte die Achseln. Ihre Sache.

«Hat Ihr Mann schon andere Anwälte konsultiert?» fragt sie.

«Ich glaube nicht, daß er das überhaupt in Betracht gezogen hat», antwortet Lili. «Als er hörte, daß Sie zur Verfügung stehen und mit Mr. Madriani zusammenarbeiten werden, wollte er Sie sofort.»

«Wie nett von ihm», sagt Lenore.

Jetzt ist mein Interesse erst richtig geweckt.

Lili erzählt ihr, daß die Polizei nichts gesagt hat, obwohl sie schon zweimal bei ihnen zu Hause war, um nach Beweisen zu suchen.

«Hatten sie einen Durchsuchungsbefehl?»

«Ja.» Lili nickt ohne Zögern. Sie scheint den Unterschied zwischen einem Durchsuchungsbefehl und einem Einkaufszettel zu kennen. «Beim ersten Mal haben sie seinen Wagen abschleppen lassen. Seitdem haben wir ihn nicht mehr gesehen.»

Ich höre, daß sich im vorderen Büro etwas tut. Türen klappen, und es sind Stimmen zu vernehmen: die der Sekretärin und eine andere, ein tiefer Bariton, der mir irgendwie bekannt vorkommt.

«Ich glaube, ich werde erwartet», höre ich den Mann sagen.

Diese Stimme löst dunkle Vorahnungen in mir aus. Eine Sekunde bevor sich die Tür zu meinem Büro öffnet, merke ich, daß Lenore mich anblickt. Sie mustert mich erwartungsvoll und gleichzeitig mit verlegener Beklemmung, ein Ausdruck wie die Mona Lisa.

Die Mahagonitür geht auf, und im Türrahmen steht Armando Acosta. Unsere Blicke treffen sich ganz kurz, dann schaut er weg.

Lili stellt ihn vor, während Lenore und er sich die Hand schütteln: «Mein Mann, Richter Acosta. Ms. Goya», sagt sie. Sie übersieht dabei die Tatsache, daß er nicht mehr auf der Richterbank sitzt, sondern vom Dienst suspendiert wurde, bis über die Anklage wegen Prostitution entschieden ist. Und durch den Tod der einzigen Zeugin der Anklage wird sich das Verfahren noch länger hinziehen.

«Nennen Sie mich Armando», sagt er zu Lenore.

Mir fallen ein Dutzend andere Namen ein, allesamt unflätig, aber passender als der, den Acostas Eltern am verhängnisvollen Tag seiner Taufe gewählt haben.

«Lenore», sagt sie.

Einen Moment lang denke ich, daß er ihr einen Handkuß geben wird, doch er verbeugt sich nur leicht und ergreift ihr schlaffes Handgelenk. Trotzdem wirkt diese Geste eleganter, als ich es für möglich gehalten hätte.

Wie vom Donner gerührt sitze ich noch immer in meinem Schreibtischsessel, als er sich mir zuwendet. Ich fürchte, wenn ich aufzustehen versuche, werden meine Beine mir den Dienst versagen.

«Guten Tag.» Acosta wirkt angespannt. Er sieht mich mit einem Ausdruck an, den man als Lächeln deuten könnte, der jedoch eher wie ein Röntgenblick wirkt, als könnte er in mich hineinsehen, wo in diesem Moment nichts ist, was ich in der Gesellschaft von Damen aussprechen würde. Also sage ich nichts und nicke bloß.

«Mr. Madriani und ich kennen uns schon seit vielen Jahren», sagt er zu seiner Frau.

Zum Beweis könnte ich ihr meine Narben zeigen.

«Ich freue mich, Sie zu sehen», lügt er und hält mir die ausgestreckte Hand hin. Es entsteht eine peinliche Stille, aber er ist offenbar entschlossen, die Hand so lange über meinem Schreibtisch zu halten, bis sie schwarz wird. Schließlich ergreife ich sie und schüttle sie kurz.

Es muß wohl an der Miene liegen, die ich dabei aufsetze, jedenfalls sehe ich im Aufblicken, daß Lenore mich unverhohlen anlacht. Lili fragt sie, ob ihr etwas entgangen sei.

Auch Acosta muß schmunzeln: «Mein Verhältnis zu Mr. Madriani war nicht immer – wie soll ich es ausdrücken? – unbedingt herzlich. Ich erzähl dir später davon.» Er hat einen Arm um die Schultern seiner Frau gelegt. Er führt sie zu der kleinen Couch, wo sie Position beziehen wie zwei Bücherstützen. Lenore nimmt auf einem der Besuchersessel mir gegenüber Platz. Eine Weile sitzen wir einfach nur da und mustern einander.

Ich habe Acosta seit einem Monat nicht gesehen, aber in dieser Zeit ist er um Jahre gealtert. Sein Haar ist grauer geworden und am Oberkopf schütterer. Streßfalten gehen von seinen Augenwinkeln aus, und die Haut an seinen Wangen hängt schlaff herab, wie bei einem Raubtier, das seinen Jagdinstinkt verloren hat. «So, jetzt, wo wir alle versammelt sind», sagt er, «können wir ja anfangen.»

Er sieht erst mich an, dann Lenore, bis er begreift, daß wir nur auf ihn warten. Schließlich räuspert er sich. «Nun gut, ich brauche eine juristische Vertretung. Der Tod von Brittany Hall.» Seine Rolle, die des bedürftigen Bittstellers, behagt ihm ganz offensichtlich nicht. Während er redet, sieht er weder Lenore noch mich direkt an, sondern hält den Blick auf einen Punkt irgendwo in der Mitte zwischen uns gerichtet.

«Normalerweise würde ich das nicht tun», sage ich zu ihm, «aber vielleicht sollten wir in diesem Fall erst einmal fragen, ob Sie die Tat begangen haben.»

Er sieht mich leicht irritiert an. Wohl nicht einmal mir hätte er eine solche Unverschämtheit oder Taktlosigkeit zugetraut.

«Haben Sie Brittany Hall getötet?» Ich spreche Klartext.

«Geben Sie keine Antwort darauf», sagt Lenore.

Lili scheint mich mit Blicken töten zu wollen: «Wie können Sie es wagen ...»

«Das war ein wenig plump, findest du nicht?» sagt Lenore. Eine Faustregel lautet: Nicht fragen, die Antwort könnte dir nicht gefallen.

«Immer mit der Ruhe», sagt Acosta. Dabei sieht er nicht mich an, sondern die beiden Frauen. Er scheint der einzige zu sein, den meine Frage nicht empört hat. Seine Frau ist aufgestanden und will gehen.

«Wir sind nicht hierhergekommen, um uns beleidigen zu lassen», sagt sie. Bestimmt fühlt sie sich hintergangen, nachdem sie einem wie mir Fotos von ihren Enkelkindern gezeigt hat.

«Mr. Madriani hat ein Recht, diese Frage zu stellen», sagt Acosta. Ob ich auch ein Recht auf eine ehrliche Antwort habe, sagt er nicht.

Es verlangt ein wenig Überzeugungsarbeit, Lili zum Bleiben zu bewegen. Sie will weg. Anscheinend ist ihr jeder Anwalt suspekt, der ihren Gatten nicht mit blindem Vertrauen als Mandanten annimmt. Es könnte schwierig für sie werden, einen Verteidiger zu finden.

Acosta schafft es schließlich, daß sie wieder Platz nimmt.

«Sie haben ein unwahrscheinliches Talent zum Chaos, Mr. Madriani», sagt Acosta.

«Manchmal ist das ganz zweckdienlich», entgegne ich. Ich werfe ihm einen kalten Blick zu, der ebensogut ist wie der, den ich ernte.

«Davon bin ich überzeugt», sagt er.

Nachdem sich alle wieder beruhigt haben, erinnere ich ihn daran, daß er meine Frage noch nicht beantwortet hat.

«Und ich habe ihm empfohlen, das auch nicht zu tun», greift Lenore ein. «Nicht jetzt und nicht hier.»

«Eine solche Empfehlung setzt voraus, daß Sie mich vertreten. Kann ich also davon ausgehen?» Er zieht fragend eine Augenbraue hoch.

Der Mann mag ja deprimiert sein, sich an einem emotionalen Tiefpunkt befinden, aber sein juristisches Feingefühl hat er noch nicht verloren: «Sie erwarten doch wohl nicht, daß ich eine solche Frage beantworte, bevor...»

«Sie können davon ausgehen.» Bevor ich etwas sagen kann, hat Lenore angebissen, zappelt an der Angel.

Die «Kokosnuß» zeigt ein blitzendes Lächeln: Gleichmäßige, weiße Zähne heben sich gegen den dunklen Teint ab, ein Bild, wie es vielleicht ein Schwimmer sieht, bevor ihn der Hai packt.

Er bedenkt auch mich mit diesem Grinsen, als wollte er sagen, daß auch er mitunter die Früchte des Chaos erntet. Mein gezielter Frontalangriff hat das Falsche bewirkt und Lenore auf seine Seite gezogen.

«Laß dir Zeit, denk noch mal darüber nach.» Ich versuche, sie zurückzuhalten. «Du weißt noch so wenig über den Fall.»

«Nennen wir es Intuition.» Lenore wirft mir einen Blick zu, in dem ihr ganzer Zorn zu einem wütenden Funkeln konzentriert ist. Sie will mir zeigen, daß nicht nur ich törichte Dinge tun kann, sondern auch sie. Ein kindisches Spiel, bei dem nur die «Kokosnuß» gewinnen kann.

«Wie ist es mit Ihnen?» Acosta wendet sich an mich.

«Ja, wie ist es mit dir?» sagt Lenore.

«Wie wirst du bezahlt?» frage ich sie.

«Ich kann Ihnen jetzt sofort einen Scheck schreiben», sagt Acosta. «Möchten Sie einen Vorschuß? Wieviel?» Mit seinem dunklen Aussehen, den Stift schon gezückt, über die Ecke meines Schreibtisches gebeugt, erinnert er mich an eine Figur aus «Faust» – mein Pakt mit dem Teufel.

«Fünfundsiebzigtausend als Vorschuß», sage ich, «zur Verwahrung. Wird mit einem Stundensatz von zweihundertfünfzig Dollar verrechnet, dreihundertfünfzig für die Zeit im Gericht. Pro Person.»

Lili stöhnt auf. Lenore macht große Augen. Acosta zögert keine Sekunde. «Abgemacht», sagt er.

Ein dickeres Portemonnaie, als ich gedacht hätte. Er fängt an, am Schreibtischrand den Scheck auszustellen.

Nachdem ich Lenore da hineingestoßen habe, muß ich nun wohl oder übel mitziehen.

«Unter der Bedingung, daß Ms. Goya die Leitung der Verteidigung hat», füge ich an und werfe Lenore einen Blick zu, der deutlich macht: «Du wirst schon sehen, was du davon hast. Und es gibt noch einen Vorbehalt.» Am liebsten würde ich noch tausend mehr aufzählen, wenn ich bloß schneller denken könnte. «Sollten wir je feststellen, daß Sie uns nicht die Wahrheit sagen, sind wir raus aus dem Fall.»

Lili auf der Couch wird wieder unruhig, aber Acosta hält sie jetzt am Arm fest.

«Und jetzt beantworten Sie meine Frage», fordere ich ihn auf.

Sein Gesicht nimmt plötzlich einen versteinerten Ausdruck an. Sein ganzer Körper ist vollkommen ruhig.

«Nein. Ich habe sie nicht getötet.»

Als Probelauf für den Gerichtssaal, wenn es wirklich zur Verhandlung kommt, war das nicht schlecht. Vielleicht würde ich mir noch ein leichtes mitleiderregendes Beben in der Stimme wünschen, aber die Glaubwürdigkeit könnte besser nicht sein.

«So, nachdem das geklärt ist», sagt er, «was tun wir als nächstes?»

Auf einmal erkenne ich, daß er tatsächlich nicht die geringste Ahnung hat. Ein Mann, der seit zwanzig Jahren Jurist ist, hat noch nicht einmal den Hauch einer Strategie für seine eigene Verteidigung.

Als erste bespricht Lenore mit Acosta die Frage, ob es irgendeinen unbescholtenen Bürger gibt, der ihm für die Mordzeit ein Alibi geben kann. Das ist ein Problem, da die Polizei bislang noch keine genauere Schätzung der Tatzeit bekanntgegeben hat. Acosta erschwert die Sache dadurch, daß er seinen Angaben nach den größten Teil des Tages und den ganzen Abend allein war. Niedergeschlagen hatte er seinen Wagen auf einem Parkplatz am Fluß geparkt. Worüber er in der Zeit nachgedacht oder warum er das gemacht hat, sagt er uns nicht, aber der Blick, den seine Frau Lenore zuwirft, spricht Bände.

«Hat Sie niemand gesehen?» will Lenore wissen. «Haben Sie mit niemandem gesprochen?»

«Zu dem Zeitpunkt wäre ich ein schlechter Gesellschafter gewesen», antwortet er. «Ich wollte allein sein. Ich war durcheinander.» Er erzählt, daß er vollkommen niedergeschmettert war, nachdem ihn das Oberste Gericht in der Woche zuvor vom Dienst suspendiert hatte. In einem Wutanfall hatte er an jenem Morgen seinen Anwalt in der Prostitutionssache gefeuert.

«Ich verstehe», sagt Lenore. «Aber trotzdem, haben Sie in der ganzen Zeit, im Laufe des Tages, an dem Ms. Hall getötet wurde, und an dem Abend, mit niemandem gesprochen, noch nicht mal am Telefon? Keinen Freund angerufen? Sind Sie nirgendwo gewesen, wo man Sie gesehen haben könnte?»

Er schüttelt den Kopf.

«Haben Sie irgendwas zu essen gekauft, getankt? Gibt es vielleicht einen Ladenbesitzer, der sich daran erinnern könnte, Sie um die Mordzeit herum gesehen zu haben?»

Weiteres Kopfschütteln.

«Wann sind Sie an dem Abend nach Hause gekommen?»

«Gar nicht. Erst am nächsten Nachmittag. Ungefähr um zwei Uhr», sagt er.

Seine Frau bestätigt dieses bedauerliche Faktum und betont, daß sie sich die ganze Zeit über schreckliche Sorgen gemacht hat.

Wir fragen Acosta nach den Aussagen, die er der Polizei gegenüber zum Mord gemacht hat. Leider haben wir seine genauen Worte nicht vorliegen. Er erzählt uns, daß es eine Notiz mit seinem Namen auf Halls Kalender geben soll und er einige doppeldeutige Kommentare dazu abgegeben hat. Lenore und ich wechseln einen verstohlenen Blick.

Aufgrund seiner konfusen Äußerungen behauptet die Polizei jetzt, daß er von dieser Notiz wußte und am Abend des Mordes in der Wohnung des Opfers war.

Ein Naturgesetz, ebenso unwandelbar wie das der Schwerkraft, besagt, daß es ein Fehler ist zu reden, wenn man in Schwierigkeiten steckt.

«Wäre es denkbar, daß es noch einen weiteren Verdächtigen gibt?» Dieser frohe Gedanke wird von Lenore aufgebracht.

«Nein», sagt Acosta bestimmt.

«Wieso sind Sie sich da so sicher?» Lenore starrt ihn verblüfft an.

Er verrät uns nicht, woher er diese Information hat, und wir fragen ihn nicht danach. Das Gerichtsgebäude von Capital County hat so viele undichte Stellen wie ein Zwinger voller Hunde mit Blasenschwäche. Und Acosta weiß natürlich, wo jeder von denen sein Bein hebt.

«Einige Bekannte von mir sind als Zeugen berufen worden», sagt er. «Aber ich weiß weder, was sie gefragt wurden, noch, was sie unter Eid geantwortet haben könnten.»

«Was vermuten Sie denn», frage ich. Katz und Maus.

Er hebt leicht die Schultern, legt den Kopf ein wenig schief. «Wenn ein Staatsanwalt dem richtigen Zeugen die richtigen Fragen stellt...» Er zieht ein Gesicht wie eine Dörrpflaume, voller Falten um den Mund, während er sich die Möglichkeiten ausmalt. «Einer von ihnen könnte erwähnen, daß ich da ein paar unbesonnene Dinge gesagt habe. Einige unbeherrschte Bemerkungen, die mir im Zorn rausgerutscht sind.»

Mein stummer Blick fordert Genaueres.

«Ich war wütend», sagt er. «Und da habe ich ein paar Sachen gesagt.»

«Zum Beispiel?»

«An den genauen Wortlaut kann ich mich nicht mehr erinnern. Kann sein, daß ich sie als Lügnerin bezeichnet habe oder Schlimmeres.»

«Brittany Hall?»

Er nickt. «Ich war so zornig. Sie haben mich reingelegt.»

«Wer?»

«Die Cops», sagt er. Jeder Freier verteidigt sich damit, man habe ihm eine Falle gestellt.

«Diese ganze Prostitutionsgeschichte war eine Inszenierung», sagt er.

«Und Sie waren wütend. Sie haben sie als Lügnerin beschimpft. Als was noch?» frage ich.

Verlegenes Augenrollen, er braucht Zeit für sein Zugeständnis.

«Vielleicht habe ich auch noch mehr gesagt.»

«Was?» Als ob man ihm einen Zahn zieht.

«Vielleicht... ich weiß nicht genau. Vielleicht habe ich mir gewünscht, sie wäre tot», sagt er.

«Ich würde annehmen, daß Sie sich an so was erinnern», entgegne ich.

Acosta zuckt die Achseln.

«Sie haben jemandem gesagt, Sie wünschten, Brittany Hall wäre tot?»

«Kann sein, daß ich so was gesagt habe. Sie beschimpft und gewünscht, sie wäre tot.»

«Ist ja toll», sage ich. «Können Sie sich an den genauen Wortlaut erinnern?»

«Ist das wichtig?» fragt er.

«Falls die Polizei mit dem Zeugen gesprochen hat», antworte ich.

Er legt die Finger auf die Stirn, sammelt seine ganze Geistesgegenwart.

«Ich glaube, ich habe ungefähr gesagt, daß der Tod noch zu gnädig ist für dieses Miststück.» Eine freie Übersetzung dafür, jemand anderem den Tod zu wünschen.

«Wunderbar. Und wem gegenüber wurde dieser Todeswunsch geäußert?» frage ich.

«Sie müssen das verstehen», sagt er. «Nach meiner Verhaftung wollte niemand mehr mit mir reden. Im Gerichtsgebäude sind sie an mir vorbeigegangen, als wäre ich ein Geist. Menschen, mit denen ich zwanzig Jahre lang zusammengearbeitet hatte, haben so getan, als würden sie mich nicht kennen. Meine eigene Sekretärin hat sich am nächsten Morgen krank gemeldet. Ist das zu fassen? Meine eigene Sekretärin. Und die anderen haben über mich gelacht...»

«Wem gegenüber haben Sie diese Äußerung getan?»

Er schluckt trocken, und sein Adamsapfel macht einen Sprung: «Oscar Nichols.»

Nichols würde bei der Wahl des sympathischsten Richters meine Stimme bekommen. Alle Anwälte lieben ihn, weil er wie die Dorfhure leicht zu kriegen ist. Ein Afroamerikaner, Anfang Sechzig, leise und freundlich und so übertrieben verständnisvoll, daß er letztlich entscheidungsunfähig wird, weil er alles und jeden von allen Seiten beleuchtet. Wenn man ihn gewähren ließe, würde er jeden Fall so lange durchkneten, bis es keinen Verlierer mehr gibt. Es erstaunt mich nicht, daß ausgerechnet Nichols die psychische Schulter war, an der Acosta sich in dieser schweren Zeit ausgeweint hat.

Und trotzdem ringe ich nach Luft. Mein Mandant, ein ausgebildeter Jurist, macht einem amtierenden Richter gegenüber Äußerungen, die jetzt als Todesdrohung ausgelegt werden können.

«Er war ein Freund von mir», sagt Acosta. Das Entscheidende an diesem Satz ist zweifellos die Vergangenheitsform.

In einer Welt, die den Beruf eines Menschen mit seiner Identität gleichsetzt, wird Acosta von seinen Kollegen jetzt als Aussätziger behandelt. Er hat, abgesehen von seiner Frau und seiner Freiheit, alles verloren.

Das Lämpchen an meiner Sprechanlage leuchtet auf. Fast im selben Augenblick läutet das Telefon. Ich hebe den Hörer ab.

«Hier draußen ist ein Gentleman, der Sie sprechen möchte.»

«Wie heißt er?»

«Leo Kerns. Ein Ermittler der Staatsanwaltschaft.»

«Leo? Was will er denn?»

«Er sagt, er muß Sie unbedingt sprechen.»

«Komme sofort.»

Ich sehe Lenore an. «Bin gleich wieder da.» Ich lasse meinen Stift auf den Notizblock fallen, gleich neben der säuberlich notierten Todesdrohung, die die «Kokosnuß» von sich gegeben hat, und stehe auf.

Kaum bin ich durch die Tür, als mich ein unbehagliches Gefühl beschleicht, eine Vorahnung, wie sie eine Eidechse haben muß, bevor der LKW sie erwischt.

Leo hat mich reingelegt. Neben ihm stehen zwei weitere Männer am Empfang. Sie tragen Pomade im ordentlich geschnittenen Haar, geschniegelte und gestriegelte Typen, die man gerne ins Morddezernat versetzt. Einen von ihnen erkenne ich.

«Paul.» Leo streckt den Arm aus, um mir die Hand zu schütteln, und plötzlich fühle ich mich an Judas erinnert.

Einer der beiden anderen Cops schiebt sich vor ihn.

«Befindet sich Armando Acosta in Ihrem Büro? Ich bin informiert worden, daß er sich in diesem Gebäude aufhält», sagt er, ohne sich vorzustellen.

«Darf ich fragen, wer Sie sind?»

«Ich habe einen Haftbefehl gegen Armando Acosta.» Er klatscht mir das Dokument in die Hand und drängt sich an mir vorbei den Flur hinunter. An meiner Bürotür angekommen, bleibt er nicht etwa stehen und klopft an, sondern stößt die Tür auf und marschiert hinein.

«Armando Acosta, ich verhafte Sie wegen des Mordes an Brittany Hall. Sie haben das Recht, die Aussage zu verweigern. Alles, was Sie sagen, kann gegen Sie verwendet werden. Sie haben das Recht, sich einen Verteidiger zu nehmen. Sollten Sie sich keinen Anwalt leisten können, so wird Ihnen einer zur Verfügung gestellt werden ...» Als er sein Sprüchlein aufgesagt hat, zerrt er Acosta seitlich durch die Tür. Er hat ihm die Hände auf dem Rücken mit Handschellen gefesselt und zieht ihn am Ellbogen mit sich. Jetzt kommt der andere Cop hinzu. Gemeinsam bringen sie ihn über den Flur, wobei sie sich gegenseitig mehr behindern als helfen.

Lili steht weinend in der offenen Bürotür, und ihr flehender Blick erinnert an den einer Ertrinkenden. Rechts und links gegen die Wände stoßend, kommen die drei auf mich zu.

«Sagen Sie kein Wort», beschwöre ich Acosta. «Wir unterhalten uns im Gefängnis.»

Einer der Cops stößt mich so unsanft beiseite, daß ich fast durch die Wand krache. Der Ausdruck in seinen Augen läßt mich vermuten, daß er hier nicht bloß seine Arbeit macht. Es ist ihm ein Vergnügen, einen Anwalt anzurempeln. Mir eins zu verpassen, während ich meinen Mandanten berate, betrachtet er als Liebesdienst. Auf ihrem beschwerlichen Weg zur Tür fegen sie Papiere und ein Foto vom Schreibtisch am Empfang. Acosta wehrt sich nicht. Er ist damit beschäftigt, sich zwischen den widerstreitenden Kräften der beiden Cops auf den Beinen zu halten.

Leo steht da und sieht mich an, ein unglückliches Lächeln und ein Schulterzucken. Und dann wird mir plötzlich klar, wieso er hier ist. Leo arbeitet vermutlich für den Untersuchungsausschuß, führt Aufträge für seinen Boß Kline aus. Ich nehme an, daß Acostas Haftbefehl frisch aus der Presse kommt. Die Unterschrift ist bestimmt noch feucht.

8

Das Auffälligste an Coleman Kline sind seine durchdringenden blauen Augen. Heute morgen durchbohren sie mich wie doppelte Laserstrahlen. Ich sitze ihm gegenüber vor seinem Schreibtisch in einem Besuchersessel.

Wir taxieren einander über tausend Meilen Marmor hinweg. Die rötlich gefärbte Oberfläche seines Schreibtisches ist ebenso öde und kalt wie die Jupitermonde. Kein einziger Gegenstand befindet sich darauf, bis auf Klines gefaltete Hände – ein bedrohliches Bild.

Sein Büro wirkt steril: zwei Wände mit großen Fenstern ohne Vorhänge, die anderen Wände grellweiß und nur mit einem kleinen Gemälde geschmückt, das an den Rorschachtest erinnert.

«Sie sind ein Freund von Lenore Goya», sagt er. Das hört sich nicht vorwurfsvoll an, sondern wie eine rein sachliche Feststellung.

«Wir kennen uns schon länger», entgegne ich.

«Sie sollten sich nicht aus Rachsucht in einen Fall hineinziehen lassen», sagt er. «Schon gar nicht, wenn es sich um die Rachsucht eines anderen Menschen handelt.»

Ich blicke ihn fragend an.

«Es ist ein offenes Geheimnis, daß Lenore mir nicht wohlgesinnt ist. Vielleicht ist das ihr Motiv, Acosta zu vertreten?» Am Ende des Satzes hebt er ein wenig die Stimme, so daß es wie eine Frage klingt.

«Das ist mir neu.» Verstellung ist nur dann eine Lüge, wenn sich das Gegenüber täuschen läßt. Kline und ich kennen beide die Wahrheit. Er lächelt dünnlippig und verkrampft, ein gequälter Ausdruck, als ob er gehofft habe, daß sich unser Gespräch erfreulicher anläßt.

«Boshaftigkeit ist ein schlechter Ratgeber», sagt er. «Einen Fall aus den falschen Gründen anzunehmen könnte ein Fehler sein.»

«Wie wenn jemand Geschäft und Vergnügen in einen Topf wirft?» sage ich.

«Haben Sie in dem Fall die Leitung der Verteidigung?» fragt er mich.

Ich weise ihn darauf hin, daß Lenore bei der Anklageerhebung gegen Acosta die Verteidigung vertrat und daß sie den Antrag auf Kaution gestellt hat, der rundweg abgelehnt wurde.

«Vielleicht sollten Sie dann Ihre Rolle noch einmal überdenken.»

«Ob nun ich oder jemand anderes, der Richter wird mit Sicherheit eine engagierte Verteidigung bekommen», erwidere ich. «So ist das nun mal bei diesen Fällen.»

«Welchen Fällen?»

«Den publikumswirksamen», sage ich. Die Medien haben bereits ihr Interesse angemeldet. Sogar das Fernsehen. Einen des vorsätzlichen Mordes angeklagten Richter kriegt man nicht alle Tage.

Der Ausdruck «publikumswirksam» gibt ihm zu denken. Ein einsichtiger Blick. «Da haben Sie wohl recht. Obwohl es eine Schande ist.»

«Was denn?»

«Was heutzutage anscheinend die öffentliche Aufmerksamkeit fesselt.»

«Ein Sexskandal und ein gestrauchelter Richter?»

«Genau.» Das Leben in der Sensationspresse. Er ist empört.

«Eine uralte Geschichte», entgegne ich. «Denken Sie an David und Bathseba.»

«Armando Acosta ist nicht gerade ein Mann von biblischem Zuschnitt.»

Endlich ein Punkt, in dem wir einer Meinung sind.

«Nun denn», sagt er. «Sie haben um dieses Treffen gebeten, und ich vermute, Sie haben ein Anliegen?»

«Es geht um die Kaution», sage ich. «Ich dachte, wir könnten uns vielleicht gütlich einigen und eine unerfreuliche Auseinandersetzung vor Gericht vermeiden.»

Sein Blick verrät mir, daß ihn dieses Begehren nicht erstaunt. Trotzdem hält er mir alle Gründe vor, die dagegen sprechen: «Es geht um ein Kapitalverbrechen, Mr. Madriani. Besondere Umstände. Der Mord an einer Zeugin in einem anderen Verfahren.»

«Das Gericht hat einen gewissen Spielraum», erwidere ich.

«Und hat beschlossen, ihn nicht zu nutzen.»

Er dreht sich in seinem Sessel um und nimmt ein Buch von der Ablage, auf der eine Reihe von Büchern ordentlich zwischen zwei Stützen aufgestellt ist. Ein rascher Blick in den Index, kurzes Blättern, und schon hat er die richtige Stelle gefunden.

«Ich zitiere», sagt er. «Strafgesetzbuch, Paragraph zwölf siebzig, Absatz fünf: Einem Angeklagten, dem ein Kapitalverbrechen zur Last gelegt wird, das mit der Todesstrafe geahndet wird, kann keine Kaution gewährt werden, wenn die Beweise für seine Schuld offensichtlich sind oder mit hoher Wahrscheinlichkeit von seiner Schuld ausgegangen werden muß.» Er knallt das Buch zu.

«Dem ist nicht so», sage ich.

«Woher wollen Sie das wissen, solange Sie die Beweislage noch nicht kennen?»

Wo er recht hat, hat er recht. Die ersten Früchte unseres Antrags auf Offenlegung des Beweismaterials sind erst heute morgen eingetroffen und warten ungeöffnet auf meinem Schreibtisch auf Durchsicht.

«Ganz gleich, welche Meinung Sie von Mr. Acosta haben, er ist ein Mann mit starken sozialen Bindungen. Es besteht keine Fluchtgefahr, auch wenn in der Presse einige Gerüchte kursieren. Er hat Familie, einen Ruf ...»

«Ja. Daß er einen Ruf hat, gebe ich gerne zu», sagt Kline. Volltreffer.

«Sie glauben doch nicht wirklich, daß er abhauen würde?» frage ich.

«Ist schon vorgekommen. Aber lassen wir das alles mal für einen Moment beiseite, meine Meinung über Ihren Mandanten, die Frage, ob das Gericht einer Kaution zustimmen würde, selbst wenn wir es täten. Lassen wir das alles mal beiseite. Nur für einen Moment.»

Da bahnt sich was an. Ich wittere finstere Gedanken. Er studiert mich wie ein Insekt hinter Glas.

«Vorhin haben Sie davon gesprochen, daß wir uns vielleicht einigen könnten», beginnt er.

«Habe ich das?»

«Ja. Sie haben gesagt, daß wir vielleicht zu einer Einigung kommen könnten.» Seine Augen werden rund und neugierig.

«Das war so dahergesagt», entgegne ich.

«Aha. Dann haben Sie uns also kein Angebot zu machen?»

Darum geht es im Grunde. Coleman Klines Basar der Gerechtigkeit.

«Ich will mich nur vergewissern, daß ich Sie richtig verstanden habe», sagt er.

«Was können wir schon anbieten? Acosta wird sich bestimmt nicht auf einen Kuhhandel einlassen.»

Er schüttelt den Kopf, gestikuliert mit geöffneten Händen knapp über der Schreibtischplatte, was wohl signalisieren soll, daß ihm dieser Gedanke völlig fern liegt.

«Trotzdem.» Er spricht, noch bevor sich seine Hände auf die Platte gesenkt haben. «Ihr Mandant war nicht sonderlich kooperativ. Er hat die Aussage verweigert.»

«Nun ja. Wir entschuldigen uns für das rüde Verhalten», antworte ich. «Aber ich bin sicher, daß die Cops über sein Schweigen nicht allzu erstaunt waren.»

«Vielleicht nicht. Aber man sollte doch annehmen, daß ein Unschuldiger alles daransetzen würde, sich zu entlasten.»

«Ach, dann denken Sie also, er könnte entlastet werden?»

«Hätte er vielleicht, wenn er mit uns geredet hätte. Wie sollen wir die Fakten zusammentragen, wenn Ihr Mann nicht kooperiert?»

«Ich hoffe, Sie haben sich alle Mühe gegeben, dem Untersuchungsausschuß diese Zusammenhänge zu erklären», entgegne ich.

Seine Augen verengen sich zu kleinen Schlitzen. «Sie sitzen hier und bitten um Kaution, nicht ich.»

«Fein beobachtet», sage ich. «Und welche Information war es denn nun genau, die die Polizei haben wollte, um meinen Mandanten möglicherweise zu entlasten?»

Jetzt endlich läßt er sich in seinem Sessel zurücksinken, die Finger beider Hände unter das Kinn gelegt.

«Zunächst mal Angaben über seinen Aufenthaltsort zum Zeitpunkt, als Brittany Hall getötet wurde.»

Er will wissen, ob wir ein Alibi haben. Es wäre ihm eine große Hilfe und ein großer Trost, wenn ich ihm sage, daß das nicht der Fall ist. Und er kann uns zu vielem zwingen, aber nicht dazu, die Zeugenaussage unseres Mandanten offenzulegen. Kline ist unverschämter, als ich ihm zugetraut hätte.

«Dazu müßten wir aber erst mal den genauen Zeitpunkt des Todes kennen», antworte ich.

«Ja», sagt er lächelnd. «Da liegt der Haken», sagt er.

«Wieso das?»

«Vorläufig haben wir nur grobe Eckwerte.»

«Wie grob?»

«Innerhalb eines Zeitraums von sechs Stunden.»

«Das ist nicht grob», sage ich. «Das ist gigantisch.»

«Wir bemühen uns weiter.»

«Da bin ich sicher.»

Da uns ein Alibi fehlt, besteht der Schachzug darin, Kline im unklaren zu lassen. Solange Ermittler mit möglichen Alibis beschäftigt sind, haben sie keine Zeit, anderweitig Schaden anzurichten.

«Offenbar gibt es keine Basis für eine Einigung», sagt er ohne Zorn, bloß als Feststellung brutaler Tatsachen. «Da es sich um ein Kapitalverbrechen handelt, müssen wir bei Ihrem Mandanten von einer Fluchtgefahr ausgehen. Auf jeden Fall von einer Gefahr für die öffentliche Sicherheit. Ich könnte einer Kaution nicht guten Gewissens zustimmen.»

Ich will etwas sagen, aber er läßt mich nicht dazu kommen.

«Es hat mich gefreut», sagt er, steht auf und begleitet mich zur Tür. «Sie sollten Ihre Position in diesem Fall wirklich noch einmal überdenken oder sich zumindest über Ms. Goyas Motive informieren.»

Unvermittelt spüre ich seine Hand in der meinen, ein verabschiedender Händedruck. Sie ist weicher, als ich es für möglich gehalten hätte. Die Bürotür schließt sich und knallt mir tatsächlich gegen den Hintern. Mir bleibt die sichere Erkenntnis, daß Coleman Kline nicht der dümmliche Anwalt ist, als den man ihn mir dargestellt hat.

«Der Mann ist sauer, weil ihm sein Ego über den Kopf gewachsen ist.» So lautet Lenores Antwort auf Klines Behauptung, sie führe einen persönlichen Rachefeldzug.

Sie steht im Eingang zu meiner Küche, das dichte schwarze Haar fällt ihr knapp bis auf die Schultern, das Weiß ihrer Augen hebt sich blitzend vom dunklen Teint ab. Sie hat die Hände auf die Hüften gestützt. Lenore ist eindrucksvoll und faszinierend, wenn sie wütend ist.

«Überleg doch mal», sagt sie. «Er wollte den Fall Acosta übernehmen, als es noch um ein Bagatelldelikt ging, weil damit wenig Risiko und viel Publicity verbunden waren. Bloß ein Richter, der in der Patsche steckt. Jetzt ist es plötzlich ein Mordfall. Aber er kann ihn nicht abgeben, sonst blamiert er sich vor seinen Leuten.»

Lenore erzählt, daß mindestens drei von Klines höheren Mitarbeitern, die schon vor seinem Amtsantritt in der Staatsanwaltschaft gearbeitet haben, mit dem Gedanken spielen, bei der nächsten Wahl gegen ihn anzutreten. Und bei diesen Leuten handelt es sich um Beamte, die fester auf ihrem Stuhl sitzen als Ivanhoe im Sattel. Wenn Kline jetzt bei dem Mordfall kneifen und ihn seinen Untergebenen übertragen würde, könnte er genausogut öffentlich eingestehen, daß er seinen Aufgaben nicht gewachsen ist.

Sie geht in die Küche, nimmt die Kaffeekanne von der Heizplatte und kommt wieder ins Wohnzimmer, um unsere Tassen aufzufüllen.

«Außerdem», fügt sie hinzu, «würde Kline alles sagen, um mir das Wasser abzugraben.»

Damit ist natürlich keineswegs der Vorwurf entkräftet, daß sie Acosta aus völlig falschen Motiven vertritt. Allmählich nimmt dieser Fall die Gestalt einer Blutfehde an.

Wir, also Lenore, Harry und ich, sitzen heute abend an meinem Eßzimmertisch und haben gerade unser Abendessen beendet. Zum Kaffee gibt es verschiedene Liköre. Harry erkundigt sich, ob er auch dann noch bezahlt wird, wenn er sich morgen an nichts mehr erinnern kann. Er hat seinen Kaffee ausgetrunken und süffelt jetzt abwechselnd Pfefferminzlikör und Kahlua aus der Tasse.

Sarah spielt mit Lenores Töchtern. Diese sind elf und zehn Jahre alt, und Sarah vergöttert sie. Sie hat jetzt ein Alter erreicht, wo ihr gesamter Wortschatz auf ein einziges Wort zusammengeschrumpft ist: «Cool.» Die Kinder sind nach oben in Sarahs Zimmer verschwunden. Der einzige Beweis für ihre Existenz ist ein gelegentliches Poltern und Gelächter über uns.

Seit meine Frau Nikki vor zwei Jahren an Krebs gestorben ist, versuche ich, soviel Zeit wie möglich mit Sarah zu verbringen. Ich habe mein Leben zwischen meiner Tochter und jener eifersüchtigen Geliebten aufgeteilt, die die Juristerei nun mal ist. Es hat Weinkrämpfe und Geschrei gegeben – nicht immer nur von Sarah. Ich habe inzwischen eine ganz neue Hochachtung für alleinerziehende Eltern und die alltäglichen Zerreißproben, die sie aushalten müssen.

Vor uns auf dem Eßtisch liegen Stapel von Ordnern, beschriftete Akten und immer höher werdende Papierberge. Harry hat am Nachmittag die ersten Beweisunterlagen zum Acosta-Fall, die uns die Staatsanwaltschaft vorgelegt hat, systematisch durchgesehen. Dabei handelt es sich überwiegend um Berichte der Polizei und Notizen über ihre Ermittlungen. Als erstes fällt mir auf, daß einige davon von einem anderen Mandanten verfaßt wurden. Tony Arguillo.

«Hast du Angst, in einen Interessenkonflikt zu geraten?» fragte Harry.

Immerhin besagt eine der wichtigsten Regeln für einen Anwalt, daß er nicht zwei Mandanten mit gegensätzlichen Interessen vertreten darf. Im vorliegenden Fall steht zu befürchten, daß Tony als Zeuge gegen Acosta aussagen muß. Ich könnte Arguillo im Zeugenstand mit Informationen unter Druck setzen, zu denen ich nur in meiner Funktion als sein Anwalt Zugang hätte. Das ist einer der Gründe, warum Anwälte in Strafrechtsprozessen nicht gerne Polizisten vertreten.

«Hat Tony dir irgendwas erzählt, was Acosta belasten könnte?» will Lenore wissen.

«Wenn ja, dürfte ich es dir nicht erzählen», sage ich. Tatsächlich hat er nicht. Vermutlich bin ich der einzige Mensch, den er nicht ins Vertrauen gezogen hat.

«Den Interessenkonflikt können wir umgehen, indem wir einen anderen Anwalt für Tony finden. Außerdem ist seine Befragung durch den Untersuchungsausschuß abgeschlossen», meint Lenore.

Schon allein die Tatsache, daß sie von seiner Zeugenaussage weiß, ist ein Vertrauensbruch.

«Arguillo zahlt nichts, im Gegensatz zu Acosta», sagt Harry, der eingefleischte Pragmatiker. «So einfach ist das. Ich kenne einen Trottel, der den Fall übernehmen würde.» Im Grunde meint Harry einen *anderen* Trottel.

«Also, was steht drin?» frage ich Harry.

Er kramt seine Notizen durch. «Sie gehen davon aus, daß sie in ihrer Wohnung ermordet wurde», sagt er. «Sie haben alles auf Fingerabdrücke untersucht. Der Bericht liegt noch nicht vor. Wollen wir hoffen, daß die ‹Kokosnuß› so taktvoll war, Handschuhe zu tragen.»

Lenore wirft ihm einen genervten Blick zu, und mit Recht. Wenn wir schon das Geld dieses Mannes ausgeben, sollten wir wenigstens so tun, als glaubten wir an seine Unschuld.

«Kleiner Ausrutscher», sagt Harry, dann redet er weiter. «Es wurden Haare und Fasern gefunden. Das Haar ist grob und rötlich braun. Nicht von einem Menschen, steht im Bericht. Sie haben es in der Wohnung gefunden und an der Decke, in die das Opfer eingewikkelt war. Wahrscheinlich war Armando gerade in der Mauser.»

«Scheiße», sagt Lenore.

«Es sind Kinder anwesend», sagt er.

«Ich weiß. Eins davon sitzt hier am Tisch.» Lenore fixiert Harry mit stahlhartem Blick und rückt dann die Flasche Kahlua aus seiner Reichweite. Dabei muß sie sich über den Tisch lehnen, und ich erwische Harry bei einem lüsternen Seitenblick.

Die Zusammenarbeit von Madriani, Hinds und Goya könnte einige Schwierigkeiten mit sich bringen.

«Hatte Hall vielleicht eine Katze oder einen Hund?» fragt Lenore.

«Nach Aussage der Nachbarn nein», sagt Harry. «Die haben nie ein Tier in der Wohnung gesehen.»

«Sie war in eine Decke gewickelt?» mische ich mich ein. Zurück zu den grundlegenden Fakten.

«Dazu komme ich gleich», sagt er. «Außerdem haben sie einige blaue Teppichfasern an der Decke gefunden. Herkunft unbekannt.»

«Welche Farbe hatte der Teppich in ihrer Wohnung?» Ich hoffe, daß Lenore so geistesgegenwärtig ist, diese Frage nicht zu beantworten. Harry weiß nichts von unserer nächtlichen Stippvisite in Halls Wohnung.

«Mauve», sagt Harry. «Der Laborbericht liegt noch nicht vor, aber ich schätze, daß die Fasern aus billigem Nylon sind. Sie vermuten offenbar, daß sie vom Bodenbelag eines Kofferraums stammen. Aus dem Fahrzeug des Täters.»

«Wissen wir, welche Farbe der Teppich in Acostas Wagen hat?» fragt Lenore. «Im Wagen, den sie beschlagnahmt haben?»

Harry schüttelt den Kopf.

«Mach eine Notiz, daß wir Acosta danach fragen», sagt sie.

«Verdammt, für wen hältst du mich, für deinen Sekretär?»

Lenore beugt sich vor und nimmt ihm die andere Flasche weg. Harry wirft einen weiteren verstohlenen Blick – der Mann spielt mit seinem Leben. Offenbar gefällt ihm, was er sieht. Er macht eine Notiz und geht zum nächsten Punkt über.

«Sie haben auch eine zerbrochene Lesebrille gefunden, mit verbogenem Rahmen. In der Wohnung des Opfers. Metallrahmen. Halbgläser. In einem Glas war ein Sprung, als ob jemand draufgetreten wäre.»

«Hat Hall eine Brille getragen?» frage ich.

Es wäre unglaublich, wenn der Mörder seine Brille verloren hätte.

«Jedenfalls nicht, als sie in meinem Büro ihre Aussage gelesen hat», sagt Lenore. «Sie könnte natürlich Kontaktlinsen getragen haben. Vielleicht hatte sie die Brille in der Handtasche.»

«Steht nicht im Polizeibericht, ob es eine Männer- oder Frauenbrille war?» frage ich.

«Mal sehen.» Harry wühlt in einem Papierhaufen wie ein Meerschweinchen, das sich durchfrißt. «Da nicht. Da auch nicht.» Wieder fliegt ein Blatt beiseite. «Da.»

Einen Moment liest er für sich.

«Nein. Hier steht nur: ‹Fotografiert und ans Polizeilabor weitergeleitet, eine auf dem Wohnzimmerboden gefundene, zerbrochene Brille. Offenbar Lesebrille. Verbogener Metallrahmen und ein gesprungenes Glas. Wurde möglicherweise beim Kampf mit dem Täter beschädigt.›» Harry zuckt die Achseln. «Mehr nicht.»

Wir erwägen alle Möglichkeiten und sparen geflissentlich diejenige aus, die am meisten Schaden anrichten würde.

«Kann auch völlig unbedeutend sein», sagt Lenore.

Harry und ich blicken sie beide an, aber Harry spricht es aus: «Acosta ist Brillenträger.»

Einen Augenblick lang herrscht bedrücktes Schweigen. Die möglichen Konsequenzen gehen uns durch den Kopf.

«Wir können nicht davon ausgehen, daß unser Mandant die Wahrheit sagt», meint Harry. «Eins ist jedenfalls klar. Die Cops werden Acostas Brillen-Rezept einholen, um festzustellen, ob es paßt.»

Die Brille ist so ein Beweisstück, wie Staatsanwälte sie lieben. Wenn sie zu Acosta paßt, werden sie das voll ausspielen. Wenn nicht, werden sie versuchen, sie sang- und klanglos unter den Tisch fallen zu lassen: etwas Unbedeutendes, das irgend jemand irgendwann dort liegengelassen hat und das während des Handgemenges mit dem Täter auf den Fußboden gefallen ist. Wir dagegen werden den tauben Ohren der Geschworenen predigen, daß die Brille Entlastungsmaterial sei, weil sie vom wirklichen Mörder zurückgelassen wurde.

«Wir sollten Acostas Brillen-Rezept auch überprüfen», sage ich, «nur um auf Nummer Sicher zu gehen.»

«Vielleicht hat es seine Frau», sagt Harry, «oder sie kann uns seinen Optiker nennen.»

«Wenn wir ihn morgen im Gefängnis besuchen, können wir ihn fragen, ob er eine Brille vermißt», meint Lenore.

Vorläufig lassen wir es dabei bewenden.

«Sonst noch was aus Halls Wohnung?» frage ich.

«Die Spurensicherung hat mikroskopisch kleine Späne von Schwermetallen gefunden ...» Harry blättert seine Notizen durch. «Da ist es. Ein bißchen Gold am Metallrand des Couchtisches. Spurenelemente.»

«Was meinen sie, wo die herrühren?» fragt Lenore.

«Dem Bericht zufolge könnten sie von irgendeinem Schmuckstück abgeschabt worden sein, das der Täter getragen hat. Eine Uhr, ein Armband, so was in der Art», sagt Harry mit einem kräftigen Achselzucken.

Im selben Moment sieht Lenore zu mir herüber, und uns durchzuckt beide der gleiche Gedanke. Der kleine goldene Gegenstand, den wir in jener Nacht gesehen haben, wird nirgends erwähnt, das glänzende Objekt in der Blumenerde in Halls Wohnung. Jetzt müssen wir uns nicht nur fragen, wie es dahin gekommen ist, sondern vor allem, was damit geschehen ist.

«Viel mehr steht nicht drin», sagt Harry. «Alles noch vorläufig. Man hat Blut gefunden, aber die Blutgruppe ist noch nicht bestimmt. Als Mordwaffe wird wegen der schweren Kopfverletzung ein stumpfer Gegenstand angenommen. Wurde am Tatort nicht gefunden.»

Lenore und ich wechseln einen vielsagenden Blick. Wir hatten beide angenommen, daß Brittany Hall mit dem Kopf auf die Metallkante der Tischplatte gefallen ist. Jetzt werden wir mit einem noch übleren Verdacht konfrontiert.

«Irgend etwas über den Zustand der Leiche?» fragt Lenore.

Wieder raschelt Harry in seinen Unterlagen. Schließlich findet er, wonach er sucht.

«Ihre Kleidung hat der Fantasie nicht viel Spielraum gelassen. Ein weißer Nylonslip und ein Baumwolltop. Ansonsten nur die Decke, in die der Mörder sie eingewickelt hat», sagt er. «Ach ja, und um ihren Kopf war ein Badetuch gewickelt.»

Ich sehe Lenore an.

«Wahrscheinlich, damit kein Blut in den Wagen des Mörders gelangen konnte», sagt sie.

«Dazu hätte doch bestimmt die Decke gereicht», finde ich.

Sie zuckt die Achseln.

«Im Bericht werden einige Blutergüsse am Hals des Opfers erwähnt. Wahrscheinlich von einer gewalttätigen Auseinandersetzung mit Todesfolge. So drücken es die Cops aus», sagt Harry.

«Haben sie überprüft, ob sie vergewaltigt wurde?» fragt Lenore.

«Ja, aber ohne Ergebnis.»

«Was heißt das, Ergebnis negativ?» hake ich nach.

«Nicht unbedingt», sagt Lenore. «Bei uns im Amt gibt es eine Dienstanweisung, in den Vorberichten nur das Allernotwendigste offenzulegen. Da steht dann nur drin, daß die Untersuchung erfolgt ist, aber nicht, was dabei festgestellt wurde.»

Harry geht etwas anderes durch den Kopf, eine offensichtliche Ungereimtheit, die Lenore und ich bereits erörtert haben, als wir Halls Wohnung verließen.

«Wieso hat der Mörder die Leiche fortgeschafft? Das ist doch ein unnötiges Risiko», sagt er.

Darauf gibt es keine rationale Antwort. Aber Mord ist nun mal keine rationale Handlung. Daß Mörder unlogisch handeln, ist eher die Regel als die Ausnahme. Deshalb werden ja auch so viele erwischt.

Damit gibt Harry sich nicht zufrieden: «Das mit der Brille kann ich mir vorstellen. Leute geraten in Panik, lassen Sachen fallen, zum Beispiel ihre Visitenkarte am Tatort. Aber eine Leiche wegzuschaffen ist etwas anderes. Ich könnte es verstehen, wenn es die Wohnung des Mörders gewesen wäre. Leiche weg, Blut aufwischen. Aber es war ihre Wohnung. Es gibt keinerlei Hinweise dafür, daß sie dort mit jemand anderem als ihrem Kind gelebt hat. Zumindest lassen die Berichte auf keine anderen Mitbewohner schließen.»

Es ist in der Tat unerklärlich. Lenore schüttelt den Kopf.

«Und wenn jemand anderes die Leiche weggeschafft hat?» schlage ich vor.

«Das ist abwegig», entgegnet sie. «Macht keinen Sinn. Wieso sollte das jemand tun?»

Ich verziehe das Gesicht, mein Eingeständnis, daß ich keine bessere Erklärung parat habe. Im Geiste mache ich mir eine Notiz, ich will darüber nachdenken, ob wir diesen verrückten Tatbestand, das Wegschaffen der Leiche, in unsere Verteidigung einarbeiten können.

«Sprechen wir über das Kind», sage ich.

«Ein Mädchen», sagt Harry. «Fünf oder sechs.» Er weiß es nicht mehr genau und blättert in seinen Unterlagen. «Da steht es. Fünf Jahre alt. Heißt Kimberly.»

«Wo war sie in der Nacht?» frage ich.

«Sie war dort», sagt Harry.

Lenores Blick trifft meinen, magnetisch angezogen. Das ist das erste Mal, daß wir davon hören. In den Nachrichten wurde die Kleine nicht erwähnt; offenbar hat die Polizei sie abgeschirmt.

Ich stottere: «Hat sie was gesehen?»

«Das geht aus den Unterlagen nicht klar hervor», sagt Harry.

«Wo in der Wohnung war sie?» Sie war nicht in ihrem Bett, als ich dort nachgesehen habe, aber das kann ich Harry nicht erzählen.

«Die Cops haben sie in einem Schrank gefunden. Im Flur. Sie kauerte da drin im Dunkeln.»

Die Tür, die einen Spalt offenstand. Und durch diesen Spalt habe ich reingeschaut.

Lenore sieht aus, als wäre ihr der kalte Schweiß ausgebrochen.

«Wir müssen rausfinden, was sie gesehen hat. Stell einen Sonderantrag auf Offenlegung», weise ich Harry ein. «Das müssen wir früh klären.»

«Was ist mit Zeugen?» fragt Lenore. «Hat einer von den Nachbarn irgendwas gesehen oder gehört?»

«Es gibt eine Aussage einer Nachbarin von oben. Sie hat gegen halb acht etwas gehört, was ein Schrei gewesen sein könnte.»

«Das könnte der Zeitpunkt des Todes sein», sage ich. «Wir müssen im Auge behalten, ob das in unseren Fall paßt.»

«Sonst noch was?» Lenore kommt auf die Zeugenaussagen zurück.

«Nicht für diese Nacht», sagt Harry.

«Was soll denn das heißen?» frage ich.

«Eine Nachbarin hat angegeben, daß sie zwei Wochen zuvor einen lauten Streit aus Halls Wohnung gehört hat. Jede Menge Lärm. Böse Worte. Eine Männerstimme. Als Hall am nächsten Tag aus der Wohnung kam, hatte sie ein Veilchen.»

«Irgendein Hinweis in bezug auf die Männerstimme?»

Harry schüttelt den Kopf. «Falls die Cops was haben, steht es jedenfalls nicht in ihrem Bericht.»

«Frag bei der Nachbarin nach», sage ich zu ihm. «Was ist mit den Männern, die die Leiche gefunden haben?»

«Obdachlose, alle drei. Die Namen haben wir. Adressen?» Er zuckt die Achseln. «Müllcontainerallee hundert.»

«Wie sollen wir die finden, wenn wir eine Aussage haben wollen?»

«Gute Frage», sagt Harry. «Auf den Containerdeckel klopfen?»

«Registriernummer vom Führerschein?»

«Mach dich nicht lächerlich.»

«Was steht im Bericht?»

Harry malt ein großes Gänseei in die Luft.

«Keine Aussagen?»

«*Nada*. Bloß ihre Namen und ein Vermerk vom ersten Officer vor Ort, daß sie die Leiche im Container gefunden haben.»

Harry sieht mich an. Wir haben beide den gleichen Gedanken, nämlich, daß damit viel Raum für kreative Ermittlungen bleibt. Wenn keine klare Aussage dieser Zeugen vorliegt, lassen sich ihre Erinnerungen subtil und auch weniger subtil manipulieren. Falls sie vorbestraft sind, könnten sie von den Cops unter Druck gesetzt werden, ihre Aussage auszuschmücken und Dinge zu behaupten, die sie gar nicht gesehen haben, wie beispielsweise den Wagen, der die Leiche abgeladen hat, oder die Person, die am Steuer saß.

«Gleich morgen früh müssen wir Einsicht in alle schriftlich aufgenommenen Zeugenaussagen beantragen, besonders in diejenigen der drei Obdachlosen. Die werden sie ja wohl vernommen haben», sage ich zu Harry.

«Wahrscheinlich haben sie die Zeugen sogar auf Lager.» Harry meint im Gefängnis.

«Ihr seid ganz schön zynisch», sagt Lenore.

«Wie bitte?» entgegnet Harry. «Wollen wir wetten, daß sie die auf Eis gelegt haben? Wegen irgendeiner erfundenen Straftat? Landstreicherei? Oder Erregung öffentlichen Ärgernisses durch Defäkieren in einen Mülleimer. Die Cops wissen doch, wenn sie die laufenlassen, sind sie weg.»

«Find raus, ob sie sie haben», sage ich. «Wenn ja, will ich sie befragen, damit wir unsere eigenen Aussagen aufnehmen können.»

Harry macht sich eine Notiz.

«Wo wir gerade dabei sind: Besorge uns die Aufzeichnungen sämtlicher Funkübermittlungen von den Streifenwagen in jener Nacht. Außerdem brauchen wir die Genehmigung, Einsicht in die Telefonrechnungen des Opfers zu bekommen, und zwar für die letzten neunzig Tage. Wollen mal sehen, mit wem sie so gesprochen hat.»

Die Kinder werden unruhig, lautes Stampfen auf der Treppe und viel Gekicher. Bald ist es mit unserer Ruhe vorbei.

«Sonst noch was Wichtiges in den Berichten?» frage ich.

«Nur noch eins», sagt er. «Die Polizei geht davon aus, daß sie ihren Mörder kannte.»

«Wieso das?»

«Es gibt keinerlei Anzeichen für ein gewaltsames Eindringen in die Wohnung», sagt Harry. «Sie muß ihm die Tür geöffnet haben. Die Cops mußten die Vermieterin holen, um reinzukommen.»

Ich werfe ihm einen alarmierenden Blick zu, doch in diesem Augenblick kommt Sarah angestürmt, schlingt die Arme um meinen Hals und küßt mich ab. Plötzlich wird mein Eßtisch zum Mittelpunkt lärmender Lustbarkeit, wie ein Maibaum im Frühling, und drei kleine Mädchen tanzen singend um uns herum.

Lenore nimmt eine ihrer Töchter an die Hand und fällt in den Gesang mit ein:

Ringel, Ringel, Rose,
Zucker in die Dose …

Ich sitze da und gucke dumm aus der Wäsche. Mein Gesicht muß aussehen, als hätte ich gerade einen Schlag in die Magengrube bekommen. Ich sehe zu, wie Lenore um den Tisch tanzt, und frage mich, wieso sie sich in jener Nacht die Mühe gemacht haben sollte, an Brittany Halls Wohnungstür den Riegel zu spannen, bevor sie sie hinter sich zuzog?

9

Am Morgen frage ich Lenore auf dem Weg ins Gefängnis nach Halls verschlossener Wohnungstür.

«Ich weiß nicht», sagt sie. «Vielleicht habe ich sie ganz automatisch verriegelt, ein Reflex. Ich kann mich nicht erinnern. Aber jetzt können wir sowieso nichts mehr dran ändern.»

Damit hat sie recht. Wir können nichts mehr dran ändern, aber ich mache mir trotzdem Gedanken. Wir haben die Beweislage bei einem Kapitalverbrechen beeinflußt und die Polizei zu der Annahme gebracht, daß Brittany Hall ihren Mörder kannte, weil sie ihm die verriegelte Tür geöffnet hat. Damit haben wir ein ganzes Heer von anderen möglichen Tätern ausgeschlossen, Einbrecher, Sexualverbrecher, irgendwelche Fremde. Wir haben durch unser eigenes Verhalten den Verdacht noch stärker auf den Mann gelenkt, der ein Motiv hatte, unseren Mandanten Armando Acosta.

Acosta scheint nur noch ein Schatten seiner selbst zu sein, wie er uns da von der anderen Seite der dicken Glasscheibe im Anwaltsbesprechungszimmer des Bezirksgefängnisses entgegenstarrt. Sein Gesicht wirkt angespannt, der Blick gehetzt, und doch läßt sich die frühere Überheblichkeit, die diesen Mann ausmachte, noch immer erahnen. Statt seines sündhaft teuren Anzugs von Armani trägt er jetzt einen orangefarbenen Gefängnisoverall mit dem verblaßten schwarzen Schriftzug HÄFTLING auf dem Rücken. Ein Wachmann steht auf seiner Seite der Scheibe.

«Sie lassen mich rund um die Uhr bewachen, wegen Selbstmordgefahr», sagt er. Der Gedanke, daß man ihm zutraut, sich das Leben zu nehmen, scheint ihn mehr zu deprimieren als die Tatsache, daß er sich hier befindet.

Lenore erklärt ihm, daß diese Vorsichtsmaßnahme üblich ist, wenn

Persönlichkeiten von Rang verhaftet worden sind. Auf diese Weise bleibt es ihm erspart, mit anderen Gefangenen zusammengelegt zu werden. Vermutlich gibt es hier zahllose Insassen, die Acosta, ohne mit der Wimper zu zucken, die Gurgel durchschneiden würden, Leute, die er in seinem früheren Leben verurteilt hat.

Sie erwähnt, daß in den Berichten des Gefängnispsychologen angedeutet wird, er sei depressiv.

«Ich kann nachts nicht schlafen», sagt er. «Nicht, wenn mich jemand beobachtet. Ich bin müde. Das ist Schlafentzug, nichts anderes.»

«Angesichts der Ereignisse», meint Lenore, «wäre es ganz normal, depressiv zu sein.»

«Jetzt werden Sie bloß nicht herablassend, Ms. Goya. Meinetwegen. Bin ich eben depressiv. Aber selbstmordgefährdet bin ich nicht.» Seine Stimme klingt durch den winzigen Lautsprecher, der in die Glasscheibe eingelassen ist, als käme sie von einem anderen Planeten.

«Wie steht es mit einer Kaution?» fragt er.

Ein empfindlicher Punkt. Lenore hat die ehrenhafte Aufgabe, es ihm beizubringen, denn von ihr wird er es sicherlich besser aufnehmen als von mir.

«Richter Bensen hat sich geweigert, in dieser Sache zu entscheiden.»

Bei dieser Nachricht macht sich tiefe Niedergeschlagenheit auf seinem Gesicht breit.

Jack Bensen ist der Vorsitzende Richter am städtischen Gericht, der bis zur Voruntersuchung für Acostas Fall zuständig sein wird. Nach Aussage unseres Mandanten ist Bensen ein guter Freund von ihm. Acosta hat darauf gehofft, daß Bensen einen Antrag auf Kaution befürworten würde, um dann einem anderen Richter die Voruntersuchung zu übertragen.

«Hat er gesagt, warum?» fragt Acosta.

«Er meinte, das könnte den Eindruck von Kungelei erwecken.»

«Kungelei! Was hat denn eine Kaution mit Kungelei zu tun?»

«Es geht um einen Mordfall», entgegne ich.

«Sie haben keine Beweise», sagt er.

«Um darüber zu sprechen, sind wir hier.»

«Es ist üblicher so», versucht Lenore ihn zu besänftigen. «Richter

Bensen meinte, daß es einen falschen Eindruck in der Öffentlichkeit machen würde, vom üblichen Verfahren abzuweichen. Außerdem werden sie einen Richter aus einem anderen Bezirk nehmen müssen. Der wird über die Kautionsfrage entscheiden und den Vorsitz bei der Untersuchung führen. Sie haben sich alle geweigert.»

«Die gesamte Richterschaft unseres Bezirks?» sagt er. «Die Hälfte von denen kenne ich noch nicht mal.»

Das kann ich mir vorstellen. Die juristische Hackordnung wird streng eingehalten. Es gibt Richter am höheren Gericht, die es unter ihrer Würde finden, im Fahrstuhl ein Mitglied des niederen Standes auch nur zu grüßen. Der Mangel an Macht oder Ansehen könnte ja ansteckend sein. Es ist das reinste Kastensystem.

«Sämtliche Richter, auch die vom höheren Gericht», sagt Lenore, «haben sich selbst für ungeeignet erklärt, den Vorsitz in Ihrem Fall zu führen.»

Falls er überhaupt noch ein Fünkchen Kraft für den bevorstehenden Kampf hatte, so scheint es jetzt erloschen. «Ich komme aus dem falschen Stall», sagt er. «Spanischer Familienname und ein Akzent. Der ideale Sündenbock.»

Diesen Akzent hat er über ein Jahrzehnt hinweg mit Sorgfalt gepflegt. Ich habe mit Leuten gesprochen, die mit ihm zusammen auf dem College waren. Sie konnten sich nicht daran erinnern, daß er die Spur eines Akzentes hatte, und sie haben ihn nie auch nur ein Wort Spanisch sprechen hören. Vor seiner Berufung, in einer Zeit, in der das Programm gegen die Diskriminierung von Minderheiten verstärkt Anwendung fand, hat er diese Symbole seiner kulturellen Andersartigkeit mit gespieltem Stolz betont. Es gab Leute, die Acosta hinter seinem Rücken als einen «berufsmäßigen Mexikaner» bezeichneten. Es ist also im Grunde keine Überraschung, wenn er in seiner jetzigen mißlichen Lage auf seine Zugehörigkeit zu einer ethnischen Minderheit zurückgreift wie auf ein Rettungsboot.

«Meinen Sie nicht auch», sagt er, «daß sie es wegen meiner Rasse auf mich abgesehen haben?»

Das ist nicht einfach bloß Paranoia, sondern Acostas Vorstellung von einer möglichen Verteidigungsstrategie. Seine Fahrkarte in die Freiheit.

Im Strafrecht gibt es eine Faustregel, die in Stein gemeißelt werden sollte: Die Wahrheit kommt vor einem Schwurgericht nicht immer gut an. Es mag sein, daß Acosta im Laufe seines Lebens des öfteren unter Intoleranz zu leiden hatte, aber privilegierte Menschen in hohen Positionen können nicht gut auf die ethnische Karte setzen, wenn das Blatt sich wendet. Das sage ich ihm.

«Vielleicht steckt ja etwas anderes dahinter», meint Lenore.

«Es ist schließlich kein Geheimnis, daß Sie bei den Cops nicht gerade beliebt sind», sage ich.

Er fährt sich mit der Hand durch das schüttere Haar, dann stimmt er uns zu.

«Absolut», sagt er. «Sie haben vollkommen recht. Ich habe viele Jahre lang die Rechte der Angeklagten geschützt. In meinem Gericht habe ich mich um Gerechtigkeit bemüht.»

Fehlt nur noch das Superman-Kostüm.

«Ich habe die Verfassung geschützt», fährt er fort. «Sie haben allen Grund, mich zu hassen.»

«Für eine Verteidigung ist das ein wenig zu allgemein», sage ich. «Wir können das zur Untermalung verwenden, aber als Kernstück ist es zu dünn. Sie sind nicht der einzige amtierende Richter mit liberalen Praktiken. Ein Schwurgericht könnte sich fragen, wieso ausgerechnet Sie dann Opfer einer derartigen Kampagne geworden sind.»

«Aber ich war nicht der einzige, der einem Untersuchungsausschuß vorstand, der sich mit der Polizeigewerkschaft befaßt hat.»

Bingo. Endlich habe ich ihn da, wo ich ihn hinhaben will.

«Alles andere ist Beiwerk», sage ich.

Jetzt ist bei ihm der Groschen gefallen.

Es ist eine merkwürdige Tatsache, daß ein Mensch, der in Schwierigkeiten steckt, meist als letzter die Zusammenhänge erkennt.

Acosta behauptet, Hall habe ihm bei der Festnahme wegen Prostitution eine Falle gestellt. Das hat er uns bereits ausführlich dargelegt. Angeblich hat sie ihn angerufen und gesagt, sie habe Informationen zu den Korruptionsvorwürfen bei der Polizei, Beweise, die sie nur ihm zuspielen wollte. Ob wir ihm glauben oder nicht, und was noch wichtiger ist, ob die Geschworenen ihm glauben werden oder nicht, muß sich noch herausstellen. Jedenfalls wäre es eine mögliche Verteidigungsstrategie. Falls irgendwelche Leute in der

Gewerkschaft Acosta ein Vergehen in die Schuhe schieben wollten, um seinen Eifer bei der Suche nach Korruption in ihren Reihen zu dämpfen, dann kommt ihnen Halls Ermordung wahrscheinlich erst recht wie gerufen.

«Wir haben ein paar Unterlagen dabei», sagt Lenore, «die wir durchgehen müssen.» Sie hält sie hoch, damit der Wachmann sie sieht. Er nickt, was bedeutet, daß gleich jemand kommt, um sie von unserer Seite der Scheibe auf Acostas Seite zu bringen.

«Ich werde sie mir ansehen», sagt er, «aber das wird nicht viel bringen. Sie haben mir meine Lesebrille weggenommen.»

Lenore wirft mir einen Blick zu.

«Wahrscheinlich aus Angst, ich würde mir damit die Pulsadern aufschneiden.» Ein bitteres Lachen.

«Wann haben sie Ihnen die Brille weggenommen?» fragt sie.

«Mhm.» Er überlegt. «Vor zwei Tagen. Ich kann fernsehen. Mehr nicht.»

«Sie haben nicht zufällig vor kurzem eine andere Brille verloren?» erkundigt sich Lenore.

«Nein. Nicht daß ich wüßte.»

«Wie viele Brillen besitzen Sie?» frage ich.

«Wieso fragen Sie?» will er wissen. «Was ist los?»

«Wie viele Brillen besitzen Sie?»

«Weiß ich nicht. Warum? Ist das wichtig?»

«Könnte sein», sage ich.

«Genau kann ich das nicht sagen», meint er. «Sie wissen ja, wie das ist. Es kommt vor, daß man eine verlegt. Außerdem wirft man die alten nicht weg, wenn man eine neue braucht, und im Laufe der Jahre sammeln sich so einige an, mit unterschiedlichen Korrekturen.» Er zuckt die Achseln. «Vielleicht vier oder fünf. Ich weiß es nicht. Warum?»

Wenn die Cops Acostas Brille haben, dann wissen sie längst, welche Sehstärke er hat. Es hat keinen Sinn, Verstecken zu spielen.

«Die Polizei hat in Halls Wohnung eine Lesebrille gefunden», sagt Lenore. «Vermutlich gehen sie davon aus, daß sie dem Mörder gehört.»

Er sagt nichts, aber er sieht uns nicht mehr an. Statt dessen blickt er nach unten, auf die Tischplatte auf seiner Seite der Glasscheibe, als ob er ziellos nach etwas suchen würde. Schließlich reißt er sich zusammen, er bemerkt, daß wir ihn anschauen.

«Ich verstehe», sagt er. «Ich glaube nicht, daß mir eine Brille fehlt.»

«Wo bewahren Sie Ihre Brillen auf?»

Soweit er sich erinnert, hat er zwei ältere, die er aber noch immer benutzt, in seinem Arbeitszimmer zu Hause. Eine weitere war in seinem Büro im Gerichtsgebäude, er weiß aber nicht ganz sicher, wo sie im Moment ist. Nach seiner Suspendierung hatte er ein paar Sachen von dort geholt, und er hat nicht im Kopf, ob die Brille dabei war.

«Das macht dann vier Stück, einschließlich der Brille, die man Ihnen hier weggenommen hat. Haben Sie eine Quittung dafür bekommen?»

Er sieht mich an und schüttelt den Kopf.

Lenore macht sich eine Notiz, daß wir eine Quittung verlangen werden.

«Wir sollten uns auch ein Foto von dieser Brille geben lassen», meint sie. «Um auf Nummer Sicher zu gehen.»

Falls die Cops es drauf anlegen, wäre zumindest nicht auszuschließen, daß die beschlagnahmte Brille durch irgendeinen Kunstgriff oder durch schlampige Aufbewahrung am Ende als ebendie Brille identifiziert wird, die am Tatort gefunden wurde.

«Wir werden mit Ihrer Frau sprechen und sie bitten, alle Ersatzbrillen zu sammeln. Damit wir wissen, wo sie sind», sage ich zu ihm.

«Das wäre gut. Ich denke, man wird sie auch in mein Amtszimmer im Gerichtsgebäude lassen.»

«Wir brauchen auch die Anschrift Ihres Augenarztes. Wir müssen seine Unterlagen einsehen, um sicherzugehen, daß wir alle Brillen haben, und um Ihre Sehstärke festzustellen.»

Er nennt uns die Anschrift einer Augenklinik im Stadtzentrum.

«Lili kann die Telefonnummer aus meinem Karteikasten raussuchen. Auch den Namen des Arztes.»

Wenn er in bezug auf die Brille lügt, so läßt er sich jedenfalls nichts anmerken.

Wir gehen das übrige Beweismaterial durch. Ich gäbe viel darum, wenn ich ihn fragen könnte, wie sein Name auf den Terminkalender des Opfers kam, und zwar genau für den Tag, an dem sie ermordet wurde. Aber ich kann nicht. Noch haben die Cops diese Information nicht offengelegt. Ich bin mir aber sicher, daß sie das tun werden. Wenn ich Acosta jetzt danach frage, muß ich erklären, woher ich das weiß.

Statt dessen reden wir über die Haare und Fasern, die in Brittany Halls Wohnung gefunden wurden. Acosta kann sich nicht erinnern, welche Farbe der Teppich im Kofferraum seines Dienstwagens hat. «Ziemlich dunkel», sagt er.

«Was für ein Wagen ist das?»

«Ein Buick Skylark. Blau metallic.»

«Wissen Sie, welches Baujahr?»

Langsames Kopfschütteln. «Der Wagen ist mir vor zwei Jahren zugeteilt worden, aber ich weiß nicht, ob ihn vor mir schon jemand anderes gefahren hat.»

Damit deutet er an, daß der Wagen möglicherweise von jemandem abgelegt wurde, der in der politischen Nahrungskette über ihm steht.

«Er ist noch immer beschlagnahmt», sagt Lenore. «Wir können ihn von unserem Ermittler untersuchen und ein paar Faserproben entnehmen lassen.» Sie macht sich eine entsprechende Notiz.

«Was ist mit dem Haar?» frage ich ihn. «Kräftig, kurz und rötlichbraun.» Einem mittlerweile veröffentlichten vorläufigen Laborbericht ist zu entnehmen, daß es sich um Tierhaar handelt.

«Haben Sie Haustiere?» erkundige ich mich.

«Nein, ich bin allergisch gegen Katzen und Hunde», sagt er.

«Bringen die Enkelkinder nicht mal welche mit?» frage ich.

«Das dürfen sie nicht.»

Das ist zwar eine Kleinigkeit, aber immerhin eine, die für uns spricht.

Der Wachmann taucht mit den Unterlagen auf Acostas Seite der Scheibe auf.

«Das sind hauptsächlich Berichte vom Tatort, Notizen der Ermittlungsbeamten, die ersten Ergebnisse der Staatsanwaltschaft», erklärt Lenore. «Wir haben sie gelesen und möchten, daß Sie sie durchgehen. Sagen Sie uns, wenn Ihnen dabei irgendwas Wichtiges auffällt. Etwas, das wir wissen sollten.»

Er verspricht, sein Bestes zu tun. Ob wir ihm vielleicht ein Vergrößerungsglas besorgen könnten.

Lenore versichert ihm, daß wir seine Frau bitten werden, ihm so bald wie möglich eine Ersatzbrille zu bringen.

«Wir müssen die Voruntersuchung planen», sage ich zu ihm. «Und uns überlegen, welche Anträge wir stellen.»

«Darüber sollten Sie sich keine Gedanken machen», sagt er.

«Wieso?»

«Es wird keine Voruntersuchung geben.»

«Was soll das heißen?»

«Ich werde auf eine Voruntersuchung verzichten.»

Einen Moment lang verschlägt es uns die Sprache, wir sitzen ungläubig mit offenem Mund auf unserer Seite der Scheibe. Dann brechen wir in hektische Argumentation aus – Lenore versucht, ihn davon zu überzeugen, daß es ein Riesenfehler wäre, auf eine Voruntersuchung zu verzichten. Und ich gebe ihr recht.

Eine Voruntersuchung, bei der das Beweismaterial der Staatsanwaltschaft geprüft wird, ist von enormem Vorteil für die Verteidigung. Die Staatsanwaltschaft ist gezwungen, schon zu einem frühen Zeitpunkt einige ihrer Hauptzeugen zu benennen, wenn sie womöglich noch nicht alle Informationen für ihre Anklageerhebung zusammenhat.

«Damit müssen sie sich auf eine bestimmte Linie festlegen, obwohl sie das vielleicht noch gar nicht wollen», sage ich. «Jede Zeugenaussage, die da gehört wird, wäre wie in Beton gegossen.»

«Ja», sagt Acosta und sieht mich dabei an. «Ich weiß. Und wir müßten im Gegenzug keinerlei Beweismittel vorlegen. Nicht wahr?» Ich nicke: «So ist es. Es wäre töricht von der Verteidigung, sich in die Karten gucken zu lassen, wenn es nicht sein muß. Wir hätten Gelegenheit, ihr Beweismaterial einzusehen, es anzugreifen, wenn möglich, ohne unser eigenes aufzudecken.»

«Sie würden aber bei einer Voruntersuchung keine Einstellung des Verfahrens erreichen.»

«Das kann ich nicht sagen, bevor ich weiß, was sie gegen Sie in der Hand haben», entgegne ich. Aber ich muß zugeben, daß eine Einstellung des Verfahrens zu diesem Zeitpunkt unwahrscheinlich ist. Wie er wohl weiß, muß die Anklage lediglich einen dringenden Tatverdacht und keinen zweifelsfreien Schuldnachweis erbringen.

«Dann würde ich in der Presse vorverurteilt, ohne die Gelegenheit zu haben, mich zu verteidigen. Mein öffentliches Ansehen würde demontiert», sagt er.

«Aber in der Verhandlung würden wir unsere Argumente darlegen», sagt Lenore, «in einer stichhaltigen Beweisführung.»

«Ja, in vielleicht fünf oder sechs Monaten. Bis dahin wäre mein guter Ruf dahin. Ein erbarmungsloses Bombardement von Spekulationen und Unterstellungen», wendet er ein, «die allesamt durch eine einseitige Voruntersuchung gespeist würden. Meine Karriere könnte ich abschreiben. Nein, kommt nicht in Frage. Eine Voruntersuchung findet nicht statt.»

Ich will etwas sagen, aber er schneidet mir das Wort ab. «Und ich will auch keine Zeit schinden. Wir werden beantragen, daß der Prozeß in sechzig Tagen eröffnet wird.»

«Wir brauchen Zeit, um uns vorzubereiten», sagt Lenore.

Er sieht uns beide eindringlich an. «Der Verzicht auf eine Voruntersuchung und das Bestehen auf einer zügigen Verfahrensabwicklung unterliegen doch, wenn ich nicht irre, einzig und allein dem Willen des Mandanten. In dieser Hinsicht können Sie mich zwar beraten, aber rechtlich gesehen habe ich das letzte Wort, nicht wahr?»

Wir sitzen beide stumm da. Acosta kennt die Antwort bereits. Ganz offensichtlich hat er sich die Sache schon eine Weile überlegt.

«Dann ist das mein letztes Wort. Prozeßeröffnung in sechzig Tagen», sagt er und erhebt sich. «Ach ja, noch etwas. Sie sollten beantragen, daß alle Beteiligten in der Öffentlichkeit Stillschweigen bewahren müssen. Ich werde nicht dulden, daß Kline oder sonst jemand mich in der Presse beschuldigt. Ist das klar?»

Wie durch eine unerklärliche Metamorphose hat er plötzlich wieder den herrischen Tonfall seines früheren Ichs, des alten Acosta, Augen, die mir oft dämonisch schienen, starren uns durch die dicke Glasscheibe an.

Er ist unnachgiebig. Ohne ein weiteres Wort dreht er sich um und signalisiert dem Wachmann, daß unsere Besprechung zu Ende ist.

Lenore und ich bleiben wie vom Donner gerührt zurück, sitzen da und überdenken unser Dilemma, das Problem, einen Richter als Mandanten zu haben.

Seiner Kleidung nach zu urteilen, muß Phil Mendel heute seinen freien Tag haben. Ich entdecke ihn in der Eingangshalle zum Bezirksgefängnis, als Lenore und ich rausgehen wollen. Hinter ihm lauert einer seiner riesigen Schatten, ein Typ, dessen Haarschnitt an die Schale einer Kiwi erinnert. Mendel trägt ein grellbuntes Hawaiihemd und eine weiße Freizeithose. Abgerundet wird das Ganze durch ein Paar Segeltuchschuhe, in denen seine unbesockten Füße stecken. Er schüttelt gerade einigen Wachleuten die Hände und klopft ihnen auf den Rücken, wahrscheinlich Gewerkschaftsmitglieder. Mendel gibt sich zwar alle Mühe, aber er wirkt trotzdem nicht eleganter als ein verkommener Pirat, der gerade einen Luxusdampfer leergefressen hat. Er hat eine gehörige Wampe und dicke Rettungsringe.

Mendel blickt zwar zu mir hin, schaut mich aber nicht an, sondern eher durch mich hindurch. Ich gehe in die andere Richtung und ziehe Lenore hinter mir her. Doch Mendel gehört nicht zu den Menschen, die sich eine peinliche Begegnung entgehen lassen. Er kommt herübergeschlendert und schneidet uns den Weg ab.

«Mr. Madriani», sagt er, «Sie hier?»

«Beruflich», entgegne ich.

«Lassen Sie mich raten», sagt er. «Der Richter.»

An diesem Ort passiert nichts ohne sein Wissen, schließlich tragen ihm diensteifrige Wachmänner die Neuigkeiten zu wie Sklaven dem Pharao.

Es tritt ein kurzes Schweigen ein, das er nutzt, um Lenore zu beäugen. Als ich ihn nicht vorstelle, übernimmt er es selbst: «Phil Mendel.» Er streckt seine Hand mit einem hämischen Grinsen aus, das lasziv wirken soll, aber lediglich grotesk gerät.

Sie zögert, solange es geht. Da er seine Hand nicht zurückzieht, ergreift sie sie schließlich. «Lenore Goya», sagt sie.

«Aha. Die berüchtigte Ms. Goya. Ich habe mich schon gefragt, wann wir uns endlich einmal begegnen würden. Ich habe schon viel von Ihnen gehört.»

«Nur Gutes, hoffe ich.»

«Nicht so gut wie das, was ich sehe», erwidert er.

«Ist das ein Kompliment oder bloß Anmache?» fragt sie.

«Oh, ein Kompliment, ein Kompliment. Verstehen Sie mich nicht falsch. Ich sehe zwar, daß Sie derzeit mit dem Feind unter einer Decke stecken.» Jetzt sieht Mendel mich an.

Lenore ist sich nicht ganz sicher, wie er das meint. Ich habe das Gefühl, daß er ihr innerliches Knurren spürt.

«Sie haben sich von der Seite der Wahrheit und Gerechtigkeit auf die der Verteidigung geschlagen», erklärt er.

«Von irgendwas muß der Mensch ja leben», sagt sie.

«Also, wie steht die Schlacht?» fragt Mendel. «Ihre Verteidigungsstrategie für den Richter?» Als ob ich ihm das auf die Nase binden würde.

«Personenverwechslung», sage ich. «Reiner Indizienbeweis.»

Darüber lacht er so, als wüßte er über den Fall mehr als wir. «Jaja. Schwer zu glauben, daß ausgerechnet ein Richter so was tun würde. Eine Tussi ermorden, die als Zeugin auftreten sollte», sagt er.

Lenore, die schon weggehört hatte, schaltet sich plötzlich wieder ein: «Stimmt. Ein Mord ist wirklich besser zu verstehen, wenn das Opfer ein arrogantes männliches Arschloch ist.»

Er mustert sie und scheint zu überlegen, ob er das auf sich beziehen muß.

«Ich bitte um Verzeihung. Ich bin von der alten Schule. Ich meinte natürlich einfach nur eine Zeugin», sagt Mendel, als ob «Tussi» ein falsch eingesetzter Fachterminus wäre.

«Und ich meinte ein arrogantes männliches Arschloch», sagt Lenore. Auf Wunsch würde sie es ihm buchstabieren.

«Junge, Junge.» Er stößt seinen Kumpel von der Seite an. «Die Dame ist nicht ohne.» Er versucht, die Situation mit einem Lachen zu überspielen. «Ms. Goya würde ich aber nicht gern im Gerichtssaal vor mir haben.» Diese Bemerkung ist an mich gerichtet. Mendel hat genug mit den Damen geplauscht.

«Solange ich Sie bloß vor mir habe, bin ich beruhigt», sagt Lenore. Er hüpft von einem Bein aufs andere, als ob er sich verbrannt hätte. «Da haben Sie sich ja eine richtige Wildkatze geangelt», sagt er zu mir.

«Vielleicht sollten Sie die Kratzer auf Ihrem Hintern zählen», entgegne ich.

Er versucht sein Gesicht zu wahren, lacht erneut. «So wie es aussieht, ist der einzige Mensch, der im Moment noch mehr Schwierigkeiten hat als ich, Ihr Mandant», sagt er. «Aber es läßt sich wohl nicht vermeiden, daß man dreckig wird, wenn man in der Gosse badet.»

«Soll heißen?» frage ich.

«Soll heißen, daß Acosta bekanntermaßen viel Zeit damit verbracht hat, mit den unteren Schichten zu fraternisieren.»

«Sie müssen es ja wissen», sagt Lenore.

Mittlerweile hat er kapiert, daß es für ihn am besten ist, sie zu ignorieren. «Hätte er nicht die Neigung dazu gehabt, wäre er an dem bewußten Abend auch nicht auf der Straße unterwegs gewesen», sagt er. Mendel meint den Abend, an dem die «Kokusnuß» in ihre Prostitutionsfalle getappt ist.

«Das hört sich an, als ob Sie einiges darüber wüßten», sage ich.

«Nein, nein, nein. Auf irgendwelche Vorladungen in der Morgenpost kann ich gut verzichten», sagt er. «Ich weiß überhaupt nichts über die besonderen Umstände der Festnahme. Aber mir kommt so einiges zu Ohren. Über meinen Schreibtisch wandern viele Berichte. Nichts Offizielles, natürlich. Aber nach dem, was man sich so erzählt, ist Ihr Mandant ein Mann mit zwei Gesichtern.»

Das ist mir nun wirklich nicht neu.

«Wenn sie das Fernsehen tatsächlich im Gerichtssaal zulassen», sagt er, «wird den Leuten dieser ganze Dreck bis ins Wohnzimmer gespült.»

«Tja, hoffen wir, daß die Ankläger sich zuerst mit der Zensurstelle des Senders absprechen, bevor sie ihr Plädoyer halten», entgegne ich.

«Genau. Aber wenigstens nehmen sie diesmal einen Bösen unter die Lupe, im Gegensatz zu –»

«Das ist Ansichtssache», sagt Lenore.

«Im Gegensatz zu was?» frage ich.

Mendel wirft ihr einen bösen Blick zu, dann führt er seinen Gedanken zu Ende. «Im Gegensatz zu den Guten», sagt er, «unseren Jungs in Uniform.»

«Ich könnte mir vorstellen, daß die Staatsanwaltschaft für beide Zeit findet.»

Plötzlich zieht Mendel die Augenbrauen hoch und schenkt mir ein Lächeln. Und ich ahne, daß er mir jetzt eine schlechte Nachricht unterjubeln wird.

«Haben Sie's noch nicht gehört?»

Ich schüttle den Kopf.

«Die Staatsanwaltschaft hat den Untersuchungsausschuß aufgelöst. Verfahren eingestellt.»

«Wie bitte?»

«Die Gewerkschaft hat damit offiziell eine reine Weste. Acostas Hexenjagd ist erledigt, so wie der Mann selbst.»

Im Grunde sagt er damit, daß sich mit Acostas Sturz und vor allem durch die Art seines Untergangs die juristische Machtstruktur neu formiert hat – den kollektiven Schwanz zwischen die Beine geklemmt.

«Ihr Glückstag», sage ich. «Genießen Sie's, solange Sie können.»

Er sieht mich mit einem Grinsen an, das man nur als bösartig bezeichnen kann.

Das Gespräch ist beendet, und er wendet sich ab. Sein Schatten stolpert fast über ihn, als Mendel unvermittelt stehenbleibt, sich noch einmal umdreht, um uns zu fixieren.

«Ach übrigens», sagt er, «das hätte ich beinahe vergessen.»

«Was denn?»

«Die Teppichfasern, die man bei der Leiche gefunden hat. Offenbar stimmen sie haargenau mit denen vom Kofferraumteppich in Acostas Wagen überein.» Mendels geheime Drähte sind ohne Ende und reichen bis ins Allerheiligste, das Kriminallabor.

«Ich dachte, das würde Sie interessieren», sagt er. Er winkt kurz mit dem kleinen Finger. Ich glaube, eher in Lenores Richtung als in meine.

«Bye.»

10

Acostas Skalp baumelt an seinem Gürtel. Damit verbreitet Mendel an vielen Stellen des juristischen Systems eine Angst, die nur anhand des kollektiven Kniezitterns meßbar ist. Unter diesen Umständen ist es äußerst unwahrscheinlich, daß gewählte Würdenträger einen weiteren Untersuchungsausschuß einsetzen werden, um das Geschäftsgebaren seiner Gewerkschaft unter die Lupe zu nehmen.

Ich hatte gehofft, daß wir in der Bugwelle dieser Untersuchung hätten mitschwimmen können, daß dabei Dinge ans Licht gekommen wären, die sich für Acostas Verteidigung hätten verwenden lassen: ein Richter, der für Recht und Ordnung kämpft und von korrupten Polizisten in die Falle gelockt wurde. Das wird auf jeden Fall einen Schwerpunkt unserer Strategie bilden. Aber die Anklage kann uns jetzt entgegenhalten, daß es zwar mal eine Untersuchung gegeben hat, aber keinerlei Beweise für Korruption gefunden wurden. Wenn es keine schmutzige Wäsche gibt, wenn nichts aufgedeckt werden könnte, wieso sollten sich die Cops dann solche Mühe machen, den untersuchenden Richter zum Schweigen zu bringen?

Der andere Schwerpunkt unserer Verteidigung besteht darin, jemanden zu präsentieren, der als wahrer Mörder in Frage kommt. Sosehr ich Acosta auch verabscheue, ich glaube nicht, daß der Mann ein Mörder ist. Lenore und ich suchen noch immer nach der Idealbesetzung für diese Rolle. Möglicherweise war es ein eifersüchtiger Liebhaber, irgendein Einbrecher, der von ihr überrascht wurde, oder ein Sexualverbrecher. Gegen die beiden letztgenannten Möglichkeiten spricht die Theorie der Cops, daß sie ihren Mörder kannte und in die Wohnung ließ.

Es ist Freitag abend, und ich mache Überstunden im Büro. Den ganzen Nachmittag haben Harry, Lenore und ich das neue Material gesichtet, das uns die Polizei zur Verfügung gestellt hat, darunter

Videoaufnahmen von den Ermittlungen in der Gasse, wo die Leiche gefunden wurde, und Aufnahmen von Brittany Halls Wohnung.

Ich bin übermüdet. Lenore mußte früher gehen, weil sie eine Verabredung hatte. Harry hat vor einer Stunde das Handtuch geworfen und ist nach Hause gegangen.

Es ist fast zehn Uhr, als sich in der Eingangstür ein Schlüssel dreht, das Schloß klickt, und dann wird die Tür wieder geschlossen.

Ich sehe auf. Lenore steht in der Tür. Sie trägt ein elegantes, eng anliegendes, schwarzes Abendkleid, das ein gutes Stück über den Knien endet. Ihre nackten Schultern schimmern. An zwei Fingern einer Hand baumelt ein Paar hochhackiger Stöckelschuhe aus schwarzem Lackleder.

«Hast du irgendwas gegen Blasen?» fragt sie.

Lenore war auf einer Party, die irgendein Staatsanwalt veranstaltet hat und zu der sie schon vor Monaten eingeladen worden war, noch bevor sie die Staatsanwaltschaft verließ.

Sie zeigt mir ein Loch in ihren Nylonstrümpfen, sie sind an einer Ferse durchgescheuert.

«Bin eine halbe Meile zu Fuß gegangen», sagt sie.

«Und wie war deine Verabredung?» frage ich.

«Frag bloß nicht.»

Schon geht's mir besser. Lenore steht da, eine schmale Hüfte gegen den Türrahmen gelehnt, schlank, das Gesicht von geschmackvollen goldenen Ohrringen umrahmt, die geschminkten Lippen erotisch glänzend. Sie ist eine faszinierend schöne Frau. Heute abend trägt sie ihr Haar hochgesteckt, was ihr eine geheimnisvolle Aura verleiht.

«Dann war es wohl nicht nett mit Herb?» Ich bin bemüht, nicht allzu zufrieden zu klingen.

Herb Conners zählt zu den hohen Tieren in der Staatsanwaltschaft, ein Karrieretyp und Spießer ersten Ranges. Lenore und ich hatten eine Wette abgeschlossen. Sie hatte gewettet, daß Conners die Verabredung unter irgendeinem Vorwand abblasen würde, weil sie nach ihrem Rausschmiß für jeden ehrgeizigen Aufsteiger zum Risikofaktor geworden ist. Ich hatte dagegen behauptet, daß bei einem Konflikt zwischen Karriere und Libido die Lust immer die Oberhand behält. Offenbar habe ich recht gehabt.

Ich glaube, Lenore ihrerseits hat die Verabredung nur eingehalten, weil sie nicht den Anschein erwecken wollte, Kline aus dem Weg zu gehen, der mit ziemlicher Sicherheit auch auf der Party sein würde.

«Auf dem Nachhauseweg sind Conners im Auto an allen möglichen Körperteilen Hände gewachsen», sagt sie.

«Geiler Bock», erwidere ich.

«Jetzt nicht mehr», lächelt Lenore boshaft, und ich frage mich, was sie mit ihm angestellt hat.

«Ich bin vier Blocks von hier ausgestiegen und habe kein Taxi bekommen, also bin ich zu Fuß gegangen. Dann habe ich bei dir noch Licht gesehen.»

Nach ihrem Gesichtsausdruck zu urteilen, krümmt sich Conners jetzt bestimmt irgendwo unter einer kalten Dusche.

Ich suche in meiner Schublade nach einem Pflaster und reiche es ihr.

Sie läßt die Schuhe auf eine Ecke meines Schreibtischs fallen, und der Duft ihres Parfüms umhüllt mich.

Lenore zählt zu den Frauen, die ihre erotische Ausstrahlung ein- und ausknipsen können wie eine Lampe. Von einer Minute auf die nächste kann sie sich von der sachlichen, konzentrierten Anwältin in einen Vamp verwandeln. Leider hat Lenore jetzt, wo ich mitten in der Arbeit stecke, ihren Schalter nicht auf Sachlichkeit gestellt.

«Du arbeitest aber furchtbar lange», sagt sie. «Du solltest längst zu Hause sein.»

«Irgend jemand muß die Arbeit ja machen», entgegne ich.

«Denkst du noch immer darüber nach, wie wir an die Unterlagen über die eingestellte Bullengeschichte kommen?» Sie spricht vom aufgelösten Untersuchungsausschuß.

«Genau.»

«Schon eine Idee?» Während sie mit mir spricht, reibt sie sich die Wade und hat den Fuß dabei auf den Sitz des Besuchersessels mir gegenüber gelegt. Dadurch ist ihr enges Abendkleid spektakulär hoch gerutscht. Mir fällt vieles ein, aber nichts, was mit unserem Fall zu tun hätte.

Ich reiße mich zusammen. «Wir könnten einen Ermittler beauftragen und erst mal sehen, was wir in der Sache selbst rausfinden», sage ich. «Allerdings bräuchte der Mann ein gutes Laufwerk.» Ich starre auf das ihre.

«Und vielleicht würde er bis zur nächsten Eiszeit mit irgendwelchen Ergebnissen aufwarten», meint Lenore.

«Oder bis morgen früh», sage ich. «Gib dir einen Ruck und sei ein bißchen nett zu Herb Conners, dann fährt er sofort vor unserer Eingangstür vor und legt uns sämtliche Akten der Staatsanwaltschaft zu Füßen.»

«Sei du doch nett zu ihm.»

«Das würde viel zu lange dauern», erkläre ich.

Sie schlüpft hinter die geöffnete Bürotür, als ob sie mit mir Verstecken spielen wollte. Ich frage mich, was sie dahinter tut.

«Nur zu deiner Information», sagt sie, «so ganz ist das Verfahren noch nicht eingestellt.»

«Was meinst du damit?»

Noch immer höre ich bloß ihre Stimme hinter der Tür: «Die Untersuchung der Drogenrazzia, die Ungereimtheiten im Zusammenhang mit der Erschießung des Cops vor zwei Jahren. Das», sagt sie, «läuft noch.»

«Das gibt's nicht.»

«Doch.»

Lenore und ich haben darüber geredet, ein heikles Thema, weil Tony darin verwickelt ist. Sie kann sich nicht vorstellen, daß er an der Ermordung eines anderen Polizisten beteiligt gewesen sein soll. Sie rechnet damit, daß die Untersuchung ergebnislos verlaufen wird. Aber auch sie hat keine Erklärung dafür, wie der Revolver, mit dem Wiley getötet wurde, aus der Asservatenkammer zum Tatort gelangt sein soll. Wenn es um Tony geht, ist sie so blind vertrauensselig wie ein Kind.

«Woher weißt du, daß die Sache noch läuft?» möchte ich wissen.

«Manche Einladungen zum Abendessen lohnen sich nun mal», sagt sie. «Du würdest staunen, was man sich bei Käsehäppchen so alles erzählt. Erst recht, wenn sie mit Wein runtergespült werden.»

«Hast du das von Conners?»

«Seh ich so aus?» Lenore wird mir ihre Informationsquelle nicht verraten.

Eine umfassendere Untersuchung wäre mir lieber gewesen. Aber das ist zumindest etwas. Mit ein wenig gutem Willen läßt es sich in unseren Fall einarbeiten.

«Meinst du, dein Informant wird sich noch mal mit dir unterhalten?»

Als sie wieder neben der Tür auftaucht, sind ihre Beine nackt, und sie wirft die Strumpfhose in meinen Papierkorb.

«Er hat sich nicht mit mir unterhalten», sagt sie. «Ich habe mich lediglich hinter meinem Begleiter versteckt und große Ohren gemacht.»

«Dann war Herb ja doch noch zu etwas gut.»

«Groß, breitschultrig.» Sie lächelt. «Ein guter Horchposten.»

Sie zupft Fusseln von ihrem Kleid, das ein wenig von einem sonnengebräunten, glatten Oberschenkel zeigt. Sie nimmt im Sessel mir gegenüber Platz und schlägt mit der Geschmeidigkeit einer Waldnymphe ein Bein über das andere, aufreizend, aber nie enthüllend. Mit einer Körperdrehung, wie sie nur Frauen zustande bringen, klebt sie sich, ohne meinen neugierigen Blick zu beachten, das Pflaster auf die Ferse.

Mir bricht der Schweiß aus. Ich rede sachlich, aber ich denke völlig konfus. Ein Augenblick der Schwäche.

«Hast du eine Idee, welchen Ermittler wir engagieren sollten?» frage ich.

Sie hat ihre Erste-Hilfe-Aktion beendet und sitzt jetzt ganz ruhig da, die Ellbogen dicht neben ihren Schuhen auf die Schreibtischkante gelegt, das Kinn in beide Hände gestützt, ein Ausdruck wie Audrey Hepburn in ihren besten Zeiten. Sie scheint mit anderen Überlegungen beschäftigt zu sein. Sie ignoriert meine Frage – ihr Duft schwebt über den Schreibtisch bis zu mir.

«Wo ist Sarah heute nacht?» fragt sie.

«Übernachtet bei einer Freundin.»

«Meine Töchter sind bei ihrer Großmutter», sagt sie. «Über Nacht.»

Ein Lächeln breitet sich auf ihren üppigen, schimmernden Lippen aus.

Ein merkwürdiger Augenblick des Schweigens; Telepathie, wir wägen die Möglichkeiten ab. In gegenseitigem Einvernehmen haben wir die unterschwellige Erotik in unserer Beziehung bisher sorgfältig ignoriert. Die Komplikationen bei der Zusammenarbeit an einem schwierigen Fall, die Nachteile einer Romanze zwischen Kollegen, die Kinder – es gibt hundert Gründe, warum wir es nicht tun sollten. Im Moment fällt mir kein einziger mehr ein.

«Also», sagt sie und steht auf, «was machst du jetzt? Die Nacht durcharbeiten?»

Sie betrachtet mich mit betörenden Augen, in denen das goldene Glimmern ihrer Ohrringe tanzt. Die zart modellierten Gesichtszüge, der fast ätherische, dunkle Teint: ein Bild wie aus einem Film, durch einen Schleier aufgenommen. Wie ein Junkie sauge ich begierig dieses Bild in mich hinein.

«Ich sollte gute Nacht sagen und machen, daß ich nach Hause komme», sage ich.

Ihr Blick wirkt hypnotisierend. Plötzlich stehe ich schon an der Tür, das Jackett über der Schulter, und weiß nicht, wie ich dorthin gekommen bin, Lenores Hand in meiner Hand.

«Ja», sagt sie, «wir sollten machen, daß wir nach Hause kommen und gute Nacht sagen.»

11

Wir können Gott für kleine Gnadenbeweise danken. Wir haben die Unterlagen von Acostas Optiker überprüft und sind der Ansicht, sämtliche Brillen vorweisen zu können, die ihm verschrieben worden sind. Lili Acosta hat alle gefunden, bis auf diejenige, die ihrem Mann im Gefängnis abgenommen und sorgfältig registriert wurde, so daß ein Irrtum, eine Verwechslung ausgeschlossen ist. Da wir in der Lage sind, zu jeder Brille unseres Mandanten das Datum des Rezepts und den Tag des Kaufs anzugeben, kann die Polizei nicht beweisen, daß die am Tatort gefundene Brille dem Richter gehört.

Heute morgen sind wir vor Gericht und versuchen, einer weiteren Kugel auszuweichen. Es ist der zweite Tag einer Anhörung, bei der unser Antrag auf Verfahrensaussetzung beurteilt werden soll. Wir versuchen, Kline in Schach zu halten, den Mann, den Lenore einen Idioten genannt hat. Bislang hat er sich wendiger gezeigt als eine Schimpansin in der Paarungszeit.

Acosta sitzt neben mir am Tisch der Verteidigung, seitlich hinter ihm hat sich ein argwöhnischer Wachmann aufgebaut, und zwei weitere stehen wie Liberos weiter hinten im Gerichtssaal, für den Fall, daß die «Kokosnuß» zum Angriff übergeht.

Lili sitzt eine Reihe hinter ihrem Mann, zwischen den beiden befindet sich die Gerichtsschranke, und der Wachmann gleich daneben achtet sorgsam darauf, daß sie sich nicht berühren.

Es sind nur relativ wenige Pressevertreter erschienen.

Vor zwei Wochen hat Kline wie aus heiterem Himmel einen Prozeßtermin in der Sache anberaumt, die mittlerweile völlig in Vergessenheit geraten war, die ursprüngliche Anklage wegen Anstiftung zur Prostitution.

Es geht ihm gar nicht um eine Verurteilung. Kline will Acosta eigentlich nicht im Gerichtssaal den Prozeß machen, sondern auf dem Forum der öffentlichen Meinung. Dazu schürt er bei einem großen Publikum die Empörung über ein sittliches Vergehen. Wenn potentielle Geschworene das mitbekommen, haben sie ihr Urteil im Mordprozeß vielleicht schon gefällt, bevor wir sie überhaupt auf die Geschworenenliste gesetzt haben. Und falls uns Kline so ganz nebenbei dazu zwingen kann, Acosta auch in dem Prostitutionsfall zu verteidigen, dann kann er vielleicht schon einen verfrühten Blick in unsere Karten werfen.

Selbst Lenore muß zugeben, daß dieser Schachzug von einer gewissen Findigkeit zeugt, mehr als sie Kline eigentlich zubilligen möchte.

Ich halte es für falsch, ihn zu unterschätzen. Seinen Mangel an Stil macht er durch verbissene Beharrlichkeit wieder wett. Er ist offensiv, leistungsorientiert und wortgewandt. Der Mann hat absolut nichts Zögerliches an sich. Und was sein Temperament angeht, so habe ich nur ein einziges Mal erlebt, daß er die Beherrschung verlor, an jenem Tag in Lenores Büro, als sie sich im Fall Acosta darum stritten, wer die Zeugin befragen sollte. Ich denke, es liegt an der explosiven Atmosphäre zwischen Kline und Lenore, weshalb sie so leicht aneinandergeraten. Und das gibt mir im Hinblick auf den bevorstehenden Prozeß zu denken.

Gerade saß er noch mit einem seiner Untergebenen am Tisch der Anklagevertretung, jetzt ist er aufgestanden und kommt durch den Raum auf uns zu. Aus den Augenwinkeln sehe ich, daß er wie aus dem Ei gepellt ist, bis hin zu den goldenen Manschettenknöpfen, die mich blenden.

«Mr. Madriani.»

Ich wende mich zu ihm um.

«Wir hatten noch keine Zeit, uns zu unterhalten», sagt er. «Ich meine, seit dem Tag in meinem Büro. Ich würde Ihnen ja gerne viel Erfolg wünschen, aber unter den gegebenen Umständen...» Sein Blick führt den Gedanken zu Ende. «Dennoch hoffe ich, daß wir die Sache wie höfliche Gegner über die Bühne bringen. Eben wie echte Profis.»

Das breite Lächeln auf seinem Gesicht läßt mich über seine Aufrichtigkeit spekulieren. So ist das nun mal bei Kline. Man weiß nie, woran man ist.

Ich schüttle ihm die Hand.

«Ms. Goya.» Er drängt sich mit noch immer ausgestreckter Hand an mir vorbei.

Lenore sieht ihn an, sagt aber nichts und ergreift auch nicht seine Hand.

«Na ja», sagt Kline. «Immerhin habe ich es versucht.»

Er lächelt noch einmal und zieht sich dann wieder auf seine Seite zurück.

Acosta sieht sie an. Wenn er meinte, daß Lenore als ehemalige Staatsanwältin noch einen gewissen Einfluß besitzt, löst sich diese Illusion auf, wie einst der Glaube an den Weihnachtsmann.

«Guter Schachzug!» flüstere ich Lenore aus dem Mundwinkel zu. «Gib ihm noch etwas mehr die Sporen. Mal sehen, ob wir ihn richtig motiviert kriegen.»

Noch bevor sie darauf eine passende Bemerkung machen kann, tut sich was im Gang hinter der Richterbank. Richter Radovich taucht auf und wird vom Gerichtsdiener ausgerufen.

Harland Radovich kommt aus den Bergen im Norden, aus einem Bezirk, über dem ein ruhender Vulkan und ein aus drei Richtern bestehendes Gericht thronen und wo Viehzucht und weites Land noch immer das Lebensgefühl prägen. Der Richterrat wollte einen Kandidaten von außerhalb; die Wahl fiel auf Radovich, und er hat jetzt Acostas Fall mit allem Drum und Dran am Hals.

Er wirkt alterslos, aber wenn ich raten müßte, würde ich auf Mitte Fünfzig tippen. Er trägt Cowboystiefel und macht den frischen Eindruck eines Naturburschen, mit der glatten Frisur eines Mannes aus Oklahoma, einschließlich Stirnlocke, die an die geringelten Enden eines Maiskolbens erinnert. Er gibt nicht vor, ein Rechtsgelehrter zu sein, aber offenbar ist er mit einem angeborenen gesunden Menschenverstand ausgestattet.

Schwer zu sagen, wie unsere Chancen bei ihm stehen. Acosta und Radovich stammen aus völlig unterschiedlichen Welten.

«Guten Morgen», sagt der Richter.

Wir stellen uns fürs Protokoll vor, Kline für die Anklagevertretung, Lenore für uns. Schließlich ist es ihr Fall. Ich versuche, mich möglichst im Hintergrund zu halten. Wenn ich frühzeitig aussteigen kann, werde ich es tun.

Gestern hatten die Anwälte ihren großen Tag. Jeder von uns hat seine Argumente im Hinblick auf eine heiß umstrittene Rechtsfrage vorgetragen. Es ging um das Problem der Klageverbindung: ob die Straftaten, Anstiftung zur Prostitution und Mord – die eine soll ja angeblich das Motiv für die andere sein – so eng zusammenhängen, daß sie in einem einzigen Prozeß verhandelt werden sollten. Lenore vertrat diesen Standpunkt, um ein getrenntes Verfahren in der Prostitutionssache abzuwenden. Immerhin hat die Anklage die Ermordung einer Zeugin als erschwerenden Umstand geltend gemacht. Sollte Acosta verurteilt werden, muß er mit der Todesstrafe rechnen.

Radovich hat einen Großteil des Tages damit verbracht, sich den Kopf zu kratzen. Was war eher, Henne oder Ei? Wenn er einen Strohhalm gehabt hätte, hätte er gewiß darauf herumgekaut. Komplizierte Argumentationen sind nicht sein Fall, und Kline, der das frühzeitig erkannte, hat ihn den ganzen Tag förmlich um den Finger gewickelt.

Er argumentierte, daß unser Vorstoß gegen eine getrennte Verhandlung die Verfügungsfreiheit der Staatsanwaltschaft verletzt, das heilige Recht des Staates, diejenigen vor Gericht zu bringen, die gegen das Gesetz verstoßen haben. Er erinnerte Radovich daran, daß das Gericht nicht anstelle des Staates darüber entscheiden dürfe, wann Anklage erhoben werden muß.

Unser Antrag auf Klageverbindung wurde abgelehnt, und heute morgen müssen wir uns an den letzten Strohhalm klammern, um ein möglicherweise katastrophales Mini-Verfahren wegen der sittlichen Übertretungen der «Kokosnuß» zu verhindern. Das Verfahren selbst wäre zwar nicht gerade ein Großereignis der Rechtsprechung – ein Mann und eine Frau feilschen um den Preis einer unsittlichen Handlung –, aber wenn sich der Tatbestand in den Köpfen der Geschworenen festsetzt, könnte das Kline genügend Rückenwind geben, um unseren Mandanten hinrichten zu lassen.

Jetzt geht es um die Frage der Beweislage, ob die Anklage genug vorlegen kann, um die «Kokosnuß» tatsächlich wegen Anstiftung zur Prostitution vor Gericht zu stellen. Da Brittany Hall tot ist und das Mikro versagt hat, mit dem die Unterhaltung aufgenommen werden sollte, vertreten wir die Position, daß praktisch keine Beweise vorliegen.

Aber Kline hat erneut seinen Einfallsreichtum unter Beweis gestellt. Er behauptet, er habe einen Zeugen.

«Fangen wir an», sagt Radovich.

Sekunden später führt der Gerichtsdiener einen Mann in den Zeugenstand, der vielleicht dreißig Jahre alt ist und Freizeitkleidung trägt. Er wird vereidigt und nimmt Platz.

Da es sein Zeuge ist, beginnt Kline mit der Befragung, während Lenore wutschnaubend neben mir sitzt.

«Nennen Sie bitte Ihren Namen für das Protokoll.»

«Harold Frost.»

Harold ist bei seinen Polizeikollegen auch unter dem Namen «Frosty» bekannt, und zwar wegen seines Charakters. Er ist ein Eisberg, ein Mann, der jemanden in Notwehr mit vier Schüssen niederstrecken kann und hinterher soviel Gewissensqualen hat wie ein Felsbrocken. Er ist groß, hager, kahlköpfig mit einem Kranz von kurzen braunen Haaren über den Ohren, engstehenden Augen und einer krummen Habichtsnase, von der manche behaupten, sie passe wunderbar zu den Skrupeln, die er an den Tag legt. Wenn ich bei der Polizei jemanden suchen würde, der die Dehnfähigkeit von Wahrheit im Zeugenstand auf die Probe stellen soll, würde ich Harold Frost nehmen.

«Würden Sie uns bitte sagen, was Sie beruflich machen?»

«Ich bin Sergeant bei der Polizei von Capital City.»

«Und wie lange haben Sie diesen Posten schon?»

«Seit dreizehn Jahren.»

«Bei welchem Dezernat sind Sie derzeit?»

«Bei der Sitte.»

Von Finesse kann nicht die Rede sein. Statt dessen kommt Kline schnurstracks zur Sache und lenkt die Aufmerksamkeit des Zeugen auf den Abend, an dem Acosta in dem Hotelzimmer festgenommen wurde.

Frost gibt an, daß er der Einsatztruppe im Fairmore Hotel, die aus drei Männern und einer Frau bestand, zugeteilt war. Ihre Aufgabe war es, die Aktivitäten hochbezahlter Callgirls in den Spitzenhotels der Stadt zu unterbinden.

«Wir haben versucht, die Freier zu erwischen, um das Geschäft kaputtzumachen», wie er es ausdrückt.

«Hatten Sie an diesem Abend Gelegenheit, eine Festnahme durchzuführen?» fragt Kline.

«Ja.»

«Erinnern Sie sich, wen Sie festgenommen haben und aus welchem Grund?»

«Den da.» Frost zeigt mit einem Finger auf unseren Mandanten. «Er wurde wegen Verletzung von Paragraph sechssiebenundvierzig b festgenommen.»

«Ich bitte im Protokoll festzuhalten, daß der Zeuge den Angeklagten Armando Acosta identifiziert hat.»

Radovich nickt.

«Ist das ein Paragraph des Strafgesetzbuchs?» fragt Kline.

«Genau.»

«Und welche Straftat wird in Paragraph sechssiebenundvierzig b des Strafgesetzbuchs behandelt, Sergeant?»

«Die Aufforderung zur Prostitution.»

«Ein Vergehen, das als moralisch verwerflich betrachtet wird, nicht wahr?»

«Einspruch. Zielt auf juristische Schlußfolgerungen», sagt Lenore.

«Stattgegeben.»

Kline würde diesen Punkt gerne ausführlicher behandeln. Damit könnte er die Motivfrage absichern. Ein Richter, dem aufgrund moralischer Verwerflichkeit die Amtsenthebung und die Vernichtung seiner Karriere droht, könnte durchaus in der Lage sein, eine Zeugin zum Schweigen zu bringen.

«Waren Sie an dem Abend der Officer, der die Festnahme vollzogen hat?»

«Einer von zweien», sagt er.

«Wer war der andere?»

«Mein Partner, Jerry Smathers.»

«Sergeant, erklären Sie uns bitte, ob es üblich ist, einen Verdächtigen in einem solchen Fall in Gewahrsam zu nehmen.»

«Üblicherweise wird der Verdächtige vorgeladen und dann auf freien Fuß gesetzt.»

«Erläutern Sie uns das Verfahren.»

«Einspruch», sagt Lenore vom Tisch aus. «Unerheblich. Es geht hier nicht darum, ob unser Mandant festgenommen oder vorgeladen wurde, sondern darum, ob die Anklagevertretung derzeit hinreichende Beweise vorlegen kann, um eine Verurteilung zu erreichen oder überhaupt ein Verfahren anzustrengen.»

«Abgelehnt», sagt der Richter.

Kline bedeutet dem Zeugen zu antworten.

«In den meisten Fällen», sagt Frost, «wird der Verdächtige identifiziert, meistens anhand des Führerscheins. Die derzeitige Adresse wird festgestellt und der Verdächtige aufgefordert, ein Dokument zu unterschreiben, in dem er sein Erscheinen vor Gericht zusichert.»

«Warum wurde das in diesem Fall nicht so gemacht?» fragt Kline.

«Weil der Angeklagte sich geweigert hat, die Vorladung zu unterschreiben.»

«Er hat sich geweigert?»

Kline wendet sich jetzt um und gibt der Presse eine kleine Vorstellung.

«Ja.»

«Hat er gesagt, warum?»

«Nicht genau», sagt Frost.

«Was hat er gesagt?»

«Er hat gesagt, das wäre Scheiße.»

«Hat er sich so ausgedrückt?»

«Er hat das Ganze als Scheiße bezeichnet. Gesagt, wir wären alle Zuhälter.»

Kline nimmt sich einen Moment Zeit, um einen Blick auf die Presse zu werfen. Stifte schaben hektisch über Schreibblöcke, ein Geräusch, als würden Hühner auf Papier scharren.

«Hatte der Angeklagte keine andere Erklärung für seine Weigerung, die Vorladung zu unterschreiben?» fragt Kline.

«Er hat gefragt, ob wir wüßten, wer er ist.»

Heftiges Mienenspiel bei Kline, geheucheltes Staunen. Das macht er gut.

«Und was haben Sie gesagt?»

«Ich habe gesagt, daß mir egal ist, wer er ist. Daß er festgenommen wird, wenn er die Vorladung nicht unterschreibt.»

«Und was hat er darauf geantwortet?»

«Er hat gesagt, ich könnte mir das Papier in den Arsch stecken.»

Acosta hat sich zu mir herübergelehnt. «Das stimmt alles. Ich habe die Beherrschung verloren», flüstert er mir ins Ohr. «Aber es stimmt auch, daß Frost ein Zuhälter ist», fügt er hinzu.

«Wußten Sie, daß der Verdächtige ein Richter ist?» fragt Kline.

«Ich wußte, wer er ist», sagt Frost.

«Hat Sie das in irgendeiner Weise beeinflußt?»

Dieses Wissen hat bei Leuten wie Frosty eine Wirkung, als wäre eine Zielscheibe auf den Verdächtigen gemalt.

«Nein, es hat mich in keiner Weise beeinflußt.»

«Haben Sie ihn daraufhin festgenommen?»

«Wir haben versucht, ihn zur Vernunft zu bringen.»

Ich würde seine Taschenlampe gerne auf Dellen untersuchen, Frost hat sein eigenes Standardverfahren, jemanden zur Vernunft zu bringen.

«Ich habe ihm gesagt, daß wir ihn nicht in Gewahrsam nehmen müßten, wenn er unterschreibt, daß er dann nach Hause fahren könnte.»

«Stimmt nicht», flüstert Acosta mir ins Ohr. «Sie haben mir sofort Handschellen angelegt. Von einer Vorladung war keine Rede. Und sie haben mich unter Vorspiegelung falscher Tatsachen erwischt.»

«Aber er hat sich nach wie vor geweigert, die Vorladung zu unterschreiben?» fragt Kline.

«Ja. Und er wurde beleidigend», sagt Frost.

«Weitere sprachliche Entgleisungen?»

«Einspruch. Suggestiv.»

«Stattgegeben. Der Zeuge soll sich seine Antworten selbst ausdenken können.»

«Euer Ehren.» Kline lächelt. Wie könnte das Gericht wohl auf die Idee kommen, daß hier etwas anderes als die Wahrheit erzählt wird?

«Weiter», sagt Radovich.

«Was haben Sie also gemacht, Sergeant?»

«Wir mußten ihn festnehmen.»

«Bitte erinnern Sie sich jetzt an die Augenblicke unmittelbar vor der Festnahme des Verdächtigen, bevor Sie in jenes Hotelzimmer eingedrungen sind, und erzählen Sie dem Gericht, wer damals in dem Zimmer im Fairmore Hotel anwesend war?»

«Bevor ich reingegangen bin?»

«Ja.»

«Das waren unser Lockvogel, Brittany Hall, und der Verdächtige.»

«Nur die beiden alleine in dem Zimmer. Keine sonstigen Polizeibeamten oder Zeugen?»

«Nein.»

«Wo waren Sie zu dem Zeitpunkt?»

«Ich war draußen, vor der Tür zum Hotelzimmer.»

«Was haben Sie da gemacht?»

«Ich habe gelauscht», sagt Frost.

«Warum?»

«Aus Sicherheitsgründen», sagt der Cop. «Wir wußten inzwischen, daß das Mikro versagt hatte, das Brittany Hall trug.»

«Hatte man Ihnen das gesagt?»

«Ja.»

«Und deshalb waren Sie vor der Tür, für den Fall, daß Ms. Hall Hilfe brauchte?»

«Genau.»

«Und Sie haben gelauscht?»

«Ja. Das habe ich.»

«War Ihr Lockvogel, Ms. Hall, eine Polizistin?»

«Nein. Sie war Polizeianwärterin, studierte Kriminalistik und hat sich gelegentlich für solche Aufgaben zur Verfügung gestellt.»

«Demnach hatte sie dergleichen früher schon gemacht?»

«Soweit ich weiß, vier- oder fünfmal», sagt Frost.

«Und während Sie also an jenem Abend vor der Tür zu dem Zimmer im Fairmore Hotel waren, haben Sie da einen Teil des Gesprächs zwischen dem Angeklagten und Ms. Hall verstehen können?»

«Ja.»

«Was haben Sie gehört?»

«Ich habe gehört, daß der Angeklagte Ms. Hall Geld für den Geschlechtsakt angeboten hat.»

Ich sehe, wie Lenore die Augen verdreht.

«Das stimmt nicht», sagt Acosta.

Radovich klopft mit seinem Hammer, und Acosta beißt sich auf die Zunge.

«Wieviel Geld hat der Angeklagte Ms. Hall dafür geboten, daß sie mit ihm den Geschlechtsakt vollzieht?»

«Zweihundert Dollar», sagt Frost.

«Und wie hat er die sexuellen Handlungen beschrieben? Hat er sich genau geäußert?»

«Er hat gesagt: ‹Halb-und-halb.›»

Ein fragender Blick von Kline.

«Geschlechtsverkehr und orale Befriedigung», sagt Frost.

Hinter mir auf der Pressebank laufen die Bleistifte heiß.

«Hat er das vorgeschlagen oder Ms. Hall?»

«Nein. Nein. Das ging vom Angeklagten aus.»

«Genau deshalb wollte ich keine Voruntersuchung», flüstert Acosta mir zu. «Sie sehen ja, was die hier veranstalten. Nichts als Lügen.»

Er dreht sich zu Lili um und schüttelt den Kopf. Wenn er es schon nicht öffentlich abstreiten kann, dann zumindest privat, dem Menschen gegenüber, den das am allermeisten verletzen muß. Stumm formen seine Lippen: «Das ist nicht wahr.»

«Euer Ehren.» Kline hat bemerkt, daß Acosta sich umgedreht hat und die Presseleute von seinen Lippen lesen.

«Mr. Acosta.» Radovich bedeutet ihm mit einer Hand, sich wieder umzuwenden, Gesicht nach vorn. Dann wirft er mir einen Blick zu, als ob ich ein schlechter Babysitter sei.

«Nun machen Sie schon weiter», wendet sich Radovich an Kline. Offenbar bereitet ihm diese Angelegenheit kein Vergnügen.

«Sie haben also klar und deutlich gehört, wie der Angeklagte Geld für Sex geboten hat?»

«Ja.»

«Und das können Sie in diesem Verfahren unter Eid bezeugen?»

«Richtig.»

Kline hat fürs erste, was er will, ein Geldangebot, das erste kriminelle Element, der Vorsatz. Jetzt kommt er mit ein paar weniger brisanten Fragen. «Hat Ms. Hall den Geschlechtsakt indirekt angeboten? Wer brachte das Thema auf Sex?»

Er will damit belegen, daß Acosta nicht in eine Falle gelockt wurde, sondern Anstifter des Verbrechens war.

«Hat der Angeklagte danach irgend etwas getan?»

«Einspruch», sagt Lenore. «Entbehrt jeder Grundlage. Der Zeuge hat nicht gesagt, daß er sehen konnte, was sie taten.»

«Konnten Sie sie sehen?» fragt der Richter.

«Nein.»

«Stattgegeben. Nächste Frage.»

Kline sucht nach dem anderen Element, dem tatsächlichen Akt. Das könnte er auf verschiedene Art festmachen: die Übergabe des Geldes, die heruntergelassene Hose. Das Problem ist nur, daß es keiner Worte bedarf, sich zu entkleiden oder Bargeld zu überreichen, es sei denn, der Lockvogel zählt das Wechselgeld laut heraus.

Kline sammelt sich und betrachtet den Cop im Zeugenstand einen Moment lang prüfend.

«Sergeant Frost. Haben Sie an jenem Abend vor der Tür sonst noch etwas gehört?»

«Was denn zum Beispiel? Etwa das Rascheln von Kleidung? Das Klimpern von Münzen? Jetzt hören Sie aber auf», sagt Lenore.

«Soll das vielleicht ein Einspruch sein?» sagt Radovich.

«Suggestiv», sagt Lenore.

«Abgelehnt.»

«Haben Sie an jenem Abend vor der Tür sonst noch etwas gehört?» drängt Kline.

«Ich, äh. Ich habe gehört, wie Ms. Hall gesagt hat...»

«Einspruch. Hörensagen.»

«Stattgegeben.»

«Lassen Sie mich etwas anderes fragen», sagt Kline. «Wie sind Sie in das Zimmer gelangt, in dem sich der Angeklagte und Ms. Hall aufhielten?»

«Ich hatte eine magnetische Schlüsselkarte für das Zimmer», sagt Frost.

«Gut, Sergeant. Und diese Schlüsselkarte haben Sie benutzt, um das Zimmer zu betreten?»

«Ja.»

«Und was haben Sie gesehen, als Sie das Zimmer betraten, mit dem Schlüssel?»

Frost überlegt einen Augenblick. Er hat noch immer nicht ganz verstanden.

«Den Angeklagten und Ms. Hall», sagt er.

Kline nickt auffordernd. Frost begreift nicht. Schließlich gibt Kline auf und stellt die Frage.

«Sergeant. Was genau tat der Angeklagte gerade, als Sie an jenem Abend in das Zimmer kamen?»

«Ach», sagt er. «Er hatte Ms. Hall gepackt und drängte sie Richtung Bett.»

«Das ist eine Lüge!» Bevor ich ihn zurückhalten kann, ist Acosta schon aufgesprungen. Einer der Wachleute tritt von hinten an ihn heran.

«Mr. Acosta, seien Sie still. Sie werden noch Gelegenheit haben, sich zu äußern», sagt Radovich.

Das ist schlimmer, als wir erwartet haben. Es geht nicht bloß um den offenen Akt, sondern jetzt wird auch noch angedeutet, daß Gewaltanwendung mit im Spiel war. Angesichts der späteren Ermordung der Frau ist das ungemein belastend.

«Der Zeuge lügt», wiederholt Acosta.

«Dann sollen sich Ihre Verteidiger darum kümmern», sagt der Richter. Er bedeutet Kline, fortzufahren.

Der Wachmann hat seine Hände auf Acostas Schultern gelegt und drückt ihn auf den Stuhl zurück.

«Sie haben gesagt, daß der Angeklagte dabei war, Ms. Hall in Richtung Bett zu drängen. Sind Sie sich da ganz sicher?»

«Ich habe es gesehen.»

«Und was schließen Sie daraus?»

«Einspruch, zielt auf Mutmaßung.»

«Stattgegeben.»

«Haben Sie gesehen, daß er sie auf das Bett gestoßen hat?»

Frost zögert eine Sekunde, ein flüchtiges Aufflackern der Wahrheit.

Kline braucht die richtige Antwort, sonst steht er schlecht da.

«Ja», sagt Frost.

Die Entspannung in Klines Haltung, die Erleichterung in seinem Gesicht sind beinahe greifbar.

«Danke, Sergeant. Ihr Zeuge», sagt er.

Dieser angebliche Zeuge wirft viele Fragen auf. Aber diese müßten von einem Schwurgericht entschieden werden, das wollen wir ja gerade vermeiden.

Lenore bewegt sich Richtung Zeugenstand, und zwar so zielstrebig wie ein Bullterrier, der eine Ratte hetzt.

«Guten Morgen», sagt sie zu Frost, dessen angespanntes Lächeln an zwei Gummibänder denken läßt.

«Sergeant Frost. Sie haben ausgesagt, das Mikro, das Ms. Hall an jenem Abend getragen hat, sei ausgefallen. Stimmt das?»

«Jawohl.»

«Wann hat man Ihnen das mitgeteilt?»

«Ich weiß nicht mehr genau. Wenige Minuten bevor ich hochgegangen bin.»

«Dann waren Sie also nicht die ganze Zeit vor dem Zimmer?»

«Nein.»

«Wie lange waren Sie da?»

«Ich weiß nicht. Ich habe nicht auf die Uhr gesehen.»

Immer schön den Einzelheiten ausweichen.

«Länger als eine Minute?»

«Ja.»

«Länger als fünf Minuten?»

«Ich weiß nicht.»

«Länger als zwei Minuten?»

«Wie gesagt, ich weiß es nicht.»

«Dann könnten es also weniger als zwei Minuten gewesen sein?»

«Wahrscheinlich waren es mehr.»

«Haben Sie gestanden oder gekniet?»

«Gestanden, glaube ich.»

«Das wissen Sie nicht mehr?»

«Nicht genau», sagt Frost.

«Könnte es sein, daß Sie auf dem Boden gelegen haben?»

Er blickt sie an, als ob sie ihn mit dieser Frage zum Narren halten wollte.

«Nein.»

«Dann haben Sie also zwei Minuten oder fünf Minuten lang entweder gestanden oder gekniet, und irgendwann, bevor sie hochgegangen sind, wann wissen Sie nicht mehr, hat man Ihnen mitgeteilt, daß Ms. Halls Mikro ausgefallen war?»

Frost sieht sie mit einem tödlichen Blick an, antwortet aber nicht.

«Wer hat Ihnen gesagt, daß das Mikro ausgefallen war?»

Er überlegt einen Moment. «Ich kann mich nicht erinnern. Einer der anderen Polizeibeamten.»

«Na schön, versuchen wir mal, das herauszufinden. Sie haben ausgesagt, daß Ihre Einsatztruppe an jenem Abend aus nur vier Personen bestand. Ist das richtig?»

«Jawohl.»

«Und Ms. Hall kann es nicht gewesen sein. Sie war ja in dem Zimmer beschäftigt, auch richtig?»

«Richtig.»

«Dann kann es also nur Ihr Partner Smathers gewesen sein – oder der andere Officer. Wer war der andere?»

«Es war Officer Smathers», sagt Frost. Plötzlich hat sich sein Erinnerungsvermögen gebessert. «Mir fällt wieder ein, daß er die Übertragung beaufsichtigt hat.»

Lenore läßt sich nicht ablenken. «Wer war die vierte Person in der Einsatztruppe an jenem Abend?»

«Irgend jemand Ranghöheres.» Frost schüttelt unsicher den Kopf. «Kannte ich nicht. Ein Lieutenant, der uns vom Präsidium zugeteilt war. Ich glaube, er hat die ganze Operation überwacht.»

«Er hat Ihre Arbeit überwacht, und Sie haben sich nicht mal seinen Namen geben lassen?»

«Man hat ihn mir gesagt, ich kann mich bloß nicht mehr dran erinnern», antwortet er.

«Aber an die Unterhaltung zwischen dem Angeklagten und Ms. Hall können Sie sich ganz genau erinnern.»

«Darauf habe ich mich ja auch konzentriert.»

«Das glaub ich gern», sagt Lenore.

«Ihre Kommentare sind überflüssig», greift Radovich ein.

«Ja, Euer Ehren.»

«War das üblich, Sergeant? Daß Ihnen jemand vom Präsidium zugeteilt wurde?»

«Es kam vor», sagt Frost. «Sie haben sich gern mal angesehen, wie wir arbeiten. Für den Fall, daß es Beschwerden gab.»

«Sind Sie die Zielscheibe vieler Beschwerden, Sergeant?»

«Nein.»

«Und Sie können sich nicht an den Namen des Lieutenants erinnern?»

Er überlegt einen Moment. «Der müßte im Bericht stehen.»

Da steht er aber nicht. Schon bei Frosts Aussage, daß bei dem Einsatz in jener Nacht vier Leute beteiligt waren, habe ich Lenore einen schrägen Blick zugeworfen. Der Festnahmebericht erwähnt nur drei: Hall, Frost und Smathers. Der geheimnisvolle Unbekannte taucht nicht auf.

«Haben Sie diesen Officer danach noch einmal gesehen?»

«Mhm.» Bedächtiges Nachdenken. «Nein.»

«Kommen wir zu dem Mikro», sagt Lenore. «Ist so was vorher schon mal passiert? Daß es Probleme mit der Elektronik gab?»

«Ein paarmal», sagt er.

«Wissen Sie, woran das liegt?»

Frost verzieht das Gesicht, um anzudeuten, daß es tausenderlei Gründe dafür geben kann. «Die Dinger sind empfindlich. Manchmal werden sie naß.»

«Hat es an jenem Abend in dem Zimmer geregnet, Sergeant?»

Einige lächelnde Gesichter auf der Pressebank.

Frost sieht sie an, das personifizierte Wutschnauben.

«Nein.»

«Hat Ms. Hall geduscht?»

«Nein, aber vielleicht hat sie geschwitzt.»

«Hat sie geschwitzt?»

«Woher soll ich das wissen? Ich hab nicht im BH der Dame gesteckt.»

«Sie konnten sie nicht sehen, oder?»

«Nein.»

«Es gab kein Schlüsselloch in der Tür, nicht wahr?»

«Nein.»

«Was für eine Art Schloß war es?»

«Ein elektronisches», sagt er. «Man muß eine Magnetkarte durch einen Schlitz ziehen, dann ist aufgeschlossen. Man drückt die Klinke, und die Tür öffnet sich.»

«Wie dick war die Tür, Sergeant Frost?»

«Ich weiß nicht. Darauf habe ich nicht geachtet.»

«Nun, war sie drei Zentimeter dick, sechs Zentimeter?»

«Wie gesagt, darauf habe ich nicht geachtet.»

«War sie wuchtig, schwer zu öffnen?»

«Es war eine Hoteltür», sagt er. «Ich habe sie nicht aufgebrochen. Bloß aufgemacht.»

«Wissen Sie, ob sie aus Holz oder aus Metall bestand?»

«Ich habe sie nicht ins Labor geschickt. Könnte ich nicht sagen.»

«Sergeant Frost, würde es Sie überraschen zu hören, daß diese Tür fünf Zentimeter dick ist, mit Stahlgerippe und -fassung und mit einer Isolierung versehen, so daß sie nicht nur als feuersicher, sondern auch als praktisch schallisoliert eingestuft wird?»

Er verzieht das Gesicht. Zuckt die Achseln. «Vielleicht waren die Wände dünn», sagt er.

«In welchem Tonfall haben sich Ms. Hall und der Angeklagte an jenem Abend unterhalten?»

«Wie meinen Sie das?»

«Ich will wissen, ob sie geschrien oder geflüstert oder in normalem Ton geredet haben.»

«Ich weiß nicht.»

«Vorhin haben Sie gesagt, Sie hätten Sie gehört.»

«Das ist richtig.»

«Also, welchen Ton haben sie benutzt?»

«Normal», sagt er. «Normaler Gesprächston.»

Lenore wendet sich von ihm ab. Sie senkt ihre Stimme um eine Oktave: «Sergeant, wann haben Sie zum letzten Mal einen Hörtest gemacht?»

«Was?»

«Einspruch, Euer Ehren. Ein billiger Trick», sagt Kline. «Ich hätte von der Verteidigung doch etwas Niveauvolleres erwartet.»

«Es tut mir leid, wenn ich Sie enttäusche, aber Sie haben mich immerhin verstehen können.» Lenore macht Kline zu ihrem eigenen Zeugen.

«Sie haben in meine Richtung gesprochen, nicht in die des Zeugen», entgegnet er.

«Der Zeuge hat selbst zugegeben, daß sich an jenem Abend zwischen ihm und den beiden Personen im Hotelzimmer eine verschlossene, fünf Zentimeter dicke, schallisolierte Tür befand. Und soeben hat er gesagt, daß sie sich im normalen Gesprächston unterhalten haben. Wenn er mich nicht verstehen konnte, dann konnte er auch die beiden nicht verstehen.»

«Jetzt werden Sie zur Akustikexpertin», sagt Kline. «Sie haben keine Ahnung, was er an jenem Abend gehört hat.»

«Ebensowenig wie er.» Lenore deutet auf Frost. «Als nächstes wird er uns erzählen, er habe den Röntgenblick. Und ich möchte wetten, bevor wir hier fertig sind, zieht er sich rasch irgendwo ein Superman-Kostüm über und fliegt für uns durch den Saal.»

«Mr. Kline», Radovich ist verärgert, «falls Sie Einsprüche haben, formulieren Sie diese als solche und richten Sie sie an das Gericht.»

«Ich möchte, daß diese... diese... diese...» Kline sucht nach dem passenden abfälligen Ausdruck, um Lenores Kunststücke zu beschreiben, «... daß diese Posse» – etwas Besseres fällt ihm nicht ein – «aus dem Protokoll gestrichen wird.»

«Abgelehnt», sagt Radovich. «Das ‹Was?› des Zeugen verbleibt im Protokoll.»

«Ich hätte gern eine Antwort auf meine Frage», fährt Lenore fort. «Wann hatten Sie Ihren letzten Hörtest?»

«Ich werde einmal im Jahr komplett durchgecheckt.»

«Wird dabei auch ein gründlicher Hörtest gemacht, oder schaut man Ihnen bloß in die Ohren?»

«Man schaut mir in die Ohren», sagt er.

«Und, hat man darin irgendwas entdeckt?»

«Einspruch.» Kline ist wieder aufgesprungen.

«Stattgegeben. Ms. Goya, Sie stellen die Geduld dieses Gerichts auf eine harte Probe.»

«Verzeihung, Euer Ehren.»

«Weiter.»

Kline nimmt wieder Platz.

Lenore betrachtet einen Augenblick lang die Deckenvertäfelung des Gerichts, sammelt ihre Gedanken. «Sergeant», sagt sie dann, «hatte Ms. Hall an jenem Abend bestimmte Anweisungen erhalten, um ihre persönliche Sicherheit zu gewährleisten?»

«Was zum Beispiel?» fragt er.

«Na ja, immerhin sollte da eine junge Frau mit fremden Männern hinter verschlossenen Türen verschwinden. Sie konnten nicht wissen, ob potentielle Verdächtige möglicherweise bewaffnet waren. Sie werden wohl Vorsichtsmaßnahmen ergriffen haben. War sie bewaffnet?»

«Nein.»

«Hatten Sie irgendein Zeichen vereinbart, das sie geben sollte, falls sie in Schwierigkeiten geriet?»

«Was zum Beispiel?»

«Zum Beispiel ein Stichwort, mit dem sie Ihnen signalisieren konnte, daß sie Hilfe brauchte?»

«Wir hatten ein Stichwort vereinbart», bestätigt er.

«Also, wenn Ms. Hall das Stichwort ausgesprochen hätte, hätten Sie es über das Mikro gehört, sofort gewußt, daß sie in Schwierigkeiten steckte, und wären ihr zu Hilfe geeilt?»

«Richtig.»

«Im Polizeibericht wird noch eine zweite Sicherheitsvorkehrung erwähnt.»

«Es gab einen Panikknopf.»

«Würden Sie dem Gericht bitte erklären, was ein Panikknopf ist?»

«Das steht im Bericht», sagt er.

«Prima. Und jetzt erklären Sie uns, worum es sich dabei handelt.»

«Das ist ein elektronischer Knopf, der auf eine andere Frequenz geschaltet ist als das Mikro. Manchmal wird er an der Kleidung des jeweiligen Lockvogels befestigt. Aber meistens befindet er sich in der Handtasche.»

«So eine Art Notsignal?» sagt Lenore.

«Wenn Sie so wollen.»

«Wird dieser Knopf immer eingesetzt?»

«Nein. Nur in bestimmten Fällen.»

«Und warum in diesem Fall hier?»

«Ich weiß nicht.»

«Vielleicht weil jemand schon vorausgesehen hatte, daß das Mikro nicht funktionieren würde?»

«Nein. Das bestimmt nicht», sagt er. «Der Panikknopf wird eben manchmal benutzt und manchmal nicht.»

Lenores Fragen zielen auf einen bestimmten Verdacht: Wenn die Cops Acosta unter Vorspiegelung falscher Tatsachen zu diesem Treffen mit Hall gelockt haben, wollten sie das Gespräch zwischen den beiden auf keinen Fall aufzeichnen. Damit hätte ein Stichwort natürlich auch keinen Sinn gehabt, weil es ja kein funktionierendes Mikro gab. Der Panikknopf war Halls Lebensversicherung.

«Also, welche Anweisungen haben Sie Ms. Hall gegeben? Wann

sollte sie das Stichwort beziehungsweise den Panikknopf einsetzen?»

«Zuerst das Stichwort», sagt Frost. «Den Knopf dann, wenn auf das Stichwort hin nichts passierte.»

«Wieso nicht gleich den Knopf?»

«Es ist immer riskant, den zu benutzen. Der Freier könnte sehen, wie sie ihn betätigt, und dann gewalttätig werden», sagt er.

«War Ms. Hall intelligent, behielt sie einen kühlen Kopf, wenn es brenzlig wurde?»

«Ja.»

«Machte sie ihre Sache gut?»

«Könnte man sagen.»

«Hielt sie sich an gegebene Anweisungen?»

«Ja.»

«Wissen Sie, ob sie vorher schon mal auf diese Sicherheitsmaßnahmen zurückgreifen mußte?»

«Zweimal bei anderen Freiern hat sie das Stichwort eingesetzt. Den Panikknopf kannte sie gar nicht. Wir mußten ihr erst erklären, wozu der gut ist.»

«Und wie lautete das Stichwort an jenem Abend?»

«Es war irgendein Satz. Ich weiß nicht mehr genau. Das wird dauernd geändert.»

«Heiß heute abend?» fragt Lenore.

Das stand nicht im Polizeibericht. Kline mustert Lenore, die Augen zu gefährlichen schmalen Schlitzen verengt. Er weiß, daß es nur eine Möglichkeit gab, wo Lenore diese Information herhaben kann: das Gespräch, das sie mit Brittany Hall in ihrem Büro geführt hat. Ich sehe, wie er sich auf dem Deckel seines Aktenordners eine Notiz macht.

«War das an jenem Abend das Stichwort dafür, daß es irgendwelche Schwierigkeiten gab?» hakt Lenore nach. «‹Heiß heute abend›?»

«Könnte sein», sagt er.

«Haben Sie an jenem Abend gehört, daß Ms. Hall diese Worte ausgesprochen hat? Haben Sie gehört, daß sie gesagt hat: ‹Heiß heute abend›?»

«Nein.»

«Aber Sie haben an der Tür gelauscht, nicht wahr?»

«Ja.»

«Und Sie haben die Unterhaltung zwischen dem Angeklagten und Ms. Hall verfolgt. Stimmen in normaler Lautstärke, die ein Geschäft abschlossen?» sagt Lenore.

»Das ist richtig.»

«Aber Sie haben nicht gehört, daß Ms. Hall gesagt hat: ‹Heiß heute abend›?»

«Nein.»

«Ist es nicht so, Sergeant, daß Ms. Hall diese Worte nicht bloß einmal, sondern dreimal ausgesprochen hat und Sie sie nicht verstanden haben, weil Sie durch diese Tür überhaupt nichts hören konnten?»

«Das ist nicht wahr», sagt er.

Lenore kann das nur von Hall erfahren haben, und Kline weiß es.

«Wie erklären Sie sich dann, daß das elektronische Notsignal durch den Panikknopf ausgelöst wurde. Hall sollte ihn doch erst benutzen, wenn auf das Stichwort hin nichts passierte?»

Diese Tatsache ist im Polizeibericht festgehalten und nicht zu bestreiten. Frost drang erst dann in das Zimmer ein, als man ihm sagte, der Knopf sei gedrückt worden.

«Vielleicht ist sie in Panik geraten», sagt er. «Hat einen Fehler gemacht.»

«Genau.»

Das ist das Problem mit den kleinen Ungereimtheiten. Meist vermehren sie sich wie die Fliegen.

«Sergeant Frost, Sie haben ausgesagt, daß Sie aus Ihrer Position vor der Tür das Gespräch zwischen dem Angeklagten und Ms. Hall mithören konnten. Was genau haben Sie gehört?»

«Ich habe gehört, wie der Angeklagte Ms. Hall Geld für Sex angeboten hat.»

«Ja. Das wissen wir, aber was hat der Angeklagte gesagt? Seine genauen Worte?» fragt sie.

«Ich hab sie nicht aufgeschrieben.»

«Dann erinnern Sie sich nicht mehr an die Worte des Angeklagten?»

Das könnte Klines Beweisführung den Todesstoß versetzen.

«Das habe ich nicht gesagt.»

«Also, was hat er gesagt?»

«Er hat mit ihr verhandelt», sagt Frost.

«Wollte er etwa Rabatt?»

Der Zeuge verzieht das Gesicht, als sei das alles schon vorgekommen.

«Wie lauteten seine Worte, Sergeant Frost?»

Er überlegte einen Moment. «‹Wie wär's mit... zweihundert?› – so was in der Art.»

«Geht's nicht ein bißchen genauer?»

Frost legt das Gesicht in Falten. «Er hat gesagt...» Zögern. «Er hat gesagt: ‹Ich zahle Ihnen zweihundert für Sex.›»

Um ein Haar prustet Lenore los. – Als ob der Freier Milch hätte kaufen wollen.

«Das waren seine Worte? ‹Ich zahle Ihnen zweihundert für Sex›?»

«Genau.»

«Vorhin haben Sie ‹halb-und-halb› gesagt.»

«Was spielt das für eine Rolle?» Acosta raunt mir ins Ohr. «Es ist alles gelogen.»

«Dann sollten wir das rausschneiden wie ein Krebsgeschwür», flüstere ich zurück. Unsere Blicke treffen sich, und zum erstenmal spüre ich eine Übereinstimmung zwischen uns. Irgend etwas in seinem Gesicht überzeugt mich von seiner Aufrichtigkeit. Nicht, daß ich der «Kokosnuß» derlei nicht zutrauen würde. Vermutlich hat er so etwas schon getan. Aber ich glaube nicht, daß es diesmal so war.

«Vielleicht hat er gesagt: ‹Ich zahle Ihnen zweihundert für halb-und-halb›», sagt Frost gerade.

«Was denn nun?»

«‹Halb-und-halb›. Er hat ‹halb-und-halb› gesagt.» Ein zufriedener Blick. Eine Geschichte, mit der er leben kann.

«Und Sie sind sich sicher, was die zweihundert Dollar angeht?»

«Absolut.» Frost nickt selbstgefällig.

Lenore wendet sich einen Moment von dem Zeugen ab und blättert einige Papiere durch. Sie nimmt mehrere Kopien eines Formulars und schiebt eine davon Kline unter die Nase. Er hebt sie auf und liest. Noch bevor er zu Ende ist, fragt Lenore den Richter, ob sie sich dem Zeugen nähern darf. Radovich nickt, und auf dem Weg zum Zeugenstand überreicht sie auch dem Richter ein solches Blatt.

«Sergeant, ich werde Ihnen jetzt ein Dokument zeigen und frage Sie, ob Sie es identifizieren können.» Sie reicht dem Zeugen eine dritte Kopie. Er wirft einen Blick darauf.

«Wissen Sie, was das ist?»

«Eine Auflistung von persönlichen Besitzgegenständen», sagt er.

«Und woher kommt das? Wer stellt dieses Dokument aus?»

«Das Bezirksgefängnis», antwortet er.

«Und welchem Zweck dient dieses Formular?»

«Darin werden die Gegenstände im persönlichen Besitz eines Festgenommenen aufgeführt.»

«Haben Sie dieses Formular schon einmal gesehen? Vielleicht nicht dieses spezielle, aber andere von der Art?»

«Klar.» Er legt es auf das Geländer vor dem Zeugenstand und achtet nicht mehr darauf.

«Steht auf diesem Formular ein Name?»

«Ja.» Er sieht gar nicht hin.

«Wessen Name?» fragt Lenore.

«Der Name des Angeklagten. Armando Acosta.»

«Und die Anklage?»

«Sechssiebenundvierzig b», sagt er.

«Ist das die Auflistung der Gegenstände im persönlichen Besitz von Armando Acosta an dem fraglichen Abend?»

«Scheint so», sagt er.

«Gibt es in diesem Formular eine Rubrik mit dem Titel ‹Mitgeführtes Bargeld›?»

Frosts Gesichtsausdruck wird leer.

«Sergeant, ich möchte Sie bitten, sich die Rubrik ‹Mitgeführtes Bargeld› anzusehen und mir zu sagen, was darin steht.»

Frost nimmt das Blatt in die Hand, wirft einen Blick darauf, und plötzlich begreift er. Er sitzt wie versteinert im Zeugenstand und reagiert nicht auf Lenores Frage.

«Sergeant, hat Ihr Lockvogel Kreditkarten akzeptiert? Oder war es vielleicht üblich, daß sie sich von den Freiern Schecks ausstellen ließ? Was steht in dieser Zeile, Sergeant?»

Er sieht Kline an, aber der kann ihm auch nicht helfen.

«Verraten Sie uns doch, Sergeant, wie es möglich ist, daß der Angeklagte Ihrem Lockvogel zweihundert Dollar angeboten haben soll, wenn er lediglich zweiundvierzig Dollar und siebenundzwanzig Cents bei sich hatte? Hat sie Kleinkredite gegeben? Erklären Sie mir das, Sergeant.»

«Ich weiß es nicht», sagt Frost. «Ich weiß nur, was ich gehört habe.»

«Ist es bei derartigen Undercover-Aktionen nicht üblich, so lange abzuwarten, bis der Verdächtige bezahlt hat, bevor man ihn festnimmt?» Dieser Punkt ist ein heißes Eisen für die Anklage, denn im Polizeibericht steht eindeutig, daß Hall nie bezahlt wurde.

Inzwischen ist Frosts Gesicht voller Entgegenkommen. «In manchen Fällen», sagt er.

«Praktisch in allen Fällen, nicht wahr? Sind Sie nicht angewiesen zu warten, bis das Geld überreicht wurde? Ist nicht gerade die Bezahlung die offenkundige Handlung, die erst die Voraussetzung für eine Festnahme darstellt?»

«Manchmal», sagt er.

«Nicht bloß manchmal, Sergeant. Lauten Ihre Anweisungen nicht genau so? Ist das nicht das Standardverfahren bei derlei Festnahmen?»

«Einspruch. Die Verteidigerin argumentiert mit dem Zeugen», sagt Kline.

«Das Argument klingt ganz überzeugend», sagt Radovich. «Abgelehnt.» Der Richter wartet auf eine Antwort.

«Sergeant, verraten Sie uns, warum Sie an jenem Abend in das Zimmer eingedrungen sind, bevor der Angeklagte sein Geld bezahlt hatte?»

«Ich weiß nicht», sagt er. «Das Mikro war ausgefallen. Ich bin wohl in Panik geraten.»

«Aber Sie haben jedes Wort verstanden, das gesprochen wurde. Das haben Sie uns ja erzählt. Nicht wahr?»

«Jawohl.»

«Ist es nicht so, Sergeant, daß kein Geld bezahlt wurde, weil der Angeklagte an jenem Abend gar kein Geldangebot gemacht hat? Weil das Gespräch der beiden absolut nichts mit Prostitution zu tun hatte?»

Im Hintergrund kratzen die Bleistifte. Gespannte Blicke von der Pressebank, man fragt sich, worüber die beiden wohl gesprochen haben.

«Das ist nicht wahr», sagt Frost.

«Wie erklären Sie sich dann das Angebot von zweihundert Dollar, wenn der Angeklagte gar keine zweihundert Dollar bei sich hatte?»

«Vielleicht wollte er anschreiben lassen.»

«Ich beantrage, diese Aussage zu streichen. Unsachlich», sagt Lenore.

«Stattgegeben», sagt der Richter. «Beantworten Sie die Frage.»

«Ich kann nicht», sagt Frost. «Ich weiß es nicht.»

Lügen haben nun mal kurze Beine.

12

«Ich hab's euch ja gesagt. Radovich kennt sich vielleicht nicht besonders gut im Gesetzbuch aus, aber er hat einen sechsten Sinn dafür, was richtig und was falsch ist.»

Harry mag den bäuerlichen Richter.

«Wahrscheinlich ist er Demokrat», fährt er fort. Hinds hat nun mal ein weiches Herz. Das merkt man auch, wenn man sich seine Klientel ansieht.

Aber heute morgen, das gebe ich zu, steht Radovich auch bei Lenore und mir ganz oben auf der Liste, gleich neben dem Allmächtigen. Er hat unseren Antrag auf Aussetzung des Verfahrens genehmigt. Es wird keine getrennte Verhandlung über die Anklage wegen Prostitution geben.

«Meiner Ansicht nach hat er unser Grundargument für die Klageverbindung überhaupt nicht kapiert», sagt Lenore.

«Ist doch egal», sagt Harry. «Wir haben gewonnen.»

«Gewinnen ist nicht alles», meint sie.

«Nein. Es ist bloß die Hauptsache.»

Ich vermute, daß sie Kline nach ihren eigenen Regeln besiegen wollte, in einem Kampf, der vom Intellekt und nicht vom Ergebnis geprägt wird. Die Tatsache, daß der Richter die juristischen Feinheiten ihrer Argumentation nicht begriffen hat, schmälert für sie den Triumph.

Das letzte, was wir von Kline gesehen haben, als er aus dem Gerichtssaal stürmte und etwas über Lenores Mangel an Ethik vor sich hinschimpfte, war ihr Pfeil, der aus seinem Hintern ragte. Im Grunde war das nicht der Beginn eines Prozesses, sondern das erste Scharmützel in einem Rachefeldzug.

Heute morgen haben wir uns in meinem Büro versammelt, um die neuesten Erkenntnisse zu besprechen, den nicht abreißenden Strom von Beweismaterial von der Staatsanwaltschaft zu sichten und zu diskutieren.

«Hast du den Eindruck, daß sie mit irgendwas hinterm Berg halten?» frage ich Harry.

Er ist mittlerweile zum Dokumentenverwalter avanciert und rudert in einem regelrechten Meer von Papier. Die Aktenstapel an den Wänden seines Büros türmen sich immer höher. Ein bewährter Trick von Anwälten. Die Bäume im Wald verstecken.

Er sitzt in einem der Mandantensessel vor einer Ecke meines Schreibtisches und hat Stöße von Formularen und Berichten vor sich liegen.

Lenore ist in Gedanken weit weg. Sie geht hinter ihm im Zimmer auf und ab, einen Arm vor dem Körper, den Ellbogen des anderen darauf gestützt und das Kinn in die Handfläche gelegt – ihre typische Pose, wenn sie nachdenkt.

«Wer weiß?» sagt Harry. «Wir spielen doch alle unsere Spielchen. Was wäre ein Prozeß ohne ein paar Überraschungen?» Wenn es nach Harry ginge, würden die Zeugen wie Springteufel aus einer Kiste im Zeugenstand auftauchen.

Er fängt an, uns vorzutragen, was es Neues gibt. Die Fingerabdrücke aus Halls Wohnung haben anscheinend nichts ergeben. Sie hatten sogar Mühe, die Abdrücke des Opfers zu finden. Entweder hatte sie eine fanatische Putzfrau, oder der Mörder hat alles säuberlich abgewischt – bis auf einen verwischten Daumenabdruck auf der Eingangstür.

Lenore und ich blicken uns mit weit aufgerissenen Augen an. Sie zuckt die Achseln, Handflächen nach oben, als wollte sie bekräftigen, daß es nicht ihrer sein könne. Das alles natürlich hinter Harrys Rücken.

«Haben sie den schon zuordnen können?» frage ich.

«Hall wurde ausgeschlossen. Abgesehen davon bleibt der Bericht ziemlich vage», sagt Harry. «Aber der Riesencomputer, den sie da haben, kann ja beinahe zaubern.»

Mir läuft ein Schauer über den Rücken.

«Soll ich ihnen die eine oder andere Kleinigkeit rüberschicken, um sie bei Laune zu halten?» fragt Harry.

Er meint damit ein paar Informationen aus unseren eigenen Ermittlungen. Das Gesetz verlangt die gegenseitige Offenlegung von Erkenntnissen.

Ich starre ihn geistesabwesend an. Mein Verstand ist im Augenblick mit anderen Dingen beschäftigt, den mikroskopisch kleinen Wirbeln und Rillen auf der Wohnungstür der toten Brittany Hall.

«Wie wollt ihr's machen?» fragt er. «Wir hätten da die Information vom Optiker zu den Brillen. Soll ich die zurückhalten oder sie Kline liefern?»

«Ich weiß nicht.» Ich frage Lenore, was sie dazu meint.

«Was? Tut mir leid. Ich habe nicht zugehört.» Wir denken beide das gleiche. Beginnende Panik.

Wir gehen rasch das Material durch, das wir ihnen zur Verfügung stellen könnten.

«Gib es ihnen, aber halte unsere Zeugenliste zurück. Wir sollten nicht zu großzügig werden», meint Lenore.

Harry nickt. Wahrscheinlich ist er noch immer damit zugange, Namen aus dem Telefonbuch auf unsere Zeugenliste zu setzen, damit die Staatsanwaltschaft sich in Vermutungen ergeht und die Cops mit der Überprüfung dieser Zeugen Zeit verlieren.

Er berichtet mir, daß die Anklage uns ihre eigene Zeugenliste auch noch nicht zur Verfügung gestellt hat. Diese ist für uns von größtem Interesse, nicht nur wegen der Experten, sondern vor allem wegen Oscar Nichols. Wir müssen wissen, ob der Richter, dem Acosta sich anvertraut und dabei Todesdrohungen gegen Hall ausgestoßen hat, den Cops davon erzählt hat.

«Wir könnten vielleicht mit ihm reden», sagt Harry, «und es rausfinden.»

Lenore läßt sich in den Besuchersessel neben ihm plumpsen und erwacht endlich aus ihrer Grübelei über den Daumenabdruck.

«Das wäre ein Fehler», sagt sie. «Die Angelegenheit ist ziemlich heikel. Vielleicht hat Nichols Acostas Kommentare überhaupt nicht ernst genommen. Eine Vertraulichkeit gegenüber einem Freund, der er keine Bedeutung beigemessen hat. Wenn wir jetzt nachbohren, bringen wir ihn vielleicht auf dumme Gedanken, so daß er sich verpflichtet fühlt, seine Aussage zu machen.»

Damit hat sie recht. «Warten wir ab, wir wollen schließlich keine schlafenden Hunde wecken», sage ich zu Harry.

Er wirft mir einen Blick zu, der andeutet: «Du hältst schon wieder zu ihr.»

Ich bitte ihn, noch die neuesten Erkenntnisse, die uns die Staatsanwaltschaft vorgelegt hat, vorzutragen.

«Zunächst eine schlechte Nachricht, Haare und Fasern», sagt Harry. «Du weißt doch noch, die Tierhaare?»

Ich nicke.

«Rauh, rötlichbraun?»

«Unser Mandant hat uns erzählt, daß er keine Tiere hat», erkläre ich. «Er ist allergisch dagegen.»

«Mag ja sein. Aber die Cops haben auf mehreren Polstermöbeln und Teppichen in seinem Haus Haare von ähnlicher Textur und Farbe entdeckt.»

Harrys Blick scheint zu sagen: «Ich hab's dir ja gesagt.»

«Wohlgemerkt, es war nicht viel», fährt er fort. «Aber sie müssen ja nicht gerade einen Haarball in seinem Hals finden, oder?»

«Woher stammen die Haare?» frage ich.

«Von Pferden. Anscheinend ist die Dame des Hauses eine Amazone.»

«Lili?» sagt Lenore.

«Genau. In einem Reitstall irgendwo außerhalb. Sie hat ein Pferd gemietet und nimmt Reitstunden. Im Bericht steht, daß sie vor acht Monaten damit angefangen hat. Ihrer Theorie nach» – die Rede ist von den Cops – «hat sie Haare von diesem Pferd mit nach Hause getragen, und ein paar davon haben sich an der Kleidung des Richters verfangen. Vielleicht als er sich in einen Sessel gesetzt hat oder so. Irgendwie sind sie dann auf die Decke geraten, in der die Leiche eingewickelt war.»

Ich werfe Lenore einen Blick zu. Sie war an jenem Tag mit mir im Gefängnis, als Acosta das alles entschieden verneint hat.

«So was vergißt man doch eigentlich nicht», finde ich.

«Ein Pferd», sagt Harry. «Man sollte doch annehmen, daß er sich an ein Pferd erinnert.»

«Du hast ihn gefragt, ob er irgendwelche Haustiere hätte, und die hat er nicht», meint Lenore.

«Ich will bloß hoffen, daß er etwas mitteilsamer ist, wenn er vor Gericht aussagt», entgegne ich.

«Vielleicht ja, vielleicht nein», sagt Harry.

Lenore reagiert darauf mit einem Achselzucken. «Haare sind nicht eindeutig», sagt sie. «Man kann bloß feststellen, daß sie ähnlich sind. Es gibt viele Menschen, die reiten. Wir könnten die Reitställe in der ganzen Gegend überprüfen lassen und uns Proben holen. Wenn wir unsere eigenen Experten darauf ansetzen, finden sie vermutlich ein Dutzend Pferde, die ähnliches Fell haben und Haare verlieren.»

«Ja, wenn das alles wäre, was sie haben», meint Harry. «Als nächstes kommen die Fasern. Die kleinen blauen, die sie an Leiche und Decke gefunden haben, wißt ihr noch?»

Harry teilt uns mit, daß der Bericht der Staatsanwaltschaft die schlechte Nachricht bestätigt, die uns Mendel neulich im Bezirksgefängnis untergejubelt hat. Die blauen Nylonfasern passen zum Teppich in Acostas Wagen.

«Es gibt Millionen ähnlicher Wagen mit solchen Teppichen», sagt Lenore. «Ich möchte wetten, daß die Stadt selbst bestimmt zwanzig davon besitzt. Vielleicht sogar noch mehr.»

Harry drängt auf ein weiteres Gespräch mit unserem Mandanten, das unter Einsatz von psychischem Druck nach dem Vorbild einer Erweckungspredigt ablaufen sollte.

«Schon irgendwas von der Blutgruppenuntersuchung in Halls Wohnung?» frage ich. Wenn der Täter in dem tödlichen Handgemenge verletzt wurde, könnte das die Entscheidung des Falls bringen. Falls sie Acostas Blutgruppe am Tatort festgestellt haben, marschiere ich morgen gemeinsam mit Harry keulenschwingend ins Gefängnis.

«Blutgruppe A», sagt er. «Dieselbe wie das Opfer. Sonst haben sie nichts gefunden. Auch nicht an der Decke.»

«Haben Sie Blut im Wagen des Richters entdeckt? Irgendwas in seinem Kofferraum?» frage ich.

«Falls ja, steht hier nichts davon», sagt Harry.

Sie könnten das zurückhalten, um uns damit zu überrumpeln, aber es wäre riskant. Radovich würde sie niedermachen und mit Sanktionen überhäufen, bis hin zum Ausschluß des Beweismittels.

«Sie haben noch vier Tage bis zum Ablauf der Offenlegungsfrist», sagt Harry. «In dieser Zeit könnten sie es noch an den Mann bringen.»

«Aber warum sollten sie abwarten?» sagt Lenore. «Falls sie Blut in seinem Wagen gefunden haben, spielen vier Tage auch keine Rolle mehr. Wir haben jede Menge Zeit, um das überprüfen zu lassen. Die DNS sagt dann ja oder nein.»

Ich denke, Lenore hat recht. Sie haben danach gesucht, aber nichts gefunden. Deshalb wird der Punkt im Bericht auch mit keinem Wort erwähnt, obwohl sie davon ausgehen können, daß wir sie in der Verhandlung nach dem fehlenden Blut im Wagen des Angeklagten fragen werden.

Harry erzählt uns von der Notiz auf Halls Kalender, aus der hervorgeht, daß das Opfer am Nachmittag des Mordes mit Acosta verabredet war. Harry meint, der Richter lüge uns an. Wir reden eine Weile darüber, was diese Notiz wohl bedeuten könnte, und kommen zu keinem Ergebnis. Wir haben keine Erklärung dafür. Zumindest bin ich froh, daß diese Sache jetzt bekannt ist. So können wir uns nicht mehr in einem unachtsamen Augenblick verraten.

«Irgendwas zur Mordwaffe?» fragt Lenore.

«Nichts», sagt Harry. «Kein Wort. Vielleicht kommen sie mit der Theorie, daß sie mit dem Kopf irgendwo aufgeschlagen ist, auf irgendein schweres Möbelstück am Tatort. Ihr solltet mal hin und euch die Wohnung ansehen.»

«Stimmt», antworte ich. «Notier das mal, Lenore.»

Wenn Blicke töten könnten...

«Sie haben das Notizbüchlein der Frau gefunden. Mit Telefonnummern und dergleichen.»

Ich runzle die Stirn.

«Nicht sonderlich interessant. Einige Telefonnummern von Cops. Das war zu erwarten», sagt Harry. Er hat eine Fotokopie des Büchleins und reicht sie mir rüber. Die Seiten sind oben rechts aneinandergeheftet.

«Sie war ein Polizei-Groupie. Eine Möchtegernpolizistin. Kriminalistikstudentin. Es stehen aber auch noch ein paar andere Nummern drin.»

Ich blättere die rund dreißig Seiten rasch durch.

Keine großartigen Erkenntnisse, aber einige Seiten fehlen. Ich frage Harry danach.

«Jaja. Die Seiten für die Buchstaben A, I, K und M», sagt er. «Die

Cops sagen, die waren rausgerissen. Sie haben die jedenfalls nicht und wissen auch nicht, warum sie rausgerissen wurden.»

«Sie hat die Nummer der Sitte», stelle ich fest.

Harry zuckt die Achseln. «Sie hat da gearbeitet.»

«Der Bericht aus der Pathologie liegt jetzt vor.» Harry ist schon beim nächsten Punkt, während ich noch lese. Er gibt uns einen kurzen Überblick.

«Die Untersuchung, ob sie vergewaltigt wurde, hat keine Anhaltspunkte für ein sexuelles Trauma erbracht. Ich zitiere: ‹Es gibt keinerlei Hinweise auf ein Trauma, und im Genitalbereich des Opfers wurden keinerlei Fremdkörper festgestellt›, also Schamhaare für die Uneingeweihten unter uns. ‹Ebensowenig wurde Sperma im Körper des Opfers gefunden.› Anscheinend ging es dem Täter nicht um Sex», meint Harry. «Dann, an Vorder- und Rückseite des Halses wurden Quetschungen und Blutergüsse gefunden.»

Harry schmeißt den Bericht auf meinen Schreibtisch, wuchtet sich aus seinem Sessel und stellt sich hinter Lenore.

«He!» sagt sie.

«So ungefähr.» Harry hat beide Hände von hinten um Lenores Hals gelegt, so daß sich die Fingerspitzen vorn an ihrer Kehle berühren.

«Laß das», sagt sie.

«Man hat die Abdrücke von vier Fingern im vorderen Halsbereich gefunden und im Nacken die entsprechenden Blutergüsse, hier», sagt Harry.

Er nimmt seine Hände im letzten Augenblick weg. Lenore hat sich gerade den schweren Hefter von meinem Schreibtisch geschnappt.

«Unklar ist, ob sie gefallen ist, gestoßen wurde oder einen Schlag mit einem schweren, stumpfen Gegenstand verpaßt bekommen hat. Der Bericht aus der Gerichtsmedizin läßt alle drei Möglichkeiten offen.»

Wir sprechen darüber, was man unter den Fingernägeln der Frau gefunden hat. «Ein bißchen Schmutz und Fusseln», sagt Harry, «aber kein fremdes Gewebe.» Er schließt daraus, daß Hall kaum Zeit hatte zu reagieren, bevor sie getötet wurde oder zumindest das Bewußtsein verlor. «Wenn man von hinten am Hals gepackt wird, wäre doch die normale Reaktion, die Krallen auszufahren.»

Das klingt logisch.

Harry nimmt wieder in seinem Sessel Platz.

«Todesursache?» frage ich.

«Schädelbruch, starke Hirnblutung. Und jetzt fragt mich, ob ich glaube, daß er dazu fähig war.» Harry meint natürlich Acosta.

Wir sehen ihn beide fragend an.

«Na schön», sagt er. «Steckt weiter den Kopf in den Sand. Aber denkt nur mal einen Moment darüber nach, daß wir hier alle Anzeichen für ein Verbrechen aus Leidenschaft haben, das im Eifer des Gefechts geschehen ist und das nicht geplant oder gewollt war. Ich gebe euch ja recht, daß der Richter nicht für einen kaltblütigen Mord in Frage kommt.»

«Dein Vertrauen in unseren Mandanten ist wirklich erstaunlich», sagt Lenore.

«Vielleicht erweisen wir ihm keinen guten Dienst, wenn wir die Augen vor der Realität verschließen», entgegnet Harry. «Wenn wir die Mordanklage verlieren, erwartet ihn die Todesstrafe. Alles auf einer Karte.»

«Also, was schlägst du vor?» fragt sie.

«Vielleicht Totschlag. Im Affekt. Ein außer Kontrolle geratener Streit.»

«Du vergißt dabei, daß er behauptet, er war es nicht.»

«Stimmt», sagt Harry.

«Was, ein paar Haare und Fasern, und du willst gleich das Handtuch werfen und nach Hause gehen?» fragt Lenore.

«Und ein Mordmotiv, und ein möglicher Zeuge, der gehört hat, daß er Todesdrohungen ausgesprochen hat, und kein Alibi, und eine Notiz auf ihrem Kalender mit seinem Namen, und vielleicht sein Daumenabdruck auf der Wohnungstür, und... Gott stehe uns bei, wenn sie einen Zeugen finden, der ihn an dem Abend dort in der Gegend gesehen hat», sagt Harry. «Was wollt ihr denn noch?»

«Ziemlich viele Mutmaßungen», sagt sie.

«Allerdings. Aus solchen Mutmaßungen bestehen Mordfälle nun mal», entgegnet er.

«Vielleicht hast du zu lange Verkehrssünder verteidigt und dabei deinen Biß verloren.»

«So einen Scheiß muß ich mir nicht anhören.» Harry springt auf.

«Ruf mich an, wenn ihr fertig seid», sagt er zu mir. Dann geht er zur Tür.

Das letzte, was ich höre, ist die Glasscheibe in der Tür, die heftig scheppert, nachdem Harry die Tür hinter sich zugeknallt hat.

Lenore verdreht die Augen. «Tut mir leid», sagt sie. «Ich bin zu weit gegangen. Aber ich spüre, daß er mich nicht leiden kann.»

«Du mußt bei Harry ein bißchen nachsichtig sein», sage ich zu ihr. «Gib ihm eine Chance. Frauen am Arbeitsplatz sind nicht unbedingt sein Geschmack.»

«Das habe ich gemerkt», kommentiert sie.

«Du mußt ihn besser kennenlernen. Er ist ein feiner Kerl. Ein guter Anwalt und ein guter Freund.»

«He, ich bin auch eine gute Freundin.» Ihr trotziger Tonfall verrät, daß sie verletzt ist.

Ohne nachzudenken, bin ich aufgestanden und lege meinen Arm um ihre Schultern.

«Das weiß ich doch. Das habe ich nie bezweifelt.»

Sie wendet sich mir zu, und einen Moment lang treffen sich unsere Blicke, ein Verständnis ohne Worte: Lenore ist inzwischen viel mehr als eine gute Freundin.

Ich stehe bei Lenore und Harry zwischen den Fronten, und ich verspreche ihr, daß ich mit ihm reden und versuchen werde, ihn zu beruhigen.

«Nicht in meinem Namen», sagt sie. «Er steht nicht wirklich hinter unserer Verteidigung, und solange das so ist, können wir ihn nicht gebrauchen.»

«Ich werde sie ihm schmackhaft machen», erwidere ich. Daß ich im Grunde nicht weit von Harrys Position entfernt bin, sage ich ihr nicht. Acostas offensichtlicher Täuschungsversuch gibt mir zu denken: Warum hat er uns nicht von seiner Frau und ihrem Pferd erzählt?

«Also, wie siehst du denn jetzt den Plan der Verteidigung?» frage ich sie.

«So wie du», sagt sie. Lenore lernt schnell. «Wir haben es mit einem Richter zu tun, der eine heikle Untersuchung von Korruption bei der Polizei geleitet hat. Ich könnte mir vorstellen, daß er möglicherweise gar nicht wußte, wie dicht er ihnen auf die Pelle gerückt ist.»

«Meinst du die Unterschlagungen bei der Gewerkschaft?» frage ich.

Lenores Stirn legt sich in Falten. «Die und diese andere Sache.»

«Den toten Cop? Bei der Drogenrazzia?»

«Ich bin nicht sicher.» Das ist bei Lenore ein empfindliches Thema, denn dabei könnte Tony eine Rolle spielen, und das weiß sie.

«Sagen wir einfach, es wäre nicht das erste Mal, daß eine Stadt ein paar schlechte Cops hat, die sich im ‹privaten Unternehmertum› üben, Drogendealer schröpfen, ein paar außerdienstliche Razzien veranstalten, bei denen Drogen und Bares verschwinden und keine Festnahmen erfolgen. So was Ähnliches hat dir doch dein Freund Leo Kerns erzählt, oder?»

«Dann denkst du also, sie haben Acosta bei dieser Prostitutionssache reingelegt?»

«Es ist nicht unwahrscheinlich.»

«Und der Mord?»

«Kam ganz gelegen», sagt sie. «Wer weiß, warum die Frau ermordet wurde, oder wer es getan hat? Aber keiner kann abstreiten, daß der Richter ein überzeugendes Motiv hatte und schon mächtig angeschlagen war.»

«Und viele Indizienbeweise deuteten in seine Richtung», sage ich. «Denkst du, sie haben der Sache noch ein wenig auf die Sprünge geholfen, unsere Freunde und Helfer?»

«Beweise untergeschoben?» fragt sie.

Ich nicke.

«Der Gedanke gefällt mir nicht», sagt sie. Jetzt zeigt sich ihre alte Solidarität mit den Strafverfolgungsbehörden. «Aber wer A sagt, muß auch B sagen. Wenn sie einen von ihren Leuten getötet haben, war es vermutlich ein Unglücksfall, aber wenn dem wirklich so war, dann ist die Manipulation von Beweisen ihrer Ansicht nach wohl nur eine kleinere Übertretung.»

«Willst du mir was Bestimmtes damit sagen?»

Ein seltsamer Blick von Lenore. «Ich denke bloß laut», sagt sie.

Sie steht auf und geht Richtung Tür. Offenbar gibt es ihrer Meinung nach nicht mehr viel zu bereden.

«Wie ich schon sagte, es gibt viele Wagen mit diesen Fasern, und das Pferdehaar ist unspezifisch. Wir sollten keine voreiligen Schlüsse ziehen», sagt Lenore. «Und die Cops haben die Frau nicht getötet, ganz gleich, was wir sonst auch mutmaßen.»

Ich wende mich wieder der Kopie von Brittany Halls Telefonbüchlein zu, das mit den fehlenden Seiten. Mir fällt auf, daß sie sich bei der Polizei mit Vornamen angeredet haben. Da hat sich jemand die Mühe gemacht, den Buchstaben M herauszureißen, und hat dabei die Einträge unter P vergessen: eine Telefonnummer und ein Name in Klammern – der Name von Phil Mendel.

13

Leo Kerns ist klein und dick und alles andere als unauffällig, aber heute verbirgt er sich hinter einem Betonpfeiler des Parkhauses und späht verstohlen über die Straße auf den Plaza Park. Der Park wird an der hinteren Seite vom McGowen Center begrenzt, in dem das Polizeipräsidium untergebracht ist. Wir haben ein konspiratives Treffen: Leo soll mir ein Gesicht zeigen unter den Leuten, die dort arbeiten.

«Noch keine Spur von ihm», sagt Leo. «Aber er ißt hier jeden Tag seinen Lunch, da kann man die Uhr nach stellen. Wie ein Roboter.»

Leo kaut auf einem Hot Dog herum, und beim Sprechen tröpfelt ihm Senf aufs Kinn. Den Hot Dog habe ich ihm an einem von diesen Ständen auf Rädern gekauft, zusammen mit einer Cola, die er auf dem Deckel des Mülleimers neben sich abgestellt hat. Ich habe ihn während seiner Mittagspause hierhergeschleift, und Leo wollte nur mitkommen, wenn er was zu essen kriegt.

«Du weißt ja, daß du mir dafür ganz schön was schuldest», sagt er mit vollen Backen.

«Was meinst du? Noch einen Hot Dog, Leo?»

«Du Arschloch», sagt er. «Ich meine einen Riesengefallen. Die kriegen mich dran, wenn sie rausfinden, daß ich dir helfe. Wenn die sehen, daß ich überhaupt mit dir rede.»

Leo würde mir gern einreden, daß ich ihm jetzt mindestens mein Leben verdanke. Für Kerns ist es ein Geschäft, bei anderen Schuldgefühle zu wecken.

«Du könntest mir wenigstens verraten, was eigentlich los ist», sagt er. «Wieso willst du diesen Typen sehen?»

«Das geht nur mich was an, Leo.»

«Jaja, schon klar. Bin ich mittlerweile gewohnt», sagt er. «Man läßt mich im dunkeln tappen und erzählt mir irgendeinen Stuß. Ich verlange doch keine Sonderbehandlung.»

Wie edel von ihm.

«Ich erfahre überhaupt nichts mehr. Als ob ich gar nicht existieren würde», klagt er.

Leos Ego hat in den letzten paar Monaten viel wegstecken müssen. Seit Klines Wahl ist es für ihn schwierig geworden, seine alte Position zu bewahren. «Der Mann läßt mich nicht in seine Nähe», sagt er. «Ich will ihm helfen, aber er läßt mich nicht.» Leo trägt inzwischen einen Dauerschmollmund, wohl weil er im Geiste ständig die Lippen spitzt, um seinem Boß in den Hintern zu kriechen.

«Man hat das Notizbüchlein von Brittany Hall gefunden», sage ich zu ihm. «Jede Menge Telefonnummern. Davon wenigstens ein Dutzend von Polizeibeamten. Privatnummern.»

Leo weiß, daß die nicht im Telefonbuch stehen.

«Jemand, den ich kenne?» fragt er.

«Die meisten sind von der Sitte.»

«Das will nicht viel heißen», sagt er. «Da hat sie schließlich gearbeitet.»

Dann ein Häppchen, um Leo auf Touren zu bringen: «Ein paar Seiten fehlen. Ein Name war durchgestrichen.»

Er sieht mich an, Senf unter der Nase. Er hört einen Moment auf zu kauen und wartet auf die Fortsetzung.

«Zack Wiley», sage ich.

«Heiliger Bimbam», sagt er. «Sie hat Wiley gekannt?»

Wiley war der Cop, der bei der ominösen Drogenrazzia erschossen wurde.

«Und drei von den anderen, die am Tag seines Todes mit ihm zusammen waren», sage ich.

Er stößt einen hohen, leisen Pfiff aus.

Ich erzähle ihm nicht, daß ich den vierten Cop, der an dem Tag mit dabei war, Tony Arguillo, nicht in dem Büchlein finden konnte. Ich vermute, das ist lediglich darauf zurückzuführen, daß der Buchstabe A herausgerissen wurde.

«Dann stimmt es also», sagt er, «daß die Lady ein Betthupferl war.»

So ist das bei Leo. Damit sein Hirn arbeiten kann, muß sein Mund ständig in Bewegung bleiben.

«Was soll das heißen?»

«Ach, nichts», sagt er.

«Jetzt sag schon, Leo.»

«Was kriege ich dafür?» Er lacht.

«Keine verpaßt», entgegne ich.

«Schon gut, schon gut, war ein Witz», sagt er.

«Was hast du gehört, Leo?»

«Bloß, daß sie sich regelmäßig vernaschen ließ.»

Er weiß, daß ich mich frage, woher er das hat.

«Klatsch und Tratsch im Büro.» Dafür hat Leo ein Näschen wie ein Schwein für die Trüffelsuche. Sein Lebenselixier.

«Als mir das zum erstenmal zu Ohren kam, habe ich an irgendwelche Streifenpolizisten gedacht, die sich zwischendurch 'nen Quicky gönnen. So Typen, die es auf ihren Motorrädern treiben können, ohne dabei den Fuß vom Kickstarter zu nehmen.»

Wenn ich es nicht besser wüßte, würde ich glauben, daß Leo aus Erfahrung spricht.

«Aber du hast etwas anderes rausgefunden?» frage ich.

«Ja», sagt er. «Ich habe meine Informanten befragt. Gutunterrichtete Kreise. Sehr zuverlässig.» Das hört sich an, als wären sie renommierte Wissenschaftler.

«Leute, die mir keinen Scheiß erzählen. Und die lassen durchblikken, daß es entweder wahre Liebe war oder brennender Ehrgeiz. Sie war mit einem einzigen Typen zusammen, einem wichtigen.»

«Mit wem?»

«Was glaubst du, was ich bin, ein Orakel?» sagt er. «Wenn ich das wüßte, würde ich nicht mit dir hier meine Zeit verplempern. Ich wäre damit beschäftigt, eine Beförderung rauszuschlagen. Mich unersetzlich zu machen.»

«Befaßt sich die Staatsanwaltschaft damit? Mit Halls amourösen Abenteuern?»

«Tut mir leid. Die haben ihren Täter.» Leo meint den Richter.

«Aber vielleicht hatte ja noch jemand anderes ein Motiv.»

«Mich mußt du nicht überzeugen. Das Problem ist bloß, daß sämtliche Beweise auf deinen Mandanten hindeuten.»

Da hat Leo recht.

«In ihrem Telefonbüchlein stand noch ein anderer brisanter Name mit Privatnummer», erzähle ich Leo. «Phil Mendel.»

Leos Gesichtsausdruck verrät, daß er eins und eins zusammenzählt.

«Wenn sie mit Mendel ins Bett gegangen ist, würde ich auf brennenden Ehrgeiz tippen.» Leo meint, daß wahre Liebe da wohl ausscheidet.

«Genau das würde ich auch sagen.»

Selbstverständlich hat die Staatsanwaltschaft Halls Telefonverzeichnis durchgesehen. Sie müssen Mendels Nummer entdeckt haben. Auch für sie ist es kein Quantensprung, Leos Information mit dieser Nummer zu verbinden und sich so ihre Gedanken zu machen. Aber Anklagebehörden entscheiden sich meist für den Weg des geringsten Widerstandes, und der führt derzeit zu meinem Mandanten.

«Mendels Name in ihrem Notizbuch würde auch eine weitere Frage beantworten», meint Leo.

«Und welche?»

«Sein persönliches Interesse an dem Abend, als Acosta festgenommen wurde. Vermutlich wollte er lediglich seine fleischlichen Ansprüche sichern.»

Ich blicke ihn verständnislos an. Ich weiß nicht, wovon er spricht.

«Er war dabei. Wußtest du das nicht?» sagt Leo. «An dem Abend, als sie Acosta eingebuchtet haben, war Mendel dabei.»

Der geheimnisvolle Unbekannte. Der sogenannte Lieutenant, dessen Name Frost im Zeugenstand nicht mehr einfiel. Kein Wunder, daß er in diesem Punkt ein lückenhaftes Gedächtnis hatte. Da hätten sich einige Leute verwundert gefragt: Was hat der Leiter der Gewerkschaft bei Acostas Festnahme zu tun?

«Da ist er», sagt Leo. Er zieht seinen Kopf hinter den Pfeiler zurück und drückt sich mit dem Rücken gegen den Beton, als ein Mann auf der anderen Seite des Parks die Stufen des McGowen Center herunterkommt.

«Der Große? Braune Hose, weißes Hemd?» frage ich.

«Ja.» Leo weigert sich, noch einmal hinzusehen.

«Ganz ruhig, Leo. Er ist einen ganzen Block entfernt. Und du stehst im Schatten vom Parkhaus. Er kann dich nicht sehen.»

«Das behauptest du», sagt er. «Bestimmt hat er so ein verdammtes Nachtsichtgerät unter der Sonnenbrille. Ich verdufte.»

Ich fürchte, Leo macht sich gleich in die Hose.

«Wo ist er?» fragt er.

«Er geht in unsere Richtung, in den Park», sage ich. «O mein Gott! Er kommt auf uns zugerannt, Leo. Ich glaube, er hat dich gesehen.»

«Verdammt», sagt er. «Wo soll ich hin?» Er trippelt aufgeregt hinter dem Pfeiler hin und her, wie jemand, der ganz dringend pinkeln muß. «Scheiße, Scheiße, Scheiße. Warum laß ich mich immer wieder zu so was überreden?»

«Weil du ein anständiger Kerl bist, Leo. Jemand, der sich für Wahrheit und Gerechtigkeit einsetzt.»

«Ich muß hier weg.»

«Ganz ruhig.» Ich kann mich nicht mehr beherrschen und pruste los. Der Bauch tut mir weh.

«Dein Kumpel sitzt auf einer Bank hinten im Park», kläre ich Leo auf.

«Du Arschloch.» sagt er. «Das hat mich fünf Jahre meines Lebens gekostet. Idiot.» Er stampft mit den Füßen auf den Boden, hält dann inne und sieht sich um, als könnte das Geräusch die Aufmerksamkeit des Mannes erregen. Dann saust Leo los, mit kleinen Kinderschrittchen, schnurstracks weg von dem Pfeiler, immer darauf bedacht, daß zwischen ihm und dem Park auf der anderen Straßenseite Beton die Sicht versperrt.

«Wir sehen uns», rufe ich ihm nach.

«Nicht, wenn ich dich zuerst sehe», sagt Leo. Er ist jetzt im Innern des Parkhauses, und Sekunden später höre ich nur noch das Klacken seiner Absätze, als er um eine Ecke verschwindet.

Ich trete hinaus ins Sonnenlicht und gehe über die Kreuzung mit der Ampelanlage, wobei ich die ganze Zeit über den großen Mann in brauner Hose und weißem Hemd im Auge behalte. Er ist schlank, zirka einsfünfundachtzig und hat dunkelbraunes Haar. Er sitzt auf einer Bank unter einer hohen Ulme rund dreißig Meter vom Springbrunnen in der Mitte des Parks entfernt. Er hat einen Becher Joghurt, einen Apfel und einen Löffel in der Hand. Daß Leo das als Lunch bezeichnet, ist erstaunlich.

«Jim Cousins», sage ich nicht allzu laut, als ich drei Meter von der Bank entfernt bin.

Er blickt auf und blinzelt in die Sonne. Seine Sonnenbrille hat er in die Brusttasche seines Hemdes gesteckt.

«Kennen wir uns?»

«Ich heiße Madriani», antworte ich und trete näher. «Ihren Namen habe ich von einem gemeinsamen Bekannten.»

«Der wäre?»

«Ein Freund.»

Das anfängliche Lächeln verschwindet.

«Was wollen Sie?»

«Mich mit Ihnen unterhalten», sage ich.

Ich spüre, wie er sich anspannt. Mir ginge es genauso, wenn ich bei der Polizei wäre und ein Fremder mich mit Namen anspräche.

«Ich mache gerade Mittagspause. Wenn es etwas Berufliches ist, müssen Sie sich gedulden.»

Er betrachtet mich prüfend, die Augen jetzt wieder hinter seiner Sonnenbrille versteckt. «Sie kommen mir bekannt vor», sagt er. «Sind wir uns schon mal begegnet?»

«Das glaube ich kaum. Ich bin Anwalt», antworte ich und überreiche ihm meine Visitenkarte.

«Sie verteidigen diesen Richter.»

«Das ist richtig.»

«Ich habe Sie im Fernsehen gesehen.» Die Früchte des Ruhms. Seine Angst scheint zu vergehen. Ich verteile Visitenkarten, keine Kugeln.

«Darf ich mich zu Ihnen setzen?»

«Bitte», sagt er.

«Ich habe gehört, daß Sie vielleicht etwas über eine Sache wissen, die vor zwei Jahren passiert ist.»

«Kann es sein, daß Sie mich mit jemandem verwechseln? Ich bin kein Cop.»

«Ich weiß. Ihr Name ist James Cousins. Sie arbeiten in der Asservatenkammer der Polizei.»

«Sie wissen eine Menge über mich. Wie schon gesagt, falls Sie irgend etwas Berufliches mit mir besprechen wollen, kommen Sie bitte in mein Büro.»

Er holt ein Taschenbuch hervor, schlägt es auf und beginnt zu lesen.

«Ich möchte mit Ihnen über den Mord an Zack Wiley reden», sage ich.

Er blickt auf und schüttelt den Kopf. «Was ist eigentlich los? Plötzlich will alle Welt über Zack Wiley reden. Sehe ich aus wie ein Auskunftsbüro?»

«Hat jemand anderes Sie darauf angesprochen?»

«Hören Sie, ich sage gar nichts. Entweder Sie gehen jetzt, oder ich gehe.»

«Der Untersuchungsausschuß?» frage ich.

Er sieht mich an, sagt aber nichts. Wegen der dunklen Gläser kann ich seine Augen nicht erkennen. Sein Gesicht ist wie versteinert. Er nimmt seinen Löffel, den Joghurt und den Apfel, steht auf und marschiert davon.

«Wir können uns hier unterhalten, oder ich lasse Sie vorladen und befrage Sie vor Gericht», rufe ich ihm nach.

«Meinetwegen. Befragen Sie mich vor Gericht», sagt er.

«Vor versammelter Presse, wo alle Ihre Kollegen mitbekommen, was Sie zu sagen haben – oder zumindest, welche Fragen ich Ihnen zu stellen habe.»

Das bringt ihn zum Stehen. Er dreht sich zu mir um.

«Dazu müßten Sie die richtigen Fragen kennen.» Er nimmt die Brille ab und sieht mich blasiert an.

«Oh, ich denke, das tue ich. Die Sache mit dem Revolver war von Anfang an abgekartet. Haben die ihn gleich mitlaufen lassen für den Fall, daß sie mal eine passende Waffe brauchten, um sie einem Verdächtigen unterzuschieben?»

Er sieht mich bloß nachdenklich an.

«Als das Ding in der Asservatenkammer landete, haben sie sich nicht an der Seriennummer zu schaffen gemacht. Das wäre zu auffällig gewesen», sage ich. «Also hatten sie irgendeinen anderen Trick. Aber was?» Ich kratze mich am Kinn, blinzle in die Sonne, eine kleine schauspielerische Einlage. Plötzlich schnippe ich mit den Fingern und sehe ihn wieder an. «Die Modellnummer!»

In diesem Moment klappt tatsächlich sein Unterkiefer ein paar Millimeter herunter.

«Na klar. Das würde reichen», sage ich.

Er schluckt trocken.

«In der Asservatenkammer werden sie allerdings ein bißchen Hilfe gebraucht haben. Ein Etikett, auf dem zwar Seriennummer, Fabrikat und Kaliber richtig eingetragen waren, aber die Modellnummer vergessen wurde. Von Smith and Wesson gibt es bestimmt ein Dutzend verschiedene Modelle mit dem Kaliber, stimmt's?»

Er ist drauf und dran, mir zu antworten, kann sich aber noch rechtzeitig bremsen.

«Der Hersteller vergibt die gleiche Seriennummer für verschiedene Modelle, also kann man eine bestimmte Waffe nicht identifizieren, wenn man nicht sowohl die Serien- als auch die Modellnummer hat. Ganz schön raffiniert», stelle ich fest.

Er möchte etwas sagen, traut sich aber nicht.

«Was ist schiefgelaufen?» frage ich. «Wodurch ist der Untersuchungsausschuß doch dahintergekommen, daß dieser Revolver in der Asservatenkammer war, bevor Wiley damit erschossen wurde?»

«Hören Sie. Ich kann Ihnen nichts sagen», sagt er. «Nicht hier. Nicht jetzt.»

«Die wissen gar nicht, daß Sie ausgesagt haben? Ihre Freunde?» Plötzlich begreife ich. Ich rede hier mit dem Topzeugen des Untersuchungsausschusses, und wer auch immer Wiley getötet hat, weiß nichts davon.

«Wo kann der Zustellbeamte vom Gericht Sie finden?» frage ich. «In Ihrem Büro?»

«Okay, okay», lenkt er ein. «Ich habe nicht gewußt, was da eigentlich vor sich ging. Erst als alles vorbei war.»

«Jaja. Sie haben bloß die Augen zugemacht», erwidere ich.

«Sie sind zufrieden. Von mir wollen sie nichts.»

«Man hat Ihnen Immunität zugesichert, nicht wahr?»

Darauf antwortet er nicht. Muß er auch gar nicht. Die Antwort steht in seinen Augen, die meinem Blick ausweichen.

«Wie ist der Untersuchungsausschuß denen auf die Schliche gekommen? Wie ist er auf Sie gekommen? Fingerabdrücke? Haben Sie Ihre Abdrücke auf der Waffe hinterlassen, während sie in der Asservatenkammer war?»

«Haben Sie schon mal erlebt, daß an einer Faustfeuerwaffe brauchbare Abdrücke entdeckt wurden?» sagt er und lacht auf. «Das gibt's nur im Film. In Wahrheit findet man immer nur verschmierte Spuren.

Einen Revolver hält jeder viel zu fest in der Hand. Das Öl, der Rückschlag. All das hat zur Folge, daß die Abdrücke verschmiert sind. Wenn man zehntausend Waffen untersucht, findet man vielleicht einen einzigen Daumenabdruck.»

«Aber Sie haben ja nicht damit geschossen», entgegne ich.

«Es waren nicht die Fingerabdrücke.»

«Was dann?»

Cousins ist in die Enge getrieben.

«Wenn ich es Ihnen sage, vergessen Sie dann die Vorladung?»

«Vielleicht ja, vielleicht nein.»

«Wieso sollte ich es Ihnen dann erzählen?»

«Wägen Sie ab, absolute Gewißheit gegen ein Vielleicht, und Sie wissen warum», sage ich.

Er schluckt wieder trocken, sein Adamsapfel hüpft im Takt eines Songs, der aus dem Radiorecorder eines Jugendlichen neben dem Springbrunnen dröhnt.

«Woher wußte der Ausschuß, daß die Waffe in der Asservatenkammer gewesen war?»

«Ein Kratzer auf dem Zylinder», sagt er, «und eine Markierung unter dem Griff.»

«Was?»

«Normalerweise wird ein Revolver noch vor Ort entladen. Aus Sicherheitsgründen. Alle Patronen oder leeren Hülsen werden rausgenommen und in einen separaten Umschlag gesteckt. Der Zylinder wird mit einer Markierung versehen, einem kleinen Kratzer, der anzeigt, welche Kammer genau vor dem Lauf lag, als die Waffe beschlagnahmt wurde. Außerdem wird das noch an einer anderen Stelle markiert, die nicht so leicht ins Auge springt. Das ist das normale Verfahren. Als die von der Spurensicherung nach Wileys Tod die Waffe beschlagnahmten, haben sie das so gemacht. Und dabei ist ihnen entgangen, daß der Revolver schon eine Markierung hatte», sagt er, «vom ersten Mal, als er beschlagnahmt wurde. Irgendeinem, der früher bei der Ballistik war, ist es dann aufgefallen.»

Deshalb sollte man nie ein Verbrechen begehen. Es gibt zahllose Dinge, von denen man nichts weiß, die meisten davon sind mikroskopisch klein, und über jedes einzelne kann selbst der Schlaueste stolpern.

«Wer hat geschossen?» frage ich.

«He. Ich sage kein Wort mehr. Wenn Sie mich noch immer vorladen wollen, bitte sehr.»

Ich bezweifle, ob er die Antwort überhaupt wußte.

«Dann verraten Sie mir, wer den Revolver aus der Asservatenkammer geholt hat.»

«Ich weiß es nicht.»

«Haben Sie das dem Untersuchungsausschuß erzählt?»

«Es ist die Wahrheit», antwortet er. «Sie haben mich nur gebeten wegzugucken. Die Tür ein paar Minuten unverschlossen zu lassen, während ich mir einen Kaffee hole. Ich wußte noch nicht mal, was sie sich rausgeholt haben.»

«Wer hat Sie gebeten wegzugucken?»

Ein finsterer Blick, als ob er schon zu weit gegangen ist. Vielleicht war er aufrichtiger als vor dem Untersuchungsausschuß.

«Ich sage kein Wort mehr.» Plötzlich verliert sich sein Blick in der Ferne, irgendwo in Richtung des Parkhauses. Einen Moment lang überlege ich, ob Leo vielleicht doch zurückgekommen ist, um uns heimlich zu beobachten, um zu sehen, wie lange wir uns unterhalten.

«Ich muß gehen», sagt er. «Sie haben mir meine ganze Mittagspause versaut.»

«Tja. Irgend jemand hat Zack Wiley das ganze Leben versaut», erwidere ich.

«Ich war es nicht. Und ich rate Ihnen im guten, mir nicht zu folgen.»

Ich sehe ihm nach, wie er mit langen Schritten um den Springbrunnen eilt und Richtung Fußgängerweg an der Ecke verschwindet.

Während unseres Gesprächs hat sich der Park mit Menschen gefüllt. Es ist halb eins, und die Angestellten strömen aus dem Rathaus. Frauen mit braunen Lunchpaketen und hochhackigen Schuhen erholen sich einen Augenblick in der Sonne vom Arbeitsstreß. Ich sehe zwei Richter, die auf der anderen Straßenseite über den Bürgersteig schlendern, ihr täglicher Gang vom Gericht zu dem Restaurant ein paar Straßen weiter.

«Mr. Madriani!» ruft eine Stimme hinter mir, vom Parkhaus her. Ich drehe mich um.

Mit einem Grinsen wie Jack Nicholson auf dem Gesicht starrt mich

Tony Arguillo an. Er trägt eine Pilotensonnenbrille, seine perlweißen Zähne blitzen, und er ist so dunkel gebräunt, als käme er gerade von einem Strand in der Karibik.

«Sie trifft man aber auch überall», sagt er.

«Tony. Wie geht's?»

«Oh. Mir geht's gut. Richtig gut. Was man nicht von jedem behaupten kann.» Er sieht einen Moment in eine andere Richtung, und ich folge seinem Blick. Cousins geht gerade die Stufen des McGowen Center hinauf, zurück in sein Büro.

Tony sieht wieder mich an. Er macht die Geste, die kleine Kinder machen, wenn sie sagen wollen «reingefallen»: Er zeigt mit einem Finger auf mich und reibt mit dem Zeigefinger der anderen Hand darüber. Während er das tut, geht er langsam rückwärts in Richtung Polizeipräsidium.

«Verhängnisvolle Affären», sagt er. «Sie sollten sich in acht nehmen.» Mit diesen Worten dreht er sich auf dem Absatz um, als hätte er das hundertmal geübt, läßt beide Hände sinken, schnippt mit den Fingern und spaziert davon.

14

Inzwischen haben beide Parteien die Zeugenlisten ausgetauscht, und auf der gegnerischen taucht der Name Oscar Nichols nicht auf. Harry gibt zu, daß Lenore recht damit hatte, diesen schlafenden Hund nicht zu wecken. Zumindest vorläufig scheinen Lenore und er das Kriegsbeil begraben zu haben. Durch die anstrengenden letzten Vorbereitungen auf den Prozeß sind beide zu beschäftigt und müde, um sich zu streiten.

In der Woche zuvor haben wir einige juristische Abwehrschlachten geschlagen. Wir haben Anträge gestellt, bestimmte Beweismittel nicht zuzulassen, und zwar mit der Begründung, die Cops hätten den Rahmen der zulässigen Durchsuchungen überschritten, indem sie Fasern in Acostas Dienstwagen und die Tierhaare in seinem Haus einsammelten. Radovich hat ihnen viel Spielraum gelassen. Wenn wir bei diesem Richter einen Prozeß gewinnen wollen, dann bestimmt nicht dadurch, daß wir auf die strikte Einhaltung verfassungsmäßiger Rechte pochen. Er hat unseren Antrag nur kurz beschnuppert und dann kategorisch verkündet, die Durchsuchungsbefehle wären genau genug formuliert gewesen. Haare und Fasern bleiben zugelassen, vorausgesetzt, die Anklagevertretung kann angemessen begründen, daß sie relevant sind.

Kline wirkte rundum zufrieden. Der erste Sieg für seine Seite. Um seine Glückssträhne auszunutzen, eröffnete er dem Richter, daß er den Prostitutionsfall und den Mordfall miteinander verbinden wolle. Dem konnten wir kaum etwas entgegensetzen, da wir ursprünglich selbst so argumentiert hatten. Also werden jetzt beide Straftaten in einem Prozeß verhandelt. Kline scheint etwas damit zu bezwecken, aber wir wissen nicht was. Und jetzt hat er um eine Unterredung in Radovichs Richterzimmer gebeten.

Als wir den Raum betreten, hat der Richter seine Robe ausgezogen und die Füße auf den Schreibtisch gelegt. Auf dem Boden neben seinem Sessel stehen ein paar Kartons mit noch unausgepackten Büchern, Radovichs Reisebibliothek. Er konsultiert sie so selten, daß sie so bestimmt weniger Staub ansetzt.

Ich sehe, daß Radovichs einzige Ausgabe des Strafgesetzbuchs um zwei Jahre veraltet ist. Offensichtlich arbeitet der Richter nach der Devise, daß neue Erlasse der Gesetzgebung wie edle Weine eine Zeitlang reifen sollten, bevor man sie kostet.

Lenore, Harry und ich quetschen uns nebeneinander auf die Couch. Kline und einer seiner Assistenten belegen die beiden Besuchersessel.

«Ich hoffe, es dauert nicht lange», sagt Radovich. «Ich bin mit dem Vorsitzenden Richter zum Mittagessen verabredet.»

Kline beteuert, daß er sich beeilen werde, aber es gehe um eine ernste Angelegenheit. «Es fällt mir nicht leicht, die Sache anzusprechen», sagt er. Das läßt nichts Gutes ahnen.

«Worum geht's?» fragt der Richter.

«Um einen Interessenkonflikt», sagt Kline. «Bei Ms. Goya.»

«Das ist ja unglaublich.» Lenore ist von der Couch aufgesprungen, und einen Moment lang fürchte ich, sie würde Kline ihre Fingernägel in den Hinterkopf schlagen.

Radovich starrt sie an, als hätte er noch nie eine wütende Frau gesehen.

«Was wollen Sie damit sagen?» fragt Lenore.

«Ich will damit sagen, daß Sie in dem Prostitutionsfall anfänglich unsere Seite vertreten haben. Sie haben Ms. Hall bei uns in der Staatsanwaltschaft befragt. Sie hatten Zugriff zu vertraulichen Arbeitsunterlagen und Akten. Ich will damit sagen, daß ein schwerer Interessenkonflikt besteht.»

«Ach, hören Sie doch auf.» Lenore verdreht die Augen und behandelt ihn mit der Achtung, die man einem plärrenden Schulkind entgegenbringen würde. Sie behauptet, dieses vermeintliche Problem sei ein Produkt seiner blühenden Phantasie. Und sie beschwert sich darüber, daß er es viel zu spät zur Sprache bringt, sozusagen am Vorabend des Prozesses.

«Es handelt sich hier keineswegs um ein Phantasieprodukt», entgegnet Kline.

«Ich denke, Sie beide sollten sich beruhigen», sagt Radovich. «Eins nach dem anderen. Vor allem sollten wir die Gerichtsschreiberin dazuholen, bevor wir weitermachen.» Er erteilt dem Gerichtsdiener eine entsprechende Anweisung.

«Ich bin der Ansicht, daß der Angeklagte dabeisein sollte», sagt Kline. «Es betrifft seine Vertretung vor Gericht.»

Radovich pflichtet ihm bei und veranlaßt, Acosta hereinzuholen.

Harry und ich sind wie vor den Kopf geschlagen. Nicht, daß wir das Problem nicht gesehen hätten. Wir hatten diesen potentiellen Interessenkonflikt bei unseren Besprechungen im Büro erörtert. Aber als Kline ihn bei den Voranträgen nicht zur Sprache brachte, haben wir angenommen, daß die Anklage nicht darauf eingehen würde.

Die Gerichtsschreiberin kommt. Sie stellt ihre Stenomaschine auf und bekommt einen Schreibtischstuhl.

Acosta wird von zwei Gefängniswärtern hereingeführt. Er ist halb ausgezogen, ein T-Shirt über der Anzugshose, die Hosenträger baumeln herunter. Es ist ihm offensichtlich unangenehm, in der Öffentlichkeit so gesehen zu werden, und Radovich entschuldigt sich und befiehlt einem der Wachleute, ihm ein Jackett zu bringen. Der andere Wachmann bringt einen Stuhl für den Gefangenen, dann beziehen die beiden neben der Tür Posten.

Während Acosta sich sein Jackett anzieht, wirft er uns einen Blick zu. «Was geht hier vor?» flüstert er.

Lenore ist zu aufgebracht, um ihm zu antworten. Außerdem drängt sie sich in diesem Augenblick nach vorn zu Radovichs Schreibtisch, um eine bessere Position zu haben.

«Der Vertreter der Anklage hat behauptet, daß bei Ms. Goya ein Interessenkonflikt vorliegt», erkläre ich ihm.

«Ach.» Mehr sagt er nicht, aber der nüchterne Ausdruck in Acostas Gesicht verrät mir, daß er die Konsequenzen abwägt, die das für sein eigenes Schicksal haben könnte.

Die Gerichtsschreiberin legt Endlospapier in ihre Maschine ein, und es kann losgehen.

«Jetzt», sagt Radovich. Das Startsignal für Kline.

«Die Anklage beantragt offiziell, daß Lenore Goya aufgrund eines Interessenkonfliktes als Verteidigerin in diesem Prozeß ausgeschlossen wird. Es ist ganz einfach», sagt er. «Wir sind der Auffassung, daß sie in diesem Fall gegensätzliche Interessen vertreten und sich damit disqualifiziert hat. Das Gesetz ist da eindeutig.»

Er reicht dem Richter Dokumente, Belege zum Thema Interessenkonflikt und Präzedenzfälle.

Lenore kann sich nicht mehr beherrschen. «Was soll das? Bekommen wir weder einen Schriftsatz noch die Gelegenheit, unsere Meinung vorzutragen?» schaltet sie sich ein.

Ich bin aufgestanden und beziehe neben ihr vor Radovichs Schreibtisch Position. Eine Demonstration unserer Einigkeit.

«Wenn es möglich wäre, Euer Ehren. Wir haben diese Dokumente noch nicht einsehen können.»

«Stimmt», sagt Radovich. «Haben Sie Kopien für die Gegenseite?» Offensichtlich ist Radovich über die Überraschungstaktik verärgert, und Kline beteuert sein Bedauern über die Nachlässigkeit. Er tadelt seinen Assistenten für dieses Versehen und wirft ihm vor, die juristische Etikette verletzt zu haben.

Klines Sündenbock durchwühlt seine Aktentasche und fördert zwei weitere Kopien zutage. Es handelt sich um zwölf zusammengeheftete Seiten mit unterstrichenen Passagen und einer fettgedruckten Beweisführung.

Der Fall liegt klar auf der Hand. In diesem Staat darf ein Anwalt nicht zwei Parteien mit widerstreitenden Interessen in ein und demselben Zivil- oder Strafverfahren vertreten. Es gibt zwar sehr feine Nuancen bei der Anwendung dieser Vorschrift, aber die Strafe bei einem derartigen Interessenkonflikt ist in jedem Fall der Ausschluß aus dem Verfahren.

«Was die Vorschrift besagt, steht wohl außer Frage», sage ich zu Radovich, «aber es steht keineswegs außer Frage, wieso die Verteidigung bislang auf einen entsprechenden Antrag verzichtet hat und diesen Punkt erst kurz vor Prozeßeröffnung zur Sprache bringt.»

«Da haben Sie recht», sagt der Richter. «Sie riskieren jetzt eine Verzögerung, Mr. Kline.»

«Ich sehe keinerlei Grund für eine Verzögerung», sagt Kline. «Der Angeklagte wird sachkundig und kompetent verteidigt. Er hat immer noch mehr als einen Anwalt.» Damit meint er Harry und mich.

«Mich nicht», sagt Hinds. «Ich gehöre nicht dazu.»

«Nun, Sie sind aber hier, und Sie werden ja wohl auch dafür bezahlt, oder?» sagt Kline.

«Aber bei weitem nicht anständig genug.»

Acosta wirft ihm einen bösen Blick zu, zeigt eine gebieterische Miene.

«Eins möchte ich klarstellen», sagt Acosta. «Ich habe nicht vor, auf Zeit zu spielen.» Er meint damit, daß er noch immer Wert auf eine zügige Abwicklung des Verfahrens legt.

Kline weist darauf hin, daß eine Verzögerung der Prozeßeröffnung gar nicht zur Debatte steht, weil das Verfahren mit der Auswahl der Geschworenen bereits begonnen hat. Dann ergeht er sich in weiteren Ausführungen. «Wir sind der Ansicht, daß Ms. Goya im Besitz vertraulicher Informationen ist, die ihr nur aufgrund ihrer früheren Tätigkeit für die Staatsanwaltschaft zugänglich waren. Damit wird die Anklagevertretung schwer benachteiligt.»

«Der einzige Nachteil, unter dem die Anklagevertretung zu leiden hat, ist die Inkompetenz ihrer Anwälte», sagt Lenore.

«Ach ja? Immerhin sind Sie es, der ein Interessenkonflikt nachgewiesen wurde», entgegnet Kline. «Vielleicht sollten Sie sich noch mal genauer mit der Berufsethik unseres Standes befassen.»

«Schluß jetzt.» Radovich nimmt den erstbesten Gegenstand, den er zu fassen kriegt, und knallt den schweren Papierbeschwerer aus Metall auf die Schreibtischplatte, so daß eine Delle im Holz zurückbleibt. Er sieht sie und flucht.

«Charlie reißt mir den Kopf ab», sagt er. Für diesen Prozeß hat er sich den Gerichtssaal von Charlie Johnson geliehen und jetzt an dessen Schreibtisch einen unauslöschlichen Eindruck hinterlassen.

«Ich finde, wir sollten das öffentlich vor Gericht klären», sagt Lenore.

«Ich finde, Sie sollten beide den Mund halten», sagt Radovich. «Und ich brauche Möbelpolitur und einen Lappen.» Ein energischer Wink Richtung Gerichtsdiener, und der verschwindet in ein anderes Zimmer.

Es ist klar, warum Kline diese Sache hier in der Abgeschiedenheit des Richterzimmers zur Sprache gebracht hat. Eine öffentliche Diskussion hätte Fragen zu seinem Führungsstil im Amt aufgeworfen. Die Umstände von Lenores Entlassung wären angesprochen worden, und vielleicht hätten sich auch andere verärgerte Staatsanwälte zu Wort gemeldet. Dies alles will Kline tunlichst vermeiden.

«Warum stellen Sie diesen Antrag erst jetzt?» fragt Radovich. Er reibt mit dem Daumen über die Delle im Schreibtisch, gibt ein bißchen Spucke darauf, reibt erneut.

«Die Notwendigkeit hat sich erst erwiesen, als Ms. Goya Lieutenant Frost im Zeugenstand befragt hat», antwortet Kline geradeheraus, so daß selbst ich die Aufrichtigkeit dieser Aussage nicht in Frage stellen würde. Vermutlich ist sie auch wahr.

«Sie haben eine falsche Zeugenaussage vorgelegt», sagt Lenore, «und ich habe sie als solche entlarvt.»

«Darüber könnten wir stundenlang debattieren», sagt er, «und ich bin sicher, daß wir nie zu einer Einigung gelangen würden. Aber eines ist jedenfalls klar. Bei der Befragung dieses Zeugen haben Sie auf vertrauliche Informationen zurückgegriffen, die Sie von Ms. Hall erhalten haben, als Sie noch für die Staatsanwaltschaft tätig waren.»

Im Grunde heißt das, daß Lenore die Schlacht mit Frost vielleicht nur gewonnen hat, um jetzt den Krieg zu verlieren.

Der Gerichtsdiener kehrt mit einer Flasche und einem Lappen zurück und reicht beides dem Richter.

«Ich wollte kein Zitronenöl», sagt Radovich. «Haben Sie nichts mit ein bißchen Farbe drin?»

Der Beamte hebt die Handflächen nach oben und zuckt die Achseln. Dann fällt ihm plötzlich etwas ein. Er eilt zur Tür hinaus, und noch bevor wir weiter debattieren können, ist er wieder zurück, diesmal mit einer Dose brauner Schuhcreme in der Hand.

«Prima», sagt Radovich.

«Euer Ehren, dürfen wir?» frage ich.

«Legen Sie los.» Aber Radovich ist mit den Gedanken woanders.

«Bei der Frage eines Interessenkonfliktes haben Sie großen Ermessensspielraum», sage ich zu ihm. Ich verweise auf einen Fall in Klines eigenen Unterlagen. «Ein Gericht sollte mit dem Ausschluß von Anwälten aus einem Verfahren sehr zurückhaltend umgehen.»

«Es sei denn, deren Verhalten beeinflußt das in Frage stehende Verfahren», beendet Kline das Zitat. «Wir sind der Auffassung, daß Ms. Goyas Verhalten eine solche Beeinflussung darstellt. Sie hat die Zeugin der Anklage befragt», sagt er.

Ich erinnere das Gericht daran, daß es sich bei diesen Informationen ausschließlich um Hörensagen handelt, daß die Zeugin mittlerweile tot ist, also nicht mehr aussagen kann und ihre Aussage nicht als Beweismittel zugelassen wird.

«Trotzdem kann Ms. Goya nicht aus ihrem Gedächtnis streichen, was sie weiß», sagt Kline.

«Und wie steht es um das Recht des Angeklagten, sich seine Verteidiger selbst auszusuchen?» frage ich.

«Das ist ein wichtiger Aspekt», sagt Radovich. Inzwischen schwebt seine Nase wenige Millimeter über der Schreibtischplatte, auf der sich Spucke, Zitronenöl und Schuhcreme vermischen. «Sie müssen zugeben, daß es eine erhebliche Benachteiligung des Angeklagten wäre, wenn ich ihm das Recht auf die freie Wahl seiner Verteidiger verwehre.»

Radovich, dessen Zeigefinger inzwischen mit brauner Schuhcreme beschmiert ist, blickt zu Acosta hinüber. «Was meinen Sie dazu?» Einen Moment lang habe ich den Eindruck, daß er unseren Mandanten nach einem Rezept zur Behandlung der beschädigten Schreibtischplatte fragt, vielleicht ein geheimes Mittelchen, das nur Richter unter sich austauschen.

«Natürlich bin ich nicht über sämtliche Einzelheiten informiert...» beginnt Acosta. «Die Sache ist kompliziert. Als Mandant habe ich volles Vertrauen zu Ms. Goya...»

«Da hören Sie's, Euer Ehren», versucht Lenore ihn zu unterbrechen.

«...aber ich denke, daß ich von Mr. Madriani und Mr. Hinds ebenso gut vertreten werden könnte, wenn es sein muß. Die beiden sind kompetente Anwälte und durchaus in der Lage, mich angemessen zu verteidigen.»

«Na prima», sagt Kline. «Dann gibt es ja keinerlei Probleme.»

Ich könnte Acosta für die Anerkennung danken. Statt dessen drehe ich mich um und bedenke ihn mit einem Blick, der ihn förmlich auf seinem Stuhl festnagelt.

«Richter Radovich hat um meine Meinung gebeten», sagt er. «Ich habe bloß die Wahrheit gesagt.»

Ich wende mich wieder Radovich zu und starte noch einen Versuch.

«Unsere Vorbereitung auf den Prozeß würde durch den Ausschluß von Ms. Goya stark beeinträchtigt», erkläre ich. «Wir haben uns als Team vorbereitet, und jeder von uns deckt einen anderen Bereich der Verteidigung ab.»

«Lassen Sie mich raten», sagt Kline. «Ms. Goya hat sich auf Vertrauensbrüche spezialisiert.»

Noch bevor Lenore reagieren kann, nimmt Radovich ihr die Mühe ab: «Mr. Kline. Noch eine Bemerkung dieser Art, und ich belege Sie mit einer Strafe.» Radovich droht ihm mit einem braunen Finger. Falls Kline sich weiter danebenbenimmt, könnte er dazu verdonnert werden, zwei Tage lang die Schreibtischplatte mit der Nase zu schmirgeln.

Der Richter ringt Kline eine Entschuldigung ab.

«Es ist viel zu spät für einen solchen Antrag, zumal die Anklagevertretung von Anfang an über Ms. Goyas Rolle in dem ersten Fall informiert war», sage ich zu Radovich.

«Sie versuchen, uns auszutricksen», sagt Lenore.

«Wenn hier jemand versucht, den anderen auszutricksen», sagt Kline, «dann doch wohl Sie. Euer Ehren, wir sind noch immer damit beschäftigt, herauszufinden, ob sie irgendwelche Akten mitgenommen hat, als sie die Staatsanwaltschaft verließ.»

Das ist ganz offensichtlich als weitere Provokation für Lenore gedacht und zeigt die gewünschte Wirkung.

«Euer Ehren, ich verwahre mich gegen diese Unterstellung», sagt sie und fängt an zu stammeln. «Wie denn? Wie hätte ich das machen sollen? Ich meine, wie hätte ich Akten oder Unterlagen mitnehmen sollen, wo Sie –» Sie bemerkt, daß sie mit dem Falschen spricht, und wendet sich von Kline wieder Radovich zu. «Wo doch er und sein Kumpan mein Büro durchwühlt haben und mich unter Bewachung aus dem Gebäude schaffen ließen? Das ist einfach unglaublich.» Lenores Gesicht ist hochrot, der Zorn steht ihr bis an die Haarwurzeln.

«Persönliche Beleidigungen sind hier fehl am Platze», sagt Radovich. «Sie beide sollten sich beruhigen.» Er reibt eifrig mit dem Finger und hat inzwischen eine zehn Quadratzentimeter große Fläche der Platte dunkler eingefärbt, als der Rest des Schreibtisches ist. Er sieht auf und bemerkt, daß wir alle ihn beobachten. Daraufhin legt er den

Lappen beiseite und schiebt den Tintenlöscher ein Stück nach rechts über die verfärbte Stelle. Sobald wir weg sind, wird er sich bestimmt irgendwo Schmirgelpapier besorgen.

«Euer Ehren, sie haben mir eine Kiste mit meinen Privatsachen in die Hand gedrückt und mich aus dem Gebäude geworfen», sagt Lenore. «Es gibt sogar ein paar Sachen, die mir gehören und die ich bis heute nicht bekommen habe.» Lenore hat den Fehdehandschuh aufgenommen, und ihre Stimme klingt, als wäre sie es, die hier vor Gericht steht.

«Das war bestimmt sehr erniedrigend», sagt Radovich. «Aber darum geht es hier nicht.»

Acosta hat eine Augenbraue hochgezogen. Sein Versuch, eine ehemalige Staatsanwältin aufgrund ihres Einflusses in dieser Behörde zu engagieren, war ein Schuß in den Ofen. Lenore ist geächtet, und er muß sich fragen, welchen Einfluß das auf seinen Fall haben wird.

Währenddessen sitzt Kline ganz entspannt in seinem Sessel. Schließlich wird Lenore klar, daß sie die einzige aufgebrachte Person im Raum ist. Sie gewinnt ihre Fassung zurück und kommt erneut zur Sache.

«Wir warten noch immer auf eine befriedigende Antwort», sagt sie. «Warum haben Sie so lange gewartet, bevor Sie sich dieses ...», sie macht eine wegwerfende Handbewegung und sucht nach dem passenden abfälligen Ausdruck, «dieses Ablenkungsmanöver einfallen ließen?»

«Ich dachte, das läge auf der Hand», sagt Kline. «Der Prostitutionsfall und die Mordanklage sind erst diese Woche zusammengelegt worden. Und ich darf Sie daran erinnern, daß das auf Ihr Drängen hin geschah. Davor, vor der Klageverbindung, bestand kein Interessenkonflikt.»

Klines Antwort wirkt wie ein Aufwärtshaken in die Magengrube. Ich kann förmlich hören, wie Lenore nach Luft schnappt. Man sollte wirklich nie eine Frage stellen, auf die man die Antwort nicht kennt.

«Treffer», sagt Radovich.

Lenore hat es die Sprache verschlagen.

Ich komme ihr zu Hilfe. «Tatsache bleibt, daß die Verteidigung stark beeinträchtigt wird», sage ich zu Radovich. «Damit ist ein fairer Prozeß ernsthaft in Frage gestellt.»

«Das ist der springende Punkt», sagt Radovich. «Und deshalb, Mr. Kline, habe ich Bedenken, Ihrem Antrag stattzugeben, besonders zu diesem späten Zeitpunkt.»

Ich spüre, daß der Richter drauf und dran ist, sich in unsere Richtung zu neigen.

«Euer Ehren, das Gesetz ist eindeutig...»

«Zugegeben», sagt Radovich, «aber ich muß auch das Recht des Angeklagten auf einen fairen Prozeß berücksichtigen. Sein Recht auf eine angemessene Verteidigung.»

Du weißt, daß du gewonnen hast, wenn der Richter anfängt, deine eigenen Argumente für dich aufzuzählen.

«Euer Ehren, würden Sie mit Ihrer Entscheidung noch einen Augenblick warten, bis ich letzte Rücksprache gehalten habe?»

«Machen Sie schnell», sagt Radovich. Er sieht auf die Uhr, während Kline und sein Assistent ein wenig beiseite treten und sich hinter vorgehaltener Hand tuschelnd beraten. Der Assistent holt ein weiteres Papier aus seiner Aktentasche, und die beiden lesen es durch.

Ich sehe Lenore an, sie zuckt die Achseln. Keine Ahnung, was sie da bereden.

Schließlich sind sie sich einig und treten wieder vor.

«Ich hatte gehofft, daß es nicht so weit kommen müßte», sagte Kline, «aber die gesamte Angelegenheit hat noch weitere Dimensionen. Das hier wurde uns gestern nachmittag zugestellt.» Er reicht Radovich das Blatt. «Es handelt sich um einen Bericht aus dem kriminaltechnischen Labor.»

«Und was hat das mit der Frage zu tun, um die es hier geht?» frage ich.

«In dem Bericht geht es um einen Fingerabdruck, den man an der Wohnungstür des Opfers festgestellt hat, nachdem die Leiche gefunden wurde», sagt Kline.

Mir gefriert das Blut in den Adern.

Plötzlich richtet Kline seine ganze Aufmerksamkeit auf Lenore. Sie steht jetzt im Mittelpunkt des Interesses wie unter grellem Flutlicht.

«Wir würden gerne wissen, Ms. Goya, was Sie in der Mordnacht in der Wohnung des Opfers zu suchen hatten?»

Lenore fängt an zu stottern.

«Beantworte das nicht», sage ich.

Lenore ist zumindest geistesgegenwärtig genug, nichts zuzugeben. Statt dessen bezeichnet sie den Vorwurf als miesen Trick. Bloß weiterer Schmutz, der von der Anklagevertretung aufgewirbelt wird.

«Woher wollen Sie wissen, daß der Fingerabdruck in der fraglichen Nacht dort hinterlassen wurde?»

Kline lächelt. «Nun ja, das ist eine der Merkwürdigkeiten in diesem Fall. Auf freien Flächen in der Wohnung oder in unmittelbarer Nähe haben wir praktisch keinerlei Fingerabdrücke gefunden. Finden Sie das nicht seltsam?»

Ich gebe ihm keine Antwort.

«Finden Sie es nicht merkwürdig, daß noch nicht einmal Fingerabdrücke des Opfers gefunden wurden? Auf der Tür? Auf dem Türknauf? Im Badezimmer? In der Küche?» Er läßt das einen Moment wirken. «Offenbar hat sich jemand viel Mühe gegeben, das alles säuberlich abzuwischen.»

«Trotzdem, selbst wenn dieser Fingerabdruck von Ms. Goya stammt, und das sei noch dahingestellt...»

«Oh doch, es ist ihr Fingerabdruck», sagt Kline.

«Dann können Sie immer noch nicht beweisen, daß er in dieser Nacht dort hinterlassen wurde.»

«Dies ist eine Frage für die Geschworenen.» Kline wendet sich an Radovich. «Ist es wahrscheinlich, daß jemand die ganze Tür abwischt und bloß einen einzigen Abdruck dabei vergißt, und zwar den von Ms. Goya? Ist das wirklich wahrscheinlich?»

Kline hat recht. Lenore ist jetzt schlimmer kompromittiert, als wir es uns je hätten träumen lassen.

«Sie können sich darauf verlassen, daß ich Ihnen dieselbe Frage stellen werde, wenn ich Sie in der Verhandlung in den Zeugenstand rufe», sagt Kline zu Lenore.

Sie steht sprachlos da, eine Hand wie an Radovichs Schreibtischkante festgeklebt.

«Euer Ehren», sagt Kline, «die Frage des Interessenkonflikts mag vielleicht strittig sein, aber im Hinblick auf Zeugen läßt das Gesetz keinerlei Zweifel. Ein Zeuge darf unter keinen Umständen eine der beiden Parteien in einem Prozeß vertreten, in dem er aussagen soll. So ist es gesetzlich festgeschrieben.»

Dann wendet er sich Lenore zu und sieht ihr in die Augen.

«Ms. Goya, ich teile Ihnen hiermit offiziell mit, daß die Anklage vorhat, Sie als Zeugin in dem Prozeß gegen Armando Acosta zu benennen.»

15

Als wir wieder im Büro sind, hat die Presse bereits Wind davon bekommen, daß Lenore von dem Fall ausgeschlossen wurde. Sämtliche Lämpchen an der Telefonanlage blinken, jede Leitung ist besetzt, so daß die Sekretärin sie alle auf Warten gestellt hat.

«Der Drecksack hat's nicht abwarten können, die Nachricht unter die Leute zu bringen», sagt Lenore. Sie meint, Kline habe gleich auf der Treppe vor dem Gericht eine Pressekonferenz abgehalten. «Dem ist jedes Mittel recht, mich fertigzumachen.» Sie stürmt durch die Tür in mein Büro, Harry und ich hinterdrein.

«Sieht ganz so aus, als hättest du das selbst erledigt», sagt Harry.

«Ach, fahr zur Hölle.»

«Du bist selbst schon auf dem besten Weg dorthin, und du nimmst mich und Paul und deinen Mandanten gleich mit.»

«Laß mich in Ruhe», faucht sie.

Ich mache Harry ein Zeichen, damit aufzuhören.

«Denkst du etwa, ich würde mich nicht so schon schlecht genug fühlen?» sagt sie.

«Ach du meine Güte», sagt Harry. «Sollen wir eine Gruppentherapie machen, um festzustellen, wer von uns sich am schlechtesten fühlt? Nimm du doch die Couch.» Er deutet spöttisch aufs Sofa und fordert Lenore auf, sich hinzulegen. «Wie fühlst du dich, Paul? Erzähl es uns. Hast du das Gefühl, daß man dich übers Ohr gehauen hat?» Harrys Sarkasmus ist unübertroffen.

«Also, was zum Teufel ist eigentlich los?» fragt er schließlich. «Wußtest du, daß sie in Halls Wohnung war?» Harry wartet auf eine Antwort. Er ist wütend, fühlt sich hintergangen. Vielleicht hat er bereits den Verdacht, daß ich dabei war. Wenn er das herauskriegt, da bin ich sicher, stürmt er tobend aus dem Büro.

Bevor ich antworten kann, hebt er eine Hand. «Sag nichts», beschwört er mich jetzt plötzlich. Ich glaube, Harry kann Gedanken lesen. Er ist clever genug, um zu wissen, daß manche Dinge besser im ungewissen bleiben – oder zumindest unausgesprochen.

«Ich weiß nicht, was ich sagen soll», beginnt Lenore.

«Dann sind wir schon zwei», sagt Harry.

Sie ignoriert ihn. Das beste Mittel bei Harry.

«Ich bitte um Verzeihung», sagt sie. «Ich habe euch da reingeritten, und jetzt weiß ich nicht, wie ich euch wieder rausholen kann.»

Im Augenblick hat sie selbst genug Probleme. Kline hat unmißverständlich klargemacht, daß er vorhat, sie als Zeugin vorzuladen. Er wollte sie gleich heute nachmittag im Polizeipräsidium verhören lassen, aber ich konnte Radovich überreden, das zu verhindern. Die Cops hätten einen Riesenspaß, wenn sie die Nase in unsere Verteidigungsstrategie stecken dürften. Noch ist nicht klar, ob Lenore wegen Einbruch angezeigt werden soll – oder wegen Behinderung der Justiz, falls sie ihr nachweisen können, daß sie am Tatort Beweise verfälscht hat.

«Irgendwelche Vorschläge, was ich jetzt machen soll?» fragt sie.

«Ja. Sag ihnen, du hättest den Verstand verloren», sagt Harry. «Das glauben sie dir sofort.»

Daß Harry die Sache so tragisch nimmt, liegt wohl weniger an Lenores Verhalten. Vielmehr wittert er eine Verschwörung zwischen uns beiden, ein Geheimnis, in das wir ihn nicht eingeweiht haben. Hätten wir ihn in jener Nacht aufgefordert mitzukommen, wäre ihm Lenore sofort ans Herz gewachsen. Das wäre ein Ausflug nach seinem Geschmack gewesen. Wie die meisten von uns ist Harry ein unverbesserlicher Heuchler.

«Hier.» Er reicht mir einen Stapel Formulare, «das hätte ich fast vergessen. Bis vorhin habe ich noch gedacht, das wäre ein echter Durchbruch für uns. Die Telefongespräche des Opfers in dem fraglichen Zeitraum.»

Auf einer Seite hat Harry etwas notiert.

«An dem Tag wurde sie ermordet», sagt er. «Kann natürlich sein, daß du gerade da warst, als sie dieses Telefongespräch geführt hat.» Er sieht Lenore an. «Dann könntest du uns vielleicht auch verraten, was die beiden zu besprechen hatten.»

«Wovon redest du?» frage ich.

Er deutet mit dem Finger auf das fragliche Gespräch. «Phil Mendel und Hall. Sie hat ihn unter der Nummer aus ihrem Telefonbüchlein angerufen, kaum zwei Stunden bevor sie ermordet wurde, falls die geschätzte Todeszeit richtig ist. Es war jedenfalls das letzte Telefongespräch, das registriert wurde. Aber das wird uns jetzt kaum noch was nützen.» Harrys Ansicht nach sind wir durch Lenores Verhalten derart in die Bredouille geraten, daß gar nichts mehr hilft.

Ich erkläre ihm, daß ich einen Moment allein mit Lenore sprechen muß.

«Klar», sagt er, «interessiert mich sowieso nicht. Bin schon weg. Weiß der Teufel, wieso ich mich überhaupt zu diesem Mist habe überreden lassen.» Noch während er hinausmarschiert und die Tür hinter sich zuzieht, schimpft und flucht er leise vor sich hin.

«Vielleicht hast du durch mich einen Freund verloren», sagt Lenore.

«Harry regt sich gerne auf», beruhige ich sie. «Er genießt das. Es hält ihn auf Trab.»

Das stimmt. Zorn, so scheint es, ist die einzige vitale Kraft in seinem Leben. Morgen wird er irgend etwas anderes gefunden haben, über das er sich ereifern kann, und übermorgen wird er auch das schon wieder vergessen haben.

«Dann darf ich mich also zum erstenmal in meinem Leben als Gesundheitselixier betrachten», sagt sie.

In meinem Blick kann sie lesen, daß darin mehr Wahrheit steckt, als sie ahnt.

«Irgendwelche Tips, was ich machen soll, falls sie mich verhören?»

«Das können sie nur über Radovichs Leiche», beruhige ich sie. «Ich glaube kaum, daß er es erlauben wird. Das Risiko, deine Schweigepflicht als Verteidigerin zu verletzen, ist zu groß.»

«Ich könnte einfach behaupten, ich wäre bloß vor der Tür gewesen, hätte sie zwar angefaßt, wäre aber nicht reingegangen.»

«Das setzt voraus, daß dein Fingerabdruck an der Außenseite ist», gebe ich zu bedenken. Kline hat uns keine Kopie des Berichts zur Verfügung gestellt, daher wissen wir zur Zeit noch nicht, wo sie ihn gefunden haben.

Lenore ist Anwältin. Wenn sie weniger unter Anspannung stünde, wüßte sie, daß es falsch wäre zu lügen.

«Sie hätten tausend Möglichkeiten, dich zu überführen», sage ich. «Und damit würden sich nur noch mehr Fragen ergeben. ‹Ms. Goya, warum sind Sie so weit gefahren, bis zu der Wohnung einer Ermordeten, um dann lediglich die Wohnungstür anzufassen?›»

Sie sieht mich verlegen an. «Die werden mich bestimmt fragen, ob ich allein war.»

Wird sie für mich lügen müssen?

«Sie werden wissen wollen, was du dort gesehen hast, ob du irgendwas angefaßt hast. Aber zuallererst werden sie dich mit Sicherheit fragen, warum du dort warst. Und als nächstes werden sie dann dazu kommen, ob noch jemand dabei war.»

«Die können doch nicht im Ernst annehmen, daß ich sie umgebracht habe. Was für ein Motiv soll ich denn gehabt haben? Außerdem hat man mich am Fundort der Leiche gesehen, wie ich mit Tony gesprochen habe. Sie können ja wohl zwei und zwei zusammenzählen und sich überlegen, daß ich erst von da aus zu Halls Wohnung gefahren bin, nach dem Mord. Das macht mich noch nicht zur Mörderin.»

«Nein, bloß zu jemandem, der in den Beweisen herumtrampelt», entgegne ich. «Und außerdem bleibt noch immer die Frage» – die ich bislang nur vorsichtig gestellt habe und der sie ausweicht – «was hast du da gemacht?»

Sie verzieht gequält das Gesicht. «Würdest du mir glauben, wenn ich dir sage, daß ich lediglich neugierig war?»

«Mit einem Wort», entgegne ich, «nein.»

Hinter ihrem Verhalten in jener Nacht steckte Absicht, nicht bloß Neugier. Sie war aus einem ganz bestimmten Grund dort. Ich würde vermuten, es ging um irgendwas in der Küche. Ich war die ganze Zeit bei ihr, bis auf einen kurzen Moment: Als sie in Halls Küche war und ich sie nicht sehen konnte.

«Du bringst mich in eine schwierige Lage», sagt sie.

«Noch ein Interessenkonflikt?» frage ich.

«In gewisser Weise.»

«Soll ich raten?»

Ihr Gesichtsausdruck scheint anzudeuten, daß sie vielleicht die Wahrheit sagen würde, wenn ich nah genug rankomme. Vielleicht aber auch nicht.

«Es hat irgendwas mit Tony zu tun, stimmt's?»

Sie verzieht keine Miene, aber ihre Augen verraten sie.

«Hatte er ein Verhältnis mit ihr?» Wäre nicht unwahrscheinlich, daß Tony, wenn er ein Auge auf Hall geworfen hatte, sich benehmen würde wie ein brünstiger überzüchteter Chihuahua.

Harry hat mit der Nachbarin gesprochen, die Hall mit einem blauen Auge gesehen hatte. Sie hat den Mann, der zugeschlagen hatte, nie zu Gesicht bekommen. Aber Tony Arguillo rückt immer mehr in die engere Wahl. Ihm ist zuzutrauen, daß er Hall in einem Anfall von Männlichkeitswahn eine verpaßt.

«Laß mich raten. Er hat dort etwas liegenlassen?»

Lenore antwortet nicht.

«Wenn ich nah dran bin, sagst du ‹warm›, ja?»

Ich lege eine Hand an die Stirn und sage: «Ein gebrauchtes Kondom, in das Tony der Große sein Innerstes ausgeschüttet hat?»

Sie lacht und rümpft die Nase bei der Vorstellung.

«Ein übergroßes Suspensorium, mit Pailletten verziert und mit goldenem Reißverschluß, um das Familienzepter sicher zu verwahren?»

Sie fängt an zu kichern, Galgenhumor als Beruhigungsmittel in einer Situation, die sonst kaum zu ertragen wäre.

«Ein Fitneßgerät für Tonys Alter ego, den schlaffen Willard?»

«Wer ist denn Willard?» fragt sie.

«Das einäugige Ungeheuer im Rollkragen», erkläre ich.

Sie prustet los. «So fürchterlich war es nicht», sagt sie.

«Was dann?» frage ich plötzlich ernst.

Ein tiefer Seufzer von Lenore. Der Spaß ist vorbei. Es ist an der Zeit, die Wahrheit zu sagen.

«Sie waren eigentlich für den Abend verabredet», sagt sie. «Tony und Brittany Hall. Aber dann wurde ihre Leiche gefunden, bevor er die Verabredung einhalten konnte.»

«Das hat er dir erzählt?» sage ich.

«Wirklich, Paul, er hat sie nicht ermordet.»

«Ist das ein Glaubensbekenntnis?»

«Ich kenne ihn. Er wäre nicht dazu fähig.»

«Das habe ich mir gedacht. Also, was hatte er in der Wohnung gelassen?»

«Du mußt mir versprechen, daß du das, was ich dir jetzt sage, nicht verwenden wirst.» Für Acostas Verteidigung, meint sie natürlich.

«Du weißt, daß ich das nicht versprechen kann.»

«Paul», sagt sie, «ich glaube ihm. Er hat nichts mit dem Mord zu tun.»

«Nun sag schon», dränge ich.

Lenore blickt entnervt. «An jenem Abend habe ich doch kurz mit Tony allein gesprochen, und da hat er mir von ihrer Verabredung erzählt. Er meinte, daß Brittany den Termin bestimmt irgendwo aufgeschrieben habe. Sie tat das wohl immer, weil sie so ein schlechtes Gedächtnis hatte.»

«Von ihrer Unterhaltung mit Acosta in dem Hotelzimmer hat sie aber alle delikaten Einzelheiten behalten», sage ich.

«Sie hatte nicht nur ein schlechtes Gedächtnis, sondern auch eine blühende Phantasie. Ich habe ihr damals kein Wort geglaubt. Und ich denke, das war Klines Problem. Er wußte, daß ihre Geschichte unglaubwürdig klang. Wenn sie Acosta bloß aufgrund dieser Aussage vor Gericht gebracht hätten, hätte ihnen jeder Richter den Fall um die Ohren gehauen.»

«Aber sie hätten es trotzdem getan?»

«Ich weiß nicht.» Anscheinend war Kline im Amt der einzige, der auf einen Prozeß gedrängt hat, er und Hall selbst, die ihre Glaubwürdigkeit in Zweifel gezogen sah.

«Jedenfalls bist du in die Wohnung», sage ich. «Was hast du da gesucht?»

«Einen kleinen, gelben Post-it-Zettel. Tony hatte mir erzählt, daß Hall solche Zettel auf ihren Kalender klebte, um nichts zu vergessen.»

«Hast du ihn gefunden?»

Sie nickt. «Mit Tonys Namen und Telefonnummer und der Uhrzeit, 19.00. Er klebte auf dem Kalender, für den Tag des Mordes. Dabei habe ich auch gesehen, daß dort die Verabredung mit Acosta eingetragen war. Der gelbe Zettel klebte da drüber.»

«Noch mal», sage ich. «Wo hast du den Zettel gefunden?»

«Er war über den Eintrag auf dem Kalender geklebt.»

Sie versteht noch nicht.

«Das Treffen mit Acosta», bohre ich.

Und dann begreift sie allmählich. «Ach du Scheiße», sagt sie.

«Könnte das nicht heißen, daß die Verabredung mit Acosta abgesagt wurde?» sage ich.

«Das glaube ich nicht.» Lenore hofft wenigstens, daß sie nicht einen solchen Beweis vernichtet hat.

«Der Zettel kam mir eher wie eine zusätzliche Notiz vor, weil Hall keinen Platz mehr auf dem Kalender hatte.»

«Aber sicher bist du dir da nicht?»

Lenore weiß, was das bedeutet. Wenn der Zettel dort hängengeblieben wäre, hätten wir so argumentieren können. Unabsichtlich hat sie im Alleingang Beweise zum Nachteil unseres Mandanten manipuliert.

«Die Sache war völlig harmlos», sagt sie. «Tony wollte bloß nicht, daß die anderen Cops den Zettel sehen. Es war ihm peinlich.»

«Jaja. Ich kann mir vorstellen, wie peinlich ihm das war, besonders, wenn er kein Alibi hat.»

«Du wirst das doch nicht verwenden?» sagt sie.

Ich sehe sie unverbindlich an.

«Du hast gesagt...»

«Ich habe gar nichts gesagt. Und wir haben beide die Verpflichtung, einen Mandanten zu verteidigen, der des Mordes angeklagt ist.»

«Wenn es sein muß, werde ich aussagen, daß ich den Zettel vom Kalender genommen habe. Daß er genau über der Notiz mit Acostas Namen klebte. Daß diese Verabredung ganz offensichtlich abgesagt worden war. Aber ich werde nicht Tonys Namen nennen. Er war es nicht.»

«Was hat dieser Kerl bloß an sich?» frage ich.

«Ich glaube einfach nicht, daß er was damit zu tun hat.»

«Das spielt ja auch keine Rolle», sage ich. «Du weißt genausogut wie ich, daß dir kein Mensch glauben würde, wenn ich dich in den Zeugenstand rufe. Man wird denken, wir hätten das gemeinsam ausgeheckt, ein letzter verzweifelter Versuch, einen schuldigen Mandanten zu retten.»

«Zumal ich den Zettel nicht aufbewahrt habe», fügt sie hinzu.

Ich verziehe das Gesicht. Das war's dann wohl.

«Wer hat die Seiten aus Halls Telefonbüchlein gerissen? Buchstabe A fehlt, vielleicht Tonys Nummer?» frage ich.

«Keine Ahnung. Ich weiß nur, was Tony mir erzählt hat und was auf dem Zettel stand.» Dann im selben Atemzug: «Wie können wir das ausbügeln? Was soll ich machen?»

«Fürs erste gehst du am besten in Deckung.»

«Verschwinden?»

«So dramatisch nun auch wieder nicht. Mach dich einfach ein bißchen rar.»

«Und du mußt allein mit dem ganzen Mist klarkommen», sagt sie.

«Daran ist nichts zu ändern. Ich werde mit Acosta reden. Wenn er eine Vertagung wünscht, wird Radovich sie ihm wohl gewähren.»

«Und wenn Kline mich als Zeugin vorlädt?»

«Dann legen wir Einspruch ein.»

«Und wenn das nichts nützt?»

«Unrechtmäßiges Eindringen ist und bleibt ein Gesetzesverstoß. Also berufst du dich auf dein Recht, die Aussage zu verweigern. Sag ihnen nichts – auf Anraten deines Anwalts.» Ich zwinkere ihr zu.

Sie muß lächeln. «Laß mich raten», sagt sie und zeigt auf mich.

«Ich kann dich nicht vertreten», sage ich. «Das wäre ein Interessenkonflikt. Ich werde jemand anderen finden, der dir diesen Rat gibt.»

Harry will raus aus dem Fall. Er versucht, mich zu überzeugen, daß auch ich die Notbremse ziehen sollte. Acosta zu verteidigen entspricht nicht gerade Harrys Vorstellung von hehrer Justiz. Trotzdem wühlt er sich weiter für mich durch riesige Papierberge. Seine Hauptaufgabe besteht derzeit darin, die Herausgabe bestimmter Dokumente zu fordern, darunter die Geschäftsbücher von Mendels Gewerkschaft, was ihm besonderen Spaß macht, und in der Asservatenkammer herumzuschnüffeln, um Informationen zum Revolver auszugraben, mit dem Zack Wiley erschossen wurde.

Heute morgen begebe ich mich allein ins Bezirksgefängnis, um mit Acosta zu sprechen.

Als ich dort eintreffe, ist Lili gerade im Gespräch mit ihrem Mann. Anscheinend haben die beiden mich erwartet. Nachdem Lenore aus dem Verfahren ausgeschlossen wurde, sind wir an einem Scheideweg angekommen.

Acosta sieht müde aus. Die Monotonie in der Frühphase eines Prozesses kann wie ein Narkotikum wirken, selbst wenn am Ende die

Todesstrafe droht. Sein Gesicht wirkt angespannt, die Augen liegen tief in den Höhlen. Seit seiner Verhaftung hat er fünf Kilo abgenommen, obwohl er, wie er sagt, im Fitneßraum des Gefängnisses ein wenig trainiert. Er sagt, es sei alles nicht so schlimm. Auch das sei schließlich Routine.

Was Lili betrifft, so scheint ihr Leben ein Scherbenhaufen zu sein. Sie versucht, sich nichts anmerken zu lassen, gibt sich hinter der dicken Glasscheibe als der starke Fels an seiner Seite, zumindest psychisch. Aber man sieht ihr an, daß sie qualvolle Augenblicke der Ungewißheit durchlebt und sich vorzustellen versucht, wie ihr Leben sein wird, falls sie ihren Mann verliert. So schwer es für mich auch nachzuvollziehen ist, Armando Acosta ist die Sonne, um die Lili kreist.

Nach zwanzig Jahren beruflicher Feindschaft habe ich in den letzten Wochen angefangen, Acosta in einem anderen Licht zu sehen.

«Ich hoffe, es stört Sie nicht, daß ich hier bin», sagt Lili. «Wir haben jetzt so selten Gelegenheit, miteinander zu reden.»

«Wie wird Ms. Goya damit fertig?» fragt Acosta. «Mit dem Ausschluß?»

«Sie ist wütend. Am meisten auf sich selbst», antworte ich. «Es war töricht.»

«Ich habe die Abfolge nicht ganz mitbekommen», sagt er, «aber ich nehme an, sie war nicht mehr bei der Staatsanwaltschaft, als sie diesen kleinen Ausflug unternommen hat?»

«Es war, gleich nachdem sie dort ausgeschieden war», erwidere ich.

«Erklären Sie mir doch bitte, warum sie das gemacht hat.»

Er hat ein Recht darauf, das zu erfahren, doch ich erkläre ihm, daß wir darüber unter vier Augen sprechen müssen, wenn Lili sich verabschiedet hat. Dann erörtern wir unsere Position, jetzt, nach Lenores Ausschluß. Acosta wirkt nicht sonderlich erschüttert.

«Es hätte schlimmer kommen können», meint er. «Es hätte während der Verhandlung passieren können, wenn sich die Geschworenen schon an sie gewöhnt gehabt hätten. Dann wäre es ein schwerer Verlust gewesen.»

Er hat zwar auf der Richterbank förmlich das Hackmesser geschwungen, aber er hat ein feines Gespür für den Ablauf eines Prozesses.

«So jedoch liegt es bei Ihnen, ihren Platz auszufüllen, bevor uns echter Schaden zugefügt wird.»

«Damit wären wir bei Frage Nummer eins», sage ich. «Was machen wir jetzt?»

«Wir machen weiter», sagt er.

«Radovich würde Ihnen eine Vertagung bewilligen, falls Sie eine andere Verteidigung wünschen.»

«Lassen Sie uns im Stich?» fragt Lili.

«Soll das heißen, die Ratten verlassen das sinkende Schiff?» fragt Acosta.

«Lenore war die leitende Verteidigerin», erkläre ich. «Es war ihr Fall.»

«Und Sie haben sich mit eingekauft.» Er erinnert mich an die überhöhten Honorare, die ich bei unserer ersten Besprechung gefordert habe.

«Wir haben eine Hypothek auf das Haus aufgenommen», sagt Lili.

«Ich werde mich energisch widersetzen, wenn Sie versuchen, die Verteidigung niederzulegen», sagt Acosta.

«Wir kennen uns schon eine ganze Weile», erkläre ich. «Und es war nicht immer angenehm zwischen uns. Ich dachte, daß Ihnen vielleicht ein anderer Anwalt lieber wäre.»

«Wir wollen schließlich nicht heiraten», antwortet er. «Wir müssen bloß eine Mordanklage abwehren. Und dabei wird mit allen Mitteln gekämpft. Zugegeben, wir hatten unsere Schwierigkeiten miteinander.» Er legt das Gesicht in Falten und sieht mich mit einem weise-wissenden Blick an. «Wahrscheinlich hatten Sie es nicht immer leicht mit mir.» Acosta als Meister der Untertreibung.

«Und wenn Sie die Wahrheit wissen wollen», fährt er fort. «Ich halte Sie schon seit vielen Jahren für einen gerissenen Hund.»

«Armando!» Lili schlägt sich entsetzt die Hand vor den Mund.

«Tatsächlich würde ich Sie als den gerissensten Hund im ganzen Gericht bezeichnen. Aber wenn mit allen Mitteln gekämpft wird, braucht man so jemanden. Und im Moment ist mir nur wichtig, daß Sie gerissener Hund für *mich* tätig sind. Ich habe Sie gekauft und würde Sie gerne behalten, wenn es Ihnen nichts ausmacht.»

Ich weiß, daß er es mir schwer machen könnte, falls ich versuche, das Mandat niederzulegen. Radovich hätte viel Verständnis für einen Angeklagten, der seinen Verteidiger so kurz vor dem Prozeß nicht gehen lassen will. Aber das ist nicht der Grund, warum ich bleibe. Ich hätte unendlich viele Gründe, diesen Mann zu verurteilen: sein aufbrausendes Temperament, seine allseits bekannte Befangenheit als Richter, sein herablassend scheinheiliges Verhalten gegenüber anderen, die sich in der gleichen Situation befanden wie er jetzt – all das würde ausreichen, ihn, ohne mit der Wimper zu zucken, den Krokodilen zum Fraß vorzuwerfen. Aber er soll nicht drankommen für ein Verbrechen, das er nicht begangen hat.

«Also, wo stehen Sie?» fragt er.

«Wenn Sie mich haben wollen, bleibe ich.»

«Und Mr. Hinds? Sie beide arbeiten gut zusammen.»

«Ich kann nicht für Harry sprechen. Aber ich denke, er bleibt ebenfalls.»

«Gut», sagt er.

Nachdem das geklärt ist, läßt Lili uns allein, und ich erzähle ihm, was Lenore in jener Nacht in Halls Wohnung wollte. Er hört aufmerksam zu.

«Wie gut kennt sie Tony Arguillo?» fragt er. Acosta will wissen, ob sie meiner Meinung nach was miteinander haben.

«Sie sind bloß Freunde. Kannten sich schon als Kinder.»

Er nickt zufrieden. Vermutlich fürchtete er, daß Lenore Tony nachts etwas ins Ohr flüstern könnte.

«Denken Sie, es war mehr als bloß ein einmaliges Intermezzo, Tony und Hall?»

«Ich weiß nicht.»

«Fragen Sie doch Ms. Goya.»

«Sie glaubt nicht, daß Tony was mit dem Mord zu tun hat.»

«Sie glaubt nicht, daß ich es war. Sie glaubt nicht, daß er es war. Wer soll es denn, ihrer Meinung nach, gewesen sein?»

Im Grunde will Acosta mir damit sagen, daß die Zeit allmählich knapp wird und daß Tony als Mörder ein annehmbares Angebot wäre. Erst recht, weil wir seine Schuld nicht beweisen müssen.

«Ein paar Beweisstücke, eine leise Andeutung gegenüber den Geschworenen könnten die Weichen stellen», sagt er.

«Wenn Lenore so etwas aussagt, würden sie ihr nicht glauben», wende ich ein. «Die Anklagevertretung kann sie zu leicht attackieren.»

«Stimmt.» Er kennt das Problem. «Sind Sie sicher, daß sie Ihnen alles gesagt hat?»

«Wieso sollte sie lügen?»

«Um Arguillo zu schützen.»

«Sie war Ihre Verteidigerin. Sie hätte den Fall nicht übernehmen müssen.»

«Eben», sagt er.

«Wollen Sie damit sagen, daß sie irgendein finsteres, heimliches Motiv hatte, Ihren Fall zu übernehmen?»

«Wäre doch möglich.»

«Nein. Ausgeschlossen», entgegne ich. «Ich glaube, daß sie uns alles erzählt hat, was sie weiß.»

«Vielleicht», sagt er. Aber ich kann seinen Augen ablesen, daß er mein Vertrauen in Lenore für unbegründet hält.

«Gibt's sonst noch was?» fragt er.

«Noch eine Sache. In der Wohnung des Opfers wurde ein Kalender gefunden. Darauf ist in Halls Handschrift für den Mordtag Ihr Name und eine Uhrzeit eingetragen.»

Wenn er auch nur den Hauch einer Ahnung davon hat, so kann ich es in seinem Gesicht nicht im mindesten erkennen. Er blickt ernst, während er über diese Neuigkeit nachdenkt.

«Das begreife ich nicht. Ich weiß nicht, was ich sagen soll. Ich habe keine Ahnung, wieso sie das aufgeschrieben haben soll. Abgesehen von unserer Begegnung in dem Hotelzimmer, habe ich nie mit der Frau gesprochen oder sie getroffen. Weder davor noch danach.»

Er ist ehrlich verblüfft.

«Wieso hätte ich mich wohl noch einmal mit ihr treffen sollen, wo sie mich doch beim ersten Mal hintergangen hatte?»

«Ich denke, genau das wird die Staatsanwaltschaft wissen wollen», sage ich.

«Es wäre doch dumm von mir gewesen. Was hätte ich mir denn davon versprechen sollen?»

Ich weise ihn nicht darauf hin, aber ich bin sicher, daß Kline darauf eine passende Antwort parat hätte.

«Sie haben also keine Ahnung, wieso die Notiz auf ihrem Kalender stand? Ihr Name und eine Uhrzeit?»

«Nein.» Er schüttelt den Kopf. Dann blickt er mich an, und über seinen dunklen Augen stehen tiefe Furchen. «Aber», sagt er, «wie sollen wir das den Geschworenen erklären, wenn wir selbst keinen blassen Schimmer haben.»

Genau das ist der springende Punkt.

16

Radovich hat sich fast zwei Wochen lang den Kopf darüber zerbrochen, wie mit dem kleinen Mädchen, Kimberly Hall, zu verfahren ist.

Kline wollte Brittany Halls Tochter unter Ausschluß der Öffentlichkeit, nur in Anwesenheit von Geschworenen, Richter und Anwälten in den Zeugenstand rufen. Er argumentierte, daß jedes andere Vorgehen sie noch weiter traumatisieren würde und daß sie bereits genug gelitten hätte.

Wir haben uns diesem Antrag widersetzt und verlangt, Kimberly in Abwesenheit der Geschworenen vorvernehmen zu dürfen. Das ist nicht ungewöhnlich bei kleinen Kindern. Dabei soll herausgefunden werden, ob die Kleine den Unterschied zwischen Wahrheit und Phantasie kennt, und, in diesem besonderen Fall, ob sie an jenem Abend überhaupt etwas gesehen hat, wodurch sie zur wichtigen Zeugin würde.

Wir wissen lediglich, daß die Cops Kimberly in jener Nacht in einem dunklen Wandschrank gefunden haben. Sie hockte zusammengekauert da drin und hielt einen Teddybären umklammert, der mit dem Blut ihrer Mutter getränkt war. Was Kimberly in jener Nacht gesehen oder nicht gesehen hat, bleibt ein Rätsel.

Heute morgen sind wir im Gerichtssaal versammelt – der Richter, die Anwälte, Acosta und eine Psychologin vom Jugendamt. Anhand der heute gewonnenen Erkenntnisse wird entschieden werden, ob Kimberly im Prozeß aussagen soll.

Kline hat einer seiner Assistentinnen die Aufgabe zugewiesen, die Kleine zu befragen. Er denkt, daß eine Frau vielleicht mehr aus dem Kind herausbringen kann als er. Wir, die Verteidigung, hätten diese Aufgabe bestimmt Lenore überlassen.

Und plötzlich durchfährt mich ein Gedanke, der mir bisher noch gar nicht gekommen ist, wie ein eiskalter Dolch: Kimberly war im

Wandschrank, als Lenore und ich in die Wohnung eindrangen. Ich fröstelte plötzlich, nicht nur, weil sie uns vielleicht gesehen hat, sondern auch, weil wir sie unwissentlich dort zurückgelassen haben. Ersteres verdränge ich rasch. Sie kann nichts gesehen haben. Es war viel zu dunkel. Davon gehe ich zumindest aus.

Die einzigen Personen im Zuschauerraum sind Brittany Halls Mutter und Stiefvater. Sie winken gerade ihrer Enkelin zu, die jetzt auf zwei Telefonbüchern thront, mit denen man den Zeugenstand erhöht hat.

«Sitzt du gut da?» Radovich beugt sich über die Richterbank und bedenkt sie mit einem breiten, väterlichen Lächeln. «Wir sind was ganz Besonderes. Wir dürfen hier oben sitzen, damit wir alle da unten gut sehen können.»

Sie sieht ihn an, sagt aber nichts. Seine Worte scheinen sie weder erfreut noch beruhigt zu haben.

Radovich hat seine Robe ausgezogen und sitzt in Hemdsärmeln und mit offenem Kragen in seinem Sessel, eine Konzession an die Nervosität des Kindes.

«Möchtest du, daß ich mich zu dir setze?» fragt er.

Sie schüttelt den Kopf.

«Wir beide schaffen das schon, nicht wahr?»

Sie sieht ihn stumm an, und es ist klar, daß ihr lieber wäre, wenn er das alleine schaffen würde.

«Ab jetzt geht alles ins Protokoll», sagt er zur Gerichtsschreiberin.

«Du hast doch hoffentlich keine Angst?» erkundigt sich Radovich.

Sie schüttelt tapfer den Kopf.

«Halten Sie im Protokoll fest, daß sie ‹nein› signalisiert hat.»

Sie ist bloß zu verängstigt, um den Mund aufzumachen.

Radovich steht auf und stellt sich vor den Zeugenstand, wo er fast auf Augenhöhe mit dem kleinen Mädchen ist. «Kimberly, weißt du, warum du hier bist?» fragt er.

Weiteres Kopfschütteln, das der Richter fürs Protokoll übersetzt.

«Kannst du uns sagen, wie du heißt?»

Sie schüttelt den Kopf.

«Du weißt nicht, wie du heißt?»

Kopfschütteln.

«Also, weißt du, wie du heißt?

Sie nickt.

«Du weißt, wie du heißt, aber du willst es mir nicht sagen?»

Sie nickt erneut.

«Prima», sagt Radovich.

«Glauben Sie, daß sie mit Ihnen reden wird?» wendet er sich an die Psychologin. Die Frau steht auf und geht zum Zeugenstand. Sie hockt sich vor die Kleine und spricht leise auf sie ein. Dann ertönt ein zitterndes, dünnes Stimmchen: «Kimberly.»

«Und dein Nachname?» sagt die Frau.

«Hall.»

«Schön.»

Radovich bedeutet der Psychologin, daß er selber weitermachen wird.

«Kimberly. Wir müssen etwas von dir wissen. Was hast du in der Nacht, als deine Mami sich weh getan hat, gesehen? Hast du überhaupt was gesehen? Kannst du uns das erzählen?»

Sie sieht trostsuchend zu ihren Großeltern hinüber. Ihre Oma nickt fieberhaft mit dem Kopf, bis der Richter eingreift.

«Madam, Sinn dieser Veranstaltung ist es, herauszufinden, ob die Kleine etwas weiß. Bedrängen Sie sie nicht.»

Die Frau legt die gefalteten Hände in den Schoß und ist mucksmäuschenstill.

«Kannst du dich an den Abend erinnern, Kimberly? Als deine Mami sich weh getan hat?» Radovich will so gut er kann verhindern, daß das Kind noch mehr traumatisiert wird.

Sie nickt wieder.

«Das kann ich mir vorstellen», sagt Radovich halblaut zu sich selbst, während er sich aufrichtet und mit einem Taschentuch Schweiß von seiner Stirn wischt.

«Die letzte Bemerkung streichen», sagt er zur Gerichtsschreiberin. Ein paar Tasten klicken, und der Satz ist verschwunden.

«Kimberly, kannst du mir sagen, wo du an dem Abend warst?» fragt er.

Die erste Frage, bei der ein Nicken nicht genügen wird.

Sie sieht zu ihm auf, überlegt einen Moment und antwortet dann: «Ich war im Schrank.»

«Warst du da alleine drin?»

Sie schüttelt den Kopf. Die Gerichtsschreiberin erlaubt sich inzwischen, die stummen Jas und Neins ohne ausdrückliche Anweisung des Richters zu protokollieren.

«War jemand bei dir?»

Sie nickt.

«Wer?»

«Binky», sagt sie.

«Wer ist Binky?»

«Mein Teddy.»

«Aha. Ich habe Binky gesehen», sagt Radovich. «Ein schöner Teddy.»

«Wo ist er?» fragt sie. «Wieso kann ich ihn nicht wiederhaben?»

Radovich dreht sich um und verdreht die Augen. Jetzt ist er ins Fettnäpfchen getreten.

«Hat der Onkel von der Polizei dir nicht einen kleinen Teddy geschenkt?»

«Aber nicht Binky», sagt sie.

«Na ja, wir werden mit ihnen darüber sprechen. Einverstanden?»

Ein ernstes Nicken wie aus einem Shirley-Temple-Film, als ob sie fest damit rechnet, daß er sein Versprechen hält.

«War es dunkel in dem Schrank?» fragt Radovich.

Wieder ein Nicken.

«Konntest du was sehen?»

Das Kind schüttelt den Kopf.

Radovich dreht sich um und wirft uns einen Blick zu, der besagt: «Das bringt doch alles nichts.»

Er zieht sich kurz mit der Psychologin hinter die Richterbank zurück. Klines Assistentin und ich eilen hinzu, um mitzuhören.

«Wie soll ich sie denn fragen, wie das Blut ihrer Mutter auf den Bären gekommen ist?» fragt er die Psychologin.

«Ganz taktvoll», sagt die Psychologin. «Vielleicht weiß sie gar nicht, daß es Blut war. Sie könnten sie fragen, wie der Bär so schmutzig geworden ist.»

Radovich sieht sie anerkennend an. «Gute Idee», sagt er und wendet sich wieder dem Zeugenstand zu.

«Kimberly. Kannst du mir sagen, wie Binky so schmutzig geworden ist?»

«Mami hat ihn vollgeblutet», sagt sie.

Soviel zum Thema Takt.

«Hast du das gesehen?» fragt Radovich.

«O ja. Binky ist ganz voll Blut. Ich glaube, er hat sich auch weh getan.»

«Binky geht's bestimmt bald wieder gut», sagt er. «Er wird jetzt im Krankenhaus wieder gesund gemacht.»

«Mami auch?» fragt sie.

Radovich dreht sich um, so daß nur die Anwälte und Halls Eltern sein Gesicht sehen können. Sein Ausdruck verrät, daß es gar nicht genug Geld geben kann, um ihn für eine derartige Arbeit zu entschädigen.

Er wendet sich wieder Kimberly zu. «Einen Moment, Schätzchen. Ich bin gleich wieder da.» Wieder konferieren wir vier an derselben Stelle.

«Hat ihr jemand gesagt, daß ihre Mutter tot ist?» fragt er.

«Man hat ihr erklärt, daß ihre Mutter im Himmel ist», sagt die Psychologin. «Sie hat gesagt, daß sie das versteht. Aber sie fragt oft, wann ihre Mutter wiederkommt.»

«Dann erklären Sie ihr, daß ihre Mutter nicht im Krankenhaus ist.» Radovich würde sich offensichtlich lieber zusammenschlagen lassen, als das zu übernehmen.

Die Psychotante geht zum Zeugenstand hinüber und spricht leise mit dem Kind. Das dauert ein Weilchen, danach übernimmt Radovich erneut die Befragung. Er umgeht das Thema Tod so weit wie möglich und fragt, wo sie Binky in der Nacht gefunden hat.

Das Mädchen denkt nach, schluckt viel Spucke hinunter, Bilder jagen durch ihr kleines Hirn, die Nachwirkungen eines Gewaltverbrechens.

«Weißt du noch, wo er gelegen hat?»

Sie nickt.

«Wo denn?»

«Auf dem Boden», sagt sie. «Binky hat auf dem Boden gelegen.»

«Wo auf dem Boden?»

«Neben Mami», sagt sie.

«Wie ist Binky so schmutzig geworden?» fragt Radovich.

«Ich habe Mami im Wohnzimmer gehört. Sie haben gezankt.»

«Wer hat gezankt?» Radovich zieht das Tempo an.

«Mami.»

«Wer war denn bei Mami?»

Kopfschütteln und unsicheres Achselzucken, sehr viel Ausdruck für einen so kleinen Körper.

«Du weißt es nicht?»

Sie schüttelt wieder den Kopf.

«Du hast nicht gesehen, wer bei deiner Mami war?»

Erneutes Kopfschütteln.

«Im Protokoll soll festgehalten werden, daß sie nicht gesehen hat, wer an jenem Abend bei ihrer Mutter war», sagt Radovich. Die erste wichtige Erkenntnis.

Ich kann förmlich spüren, wie Acosta erleichtert aufatmet, sein ganzer Körper entspannt sich plötzlich.

Radovich befragt sie rund zehn Minuten lang und bekommt nichts von Bedeutung heraus. Das Ganze ist Schwerstarbeit. Sein weißes Hemd klebt ihm am Rücken und ist an drei Stellen durchnäßt.

«Vielleicht möchten Sie es mal versuchen», spricht er mich an.

«Sie machen das prima», entgegne ich.

«O ja.»

Es wäre ein Spiel mit dem Feuer, wenn ich das Mädchen jetzt befragen würde. Bis jetzt hat sie uns nicht geschadet. Falls sie irgend etwas Belastendes äußert, werde ich nicht umhinkönnen, sie ins Kreuzverhör zu nehmen.

Radovich bietet ihr ein Glas Wasser an. Sie nimmt es und verlangt einen Strohhalm.

«Möchtest du vielleicht lieber eine Cola?» fragt er.

Sie strahlt und nickt. Radovich zieht einen Fünf-Dollar-Schein aus der Tasche, reicht ihn dem Gerichtsdiener und schickt ihn in die Cafeteria.

«Bringen Sie auch ein Eis mit», sagt er.

Während wir warten, macht Radovich weiter und bittet Kimberly, ihm von der Nacht zu erzählen.

«Sie waren richtig böse», sagt sie.

«Wer?»

«Mami ...» Die Kleine blickt angestrengt, als könnte sie die Leerstelle einfach nicht füllen, die andere Stimme, die sie gehört hat.

«War die andere Stimme von einer Frau, so wie Mamis Stimme, oder von einem Mann?»

«Ich habe Mami gehört», sagt sie. «Sie hat geweint.»

«Ja. Aber hast du auch die andere Stimme gehört?»

Sie schüttelt den Kopf. Eine Fünfjährige, die in einem dunklen Schrank kauert und den Stimmen der Gewalt nicht entfliehen kann; kein Wunder, daß das einzige, was sie gehört hat, ihre weinende Mutter war.

«Hat deine Mutter irgendwas gesagt?»

«Sie hat ‹Nein!› gesagt. Sie war richtig böse.»

«Hast du eine Männerstimme gehört?»

Das ist eine Suggestivfrage, und ich könnte Einspruch einlegen, aber vermutlich würde Radovich mich glatt ignorieren. Schließlich ist er der Fragesteller.

«Ich glaube schon», sagt sie.

Ich zucke leicht zusammen. «Euer Ehren, ich muß Einspruch einlegen. Die Frage ist äußerst suggestiv.»

«Sie können das ja später streichen lassen», sagt er.

«Warum nicht jetzt gleich», entgegne ich, «damit wir uns die Arbeit sparen?»

«Vorläufig bleibt es drin», antwortet er.

Die Cola aus der Cafeteria wird mitsamt Strohhalm gebracht, und Kimberly trinkt in kleinen Schlucken. Das Eis wird erst mal oben auf der Richterbank abgestellt und schmilzt dort vor sich hin. Radovich fragt sie weiter nach ihrem Teddybären, und wieso der voll Blut war.

«Binky war vorne bei Mami», sagt sie. «Sie haben sich beide weh getan.»

Für Kimberly ist das Blut auf dem Bären sein eigenes Blut.

«Binky ist bestimmt ein guter Freund von dir», sagt Radovich.

«Binky verwahrt alle meine Schätze.»

«Ich hatte auch mal so einen kuscheligen kleinen Freund, als ich so alt war wie du. Wir waren richtig dicke Freunde. Ich konnte ihm alles erzählen.» Radovich nimmt einen Schluck aus dem Kaffeebecher. «Sag mal, Kimberly, hast du an dem Abend gesehen, wie deine Mami sich weh getan hat?»

Sie blickt ihn einen Moment lang sehr ernst an und schüttelt dann den Kopf.

Die Gerichtsschreiberin nimmt das zu Protokoll. Ein weiterer Pfahl durchs Herz der Anklagevertretung.

«War dein Bär vorne im Wohnzimmer, als deine Mami sich weh getan hat?»

Auf diese Frage nickt sie ganz entschieden.

«Und du warst im Schrank?»

«Zuerst war ich in meinem Zimmer», sagt sie.

«Und von da bist du in den Schrank gegangen?»

«Mhm.» Sie nickt.

«Bist du da reingegangen, als du die wütenden Stimmen gehört hast?»

Sie nickt.

Seine Fragen sind schamlos suggestiv, aber wahrscheinlich würde er den Anwälten bei einem Kind dasselbe erlauben. Es ist der einzige Weg, ihre Aussage zu bekommen.

«Du hast also wütende Stimmen gehört, als du in deinem Zimmer warst, und dann hast du dich im Schrank versteckt. Wieso bist du da rein?»

«Ich hab Angst gehabt.»

Wahrscheinlich hat ihr das das Leben gerettet, und Radovich weiß das. So ein Sachverhalt entgeht den Geschworenen normalerweise nicht, und er kann sie gegen den Angeklagten aufbringen, wenn sonst niemand da ist, an dem sie ihren Zorn auslassen können.

«Das muß ja ein ganz lauter Streit gewesen sein, den deine Mutter da hatte, wenn er dir solche Angst gemacht hat.»

Sie nickte heftig.

«Hast du verstehen können, was sie gesagt haben, deine Mami und die andere Person?»

«Viele schlimme Wörter», sagt sie.

«Schlimme Wörter?» wiederholt Radovich gedehnt.

«Ja. Mami hat viele schlimme Wörter gesagt.»

Wenn man der Kleinen glaubt, dann ist Brittany Hall mit einem ganzen Schwall von Beschimpfungen auf den Lippen gestorben. Aber es gibt keinerlei Hinweis darauf, wer in jener Nacht bei ihr war.

«Gleich sind wir fertig, Kimberly», sagt Radovich. «Ich möchte, daß du jetzt ganz genau überlegst. Hast du an dem Abend irgend jemanden bei deiner Mami gesehen?»

Sie sieht ihn an, rührt sich aber nicht.

«Ist hier in diesem Raum jemand, den du an dem Abend gesehen hast?»

Ich spüre, wie sich Acosta in seinem Sessel neben mir verkrampft.

Kimberly fängt an der rechten Seite des Gerichtssaals an; zuerst die stellvertretende Staatsanwältin, dann Radovich selbst, die Gerichtsschreiberin und der Gerichtsdiener. Sie arbeitet sich zur linken Seite vor, vorbei an der Psychologin bis zu unserem Tisch, zuerst ich und dann Acosta. Sie mustert uns lange und gründlich. Ihr Gesichtsausdruck ist angespannt, und dann deutet sie mit einer Hand auf unseren Tisch – nicht auf Acosta, sondern auf mich.

Ich lache leise und beklommen auf. Das Blut in meinem Körper sackt wie Blei nach unten. Kalter Schweiß bricht mir aus.

Radovich sieht mich an. Ebenso Acosta.

«Übertragung», sagt die Psychologin. Das lenkt die Aufmerksamkeit einen Moment von mir ab.

«Er hat gegen eine Ihrer Fragen Einspruch eingelegt.»

Sie macht Radovich Zeichen, und die beiden unterhalten sich außer Hörweite der kleinen Zeugin.

Die Staatsanwältin und ich begeben uns zu ihnen hinüber, aber meine Knie sind so weich, daß ich kaum gehen kann.

Die Psychologin flüstert Radovich zu: «Sie weiß, daß jemand hier im Raum böse ist. Sie weiß auch, daß es nicht die Dame an dem anderen Tisch ist.» Sie meint die stellvertretende Staatsanwältin. «Oder der Officer, der ihr die Cola gebracht hat. Sie denkt sich, daß es einer der Männer am anderen Tisch sein muß. Ganz einfach. Sie haben dem Richter widersprochen.» Sie sieht mich an. «Also hat sie sich für Sie entschieden. Sie hat geraten.»

Die Wunder der modernen Psychoanalyse.

«Im Protokoll soll vermerkt werden, daß die Zeugin auf den Vertreter der Verteidigung gedeutet hat», sagt Radovich. «Liegt sonst noch was an?»

17

Heute ist der Gerichtssaal bis auf den letzten Platz gefüllt, und draußen auf dem Gang steht noch eine lange Doppelschlange von Wartenden. Dieser Prozeß erregt viel öffentliche Aufmerksamkeit. Aber mit einem derartigen Andrang ist bis zur Verkündigung des Urteils wohl nicht mehr zu rechnen.

Acosta neben mir trägt einen dunklen Anzug, den Lili aus seinem Schrank zu Hause ausgesucht hat. Er schlottert ihm um die Glieder, so stark hat er im Gefängnis abgenommen.

Unser erster Schritt ist rein taktischer Natur. Ich beantrage, alle Zeugen aus dem Gerichtssaal auszuschließen, damit sie die Eröffnungsplädoyers nicht hören und ihre Aussagen dementsprechend abändern können.

Radovich setzt noch einen drauf und weist sie an, keinerlei Presse- und Fernsehberichte über den Fortgang des Prozesses zu lesen oder sich anzusehen. Allerdings kann das unmöglich kontrolliert werden.

«Mr. Kline, sind Sie bereit, Ihr Plädoyer zu halten?» sagt Radovich.

«Euer Ehren.» Kline erhebt sich aus seinem Sessel. Er zupft die Manschetten an seinem Leinenhemd zwei Zentimeter aus den Ärmeln des Jacketts; er rüstet sich zur Schlacht. Heute ist er besonders elegant gekleidet: dunkelblauer Kammgarnanzug, von dem sich markant eine blaurot gestreifte Krawatte abhebt. Auf dem Weg zur Geschworenenbank wirft er einen raschen Blick auf die Uhr an seinem Handgelenk. Dabei öffnet sich sein Jackett, und das rotbraune Satinfutter schimmert seidig.

Dann fängt Kline vor einem andächtig lauschenden Publikum an, die Kernpunkte und Hauptthemen der Anklage zu erläutern. Gut einen Meter vor den Geschworenen stehend, ohne sich auf ein Pult oder irgendwelche Notizen stützen zu können, spricht er mit fester, klarer Stimme. Er beschreibt, wie die Leiche des Opfers in einem Müllcontainer entdeckt wurde, stellt fest, daß man große Mengen Blut in ihrer Wohnung fand, schildert drastisch die Art ihres Todes – ein Vorgeschmack auf den Pathologen, der bald aussagen wird.

«Die Staatsanwaltschaft wird beweisen, daß dieser Mord von dem Angeklagten begangen wurde, einem Mann, der in unserer Gesellschaft eine hohe Vertrauensstellung innehatte, einem Richter, der einen Eid abgelegt hatte, das Gesetz zu achten», sagt er, «und der diesen Amtseid gebrochen hat.» Die ganze Zeit über hält er einen Arm locker ausgestreckt auf Acosta gerichtet oder auf unseren Tisch, so daß seine Worte jeden angreifen, der den Angeklagten unterstützt.

«Wir werden beweisen, daß dieser Mord darauf abzielte, ebendie Rechtsprechung zu behindern, die der Angeklagte, Armando Acosta, geschworen hatte zu schützen.»

Damit hat Kline das Thema «Der gefallene Richter» etabliert, auf das er immer wieder zurückkommen wird. Er erklärt, daß die Anklagevertretung einen Zeugen benennen wird, dessen Aussage eine erste Straftat zweifelsfrei beweist: Der Angeklagte habe versucht, unerlaubte und gesetzwidrige sexuelle Beziehungen zum Opfer aufzunehmen, das als verdeckte Ermittlerin für die Polizei arbeitete. Acosta, «ein korrupter und gefallener Richter», so sagt er, sei der Polizei bei einer Undercover-Aktion ins Netz gegangen.

Er geht den ersten Fall chronologisch durch, berichtet vom Versagen des Mikros, das Brittany Hall an sich trug, und von ihrer Vernehmung durch die Staatsanwaltschaft, wobei er den Inhalt ihrer Aussage sorgsam vermeidet, um sich keinen Einspruch wegen Hörensagen einzuhandeln. Trotzdem wird klar, was er sagen will: Acosta hatte ein offensichtliches und unbestreitbares Mordmotiv.

Währenddessen sitzen die achtzehn Seelen – zwölf Geschworene und sechs Stellvertreter –, von seiner Darstellung gefesselt, auf ihrer Bank.

Geschickt baut Kline auch die feineren Belastungspunkte ein, stapelt sie alle übereinander. Er kommt mehr und mehr in Fahrt, bis er schließlich in einem verbalen Vulkanausbruch Feuer und Schwefel speit und sein moralisches Urteil nicht länger zurückhalten kann.

«Wir werden zeigen», sagt Kline, «daß der Angeklagte bekannt dafür war, unmoralische Beziehungen zu anderen Frauen zu unterhalten.»

Radovich macht große Augen. Ein Blick hinter die Kulissen, das Leben eines Richters in der Großstadt.

Ich höre hektisches Kratzen von Bleistiften auf Papier. Die Reporter hinter uns kriegen schon Krämpfe in der Schreibhand, weil sie versuchen, all den Unrat mitzubekommen, der kübelweise über Acosta ausgeschüttet wird.

Er zupft mich am Ärmel. «Sie sollten Einspruch einlegen.»

Während er spricht, bin ich schon halb aufgestanden. «Euer Ehren, das ist ungebührlich.»

«Die Geschworenen werden die letzte Feststellung des Staatsanwaltes mißachten», sagt der Richter. «Fahren Sie fort, Mr. Kline.»

Kline neigt den Kopf leicht in Radovichs Richtung, eine angemessene Geste des Respekts, die bei jedem anderen unterwürfig wirken würde, aber nicht bei Kline. Er redet weiter, ohne den Rhythmus zu verlieren.

«Die Anklagevertretung wird zweifelsfrei beweisen, daß der Angeklagte, Armando Acosta, die potentielle Zeugin Brittany Hall brutal und kaltblütig ermordet hat, um sie zum Schweigen zu bringen und seine in Gefahr geratene Karriere zu retten.»

Das ist nur ein Vorgeschmack auf das, was uns im Prozeß erwartet.

Dann hält Kline einen fast zwei Stunden dauernden Monolog. Dabei schreitet er wirkungsvoll vor der Geschworenenbank auf und ab und präsentiert die Hauptpunkte seiner Anklage: die Haare und Fasern; die handschriftliche Notiz des Opfers, aus der hervorgeht, daß Hall am Tag des Mordes mit der Angeklagten verabredet war; die Tatsache, daß der Angeklagte kein Alibi hat; die am Tatort gefundene, zerbrochene Lesebrille, von der Kline beweisen will, daß sie unserem Mandanten gehört.

Ich schiele zu Acosta hinüber, der mir einen beschwörenden Blick zuwirft. Falls sie dafür Beweise vorlegen können, so haben sie diese nicht offengelegt.

Harry will schon aufspringen, aber ich bedeute ihm, sitzenzubleiben. So etwas sollten wir nicht in Anwesenheit der Geschworenen klären, es würde ihnen die Sache nur noch tiefer ins Gedächtnis graben.

Ich sehe, daß Harry sich eine Notiz macht.

Kline hat Schwierigkeiten mit einem Faktum, das er offenbar nicht erklären, aber auch nicht kommentarlos übergehen kann. Warum sollte Acosta die Leiche nach dem Mord eine Meile weit transportieren, um sie dann in einen Müllcontainer zu stecken?

Kline gibt zu, daß damit ein Risiko verbunden war, das ein rational denkender Mensch kaum auf sich nehmen würde. Doch dann fügt er hinzu, daß der Angeklagte in diesem Moment wohl nicht rational handeln konnte. Seine rasche Erklärung lautet, daß Acosta nach begangenem Mord in Panik geriet.

«Einspruch, Euer Ehren. Das sind reine Mutmaßungen», sage ich zu Radovich. «Beabsichtigt die Anklagevertretung, dazu Beweise vorzulegen?»

Kline sieht mich an, als sei das wohl recht unwahrscheinlich. Wie sollte er auch in das Hirn des Angeklagten schauen können?

«Dann sollten Sie das hier auch nicht erwähnen», sagt Radovich. «Die Geschworenen werden die letzte, spekulative Bemerkung des Staatsanwalts mißachten.»

Acosta schlägt mir leicht mit der Faust auf den Arm. Ein kleiner Sieg für uns. Es bleibt dabei. Kline hat keine Erklärung dafür parat, warum der Mörder sich die Zeit genommen hat und das Risiko eingegangen ist, die Leiche aus der Wohnung zu schaffen.

Dieser Punkt legt andere Theorien nahe, läßt auf einen anderen Mörder schließen, der einen Grund dafür hatte, die Leiche wegzuschaffen. Als erstes denkt man dabei an einen Liebhaber, der mit ihr zusammenwohnte. Aber in der Wohnung wurde nichts entdeckt, das auf einen männlichen Mitbewohner hindeutete, keine Männerkleidung im Schrank. Es gab keine Zeugen, die Männer dort ein- und ausgehen sahen. Und es wurde keinerlei Anstrengung unternommen, um zu verschleiern, daß der Mord in der Wohnung geschah. Vorläufig ist dieser rätselhafte Leichentransport für unsere Seite von Vorteil, weil wir nicht unter Beweiszwang stehen.

Den überzeugendsten und eindringlichsten Aspekt hat Kline sich bis zum Schluß aufgehoben: «Dieses brutale Verbrechen hat Kimberly Hall, ein kleines, fünfjähriges Mädchen, ihrer Mutter beraubt.»

«Die kleine Kimmy», wie er sie nennt, wartet hinter den Kulissen darauf, uns zu erzählen, was passiert ist.

Bis zu diesem Moment hatte er sich nicht dazu geäußert, ob er sie in den Zeugenstand rufen würde. Sie stand zwar weiterhin auf seiner Liste, aber ich hatte das für einen psychologischen Trick gehalten.

Nach dem Auftritt der traumatisierten Kleinen im Vorfeld des Prozesses hatten wir angenommen, daß sie nicht aufgerufen würde. Immerhin hatte sie kein konkretes Beweismaterial zu bieten, zumindest nicht verbal. Jetzt scheint Kline das Gegenteil zu behaupten.

«Dieses kleine Mädchen hat den Streit und die gewalttätige Auseinandersetzung miterlebt, die ihrer Mutter das Leben kostete», erklärt er den Geschworenen. «Wir sind derzeit noch nicht sicher, ob sie den Mörder identifizieren kann, aber sie kann bezeugen, daß ihre Mutter tapfer um ihr Leben gekämpft hat, und sie kann die Gewalt bezeugen, die dieses Leben letztlich zerstörte.»

Seine Absicht ist klar. Wenn die Kleine den Mörder nicht identifizieren kann, so kann sie zumindest allein durch ihr Auftreten im Gerichtssaal den tragischen Verlust verdeutlichen, den sie erlitten hat.

Ich bin unschlüssig, ob ich Einspruch einlegen soll.

Radovich blickt mich an. Er hat die Befragung selbst durchgeführt und weiß, daß sie zu keinerlei beweiskräftigen Fakten geführt hat. Mit einem entsprechenden Antrag meinerseits würde er die Zeugin vielleicht ausschließen, Klines theatralische Aussagen streichen und Kimberly damit einen weiteren Auftritt ersparen.

Das Problem dabei ist nur, daß es mehr schaden als nutzen würde, wenn ich vor den Augen der Geschworenen in einem so hochsensiblen Punkt Einspruch einlegen würde. Ungeachtet ihres zarten Alters ist Kimberly die einzige mögliche Zeugin, die in der Mordnacht dabei war. Unser Einspruch könnte den Eindruck erwecken, daß wir etwas zu verbergen haben. Obwohl Acosta mich aufgeregt flüsternd drängt, bleibe ich still sitzen und lasse Kline widerwillig gewähren.

Einen Moment lang wird Kline selbst von Emotionen überwältigt, seine Stimme bebt und versagt ihm dann fast. Er spricht von dem noch lebenden Opfer des Verbrechens, Kimberly Hall. Daß ihn der Gedanke daran emotional zu belasten scheint, entgeht den Geschworenen nicht. Etliche Frauen unter ihnen machen eine bekümmerte Miene, als ob sie Kline diese Last gern von den Schultern nehmen würden.

«Sie werden Kimberly Hall in diesem Gerichtssaal hören», sagt Kline. Er sagt nicht, was sie hören werden. Im Eröffnungsplädoyer mehr zu versprechen, als man im anschließenden Prozeß halten kann, ist ein Tritt auf eine juristische Tretmine. Im Abschlußplädoyer sägt einem der Gegner dann mit Sicherheit das Bein irgendwo oberhalb des Knies ab.

«Und nachdem Sie dieses kleine Mädchen gehört haben ...» Seine Stimme versagt erneut. Er gewinnt seine Fassung zurück. «Und nachdem Sie Kimberly gehört haben, müssen Sie entscheiden, wer ihre Mutter ermordet hat.» Bei diesen Worten dreht er sich um und sieht Acosta an. «Und welche Strafe für dieses grauenhafte Verbrechen angemessen ist.»

Damit wendet sich Kline von den Geschworenen ab, und als er auf seinen Tisch zuschreitet, kullert ihm eine einsame Träne über die Wange. Eine in jeder Hinsicht gelungene Vorstellung.

Während der Mittagspause sitze ich mit Harry in der Cafeteria des Gerichts und gehe mit ihm zur Vorbereitung unseres Eröffnungsplädoyers noch ein paar Notizen durch.

Da tritt ein Gerichtsdiener an unseren Tisch. «Mr. Madriani, ein Anruf für Sie», sagt er. «An einem der Münztelefone draußen.»

Ich werfe Harry einen fragenden Blick zu.

«Vielleicht das Büro», sagt er.

Ich schlängle mich zwischen den Tischen hindurch bis nach draußen zu den Münztelefonen an der Wand. Bei einem hängt der Hörer an der Strippe fast bis auf den Boden. Ich hebe ihn auf. «Hallo?»

«Ich bin's.» Lenores Stimme. «Ich hab mir gedacht, daß ihr im Gericht zu Mittag eßt.»

Lenore hat sich seit ihrem Ausschluß aus dem Verfahren nicht mehr im Gerichtssaal blicken lassen. Von einer Freundin hat sie ein paar kleinere Fälle angenommen, als eine Art beweglicher Wandschirm, der sie bei allem verbirgt, was diesen Prozeß hier angeht. Abgesehen davon ist sie noch immer im Hintergrund tätig und versorgt uns schamlos mit Informationen.

«Wie läuft's?» fragt sie.

«Heute nachmittag bin ich an der Reihe», entgegne ich. «Mit unserem Eröffnungsplädoyer.»

«Irgendwas Überraschendes bei Kline?»

Ich erwähne die Lesebrille, von der er beweisen will, daß sie Acosta gehört.

«Vielleicht reiner Zweckoptimismus», sagt sie. «Kline wirbelt ein bißchen Dreck auf und hofft, daß etwas davon hängenbleibt.»

Im Moment hört sich das eher wie unsere Verteidigungstaktik an.

«Warum rufst du an?» Ich höre an ihrer Atemlosigkeit, daß Neugier nicht der wahre Grund sein kann.

«Ich habe Gerüchte gehört, daß Mendel auf dem Kriegspfad ist», erklärt sie.

«Hat ihm einer seinen Kauknochen weggenommen?» frage ich.

«So komisch ist das vielleicht nicht», sagt sie. «Er führt deinen Namen im Mund. Gestern nachmittag sind ihm die Vorladungen zugestellt worden.»

Sie meint die Aufforderungen zur Herausgabe bestimmter Dokumente, an denen Harry eine Woche lang gearbeitet hat und die genug Kleingedrucktes enthalten, um Mendel die Augen zu ruinieren. Harry hat Kontoauszüge und eine Auflistung der geführten Telefongespräche verlangt, mit besonderer Betonung auf dem Privatanschluß in Mendels Büro. Diese Unterlagen müssen von Dritten zur Verfügung gestellt werden, so daß Mendel keine Gelegenheit hat, sie zu vernichten oder zu verfälschen.

«Man munkelt, daß er in seinem Büro herumtobt und deinen Skalp haben will», sagt Lenore.

«Wann ist die nächste Vorstellung? Harry würde bestimmt gern Karten kaufen.»

«Mendel mag ja eine komische Figur sein, aber man darf ihn nicht auf die leichte Schulter nehmen.»

«Hat er gedroht, mich umzubringen?»

«Da ist Mendel subtiler. Und außerdem bin ich nicht in die Privatgespräche eingeweiht, die seine Schlägertypen so führen.» Sie ist der Meinung, daß einige seiner Anhänger bestimmt schon Nadeln in mein Bild stechen.

«Du hast doch gewußt, daß wir das in Kauf nehmen müssen», sage ich zu ihr. «Unsere Verteidigung war von Anfang an darauf aufgebaut.»

«Ja, aber ich habe gedacht, ich wäre dann an deiner Seite.»

Das ist der springende Punkt. Ein Augenblick gequälter Stille am anderen Ende, Lenore wird vom schlechten Gewissen geplagt.

«Und ich hatte nicht damit gerechnet, daß ihr mit einer solchen Begeisterung zu Werke gehen würdet», sagt sie.

«Was soll ich machen? Harry gerät manchmal etwas außer Rand und Band.»

«Dann soll doch Harry in nächster Zeit morgens deinen Wagen anlassen.»

«Das klingt ja richtig bedrohlich.»

«Paß einfach auf dich auf», entgegnet sie. «Ich möchte nicht, daß deinem netten Hintern was passiert.»

Dieses Gespräch sollten wir ein anderes Mal fortsetzen.

«Bleibt es bei heute abend?» frage ich.

«Bist du auch bestimmt nicht zu müde?»

«Ich besorge den Wein.»

«Damit wir unsere Sorgen ertränken können?» fragt sie.

«Nicht nur dafür.»

Sie lacht, ein ganz klein wenig verführerisch. «Acht Uhr bei dir.» Ich höre das Klicken in der Leitung, und in meinem Kopf klingt etwas nach: der betörende Klang von Lenores Stimme.

Die Unschuld eines Menschen vorauszusetzen ist eine intellektuelle Übung, die der gewöhnliche Sterbliche nicht schätzt. Aus diesem Grund habe ich nach Klines Plädoyer der verbrannten Erde alle Mühe, die Geschworenen zurück auf neutralen Boden zu zerren.

Ich beginne mit einer Geste, die in einem derart formalisierten Rahmen nicht selbstverständlich ist: Ich stelle uns vor. Jeder gute Anwalt weiß, wieviel Sympathie er damit ernten kann.

«Ich heiße Madriani», sage ich zu den Geschworenen. «Paul Madriani», und lächle sie dabei breit an, was die meisten von ihnen, erfreulicherweise, erwidern.

«Mein Mandant» – ich deute auf unseren Tisch – «Armando Acosta.»

Er erhebt sich nur leicht aus seinem Sessel, wobei die Wachmänner ihn nervös beäugen, und deutet eine überaus elegante Verbeugung an, die etwas Höfisch-Geziertes an sich hat. Er hat sie tagelang in seiner Zelle geübt, und sie ist exzentrischer ausgefallen, als mir lieb ist.

Wenn wir auf Unzurechnungsfähigkeit plädieren würden, wäre sie genau das Richtige.

Bevor er Gelegenheit hat, ein Menuett zu tanzen, hüstle ich, um die Aufmerksamkeit der Geschworenen von ihm abzulenken.

«Meine Damen und Herren», sage ich, «der Anklagevertreter in diesem Prozeß hat Ihnen kunstvoll dargelegt, welche Beweise er hat. Aber in seiner Darstellung fehlte etwas ganz Entscheidendes. Er hat Ihnen nicht gesagt, was er *nicht* hat.»

Ich handle rasch die Bereiche ab, wo wir am angreifbarsten sind: das fehlende Alibi für die Mordnacht und die an der Leiche gefundenen Teppichfasern und Haare, die auf den ersten Blick eine gewisse Ähnlichkeit mit Teppichfasern und Haaren aufweisen, die man in Acostas Haus gefunden hat. Doch dann beschwöre ich sie, sich einen unvoreingenommenen Blick zu bewahren. Sie würden im Laufe des Prozesses feststellen, wie groß der Unterschied zwischen «ähnlich» und «identisch» sei.

Die Punkte gänzlich außer acht zu lassen wäre unklug. Es würde den Eindruck erwecken, daß wir die Wahrheit verbergen wollen.

«Der Staatsanwalt hat Ihnen gesagt, was er hat», sage ich, «aber so ganz offen war er dabei nicht.»

Ein strenger Ausdruck macht sich auf manchen Gesichtern breit.

«Er hat Ihnen nichts von den Beweisen erzählt, nach denen man in seiner Anklageschrift vergeblich sucht.»

Eine alte Dame sieht mich aufmerksam an, hält einen Bleistift schreibbereit, als ob ich drauf und dran wäre, Kline wegen Verfälschung der Sachlage anzuklagen.

«Er hat Ihnen so vieles nicht erzählt, daß ich kaum weiß, womit ich anfangen soll.»

Radovich wirft mir einen Blick zu, der signalisiert, daß ich nicht zu lange darüber nachdenken sollte.

«Der Staatsanwalt», sage ich, «hat keinen Augenzeugen für das Verbrechen. Ja, er hat noch nicht einmal einen Augenzeugen, der meinen Mandanten in jener Nacht irgendwo in der Nähe von Brittany Halls Wohnung gesehen hat. Er hat keinen Zeugen, aber das hat er Ihnen nicht gesagt.»

Ich wende mich von der Geschworenenbank ab, mache einen Schritt und drehte mich erneut um.

«Der Staatsanwalt hat keine Mordwaffe. Bis heute hat er lediglich eine vage Theorie, wie das Opfer das Schädeltrauma erlitt, an dem es gestorben ist. Er hat keine Mordwaffe, die in irgendeiner Weise auf meinen Mandanten hindeutet. Aber das hat er Ihnen nicht gesagt.»

Mein letzter Satz klingt wie der Schlußvers eines Kinderliedes.

«Der Staatsanwalt hat keine Fingerabdrücke, die die Anwesenheit meines Mandanten am Tatort oder am Fundort der Leiche bestätigen würden. Aber das hat er Ihnen nicht gesagt. Er hat auch kein Blut, das meinem Mandanten zuzuordnen wäre, weder am Tatort noch am Fundort der Leiche. Aber das hat er Ihnen nicht gesagt.

Er hat keinerlei Unterlagen, keine Quittungen für Einkäufe zum Beispiel, durch die nachgewiesen wäre, daß Armando Acosta, wenn auch nur im weitesten Sinne, in der Mordnacht in der Nähe des Tatorts war. Aber das hat er Ihnen nicht gesagt.

Er hat kein Geständnis, keine Aussagen, die meinen Mandanten belasten. Aber das hat er Ihnen nicht gesagt.

Er hat keinerlei Prellungen am Körper meines Mandanten festgestellt, keine Kratzer im Gesicht, die auf eine körperliche Auseinandersetzung oder gar einen heftigen Kampf hindeuten würden, wie er unmittelbar vor dem Tod des Opfers stattgefunden haben muß. Aber das hat er Ihnen nicht gesagt.»

Allmählich fangen die Köpfe der Geschworenen an, im Rhythmus meines Refrains zu wippen und mitzunicken. Als ob sie einem springenden Ball mit den Augen folgen würden. Einmal benutze ich sogar meinen Kugelschreiber als Taktstock, und zwei Frauen lächeln mich an. Sie würden den Satz für mich zu Ende führen, wenn ich mittendrin abbräche:

Aber das hat er Ihnen nicht gesagt.

Am liebsten würde ich ein Freudenfeuer entzünden und alle im Chor mitsingen lassen, aber Radovich hätte wohl was dagegen.

Meine Litanei geht nach dem gleichen Schema weiter, während ich die klassischen Belastungspunkte in einem Kriminalfall aufzähle, die allesamt hier fehlen. Kline sitzt kerzengerade in seinem Sessel, spielt mit einem Bleistift und tut so, als wäre das alles belanglos, während ich ihm vor der Geschworenenbank zu dem Refrain «Aber das hat er Ihnen nicht gesagt» eine verbale Tracht Prügel verpasse.

Acosta rutscht unruhig auf seinem Stuhl hin und her, während er meinen Auftritt verfolgt; am liebsten würde er selbst mit einsteigen. Schließlich mache ich diesem hypnotischen Rhythmus ein Ende.

«Es gibt vieles, was der Anklagevertreter Ihnen über diese Nacht nicht erzählt hat», sage ich, «über diesen Fall. Vieles davon werden Sie in diesem Prozeß erst dann hören, wenn die Verteidigung ihre Beweisführung vorstellt. Sie müssen sich unbedingt einen unvoreingenommenen Blick bewahren. Darf ich Sie bitten, uns das zu versprechen? Werden Sie sich so lange kein Urteil bilden, bis auch wir Gelegenheit haben, unsere Beweisführung vorzustellen?»

Die Frage ist natürlich rhetorisch, aber fast alle Geschworenen nicken jetzt. Eine Frau öffnet tatsächlich den Mund und sagt: «Ja.»

In diesem Augenblick herrscht im Gerichtssaal eine Atmosphäre wie bei einer Erweckungsversammlung. Die Geschworenen sind wie erleuchtet. Es ist Zeit für eine Bekehrung, die Wahrheit drängt förmlich ans Licht.

«Vor seiner Festnahme war mein Mandant, Mr. Acosta, ein tatkräftiger Richter in unserer Stadt. Ein angesehenes Mitglied der Richterschaft.»

Zugegeben, das ist Schönfärberei. Aber sein Charakter ist schließlich kein Beweismaterial.

«Er hat sein Richteramt mit großem Engagement ausgeführt, für manche offenbar mit zu großem Engagement. In diesem Prozeß geht es um die Strafverfolgungsbehörden. Es geht um die Polizei. Und wie in jedem Beruf gibt es auch unter den Polizeibeamten gute und einige wenige, hoffentlich sehr wenige schlechte.

Zu dem Zeitpunkt, als Brittany Hall ermordet wurde, war ein Untersuchungsausschuß damit befaßt, einer Korruptionsaffäre bei der Polizei unserer Stadt auf den Grund zu gehen. Ein Teil dieser Untersuchung ist noch nicht abgeschlossen, daher darf ich keine näheren Einzelheiten darüber enthüllen. Ich kann nur sagen, daß gegen einige Polizisten ernste Vorwürfe wegen kriminellem Amtsmißbrauch erhoben wurden.»

Auf den Pressebänken laufen die Stifte heiß. Seit Monaten gab es Gerüchte über diese Untersuchung, munkelte man so einiges, aber jetzt haben sie die erste offizielle Bestätigung.

Ich darf nicht über den Mord an Officer Wiley reden, ebensowenig wie über den Verdacht, daß er von Kollegen erschossen wurde, weil er zuviel wußte. Trotzdem gibt es große Augen bei den angespannt lauschenden Geschworenen, einige Adamsäpfel hüpfen aufgeregt auf und ab.

«Zu dem Zeitpunkt, als mein Mandant, Armando Acosta, wegen angeblicher Aufforderung zur Prostitution festgenommen wurde, war er als Vorsitzender Richter dieses Untersuchungsausschusses tätig. Wir werden Beweise dafür vorlegen, daß diese Festnahme ausgerechnet durch die Beamten vorgenommen wurde, gegen die der Untersuchungsausschuß ermittelte, und daß die Festnahme von Armando Acosta nur einem einzigen Zweck diente: der Untersuchung ein Ende zu machen und diejenigen ehrbaren Beamten einzuschüchtern, die versuchten, die Polizei unserer Stadt von korrupten Elementen zu befreien.»

Die Geschworenen staunen, einige sind eifrig dabei, sich Notizen zu machen.

«Wir werden Beweise vorlegen, daß das Opfer Brittany Hall in enger Verbindung mit den Beamten dieser Polizei stand, da sie wiederholt für das Sittendezernat gearbeitet hat. Wir glauben, daß es Gründe dafür gibt, Gründe, die Ihnen im Verlauf des Prozesses deutlich gemacht werden sollen, warum Brittany Hall ermordet wurde, aber nicht durch Armando Acosta. Unsere Beweisführung wird zeigen, daß Brittany Hall von anderen ermordet wurde, weil sie zuviel wußte.»

Damit habe ich den Rubikon überschritten. Ich habe die Strategie unserer Verteidigung in den Grundzügen bindend festgelegt. Obwohl wir nicht unter Beweiszwang stehen, werden die Geschworenen nicht vergessen, welche Beweise ich Ihnen angekündigt habe.

Nun komme ich noch einmal auf das Versprechen zurück, das ich von den Geschworenen eingefordert habe, das Versprechen, mit ihrem Urteil zu warten, bis wir unsere Beweisführung dargelegt haben.

«Wir leben in zynischen Zeiten. Zeiten, in denen die Unschuldsvermutung, die das Gesetz jedem von uns garantiert, nur allzuleicht in Schuldvermutung umschlägt. Ein derartiger Zynismus mag um so stärker wirksam sein, wenn ein hoher Beamter vor den Schranken des Gerichts steht, erst recht, wenn es sich um einen Richter handelt. Sie müssen die Neigung bekämpfen, in solchen Kategorien zu denken. Hören Sie nicht auf diejenigen, die einem derartigen Zynismus Vorschub leisten.»

Während ich das sage, blicke ich direkt zu Kline hinüber. Er ist schon halb aufgestanden.

«Konzentrieren Sie sich statt dessen auf die Beweise in diesem Fall und vertrauen Sie auf Ihr eigenes unverfälschtes Urteilsvermögen. Wenn Sie das tun, da bin ich mir sicher, können Sie nur zu einem Schluß gelangen: Armando Acosta ist nicht schuldig.»

Draußen auf der Treppe vor dem Gerichtsgebäude werden mir Mikrofone vors Gesicht gehalten. Harry und ich sind umringt von einer ganzen Menge von Männern und Frauen mit Kameras auf den Schultern. Grelles Licht blendet uns. Die Journalisten haben ihren großen Tag.

«Mr. Madriani, was wissen Sie über die Untersuchung bei der Polizeigewerkschaft?»

«Mehr kann ich nicht sagen», entgegne ich.

«Sind Anklagen zu erwarten?»

«Da müssen Sie schon den Bezirksstaatsanwalt fragen.»

«Sir, Sie haben in Ihrem Eröffnungsplädoyer schwerwiegende Anschuldigungen erhoben. Was für Beweise haben Sie?»

«Beobachten Sie den Prozeß, wie jeder andere auch», antwortete ich.

Harry entdeckt eine Lücke in dem dichten Ring von Kameras, drängt sich hindurch, und ich schiebe mich hinterher.

Jemand stellt Harry eine Frage, die ich nicht verstehen kann. «Kein Kommentar», sagt er und stößt so heftig gegen eine der Kameras, daß diese beinahe zu Boden stürzt und nur durch den Tragegurt gerettet wird, den der Kameramann sich um den Arm geschlungen hat.

Von der Seite kommt eine Frau mit Mikrofon auf mich zu. «Haben Sie mit Mr. Mendel oder anderen Gewerkschaftsvertretern über diese Anschuldigungen gesprochen?»

Ich ignoriere sie.

«Werden Sie Mr. Mendel in den Zeugenstand rufen?»

Mittlerweile ist sie hinter mir, und ich vergrößere den Abstand zwischen uns, ohne auf ihre Flut von Fragen zu achten.

«Mr. Madriani, wollen Sie etwa behaupten, daß Philip Mendel oder einige seiner Mitarbeiter etwas mit dem Mord an Brittany Hall zu tun haben?» Diese Frage wird so laut über die Köpfe der Reporter hinweggeschrien, daß niemand im Umkreis von dreißig Metern sie überhören kann. «Das scheint der Kernpunkt Ihres Eröffnungsplädoyers zu sein.»

Der neue Journalismus: Wer keine Antwort bekommt, gibt sich selbst eine. In den Sechs-Uhr-Nachrichten wird ihre Stimme zu hören sein, unterlegt mit Bildern von meinem Hinterkopf, Schweigen als öffentliches Eingeständnis.

«Warum antworten Sie nicht auf ihre Fragen?»

Ich blicke auf und starre in das Gesicht von Tony Arguillo. Er ist irgendwo aus dem Gedränge aufgetaucht, hat sich zwischen Harry und mich gedrängt und versperrt mir jetzt den Weg.

«Na?» sagt er. «Hat es Ihnen die Sprache verschlagen?»

«Alle Prozeßbeteiligten sind per richterlichen Erlaß zum Schweigen verpflichtet», entgegne ich. «Und wenn man klug ist, hält man den Mund.»

«Schweigepflicht. O ja. Das ist es. Die Spielregel Ihres Berufsstandes.» Bei Arguillo hört sich das richtig unanständig an.

«Natürlich», fährt er fort. «Es hat nichts damit zu tun, daß alles, was so ein Schleimscheißer von verlogenem Anwalt vor Gericht verbrät, der Rechtsverfolgung entzogen ist. Oder etwa doch? Mit der Tatsache, daß er dort im Schutz der Immunität die größten Verleumdungen zusammenlügen kann?»

Ich remple ihn mit der Schulter an, und einen Augenblick lang verkrampft sich Tony. Ich rechne schon damit, daß wir hier vor laufenden Kameras aufeinander losgehen werden. Seine kleinen, glänzenden Augen fixieren mich wie Laserstrahlen. Dann wendet er sich plötzlich ab und spricht zwei Reporter an.

«Ich versichere Ihnen, daß alles, was er vor Gericht erzählt hat, ausgemachter Mist ist», sagt er. «Nichts als Lügen.»

Ich schiebe mich an Tony vorbei.

«Wer sind Sie?» fragt ihn eine Journalistin. «Würden Sie uns Ihren Namen nennen?»

Arguillo reagiert nicht auf sie.

«Warum sprechen Sie es nicht hier draußen aus, wo man Sie dafür am Arsch kriegen kann?» Tony provoziert mich weiter. «Das ist typisch für dieses verdammte Scheiß-Anwaltsgesocks.» In den Nachrichten werden sie viele Piepstöne einsetzen müssen.

Das Blut kocht mir in den Ohren. Ich muß der Versuchung widerstehen, mich umzudrehen und ihm eine zu verpassen. Eine zitternde Hand zur Faust geballt, gehe ich weiter.

Harry hat es bis zur Straße geschafft und ein Taxi rangewunken. Der Wagen hält, und er öffnet die Tür. Die Journalisten drängeln sich um uns wie Piranhas um ihre Beute. Als ich über das Wagendach hinwegblicke, entdecke ich auf der anderen Straßenseite eine Gestalt, die mich aufmerksam betrachtet. Es ist Phil Mendel, der gar nicht erst zu verbergen versucht, daß seine ganze Aufmerksamkeit mir gilt.

18

Es ist Samstag morgen, und Sarah räumt gerade ihr Zimmer auf. Sie beherrscht die Kunst des Herumtrödelns bis zur Vollendung. Mit ihren acht Jahren braucht meine Tochter manchmal eine Stunde, um ihr Bett zu machen, und eine weitere, um sich die Zähne zu putzen. Sie kann mit offenen Augen von einem Dutzend Dingen gleichzeitig träumen, sich mit unsichtbaren Wesen sinnlose Diskussionen liefern und Gedichte ohne Versmaß oder Reim ersinnen. Sarah, mit einem Stück Seife unter der Dusche sich selbst überlassen, könnte sämtliche Wasservorräte der Stadt aufbrauchen.

Sarahs Mutter Nikki, die vor zwei Jahren gestorben ist, war künstlerisch begabt. Das hat sie offenbar an Sarah weitervererbt. Sie kann Menschen so naturgetreu zeichnen, daß ich mich meiner Strichmännchen schämen muß. Dafür kann sie nicht mit Zahlen umgehen, und außerdem hat sie ein ganz eigenes Rechtschreibsystem, bei dem die Konsonanten eines Wortes nach Belieben austauschbar sind. Ich habe mit ihren Lehrern gesprochen, und sie raten mir, mich in Geduld zu fassen. Jedes Kind, so sagen sie, entwickelt sich individuell, in seinem eigenen Rhythmus. Bei Sarah scheint das, außer in den Fächern, die ihr Spaß machen, im Schneckentempo zu gehen.

«Was treibt sie denn bloß da oben?» fragt Lenore lachend, belustigt über das Stampfen kleiner Füße auf dem Fußboden im Zimmer über uns.

Lenore ist gestern abend gekommen und wurde von Sarah gleich mit Beschlag belegt. Wir haben zu dritt Kinderspiele gespielt, bis Sarah ins Bett mußte. Danach sind Lenore und ich zu Wein und sanfter Musik übergegangen.

«Sie soll eigentlich aufräumen. Willst du mal nachsehen?»

«Lieber nicht», sagt sie.

Lenores Kinder sind übers Wochenende bei ihrem Vater, der im Süden des Staates lebt und nur selten zu Besuch kommt.

Seit Wochen liegt Sarah mir damit in den Ohren, daß sie eine kleine Freundin von der Schule zum Spielen mit nach Hause bringen möchte. Ich habe darauf bestanden, daß sie noch damit wartet – ohne Begründung.

Für einen alleinerziehenden Vater mit einer kleinen Tochter sind die Zeiten gefährlich. Ein Freund von mir, ein erfolgreicher Staatsanwalt, steht heute vor den Trümmern seiner Existenz, nachdem er beschuldigt wurde, eine kleine Freundin seiner Tochter, die bei ihm im Haus übernachtete, befummelt zu haben. Obwohl sich die Beschuldigung als falsch erwies und er nach einem dreimonatigen Prozeß freigesprochen wurde, ist er finanziell ruiniert und trägt sozusagen ein untilgbares Kainszeichen auf der Stirn.

Genau aus diesem Grund hat Lenore sich bereit erklärt, heute bei uns zu bleiben. Sie ist mein Alibi, mein Schutz gegen meine eigene Paranoia und die der anderen.

Wir sitzen in der Küche, während Sarah angeblich ihr Zimmer in Ordnung bringt. Es klingelt an der Tür, und ich blicke auf die Uhr.

«Etwas früh für ihre Freundin», sage ich zu Lenore.

«Ihre Mutter möchte wahrscheinlich einen kostenlosen Babysitter für den ganzen Tag.»

Ich entschuldige mich für einen Moment und gehe durch die Diele zur Tür; von der Treppe her höre ich das Getrappel von Sarahs Füßen.

«Ich mach schon auf», sage ich.

Wir rennen um die Wette bis zur Haustür, und natürlich ist sie vor mir da. Dort jedoch weicht sie vor dem Schatten des Mannes zurück, der draußen vor der Fliegentür steht und den ganzen Rahmen ausfüllt.

«Ist dein Daddy zu Hause?»

«Ich hab dir doch gesagt, daß ich aufmache», sage ich zu Sarah.

Inzwischen drängt sie sich rückwärts gegen mich, wie es eingeschüchterte Kinder tun.

Der Mann trägt eine khakifarbene Arbeitsuniform, ein Stoffschildchen mit seinem Namen – Mike – über der linken Brusttasche.

«Mr. Madriani?»

«Ja.»

«Kabel-Service.»

Ich blicke ihn verständnislos an. Das sagt mir gar nichts.

«Ihre Kabelfernsehfirma. Wir müssen Ihre Anlage reparieren.»

«Ich habe niemanden angefordert.»

«Unser Büro müßte Sie eigentlich informiert haben. Hat denn niemand angerufen?»

«Nein.»

«Mist», sagt er. «Da hat mal wieder einer geschlafen. Wir müssen an Ihrem Fernseher einen Verstärker installieren, dort, wo das Kabel ins Gerät geht. Wir kriegen dauernd Beschwerden über schlechten Empfang in dieser Gegend. Es dauert höchstens zehn Minuten. Und es ist kostenlos.»

Er kann mir deutlich ansehen, daß ich über die Störung alles andere als begeistert bin.

«Wenn es im Moment nicht paßt, kann ich natürlich auch ein anderes Mal wiederkommen.»

«Das wäre wohl am besten», erwidere ich. «Ich erwarte Besuch.» In Wahrheit hatten Lenore und ich vor, mit den Mädchen im Stadtpark ein Picknick zu machen.

«Vielleicht können wir einen neuen Termin vereinbaren.» Er blickt auf sein Klemmbrett in der einen Hand, ein Kabel in der anderen ist noch in Plastik eingepackt.

«Ich muß Sie allerdings darauf hinweisen, daß Sie ohne den Verstärker wahrscheinlich überhaupt keinen Empfang mehr haben werden. Wir stellen auf eine neue Frequenz um, sobald die Dinger hier in der Gegend installiert sind. Ohne den Verstärker sehen Sie dann eine Zeitlang bloß eine Menge Schnee.»

Er studiert kurz sein Klemmbrett. «Das sieht nicht gut aus. Ich kann wohl frühestens in einer Woche wieder hier vorbeikommen, vielleicht erst in zehn Tagen.»

Ich werfe ihm einen Blick zu, der nicht freundlich ist.

«Tut mir leid», sagt er.

«Wie lange wird das dauern, wenn Sie es heute machen?»

«Zehn Minuten, mehr nicht. Es geht ganz schnell.»

«Dann machen Sie's jetzt.» Ich öffne die Fliegentür und lasse ihn herein.

Er tritt durch die Haustür und nimmt seine Kappe ab, als Lenore durch die Diele kommt.

«Entschuldigen Sie die Störung», sagt er zu ihr.

«Kabel-Service», erkläre ich.

«Wo ist Ihr Fernseher?» fragt er.

«Dort drüben.» Ich zeige auf den Schrank an der hinteren Wand im Wohnzimmer.

Ich will ihm helfen, den Schrank von der Wand zu rücken. Er entgegnet, er schaffe das schon, aber er müsse erst noch sein Werkzeug holen.

«Okay. Wir sind in der Küche, falls Sie was brauchen.»

Er lächelt mich an, setzt sich die Kappe wieder auf und geht hinaus. Die Tür läßt er einen kleinen Spalt offen, damit sie nicht hinter ihm ins Schloß fällt.

Sarah dreht sich um und geht durch die Diele zurück, sie ist sehr enttäuscht. «Ich dachte, es wäre Mindy.»

«Wie geht's mit deinem Zimmer voran?» frage ich.

«Gut», sagt sie.

«Soll ich raufkommen und es mir ansehen?»

«Nein. Lenore soll kommen.»

«Eine höhere Instanz», sage ich zu Lenore.

«Was ist denn mit unserem Fernseher?» Für meine Tochter ist ein kaputter Fernseher ungefähr so tragisch wie eine tödliche Krankheit. Keine Disney-Filme mehr.

«Ich weiß nicht genau, aber wenn du mit deinem Zimmer fertig bist, ist er bestimmt wieder in Ordnung. Und jetzt rauf mit dir.»

Die Antwort darauf sind jede Menge Seufzer. Sie blickt Lenore flehentlich an, in der Hoffnung auf Unterstützung. Als das nicht funktioniert, wendet sie sich wieder an mich.

«Muß ich wirklich, Daddy?»

«Ja, du mußt. Und jetzt los.»

Mit hängenden Schultern stapft sie langsam die Treppe hoch.

«Hunde und kleine Kinder folgen mir aufs Wort», sage ich zu Lenore.

«Warte, bis sie etwas älter ist», sagt sie.

«Du meinst, es wird nicht besser?»

Lenore lacht bloß.

Wir sind wieder in der Küche. Ich wärme Lenores Kaffee auf. Wir sprechen ein wenig über Acostas Fall, aber nur über Randaspekte. Lenore möchte, daß ich sie auf den neuesten Stand bringe, doch ich wäge genau ab, was ich ihr erzähle. Alles, was Acosta mir gesagt hat, ist vertraulich, unterliegt der anwaltlichen Schweigepflicht. Wenn ich es Lenore erzähle, die ja nicht mehr zur Verteidigung gehört, kann die Staatsanwaltschaft sie in den Zeugenstand rufen und zwingen, diese Informationen preiszugeben.

Ich erwähne meine Auseinandersetzung mit Tony auf der Straße vor dem Gericht.

«Er wird sehr persönlich», sage ich.

«Ich muß mich entschuldigen», sagt sie. «Es war schon ein Fehler, ihn zuerst an dich zu verweisen.» Sie spricht von einem Menschen mit zwei Gesichtern und betont, daß Arguillo im Grunde ein gutes Herz hat, aber eben ein Hitzkopf ist.

Noch immer kann ich nicht verstehen, wieso Lenore den Zettel von Halls Kalender entfernt hat, und das weiß sie.

Sie entschuldigt sich dafür und sagt, daß man für Freunde manchmal törichte Dinge tut. «Ich war einfach nicht ganz klar im Kopf. Man hatte mich rausgeschmissen, und ich war betrunken.» Sie beteuert, daß sie das unter normaleren Umständen niemals getan hätte.

«Haben die Cops dich schon verhört?» frage ich.

«Ich habe deinen Rat befolgt: nichts gesagt und mich auf mein Recht berufen, die Aussage zu verweigern.»

«Droht Kline immer noch, dich in den Zeugenstand zu rufen?»

Lenore meint, er sei schon damit zufrieden, daß sie aus dem Fall raus ist. «Ich würde gern miterleben, wie du ihn fertigmachst», sagt sie. Ganz offensichtlich hat sie das Kriegsbeil noch längst nicht begraben.

«Ich muß einen anderen Weg finden, um an Tony heranzukommen», sage ich.

Sie hält das für eine Sackgasse.

«Du glaubst noch immer, daß er nicht dazu fähig ist», sage ich.

«Was ich glaube, ist egal. Die Ermittler hätten diese Spur niemals ernstgenommen, selbst wenn ich den Zettel dagelassen hätte.»

Mir ist nicht klar, inwieweit sie sich da etwas einredet und herunterzuspielen versucht, daß sie Beweismittel manipuliert hat.

Sie sagt mir, daß Tony eine plausible Erklärung parat hat: «Da sind zwei Leute im gleichen Alter, die zusammen gearbeitet haben, beide attraktiv. Wieso sollten sie nicht zusammen ausgehen? An dem Abend waren sie verabredet, aber es ist was dazwischengekommen. Daran ist nichts Ungewöhnliches.»

«Stimmt, falls Tony ein Alibi hat», sage ich. «Hat er?»

«Ich habe ihn nicht danach gefragt», sagt sie.

«Das solltest du vielleicht mal tun», entgegne ich.

«Du hast doch nicht etwa vor, ihn in den Zeugenstand zu rufen?»

«Wieso nicht?»

«Damit wirst du nichts erreichen.»

«Verstehe. Sein gutes Herz hält ihn nicht davon ab zu lügen.»

«Hoffen wir, daß das nicht nötig sein wird», sagt sie.

Ich kann nicht sagen, ob darin eine Art Drohung mitschwingt, und ich beschließe, es nicht so zu sehen.

Wir kommen auf angenehmere Themen zu sprechen. Sie erzählt mir, womit sie sich zur Zeit beschäftigt. Sie hat letzte Woche zwei neue Mandanten bekommen, von Freunden vermittelt.

Dann eröffnet sie mir aus heiterem Himmel, daß sie vorhat, das bißchen Honorar zurückzuzahlen, das sie als Vorschuß im Fall Acosta bekommen hat.

«Mach dir deshalb keine Gedanken. Du hast es verdient.»

«Ich mache mir keine Gedanken. Ich werde es zurückzahlen. Sobald ich ein paar Dinge geregelt habe, schreibe ich einen Scheck.»

Es scheint für sie eine Frage des Stolzes zu sein, also widerspreche ich nicht.

«Ganz wie du willst.»

Ich höre hinter mir in der Diele Schritte und drehe mich um. Es ist der Kabelmann.

«Dürfte ich mal bei Ihnen auf die Toilette?»

«Natürlich. Die Diele runter. Auf halber Höhe links.»

«Danke.»

Er hat einen Stoffgurt mit einer Werkzeugtasche umgeschnallt. Ich stehe extra auf, und er findet den Weg, schließt die Tür hinter sich.

«Was macht er?» sagt Lenore.

«Vermutlich klein oder groß. Ich frage ihn, wenn er wieder rauskommt.»

Sie wirft mir einen genervten Blick zu.
Ich lache. «Du hast gefragt.»
«Ich meine, mit deinem Fernseher?»
«Keine Ahnung. Irgendwas, um den Empfang zu verstärken.»
Drei Sekunden später höre ich die Klospülung.
«Klein», sage ich zu Lenore.
«Schon gut.»
Und dann etwas, das jeder eindeutig erkennt, der sich schon mal als Klempner versucht hat – das klingende Geräusch von schwerem Porzellan.
Ich blicke Lenore verwundert an.
«Was macht der denn?»
«Ich weiß nicht.»
Der Mann kommt aus dem Badezimmer und blickt nicht in unsere Richtung, sondern geht schnurstracks Richtung Wohnzimmer.
Ich stehe auf.
«Wo willst du hin?» fragt sie.
«Bin gleich wieder da.» Ich gehe ins Badezimmer und schaue mich um. Alles an seinem Platz. Ich verlasse das Badezimmer, gehe durch die Diele ins Wohnzimmer und fange schon auf dem Weg dorthin an zu reden: «Ich wußte gar nicht, daß Sie Ihr Kabel durch mein Klo verlegen müssen.»
Als ich ins Zimmer komme, merke ich, daß ich mit mir selbst rede. Der Mann ist weg. Die Verpackung mit dem neuen Kabel liegt auf meinem Fernseher, ungeöffnet, das alte Kabel ist ausgestöpselt. Er ist weg, vielleicht um noch mehr Werkzeug oder Ersatzteile zu holen.
Ich gehe zur Haustür und sehe, daß sie zu ist, ins Schloß gefallen. Vielleicht hat er nicht dran gedacht, sie aufzulassen, und sich ausgesperrt. Ich öffne die Tür, dann die Fliegentür. Nichts von ihm zu sehen. Ich gehe nach draußen. Er ist weg. Kein Auto.
Inzwischen ist Lenore neugierig geworden. Sie kommt zu mir auf den Rasen vorm Haus.
«Was ist los?»
«Ich weiß nicht.»
Ich gehe zurück ins Haus, durch die Diele ins Badezimmer. Sie folgt mir auf den Fersen. Ich hebe den Deckel vom Spülkasten und schaue hinein. Eingeschweißt in eine durchsichtige Plastikhülle liegt

dort ein Paket von der Größe eines Ziegelsteins, die Substanz darin erkennt jeder, der schon mal eine Videoaufnahme von einer Razzia gesehen oder das Zeug im Gerichtssaal in der Hand gehabt hat. Vor mir lagen schätzungsweise zweihunderttausend Dollar, ein halbes Kilo Kokain.

Lenores Gesichtsausdruck verrät mir, daß sie keine Erklärung braucht.

«Ich bring Sarah zur Hintertür raus», sagt sie.

Während sie noch zur Treppe läuft, höre ich schon die quietschenden Reifen von Autos, die vor meinem Haus zum Stehen kommen. Ich lege den Deckel vom Spülkasten auf den Fußboden und laufe zur Haustür und verriegele sie. Dann wird mir klar, wie sinnlos das ist.

Vor vier Monaten habe ich eins von diesen Messingdingern gekauft, die man unten an der Tür in ein Metalloch steckt, so daß die Tür ein paar Zentimeter aufschwingen kann, um die Wucht eines Schlages aufzufangen, ohne gleich kaputtzugehen. In Panik suche ich jetzt danach. Dann sehe ich es hinter einem Vorhang am Fenster. Ich stecke es in das Loch und haste zurück ins Badezimmer.

Ich höre rennende Schritte auf dem Weg zum Haus und Stimmen: «Los. Los. Los.» Dann das Quietschen der Fliegentür, die geöffnet wird. Einen Augenblick später trifft der erste Stoß des metallenen Rammbocks die Haustür. Die kleine Scheibe aus Bleiglas, das winzige Fenster, das Sarah und ich letztes Jahr zusammen in einem Bastelkurs gemacht haben, fliegt in Scherben durch die Diele an der offenen Badezimmertür vorbei.

Ich höre fluchende Stimmen an der Vordertür. Der Sicherheitsbolzen bewährt sich. Ein weiterer Stoß mit dem Rammbock, und jetzt splittert Holz.

Ich mache die Badezimmertür zu und schließe ab.

«Daddy.» Ich höre Sarah draußen auf der Treppe mit Lenore. Einen Moment lang erwäge ich, aufzumachen und sie reinzulassen. Aber es ist besser, sie sind draußen, weit weg von dem, was ich in der Hand halte, dem Beutel mit dem tödlichen weißen Pulver, zwanzig Jahre Gefängnis, wenn ich damit erwischt werde.

Ganz kurz überlege ich, das Zeug ins Klo zu kippen, dann wird mir klar, daß ich nicht genug Zeit habe. Ich müßte mehrmals die

Klospülung betätigen, und selbst dann würden die Reste im Beutel noch genügen, um mich dranzukriegen.

Mein Blick fällt auf das kleine Fenster neben mir. Ich schiebe seine Milchglasscheibe hoch. Das Fenster geht auf den Zaun, den ich fast mit der Hand erreichen kann. Einen knappen Meter dahinter ist die Dachtraufe des Nachbarhauses.

Ich reiße das Handtuch vom Halter und wische den Plastikbeutel gründlich ab. Falls sie das Paket finden, sind wenigstens meine Fingerabdrücke nicht drauf. Dann, den Beutel noch immer im Handtuch festhaltend, strecke ich den Arm zum Fenster raus und hole Schwung wie für einen Weitwurf.

In dieser Haltung überrascht zu werden ist alles andere als heldenhaft. Als der Rammbock zustößt, sitze ich mit heruntergelassener Hose auf dem Klo, das Handtuch ist wieder auf dem Halter und das Fenster geschlossen.

Holzsplitter prasseln auf mich nieder, weil die Badezimmertür nicht glatt aufspringt. Zwei Cops, beide bullige Kerle, einer von ihnen mit einer nach hinten gedrehten Baseballmütze, der andere mit maskiertem Gesicht, versuchen gleichzeitig sich mit der Schulter durch die rausgebrochene Öffnung in der Tür zu zwängen. Einer von ihnen greift mit der Hand hindurch und dreht den Knauf auf der Innenseite. Dadurch hängt der andere in dem Loch fest, als die Tür aufschwingt. Als sie schließlich bei mir ankommen, sind beide vollgepumpt mit Adrenalin und außer sich vor Wut.

Sie reißen mich an beiden Armen hoch und knallen mich gegen die Fensterwand. Daß die Scheibe dabei nicht zerspringt, wundert mich. Ein brennender Schmerz an der Stirn, als ich gegen die Fensterlaibung pralle. Ich spüre, wie mir Blut übers Gesicht rinnt und das kalte Metall eines Pistolenlaufs mir fest in den Nacken gedrückt wird.

Meine Füße sind nach hinten gezogen, wenn die Wand nicht wäre, würde ich nach vorne kippen, die Arme auf den Rücken gedreht, mein Gesicht gegen die Wand gepreßt.

«Hat er eine Pistole?» Eine der Stimmen hinter mir.

Wo ich die bei meiner heruntergelassenen Hose und einem Hemd, das sie mir fast vom Leib gerissen haben, wohl verstecken sollte, ist mir ein Rätsel.

«Nichts. Er ist sauber.»

Ich spüre, wie Handschellen an meinen Handgelenken auf dem Rücken einschnappen, so fest, daß sie mir das Blut abschnüren. Einer von ihnen zieht mir die offene Hose hoch, ich kann sie hinten festhalten.

Jetzt höre ich Sarah, die außer sich vor Angst irgendwo in der Nähe der Küche schreit. Sie ruft meinen Namen.

«Alles in Ordnung, Sarah.»

«Bringt die Frau ins Wohnzimmer. Schafft das Mädchen hier weg. Bringt sie in die Stadt, zum Jugendamt», sagt der eine hinter mir.

«Wenn ihr meine Tochter anfaßt, bring ich euch um.»

Das bringt mir einen wuchtigen Stoß mit dem Knie ein, einen brutalen Schlag in die Nieren. Ein weißglühender Schmerz brennt hinter meinen Augen.

«Du eingebildetes Arsch von einem Anwalt. Ich hab dir doch gesagt, du würdest jede Menge Schnee sehen. Also, wo ist das Zeug? Raus mit der Sprache!» Die Worte werden mir ins Ohr gezischelt, während er mir die Pistole fester ins Genick drückt.

Vor Schmerz rutsche ich an der Wand runter. Der andere hat mich an den Haaren gepackt, reißt mich regelrecht an den mir verbliebenen Locken hoch. Sie zerren mich durch die Tür, durch die Diele ins Wohnzimmer.

Ich werde auf die Couch geschleudert, von der inzwischen sämtliche Kissen entfernt wurden. Einer der Cops schlitzt sie gerade mit einem spitzen Messer auf, reißt aus jedem die Füllung heraus und wirft sie auf den Boden, was weniger gezielte Durchsuchung als vielmehr nackte Zerstörung ist. Sie wissen, daß ich keine Zeit hatte, die Reißverschlüsse zu öffnen und das Kokain hineinzuschieben.

Auf unserem Couchtisch steht ein kleines Tablett mit sorgfältig arrangierten Porzellantassen und kleinen Schüsseln, die Nikki Sarah hinterlassen hat. Der Irre mit der umgedrehten Baseballmütze schlägt sie mit einem Schlagstock zu Bruch und fegt die Scherben auf den Fußboden. Die einzige Schüssel, die nicht kaputtgegangen ist, trampelt er zu Staub.

«Daddy!» Ich höre Sarahs Schreie, während sie über den Weg neben dem Haus getragen wird. Ich sehe sie für den Bruchteil einer

Sekunde durch das Fenster. Sie wird von einem dieser Tiere weggeschleppt.

«Laßt meine Tochter zufrieden.» Ganz plötzlich hechte ich mit aller Kraft, die meine Oberschenkel aufbringen können, über den Tisch. Kopf voran krache ich dem Cop mit der umgedrehten Mütze in den Bauch, so daß ihm die Luft wegbleibt.

Sofort springen mir zwei von den anderen auf den Rücken, und ich zahle den Preis. Schlagstöcke prasseln mir mit voller Wucht auf Kopf und Schultern, etwas bohrt sich in meinen Hinterkopf. Es fühlt sich an wie der Abzugsbügel von einem Revolver. Die Waffe geht mit lautem Knall neben meinem Ohr los, so daß ich fast nichts mehr hören kann.

«Idiot.» Einer von ihnen kriegt es mit der Angst. «Du blödes Arschloch. Sicher deine Knarre.»

Von den Schlägen auf die Schultern ist meine Wirbelsäule wie betäubt, eine besondere Form von Anästhesie, durch die ich meine Beine nicht mehr spüre. Noch immer prügeln sie auf mich ein.

«Schluß jetzt. Ihr bringt ihn noch um.» Benommen höre ich die Stimme.

«Ein dreckiger Anwalt weniger. Den vermißt keiner.» Wer immer das sagt, hat ein Knie in meinem Rücken, so daß ich nicht atmen kann. Sie sind Meister des Schmerzes.

Ich liege einige Augenblicke auf dem Boden, während sie darüber debattieren, was sie mit mir machen sollen; weiterschlagen oder mich auf die Couch legen. Ab und an tritt mir einer von ihnen mit seinem Stiefel mit aller Kraft in die Rippen. Er macht das zwei-, dreimal, als wollte er sich ein kostenloses Vergnügen verschaffen, während sie reden. Ich erkenne die Khakihose und die Stiefel, auch wenn sein Gesicht maskiert ist. Es ist der Kabelmann.

Sie schleifen mich zurück und werfen mich auf die Couch. Diesmal bleibe ich auf der Seite liegen, ich bin mir nur einer Sache bewußt: Ich kann Sarahs panische Schreie nicht mehr hören.

Schlurfende Schritte in der Diele.

«Bringt sie rein.» Sie schleifen Lenore ins Zimmer. Ich kann sie aus meiner halben Bauchlage sehen. Auch ihre Hände sind mit Handschellen auf den Rücken gefesselt. In ihrem Gesicht sind Kratzer, und auf einer Wange hat sie Striemen, weil sie mit irgend etwas geschlagen wurde. Einer der Schläger hat sie im Nacken gepackt, eine so große Hand, daß er ihr mit Leichtigkeit das Genick brechen könnte.

«Ich hab versucht, Sarah wegzubringen.» Mehr kann sie nicht zu mir sagen, bevor der Kerl zudrückt.

«Schnauze.» Der maskierte Wunderknabe stößt sie quer über den Couchtisch. Sie landet neben mir auf der Couch, fällt auf die Seite und kann sich nur mit Mühe aufrichten, mehr Zorn in den Augen, als ich je gesehen habe.

«Wo ist Sarah?» frage ich sie.

«Ich weiß nicht.»

Einer der Cops tritt näher und schlägt mir seinen Schlagstock mit einer kraftvollen Rückhand über das linke Schienbein. Der Schmerz ist mörderisch, so daß ich aufschreie. Mir wird schlecht, und ich muß würgen, ich frage mich, ob er mir den Knochen gebrochen hat.

«Halt dein verdammtes Maul. Kapiert? Du redest nur, wenn du gefragt wirst.»

Ich höre, wie der Spülkasten zerschmettert wird, das Rauschen von Wasser, das den Fußboden im Badezimmer überschwemmt, als die Rohrleitung bricht.

«Es ist nicht da.» Einer von ihnen kommt kurz raus, um das zu verkünden. «Soll ich den Hund holen?»

«Es muß da sein. Such weiter.»

Ich höre, wie Schränke geöffnet, Türen aus den Angeln gerissen werden. Schubladen werden herausgezogen und ihr Inhalt auf dem Boden verstreut.

Zwei von ihnen, die bei uns im Zimmer sind, flüstern. Mir läuft es eiskalt den Rücken runter. Sicherlich gibt es dort, wo das erste Pfund herkam, noch mehr. Sie reden leise miteinander, überlegen offenbar, was sie machen sollen. Bislang habe ich vier Cops gezählt. Dann höre ich in der Küche das Scheppern von Töpfen und Pfannen. Da ist mindestens noch einer mehr, vielleicht zwei. Insgesamt also fünf oder sechs.

«Er hatte bloß sechzig Sekunden Zeit.» Das ist die Stimme von dem Kabelmann. Sein Gesicht werde ich wohl nicht so bald vergessen.

«Vielleicht sollten wir Phil anrufen.» Das ist die nach hinten gedrehte Baseballmütze.

«Klappe.» Ein klares Wort vom Kabelmann.

Die schwarzen Jacken, die sie tragen, sind auf dem Rücken alle mit dem gleichen Schriftzug geschmückt: das Wort POLIZEI in zehn Zentimeter großen, weißen Buchstaben. Ich sehe bei keinem dieser Schläger den Aufdruck RAUSCHGIFTDEZERNAT, FBI oder ZOLLFAHNDUNG. Wenn ich nicht ganz falsch liege, sind meine Gäste allesamt von der städtischen Polizei.

Plötzlich entsteht große Unruhe unter den Cops. «Wer ist das denn?» Sie blicken über mich hinweg zum Fenster hinaus.

Ich stütze mich auf einem Ellbogen auf, so daß ich über die Rückenlehne der Couch auf die Straße blicken kann. Gerade steigen dort zwei uniformierte Cops aus einem Streifenwagen und kommen über den Rasen.

«Hol den Hund», sagt der Kabelmann. «Wir müssen es finden. Beweg dich!»

Einer von ihnen fegt zur Tür hinaus und rennt beinahe einen der uniformierten Beamten über den Haufen, der inzwischen schon fast die Haustür erreicht hat. Dieser sagt etwas zu dem vorbeilaufenden Cop, aber ich kann es nicht hören. Der Mann scheint ihn zu ignorieren, und so geht der Officer weiter zur Haustür.

Er ist groß, weit über einsachtzig, und trägt eine dunkle Sonnenbrille; auf seiner makellosen blauen Uniform schimmert das blanke Rangabzeichen eines Sergeants.

«Was ist hier los?» fragt er. Er nimmt die Brille nicht ab, so daß nicht zu erkennen ist, wohin er schaut.

Niemand antwortet ihm.

«Mein Gott!» Er erfaßt mit einem kurzen Blick den Schaden in der Diele, die sintflutartige Überschwemmung.

«Habt ihr hier mit der Abrißbirne gewütet?» Er nimmt bedächtig seine Brille ab, blickt auf Lenore, dann auf mich. Er schiebt die Brille in die Brusttasche.

«Laßt mich raten. Widerstand gegen die Staatsgewalt?» sagt er. «Die Lady hat euch der Reihe nach die Hucke vollgehauen.» Nur der andere Uniformierte lacht darüber.

«Was machst du denn hier, Hazzard?» fragt der Kabelmann.

«Das hier ist mein Revier», sagt der Sergeant. «Ich könnte dich das gleiche fragen.»

«Wir haben einen Tip bekommen, wegen Drogen.» Der Kabelmann zieht sich endlich die Maske vom Kopf. Sein Gesicht ist gerötet, verschwitzt. Mit einer Hand streicht er sich das zerzauste Haar glatt. Sein Stoffschildchen mit dem Namen «Mike» ist jetzt unter einer ärmellosen Weste verschwunden. Das Arbeitshemd muß geliehen sein, denn der Sergeant nennt ihn Howie.

Ich höre, wie in der Küche Geschirr zu Bruch geht. Sie arbeiten sich durch meine Schränke.

«Was treibt ihr da hinten?» brüllt der Sergeant durch die Diele.

Howie nickt der nach hinten gedrehten Baseballmütze zu, die sogleich durch die Diele sprintet. Das Klirren von Glas auf meinem Kachelboden ist wie weggezaubert.

«Wieso habt ihr nicht Verstärkung angefordert?» fragt der Sergeant. «Niemand hat die Streife darüber informiert, was ihr hier vorhabt.»

«Dazu war keine Zeit», sagt Howie. «Wir hatten 'nen Tip, daß sie den Stoff heute wegschaffen wollen.»

«Ich sage Ihnen, was hier los ist», schalte ich mich ein.

«Halt dein verdammtes Maul.» Howie hält mir seinen Schlagstock ins Gesicht.

«Ihre Kumpel wollen einen Anwalt aus dem Verkehr ziehen, der mitten in einem Mordprozeß steckt, indem sie ihm belastendes Beweismaterial unterschieben», sage ich zu dem Sergeant. «Sehen Sie sich sein Namensschild unter der Weste an. Da steht ‹Mike›. Er hat sich als Mitarbeiter einer Kabelfirma ausgegeben, um den Stoff in mein Badezimmer zu schmuggeln.»

In Howies Gesicht spiegelt sich eine Mischung aus angewidertem Lächeln und Wut. Ich frage ihn, ob er noch, wie versprochen, meinen Fernsehapparat reparieren wird, bevor er geht. Er holt mit dem Schlagstock aus, aber er schlägt nicht zu.

Er erntet ein paar ernste Blicke von dem Cop in Uniform. «Howie. Ich schäme mich für dich.»

Howie lacht, wie über einen guten Witz. Wie kann der Ranghöhere einem Dealer glauben?

Der Gesichtsausdruck des Sergeants ist unergründlich. Einer der anderen Cops kommt mit dem Hund herein, an einem kurzen Haltestrick, ein großer deutscher Schäferhund, und sie gehen in Richtung Badezimmer.

«Vielleicht möchtest du noch so lange bleiben.» Howie redet mit dem Sergeant.

Sie gehen beide durch die Diele.

Ich höre, wie der Hund im Badezimmer schier ausrastet, bellt, an den Wänden kratzt. Howie sagt dem Sergeant, daß es irgendwo dort sein muß.

«Ich hoffe für dich, daß du es findest», entgegnet der Sergeant. Sie kommen beide wieder zu uns ins Wohnzimmer. «Weil der Lieutenant auf dem Weg hierher ist.»

«Wer zum Teufel hat den denn verständigt?»

«Ich.»

«Warum, verdammt noch mal?» fragt Howie.

«Das ist mein Revier», sagt der Sergeant. «Und da kommst du mir nicht ins Gehege, ohne mich zu informieren, Howie. Ich denke, es gibt einiges zu erklären.»

Die Rettung naht.

Howie späht in Richtung Badezimmer.

«Kennedy. Was gefunden?»

«Nein.»

«Scheiße.» Howie eilt ihm zu Hilfe.

Wir bleiben im Wohnzimmer zurück mit der Baseballmütze, einem der maskierten Cops und den beiden Uniformierten.

«Ich bin Sergeant Lincoln», wendet sich der Uniformierte mir zu. «Wer sind Sie?»

«Ich glaube, Howie möchte nicht, daß Sie mit ihnen reden.» Das sagt der Kerl mit der Baseballmütze.

Der Sergeant bedenkt ihn mit einem Blick, durch den er tot umfallen müßte, wenn er nur bis zum Schirm seiner Mütze denken könnte.

«Knelly, seh ich wirklich so aus, als würde ich mich einen Dreck darum scheren, was Howie möchte?» Als der Typ nicht antwortet, baut sich der Sergeant vor ihm auf, zehn Zentimeter von seinem Gesicht entfernt. «Also?»

Der Kerl namens Knelly wird tatsächlich blaß, bleibt noch einen Moment standhaft und wendet sich dann ab.

«Los, mach schon, geh nach Drogen schnüffeln», sagt der Sergeant. Knelly verläßt den Raum, der Schlagstock baumelt von seiner Hand wie ein schlapper Schwanz.

«Und du», sagt der Sergeant. Er meint den anderen maskierten Cop. «Douglas. Nimm dir das verdammte Ding vom Kopf. Du siehst lächerlich aus. Los, raus hier. Wir passen auf deine Gefangenen auf.»

Der Typ geht zu seinen Kumpeln.

Der Sergeant wendet sich wieder mir zu. «Also noch mal. Wer sind Sie?»

«Mein Name ist Paul Madriani.»

«Hab von Ihnen gehört», sagt er. «Und Sie?»

Lenores Gesicht ist inzwischen angeschwollen, und sie kriegt bestimmt ein blaues Auge, das rechte Lid schließt sich allmählich.

«Darf ich vorstellen», sage ich. «Das ist Lenore Goya, ehemalige Mitarbeiterin bei der Bezirksstaatsanwaltschaft.»

Ich höre, wie Lenore einen tiefen Seufzer ausstößt. Ich glaube fast, sie hatte wirklich Angst, die würden uns umbringen.

19

Heute morgen will Radovich der Sache höchstpersönlich auf den Grund gehen. Er hat Kline und den Polizeichef der Stadt zu sich in sein Richterzimmer zitiert und will von ihnen eine Erklärung für die Razzia in meinem Haus. Obwohl er offiziell keine Stellung nimmt und den Fragen der Journalisten ausweicht, ist er sichtlich in Sorge, daß Zeitungsberichte über diesen Vorfall den Prozeß beeinträchtigen könnten.

«Wieso wurde ich nicht darüber informiert? Wer zum Teufel hat bei Ihnen im Amt eigentlich das Sagen?» Radovich will von Kline Antworten hören.

Harry und ich sitzen schweigend auf einer Couch an der Wand. Ich habe ein Pflaster auf der Stirn, wo ich mit vier Stichen genäht wurde, und deutlich sichtbare Prellungen am Hals. Acosta sitzt in einem Sessel neben mir, einer der Gerichtsdiener steht hinter ihm und ein Wachmann draußen vor der Tür. Ich habe darauf bestanden, daß er dabei ist, da er die Artikel über die Razzia in der Zeitung gelesen hat. Er fürchtet, es könnte sich negativ auf seinen Prozeß auswirken.

Der Lieutenant hat den Kabelmann und seinen Trupp in weniger als zehn Minuten aus meinem Haus gescheucht. Sie hatten fast den Boden meines Badezimmers aufgerissen, ohne auch nur das Geringste zu finden. Dagegen dauerte es länger, Sarah wieder zurückzuholen. Das Jugendamt hatte endlos viele Fragen. Man wollte sie über Nacht dabehalten. Erst als ich ihnen mit einer Anzeige drohte, kamen sie zur Vernunft.

Nicht ein einziger aus den Reihen der Verantwortlichen hat sich zu einer Entschuldigung durchringen können. Sie halten alle gespannt den Atem an, ob Lenore und ich sie anzeigen werden.

Der Deutsche Schäferhund ist im Badezimmer völlig durchgedreht, aber die Witterung verlor sich an der Wand unterhalb des Fensters. Schlußendlich hätten sie das Kokain sicherlich gefunden, wenn nicht die Messingvorrichtung an der Tür, der Lieutenant und sein Sergeant gewesen wären. Vorgesetzte haben ganz eigene Methoden, Amtsmißbrauch in ihren Reihen zu vergelten. In diesem Fall sah die Strafe so aus, daß die Betreffenden vom Ort des Geschehens abgezogen wurden, bevor sie ihre Suche beenden konnten.

Kline ist die Reue in Person, doch seine Entschuldigungen laufen im Grunde nur auf eins hinaus, daß er nämlich selbst nichts von der Razzia wußte.

«Euer Ehren» – er steht ganz dicht vor Radovichs Schreibtisch – «ich lege Wert auf die Feststellung, daß ich mit dieser Sache absolut nichts zu tun hatte.» Er wirkt aufrichtig betroffen, während er beteuert, nicht informiert worden zu sein.

«Hätte ich davon gewußt, hätte ich natürlich Rücksprache mit dem Gericht gehalten.»

«Irgendwer muß doch einen Durchsuchungsbefehl ausgestellt haben», sagt Radovich.

«Ein frisch ernannter Richter am Amtsgericht», sagt Kline. «Im Bereitschaftsdienst. Und am frühen Samstag morgen hat einer unserer jüngeren Mitarbeiter, der ebenfalls Bereitschaftsdienst hatte, ihn gegengezeichnet.»

Laut Kline haben die Cops seinem unerfahrenen Mitarbeiter, der erst vor sieben Monaten sein Jurastudium abgeschlossen hat, erzählt, die Sache sei dringend und erlaube keinen Aufschub, da das Rauschgift an dem Morgen weggeschafft werden sollte.

«Mein Mitarbeiter hat den Namen auf dem Durchsuchungsbefehl nicht mit Mr. Madriani in Verbindung gebracht. Andernfalls hätte er mich sicherlich informiert.» Kline dreht den Kopf dabei in meine Richtung, was wohl so etwas wie eine Entschuldigung sein soll.

Radovich wendet sich an den Polizeichef Wallace Hansen und will wissen, woher die Cops die Informationen hatten, die zu der Hausdurchsuchung führten.

«Von einem Informanten», sagt Hansen. «Eine zuverlässige Quelle.»

Hansen hat eine Hautfarbe wie ein Albino, rötlichblondes Haar und ein Gesicht, das ständig Feindseligkeit auszudrücken scheint.

«So zuverlässig, daß Sie nicht die Bohne gefunden haben», sagt der Richter.

«Glauben Sie mir, das liegt weiß Gott nicht daran, daß sie sich keine Mühe gegeben hätten», sage ich zu Radovich. «Der Sachverständige ist immer noch dabei, den Schaden in meinem Haus abzuschätzen.»

Hansen will wissen, ob ich Anzeige erstatten werde.

«Das erfahren Sie, wenn er sie einreicht», sagt Harry.

Ich habe Radovich unter vier Augen erzählt, daß die Cops das Rauschgift in mein Haus geschmuggelt haben, was er ganz offensichtlich nicht hören wollte. Er hat mir geraten, diesen Vorwurf nicht hier vor den anderen zu wiederholen, weil ich mich dadurch in gewisser Weise selbst belasten könnte – indem ich nämlich damit bestätigen würde, daß tatsächlich Rauschgift im Haus war. Hansen würde dann sicherlich wissen wollen, wo es war. Er gehört zu der Sorte Cops, die bedingungslos zu ihren Leuten stehen, selbst wenn sie den Verdacht haben, daß etwas nicht ganz astrein gelaufen ist. Schmutzige Wäsche würde er niemals in der Öffentlichkeit waschen.

Er beteuert weiter, daß seine Leute einen guten Grund für die Durchsuchung hatten.

«Hatten sie einen guten Grund, Mr. Madriani fast krankenhausreif zu schlagen?»

«Wie ich höre, hat er Widerstand geleistet», sagt Hansen.

«Und Ms. Goya? Hat die auch Widerstand geleistet?»

Hansen gibt darauf keine Antwort.

«Ich habe ihr Gesicht gesehen», sagt Radovich. «Sie hat ein gewaltiges Veilchen.»

Hansen steht bloß da und nimmt alles hin, der professionelle Prügelknabe.

«Das gefällt mir nicht. Das gefällt mir ganz und gar nicht», sagt Radovich.

Unter vier Augen wurde ihm mitgeteilt, daß die beteiligten Männer inzwischen suspendiert sind, bis ein polizeiinterner Untersuchungsausschuß die Angelegenheit überprüft hat. Zumindest soviel hat Radovich mir anvertraut.

«Tja, Mr. Kline. Ich weiß nicht recht, wie ich weiter verfahren soll», sagt Radovich. «Für die Presse ist diese Geschichte ein gefundenes Fressen. Wenn irgendwas davon bis zu den Geschworenen durchsickert, muß ich den Prozeß vielleicht wegen Verfahrensmängeln einstellen.»

«Sie können sie doch anweisen, dem keine Bedeutung zu schenken», sagt Kline.

Die Geschworenen werden nicht vor der Außenwelt abgeschirmt. Sie sind zwar angewiesen, keine Presseberichte über das Verfahren zu lesen und weder Fernseh- noch Radionachrichten zu hören, aber jeder weiß, daß solche Ermahnungen in der Regel mißachtet werden.

«Jetzt hören Sie mir mal zu», sagt Radovich. «Ich will Ihre zuverlässige Quelle morgen früh um halb neun in meinem Amtszimmer sehen. Ich will wissen, woher die Informationen stammen. Ich werde mich selbst überzeugen, ob die Anklagevertretung nicht in irgendeiner Weise versucht hat, die Geschworenen durch Verunglimpfung des Verteidigers zu beeinflussen.»

«Ich weiß nicht, ob wir das machen können», sagt Hansen, «den Zeugen beibringen.»

«Wieso nicht?»

«Soweit ich weiß, wurden die Informationen unter der Bedingung geliefert, daß absolute Vertraulichkeit garantiert wird.»

«Muß ich erst eine gerichtliche Verfügung ausstellen?» sagt Radovich.

Kline bietet dem Polizeichef keinerlei moralische Unterstützung. Hansen steht ganz allein da.

«Nein.»

«Dann sorgen Sie dafür, daß Ihr Mann morgen früh hier ist.»

Dann wendet er sich an Kline. «Diese Leute arbeiten für Sie. Ich will eine Garantie von Ihnen.»

Der Staatsanwalt flüstert dem Polizeichef etwas ins Ohr, sie beraten sich, dann sichert Kline zu, daß der Zeuge erscheinen wird.

«Außerdem will ich Ihr Wort», sagt Radovich, «daß es keine Wiederholung dieses Vorfalls gibt.»

Dafür ist offenbar keine Beratung erforderlich.

«Jedenfalls nicht von uns», sagt Hansen.

«Und ich will keine Wortspielereien», fügt der Richter an. «Das heißt, daß Sie auch keine andere Dienststelle damit beauftragen werden, mit einem neuen Durchsuchungsbefehl loszuziehen und Rambo zu spielen. Habe ich mich klar ausgedrückt?»

Die beiden Männer nicken unisono wie Rekruten in der Grundausbildung.

«Schön», sagt Radovich. «Und jetzt gehen wir da raus und setzen die Verhandlung fort.»

Wir sind fast am Ende des Flurs, der von Radovichs Dienstzimmer zum Gerichtssaal führt, und der Wachmann hält meinen Mandanten am Arm fest, als Acosta sich zu mir rüberbeugt und mir ins Ohr flüstert: «Das war gar nicht so schlecht. Ich denke, letztlich kann uns das vielleicht sogar ein paar Pluspunkte beim Richter einbringen.»

Acosta hat nicht meine Schmerzen am ganzen Körper.

Es war eine unruhige Nacht; nur vier Stunden Schlaf. Um kurz vor neun habe ich Sarah ins Bett gebracht, dann habe ich geduscht und einige Unterlagen für die morgige Sitzung gelesen; gegen elf war ich im Bett. Ich hatte den Wecker so eingestellt, daß er mich um drei mit leiser Musik wecken sollte, aber ich war schon wach, bevor er anging.

Ich stehe auf und ziehe eine alte Jeans, Sweatshirt und Joggingschuhe mit dicker Gummisohle an. Seit über einer Stunde regnet es draußen wieder, also ziehe ich mir eine dunkle Nylonwindjacke mit Kapuze über.

Auf dem Weg nach unten schaue ich kurz bei Sarah rein. Sie schläft fest. Die Decke ist an das Fußende ihres Bettes gerutscht, und nur die kleine Puppendecke liegt um Sarahs Schultern, so daß sie Gänsehaut an den dünnen Beinchen hat. Ich decke sie zu, und sie bewegt sich ein wenig, bevor sie wieder in tiefen Schlaf fällt, mit leise schnurrendem Schnarchen.

Ich gehe die Treppe hinunter, durch die Diele, in die Küche, wo die Spuren der Razzia auch nach drei Tagen noch unübersehbar sind. Es fehlen Schubladen, die auf dem Boden zerschmettert wurden, und eine Schranktür, die einer aus den Angeln gerissen hat. Die Regale in der gähnenden Öffnung des Schranks sind leer, da sie das Geschirr einfach herausgerissen haben und auf die geflieste Arbeitsplatte haben fallen lassen. Die Teile, die dabei noch ganz geblieben waren, haben sie auf den Boden gefegt und zertrampelt. In der Tür meines Kühlschranks ist eine große Delle, die einer der Cops mit einer gußeisernen Bratpfanne dort hinterlassen hat. Nachdem ich den Schaden fotografiert hatte, ging ich mit Hilfe von Freunden ans Aufräumen. Auch Lenore blieb da und half, obwohl sie anhaltende Schmerzen hatte. Sie ist sicher, daß Kline hinter der Sache steckt. Ihre Feindseligkeit gegen diesen Mann ist beinahe manisch. Mein Verdacht geht dagegen in eine ganz andere Richtung, und er ist in den beiden letzten Nächten sozusagen bestätigt worden.

Lenore hat das weiße Pulver gesehen und mich mehrmals gefragt, was ich damit gemacht habe. Ich habe es ihr nicht erzählt.

Ich gehe zur Hintertür hinaus in den Garten und biege um die Hausecke in den schmalen Gang zwischen der Hauswand und dem kleinen Zaun. Es ist dunkel, aber ich benutze keine Taschenlampe. Der helle Schein könnte Nachbarn alarmieren, oder Schlimmeres.

Dieser Trampelpfad ist gut begehbar, nur etwas Efeu wächst am Zaun, der meinen Garten vom Nachbargrundstück abtrennt. Über mir ist die Dachtraufe meines Hauses. Wenn ich dicht an der Hauswand langgehe, bin ich vor dem Regen geschützt.

Etwa nach der Hälfte des Weges sehe ich das kleine Badezimmerfenster. Eine der Scheiben ist zerbrochen und mit schwarzem Plastik zugeklebt, das ich von innen befestigt habe.

Ich versuche, mir den genauen Grundriß des Nachbarhauses in Erinnerung zu rufen. Im Gegensatz zu meinem ist es einstöckig und hat ein leicht geneigtes Dach. Auf der anderen Seite des Zauns, nur knapp einen Meter entfernt, kann ich die Traufe vom Garagendach nebenan erkennen.

So leise wie möglich steige ich auf den Zaun und richte mich vorsichtig auf. Wie ein Seiltänzer balanciere ich kurz und kriege die Dachrinne zu fassen. Ich nehme Schwung, hieve mich mit beiden Armen hoch und schwinge ein Bein nach oben. Dann robbe ich so lange, bis ich flach auf dem Rand des Daches liege. Dabei schleift ein Fuß geräuschvoll über die Regenrinne. Die Dachziegel sind glitschig vom Regen. Ich bin schon völlig durchnäßt. Meine Jeans ist durchweicht und drei Pfund schwerer als im trockenen Zustand. Ich liege ein paar Sekunden lang ganz still da, warte ab, ob unter mir im Nachbarhaus Lichter angehen. In der Blechrinne und den Fallrohren rauscht es gleichmäßig; wahrscheinlich wurde dadurch das Schleifgeräusch überdeckt, das ich mit dem Fuß gemacht habe.

Flach auf dem Bauch krieche ich über das Garagendach zum Dach des Hauses selbst, dessen First parallel zur Straße verläuft. Heute nacht fließen auf beiden Seiten regelrechte Flüsse ab.

Aus diesem Grund konnte ich auch nicht länger warten. Ich konnte mich nicht darauf verlassen, daß der Plastikbeutel bei dem heftigen Regen halten würde. Über kurz oder lang könnte mein Nachbar wegen eines weißen Stroms neugierig werden, der sich wie Fledermaus-Guano durch die Fallrohre seines Hauses auf den Rasen ergießt, das Wundermittel jedes Gärtners.

Als ich die rückwärtige Seite des Daches erreicht habe, gehe ich gebückt die Schräge hoch, damit ich über den First gucken kann. Ich blicke auf die Straße, die mehrere Häuser weiter vom gelben Licht einer Straßenlaterne erleuchtet wird.

In der entgegengesetzten Richtung, unter den Zweigen einer jungen Ulme, sehe ich den merkwürdigen dunklen Lieferwagen, der vor zwei Tagen zum erstenmal aufgetaucht ist. Er hat links und rechts je ein rundes Bullaugen-Fenster, Relikte aus den siebziger Jahren. Er parkt dort, stets an derselben Stelle, wenn ich abends nach Hause komme, und steht noch immer da, wenn ich morgens zur Arbeit gehe.

Diskret sind sie nicht gerade. Wenn sie mich schon nicht wegen Rauschgifthandels einbuchten können, wollen sie zumindest den Stoff zurückhaben. Sie bestärken meine Vermutung, daß Kline mit der Sache nichts zu tun hat. Nachdem Radovich ihm derart den Kopf gewaschen hat, würde er es nicht wagen, mein Haus unter Beobachtung zu stellen. Zugleich wird deutlich, wie wenig die Verantwortlichen, Kline und der Polizeichef, im Grunde ihre eigenen Leute unter Kontrolle haben.

Ich habe mir das Kennzeichen des Lieferwagens notiert, und Harry will feststellen, auf wen er zugelassen ist. Außerdem habe ich den Wagen von weitem mit Teleobjektiv fotografiert.

Wenn ich morgens aus dem Haus gehe, streue ich eine dünne Schicht Babypuder auf die Schwelle der Vorder- und Hintertür sowie an einige ausgesuchte Stellen in der Diele, für den Fall, daß sie durch ein Fenster einsteigen. Jeden Abend, wenn ich nach Hause komme, überprüfe ich die Stellen auf Fußabdrücke. Wenn auf mein Talent als Fährtenleser auch nur ein bißchen Verlaß ist, sind sie bis jetzt noch draußen geblieben. Ich glaube, sie haben sich überlegt, daß das Zeug nicht im Haus sein kann. Ich habe es so eingerichtet, daß Sarah niemals allein zu Hause ist. Sie ist meine Hauptsorge bei der ganzen Sache.

Im Lieferwagen rührt sich nichts. Dennoch bleibe ich weiterhin in Deckung. Ich bewege mich seitlich am Haus entlang, fast bis zur anderen Seite. Als ich gerade denke, daß ich den Beutel unmöglich so weit geworfen haben kann, sehe ich ihn, eingeklemmt in der Rinne um ein metallenes Dachfenster. Durch das glänzende durchsichtige Plastik schimmert das strahlend weiße Pulver, es wirkt wie eine unheilvolle Wolke, die auf dem Dach ruht. Der Beutel scheint noch fest verschlossen zu sein, unbeschädigt, und einen Augenblick lang denke ich, daß er hier vielleicht sicherer ist als wieder bei mir im Haus.

Ich bin schon wieder auf dem Rückweg übers Dach, zurück zum Trampelpfad zwischen den beiden Häusern, als ich das Geräusch einer Wagentür höre. Sie wird nicht zugeschlagen, sondern leise geschlossen. Ich robbe wieder hoch zum First und spähe hinüber. Zwei Männer kommen aus der Richtung des dunklen Lieferwagens über die Straße auf mich zu. Im dämmrigen Licht der Straßenlaterne kann ich auf diese Entfernung ihre Gesichter nicht erkennen.

Ich gehe hinter dem First in Deckung und liege mucksmäuschenstill da, ausgestreckt auf dem Bauch. Ich halte Ausschau nach Fluchtwegen. Vom Dach bis auf die Betonveranda meines Nachbarn sind es drei Meter, vielleicht mehr. Die Veranda ist teilweise mit einem Aluminiumdach abgedeckt, das mein Gewicht vermutlich nicht tragen würde. Und selbst wenn mir der Sprung gelänge, meine Landung würden sie bestimmt hören.

«Und ich sage dir, ich hab was gesehen.»

Die Worte werden geflüstert, sind aber gerade noch zu verstehen.

«Da oben ist jemand.»

«Nicht auf dem Dach vom Anwalt. Nebenan. Da drüben.»

Sie flüstern weiter, und die Stimmen kommen näher.

Ich schiebe mich auf dem Bauch neben das Dachfenster, das mit einer Kante an den First heranreicht, und luge wieder auf die andere Seite.

Einer der Männer hat etwas Seltsames um die Stirn gebunden, wie zwei Antennen, die einige Zentimeter vom Kopf abstehen.

«Ich bin sicher, daß ich was gesehen habe», sagt er.

«Wahrscheinlich eine Katze», sagt der andere.

«Nein. Zu groß.»

Er rückt das Ding auf seinem Kopf zurecht und klappt es herunter, bis die vorstehenden Teile seine Augen bedecken, und mir wird mit einem Schlag klar – der Kerl trägt ein Nachtsichtgerät.

Ich reiße den Kopf so schnell zurück, daß ich fast ein Schleudertrauma kriege. Durch die Bewegung rutsche ich rund dreißig Zentimeter über das nasse Dach.

«Was war das?»

«Ich hab nichts gehört.»

«Schhh.»

Ich frage mich, ob er mit dem Gerät auf den Augen vielleicht auch die aufsteigenden Wellen meiner Körperwärme über dem Dachfirst wahrnehmen kann: ein grünes Gespenst über dem kalten, nassen Dach.

«Ich seh nix.» Die Stimme des anderen Burschen. «Komm schon. Gehen wir zurück in den Wagen. Hier draußen ist es zu naß.»

«Ich hab dir doch gesagt, wir hätten neulich da oben suchen sollen.»

«Dafür hatten wir keine Zeit. Ich gehe zurück zum Wagen. Ich bin klatschnaß. Kommst du?»

«Gleich.»

«Wie du willst. Wenn irgendein übereifriger Bürger die Polizei anruft, weil hier jemand rumschleicht, kriegen sie dich am Arsch.»

«Guck doch mal nach, ob er in seinem Bett ist und schläft.»

«Wer?»

«Der Anwalt. Vielleicht kannst du ja durch sein Schlafzimmerfenster was sehen.»

«Das mach mal wohl selbst. Ich geh zurück zum Wagen.»

Ich höre Stapfen auf dem nassen Rasen vor dem Haus meines Nachbarn. Es vergehen einige Sekunden, und ich frage mich, ob sie beide gegangen sind. Dann höre ich eine Autotür zuschlagen, nur eine.

Plötzlich bewegen sich die oberen Zweige eines Gebüschs, an der Stelle, wo mein Vorgarten an den meines Nachbarn grenzt. Ich höre das Scharren von Füßen, deutliche Klettergeräusche am Holzzaun, dann Stille. Einen Augenblick später Schritte. Jemand ist über den

Zaun gestiegen und befindet sich jetzt auf dem schmalen Pfad neben meinem Haus unweit des zerbrochenen Badezimmerfensters.

Ich liege ausgestreckt auf dem Dach, ohne Fluchtweg. Hinter mir, ein Stück rechts vom Verandadach, ist ein gemauerter Schornstein. Dahinter könnte ich mich verstecken, damit mich der Eindringling nicht vom Garten hinter dem Haus sehen kann. Aber von dort aus könnte er, wenn er im richtigen Winkel steht, mühelos den Beutel mit seinem weißen Inhalt entdecken.

Ich gehe auf die Knie und bewege mich leise um das Dachfenster herum. Ich packe den Beutel. Er fühlt sich ganz weich an, wie Puderzucker. Geräuschlos schleiche ich das Dach hinab zum Schornstein und mache mich ganz klein in dessen Schatten, ein sinnloses Unterfangen, wenn der Mann da unten ein Nachtsichtgerät hat. Ich halte zwanzig Jahre Zuchthaus in der Hand. Nicht einmal Radovich könnte mich noch retten.

Das war dumm von mir. Ich hätte den Beutel liegenlassen sollen, aber ich wußte auch, daß das nicht ging. Früher oder später hätte ihn jemand entdeckt und sich an die ergebnislose Razzia im Nachbarhaus erinnert.

Jetzt höre ich, wie sich der Kerl irgendwo hinter meinem Haus bewegt. Um beide Hände frei zu haben, schiebe ich den Beutel in die Rinne, wo Schornstein und Metallverkleidung des Dachrandes aufeinandertreffen.

Ich kann in meinem Garten nichts erkennen. Dort ist es stockdunkel. Die Bäume an der Straße und das Dach schirmen ihn gegen das Licht der Straßenlaterne ab. Ich frage mich, ob der Kerl genau in diesem Moment aus irgendeiner dunklen Ecke in meinem eigenen Garten zu mir hochstarrt.

Dann Schritte und das Quietschen einer Türangel. Er betritt mein Haus durch die Hintertür. Plötzlich habe ich nur noch einen Gedanken: Sarah, die schlafend im Bett liegt.

Es gelingt mir, mit dem Kokain in einer Hand an den schmiedeeisernen Stützen des Verandadaches hinabzuklettern. Dann laufe ich schnell zum Zaun. Er ist verschwunden, aber die Hintertür steht halb offen. Ich hatte sie beim Hinausgehen zugezogen. So leise ich kann, steige ich über den Zaun. Ich reiße mir die Windjacke und den Arm an einem Nagel auf, aber ich stehe derart unter Adrenalin, daß ich nichts spüre.

Neben meiner Garage ist ein niedriger Stapel Holz, überwiegend klein gehackte Stücke zum Kaminanzünden und ein paar Scheite für kalte Winterabende. Ich taste herum, bis ich das Richtige finde: ein Stück schön abgelagertes Eichenholz, gut einen halben Meter lang und so dick wie ein Baseballschläger. Den Beutel Kokain verstecke ich unter einigen Holzscheiten.

So ausgerüstet eile ich zur Hintertür. Ich schiebe mich hindurch, ohne sie zu berühren. Er hat ein Nachtsichtgerät; ich habe die Vertrautheit meines eigenen Hauses. Die Abstellkammer ist leer, also gehe ich, dicht an die Wand geschmiegt, zur Küchentür und werfe einen raschen Blick hinein. Niemand drin.

Dann höre ich es, das Schleifen eines Schuhs auf Teppich. Er ist in der Diele, irgendwo jenseits der Tür, die zur Küche hinausführt. Ich überlege, welche Möglichkeiten ich habe. Ich könnte laut schreien, in der Hoffnung, ihn so zu erschrecken, daß er zur Vordertür hinaus abhaut. Aber ich weiß nicht, was passiert, falls er in Panik gerät. Bestimmt ist er bewaffnet. Ich will auf keinen Fall, daß irgendwelche Kugeln durch Decken oder Wände schlagen, solange Sarah da oben schläft.

Ich verringere den Abstand zwischen uns, gehe geräuschlos durch die Küche, bis ich gegen die Wand gepreßt neben dem Kühlschrank stehe. Ich spähe in die Diele und sehe, wie sich am anderen Ende ein Schatten bewegt. Er nähert sich der Treppe. Dem Umriß des Kopfes nach hat er die Nachtsichtbrille auf.

Er setzt einen Fuß auf die unterste Stufe, und mir ist klar, daß ich ihn keinesfalls hochgehen lassen darf. Ich greife nach dem Lichtschalter an der Wand und betätige ihn. Das Licht in der Diele geht an, und mit einem markerschütternden Schrei stürze ich auf ihn zu. Das grelle Licht durch die Brille muß ihn geblendet haben, denn er macht einen großen Schritt zurück und stolpert von der ersten Stufe. Im Umdrehen versucht er, sich die Brille von den Augen zu reißen, doch es gelingt ihm nur teilweise. Er hat eine Hand an die Pistole gelegt und sie schon halb aus dem schwarzen Nylonhalfter unter seiner Jacke gezogen. Mein Eichenholzknüppel trifft auf harten Knochen, mit einer schwungvollen Rückhand kracht er ihm auf die Stirn.

Er sackt zusammen wie ein Mehlsack, seine Beine wie Gummi. Mein Teppich ist voller Blut, auch die Wand hinter ihm ist bespritzt. Einen Augenblick lang starre ich auf seinen reglosen Körper auf dem Boden und frage mich, ob ich ihn umgebracht habe. Dann stöhnt er benommen. Er langt träge nach der Pistole, und ich nehme sie ihm weg.

Niedergestreckt auf dem Boden in meiner Diele liegt der Kabelmann, die Augen offen, aber glasig. Die Pupillen beider Augen rollen abwechselnd unkontrolliert nach oben unter die Lider. Ich packe ihn am Hemdkragen und schleife ihn zur Haustür, wo ich ihn auf den Bauch drehe wie einen gestrandeten Wal.

Auf meinem Fernseher liegt das Stück Kabel, das er vor drei Tagen dort liegengelassen hat, noch immer eingepackt. Ich nehme es und verschnüre ihn an Händen und Füßen, so fest, bis sein Körper wie ein Bogen gespannt ist. Er ächzt dabei gequält.

«Wie Sie schon sagten» – ich bin ganz dicht an seinem Ohr – «Sie werden eine Zeitlang bloß jede Menge Schnee sehen.»

20

Es ist der vierte Verhandlungstag, und Klines Darlegung der Beweislage ist, wenn auch nicht gerade mitreißend, so doch systematisch. Er läßt nichts unversucht, um Punkte zu machen, gleichgültig, wie mager sie auch ausfallen.

Außerhalb des Gerichtssaals ist es ihm gelungen, Radovichs verständlichen Zorn über das zweite Eindringen der Cops in mein Haus abzuwenden. Polizeichef Hansen wurde vorgeschickt und mußte die Sache auf seine Kappe nehmen.

Ich habe in Erfahrung bringen können, daß es sich beim Kabelmann um einen Cop von der Sitte namens Howard Hoag handelt. Er war dabei, als Zack Wiley getötet wurde. Nachdem ich ihm in meiner Diele das Licht ausgeknipst hatte, habe ich die Polizei angerufen. Hoag wurde wegen mehrerer Vergehen verhaftet, unter anderem wegen unerlaubten Eindringens in mein Haus. Am nächsten Morgen haben sie ihn auf freien Fuß gesetzt, nachdem er sich zu der Tat bekannt hatte. Sein Kumpel im Lieferwagen hatte nicht erst abgewartet, was passieren würde. Als der erste Streifenwagen mit Blaulicht bei mir vorfuhr, machte er sich aus dem Staub.

Kline hat den ganzen Vorfall ad acta gelegt und macht mit der Verhandlung weiter, als wäre nichts gewesen. Er wirkt sehr überzeugend dabei, aber er weiß, daß das Verhalten von Hoag und seinen Kollegen die Hauptthese unserer Verteidigung bestätigt: In dieser Stadt gibt es eine Clique schlechter Cops, die im Grunde machen, was sie wollen.

Dreieinhalb Tage lang hat er die beiden leitenden Ermittler im Zeugenstand befragt. Sie haben sowohl zum Fundort der Leiche in der Gasse als auch zu den Beweisstücken in Halls Wohnung ausgesagt. Sie haben erzählt, daß sie an der Decke, in der die Leiche eingewickelt war, Haare und Fasern bemerkt und sichergestellt haben. Einer von ihnen hat ausgesagt, daß ähnliche Haare in Acostas Haus und ähnliche Teppichfasern im Kofferraum seines Wagens gefunden wurden.

Hinsichtlich der Mordwaffe sind sie sich offenbar nicht ganz sicher. Es besteht aber allgemeine Übereinstimmung darin, daß der Kopf des Opfers auf die scharfe Metallkante des Couchtisches geschlagen ist. Sie haben versucht, dieses Faktum spektakulärer zu gestalten, indem sie behaupten, Hall sei wiederholt gegen den Tisch geschlagen worden.

Radovich hat meinem Einspruch stattgegeben, daß diese Aussage die Sachkenntnis der Zeugen übersteige. Keiner der beiden besitzt qualifizierte medizinische Kenntnisse oder hat eine spezielle Ausbildung in der Analyse von Blutspuren.

Zum Schluß hat Kline die Ermittler zu dem für uns vielleicht schädlichsten Indiz befragt, dem Eintrag auf Halls Kalender in ihrer eigenen Handschrift, der nahelegt, daß Acosta sich am Nachmittag des Mordes mit dem Opfer getroffen hat.

Dieses Indiz birgt ein zusätzliches Problem. Acosta hat vor seiner Verhaftung, als man ihn zu der Kalendernotiz befragte, nicht bestritten, sich mit dem Opfer getroffen zu haben. Er hat nicht einmal das Recht in Anspruch genommen, die Aussage zu verweigern, und nach Angaben der Cops gewisse Gesten und Bemerkungen gemacht, die sie glauben ließen, ein Treffen habe stattgefunden. Das bestreitet er jetzt, räumt aber zugleich ein, daß seine Bemerkungen gegenüber der Polizei töricht gewesen waren. Ich habe meinem Mandanten die Leviten gelesen. Unfaßbar, daß ein Richter so dumm sein kann.

Und genau hier setze ich heute morgen an, um den Schaden wenigstens teilweise wiedergutzumachen.

Detective John Stobel, Ende Vierzig, blaß und glatzköpfig, würde ohne weiteres als Buchhalter oder Collegeprofessor durchgehen, er ist mit seinen zwanzig Jahren Diensterfahrung ein alter Hase beim Morddezernat. Er gibt sich zurückhaltend, professionell. Jedes Wort aus seinem Munde ist sachlich, ohne übertriebene Ausschmückung. Wenn möglich, sagt er schlicht ja oder nein. Er wirkt unparteiisch und ist somit ein überaus gefährlicher Zeuge, da er sehr glaubwürdig wirkt.

Heute morgen tauschen wir zunächst ein paar Nettigkeiten aus. Er sieht mich direkt an, ein nicht unbedingt freundlicher, aber neutraler Blick, wie ich finde. Zu seinem professionellen Auftreten gehört, daß er mich als einen notwendigen Bestandteil des Prozesses betrachtet, und diese Haltung vermittelt er auch den Geschworenen.

«Detective, bitte richten Sie Ihre Aufmerksamkeit auf den Kalender des Opfers.»

Der Kalender ist bereits auf einer Staffelei vor den Geschworenen aufgestellt. Vor zwei Tagen hat Kline ihn als Beweismittel vorgelegt. Stobel signalisiert mit einem Nicken, daß er den Kalender von seinem Platz aus gut sehen kann.

«Wer hat die Notiz mit dem Namen meines Mandanten zuerst gesehen? Sie oder Ihr Partner?»

Er überlegt kurz. «Ich denke, das war ich.»

«Und dann haben Sie Detective Jamison auf die Notiz aufmerksam gemacht? Ist das richtig?»

«Ja.»

«Also haben Sie beide die Notiz gelesen?»

«Ja.»

«Und Sie haben sie aufgeschrieben? In Ihrem Ermittlungsprotokoll?»

«Ja.»

«Weil Sie sie für wichtig hielten?»

«Einspruch. Verlangt nach einer subjektiven Schlußfolgerung», sagt Kline.

«Abgelehnt.»

Stobel verzieht das Gesicht. «Ja. Ich hielt sie für wichtig.»

«Haben Sie noch andere Einträge von dem Kalender aufgeschrieben?» Ich kenne die Antwort bereits, da ich seine Notizen durchgesehen habe.

«Nein.»

«Dann gab es also Ihrer Einschätzung nach keine anderen Einträge im Kalender des Opfers, die für Ihre Ermittlungen wichtig waren.»

«Nach meiner Einschätzung, nein.»

«Haben Sie sämtliche Einträge auf dem Kalender für jeden einzelnen Monat gelesen?»

«Ich habe sie mir angesehen.»

«Und keine davon erschien Ihnen wichtig?»

«So ist es.»

«Aber den Eintrag mit dem Namen meines Mandanten hielten Sie sofort für wichtig?»

«Ich weiß nicht, ob es sofort war», sagt er.

«Nun, Sie haben sich den Eintrag aufgeschrieben, während Sie dort waren, gleich bei den ersten Ermittlungen.»

«Weil es einer der Einträge für den Tag des Mordes war.»

«Aha, also hielten Sie ihn nur deshalb für wichtig, weil der Name meines Mandanten für das fragliche Datum auf dem Kalender eingetragen war?»

Das verringert die Auslegungsmöglichkeiten, ein Zugeständnis, das er lieber nicht machen möchte, also formuliert er meinen Satz mit eigenen Worten neu.

«Weil aufgrund dieses Eintrags die Möglichkeit besteht, daß der Angeklagte die letzte Person war, die die Ermordete gesehen hat.»

«Aber das ist bloß eine Vermutung, nicht wahr? Sie wissen nicht genau, ob mein Mandant das Opfer an dem Tag wirklich gesehen hat, oder?»

«Nein.»

«Der Wortlaut der Notiz, die Ms. Hall auf dem Kalender gemacht hat, besagt im Grunde nicht, daß sie meinen Mandanten auch tatsächlich getroffen hat, nicht wahr?»

«Es ist eine mögliche Auslegung», sagt er.

«Ich beantrage, die Aussage zu streichen, sie ist keine Antwort auf meine Frage», sage ich.

«Die Antwort des Zeugen wird gestrichen. Die Geschworenen werden sie nicht berücksichtigen.»

«In dieser Notiz steht nicht das Wort ‹Treffen›, nicht wahr, Detective Stobel?»

«Nein.»

«Wie lautet sie genau, Detective? Lesen Sie sie den Geschworenen vor.»

«Acosta, halb fünf», sagt er.

«Und das ist alles, nicht wahr? Der Name Acosta und die Uhrzeit?»

«So ist es.»

«Und der andere Eintrag für den fraglichen Tag?» frage ich ihn.

«Ich meine die Notiz, daß Kimberly nach der Schule zu ihrer Großmutter gehen sollte. Die hat nichts mit meinem Mandanten zu tun, nicht wahr?»

«Nein.»

«Hielten Sie diesen Eintrag für wichtig?»

«Eigentlich nicht.»

«Wieso nicht?»

«Daran war nichts Ungewöhnliches», sagt er.

Ich drehe mich zu ihm um mit großen Augen. «Sie finden es nicht ungewöhnlich, daß Ms. Halls Tochter am Tag des Mordes eigentlich bei ihrer Oma sein sollte?»

Er blickt mich an, nicht sicher, worauf ich hinauswill. «Eigentlich nicht.»

«In den frühen Morgenstunden nach dem Mord, wo haben Sie da Kimberly Hall gefunden, Detective?»

«Oh.» Jetzt versteht er, worauf ich hinauswill. «Wir fanden sie in einem Wandschrank in der Wohnung. Sie hatte sich versteckt.»

«Wieso war sie nicht bei ihrer Großmutter, wie es in der Notiz stand?»

Er ist sich nicht sicher. «Vielleicht wurde Ms. Hall getötet, bevor sie das Kind hinbringen konnte.» Noch während er es ausspricht, merkt er, daß er mir in die Falle getappt ist.

«Um wieviel Uhr hatte das Kind Schulschluß?» frage ich ihn.

Er sieht in seinen Notizen nach. «Um Viertel vor drei.»

«Dann glauben Sie also, daß das Opfer am frühen Nachmittag getötet wurde?»

«Das habe ich nicht gesagt.» Das wäre eine Stunde und fünfundvierzig Minuten vor dem angeblichen Treffen mit Acosta gewesen. Kline hat bereits seine Schwierigkeiten mit dem Zeitpunkt des Todes. Offenbar hat eine Nachbarin den Cops erzählt, daß sie irgendwann zwischen halb acht und acht an dem Abend einen einzelnen Schrei gehört hat, eine laute Stimme aus Halls Wohnung. Die Frau wird diese Aussage im Zeugenstand bestätigen. Aber auch diese mögliche Tatzeit läßt sich nicht mit der Verabredung mit Acosta um halb fünf in Einklang bringen.

«Warum wurde das Kind nicht zu seiner Großmutter gebracht, wie es auf dem Kalender eingetragen ist?»

«Ich weiß es nicht.»

«Aber Sie hielten den Eintrag nicht für wichtig?»

«Nein.»

Die Geschworenen registrieren die Ungereimtheit. Ein weiterer Punkt, den die Anklagevertretung nicht erklären kann.

«Und Kimberlys Großmutter hat sich keine Sorgen gemacht, als das Kind nicht bei ihr auftauchte?»

«Sie hat uns gesagt, sie habe nichts davon gewußt, daß sie an dem Abend babysitten sollte.»

«Also sind Sie davon ausgegangen, daß das Opfer ihr nichts davon gesagt hatte?»

«Scheint naheliegend», sagt er.

«Kommen wir auf den Acosta-Eintrag zurück, Detective. Wußten Sie zu dem Zeitpunkt, als Sie die Kalendernotiz sahen, daß das Opfer eine potentielle Zeugin in einem anderen Verfahren war, in einem Verfahren gegen meinen Mandanten?»

«Ja.»

«Wäre es nicht ungewöhnlich, wenn eine Zeugin sich mit jemandem trifft, gegen den sie vorhat auszusagen?»

«Woher soll ich das wissen?»

«Nun, ermuntern Sie als Polizeibeamter einen Zeugen in einem Strafverfahren, sich mit dem Verdächtigen, gegen den er aussagen wird, privat zu treffen?»

«Nein. Das könnte gefährlich werden», sagt er.

«Antrag auf Streichung», sage ich.

«Stattgegeben. Detective, beantworten Sie nur die Frage», sagt Radovich.

Stobel blickt ihn an, als wollte er sagen: «Hab ich doch.»

«Raten Sie einem Zeugen in einem Strafverfahren üblicherweise, sich mit dem Verdächtigen, gegen den er vorhat auszusagen, privat zu treffen?»

«Nein.»

«Und trotzdem haben Sie, als Sie den Eintrag im Kalender des Opfers sahen, gleich gefolgert, daß die Worte ‹Acosta, halb fünf› nur eins bedeuten konnten, daß nämlich das Opfer und mein Mandant vorhatten, sich zu treffen?»

«Genau das habe ich vermutet.»

«Wäre es nicht möglich, daß die Notiz sich auf etwas anderes bezog als auf ein Treffen zwischen Mr. Acosta und Ms. Hall?»

«Einspruch. Zielt auf bloße Mutmaßung», sagt Kline.

«Eine solche hat er doch bereits geäußert», sage ich zum Gericht, «seine Vermutung, mein Mandant und das Opfer hätten sich am Tag des Mordes getroffen.»

«Einspruch abgelehnt», sagt Radovich.

«Verstehen Sie die Frage?» frage ich Stobel.

«Nein.»

«Ich meine, könnte sich die Notiz nicht auf ein anderes Treffen beziehen als unbedingt auf eine Verabredung zwischen dem Angeklagten und Ms. Hall, vielleicht auf ein Treffen, bei dem es um ihre Zeugenaussage im Fall ‹Acosta› ging?»

«Ich weiß nicht», sagt er.

«Aber Sie können hier und heute nicht ausschließen, daß die Kalendernotiz, ein einziges rätselhaftes Wort, ‹Acosta›, gefolgt von der Uhrzeit, ‹halb fünf›, nicht genau das bedeutet.»

«Einspruch. Mutmaßung.»

«Abgelehnt.»

«Ist es nicht möglich, daß Brittany Hall eine Verabredung mit jemandem von Ihrer eigenen Abteilung hatte oder von der Staatsanwaltschaft oder mit einem Rechtsanwalt, den sie privat engagiert hatte, um mit ihm über ihre bevorstehende Zeugenaussage zu sprechen?»

Er verzieht das Gesicht, antwortet aber nicht.

«Einspruch.» Kline versucht es erneut.

«Abgelehnt.»

Stobel möchte die Frage nicht beantworten.

«Hier und heute, Detective, können Sie diese mögliche Bedeutung der Notiz also nicht mit Sicherheit ausschließen?»

«Nein.»

«Basierend auf Ihrer Einschätzung als Polizeibeamter, würden Sie einem Zeugen nicht raten, sich mit einem Verdächtigen in einer Strafsache privat zu treffen – wäre es da nicht sogar wahrscheinlicher, daß die Notiz ein Treffen mit anderen zum Inhalt hat, um mit ihnen über besagte Zeugenaussage zu sprechen, und nicht ein Treffen mit dem Angeklagten selbst?»

«Einspruch. Reine Spekulation», sagt Kline.

«Stattgegeben.» Radovich ist zwar bereit, mir einigen Spielraum zu gewähren, aber was zuviel ist, ist zuviel. Dennoch, die Saat ist gesät.

Ich spreche Stobel auf das Fehlen sonstiger Indizien an, die Acosta mit dem Tatort in Verbindung bringen. Er räumt ein, daß keine Fingerabdrücke gefunden wurden, weder von Acosta noch von sonst jemandem. Daraus schließt er lediglich, daß der Mörder gründlich saubergemacht hat.

«Haben Sie bei Ihren Nachforschungen in der Nachbarschaft irgendwelche Zeugen ausfindig gemacht, die meinen Mandanten an jenem Nachmittag oder Abend in oder in der Nähe von Ms. Halls Wohnung gesehen haben?»

«Nein.»

«Dann haben Sie also weder Fingerabdrücke noch irgendwelche Zeugen?»

«Richtig.»

Diese Punkte hatte ich in meinem Eröffnungsplädoyer angesprochen und versprochen, sie im Laufe des Prozesses zu erhärten.

«Detective Stobel, befindet sich unter den von der Polizei beschlagnahmten Beweisstücken das persönliche Telefonbüchlein des Opfers?»

«Das ist richtig.»

«Haben Sie dieses Verzeichnis überprüft?»

«Ich habe es durchgesehen.»

Kline hat das Büchlein nicht als Beweisstück vorgelegt, also lasse ich es vom Gerichtsdiener holen und als «Beweisstück eins der Verteidigung» markieren. Ich reiche es Stobel, ein kleines, kastanienbraunes Telefonverzeichnis, wie man es in jedem Schreibwarenladen kaufen kann.

«Ist das hier das Verzeichnis, das Sie in Brittany Halls Wohnung gefunden haben?»

Er blättert es durch. «Das scheint es zu sein.»

«Haben Sie sich die Handschrift in dem Verzeichnis angesehen?»

«Ja.»

«Scheint es die des Opfers zu sein?»

«Sie sieht ähnlich aus», sagt Stobel.

«Dann handelt es sich also Ihrem Eindruck nach um das Telefonbüchlein von Ms. Hall, mit Einträgen in ihrer Handschrift?»

«Das habe ich angenommen», sagt er.

«Ist Ihnen an dem Buch etwas aufgefallen?»

«Ich weiß nicht, was Sie meinen.»

«Fehlen Seiten?»

«Oh. Ja. Mehrere Seiten», sagt er.

«Erinnern Sie sich, welche?»

Er hat es sich damals notiert und muß seine Erinnerung auffrischen. Er blickt wieder auf das Buch, blättert ein paar Seiten um und sieht sich die Bindung genau an.

«Es fehlen die Seiten für vier Buchstaben», sagt er.

«Vier Seiten?»

«Eher fünf. Es fehlen die Seiten mit den Buchstaben A, I, K und M. Und wie es aussieht, könnte der Buchstabe M zwei Seiten gehabt haben.»

«Wie wurden sie entfernt?»

«Rausgerissen», sagt er. «Sie haben sich offenbar ganz sauber gelöst, genau in der Bindung.»

«Haben Sie die Telefonnummern in dem Verzeichnis überprüft?»

«Ich habe sie mir angesehen.»

«Hielten Sie irgendwelche Leute in dem Buch für mögliche Tatverdächtige?»

«Einspruch, ohne Zeitangabe ist die Frage zu vage gestellt», sagt Kline.

«Stattgegeben.»

«Detective Stobel. Hielten Sie zu irgendeinem Zeitpunkt Ihrer Untersuchung Personen für des Mordes an Ms. Hall verdächtig, deren Namen in dem Telefonverzeichnis stehen?»

«Ich weiß nicht», sagt er.

«Nun, Sie haben doch in dem Fall ermittelt, nicht wahr?»

«Ja.»

«Haben Sie jemals im Zuge Ihrer Ermittlungen irgendwelche Leute angerufen, die in dem Büchlein stehen?»

«Hmm.» Er denkt einen Augenblick nach. «Nein.»

«Haben Sie jemals irgend jemanden von ihnen besucht, um ihn zu befragen?»

«Nein.» Dann schränkt er ein. «Ich glaube es jedenfalls nicht. Wir haben mit vielen Leuten gesprochen. Es ist möglich, daß auch einige aus dem Verzeichnis dabei waren.»

«Aber Sie haben nicht mit ihnen gesprochen, weil ihre Namen in dem Büchlein standen?»

«Nein.» Da ist er sich sicher.

«Können Sie mir sagen, Detective Stobel, wie viele Polizeibeamte in dem Telefonverzeichnis stehen?»

«Das weiß ich nicht.»

«Aber Sie haben die Namen von mehreren Polizeibeamten darin gefunden, nicht wahr?»

«Ja.»

«Kennen Sie die Leute?»

«Ja.»

«Darf ich es mal kurz haben?»

Er reicht mir das Buch. Ich blättere ein paar Seiten um.

«Wer ist Carl Jenson?»

«Ein Polizeibeamter.»

«Welche Abteilung?»

«Sittendezernat», sagt er.

Ich blättere weiter. «Wer ist Alex Turner?»

«Auch ein Polizist.»

«Ist er auch bei der Sitte?»

«Soweit ich weiß», sagt er.

«Wer ist Norman Jefferies?»

«Beamter bei der Sitte.»

«Und Howard Hoag?» Das Beste habe ich mir für den Schluß aufbewahrt.

«Ebenfalls», sagt er.

«Wissen Sie, ob diese Beamten zur Zeit im aktiven Dienst bei der hiesigen Polizei sind?»

Kline springt auf und brüllt: «Einspruch! Ich verlange eine Unterredung.»

Radovich winkt uns zu sich.

«Euer Ehren, er versucht, die Geschworenen zu manipulieren», sagt Kline. «Er weiß ganz genau, daß die Beamten suspendiert sind.»

«Vielleicht müßten die Geschworenen das auch erfahren», entgegne ich.

«Mit welcher Begründung?» fragt Kline.

«Mit der Begründung, daß mein Mandant hereingelegt wurde und die betreffenden Beamten jetzt versuchen, seinem Anwalt Rauschgift unterzuschieben.»

«Dafür gibt es keine Beweise», sagt Kline.

«Sie sind vom aktiven Dienst suspendiert», sage ich zu ihm.

«Solange die Untersuchung läuft», sagt er.

«Reden Sie mit mir», schaltet sich Radovich ein. «Ich bin es, der hier die Entscheidungen trifft.»

Kline meint, die Suspendierung sei unerheblich für dieses Verfahren und es könnte die Geschworenen irreführen, sie hier zu erwähnen. Ich halte dagegen, daß der Amtsmißbrauch der Polizisten in direktem Zusammenhang mit unserem Fall steht.

Salomonisch teilt Radovich das Kind in zwei Hälften: «Sie dürfen nach der Suspendierung fragen, aber nicht nach dem Grund.»

Wir entfernen uns von der Richterbank, jeder mit seiner Hälfte.

«Detective Stobel, können Sie den Geschworenen sagen, ob die Beamten, deren Namen ich Ihnen aus dem Telefonbüchlein des Opfers vorgelesen habe, zur Zeit im aktiven Polizeidienst sind?»

«Sie sind vom Dienst suspendiert», sagt er, «solange die Untersuchung noch läuft.»

Ich studiere die Gesichter der Geschworenen. Sie zeigen zumindest Neugier. Von Klines Tisch ertönt ein deutlich hörbares Stöhnen.

«Und die Namen der Beamten sind in dem Telefonverzeichnis in der Handschrift des Opfers notiert?»

«Scheint so», sagt Stobel.

«Können Sie mir sagen, wer Zack Wiley ist?» frage ich.

«Er war Polizeibeamter. Ist verstorben.»

«War er bei der Sitte?»

«Ja.»

«Und wie ist er gestorben?»

«Er wurde bei einer Drogenrazzia erschossen.»

«Und das Opfer, Brittany Hall, kannte ihn offenbar auch.»

«Einspruch. Zielt auf Mutmaßung. Nur weil sein Name in dem Büchlein steht», sagt Kline.

«Stattgegeben. Formulieren Sie Ihre Frage neu», sagt Radovich.

«Der Name des toten Polizeibeamten Zack Wiley steht im Telefonverzeichnis von Ms. Hall, in ihrer Handschrift, nicht wahr?»

«Ja.»

«Kann man davon ausgehen, daß sich alle diese Beamten gekannt haben, wenn sie zusammen im Sittendezernat gearbeitet haben?»

«Ich nehme es an», sagt er.

«Und das Opfer, Brittany Hall, hat sie gekannt, weil sie gelegentlich für die Sitte gearbeitet hat, nicht wahr?»

«Ja.»

«Wissen Sie, ob sie einen dieser Beamten privat kannte?»

«Nein.»

«Haben Sie im Laufe Ihrer Ermittlungen nicht danach gefragt?»

«Nein.»

«Wieso nicht? Wäre die Information nicht von Bedeutung gewesen?»

«Nicht unbedingt.»

«Ist es nicht möglich, daß Brittany Hall von einem eifersüchtigen Liebhaber getötet wurde?»

«Dafür gab es keine Anhaltspunkte», sagt er.

«Woher wollen Sie das wissen, wenn Sie nicht gefragt haben?»

«Wir haben deshalb nicht gefragt, weil kein Grund dafür vorlag.»

«Und Sie wissen bis heute nicht, ob das Opfer mit einem der Männer in dem Telefonverzeichnis ausgegangen ist?»

«Nein.»

«Falls sie mit einem von ihnen ausgegangen ist, würden Sie es dann für bedeutsam halten?»

«Vielleicht. Käme auf die Umstände an.»

«Falls sie mit einem von ihnen am Abend des Mordes eine Verabredung hatte, würden Sie das für bedeutsam halten?»

«Einspruch. Unterstellt Fakten, für die keine Indizien vorliegen», sagt Kline. Er möchte meiner Befragung möglichst schnell ein Ende bereiten.

«Stattgegeben», sagt Radovich.

«Wissen Sie, Detective, ob der Tod von Officer Wiley, dessen Name und Telefonnummer in diesem kleinen Buch aufgeführt sind, derzeit untersucht wird?»

«Ich erhebe Einspruch», sagt Kline. «Unerheblich.»

«Nicht, wenn Brittany Hall etwas über Wileys Tod wußte und gewisse Leute nicht wollten, daß die Dienstbehörde davon erfährt.»

Radovich hebt die Hand, damit ich nicht weiterrede. Ein strenger Blick, dann winkt er uns zu sich an die Richterbank. «Mr. Madriani, ich wäre Ihnen dankbar, wenn Sie erst dann Ihren Standpunkt darlegten, nachdem ich über den Einspruch entschieden habe.»

Die Sache ist nur, daß ich dann vielleicht nicht mehr dazu komme.

«Tut mir leid, Euer Ehren.»

«Tun Sie das nicht noch einmal», sagt er.

«Ich verlange, daß die Geschworenen angewiesen werden, Mr. Madrianis letzter Bemerkung keine Beachtung zu schenken», sagt Kline. «Es liegen keinerlei Indizien vor, daß Ms. Hall irgend etwas in der Art wußte.»

Radovich blickt mich an. «Haben Sie für Ihre Behauptung irgendwelche Beweise?» fragt er.

«Sie kannte einige von den Beamten, die dabei waren, als Wiley erschossen wurde. Sie stehen in ihrem Telefonbüchlein.»

«Na und?» sagt Kline. «Es gibt kein Indiz dafür, daß sie irgend etwas wußte.»

Radovich blickt mich mit hochgezogenen Augenbrauen an, er möchte mehr von mir hören. Als ich stumm bleibe, gibt er dem Einspruch statt.

«Ich möchte kein Wort mehr über die Untersuchung im Fall Wiley hören, bis Sie einen Beweis vorlegen können, daß da eine Verbindung besteht. Habe ich mich klar ausgedrückt?»

Ich nicke widerwillig, und er entläßt mich.

«Die Geschworenen werden die letzte Bemerkung der Verteidigung ignorieren, als hätten sie sie nicht gehört», sagt er. «Haben Sie noch Fragen an den Zeugen?»

Ich berate mich kurz mit Harry, dann hebe ich den Kopf. «Ich denke, wir sind fertig.»

«Wir sollten jetzt eine Pause einlegen», sagt Radovich.

Da fällt mir etwas ein. «Noch eine Frage, Euer Ehren. Bitte.»

«Aber nur eine», sagt er.

«Detective Stobel. Wissen Sie, warum der Mörder Ms. Halls Leiche aus ihrer Wohnung zu dem Müllcontainer in der Gasse geschafft hat?»

«Wir vermuten, er ist in Panik geraten», antwortet er.

«Ja. Mörder laufen vom Tatort weg. Sie hinterlassen Spuren. Sie vertrauen sich einem Freund an. Aber in der Regel nehmen sie nicht die Leiche mit, es sei denn, sie haben einen Grund dafür.»

«Ist das eine Frage?» sagt Radovich.

«Ist es nicht so?» frage ich Stobel.

Stobels Miene verrät, daß er eine Unzahl von Antworten auf der Zunge hat. Aber keine ist plausibel genug, um ausgesprochen zu werden.

«Ich weiß nicht», sagt er schließlich.

«Danke.» Genau das hatte ich mir gedacht: Ihr Fall steht auf wackligen Beinen. Dieser Punkt weist auf ein gähnendes Loch in ihrer Argumentation. Wenn Acosta der Mörder ist, wieso hat er dann die Leiche weggeschafft?

21

«Zwei Dinge bereiten mir Kopfzerbrechen», sage ich zu ihm. Ich spreche von den Unwägbarkeiten in unserem Fall, gefährlich wie tickende Zeitbomben.

Acosta und ich essen heute zusammen zu Mittag, so gut das in einem der kleinen Anwaltsbesprechungszimmer neben den Zellen im Gerichtsgebäude möglich ist. Ich höre den Regen gegen die Fenster prasseln, hinter dem Maschendraht und den Gitterstäben.

Armando ist gut gelaunt. Er ist überzeugt, daß wir nach monatelanger Vorbereitung endlich anfangen, der Anklagevertretung das Wasser abzugraben. Er beißt in sein Sandwich mit Corned beef, das meine Sekretärin an einer Bude unten auf der Straße für ihn geholt hat, zusammen mit einer Portion Kartoffelsalat. «Probieren Sie mal», sagt er. «Schmeckt wirklich gut.» Er zeigt auf den Kartoffelsalat, von dem er mit den Fingern gekostet hat, weil kein Besteck dabei ist.

«Ich dachte, bisher wäre alles sehr gut gelaufen», sagt er. «Wo liegt das Problem?»

Bevor ich antworten kann, fällt er mir ins Wort und gibt einem der Gefängniswärter eine Anweisung. «Jerry, besorgen Sie mir bitte eine Plastikgabel. Ach ja, und einen Becher Kaffee.» Acosta behandelt den Mann wie einen livrierten Ober, der mit der Serviette über dem Arm auf Abruf bereitsteht.

«Für Sie auch einen Kaffee?» fragt er.

«Nein, danke.»

«Nur einen», sagt er zu dem Wärter.

Acosta hat einen Großteil seines Berufslebens in diesem abgeschiedenen Labyrinth hinter den Gerichtssälen verbracht. Er ist höflich, behandelt die Wärter aber wie seine Gerichtsdiener. Er schickt sie ständig durch die Gegend, um ihm irgendwas zu holen, nennt sie beim Vornamen und lächelt freundlich. Seltsamerweise scheinen sie das einfach so hinzunehmen. Mir ist nicht klar, ob das die Macht der Gewohnheit ist oder die Überlebensstrategie des kleinen Beamten: lieber auf Nummer Sicher gehen, für den Fall, daß Acosta sich aus der Sache rauswindet und in all seiner alten Herrlichkeit in ihre Mitte zurückkehrt. Jedenfalls kommt Jerry mit einer Gabel und Kaffee, schließt dann die Tür und läßt uns allein.

«Also, wo liegt Ihr Problem?» fragt Acosta.

«Ich kann mir einfach keinen Reim darauf machen, warum der Mörder die Leiche weggeschafft hat», sage ich. «Es ergibt absolut keinen Sinn. Wenn Ms. Hall bei jemand anderem zu Hause umgebracht worden wäre, könnte ich es verstehen. Aber wieso aus ihrer eigenen Wohnung?»

Er wackelt ein wenig mit dem Kopf, während er an seinem Sandwich kaut und über das Rätsel nachdenkt, das ich ihm aufgegeben habe. Schließlich muß er zugeben, daß es tatsächlich keinen Sinn ergibt. «Zumal der Mörder sich nicht die Mühe gemacht hat, irgendwelche Spuren zu beseitigen, mit Ausnahme der Fingerabdrücke», fügt er hinzu. «Aber schließlich ist das nicht unser Problem, sondern ihres.»

Meine Sorge ist, daß sie vielleicht eine Antwort finden, die zu unserem Nachteil wäre, obwohl ich mir nicht vorstellen kann, wie die aussehen sollte. Das sage ich ihm.

«Mein Freund, Sie machen die Sache komplizierter, als sie ist», sagt er. «Haben Sie je von einem Gewaltverbrechen gehört, das Sinn macht?» Acosta scheint der Polizeiversion anzuhängen, daß der Täter wahrscheinlich in Panik geraten ist.

«Ich würde die Leiche jedenfalls nicht mitnehmen», sage ich zu ihm.

«Dann wird sich die Anklage für die Geschworenen wohl eine bessere Erklärung einfallen lassen müssen. Auf jeden Fall ist es nicht unser Problem.» Er ißt weiter, als ginge ihn das Ganze nichts an.

«Sie haben von zwei Problemen gesprochen. Welches ist das andere?»

«Der Eintrag mit Ihrem Namen auf Halls Kalender.» Ich packe mein Sandwich aus und lasse es auf dem Papier liegen.

«Mhm.» Er kaut, Senf tropft ihm übers Kinn. Er fängt ihn mit einer Serviette auf, bevor das gelbe Zeug seine Krawatte bekleckert. «Ich muß schon sagen, wie Sie das gedeichselt haben, war wirklich meisterhaft.» Er wischt sich wieder mit der Serviette übers Kinn. «Diese Interpretation, daß sie sich wegen meines Falls mit jemand anderem getroffen hat. So muß es auch gewesen sein.»

«Ich habe den Geschworenen eine andere Theorie vorgelegt», sage ich. «Aber ich bin ganz und gar nicht sicher, daß es die richtige war.»

Die Schlußfolgerung, die sich daraus ergibt, breitet sich, ohne daß sie ausgesprochen wird, wie ein Geruch über unserem Tisch aus, beißender als der Senf auf seinem Sandwich. Plötzlich hört er auf zu kauen und blickt mich an, die dunklen Augenbrauen hochgezogen.

«Sie denken, daß ich nicht alles gesagt habe?» sagt er. «Daß ich etwas verschweige?»

«Ich möchte bloß keine Überraschung erleben.»

Er hebt eine Hand. «Ich schwöre es. Ich war nicht in der Wohnung, weder an dem Nachmittag noch an dem Abend noch zu irgendeinem anderen Zeitpunkt. Ich bin nie in meinem Leben dort gewesen. Beim Grab meiner Mutter.» Zum Abschluß bekreuzigt er sich.

«Wie erklären Sie sich dann diese Kalendernotiz?» frage ich.

«Genau wie Sie», sagt er. «Vermutlich hat die Frau sich auf diese Weise einen Termin mit irgend jemand anderem aufgeschrieben. Das wäre nicht ungewöhnlich. Vor einer solchen Zeugenaussage würde beispielsweise der Staatsanwalt mit ihr sprechen wollen. Schließlich habe ich ein hohes öffentliches Amt bekleidet. Es ging zwar nur um ein leichteres Vergehen, aber es war trotzdem ein wichtiger Fall. Auch die Polizei hätte sie sprechen wollen, schon allein, um sicherzugehen, daß Hall sich nicht in Widersprüche verwickelt. Ganz besonders in meinem Fall.» Er schlägt auf den Tisch, um seinen Worten Nachdruck zu verleihen.

Als ich nicht gleich darauf eingehe, legt er sein Sandwich hin. «Vergessen Sie nicht, daß sie mich reingelegt haben. Sie mußten natürlich Angst haben, daß sich Hall im Zeugenstand verplappert, irgendwas Falsches sagt. Eine widersprüchliche Aussage hätte den ganzen Fall gefährdet und wäre sehr peinlich für sie alle gewesen.»

«Aber wieso stand bloß Ihr Name auf dem Kalender?» frage ich.

«Vielleicht hat sie immer nur solche rätselhaften Kurzeinträge gemacht. Wer weiß?»

Tatsächlich habe ich auf Halls Kalender nachgesehen. Für den Tag, an dem sie bei Lenore im Büro der Staatsanwaltschaft war, also einen Termin im Zusammenhang mit Acostas Fall hatte, fand sich tatsächlich eine Notiz. Aber sie hatte nicht «Acosta» geschrieben, sondern «Kline», und die vereinbarte Uhrzeit. Es gab noch etliche andere Einträge, alle sehr präzise, darunter zwei mit den Ermittlungsbeamten vom Sittendezernat. Ich kann froh sein, daß Kline sie nicht gesehen und den Geschworenen gegenüber erwähnt hat, um meine Argumentation zu widerlegen.

Es bleibt die Frage, warum sie sich für den Tag, an dem sie starb, Acostas Namen notiert hat.

Im allgemeinen Sprachgebrauch nennen wir es «Todesröcheln». Wie viele dramatische Begriffe ist auch dieser ins Reich der Phantasie vorgedrungen, so daß kaum noch jemand glaubt, daß es sich dabei um ein reales biologisches Phänomen handelt. Die Gerichtsmediziner können uns aber erklären, daß das Todesröcheln durch unwillkürliche Kontraktionen im Kehlkopf hervorgerufen wird, eine Folge des erhöhten Säuregehalts im Blut nach Eintritt des Todes. Das Geräusch selbst wird mal als lautes Bellen, mal als krächzendes Keuchen beschrieben, das das Opfer irgendwann nach Eintritt des Todes ausstößt.

Und um den Zeitpunkt von Brittany Halls Todesröcheln geht es heute.

Im Zeugenstand ist Dr. Simon Angelo, der Leichenbeschauer von Capital City. Er ist Mitte Vierzig, schmächtig und kahlköpfig, mit einem Kranz grauer Haare, die seinen Kopf umgeben wie Wolken. Er hat ein eckiges, schmales Gesicht, scharf geschnittene Gesichtszüge, dazu ein tiefes Kinngrübchen und tiefliegende dunkle Augen. Für jeden Rechtsanwalt in dieser Stadt ist er der Arzt des Teufels.

Eine Zeugin, Brittany Halls Nachbarin von oben, hatte das Opfer irgendwann zwischen halb acht und acht Uhr an dem Abend des Mordes gehört. Das war ein Problem für Kline, denn er mußte die Lücke zwischen dem auf dem Kalender notierten angeblichen Treffen mit Acosta um halb fünf und ihrem Schrei irgendwann kurz nach halb acht schließen.

Angelo war nun äußerst bemüht, der Staatsanwaltschaft bei ihrer

Darlegung des zeitlichen Ablaufs zu helfen und jedweden offensichtlichen Widerspruch zu vermeiden. Seine Erklärung lautet schlicht und ergreifend: Bei dem Schrei, den Brittany Hall später ausgestoßen hat, handelte es sich um eine lautes, isoliertes Todesröcheln.

«Dr. Angelo», sagt Kline, «nach Ihrer sachverständigen Meinung als Mediziner ist also denkbar, daß ein beträchtlicher Zeitraum vergangen war, bis sich der Säuregehalt im Blut so weit erhöht hatte, daß dieser Laut, das Todesröcheln, wie Sie es nennen, auftreten konnte?»

«Es ist möglich», sagt Angelo. «Das ist von Fall zu Fall unterschiedlich.»

«Aber es könnte drei Stunden dauern?»

«Ich würde sagen, zwei.»

«Wenn der Mörder, sagen wir, um halb fünf am Nachmittag in die Wohnung des Opfers kam und sie sich unterhalten, vielleicht gestritten und, sagen wir, irgendwann gegen halb sechs miteinander gekämpft und das Opfer einen tödlichen Schlag bekommen hat, dann ist es also denkbar, daß das Todesröcheln erst, sagen wir, irgendwann nach halb acht an dem Abend zu hören war?»

«Es ist möglich.»

Kline kommt dann auf den Zeitpunkt des Todes zu sprechen, der sich, wie Angelo sagt, nur äußerst vage bestimmen läßt.

«Wie vage?»

«Meiner genauesten Einschätzung nach trat der Tod irgendwann nach halb vier am Nachmittag und vor halb zehn am Abend ein.»

«Genauer läßt es sich nicht sagen?»

«Nein. Leider ist nicht bekannt, ob das Opfer innerhalb dieses zeitlichen Rahmens mit irgend jemandem außer dem Mörder Kontakt hatte. Daher ist es sehr schwierig, eine genauere Schätzung abzugeben.»

Für die kleine Kimberly ist Zeit offenbar eine bedeutungslose Größe. Wenn sie ihnen schon in dieser Frage nicht weiterhelfen konnte, wird sie ihnen auch sonst nicht von großem Nutzen gewesen sein.

Sie sprechen über wissenschaftliche Methoden, Temperaturmessungen in der Leber bei der Obduktion und Untersuchung des Mageninhaltes und der Augenflüssigkeit, alles sehr hilfreich, doch den Todeszeitpunkt können sie damit nicht genauer festlegen.

«Die Bestimmung ist um so schwieriger, als der Leichnam draußen gefunden wurde, wo er Wind und Wetter ausgesetzt war, und während der ersten Ermittlungen noch mehrere Stunden dort verblieben ist», sagt Dr. Angelo.

Kline kommt dann zum wichtigsten Punkt bei der Befragung dieses Zeugen, zu den Fotos vom Tatort und zur Obduktion.

«Dr. Angelo, ich werde Ihnen jetzt ein Foto zeigen und Sie bitten, es zu identifizieren.» Kline hat die Fotos numeriert und uns ebenso wie dem Richter einen Satz Abzüge gegeben. Ein weiterer Satz ist in drei Reihen übereinander auf einer Staffelei vor den Geschworenen aufgebaut, wobei jedes Foto mit einem Blatt Papier abgedeckt ist, das erst entfernt wird, wenn das Foto als Beweisstück zugelassen wurde.

Angelo nimmt das Foto von Kline entgegen und sieht es sich kurz an. «Ja, das Foto wurde auf meine Anweisung hin in dem Müllcontainer gemacht, um zu dokumentieren, in welcher Lage und an welchem Ort die Leiche aufgefunden wurde.»

Halls Körper hatte sich entsetzlich verdreht, als sie in den Behälter geworfen wurde. Ihr Rücken ist derart nach hinten gebogen, als wäre sie eine Stoffpuppe; sowohl ihr Gesicht als auch ihr Gesäß sind der Kamera zugewandt. Eine Hüfte wird von einem Haufen Abfallbeutel hochgedrückt. Der spärlich bekleidete Körper scheint aus der Decke zu rutschen, in die er eingewickelt wurde.

Kline geht zum nächsten Foto über. Diesmal ist die Decke entfernt worden, so daß der ganze Körper, halb bekleidet, zu sehen ist. Ein Teil des Kopfes ist mit einem Handtuch zugedeckt. Wieder läßt er das Foto von Angelo identifizieren. So geht es über eine Stunde lang weiter.

Zweimal muß der Richter die Verhandlung kurz unterbrechen, da einigen Geschworenen schlecht wird. Bei einem Autopsiefoto von der geöffneten Schädeldecke muß sich einer von ihnen fast über das Geländer erbrechen, wie ein seekranker Schiffsreisender.

Als Kline fertig ist, werfen die Geschworenen, denen nicht übel geworden ist, finstere Blicke zu unserem Tisch hinüber. Acosta ist nicht mehr ganz so munter wie am Mittag; das Auf und Ab einer Verhandlung.

«Sie haben die Wunden am Kopf des Opfers untersucht, Doktor?»

«Ja.»

«Und haben Sie feststellen können, wodurch der Tod verursacht wurde?»

Angelo nimmt eine Reihe von großen Planpausen zur Hand, auf denen der menschliche Schädel graphisch dargestellt ist und die sich so umklappen lassen, daß der Aufbau des Gehirns darunter sichtbar wird.

«Meiner Ansicht nach wurde der Tod durch wiederholte wuchtige Schläge auf das Stirnbein verursacht, was an dieser Stelle zu schweren Frakturen geführt hat», sagt er. Er zeigt auf einen Bereich des Schädels, den wir gemeinhin als Stirn bezeichnen würden, direkt über dem linken Auge.

«Das bewirkte eine komprimierte Fraktur, die sich fast fünfundsechzig Millimeter von der linken Augenhöhle bis ungefähr zur Mittellinie des Schädels über dem Haaransatz erstreckt.» Er zeigt auf eine Stelle über der gezeichneten Stirn.

«Knochensplitter des zerschmetterten Schädels, einige davon recht spitz, wurden in den Stirnlappen des Gehirns getrieben, und die wiederholten Schläge verursachten in diesem Bereich schwerste Hirnverletzungen. Es kam zu einem starken Blutverlust und zum Austritt einer beträchtlichen Menge Gehirnflüssigkeit. Das wiederum führte zu einem allgemeinen Anschwellen des Gehirns und schließlich zum Tode.»

«Dann ist der Tod also nicht augenblicklich eingetreten?»

«Meiner Ansicht nach nicht. Obwohl das Opfer nach dem Schlag, der Ursache für den Schädelbruch war, zweifellos sofort das Bewußtsein verlor.»

«Woher wissen Sie, daß der Tod nicht augenblicklich eingetreten ist, Doktor?»

«Ich habe Gewebeproben vom Gehirn des Opfers untersucht, von der Großhirnrinde, der Partie an der Oberfläche des Gehirns in der Nähe der Wunden. Unter dem Mikroskop konnte ich Spuren von Blutungen durch Quetschungen im Gewebe erkennen. Das bedeutet, daß es nach Beibringen der ersten Wunden zu Blutungen im Gewebe gekommen sein muß.»

«Und daraus können Sie schließen, daß das Opfer zumindest noch kurze Zeit gelebt hat, nachdem es die ersten Verletzungen erlitten hatte?»

«Richtig. Wenn der Blutdruck nach dem ersten Schlag auf Null gesunken wäre, weil das Herz aufgehört hatte zu pumpen, wären keine Blutergüsse im Gewebe nachweisbar gewesen.»

«Doktor, hatten Sie Gelegenheit, die Wohnung des Opfers in Augenschein zu nehmen?»

«Ja.»

«Und haben Sie sich eine Meinung bilden können, mit welchem Gegenstand oder mit welchen Gegenständen die tödliche Verletzung beigebracht wurde?»

«Nach Untersuchung des Tatortes bestehen meiner Meinung nach keinerlei Zweifel: Die tödlichen Verletzungen wurden durch wiederholte Schläge herbeigeführt, und zwar, indem der Kopf des Opfers mit Gewalt auf die spitze Metallecke des niedrigen Tisches im Wohnzimmer geschlagen wurde.»

Kline läßt den Tisch aus Halls Wohnung von zwei Gerichtsdienern hereinbringen, und Angelo identifiziert ihn. Der Tisch besteht aus geschweißtem Schmiedeeisen mit einer grün glänzenden Patina, und die erhabenen Ränder sind an den Ecken zu Blättern geformt, die wie Speerspitzen hochstehen. Die Gerichtsdiener haben die schwere Glasplatte abgenommen, um den Tisch besser tragen zu können, und bringen sie jetzt gesondert herein. Kline bittet den Gerichtsmediziner, den Geschworenen zu demonstrieren, wie die Schläge ausgeführt wurden. Zu diesem Zweck hatte Kline eine Sekretärin aus seinem Büro mitgebracht, eine Frau, die in Statur und Haarfarbe verblüffende Ähnlichkeit mit Hall hat. Ganz offensichtlich haben sie diese Demonstration geübt, denn die Frau weiß genau, wie sie sich vor den Tisch zu stellen hat, sämtliche Bewegungen sind haarklein einstudiert.

«Der Angreifer muß sich dem Opfer von hinten genähert haben, so», sagt Angelo. «Er hat die Hände so um den Hals des Opfers gelegt.» Angelo hat beide Daumen in den Nacken der Frau gepreßt, seine Finger greifen um ihren Hals, so daß sich die Spitzen vorn an ihrem Adamsapfel berühren. «Wir haben Blutergüsse am Hals des Opfers festgestellt, typische Würgemale, die nur auf diese Weise entstanden sein können», sagt Angelo.

«Bevor wir fortfahren, Doktor», unterbricht ihn Kline, «haben Sie eine Hautabschürfung auf der linken Seite am Hals des Opfers im Bereich dieser Blutergüsse festgestellt?»

«Das habe ich.»

«Und was ist Ihrer Meinung nach die Ursache für diese Hautabschürfung?»

«Aus der Position der Abschürfung am Hals sowie aus den Blutergüssen im Gewebe geht eindeutig hervor, daß die Abschürfung vor Eintritt des Todes verursacht wurde, als der Täter den Hals des Opfers von hinten umfaßte», sagt Angelo. «Meiner Meinung nach wurde die Abschürfung durch einen Ring verursacht, den der Täter trug. Hier.» Er hält den Ringfinger der linken Hand hoch.

Die Staatsanwaltschaft zieht daraus die unvermeidliche Schlußfolgerung: Der Mörder war verheiratet.

Am Rande meines Gesichtsfeldes nehme ich flüchtig eine Bewegung wahr, die mich erschaudern läßt. Unwillkürlich schiebt Acosta seine linke Hand unter den Tisch. Diese Reaktion ist unbewußt, reflexartig wie ein Gähnen. Doch ich sehe, daß mindestens fünf Geschworene seine Geste bemerkt haben und ihn unverhohlen anstarren. Gerade diese kleinen Dinge können bei einem Verfahren mitunter erdrückender sein als die echten Beweise.

«Fahren Sie bitte mit Ihrer Demonstration fort», sagt Kline.

Angelo bittet seine Assistentin, sich hinzuknien. Ihr Kopf ist keine dreißig Zentimeter von der Ecke des Tisches entfernt.

Alle Augen auf der Geschworenenbank sind auf sie gerichtet.

«Nachdem Ms. Hall von hinten zu Boden gestoßen wurde, so glauben wir, ist sie seitlich neben dem Tisch gelandet, etwa in dieser Position», sagt Angelo. «Ihr Kopf befand sich dicht neben einer der spitzen Ecken. Hier.» Er zeigt darauf. «Sie ist die wenigen Zentimeter bis zum Tisch gezerrt worden. Wir fanden Abschürfungen an ihren Knien, die bestätigen, daß sie über einen Teppich geschleift wurde. Dann hat der Täter den Kopf des Opfers auf die Tischecke geschlagen.» Er spielt das andeutungsweise nach. Es erinnert mich an Bilder aus der Südsee: Eingeborene brechen Kokosnüsse an einem spitzen Stück Bambus auf, das sie in den Sand gesteckt haben.

«Danke», sagt Kline. Er bittet Angelo wieder in den Zeugenstand.

«Doktor, haben Sie feststellen können, wie oft der Kopf des Opfers auf diese Weise gegen den Tisch geschlagen wurde?»

«Aufgrund der Untersuchung der Leiche sowie der Blutspurenanalyse am Tatort würde ich sagen, acht- bis zehnmal.»

«Würden Sie bitte erläutern, was Sie mit Blutspurenanalyse meinen?»

«Blutspritzer bilden häufig ein Muster, meist eine bogenförmige Spur an der Wand oder der Zimmerdecke. Im Normalfall rührt das daher, daß das Blut an einem stumpfen Gegenstand, zum Beispiel einem Rohr oder einem dicken Stock, haften bleibt. Wird der Gegenstand dann beim Ausholen zum zweiten Schlag nach hinten geschwungen, lösen sich die Blutstropfen von der Waffe und spritzen zum Beispiel an die Decke. Durch die Untersuchung von Winkel und Anzahl der Bogen läßt sich bestimmen, wie oft zugeschlagen wurde, mit welcher Kraft, und welche Position der Täter bei jedem Schlag eingenommen hat.»

«Und all das konnten Sie auch anhand der Blutspuren feststellen, die am Tatort, in Brittany Halls Wohnung, gefunden wurden?»

«Ja. Die Blutspritzer waren eindeutig bogenförmig; in diesem Fall kamen sie jedoch nicht von einem stumpfen Gegenstand, sondern vom Kopf des Opfers, als er gegen den Tisch geschlagen wurde. Wir fanden mehrere Muster von Blutspritzern an der Wand des Wohnzimmers und auf dem Teppich.»

«Dann kann es sich also Ihrer sachverständigen Meinung nach nicht um einen Unglücksfall gehandelt haben, bei dem das Opfer gestürzt ist und sich den Kopf aufgeschlagen hat?»

«Auf keinen Fall.»

Angelo führt weiter aus, daß der Mörder Rechtshänder gewesen sein muß, da die Schläge offenbar auf der rechten Seite mit größerer Wucht ausgeführt wurden.

«Können Sie sagen, Doktor, wie lange es gedauert haben muß, dem Opfer diese Verletzungen zuzufügen, vom ersten bis zum letzten Schlag?»

«Ein paar Sekunden, keine Minute.»

«Dann ist es Ihrer Meinung nach sehr schnell gegangen?»

«Ja.»

«Ist davon auszugehen, daß das Opfer von dem Angriff überrascht wurde?»

«Ja.»

«Ist davon auszugehen, daß der Täter größer war als das Opfer?»

«Ich denke ja.»

Dann kommt Kline zum letzten Punkt seiner Befragung.

«Doktor», sagt er, «haben Sie bei Ihrer Untersuchung der Leiche noch andere Verletzungen entdeckt, die Ihrer Meinung nach ungewöhnlich sind oder hier von Bedeutung?»

«Noch eine», sagt er. «Wir haben einen kleinen Glassplitter aus der Fußsohle des Opfers entfernt.»

«Dann war das Opfer also barfuß?» fragt Kline.

«Das ist anzunehmen.»

«Konnten Sie bezüglich des Glases Näheres feststellen?»

«Ja. Es ist optisches Glas und stammt von einer Männerbrille, die am Tatort gefunden wurde. Der Splitter entspricht genau dem Stück, das in einem der Brillengläser fehlt.»

«Und haben Sie eine Erklärung dafür, wie der Glassplitter in den Fuß des Opfers gelangt ist?»

«Meiner Meinung nach ist die Ermordete auf die Brille getreten, während sie mit ihrem Angreifer kämpfte; dabei sind der Rahmen und ein Brillenglas zerbrochen.»

«Vorläufig haben wir keine Fragen mehr an den Zeugen», sagt Kline.

Das erste, worüber Angelo und ich uns in die Wolle kriegen, ist die zerbrochene Lesebrille am Tatort.

Harry und Acosta reden im Flüsterton miteinander. Sie befürchten, daß die Staatsanwaltschaft nicht alle ihre Informationen zu dieser Brille offengelegt hat.

Ich knüpfe dort an, wo Kline aufgehört hat, und frage Angelo, wie es möglich ist, daß die Brille des Täters unter Halls nackten Fuß gelangt ist, wenn sie von hinten angegriffen und nach vorn gestoßen wurde.

Die Antwort darauf bereitet ihm Schwierigkeiten, und er weicht ihr aus. Er sagt, er habe nicht behauptet, daß die Brille dem Täter gehört, obwohl Kline eindeutig diese Schlußfolgerung im Sinn hatte. Ich lasse es dabei bewenden und gehe zum nächsten Punkt über.

«Dr. Angelo, stimmt es, daß nicht jeder Mensch, der stirbt, ein Todesröcheln ausstößt?»

«Das ist richtig», sagt Angelo.

«Läßt sich mittels eines Tests feststellen, ob ein Verstorbener ein solches unwillkürliches Geräusch aus dem Kehlkopf von sich gegeben hat?»

«Nein.»

«Also können Sie uns nicht mit Bestimmtheit sagen, daß Brittany Hall nach halb acht an dem Abend oder zu irgendeinem anderen Zeitpunkt ein Todesröcheln ausgestoßen hat?»

«Nicht mit Bestimmtheit», sagt er.

«Sie können es nicht wissen, nicht wahr?»

Ein mißmutiger Blick von Angelo. «Richtig.»

«Wäre es nicht möglich, daß die Nachbarin an jenem Abend um halb acht in Wahrheit das Opfer, Brittany Hall, gehört hat, die um Hilfe rief, als sie angegriffen wurde?»

«Einspruch. Spekulativ», sagt Kline.

«Stattgegeben.»

«Aber Sie können nicht mit Bestimmtheit sagen, daß es ein Todesröcheln war?»

«Nicht mit Bestimmtheit.»

«Schön. Sie haben über die Verletzungen gesprochen, die das Opfer davongetragen hat, und insbesondere über den ersten Schlag mit dem Kopf auf die Tischkante, durch den, wie Sie gesagt haben, das Opfer zweifellos das Bewußtsein verloren hat. Stimmt das so?»

«Ja, das stimmt.»

«Wenn das Opfer von dem ersten Schlag überrascht wurde und das Bewußtsein verlor, dann mußte doch der Täter nicht unbedingt körperlich stärker sein?»

Er blickt mich fragend an, als könnte er mir nicht ganz folgen.

«Wäre es nicht möglich, Doktor, wenn man das Überraschungsmoment bedenkt, daß der Täter eine Täterin war?» Während ich das sage, sehe ich nicht den Zeugen an, sondern Acosta, der plötzlich starr zu mir aufblickt. Ich bringe diesen Gedanken das erste Mal zur Sprache, und die «Kokosnuß» ist sichtlich überrascht.

«Es wäre möglich», sagt Angelo.

Ich fahre fort.

«Könnte das Opfer nach dem ersten Schlag noch einmal das Bewußtsein erlangt haben?»

«Meiner Ansicht nach nicht.»

«Dann ist wohl davon auszugehen, daß es dem Opfer nach dem

ersten Schlag nicht mehr möglich war, einen spontanen Schrei auszustoßen?»

«Mit Ausnahme des Todesröchelns.»

«Das, wie sie selbst eingeräumt haben, nicht unbedingt erfolgt sein muß.»

Widerwillig läßt der Doktor dies gelten.

«Besteht nicht, rein physisch gesehen, die Möglichkeit, daß das Opfer im Moment des Angriffs, kurz bevor es mit dem Kopf auf den Tisch geschlagen wurde, einen kurzen Schrei von sich gegeben hat?»

«Einspruch. Zielt auf Mutmaßung», sagt Kline.

«Euer Ehren, ich frage nicht danach, ob das Opfer tatsächlich einen Schrei ausgestoßen hat, sondern ob es nach sachverständiger Meinung des Zeugen dazu in der Lage war.»

«Einspruch abgelehnt.»

«Sie können die Frage beantworten», sage ich zu Angelo.

Das würde er lieber nicht.

«Der Täter hatte seine Hände um den Hals des Opfers gelegt.»

«Haben Sie irgendwelche Verletzungen des Kehlkopfs festgestellt?» Ich kenne die Antwort bereits aus dem Obduktionsbericht.

«Nein.»

«Hatte Ms. Hall irgendwelche Verletzungen an den Stimmbändern, so daß sie nicht hätte schreien können?»

«Nein.»

«Dann ist es aus medizinischer Sicht also möglich, daß das Geräusch, das die Nachbarin gegen halb acht gehört hat, ein Schrei war. Ein Schrei, den das Opfer in dem Augenblick ausstieß, in dem es angegriffen wurde, nicht wahr?»

Angelo blickt ganz kurz zu Kline hinüber.

«Aus medizinischer Sicht wäre es möglich», sagt er.

Das ist das Problem mit Indizienbeweisen; sie lassen sich fast immer unterschiedlich auslegen.

«Sie haben vorhin ausgesagt, daß die Verletzungen des Opfers zu starken Blutungen führten. Ist das richtig?»

«Ja.» Angelo beschränkt sich nun auf einsilbige Antworten.

«Sie haben sich die Wohnung des Opfers angesehen, nicht wahr?»

«Ja.»

«Und es war viel Blut auf dem Teppich?»

«Ja.»

«Ebenso an der Wand, die Blutspritzer, von denen Sie eben sprachen?»

«Ja.»

«Nun, würden Sie bei derart großen Blutmengen nicht erwarten, daß in dem Fahrzeug, mit dem die Leiche weggeschafft wurde, auch Blut oder zumindest Blutspuren zu finden sein müßten?»

«Nicht unbedingt», sagt Angelo. «Wenn das Herz nicht mehr gepumpt hat, ist kein Blut mehr ausgetreten. Wenn die Leiche zudem in eine Decke gewickelt wurde wie in diesem Fall, würde man wahrscheinlich wenig oder gar kein Blut in dem Fahrzeug finden.»

Er lächelt mich an. Das war nicht die Antwort, die ich hören wollte, und er weiß es. Die Cops haben in Acostas Dienstwagen keine Blutspuren gefunden.

«Aber an der Wolldecke war Blut, nicht wahr?»

«Ein wenig.»

«Sie haben doch die Decke untersucht, Doktor?»

«Ja, das habe ich.»

«Und haben Sie nicht auf beiden Seiten der Decke Blut gefunden?»

Dazu muß er erst in seinen Notizen nachsehen. Während er liest, nehme ich eins der Fotos, eine Aufnahme von beiden Seiten der Decke.

«Doktor, Beweisstück einunddreißig der Staatsanwaltschaft.» Ich zeige auf das Bild. «Ist auf dem Foto nicht eindeutig zu erkennen, daß auf beiden Seiten der Decke Blut ist, auf der Seite, die mit Brittany Halls Leiche in Berührung war, wie auch auf der Außenseite?»

Er studiert das Foto aus der Entfernung, rückt seine Brille zurecht.

«Anscheinend.»

«Ist das nicht der Beweis dafür, daß Blut durch die Decke gesickert ist?»

«Nicht unbedingt», sagt er. «Es ist möglich, daß das Blut auf der Außenseite vom Teppich stammt, auf dem die Leiche gelegen hat, als der Mörder sie eingewickelt hat.»

«Wollen Sie damit sagen, daß es sich so zugetragen hat?»

«Ich bin aufgrund meiner Untersuchung davon überzeugt. Die Decke war nicht mit Blut durchtränkt. Außerdem zeigte das Blut auf der Außenseite der Decke Schleifspuren, wie winzige Pinselstriche.

Diese wurden, wie ich glaube, von den Teppichfasern verursacht, als die Decke beim Einwickeln der Leiche darüber gezogen wurde.»

«Wenn sich Blut auf der Außenseite der Decke befand, würden Sie dann nicht erwarten, Spuren davon im Wagen zu finden, in den die Decke mit der Leiche gelegt wurde?»

«Wieder muß ich sagen, nicht unbedingt», erwidert Angelo. Wie ein Hund beim Kampf um einen Knochen will er einfach nicht klein beigeben. Er weiß, daß die Polizei niemals wird erklären können, warum in Acostas Wagen kein Blut zu finden war, nachdem in Halls Wohnung regelrecht Ströme von Blut geflossen sind.

«Es ist möglich, daß das Blut auf der Außenseite der Decke bereits getrocknet war, als die Leiche in den Wagen gelegt wurde. Erst recht, wenn das Blut vom Teppich stammte. Dann war es sicherlich nur eine dünne Schicht außen auf dem Stoff, die schnell getrocknet ist.»

«Wie schnell?»

«Je nachdem. Bei einer großen Blutlache kann es rund vierundzwanzig Stunden dauern, bis sie trocken ist. Aber eine dünne Schicht Blut, wie in diesem Fall, könnte in wenigen Minuten getrocknet sein. Das hängt von der Umgebung ab.» Er lehnt sich zurück, zufrieden, daß er diesmal gut pariert hat.

«Aber bei der Blutlache auf dem Teppich muß es länger gedauert haben?»

«Ja.»

«Könnten Sie mir dann erklären, Doktor, wie es jemandem möglich sein soll, die Leiche eines Mordopfers in eine Decke einzuwickeln, die Decke durch eine Blutlache zu ziehen, wie Sie es erläutert haben, und dabei nicht in das Blut zu treten?»

Angelos Blick verrät mir, daß er das Dilemma erkennt. Wenn Acosta die Leiche eingewickelt hat und in das Blut getreten ist, wieso hat er dann nichts davon an den Schuhsohlen in den Wagen getragen?

«Noch einmal: Es war möglicherweise bereits getrocknet», sagt er.

«Sie sind also der Meinung, daß der Mörder so lange in der Wohnung herumgestanden hat, bis die Decke und seine Schuhe trocken waren?»

«Das wäre eine Erklärung.» Doch seinem Gesichtsausdruck nach zu urteilen, ist er selbst nicht sonderlich glücklich damit.

«Und können Sie den Geschworenen eine Erklärung dafür anbieten, wieso die Leiche weggeschafft wurde?»

Angelo sitzt da und sieht mich mit versteinerter Miene an. Als hätte er diese Frage nicht erwartet. Es ist das erste Mal, daß ich ihn überrascht sehe.

«Wie lautet Ihre Theorie dazu, Doktor?»

Kline versucht, ihn mit dem Einspruch zu retten, daß die Frage das Sachverständnis des Zeugen übersteigt. Radovich lehnt den Einspruch mit der Begründung ab, daß Angelo bereits ausführlich dazu Stellung genommen hat, wie die Leiche weggeschafft wurde.

«Sie können die Frage beantworten, Doktor», sage ich zu ihm. «Wieso wurde die Leiche Ihrer Ansicht nach weggeschafft?»

«Ich bin nicht sicher», sagt er.

«Sie haben absolut keine Erklärung dafür?» frage ich in einem Ton, als wäre das ein Riesenskandal.

Angelo blickt mich aus zusammengekniffenen Augen böse an.

«Sie können uns gar nichts dazu sagen?» bohre ich.

Angesichts der beiden Möglichkeiten, keine Erklärung oder eine, die keinen Sinn ergibt, entscheidet sich Angelo für die falsche.

«Vielleicht ist der Mörder in Panik geraten.» Ihr Kredo.

Kaum hat er das Stichwort ausgesprochen, möchte er es am liebsten zurücknehmen, ich sehe es ihm an. Zwei der Geschworenen unterdrücken ein Grinsen. Das Bild, das er entworfen hat, ist ebenso klar wie lächerlich: Ein in Panik geratener Mörder, der dabei ist, die Leiche wegzuschaffen – aus Gründen, die niemand zufriedenstellend erklären kann – steht mitten im Blutbad am Tatort und wartet darauf, daß die Wolldecke trocknet.

22

Beim Eintreten empfangen uns sanfte Klänge von Streichinstrumenten, ein Streichquartett, das über uns auf dem Balkon spielt, irgend etwas aus Dvořáks «Symphonie aus der Neuen Welt».

Lenore hat sich in Schale geworfen: ein Abendkleid, tailliert und ärmellos, hochhackige Lackschuhe, eine winzige, mit Pailletten besetzte, schwarze Tasche unter den Arm geklemmt und meine Hand in der ihren. Sie trägt ihr seidiges Haar heute abend hochgesteckt; sein rabenschwarzes Schimmern wird durch die Ohrringe und eine Perlenkette betont, die zum Weiß ihrer Augen und dem blitzenden Lächeln passen.

Wir sind mit zweihundert anderen piekfeinen Leuten in der alten Gouverneursresidenz, heute ein Museum, um uns für die neueste, angeblich gute Sache schröpfen zu lassen: Der Gouverneur möchte Präsident werden.

Es wimmelt von korrupten Politikern, Drahtziehern und Lobbyisten, die allesamt Freundlichkeit absondern wie ein Körpersekret. Heute abend sind hier mehr Politiker versammelt als in einer durchschnittlichen Arbeitswoche im Kongreß.

Die Einladungskarten für diese Galaparty der Republikaner haben wir von einem Richter, einem Freund, der sich um ein Amt am Berufungsgericht bewirbt und damit um die Gefälligkeit des Gouverneurs. Er hat die Plätze an einem ganzen Tisch gekauft, und es wird von mir erwartet, daß ich erscheine, obwohl Lenore und ich unter falscher Flagge segeln. Sie ist Anhängerin der Demokraten, und ich bin überzeugter politischer Agnostiker.

«Ich habe noch nie so viele Republikaner auf einem Haufen gesehen», sagt Lenore. Sie betrachtet das Schauspiel mit der Empörung eines Farmers, der den Unkrautbefall seines Maisfeldes begutachtet.

«Die Spezialität des Monats», sage ich zu ihr. In dieser Stadt kann man jeden Abend an einer anderen Benefizveranstaltung teilnehmen, die alle nur den einen Zweck haben, den brennenden Ehrgeiz von irgend jemandem zu schüren.»

«Sehe ich gut aus?» fragt sie.

«Als ob dir der Laden hier gehören würde», erwidere ich. Das ist nur leicht übertrieben. Ich würde niemals zugeben, welchen Adrenalinstoß es meinem Ego versetzt hat, mit dieser Frau am Arm den Saal zu betreten. Mindestens ein Dutzend Köpfe, männlich und weiblich, haben sich nach uns umgedreht. Lenore ist ohnehin schon eine auffallende Erscheinung. Wenn sie sich so schick macht wie heute abend, bringt sie den Verkehr zum Erliegen.

Sie flüstert mir mit zusammengebissenen Zähnen zu: «Der Majordomus zu deiner Rechten.» Lenore bewegt kurz den Kopf, und ich sehe den Gouverneur und sein Gefolge. Nicht, daß Lenore beeindruckt wäre. Sie klingt eher wie der Aussichtsposten auf einem Walfangschiff.

Lenore lächelt und nickt, als wir an einer Gruppe von Gästen vorbeigehen. Vermutlich denkt sie, ich würde ein paar von ihnen kennen, und bemerkt dabei gar nicht, daß alle nur sie anstarren.

Ich werfe einen kurzen Blick auf den Gouverneur und den Kreis, der sich um ihn schart. Bei dieser Menge von Leuten, die ihm gleichzeitig in den Arsch kriechen, müßte es ziemlich eng werden.

Wir schlendern weiter auf das Gedränge zu, das sich vor einem langen Tisch im Speisesaal gebildet hat. Auf dem Tisch prangen riesige Eisskulpturen und Horsd'œvres, Garnelen auf Silberplatten, und am anderen Ende schenkt jemand Champagner aus, ein Dutzend Sorten. Das Ganze ist sicherlich eine Spende von der Wein- und Spirituosenlobby, um die politische Stimmung zu heben.

Durch eine Lücke in der Menge werfe ich einen prüfenden Blick auf den Tisch. «Kaviar.» Ich zwinkere Lenore zu. «Ich habe dir doch gesagt, es würde sich lohnen.»

Sie rümpft die Nase und sagt etwas wie «den ungeborenen Nachwuchs einer anderen Spezies essen». Sie fährt dann aber fort: «Ich hoffe, du hast deine Hose mit den Gummitaschen an.»

«Plastikbeutel», sage ich. «Die sind praktischer.»

Während ich mich mit der Schulter voran in die Lücke zwänge und mir einen Weg zum Korb mit den Crackern bahne, sehe ich, daß sich eine geballte Masse von Leuten nähert. Wie die Staubwolke hinter einer Pferdeherde kann das nur eines bedeuten. Und als ich mit meinem Cracker, von dem ein paar Fischeier fallen, wieder zum Vorschein komme, sehe ich tatsächlich das vergnügte Gesicht des Gouverneurs, das sich langsam in unsere Richtung bewegt. Ich packe Lenores Arm wie ein Ruder und will sie in eine andere Richtung steuern.

«Ich wußte gar nicht, daß sie ihn unterstützen.» Eine Stimme, die ich seit einer Woche im Schlaf höre und die immer das gleiche herunterbetet: *Einspruch, Euer Ehren.*

Ich drehe mich um und blicke in das Gesicht von Coleman Kline.

«Haben Sie einen Tisch gekauft?» Er will abschätzen, wie weit mein Engagement geht.

«Bin mit einer Freundin hier», sage ich zu ihm.

«Das sehe ich. Lenore.»

Sie ignoriert ihn.

Es wäre unhöflich, eine Beleidigung, Kline nicht die Hand zu schütteln. Also tue ich es, doch Lenore verweigert es ihm zum zweiten Mal innerhalb von zwei Wochen. Privileg der Frauen, sie hält ihre kleine schwarze Tasche mit beiden Händen fest.

«Eine sehr interessante Chinesische Mauer, die Sie da errichtet haben.» Kline lächelte breit. «Ich meine Sie beide.»

Ich spüre, wie Lenore zusammenzuckt.

Mit Sicherheit vermutet er, daß alles, was Lenore aus seinem Büro weiß, inzwischen Thema unseres Bettgeflüsters ist.

Kline hat eine Frau am Arm, etwas älter als er.

«Zum Glück hat Radovich ja angeordnet, daß alle vertraulichen Informationen auch als solche behandelt werden müssen», sagt er.

«Ihnen wäre es wohl am liebsten, wenn er mein Hirn per Staubsauger leerräumen würde», meint Lenore.

«Keine schlechte Idee», sagt Kline.

«Wollen Sie uns nicht Ihrer Mutter vorstellen?» fragt Lenore.

Das Lächeln weicht von seinen Lippen.

«Meine Frau Sandra.» Er bedenkt Lenore mit einem wahrlich unfreundlichen Blick, obwohl Mrs. Kline nicht sonderlich gekränkt wirkt.

Ich habe Fotos von ihr im Gesellschaftsteil der Zeitung gesehen.

Für Sandra Kline ist es die zweite Ehe. Nach dem Tod ihres ersten Mannes hat sie einen riesigen Landbesitz nördlich der Stadt geerbt mit Mandelbaumwäldern und Reisplantagen. Jetzt finanziert sie Klines Ambitionen und gibt dafür das Geld mit vollen Händen aus. Man munkelt, er spiele ernsthaft mit dem Gedanken, im nächsten Jahr für den Posten des Generalstaatsanwalts zu kandidieren.

«Sie müssen mir verzeihen», sagt Lenore. «Manche Menschen können sich einfach keine Namen merken. Ich dagegen habe Schwierigkeiten, das Alter von Leuten einzuschätzen.»

Sandra Kline wirft ihrem Mann einen wehleidigen Blick zu, eine Unbeteiligte, die ins Kreuzfeuer geraten ist.

«Das ist Lenore Goya», sagt Kline.

«Ach.» Sandra Klines Tonfall macht klar, daß sie und ihr Mann über Lenore gesprochen haben, und zwar nicht unbedingt freundlich.

«Wie lange sind Sie schon verheiratet?» fragt Lenore Kline.

«Zwei Jahre», sagt er.

«Gefällt es Ihnen bisher?» fragt sie Sandra.

«Sehr», sagt die Frau.

«Und wie lange waren Sie in erster Ehe verheiratet?»

Lenore versucht sich auszurechnen, wie alt Mrs. Kline ist, aber ich kneife ihr in den Arm.

«Aua. Das tut weh.»

«Entschuldigung.»

Ein Mann tritt von hinten an Sandra Kline heran und flüstert ihr etwas ins Ohr. Offenbar steht eine Audienz beim Gouverneur bevor. «Er möchte dem Planungskomitee danken», sagt der Mann. «Wenn Sie kurz Zeit hätten.»

«Komm, wir gehen was trinken», sage ich zu Lenore. Die Gelegenheit für einen Abgang, bevor es richtig fies wird.

«Sei doch so lieb und hol mir ein Glas. Ich würde mich gern mit Mrs. Kline unterhalten. Wir haben soviel zu bereden. Außerdem kommt jetzt der Gouverneur.»

«Stimmt. Wir bleiben einfach hier», entgegne ich.

«Und wer sind Sie?» fragt Sandra.

«Paul Madriani.»

Kline entschuldigt sich, daß er mich nicht vorgestellt hat.

«Mr. Madriani. Mein Mann hat mir soviel von Ihnen erzählt.»

«Das kann ich mir vorstellen», sage ich.

Sie versichert mir, daß er nur Gutes über mich gesagt hat. Damit drängt sich die Frage auf, was Kline seiner Frau wohl über Lenore erzählt haben mag.

«Er hält Sie für einen sehr guten Anwalt», sagt sie zu mir.

«Das hat er dem Richter gestern in der Verhandlung aber nicht erzählt», sagt Lenore.

Sandra Kline lacht nervös, unsicher, was Lenore als nächstes einwerfen wird.

«Vielleicht sollte Paul Sie in dem Fall als Leumundszeugin aufrufen», sagt Lenore zu ihr.

«Er hat gesagt, ein guter Anwalt», beharrt Sandra. «Und Coleman muß es schließlich wissen.»

«Wieso? Kriegt er Nachhilfeunterricht?» sagt Lenore. Dann lacht sie, fast ausgelassen.

Klines Gesicht ist grün angelaufen, ein Farbton, wie ich ihn nicht mehr gesehen habe, seit ich vor einem Jahr im Boot eines Freundes über Bord gekotzt habe.

Kline hat den Arm um die Schultern seiner Frau gelegt. «Mein größter Fan», nennt er sie. «Ich wünschte, ich könnte sie zu zwölf Geschworenen klonen.»

«Das wäre ein toller Trick», sagt Lenore. «So, jetzt erzählen Sie doch mal, was Ihr Mann über mich gesagt hat.» Während sie auf die Antwort wartet, greift Lenore über den Tisch, schnappt sich eine große Garnele von der Platte und tunkt sie in die Schüssel mit blutroter Cocktailsauce.

Sandra meistert die Situation besser als erwartet. Ihr Geld und ihre Klasse machen sich bemerkbar. «Es tut mir leid. Ich muß mich leider entschuldigen. Der Gouverneur erwartet mich.»

«Oh, holen Sie ihn doch hierher», sagt Lenore. «Ich würde ihn gern kennenlernen.»

Sandra macht fast einen Knicks, als sie sich abwendet. Falls Kline es in der Politik nicht schaffen sollte, seine Frau hat als Diplomatin echte Chancen.

«Sie geben ihm heute abend wohl Tips, wie er gegen mich vorgehen soll?» Kline blickt mich an, aber die Frage ist an Lenore gerichtet.

«Sie verpassen eine einmalige Gelegenheit», erwidert sie. «Oder können Sie dem Gouverneur von hier aus in den Arsch kriechen?»

«Vielleicht sollten wir unser Gespräch beenden», sagt Kline.

Ich stimme ihm zu und versuche, Lenore zur Tür zu manövrieren.

«Ich hatte gehofft, wir könnten das Kriegsbeil begraben, nachdem Sie von dem Fall abgezogen wurden», sagt er zu ihr.

«Ach, wirklich?»

«Ja. Aber offensichtlich sind Sie nicht in der Lage, vernünftig zu diskutieren.»

«Das hier ist weder der rechte Zeitpunkt noch der rechte Ort», beschwöre ich die beiden.

«Verstehe. Die hysterische Frau», fährt Lenore fort.

«Wenn Sie so wollen.»

«Nein, so will ich nicht.» Sie hält die Garnele am Schwanz gepackt, holt Schwung und bekleckert Klines Smoking von oben bis unten mit Cocktailsauce. Er sieht plötzlich aus, als hätte ihn jemand mit Schrot beschossen.

«Verdammt», flucht er.

«Hätten Sie gern was zum Runterspülen?» Sie hat den Arm mit dem Glas Dom Perignon schon zum Wurf erhoben, als ich ihr Handgelenk packe. Sie blickt mich flehend an, als wollte sie sagen, nur noch einmal. Ich schüttle den Kopf, und schließlich läßt sie den Arm sinken.

Kline ist fuchsteufelswild, wischt sich die Hemdbrust mit einer Serviette ab.

«Sie ist ein Hitzkopf», sagt er zu mir. «Jetzt weiß ich wieder, warum ich sie rausgeschmissen habe. Ich hoffe, daß es zwischen Ihnen und mir nicht soweit kommt. Es ist wichtig, daß wir beide einen professionellen Umgangston bewahren, zumindest bis der Prozeß vorbei ist.»

«Glauben Sie, es würde jemandem auffallen?» frage ich ihn.

«Vielleicht Ihrem Mandanten», erwidert er.

«Das hört sich ja an wie eine Drohung.»

«Das verstehen Sie falsch», sagt er. «Ein Staatsanwalt hat die Pflicht, sich um Gerechtigkeit zu bemühen, nicht darum, zu gewinnen. Meine Aufgabe ist es, nach der Wahrheit zu suchen.»

«Aus Ihrem Munde klingt das wie ein Schimpfwort», sagt Lenore.

«In manchen Fällen ist es schwieriger als in anderen», meint er. «In diesem Fall ist es besonders schwierig, und das ist auf eine der Anwesenden zurückzuführen.»

Bevor sie etwas erwidern kann, stellt sich Kline zwischen uns. Offenbar bereitet ihm meine Beziehung zu Lenore Schwierigkeiten. Er winkt einem Kellner, der seine Runde macht. «Ich glaube, die Dame möchte einen Drink. Salzsäure und ein wenig Zyanid zum Nachspülen.» Der Kellner steht da und macht ein Gesicht, als hätte er etwas nicht mitbekommen.

Kline hat seinen Arm um meine Schultern gelegt und führt mich ein Stück beiseite, damit niemand hören kann, was er sagt.

«Was halten Sie denn vom bisherigen Prozeßverlauf? Ihre ehrliche Meinung», sagt er.

Als ob ich ihm die verraten würde. «Meine ehrliche Meinung?»

Er nickt.

«Ich glaube, wir machen Ihnen ganz schön die Hölle heiß.»

«Tja, das war ehrlich», sagt er. «Meinen Sie denn, wir sollten das Verfahren einstellen?»

«Gleich morgen früh, wenn ich Sie wäre.»

Er lacht.

«Sie wissen, daß es noch um einiges härter wird», sagt er.

«C'est la vie», erwidere ich. «Das ist meistens so. Wollten Sie mir irgend etwas sagen?»

«Wir haben erst mal unsere leichten Geschütze aufgefahren.»

«Ach so. Der Leichenbeschauer und der Leiter der polizeilichen Ermittlungen», sage ich. «War mir gar nicht aufgefallen.»

«Nun, die Indizien zeigen die Richtung an», sagt er. «Aber das Motiv, das ist der entscheidende Paukenschlag.»

«Ach ja, hatte ich ganz vergessen. Mein Mandant schwitzt Blut und Wasser wegen der Prostitutionssache. Übrigens, wer von den Cops hat eigentlich vergessen, das Mikro einzuschalten?»

Er lacht.

«Ihr Mandant ist doch wohl bereit, in den Zeugenstand zu treten? Um das alles zu bestreiten?» Jetzt versucht er mich auszuhorchen.

«Ich sage Ihnen Bescheid, falls und wann wir uns entscheiden.»

«Wie wird er Ihrer Meinung nach im Zeugenstand sein?» fragt er. «Mal ehrlich.»

«Genau so», sage ich. «Ehrlich.»

Er lächelt, geht leer aus. Mehr hat er auch nicht erwartet.

«Sie glauben doch nicht wirklich an diesen ganzen Quatsch über die Cops?» sagt er.

Ich blicke ihn so fassungslos an, wie ich kann. «Nein. Phil Mendel ist ein Erzengel.»

«Nun gut, was die Gewerkschaft angeht, gebe ich Ihnen recht. Ich halte nicht viel von Arbeitnehmervertretungen.»

Das glaube ich ihm gern.

«Aber Sie saugen sich da was aus den Fingern», sagt er.

«Zumindest hoffen Sie das», entgegne ich.

Ich ernte einen neugierigen Blick.

«Wissen Sie etwas, das Sie uns nicht gesagt haben?» Er bleibt stehen und sieht mir direkt in die Augen.

Jetzt will er wissen, was wir denken.

«Wenn es so ist, sollten Sie es mir erzählen», sagt er. «Es könnte von entscheidender Bedeutung sein.»

Und ob. Er würde sich die Informationen geben lassen und sie rücksichtslos gegen uns verwenden.

Bevor ich etwas erwidern kann, wirft er einen Blick über die Schulter nach hinten, wo Lenore steht.

«Weiß sie etwas?» fragt er. «Mir ist klar, daß sie in der Nacht da war. Ihr Fingerabdruck auf der Tür. Ich habe nicht vor, ihr Schwierigkeiten zu machen. Aber Sie sollten es tun. Wenn sie etwas weiß...»

Er führt den Gedanken nicht zu Ende, sondern blickt mich nur mit großen Augen an, während er auf eine Antwort wartet. Da ich nichts sage, versucht er es anders.

«Wir könnten die Sache vertraulich behandeln. Kein Grund, sie an die große Glocke zu hängen.» Einen Augenblick denke ich, daß er Lenore vielleicht wirklich mit Halls Tod in Verbindung bringt.

«Sie wollen nur die Wahrheit», sage ich zu ihm.

«Nur die Wahrheit.» Er scheint sich beim Reden leicht vorzubeugen.

Ich verziehe das Gesicht, sage aber nichts.

«Falls sie etwas weiß und für sich behält...» Er stockt einen Moment, als wolle er sich vergewissern, ob ich ihm folgen kann. Aber er kann an meinem Gesicht ablesen, daß ich keinen Schimmer habe, worauf er eigentlich hinauswill.

«Sie hat Ihnen nichts erzählt?»

Ich schüttle den Kopf.

Das scheint ihn arg zu enttäuschen.

«Es könnte ja sein, daß sie von Hall Informationen bekommen hat», sagt er. «Es ist möglich, daß sie mehr weiß als wir, daß wir vielleicht einen Fehler gemacht haben.»

Ich bin derart verblüfft über dieses Eingeständnis, als hätte jemand mein Blut gefriergetrocknet. Ich fange an zu lachen, so gut ich kann, ein kläglicher Versuch, mich belustigt zu geben.

«Wollen Sie damit sagen, daß Sie einen Fehler gemacht haben? Was für einen Fehler?» frage ich.

Sein Arm ist wieder auf meiner Schulter, ein fester Griff. Er bedeutet mir mit einem Finger an den Lippen zu schweigen und führt mich weiter weg, in eine ruhige Ecke.

«Ich habe nicht gesagt, daß wir einen Fehler gemacht haben, ich habe lediglich gesagt, daß Fehler möglich sind, wenn wir nicht alle Fakten haben. Ich muß bloß wissen, ob sie irgend etwas verschweigt.»

Ein Staatsanwalt, der meinen Mandanten auf den elektrischen Stuhl bringen will, erzählt mir nach der Hälfte der Verhandlung, daß er vielleicht einen Fehler gemacht hat – und ich soll flüstern. Ich bleibe stehen und drehe mich um, befreie mich von seinem Arm.

«Sie haben doch mit Hall gesprochen», sage ich zu ihm. «Erzählen Sie's mir. Was hat sie gesagt?»

«Was Sie im Gerichtssaal gehört haben.»

«Ihr Zeuge Frost?»

Er nickt.

Ich lache auf.

«Da liegt das Problem», sagt er. «Vielleicht war Hall bereit, mit einer Frau offener zu reden. Sprechen Sie mit ihr.» Er nickt in Lenores Richtung. Ihnen wird sie sagen, ob sie was weiß. Ganz gleich, was Sie von mir denken, ich versuche dabei nicht, politische Punkte zu sammeln.»

Er ist die Aufrichtigkeit selbst. Ich könnte ihm tatsächlich von hier bis zur Punschbowle trauen.

«Vielleicht könnten wir uns ja einigen», sagt er. «Sie müssen bloß mit mir reden.» Seine Stimme klingt ernst, die letzten Worte fast flehentlich. Er wendet sich um und verabschiedet sich grimmig von Lenore, aus sicherer Entfernung, außer Schleuderweite von Cocktailsauce. Dann schreitet Kline davon und geht quer durch den Saal zu seiner Frau.

Erst da wird mir die Tragweite seiner Worte klar. Irgend etwas fehlt in der Gleichung Brittany Hall, irgend etwas Bedrohliches, das er genau spürt, aber nicht kennt, ein fehlendes Element in der Anklage, und Kline glaubt, daß Lenore es hat.

23

Heute holt Kline den Spurenexperten der Anklage in den Zeugenstand. Er will untermauern, daß Hall keinen Geschlechtsverkehr hatte, weder einvernehmlichen noch erzwungenen, bevor sie getötet wurde. Aus irgendeinem unerfindlichen Grund geht er davon aus, daß wir vertreten werden, sie sei von einem Liebhaber getötet worden. Er möchte jeden Gedanken an diese Theorie ausräumen, um die Aufmerksamkeit auf das, wie er behauptet, eigentliche Motiv zu lenken, nämlich das Ausschalten einer Zeugin der Anklage.

Klines Auftreten im Gerichtssaal wird immer selbstbewußter, obwohl die heute erörterten Beweisstücke – gewöhnliche Haare und Fäden – viel zu allgemein sind, um die entscheidende Wende herbeizuführen. Es sind lediglich weitere Teilchen des Puzzles.

Heute hat er Harold Stinegold im Zeugenstand, den führenden Sachverständigen der Anklage für Haare und Fasern. Wenn etwas unter ein Mikroskop paßt, hat Stinegold es sich wahrscheinlich schon einmal angesehen.

Er bezeugt, daß bei der Untersuchung von Halls Fingernägeln kein fremdes Gewebe nachgewiesen werden konnte und daß man in ihren Schamhaaren keinerlei fremde Haare gefunden hat. Hätte sie Geschlechtsverkehr gehabt, wäre das der Fall gewesen.

Stinegold ist Anfang Sechzig, freundlich und selbstbewußt. Ich hatte schon mehrfach im Gerichtssaal mit ihm zu tun und dabei festgestellt, daß er äußerst zurückhaltend ist. Er hält sich meist strikt an die Fakten.

Kline macht es ungeheuer dramatisch; er läßt Stinegold im Zeugenstand eine versiegelte Tüte öffnen, aus der dieser die Decke mit den getrockneten Blutflecken herausholt. Ebenso verfährt er mit einer zweiten, kleineren Tüte, in der Haare sind, und einer dritten mit Fasern.

«Würden Sie uns bitte sagen, wie diese Beweisstücke gesammelt und analysiert wurden?» sagt Kline.

«Die Haare und Fasern wurden mit Hilfe von Zellophanklebeband von der Oberfläche der Decke abgehoben, wie man Fusseln von einem Anzug entfernt. Dann wurden sie auf einen Objektträger gegeben und zuerst unter dem Mikroskop untersucht.»

«Bleiben wir zunächst bei den Teppichfasern. Haben Sie die mit Proben verglichen, die andernorts genommen wurden?»

«Ja. Mit Teppichfasern aus dem Dienstwagen des Angeklagten.»

«Und was haben Sie festgestellt?»

«Ich habe zuerst untersucht, ob es Übereinstimmungen im Hinblick auf Farbe und Durchmesser gab, und festgestellt, daß dem so war.»

«Was haben Sie dann gemacht?» sagt Kline.

«Ich habe die Proben eingehender untersucht», sagt der Zeuge, «auf morphologische Merkmale hin.»

«Was meinen Sie mit morphologisch?»

«Form und Struktur», sagt Stinegold. «Insbesondere habe ich nach Streifenbildung an der Oberfläche der Fasern gesucht und nach mattierenden Partikeln, in erster Linie Titandioxid. Das sind Pigmente, die manchmal bei der Synthetikherstellung beigegeben werden, um den Glanz zu vermindern.»

«Und was haben Sie festgestellt?»

«Ich habe ähnliche Partikel dieser Art sowohl in den Teppichfasern aus dem Wagen des Angeklagten als auch in den Fasern an der Decke gefunden.»

«Und was haben Sie als nächstes getan?»

«Ich habe eine Farbanalyse vorgenommen», sagt Stinegold. «Farben weisen die wichtigsten Unterscheidungsmerkmale auf.»

«Und was haben Sie festgestellt?»

«Daß die Fasern aus dem Dienstwagen des Angeklagten in Form, Farbe und Zusammensetzung mit den Fasern an der Decke, in der die Leiche eingewickelt wurde, übereinstimmen.»

«Würden Sie als Sachverständiger auf diesem Gebiet sagen, daß derlei Entsprechungen bedeutsam sind?» Kline versucht, den Sack zuzumachen.

«Einspruch. Vage», sage ich.

«Stattgegeben. Formulieren Sie die Frage neu», sagt Radovich.

Es kommt darauf an, wie bedeutsam. Kline beschreibt einen kleinen Kreis vor dem Zeugenstand, denkt nach, bevor er einen neuen Anlauf nimmt.

«Würden Sie als Sachverständiger bei einem Vergleich dieser Teppichfasern mit den Fasern irgendeines anderen beliebigen Teppichs erwarten, eine solche Übereinstimmung festzustellen?»

Diesmal lehnt Radovich meinen abermaligen Einspruch ab.

«Nein.»

«Würden Sie beim Vergleich dieser Fasern mit zehn anderen beliebigen Faserproben eine solche Übereinstimmung erwarten?»

«Nein.»

«Bei hundert Proben?»

«Wahrscheinlich nicht.»

«Bei tausend?»

«Beim Material vielleicht», sagt Stinegold. «Aber das Farbpigment wäre unterschiedlich. Ich würde es als recht bedeutsames Kriterium bezeichnen.»

«Einspruch. Beantwortet nicht die Frage», sage ich.

«Abgelehnt.»

«Ihrer Meinung nach ist es also bedeutsam?»

«Ja. Der Farbstoff ganz eindeutig.»

«Er wäre ein einzigartiges Merkmal dieser Fasern?»

«Ich würde sagen, ja.»

Kline kommt dann auf die Haare zu sprechen, und Stinegold identifiziert sie als Tierhaare.

«Und es kann Ihrer Ansicht nach kein Zweifel daran bestehen, daß die Haare an der Decke, in die Brittany Halls Leiche eingewickelt wurde, von einem Tier stammen?»

«Nicht den geringsten», sagt Stinegold.

«Konnten Sie feststellen, von welchem Tier?»

«Das war schwieriger», sagt er. «Aber mit Hilfe des Ausschlußverfahrens konnte ich schließlich feststellen, daß die fraglichen Haare von einem Pferd stammen.»

Die Blicke der Geschworenen zeigen deutlich, daß sie mit einem Hund oder einer Katze gerechnet hatten. Kline tut ebenso überrascht und blickt den Zeugen mit hochgezogenen Brauen an.

«Eine beträchtliche Menge Pferdehaare», bestätigt Stinegold.

«Und wie sind die Haare Ihrer Ansicht nach auf die Decke gelangt?»

«Vermutlich durch sekundäre Übertragung», sagt Stinegold.

Auf Nachfragen Klines erklärt der Zeuge: «Das bedeutet, die Decke selbst ist nicht mit einem Pferd in Berührung gekommen. Wahrscheinlich hat jemand die Haare auf die Kleidung bekommen, und sie sind entweder gleich auf die Decke geraten oder in sein Haus, auf Möbel, Bettzeug und dergleichen. Dort könnten die Haare entweder auf die Decke gelangt sein oder auf die Kleidung des Mörders und erst auf die Decke, als sie beim Einwickeln der Leiche mit seiner Kleidung in Berührung kam.»

Die Erklärung des Übertragungsablaufs ist für die Anklage wichtig. Sie weiß inzwischen, daß Acosta nie einen Fuß in den Pferdestall gesetzt hat. Das war Lilis Revier. Sie wirkt jetzt ausgesprochen besorgt, und während der Weg der Haare beschrieben wird, sehe ich, wie sie in der Sitzreihe hinter ihrem Mann, unmittelbar hinter dem Geländer, in sich zusammensinkt. Sie wirft mir einen gequälten Blick zu.

«Und diese sekundäre Übertragung ist möglich?» fragt Kline.

«O ja. Haare dieser Art, in den Mengen, von denen ich hier spreche, sind äußerst hartnäckig. Es ist praktisch unvermeidbar, sie ins Haus zu tragen. Selbst wenn sich jemand gründlich abbürsten würde, könnte man erhebliche Spuren davon bei ihm zu Hause finden.»

«Auch wenn er sich nach dem Reiten oder Verlassen des Stalls umzieht?» fragt Kline.

«Möglicherweise», sagt Stinegold. «Wahrscheinlich würden einige Pferdehaare in seinem Haar verbleiben oder an rauheren Stellen der Haut. Es ist sehr schwierig, sie völlig loszuwerden.»

«Das bringt uns zur nächsten Frage», sagt Kline. «Haben Sie Spuren von Pferdehaar gefunden, die mit den Haaren an der Decke, in der Ms. Halls Leiche eingewickelt war, übereinstimmen?»

«Das habe ich.»

«Und wo haben Sie sie gefunden?»

«An drei Orten», sagt er. «In der Wohnung der Verstorbenen Brittany Hall. Im Haus des Angeklagten Armando Acosta. Und sowohl im Kofferraum des Dienstwagens des Angeklagten als auch im Fahrgastraum des Wagens.»

Kline setzt wieder auf Wirkung, effektvolles Schweigen, um die Bedeutung des Fundes hervorzuheben, bevor er unseren Angriff vorwegnimmt. Er läßt Stinegold erläutern, daß die Haare aus einem Stall stammen, der häufig von der Frau des Angeklagten aufgesucht wird, und daß die Haare möglicherweise von ihr auf die Kleidung des Angeklagten übertragen wurden. Er räumt dann ein, daß Haare nicht zu den Beweismitteln zählen, deren Herkunft eindeutig nachgewiesen werden kann. In diesem Fall lassen sie sich nicht einem bestimmten Pferd zuordnen.

«Konnten Sie sich», sagt Kline, «gestützt auf ihre Kenntnis und Erfahrung als Wissenschaftler, dennoch ein abschließendes Urteil in bezug auf die Haare bilden, die auf der betreffenden Decke gefunden wurden, und auf die aus dem Haus und dem Fahrzeug des Angeklagten?»

«Nach meinem sachverständigen Urteil», sagt Stinegold, «stimmten die Haarproben, die von der Decke genommen wurden, in allen mikroskopischen Merkmalen, in Farbe, Textur, Oberflächenstruktur und Dicke, mit den Haarproben überein, die von verschiedenen Möbelstücken und Teppichbelägen im Haus und aus dem Fahrzeug des Angeklagten gekämmt wurden.»

«Waren Sie nach Ihrem sachverständigen Urteil identisch?»

«Nach meinem sachverständigen Urteil, ja.»

Haare und Fasern haben zwar keine so eindeutige Beweiskraft wie Fingerabdrücke, aber in diesem Augenblick scheint in den Reihen der Geschworenen ein fast greifbarer Meinungsumschwung stattzufinden. Die Erfahrung im Gerichtssaal lehrt, daß bestimmte Indizien einer Reaktion bedürfen, wenn man überleben will.

Die Spurensicherung hat einige Dinge festgestellt, die nicht in die Beweisführung der Anklage passen, und Kline hat den Fehler gemacht, sie zu übergehen. Also setze ich beim Kreuzverhör genau dort an. Der erste Aspekt ist der metallurgische Bericht.

«Mr. Stinegold, haben Sie mikroskopisch kleine Späne von Edelmetall am Rand des Couchtisches in Brittany Halls Wohnung gefunden, nicht weit von der Stelle, wo der Kopf des Opfers aufschlug?»

«Ein paar», sagt er.

«Wieso haben Sie das bei der Befragung durch Mr. Kline nicht erwähnt?»

«Er hat mich nicht danach gefragt.»

«Schön. Dann frage ich Sie jetzt. Waren sie bedeutsam?»

Wenn er «ja» sagt, verschlimmert er den Umstand, daß er den Punkt nicht erwähnt hat, also sagt Stinegold: «Nein.»

«Die Späne waren Ihrer Meinung nach nicht bedeutsam?»

«Nein.»

«Wieso nicht?»

«Wir haben sie untersucht und sind zu dem Ergebnis gekommen, daß sie vermutlich alt waren. Möglicherweise sind sie schon Monate vor dem Mord auf den Tisch gelangt.»

«Würden Sie den Geschworenen bitte sagen, woraus diese Metallspäne bestanden?»

«Spuren von Gold, vierundzwanzig Karat, mit einigen Legierungen.»

«Vielleicht von einem Schmuckstück?»

«Vielleicht.»

«Aber nicht bedeutsam?»

«Nach meiner Ansicht, nein.»

«Vielleicht könnten Sie den Geschworenen dann erklären, wieso sie jedes einzelne Stück Goldschmuck untersucht haben, das mein Mandant besitzt?»

«Nur der Gründlichkeit halber.»

«Nur der Gründlichkeit halber?» frage ich nach.

«Richtig.»

«Und haben Sie der Gründlichkeit halber von jedem Schmuckstück meines Mandanten mikroskopisch kleine Späne genommen, um sie mit den Spänen zu vergleichen, die auf dem Tisch gefunden wurden?»

Stinegold zieht fast einen Schmollmund. «Von dem, was wir finden konnten.»

«Beantrage, die Aussage zu streichen.» Stinegold möchte bei den Geschworenen den Eindruck erwecken, daß Acosta das belastende Schmuckstück beseitigt hat.

Radovich gibt meinem Antrag statt.

«Haben Sie mikroskopisch kleine Späne von jedem Schmuckstück meines Mandanten genommen, um sie mit den Spänen zu vergleichen, die auf dem Tisch gefunden wurden, ja oder nein?»

«Ja.»

«Und haben Sie diese Proben einer metallurgischen Analyse unterzogen?»

«Ja.»

«Und haben Sie festgestellt, daß das Metall auf dem Tisch mit den Spänen von irgendeinem Schmuckstück meines Mandanten übereinstimmte?»

«Nein.»

«Es stimmte nicht überein?» Ich wende mich mit einem verwunderten Blick den Geschworenen zu.

«Nein», sagt er.

«Ach. Dann darf ich also annehmen, daß wir bei Ihrer Befragung durch Mr. Kline davon erfahren hätten, wenn es eine Übereinstimmung gegeben hätte?»

«Einspruch. Zielt auf Mutmaßung», sagt Kline.

Nicht nach Meinung der Geschworenen. Sie fragen sich jetzt, warum Kline das verschwiegen hat. Steh auf und mach einen Diener, du Trottel.

«Formulieren Sie die Frage neu», sagt Radovich.

«Mit Vergnügen, Euer Ehren. Mr. Stinegold, trifft es nicht zu, daß die Metallspäne erst dann alt und unbedeutend wurden, als Sie keine Übereinstimmung mit Mr. Acostas Schmuck feststellen konnten?»

«Das trifft nicht zu», sagt er.

«Aber Sie haben keinerlei wissenschaftliche Grundlage für Ihre Beurteilung, daß die Späne auf dem Tisch alt sind?»

«Wir haben es geglaubt.»

«Ist das eine Glaubensfrage?» entgegne ich. «Ich habe Sie nach einer wissenschaftlichen Grundlage gefragt? Hatten Sie eine?»

«Nein.»

«Danke. Also, stützen wir uns ausschließlich auf wissenschaftliche Fakten, auf die Tatsachen, daß die Metallspäne nicht weit von der Stelle gefunden wurden, wo der Kopf des Opfers aufgeschlagen ist, und daß sie mit keinem Schmuckstück im Besitz meines Mandanten übereinstimmen. Könnten sie dann, Ihrem Urteil als Sachverständiger nach, nicht als ein Indiz angesehen werden, das meinen Mandanten eher entlastet? Das eher auf seine Unschuld hindeutet?»

«Einspruch. Das haben die Geschworenen zu entscheiden», sagt Kline.

«Stattgegeben», sagt Radovich. «Ich denke, Sie haben Ihren Standpunkt klargemacht.»

Als nächstes komme ich auf die Teppichfasern zu sprechen, die vermutlich aus Acostas Wagen stammen. Ich setze bei den Farbstoffen an und frage Stinegold, ob er uns sagen kann, für wie viele Fahrzeuge, die in dem Jahr bei General Motors produziert wurden, wohl ein und derselbe Teppich von ein und demselben Hersteller verwendet wurde. Er hat keine Ahnung. Als ich ihn dann frage, ob es ihn überraschen würde, wenn es Tausende wären, muß er zugeben, daß es im Bereich des Möglichen liegt.

«Trotzdem», sagt er, «es werden wohl kaum dieselbe Farbmischung und derselbe Farbstoff für alle diese Fahrzeuge verwendet worden sein.» Er blickt Kline mit einiger Genugtuung an.

Ich komme auf den Dienstwagenpark zu sprechen, auf die Tatsache, daß dafür immer mehrere Wagen auf einmal von ein und demselben Hersteller gekauft werden und daß man wohl davon ausgehen kann, daß sie hintereinander vom Band rollen.

«Vorausgesetzt, daß dem so ist», sage ich, «wäre es da nicht möglich, daß sich in dem Wagenpark Fahrzeuge mit derselben Farbe befinden, mit ein und demselben Farbstoff?»

Stinegold ist nicht glücklich über die Frage. «Es ist möglich», sagt er.

«Wären Sie überrascht zu hören, daß der Bezirk neun Fahrzeuge von demselben Hersteller gekauft hat, die dasselbe Baujahr haben wie der Dienstwagen des Angeklagten, und daß sieben davon am selben Fließband produziert wurden und die gleiche Teppichfarbe haben?»

Er antwortet mir nicht.

«Wußten Sie das?» frage ich.

«Nein», sagt er.

Die Informationen stammen von unseren eigenen Sachverständigen. Wir haben die Fahrzeuge ausfindig gemacht und Teppichfasern gesammelt.

Ich komme zum Thema Pferde.

«Und? Haben Sie's gefunden?» frage ich.

«Was gefunden?» fragt er.

«Das Pferd, von dem die Haare hier sind?»
Er lacht. «Nein.»
«Haben Sie gesucht?»
«Nein.»
«Warum nicht?»
«Wir sahen keinen Sinn darin», sagt er. «Wir hatten die Haare aus dem Haus und dem Fahrzeug des Angeklagten. Außerdem wäre es, wie ich bereits gesagt habe, nicht möglich, anhand der Haare das dazugehörige Pferd ausfindig zu machen.»
«Haben Sie irgendwelche anderen Leute, die Pferde aus dem betreffenden Stall reiten, überprüft, um festzustellen, ob ähnliche Haare bei ihnen zu Hause oder in ihren Wagen zu finden sind?»
«Nein.»
«Warum nicht?»
«Auch darin haben wir keinen Sinn gesehen.»
«Wäre es nicht aufschlußreich gewesen, herauszufinden, bei wie vielen Pferden in dem Stall das Fell mit den Haaren übereinstimmt, die auf der Decke gefunden wurden?»
«Eigentlich nicht.»
«Mr. Stinegold, trifft es nicht zu, daß man, abgesehen von der Farbe und von einigen exotischen Zuchtpferden, deren Fell einzigartige Strukturmerkmale aufweist, ein Pferdehaar kaum vom anderen unterscheiden kann?»
«Die Farbe wäre ein Unterscheidungsmerkmal», sagt er. Der rettende Strohhalm.
«Wissen Sie, welche Farbe das Pferd hat, von dem die Haare auf der Decke stammen?»
«Braun», sagt er. «Wie ein Pferd, das man allgemein als Fuchs bezeichnet.»
«Eine verbreitete Farbe bei Pferden, nicht wahr?»
«Einspruch. Der Zeuge ist kein Sachverständiger für Pferde», sagt Kline.
«Nein. Nur für das, was sie fallenlassen», sage ich.
«Was soll das heißen?» sagt Kline.
Gekicher auf der Geschworenenbank.
«Haare», sage ich. «Was haben Sie denn gedacht?»
Kline blickt auf lachende Geschworene.

«Ich erhebe Einspruch, Euer Ehren. Hier gibt es nichts zu lachen.»

Radovich fordert mich auf, fortzufahren.

«Also, Mr. Stinegold, es ist doch allgemein bekannt, daß Braun bei Pferden keine seltene Farbe ist?»

«Einspruch.»

«Abgelehnt. Der Zeuge kann die Frage beantworten», sagt Radovich.

«Sie ist nicht selten», sagt Stinegold.

«Wenn wir heute ein paar Pferdeställe besuchen würden, wäre es nicht sogar wahrscheinlich, daß Braun in ihnen die vorherrschende Farbe ist?»

«Es ist möglich», sagt Stinegold. Es ist mehr als nur möglich, aber ich gebe mich mit dem Zugeständnis zufrieden.

«Und wenn wir von sämtlichen Braunen Haarproben nehmen und sie Ihnen zur Untersuchung unter das Mikroskop geben würden, könnten Sie uns dann sagen, von welchem Pferd die Haare auf der Decke stammen?»

Er lächelt. Der Punkt geht an mich. «Wahrscheinlich nicht.»

«Weil braunes Pferdehaar nicht gerade einmalig ist, nicht wahr?»

«Ja.»

«Die anderen Kriterien, die Sie erwähnt haben, die Textur, Oberflächenstruktur und Dicke, sind bei allen braunen Pferden sehr ähnlich, nicht wahr?»

«Das ist vermutlich richtig», sagt er.

«Also könnten die Haare auf der Decke von fast jedem Braunen stammen?»

«Sie wären sich ähnlich.»

«So ähnlich, daß es für Sie schwierig wäre, sie voneinander zu unterscheiden?»

«Vielleicht.»

«Damit die Geschworenen es verstehen», sage ich zu ihm, «Sie können also unmöglich feststellen, ob die Pferdehaare, die im Haus beziehungsweise im Wagen des Angeklagten gefunden wurden, mit den Haaren, die auf der Decke gefunden wurden, eindeutig identisch sind. Sie können lediglich sagen, daß sie ähnlich aussehen, nicht wahr?»

«Ja.»

«Haben Sie sonst noch etwas auf der Decke gefunden?»

«Einige andere Fasern, Holzstückchen, mikroskopisch kleine Abfallpartikel aus dem Müllcontainer, in dem die Leiche gefunden wurde.»

«Doch die einzig bedeutsamen Spuren, die festgestellt wurden, sind Ihrer Ansicht nach die Teppichfasern und die Pferdehaare?»

«Meiner Meinung nach, ja.»

«Waren viele Haare auf der Decke?»

«Ziemlich viele», sagt er.

«Euer Ehren, ich möchte den Zeugen bitten, die Übertragung der Haare auf die Decke zu demonstrieren», sage ich.

Kline ist das nicht recht. Ich habe ein kleines Stück Nylonteppich zurechtgeschnitten, und sein Einspruch lautet, daß es möglicherweise nicht mit dem Teppich in Acostas Wagen übereinstimmt.

«Für Demonstrationszwecke wird es reichen», argumentiere ich. «Wir werden den Zeugen nicht bitten, Haar- und Faserproben zu vergleichen.»

«Unter dieser Voraussetzung.» Radovich willigt ein.

Ich habe für diesen Zweck ein paar Pferdehaare in einen kleinen Umschlag getan, den ich dem Zeugen gebe, dazu das Teppichstück.

«Die Haare sind schwarz», sage ich zum Gericht, «damit sie sich gut von den anderen auf der Decke unterscheiden.»

Stinegold sieht sie sich an und bestätigt das. Er verteilt ein paar Haare auf dem Teppich, indem er sie mit der Hand über den kurzen Flor streicht.

Ich bitte den Gerichtsdiener, die Decke vom Wagen mit den Beweisstücken zu holen, und reiche sie Stinegold. Sie ist malvenfarben. Stinegold legt sie unordentlich zusammengeknüllt vor sich auf das Geländer, ein Zipfel hängt bis auf den Boden.

Er nimmt eine Ecke der Decke und reibt damit kräftig über den Teppich wie mit einer Bürste. Dann legt er den Teppich mit der Oberseite nach unten auf das Geländer und untersucht die Decke.

«Da.» Stinegold hält mir die Decke hin, damit ich es sehen kann, ein triumphierender Ausdruck in den Augen. Die Decke ist an der Stelle, die über den Teppich gerieben wurde, voller schwarzer Pferdehaare.

«Wenn Sie etwas Klebeband dahaben, kann ich Ihnen zeigen, wie wir die Proben genommen haben», sagt er.

«Das ist nicht nötig», erwidere ich. Ich nehme die Decke und das Teppichstück vom Geländer.

Kline sitzt mit selbstzufriedenem Lächeln an seinem Tisch.

Ich entferne mich einige Schritte vom Zeugenstand, die Decke in der einen Hand, das Teppichstück in der anderen, bevor ich mich umdrehe und den Zeugen anblicke. Ich habe bereits nachgesehen. Ich weiß, daß es da ist. Ich halte das kleine Stück Teppich hoch, damit Stinegold es sehen kann.

«Und was ist das?»

Stinegold blickt auf den Teppich und zuckt im Zeugenstand zusammen.

Auf dem kleinen Teppichstück sind ein gutes Dutzend Kügelchen, Fasern von der malvenfarbenen Decke, die sich am rauhen Flor verfangen haben.

«Mr. Stinegold, haben Sie bei Ihrer Untersuchung des Fahrzeugs meines Mandanten irgendwelche Faserspuren von der Decke entdeckt, entweder im Kofferraum oder im Fahrgastraum?» Die Antwort auf die Frage kenne ich bereits, aus Stinegolds Bericht.

Nicht, daß sie davon überrascht wären. Sie haben von Anfang an gewußt, daß es ein Problem in ihrer Beweisführung ist. Doch jetzt sieht es aus, als hätte Stinegold den Geschworenen etwas vorenthalten wollen. Auf diese Weise macht man keinen guten Eindruck.

«Mr. Stinegold. Haben Sie ...?»

«Nein.» Mehr bietet er den Geschworenen nicht. Nur das und einen wehleidigen Blick, der mehr sagt als tausend Worte.

24

Sie haben Oscar Nichols ausfindig gemacht.

«Wie denn, zum Teufel?» sagt Acosta. Wir sind im Besuchsraum des Bezirksgefängnisses, Harry, Acosta und ich. Der Richter sitzt auf der anderen Seite der dicken Glasscheibe und spricht durch das Mikrofon, das darin eingelassen ist. Wir alle sind schockiert und überlegen, was für einen verheerenden Schaden uns dieser eine Zeuge zufügen kann.

«Wie haben sie ihn gefunden?» Acosta sieht müde aus, die typischen Folgen des Stresses, ausgelöst durch jeden neuen Zeugen, jede neue Enthüllung, die Gipfel unserer Verteidigung und die Täler, die uns sicherlich noch bevorstehen.

«Er hat sich gemeldet», sage ich, «aus eigenem Entschluß.»

Das scheint Acosta mehr mitzunehmen als die Sache selber, die Tatsache, daß ein Mann, den er für seinen Freund gehalten hat, so etwas machen kann.

Erfahren haben wir davon durch den Antrag der Staatsanwaltschaft, Nichols als ihren Zeugen zu benennen. Aus den beigefügten Erklärungen geht hervor, daß Nichols Kline vor drei Tagen in seinem Büro angerufen und ihm mitgeteilt hat, er habe Informationen. Angeblich sollen es Eingeständnisse sein, die der Angeklagte ihm gegenüber gemacht hat.

Trotz des Schadens, den wir Klines Beweisführung eingebracht haben – die Entkräftung der Haar- und Faserbeweise sowie das Aufzeigen ihrer fehlenden Erwägung der Metallspuren –, hat Nichols offenbar nur einen einzigen quälenden Gedanken gehabt: daß sein alter Freund vielleicht des Mordes schuldig ist.

Besonders beunruhigend ist der Zeitpunkt. Kline muß irgendwas gemacht haben, um Nichols auszuräuchern.

«Ich kann mir gut vorstellen», sagt Harry, «wie Nichols Tag für

Tag in seinem Arbeitszimmer sitzt und sich fragt, ob's irgendwie rauskommt. Und die Eingeständnisse?»

«Ich habe nichts eingestanden», sagt Acosta.

«Sie haben Todesdrohungen gegen Brittany Hall ausgesprochen», bohrt Harry.

«Wütende Schimpfereien ohne Bedeutung.»

«Tja, wir werden ja noch sehen, wie die Geschworenen darüber denken.» Harry hat das letzte Wort.

«Warum hat er das getan? Warum hat er es ihnen erzählt?» sagt Acosta.

«Um seinen Arsch zu retten», sagt Harry.

«Aber warum jetzt?» sagt der Richter. «Warum ausgerechnet zu diesem Zeitpunkt, wo gerade alles so gut lief?» Er blickt Harry an, dann mich. Auch wir haben uns das gefragt.

«Vielleicht weiß er etwas, was wir nicht wissen», sage ich.

«Was könnte das denn sein?» fragt Acosta.

«Das werden wir bestimmt noch erfahren», antworte ich.

«Klar. Wenn sie es wie eine Wagenladung Scheiße über uns ausschütten», sagt Harry.

Acosta hinter der Scheibe muß es vorkommen, als hätte die letzte Ratte inzwischen das sinkende Schiff verlassen. Seit nunmehr zwei Wochen geht das so. Zuerst hat ihm sein Gerichtsdiener, der seit zehn Jahren für Acosta arbeitet, erzählt, er habe strikte Anweisung, jedes Telefonat mit dem Richter zu melden, und ihm geraten, nicht wieder anzurufen. Dann, letzte Woche, hat Acosta seine Sekretärin angerufen, um sie um einen Gefallen zu bitten; er brauchte etwas aus seinem Büro. Sie wollte seinen Anruf nicht entgegennehmen und hat auch nicht zurückgerufen. Kline hat diese Leute durch die Richter unter Druck gesetzt, damit sie jeden Kontakt mit Acosta meiden. Isolation als Waffe.

Das Gefühl, daß er jetzt ganz allein ist, scheint sich auf Acosta herabgesenkt zu haben wie ein Todesengel. Außer uns ist ihm als Verbündete nur noch Lili geblieben. Wie er sagt, sind sie sich jetzt näher als je zuvor in ihrer Ehe.

«Einen Einwand können wir machen», sagt Harry. «Nichols' Name steht nicht auf der Zeugenliste.»

«Stimmt», erwidere ich. «Aber du kannst davon ausgehen, daß

Radovich eine Ausnahme macht. Kline argumentiert bestimmt, daß die Cops niemals von Acostas Drohungen hätten erfahren können, wenn Nichols sich nicht gemeldet hätte.»

«Da hat er zweifellos recht.» Acosta scheint auf der anderen Seite der Scheibe aus dunklen Tagträumen aufzutauchen. «Es gibt nur eine Erklärung dafür: Oscar hat sich gemeldet, weil er mich für schuldig hält.»

«Tja.» Harry blickt ihn an. Nichols scheint nicht der einzige zu sein, der diesen Gedanken hat.

«Lassen wir mal sein Gefühl beiseite», sage ich. «Im Moment mache ich mir darüber Gedanken, was er im Zeugenstand sagen wird. Oder wie wir, wenn irgend möglich, verhindern können, daß er in den Zeugenstand tritt.»

Wenn die Polizei bei ihren Ermittlungen nichts von den belastenden Drohungen gegen Brittany Hall erfahren hat, die Acosta Nichols gegenüber geäußert hat, so konnte die Anklage uns weder die Information zukommen lassen, wie es das Gesetz vorschreibt, noch Nichols auf die Zeugenliste setzen. Obwohl wir nicht verpflichtet waren, dieses Faktum von uns aus preiszugeben, wäre es jetzt unsinnig, Radovich zu täuschen, ihm weiszumachen, wir wären überrascht. Er würde uns vermutlich ohnehin nicht glauben.

Radovich würde bestimmt auf eine gewisse Folgerichtigkeit in Klines Argumentation anspringen: Wenn Acosta zu seinen eigenen Anwälten nicht ganz ehrlich war und ihnen seine Todesdrohungen verschwiegen hat, eine tickende Zeitbombe für den Aufbau ihrer Verteidigung, dann hat er die Folgen eben selbst zu tragen.

«Kline wird angeben, daß Nichols letztlich auf sein Gewissen gehört hat», sagt Harry. «Das und die Tatsache, daß er ein amtierender Richter ist, werden seine Glaubwürdigkeit unterstreichen.»

Wir grübeln über die Möglichkeiten nach, die uns bleiben, so wenige es auch sind.

Harry schlägt einen Kompromiß vor, eine von beiden Seiten abgesegnete, zusammenfassende Darstellung von Nichols' Aussage, ohne daß er in den Zeugenstand muß.

«Wir könnten die rauhen Kanten etwas abschleifen», sagt er. «Und die Geschworenen würden es vielleicht nicht so wichtig nehmen.»

«Wieso sollte Kline da mitmachen?» sagt Acosta. Auch wenn er am Boden zerstört ist, den Bezug zur Realität hat er nicht verloren.

«Wir argumentieren, daß wir überrascht wurden», sagt Harry, «daß sie den Zeugen in letzter Minute aus dem Hut gezaubert haben. Wir versuchen, Radovich dazu zu bringen, Kline unter Druck zu setzen. Schließlich wäre das ein Grund, Revision einzulegen.» Die letzte Trumpfkarte des Angeklagten. «Vielleicht können wir damit einen Handel erreichen.»

Wir bereden diese Taktik, Harry und ich. Auch wenn es uns nicht gelingt, es ist die beste von allen kläglichen Möglichkeiten, die uns bleiben. Während wir im einzelnen überlegen, wie wir vorgehen, scheint Acosta in seine dunklen Gedanken versunken. Er sitzt hinter der Scheibe, die Hände wie zum Gebet zusammengelegt, die ausgestreckten Finger unter dem Kinn. Plötzlich fällt er uns ins Wort.

«Es gibt noch eine Möglichkeit», sagt er.

«Und die wäre?»

«Ich könnte mit ihm reden. Rufen Sie Oscar an und bitten Sie ihn, mich zu besuchen.»

«Kommt nicht in Frage», sagt Harry.

«Er ist immer noch mein Freund», sagt Acosta. «Ganz gleich, was die ihm erzählt haben, ich glaube, er würde mich anhören.»

«Klar, und wenn sie ihn in den Zeugenstand rufen und ihn nach seinem Besuch hier fragen, und ob Sie ihn gebeten haben, nicht auszusagen oder sogar zu lügen, was machen wir dann?» Harry hat recht. Die Katastrophe wäre vorprogrammiert.

«Ich würde ihn nicht bitten zu lügen», sagt Acosta.

«Wozu um Himmels willen soll dann ein Treffen mit ihm gut sein?» fragt Harry. Harry will damit sagen, daß Nichols, wenn er nicht gerade einen Meineid leistet, durch nichts den Schaden mildern kann, den Acosta selbst durch seine Drohungen angerichtet hat.

«Trotzdem würde ich ihn nicht bitten zu lügen.» Acosta bleibt eisern. Für ihn ist es eine Ehrensache.

«Oh, entschuldigen Sie bitte!» sagt Harry. «Aber Mr. Kline könnte die Sache ja vielleicht trotzdem so darstellen, meinen Sie nicht?»

Ein vielsagender Blick von der anderen Seite der Scheibe. «Natürlich haben Sie recht», sagt er. «Ich weiß nicht, was mich da geritten hat. Wirklich wahr, nur ein Dummkopf vertritt sich selbst.»

«In diesem Fall lassen wir Nachsicht walten», sagt Harry. «Die Bezeichnung trifft gleichermaßen auf Anwalt und Mandant zu.»

Acosta lacht sogar. Harry nicht.

Am Nachmittag konfrontiert uns Kline mit einem Beweisstück, das er den Geschworenen in seiner Eröffnungserklärung versprochen hat. Er versucht, Acosta mit der zerbrochenen Brille in Verbindung zu bringen, die am Morgen nach dem Mord in Halls Wohnung gefunden wurde.

Als Kline vortritt, ist er wie immer elegant vom Scheitel bis zur Sohle, das Geld seiner Frau kleidet ihn gut. Heute trägt er einen dunkelgrauen, gestreiften Kammgarnanzug mit kastanienbraunem Seidenfutter, das schimmernd sichtbar wird, als er durch den Gerichtssaal schreitet, ein Frackhemd aus gestärktem Leinen mit ellenlangen Umschlagmanschetten und eine Krawatte, die ihrem Träger Autorität verleiht.

Dr. Norman Hazlid ist ein zugelassener Augenarzt, der auf Vertragsbasis für ein Brillengeschäft im großen Einkaufszentrum im Norden der Stadt arbeitet. Hazlid macht Sehtests im Schnellverfahren und überweist seine Patienten zu Vision Ease, einem Discountladen, wo man binnen einer Stunde für neunundsechzig Dollar die entsprechende Brille verpaßt bekommt. Er ist Mitte Vierzig, gut gekleidet, und offenbar versteht er was von seinem Beruf.

Zuvor haben die Detectives vom Morddezernat die zerbrochene Brille als diejenige identifiziert, die am Tatort in Halls Wohnung gefunden wurde. Sie ist als Beweisstück aufgenommen und mit einer Nummer versehen worden, auf die Kline sich jetzt bezieht.

Er bittet den Zeugen, die Brille in die Hand zu nehmen. Da auf einem Teil des zerbrochenen Glases Blut ist, trägt Hazlid Operationshandschuhe, um sie sich genau anzusehen.

«Doktor, hatten Sie bereits Gelegenheit, diese Brille zu untersuchen?»

«Ja.»

«Beginnen wir mit ihrem Zustand», sagt Kline. «Was können Sie uns darüber sagen?»

«Das linke Glas ist gesprungen. Ich würde sagen, als Folge einer starken Gewalteinwirkung.»

«Vielleicht dadurch, daß jemand draufgetreten ist?»
Die Frage ist suggestiv, aber da der medizinische Sachverständige bereits bezeugt hat, daß aus dem Fuß des Opfers ein Glassplitter entfernt wurde, bringt ein Einspruch wenig.

«Vielleicht. Das könnte die Ursache sein», sagt Hazlid. Er hält die Brille hoch und sieht sie sich genauer an. «Das Metallgestell ist verbogen, vermutlich durch dieselbe Gewalteinwirkung. Die linke Bügelschraube fehlt.»

«Die Schraube, die den Bügel, der zum Ohr führt, mit dem Gestell verbindet?»

«Richtig.» Hazlid würde es bestimmt anders formulieren.

«Und können Sie uns sagen, ob an dieser Brille irgend etwas ungewöhnlich ist, entweder an den Gläsern oder am Gestell?»

«An beidem», sagt der Zeuge.

Acosta flüstert mir etwas ins Ohr, während ich versuche zuzuhören. Er schwört, daß er den Doktor noch nie gesehen hat. Hazlid ist nicht sein Augenarzt, und Acosta hat keine Ahnung, wie der ihn mit der Brille in Verbindung bringen könnte. Ich sage ihm, er soll ganz ruhig bleiben, aber er ist völlig aufgewühlt.

«Kommen wir zuerst zu dem Gestell», sagt Kline. «Was ist daran ungewöhnlich?»

«Diese Art von Gestell wird speziell für Vision Ease hergestellt», sagt er. «Ein Sondermodell. Wir verkaufen nicht viele davon, weil sie recht teuer sind.»

«Hat es einen Namen oder eine Modellnummer?»

«Es heißt ‹Spektrum›», sagt Hazlid.

«Und es wird von keinem anderen Händler verkauft?»

«Nein.»

Eine schlechte Nachricht für uns.

«Wissen Sie, wie viele Brillen dieses Modells, sagen wir, in den letzten fünf Jahren von Vision Ease verkauft wurden?»

«Das kann ich nachsehen», sagt er.

«Bitte.»

Zu diesem Zweck hat Hazlid einen langen Computerausdruck auf Endlospapier mitgebracht, den er durchgeht wie ein Buchhalter, bis er findet, was er sucht. Er legt einen Finger unter irgend etwas am linken Rand und bewegt ihn über die Seite, dann blickt er auf.

«Einundvierzig Brillen», sagt er.

«Mehr nicht? Im ganzen Land?»

«Richtig.» Hazlid erklärt, daß dieses Sondermodell erst seit zwei Jahren verkauft wird und nicht gut eingeschlagen hat. Er führt es auf den hohen Preis zurück.

«Wie teuer?» sagt Kline und betrachtet die Brille, als würde er sie gern kaufen, wenn sie nicht mit Blut besudelt wäre und kein gesprungenes Glas hätte.

«Der Großhandelspreis liegt bei einhundertneunundsiebzig Dollar. Im Einzelhandel kostet sie vierhundertachtzehn.»

Kline stößt einen leisen, langen Pfiff aus, als er den höheren Preis hört. Einige Geschworene lachen. Gegen so etwas kann ich keinen Einspruch erheben.

Hazlid versucht den Preis zu rechtfertigen. «Designermodell», sagt er.

Kline wirft Acosta einen vielsagenden Blick zu, ein stummer Vorwurf. Das bleibt nicht ohne Wirkung auf die Geschworenen, Leute, die für dreißig Dollar am Tag plus Kilometergeld hier sitzen und jetzt meinen Mandanten anstarren, dem unterstellt wird, ein Brillengestell gekauft zu haben, das sie einen halben Monatslohn kosten würde.

«Wissen Sie, wie viele Brillen mit diesem Sondergestell in Ihrem Laden verkauft wurden?»

Diesmal muß Hazlid nicht extra in seinen Unterlagen nachsehen. «Drei», sagt er.

«Und es ist die einzige Filiale hier in der Stadt?»

«Ja.»

«Wo ist das nächste Geschäft, das dieses Gestell verkauft?»

«Bay Area», sagt Hazlid.

Kline fragt, wieviel Stück das Geschäft dort verkauft hat, und die Antwort lautet, vier. Die einzigen anderen Filialen in diesem Staat liegen im Süden, wo nach Angaben des Zeugen weitere fünf einen Käufer fanden.

«Dann sind also im ganzen Staat», sagt Kline – er rechnet im Kopf –, «von diesem Sondermodell insgesamt zwölf Stück verkauft worden?»

«Das ist richtig.»

«Führt der Händler über die Verkäufe Buch?»

«Wir geben jeden Verkauf in das Inventarverzeichnis im Computer ein», sagt er.

Harry läßt seinen Bleistift auf den Tisch fallen und blickt kurz zu den Lampen an der Decke hoch, dann zu mir hinüber – eine Körpersprache, die er besser lassen sollte. Ich erwidere seinen Blick nicht.

«Wir nehmen von jedem Kunden Anschrift und Telefonnummer auf, die Inventarnummer des gekauften Artikels und eine Dateinummer, mit der wir das jeweilige Rezept für die Gläser wieder aufrufen können, falls wir es im Computer haben.»

Ich bemühe mich, gelassen zu wirken, optimistisch. Acosta sitzt da wie ein Roboter. Seit der Beteuerung, den Doktor nicht zu kennen, hat er kein Wort mehr gesagt.

«Also haben Sie jeden der drei Kunden, die bei Ihnen das Brillengestell ‹Spektrum› gekauft haben, im Computer gespeichert?»

«Ja.»

«Geht aus den Aufzeichnungen hervor, daß das betreffende Brillengestell an den Angeklagten Armando Acosta verkauft wurde?»

«Nein.»

Der Seufzer der Erleichterung am anderen Ende unseres Tisches ist unüberhörbar. Harry nimmt seinen Bleistift in die Hand, wischt sich den Schweiß unter der Nase weg und blickt zu Acosta hinüber. Er schlägt ihm auf den Arm, Harrys erste Solidaritätsbekundung mit unserem Mandanten.

Außer Überraschung über Harrys Jubel zeigt die «Kokosnuß» keine Gefühlsregung.

«Ist ein Käufer dieses Gestells eingetragen mit dem Nachnamen Acosta?» fragt Kline.

«Ja.»

Harrys Begeisterung endet abrupt.

«Mit welchem vollen Namen?»

«Lili Acosta», sagt der Zeuge.

«Und wie lautet die Anschrift?»

«Sorenson Way 234, Oak Grove», sagt er.

Harry zerbricht den Bleistift mit den Fingern, ein Ende landet auf dem Boden. Die «Kokosnuß» ist für ihn wieder erledigt.

Lili ist heute nicht da, das erste Mal seit Beginn der Verhandlung, und ich frage mich, ob das einen besonderen Grund hat. Harry sieht mich über den Rand seiner Brille an, als wollte er sagen, ich hab's dir doch gesagt.

«Die Brille hatte ich ganz vergessen», sagt Acosta dicht an meinem Ohr. «Sie ist ein Geschenk von meiner Frau. Ich habe sie nur zu Hause getragen.»

Die Brille am Tatort hatte uns keine großen Sorgen gemacht, weil sie nicht bei Acostas Optiker gekauft worden war, wie wir bei der Durchsicht von dessen Unterlagen festgestellt hatten. Jetzt müssen wir sehen, wie wir uns aus dem Schlamassel herauswinden.

Kline macht einen Schritt zurück und blickt zu Radovich hoch. «Ich denke, im Protokoll ist nachzulesen, daß es sich hier um die Privatanschrift des Angeklagten handelt und daß Lili Acosta seine Frau ist.»

Er wendet sich mir zu.

«Kein Einspruch», sage ich, um die Sache kurz zu machen.

«Wann wurde die Brille gekauft?» Kline spricht wieder mit dem Zeugen.

«Am 18. September, vor einem Jahr», sagt Hazlid. Er sucht den gespeicherten Preis raus und sagt, daß Lili die Brille mit ihrer Scheckkarte bezahlt hat, vom gemeinsamen Konto mit ihrem Mann.

«Aber es ist eine Herrenbrille?» sagt Kline.

«Richtig. Ich vermute –»

«Einspruch.»

«Stattgegeben. Sie müssen hier nichts vermuten», sagt Radovich.

Kline überlegt kurz. Da ihm dieser Weg versperrt ist, versucht er einen neuen.

«Hat sie beim Kauf erwähnt, für wen die Brille ist?»

«Einspruch. Hörensagen. Der Zeuge hat nicht ausgesagt, daß er die Brille persönlich verkauft hat», sage ich zu Radovich.

«Stattgegeben.»

«Geht das vielleicht aus den Geschäftsunterlagen hervor?» sagt Kline.

«Nein.»

Kline braucht im Grunde keine Antwort, die Frage genügt. Die Geschworenen sind durchaus imstande, die Lücke selbst zu füllen: Eine Ehefrau kauft eine Herrenbrille …

«Kommen wir zu den Brillengläsern», sagt Kline. «Ist daran etwas Besonderes?»

«Die Gläser sind recht teuer und nicht auf Kassenrezept erhältlich», sagt der Zeuge.

«Ich nehme also an, der Kunde zahlt sie aus eigener Tasche?»

«In der Regel sind sie etwa doppelt so teuer wie herkömmliche Gläser.»

«Um welche Größenordnung geht es dabei?»

«Hundert, hundertfünfzig Dollar.»

«Und wie teuer waren die Gläser für die fragliche Brille?»

«Hundertfünfzig Dollar», sagt der Zeuge.

Wir nähern uns rasch der Summe, die die meisten Familien im Monat für Essen und Kleidung ausgeben, die Kosten für den Arzt, das Rezept und die Mehrwertsteuer nicht mitgerechnet.

«Ich dachte, Sie wären ein Discountladen?» sagt Kline.

«Das sind wir auch», sagt der Zeuge. «Aber wir bieten darüber hinaus auch einen Schnellservice. Manche Kunden wollen ihre Ware auf der Stelle.» Dabei schnippt er tatsächlich mit den Fingern. Mir drängt sich der Gedanke auf, daß das Ganze vorher geprobt wurde.

«Einspruch. Mutmaßung.»

«Abgelehnt», sagt Radovich.

Kline hat seine Hausaufgaben gemacht und erntet jetzt die Früchte, vollführt einen Steptanz auf unserem Rücken, um bei den Geschworenen gegen uns Stimmung zu machen. Das Bild, das er entwirft, ist deutlich: Acosta, der mit seinem fürstlichen Gehalt so tief in den Staatssäckel greift, daß er sich eine Designerbrille leisten kann, und der sich obendrein zu fein dazu ist, mit dem gemeinen Volk in der Warteschlange zu stehen.

«Von diesen Brillen verkaufen Sie also nicht gerade viele, nicht wahr?» sagt Kline.

«Wie ich schon sagte, nur etwa eine Handvoll im Jahr.»

Soll heißen: einige Potentaten, der eine oder andere arabische Ölscheich und gelegentlich ein Richter.

«Aber da jedes verkaufte Stück einen hohen Profit abwirft, erinnern Sie sich natürlich daran und führen genau Buch?»

«Einspruch. Suggestiv. Unterstellt Fakten, für die keine Beweise vorliegen.»

«Mr. Kline», sagt Radovich, «wenn Sie eine Aussage machen wollen, heben Sie die Hand und treten Sie in den Zeugenstand.»

«Tut mir leid, Euer Ehren.»

«Versuchen Sie's doch noch mal», sagt der Richter.

Kline macht einen neuen Anlauf. «Würde sich der Verkauf einer solchen Brille vom normalen Geschäftsalltag abheben, Doktor?»

«Ja.»

«Wissen Sie, wie viele Kunden eine solche Brille gekauft haben, mit den teuren Gläsern und dem ‹Spektrum›-Gestell von Vision Ease?»

«Zwei.»

«Wissen Sie, ob eine davon Lili Acosta war?»

«Das war sie», sagt er.

Man sagt, daß es für einen Angeklagten kaum etwas Belastenderes gibt als einen passenden Fingerabdruck, doch die Beweise, die Kline gerade vorlegt, sind fast genauso gut. Allmählich wird klar, womit er Oscar Nichols von Acostas Schuld überzeugt hat – mit der blutverschmierten Brille und dem Zeugen, der im Zeugenstand sitzt.

«Ist an den Brillengläsern sonst noch etwas Besonderes?» fragt Kline. Er ist noch nicht fertig.

«Ja. Die Korrektur des Astigmatismus ist ungewöhnlich.»

«Könnten Sie das den Geschworenen mit für den Laien verständlichen Worten erklären?»

«Diese Brille hier ist eine Lesebrille, wie sie normalerweise verschrieben wird, wenn die Sehkraft mit zunehmendem Alter nachläßt. Doch der Patient, der sie getragen hat, leidet außerdem an schwerem Astigmatismus, einer abnormen Hornhautkrümmung. Die Folge ist, daß das ins Auge einfallende Licht nicht auf einen einzigen Fokus trifft. In schweren Fällen kann das dazu führen, daß man verschwommen sieht. Der Patient, der diese Brille getragen hat, litt an Astigmatismus in beiden Augen.»

«An einer schweren Form?»

«Bei einigen Tätigkeiten», sagt Hazlid, «wäre es eine erhebliche Beeinträchtigung.»

«Ich möchte nicht im einzelnen darauf eingehen, wie sich die Sehstörung korrigieren läßt. Das ist nicht erforderlich», sagt Kline. «Aber ich möchte Sie fragen, ob Sie wissen, was für Gläser für diese Brille verschrieben wurden, die vor Ihnen liegt?»

Der dramatische Augenblick, Kline hat sein Schwert gezogen und ist bereit, uns den Todesstoß zu versetzen.

«Das weiß ich.»

«Würden Sie es bitte den Geschworenen mitteilen?»

«Wenn ich die Korrektur zum Lesen einmal auslasse, die normal ist, so beträgt die Korrektur für den Astigmatismus im linken Auge 3,35 Dioptrien, die für das rechte Auge 4,25 Dioptrien.»

«Würden Sie sagen, das ist ungewöhnlich?»

«Ich würde sagen, das ist äußerst ungewöhnlich.»

Kline scheint mit seinem Zeugen mehr erreicht zu haben, als er gedacht hat. Er blickt begeistert Richtung Geschworenenbank, kein Lächeln, sondern ein Ausdruck eiserner Entschlossenheit. Die Atmosphäre im Saal ist wie elektrisch geladen. Es hat einen deutlichen Stimmungsumschwung gegeben, den ich bei diesem Zeugen wohl kaum werde rückgängig machen können. Aufgrund eines einzigen Beweisstückes ist Kline kurz davor, die Schwelle zum Gelobten Land eines jeden Staatsanwalts zu überschreiten, wo der letzte begründete Zweifel an der Schuld des Angeklagten schwindet. Damit läge die Beweislast dann auf unseren Schultern.

«Doktor, hat Vision Ease in seinen Unterlagen die Gläserstärke verzeichnet, die dem Angeklagten Armando Acosta auf dem jüngsten Rezept verschrieben wurde?»

«Ja», sagt er.

«Und welche ist das?»

«Die gleiche, die ich Ihnen eben genannt habe», sagt Hazlid. «Es ist die gleiche Sehstärke wie bei der Brille, die hier liegt.»

In diesem Moment könnte man auf der Geschworenenbank eine Stecknadel fallen lassen und anhand des Geräusches sagen, wo sie gelandet ist. Auf der Brille auf dem Geländer der Geschworenenbank ruhen jetzt achtzehn Augenpaare von den Geschworenen und ihren Stellvertretern, die sich alle eine einzige Frage stellen: Wie will der Angeklagte erklären, daß die Brille am Tatort gefunden wurde und daß sich ein Splitter ihres zerbrochenen Glases wie ein Puzzleteilchen im Fuß des Opfers befand?

25

Nach der Zeugenaussage zu der Brille ruft Kline seinen nächsten Zeugen herein, wie das Tüpfelchen auf dem i, wie das Sahnehäubchen auf der Torte des einen oder der Nagel zum Sarg des anderen – je nachdem.

Oscar Nichols, dessen Haare schon vor seinem fünfzigsten Lebensjahr schlohweiß geworden waren, hat ein liebenswürdiges Gesicht und eine sanfte pastorale Art. Die Urteilsverkündung in Strafrechtssachen mutet bei ihm wie eine religiöse Erfahrung an. Aufgrund seines leicht vergeistigten Gebarens haben ihm weniger wohlwollende Kollegen im Laufe der Jahre den Spitznamen «Onkel Remus» verpaßt.

Er ist keine imposante Erscheinung. Ich würde ihn auf knapp einssiebzig schätzen. Und er wiegt um die siebzig Kilo mit Sand in den Taschen. Er scheint ein ständiges Lächeln auf den Lippen zu tragen, das in seinen Wangen einzementiert ist. Sein Aufstieg zum Richter scheint den biblischen Satz zu bestätigen, daß die Sanftmütigen das Erdreich besitzen werden – zumindest den Teil innerhalb der Gerichtsschranke.

Nichols ist die klassische Verkörperung des gütigen Großvaters, ein Monument der Unschuld, jemand, der am Altar von Treue und Glauben betet. Er würde einem Brandstifter, der sagt, ihm sei kalt, Streichhölzer geben. Er würde auch in einer Gewissensnotlage das Richtige tun, was leider im Augenblick bedeutet, daß er eine belastende Aussage gegen einen Freund abgeben muß.

Acosta scheint fast erleichtert, ihn zu sehen. Ich muß mich in den Gang stellen und Acosta den Weg versperren, damit er nicht mit dem Zeugen redet, der im Begriff ist, ihm das Genick zu brechen. Trotz meiner Bemühungen tauschen sie rasch ein paar Nettigkeiten aus, Erkundigungen nach ihren jeweiligen Frauen und Familien – die Presse schreibt eifrig mit.

Kline schiebt auf seinem Tisch geschäftig einige Papiere hin und her, während er sich mit einem Mitarbeiter berät. Bei den letzten Zeugen hat er sich geschickt angestellt und einiges an verlorenem Boden zurückgewonnen.

Mit der Brille hat er uns eine hübsche Falle gestellt, denn er hat bewiesen, daß sie Acosta gehört. Wir haben es nicht herausgefunden, da die Brille nicht bei Acostas Optiker gekauft worden war. Armando hat sich überschwenglich für dieses Versehen entschuldigt. Er erinnert sich jetzt, daß er die Brille zuletzt vor Monaten in seinem Haus gesehen hat. Er kann sich nicht erklären, wieso sie am Tatort gefunden wurde.

Mein Kreuzverhör mit Hazlid war eine Übung in Schadensbegrenzung. Ich habe nur ein wenig am Rande herumgestochert, bei einem einzigen Punkt, der mir bedeutsam erschien: die fehlende Bügelschraube. Hazlid hat gnädigerweise eingeräumt, daß man aufgrund des schadhaften Gewindes nicht ausschließen könne, daß die Schraube bereits fehlte, bevor die Brille in Halls Wohnung zertreten wurde. Die Spurensicherung hat die Schraube nicht gefunden, und Hazlid hat gesagt, daß es schwierig, wenn nicht gar unmöglich gewesen wäre, die Brille ohne die Schraube zu tragen.

Daraus habe ich die Theorie abgeleitet, daß die Brille möglicherweise von ihrem Besitzer ausrangiert und vielleicht irgendwo abgelegt worden war, wo jeder sie hätte finden können. Die Schlußfolgerung ist klar: Jemand hat die Brille am Tatort deponiert. Ob die Geschworenen mir das abkaufen, steht auf einem anderen Blatt.

Nichols stellt uns vor ganz neue Probleme. Vom strategischen Standpunkt aus liegt die Schwierigkeit in der Beziehung zwischen den beiden Männern. Sie sind seit zwanzig Jahren befreundet, und jeder im Gericht weiß das. Wenn es irgend jemanden im Kollegenkreis gab, dem Acosta sich anvertraut hätte, dann Oscar Nichols. Gerade diese Freundschaft und die Erkenntnis, daß man Nichols inzwischen von Acostas Schuld überzeugt hat, könnten uns den größten Schaden zufügen. Zuerst die Brille und jetzt noch das – die Wirkung auf die Geschworenen muß fatal sein.

Kline stolpert gleich zu Anfang über die Regeln des gesellschaftlichen Anstands. Er nennt Nichols «Euer Ehren» und korrigiert sich dann, indem er ihn mit «Richter» anspricht. Damit widerspricht er offenbar seiner eigenen Forderung, daß es im Gerichtssaal nur einen Richter geben sollte, der den Titel benutzt. Aber Kline nimmt es mit der Logik nicht so genau.

«Richter Nichols, würden Sie bitte den Geschworenen sagen, wie lange Sie den Angeklagten schon kennen?»

«Über zwanzig Jahre», sagt er.

«Würden Sie sich als seinen Freund betrachten?»

Nichols blickt zu Acosta hinüber und stößt einen tiefen Seufzer aus, einen schmerzlichen Laut, der sich auf vielerlei Weise deuten ließe. «Ja, das würde ich.» Dann fügt er hinzu: «Ich hoffe es jedenfalls.»

«Kann man sagen, daß sich unter Richtern manchmal ein kollegiales Vertrauensverhältnis entwickelt?» fragt Kline. «Daß sie sich austauschen?» Er meint ihre dunkelsten Geheimnisse.

«Ich würde sagen, daß man sich in beruflichen Angelegenheiten im Laufe der Jahre Ratgeber und Vertraute sucht. Menschen, mit denen man reden kann.»

Das ist nicht ganz das, was Kline hören wollte.

«Und in persönlichen Angelegenheiten? Auch über solche Dinge wird doch wohl schon mal geredet?»

«Das kommt vor», sagt Nichols.

«Würden Sie sagen, daß Sie in der Vergangenheit zu dem Angeklagten eine solche Beziehung hatten?»

«Mitunter.»

«Und könnte man sagen, daß der Angeklagte zeitweise das gleiche Vertrauensverhältnis zu Ihnen hatte? Daß er mit Ihnen gesprochen hat, sich Ihnen anvertraut hat?» Kline ist richtig lebhaft geworden und bringt gestenreich zum Ausdruck, daß er nichts Böses im Schilde führt.

«Ja.»

«Also haben Sie sich gegenseitig Dinge anvertraut?»

«Mitunter.»

«Richter Nichols, kennen Sie das J-Street Diner, ein paar Schritte vom Gerichtsgebäude entfernt?»

«Ja.»

«Trinken Sie dort schon mal einen Kaffee?»

«Gelegentlich.»

«Das ist doch ein Lokal, wo Richter manchmal hingehen, um aus dem Gericht rauszukommen?»

Nichols überlegt. Dann gibt er zu: «Mitunter.»

«Dort kann man sich ungestört über persönliche Dinge unterhalten, ohne daß gleich eine ganze Schar von Anwälten oder Presseleuten zusieht?»

«Einspruch. Suggestiv», sage ich zu Radovich. Das Lokal ist schließlich kein Beichtstuhl in einer Dorfkirche.

«Stattgegeben.»

«Jedenfalls können Sie dort hingehen, wenn Sie mal aus dem Gericht rauskommen wollen?» Kline ist wieder da, wo er angefangen hat.

«Ja.»

Er kommt auf den 25. Juni zu sprechen und fragt den Zeugen, ob er sich an ein Gespräch erinnert, das er an dem Tag mit dem Angeklagten geführt hat.

«Ja. Ich erinnere mich.» Nichols' Stimme wird um eine Oktave höher, Besorgnis, die sich in der Tonlage niederschlägt. Er nimmt einen Schluck Wasser aus dem Glas, das vor ihm auf dem Geländer steht, und hat Mühe, Acosta dabei anzusehen.

«Erinnern Sie sich, wer an dem Tag vorgeschlagen hat, einen Kaffee trinken zu gehen, Sie oder der Angeklagte?»

«Ich glaube, es war Richter Acosta», sagt Nichols. Er blickt kurz zu ihm hinüber, als ob er am liebsten fragen wollte: «Armando, erinnerst du dich?» Doch dann besinnt er sich darauf, wo er ist.

«Hat der Angeklagte Sie in Ihrem Amtszimmer im Gericht abgeholt?»

«Ich glaube, er hat angerufen.»

«Wieso ist er nicht einfach runtergekommen und hat Sie abgeholt?» Kline kennt die Antwort. Zu dem Zeitpunkt war Acosta bereits wegen der Prostitutionsgeschichte von seinem Amt suspendiert. Er möchte, daß der Zeuge das sagt.

«Er war an dem Tag nicht da», sagt Nichols.

«Warum nicht?»

«Wegen der Schwierigkeiten, in die er ein paar Tage zuvor geraten war.» Das ist Oscars Kürzel für die Festnahme seines Kumpels wegen Kontaktaufnahme zum Gunstgewerbe.

Während Nichols versucht, sich aus der Affäre zu ziehen, indem er die Sache entschärft, holt Kline ihn zurück, erinnert ihn an die häßliche Geschichte.

«Ja. Das stimmt», sagt Nichols. «Er hat sein Amt vorübergehend niedergelegt.»

«Hatte er es niedergelegt, oder war er suspendiert worden?» Es ist offensichtlich, daß Kline von Nichols nicht viel Unterstützung bekommt. Vielleicht bereut der Zeuge seinen Auftritt schon.

«‹Suspendiert› ist wohl der richtige Ausdruck», sagt Nichols.

«Schön», sagt Kline, «nur der Richtigkeit halber fürs Protokoll.»

Nichols nimmt wieder einen Schluck Wasser, wischt sich den Schweiß von der Stirn und wirft einen kurzen Blick auf Acosta, der inzwischen mit versteinertem Gesicht dasitzt und nur hin und wieder die Achseln zuckt, wenn es um Fakten geht, die er nicht abstreiten kann, eine Art Dispensgewährung an einen Freund.

«Ich nehme an, das hier fällt Ihnen nicht leicht?» sagt Kline.

Ein langer, tiefer Seufzer von Nichols. «Das kann man wohl sagen.»

Kline weiß, je schwerer es für Nichols ist, desto eher werden die Geschworenen seiner Aussage Glauben schenken.

«War außer Ihnen und dem Angeklagten noch jemand bei Ihrem Gespräch anwesend?»

«Sie meinen, in dem Lokal?»

«Ja. In dem Lokal.»

«Nein. Nur wir beide.»

«Und erinnern Sie sich, worum es in dem Gespräch ging?»

«Er war ...»

«Der Angeklagte?» sagt Kline.

«Ja. Der Angeklagte war ...»

Kline gelingt es, Nichols das Wort in den Mund zu legen, während der Zeuge nach einer Formulierung sucht, die die Wirkung dessen, was er sagen muß, abschwächt. Schließlich entscheidet sich Nichols für «aufgeregt».

«Und weswegen war er aufgeregt?» fragt Kline.

«Wegen der Festnahme.»

«Also die Verhaftung wegen der Prostitutionssache?»

«Ja.»

«Nun, das Wort ‹aufgeregt› kann vieles bedeuten», sagt Kline. «Was genau meinen Sie damit?»

«Ich meine, er war aufgeregt.» Nichols wird ihm keine Synonyme anbieten, aus denen Kline sich dann das negativste herauspicken kann.

«Meinen Sie, er war durcheinander?» sagt Kline.

Nichols grübelt darüber nach, obwohl er genau weiß, daß er das ganz und gar nicht meint. Er sagt schließlich: «In gewisser Weise war er durcheinander.»

«Oder war er wütend? Zornig?» Klar, daß Kline eins von diesen beiden lieber wäre.

«Das auch», sagt Nichols.

Kline fragt, ob sich die Wut gegen eine bestimmte Person richtete.

«Gegen die Polizei im allgemeinen», sagt Nichols.

Kline versucht natürlich, die Sache mit der Polizeifalle zu umgehen, Acostas Behauptung, daß er von den Cops reingelegt wurde. Er möchte den Eindruck vermitteln, daß Acosta nur deshalb wütend war, weil er geschnappt wurde.

Er umkreist das Problem mit ein paar weiteren Fragen, ohne jedoch die entscheidende Frage nach dem Grund für Acostas Wut zu stellen. Statt dessen versucht er, den Zeugen unmerklich in diese Richtung zu lenken.

«Hat der Angeklagte jemand Bestimmtes bei der Polizei genannt, oder, genauer gesagt, vielleicht jemanden, der für die Polizei arbeitet, auf den sich seine Wut richtete?»

«Sie meinen die Frau?» sagt Nichols.

Kline antwortet nicht, sondern beugt sich vor und mustert den Zeugen über den Rand seiner Brille, als würde er von einem unbekannten Magnetismus zum Zeugenstand hingezogen.

«Es stimmt, daß er von der Frau gesprochen hat», sagt Nichols.

«Meinen Sie das Opfer, Brittany Hall?»

«Ja», sagt Nichols.

Kline leckt sich die Lippen, endlich ist er da, wo er hinwollte.

«Nun, Richter Nichols.» Er baut sich mitten vor dem Zeugenstand auf, die Beine ein wenig gespreizt, die Knie durchgedrückt, die Arme nach vorn gestreckt, die Handflächen nach innen, wie ein Wasserskiläufer, der hinter einem Boot das Wasser durchschneidet. «Ich möchte, daß Sie sich konzentrieren, nur an die Teile Ihres Gesprächs mit dem Angeklagten denken, in denen Äußerungen über Ms. Hall gefallen sind.» Kline hält inne und blickt den Zeugen an mit der stummen Frage. «Haben Sie das verstanden?»

Nichols nickt.

«Ich möchte Sie jetzt fragen, ob Sie sich an bestimmte Äußerungen des Angeklagten erinnern können, an den genauen Wortlaut, wenn möglich?»

Es tritt eine längere Pause ein, während Nichols über die Fragestellung nachdenkt. Er schielt zu Acosta hinüber, der ihn jetzt nicht mehr anblickt.

«An einiges erinnere ich mich», sagt er, «aber nicht mehr genau. Es ist ziemlich lange her.»

«Lassen Sie sich Zeit», sagt Kline.

«Ich weiß genau, daß er gesagt hat, Ms. Hall habe gelogen.»

«Gut. Was noch?» Er stellt nicht die naheliegende Frage, was es für eine Lüge gewesen war.

Bislang ist es Kline gelungen, die Klippe zu umschiffen, den eigentlichen Grund für Acostas Wut zu umgehen, die angebliche Falle in der Prostitutionssache. Er baut darauf, daß Radovich jede Anspielung darauf als Hörensagen ausschließen wird. Wenn wir die Sache thematisieren wollen, müssen wir Acosta selbst in den Zeugenstand rufen. Die Schwachstelle der Verteidigung.

«Hat er Ms. Hall während des Gesprächs beim Namen genannt, oder hat er sie auf andere Art bezeichnet?» Kline bewegt sich wie auf Zehenspitzen über dieses Minenfeld, um bloß nicht die falsche Frage zu stellen.

«Ja. Mit einigen Schimpfnamen», sagt Nichols.

«Erinnern Sie sich, welche Schimpfnamen er benutzt hat?»

«Es waren ordinäre Ausdrücke, untypisch für Armando.»

Ich möchte bestreiten, daß er meinen Mandanten gut kennt.

«Antrag auf Streichung der Antwort», sagt Kline.

Radovich beugt sich vor. «Sie müssen die Frage beantworten.»

«Er... äh... er hat sie als verlogenes Miststück bezeichnet.»

«Das waren seine Worte?» Kline dreht sich den Geschworenen frontal zu. «Verlogenes Miststück?»

«Das hat er gesagt.»

«Haben Sie noch andere Bezeichnungen gehört?»

«Nein. Nein. Er hat nur diesen Ausdruck benutzt und gesagt, der Tod wäre noch zu gnädig für sie.»

«Das hat er gesagt?» Kline tut überrascht, als würde er das zum erstenmal hören. «Er hat sie als verlogenes Miststück bezeichnet und gesagt, der Tod wäre noch zu gnädig für sie?»

«Das hat er gesagt.»

«Hat er es laut gesagt oder im Flüsterton?» fragt Kline.

«Leise.»

«Aber Sie konnten es verstehen?»

«Ja. Ich glaube nicht, daß er es so gemeint hat.»

«Antrag auf Streichung der letzten Äußerung», sagt Kline. «Mutmaßung des Zeugen.»

«Die Geschworenen werden sie nicht beachten», sagt Radovich.

Kline tritt einen Schritt zurück, weg von dem Zeugen, dreht sich um und fährt sich mit dem Zeigefinger über das Kinn.

«Sie betrachten sich nach wie vor als Freund des Angeklagten, nicht wahr?»

«Ja.»

«Und glauben Sie, er betrachtet sich auch als Ihr Freund?»

«Einspruch, zielt auf Mutmaßung.» Ich versuche, Nichols aus der Patsche zu helfen.

«Stattgegeben.»

«Aber Sie würden sich wünschen, daß er noch Ihr Freund ist, nicht wahr?» Das gleiche mit anderen Worten. Ich erhebe Einspruch, die Frage sei suggestiv, aber Radovich lehnt ihn ab.

Nichols blickt zu Acosta hinüber, die Zweifel stehen ihm ins Gesicht geschrieben. «Ich hoffe, daß er es noch ist.»

Acosta hat sich bei den letzten Worten des Zeugen förmlich in sich zurückgezogen. Er blickt nicht zu seinem alten Freund auf, wie ich es ihm dringend geraten habe, um sich vor den Augen der Geschworenen dieser Situation direkt zu stellen. Er ist niedergeschlagen, bedrückt, ein geprügelter Hund.

Kline läßt sich mit seiner nächsten Frage Zeit, um aus der Situation möglichst viel Kapital zu schlagen. In diesem Augenblick ist jedes Augenpaar im Gerichtssaal auf den Angeklagten gerichtet, der wie die personifizierte Schuld dasitzt.

Kline kann sein Glück kaum fassen. Er setzt sogar eine verdutzte Miene auf, starrt den Angeklagten an und dehnt diesen Augenblick des Schweigens bis ins Unerträgliche aus. Der Richter muß ihn rüde auffordern, endlich fortzufahren.

Durch diese Ablenkung gelingt es mir endlich, meinen Arm auf Acostas Schulter zu legen, eine bewußte Geste des Beistands in einem schwierigen Augenblick. Langsam hebt sich sein Kopf, und ich bemerke erst jetzt, daß seine Augen feucht sind.

«Richter Nichols, trifft es zu, daß Sie im Vorprüfungsverfahren befragt wurden?»

«Ja.»

«Aber Sie haben damals die Äußerungen des Angeklagten nicht erwähnt, zu denen Sie heute hier ausgesagt haben?»

«Nein.»

«Warum nicht?»

«Man hat mich nicht danach gefragt.»

«Und trotzdem haben Sie sich in diesem Verfahren als Zeuge gemeldet und die Informationen offengelegt. Warum?»

Der Grund für diesen plötzlichen Sinneswandel, als Zeuge aufzutreten, ist für uns wie ein Pfahl ins Herz.

Nichols muß mit dieser Frage gerechnet haben, und dennoch ist ihm anzusehen, daß er keine Antwort parat hat. Er stottert, tischt eine lahme Erklärung auf: «Ich dachte, ich müßte es zur Sprache bringen», sagt er zu Kline.

«Wieso?»

«Es ist beweiserheblich.» Nichols blickt dabei die Geschworenen an, wohl in der Annahme, daß diese Begründung ausreicht.

«Das war es doch auch schon zur Zeit des Vorprüfungsverfahrens, oder nicht?»

«Doch.»

«Aber Sie haben bis jetzt gewartet?»

«Ja.»

«Wieso das?»

Nichols antwortet nicht, sondern schaut hinauf zur Decke, überlegt krampfhaft, wie er aus der Situation herauskommen könnte, ohne noch mehr Schaden anzurichten. Er zählt die Löcher in den Deckenplatten und betet.

Kline gewährt ihm die bedeutungsschwangere Pause, dann holt er zum entscheidenden Schlag aus.

«Richter Nichols, könnte man sagen, daß Sie zur Zeit des Vorprüfungsverfahrens an der Schuld des Angeklagten Zweifel hatten und daß Sie diese Zweifel hier und heute nicht mehr haben?»

«Einspruch, Euer Ehren. Das ist unerhört!» Ich bin aufgesprungen. Harry ebenfalls, und einen kurzen Moment meine ich, wildes Fluchen aus seinem Mund zu hören.

Nichols antwortet sogar auf die Frage, und wie ich von seinen Lippen ablesen kann, sagt er: «Nein.» Aber niemand im Saal versteht ihn, am wenigsten die Gerichtsschreiberin, die in dem allgemeinen Tumult aufgibt und die Finger von den Tasten ihrer Maschine nimmt.

Der ganze Saal ist in Aufruhr. Klines Frage ist natürlich jedem durch den Kopf gegangen, aber daß er sie in Anwesenheit der Geschworenen tatsächlich gestellt hat, läßt Radovich vor Wut toben. Er sitzt zwar noch, ist aber weit über die Richterbank gebeugt und läßt seinen Hammer niederknallen. «Ich lasse den Saal räumen», droht er, was den Lärmpegel um ein bis zwei Dezibel senkt. Dann wendet er sich Kline zu.

«Das ist eine ungebührliche Frage, und ich denke, das wissen Sie genau», sagt er. «Zücken Sie Ihre Brieftasche.» Radovich will ihm eine Strafe aufbrummen, hier vor aller Welt. Er schickt nicht einmal die Geschworenen hinaus. Das ist das Los der Anklage. Sie kann nicht in Berufung gehen.

Am meisten überrascht scheint Nichols selbst. Der Gedanke, einem Anwalt den Kopf zu waschen, geschweige denn ihn öffentlich zu demütigen, ist ihm bei seiner Amtsausübung nie gekommen. Wahrscheinlich hätte er lieber in friedvolleren Zeiten gelebt.

«Die Geschworenen werden die Frage und alle etwaigen Implikationen mißachten», sagt Radovich.

«Ich habe keine weiteren Fragen an den Zeugen», sagt Kline geistesabwesend, während er in dem kastanienbraunen Seidenfutter seiner Anzugsjacke nach dem Scheckbuch angelt.

«Da haben Sie verdammt recht», sagt der Richter. «Die letzte kostet Sie sechshundert Dollar. Ich möchte die Anwälte im Richterzimmer sprechen. Die Verhandlung ist für fünf Minuten unterbrochen.»

Als wir reinkommen, hat Radovich sich noch nicht beruhigt.

Kline steckt gerade sein Scheckbuch ein und entschuldigt sich wortreich. «Ich habe es gesagt, ohne vorher richtig nachzudenken.»

«Könnte durchaus sein, daß Sie uns ein fehlerhaftes Verfahren eingehandelt haben.»

«So schlimm war es nun auch wieder nicht», entgegnet Kline.

«Sie sind nicht das Berufungsgericht», sagt Radovich, «zumindest noch nicht.» Er hat Klines Ambitionen von Anfang an gewittert, und jetzt rutscht es ihm raus.

«Die Anweisung an die Geschworenen müßte reichen», erwidert Kline. «Sie haben ihnen gesagt, sie sollen die Frage mißachten.»

«Euer Ehren, die Frage wurde unüberhörbar gestellt», sage ich. «Den Geschworenen kann die Implikation nicht entgangen sein. Daß sie sich von den Schlußfolgerungen eines amtierenden Richters beeinflussen lassen, liegt auf der Hand, noch dazu von einem, der keinen Anlaß hat zu lügen.»

«Was wollen Sie also?» fragt Radovich. «Das Verfahren neu aufrollen?» Er möchte herausfinden, ob ich einen Antrag auf Verfahrensfehler stellen will. Den würde er auf jeden Fall ablehnen.

«Nein», sage ich.

«Was dann?»

«Ein wenig ausgleichende Gerechtigkeit.»

Kline beäugt mich mißtrauisch. Ihm schwant nichts Gutes.

«Es läßt sich mit Fug und Recht behaupten», führe ich aus, «daß Mr. Kline die Ursache für den Zorn meines Mandanten umgangen hat, also den Grund für die unbeherrschten Äußerungen über Ms. Hall. Ich denke, uns sollte Gelegenheit gegeben werden, der Sache im Kreuzverhör näher auf den Grund zu gehen.»

Kline heult so laut auf, daß man ihn draußen im Gerichtssaal hören muß. Die Presse fragt sich vermutlich, ob Radovich ihn mit einer neunschwänzigen Katze auspeitscht.

«Euer Ehren, ich bin ganz bewußt nicht näher auf die Sache eingegangen. Sie ist nicht Gegenstand dieser Verhandlung.» Er jammert vor dem Schreibtisch des Richters, beteuert, daß es dafür keinen Präzedenzfall gibt. «Außerdem wäre alles, was Nichols zu dem Thema sagen würde, eindeutig Hörensagen, ohne Ausnahme.»

«Zur Frage der Präzedenzfälle», sage ich. «Es hat Fälle gegeben, in denen es um den Kontext ging, in dem die Aussage eines Zeugen zu sehen ist. Es ist nur recht und billig, daß die Geschworenen verstehen, in welchem Kontext mein Mandant diese Äußerungen gemacht hat. Was ihn dazu veranlaßt hat.»

«Was für eine Rechtfertigung könnte es für derartige Zotigkeiten wohl geben?» fragt Kline.

«Wie wär's, wenn wir uns das von dem Zeugen erzählen lassen?» entgegne ich.

«Aber erst, wenn Sie dran sind», sagt er zu mir. «Wenn Sie ihn in den Zeugenstand rufen wollen, bitte schön. Dann können Sie ihn fragen, was Sie wollen.»

Die Krux dabei ist, daß Acostas Charakter und Lebenswandel zur Sprache kommen, wenn wir Nichols als unseren Zeugen aufrufen, und das weiß Kline. Dann wird das Privatleben von Acosta ausgebreitet, und ich weiß nicht, was dabei zum Vorschein kommt. Ich bin aber sicher, daß Phil Mendel und die Jungs von der Sitte bereits ganze Bände darüber geschrieben haben, gebunden und gestapelt, die nur darauf warten, gelesen zu werden.

«Es reicht», sagt Radovich. «Wenn Sie auf den Grund für diese Äußerungen eingehen wollen –» er sieht mich an –, «dann machen Sie's.»

«Aber Richter ...» Kline wird das Wort abgeschnitten.

«Wenn Ihnen das nicht paßt, erheben Sie Einspruch.»

Radovich ist mit uns fertig, kommt hinter seinem Schreibtisch hervor und geht zurück in den Gerichtssaal. Kline und ich zanken uns noch, während wir ihm folgen.

An unserem Tisch legt Acosta mir eine Hand auf den Arm und will wissen, was los ist.

«Warten Sie's ab», sage ich zu ihm. «Ich weiß es selbst noch nicht.»

Radovich ruft den Saal zur Ordnung. Nichols ist im Zeugenstand.

«Ihr Zeuge», sagt der Richter zu mir.

Ich komme augenblicklich zur Sache. Es gilt zuzuschlagen, solange Radovich noch wütend ist auf Kline. Wenn er mir jemals Freiraum gewährt, dann jetzt.

«Sie haben ausgesagt, daß mein Mandant, Mr. Acosta, Ihrer Erinnerung nach zuerst gesagt hat, Ms. Hall habe gelogen.»

«Das ist richtig», sagt Nichols.

«Hat er gesagt, worin ihre Lüge bestand?»

«Einspruch. Hörensagen.»

Radovich zögert nur eine Sekunde, bevor er den Einspruch ablehnt. Dies, eine falsche richterliche Entscheidung, ist die Quittung für Klines Verhalten.

«Bitte beantworten Sie die Frage», sage ich zu Nichols.

Er scheint das mit Vergnügen zu tun. «Er hat mir gesagt, daß sie gelogen hat, was den Zweck ihres gemeinsamen Gesprächs am Abend seiner Festnahme betrifft. Daß er nie versucht habe, Ms. Hall zur Prostitution anzustiften, sondern daß sie ihn vielmehr angerufen und gebeten habe, sich mit ihr zu treffen.»

«Hat er Ihnen erzählt, warum sie sich mit ihm treffen wollte?»

«Laut Richter Acosta hatte sie für ihn Informationen, die in Verbindung mit den Ermittlungen eines Untersuchungsausschusses standen.»

«Hat sie gesagt, um was für Ermittlungen es sich handelte?»

«Ja. Es ging um die Untersuchung eines Korruptionsfalles bei der Polizei. Genauer gesagt, bei der Polizeigewerkschaft.»

«Also wurde Richter Acosta, nach seiner eigenen Darstellung, durch die versprochenen Informationen zu diesem Treffen gelockt.»

«So hat er es mir erzählt», sagt Nichols.

«Und deshalb war er so wütend?»

«Deshalb, und weil er glaubte, sie habe der Polizei gegenüber eine falsche Aussage bezüglich ihres Treffens gemacht.»

«Und in diesem Kontext hat er die unbesonnenen Äußerungen getan, die Sie vorhin bezeugt haben?»

«Ja. Absolut.» Nichols ist bestrebt, das Ganze möglichst zu entschärfen, seine Pflicht zu tun, ohne einem Freund zu schaden. Seine Art von Gerechtigkeit.

«Hat Richter Acosta in dem Gespräch mit Ihnen gesagt, daß Ms. Hall mit der Polizeigewerkschaft zu tun hatte, mit den Leuten, gegen die ermittelt wurde?» frage ich.

Nichols denkt einen Augenblick angestrengt nach. Er würde uns gern helfen, aber er kann nicht. «Ich glaube nicht.»

Ich kenne die Antwort natürlich bereits. Doch der Zweck der Fragestellung ist es, bei den Geschworenen die Saat zu säen.

«Hat er Ihnen jemals erzählt, daß Ms. Hall in enger Beziehung zu

Mitgliedern besagter Gewerkschaft stand, vor allem zu Beamten des Sittendezernats, die am Abend der Festnahme von Richter Acosta bei ihr waren?» Ich gieße und dünge den Keim.

«Nein. Leider nicht», sagt er.

Ich drehe mich wieder zu meinem Tisch um, als wäre ich mit meiner Befragung am Ende, dann halte ich inne, als wäre mir plötzlich noch etwas eingefallen.

«Noch eine Frage, Richter. Aus reiner Neugier. Haben Sie der Polizei, als Sie vernommen wurden, oder dem Bezirksstaatsanwalt erzählt, daß Richter Acosta immer wieder beteuert hat, er sei reingelegt worden, man habe ihm in der Prostitutionssache eine Falle gestellt?»

«Ja. Ich habe denen erzählt, was ich Ihnen erzählt habe.»

Ich sehe zu Kline hinüber. Damit will ich deutlich machen, daß er diesen Punkt vor den Geschworenen zurückgehalten hat.

«Und hat man in der Angelegenheit weiter nachgefragt? Hat man von Ihnen wissen wollen, was Ms. Hall im einzelnen zu Richter Acosta gesagt hat, um ihn an dem betreffenden Abend zu der Verabredung zu locken?»

Nichols' Augen leuchteten auf. Er mag ja ein Schaf sein, aber er ist nicht dumm. Er erkennt, worauf ich hinauswill, eine Rettungsleine für seine Freundschaft zu Acosta. «Nein, das haben sie allerdings nicht.» Und dann, bevor ich mich abwenden kann, geht er noch einen Schritt weiter. «Es schien sie überhaupt nicht zu interessieren.»

Kline schnappt nach Luft, dann verkneift er sich den Einspruch. Er weiß, der Schaden ist angerichtet.

26

Die letzte Zeugin der Anklage dient nur einem einzigen Zweck, sie soll für ein herzerweichendes Finale sorgen.

Coleman Kline entschuldigt sich, kurz bevor sie den Gerichtssaal betritt. Er teilt Radovich mit, daß die nächste Zeugin besonderer Fürsorge bedarf. Da er außerhalb des Gerichtssaals verlangt wird, hat Kline eine Mitarbeiterin, die sich, wie er behauptet, besonders gut dafür eignet, mit der Befragung betraut. Er sammelt seine Unterlagen ein und verläßt den Saal durch die Tür des Richterzimmers, einen Hinterausgang, der es ihm ermöglicht, den Kameras und Reportern draußen aus dem Weg zu gehen.

Einen Augenblick lang herrscht atemlose Spannung; der Gerichtsdiener ruft die Zeugin nicht mit Namen auf, das ist so vereinbart worden, doch alle Beteiligten wissen, um wen es sich handelt. Sämtliche Blicke sind auf die Tür hinten im Gerichtssaal gerichtet. Sie geht ganz kurz ein Stück auf, schließt sich dann wieder. Als sie erneut geöffnet wird, kommt ein Gerichtsdiener herein, mit einem kleinen Gefolge. In dieser Prozession versteckt, nur knapp über einen Meter groß, ist Kimberly Hall. Sie hat einen kleinen Teddybären unter dem Arm und stapft den Mittelgang hinunter. In den Zuschauerreihen wird sofort getuschelt: «Brittanys kleine Tochter.»

Diesen Kampf haben wir verloren, und Kline fährt jetzt alle Geschütze auf. Harry und ich haben nach der Vernehmung des Kindes heftig argumentiert, daß Kimberly eine nicht mal annähernd beweiserhebliche Aussage machen könne, aber Kline hat sich durchgesetzt.

Die Kleine konnte immerhin aussagen, daß sie vor dem Tod ihrer Mutter einen lauten, wütenden Streit gehört hatte. Und gelenkt durch Radovichs Fragen, hatte sie die Stimme der Person, die an jenem Abend bei ihrer Mutter gewesen war, als männlich identifiziert. Ich habe erneut den Antrag auf Streichung dieser Aussage aus dem Protokoll gestellt, doch Radovich hat abgelehnt.

Es liegt auf der Hand, daß Kline diese Zeugin nicht zur Untermauerung seiner Beweisführung, sondern aus taktischen Gründen benannt hat. Kimberly soll die Geschworenen daran erinnern, daß sie durch das Verbrechen einen lebenslangen Verlust erlitten hat, daß das Leiden sich nicht auf den Tod der Mutter beschränkt. Es ist ein gewagtes Spiel von Kline, und es könnte für beide Seiten gefährlich werden.

Kimberly wird von einer wahren Phalanx von Helfern beschützt, von ihrer Großmutter, der Psychologin vom Jugendamt und Julie Hovander, der Staatsanwältin, die in den letzen Monaten eine Beziehung zu dem Kind aufgebaut hat.

Sie setzen Kimberly in den Zeugenstand. Ihre Großmutter begibt sich auf ihren Platz im Zuschauerbereich. Die Psychologin stellt sich neben Kimberly, knapp außerhalb des Zeugenstandes, von wo sie das Kind mit der Hand beruhigen und ihm, wenn nötig, soufflieren kann.

Dagegen erhebe ich Einspruch, und Radovich ordnet nach einigen Protesten ihrerseits an, daß sie sich setzen soll. «Falls wir Ihre Dienste benötigen», sagt er zu ihr, «werde ich Sie auf der Stelle rufen.»

Er erntet einen finsteren Blick von der Frau, die schließlich Platz nimmt, aber diesseits der Gerichtsschranke. Sie setzt sich an den Tisch der Anklage neben die Staatsanwältin.

Als ich dagegen Einspruch erhebe, macht Radovich eine Ausnahme und sagt, ich solle still sein. Wir gehen wie auf Eiern. Er möchte das Kind nicht aufregen. Mit ihrem Bären in der Hand sitzt sie ganz ruhig im Zeugenstand.

Kline und seine Lakaien hatten seit der Vorvernehmung monatelang Zeit, sie zu beeinflussen, und wahrscheinlich waren sie dabei nicht sonderlich zurückhaltend. Wir befürchten, daß Kimberly Dinge sagen wird, die sie damals nicht gesagt hat. Das brächte mich dann in die unangenehme Lage, ihre Glaubwürdigkeit in Zweifel zu ziehen, was den Geschworenen bestimmt nicht gefallen würde. Acosta könnte wegen Mordes verurteilt werden, weil sein Anwalt ein kleines Mädchen im Zeugenstand schikaniert hat.

«Was meinen Sie?» fragt er mich. «Wird sie bei ihrer ersten Aussage bleiben?»

«Wer kann schon sagen, was im Kopf eines Kindes vor sich geht?» erwidere ich.

«Genau meine Meinung», sagt er.

Radovich und das Kind unterhalten sich im Flüsterton, außerhalb des Protokolls. Breites Lächeln von der Richterbank. Er läßt sie nicht vereidigen, sondern fragt sie, ob sie den Unterschied zwischen der Wahrheit und einer Lüge kennt.

Sie antwortet, die Wahrheit ist das, was wirklich passiert ist, und eine Lüge ist, was man erfunden hat.

«Weißt du, was davon gut ist?» fragt er.

«Die Wahrheit.»

«Und versprichst du, uns heute die Wahrheit zu sagen?»

«Ja», sagt sie.

«Nur die Wahrheit. Nicht zu lügen?» fragt Radovich.

«Ja.»

Sie antwortet sehr viel wortreicher als bei der Anhörung vor einigen Monaten. Ich nehme das als Anzeichen dafür, daß sie mit ihr gearbeitet haben.

«Ihre Zeugin», sagt Radovich.

Hovander ist ein Arbeitstier, vom Stil her nicht unbedingt beeindruckend, aber gründlich, eine Anwältin, die bei ihren Befragungen immer zwei Schritte vor und drei zurück macht.

«Wie heißt dein Bär?» Hovander will Vertrauen gewinnen.

«Hungry», sagt Kimberly. Es ist der Bär, den die Polizei ihr gegeben hat, nachdem Binky, der Bär vom Tatort, als Beweisstück beschlagnahmt wurde.

«Warum heißt er Hungry?»

«Bären haben immer Hunger, und er kann nicht essen.»

«Da hast du recht», sagt Hovander.

Kline hat einen taktisch klugen Zug gemacht. Die Stimmung zwischen Hovander und dem Kind ist sanft, entspannt. Harry, so fürchte ich, wird es schwerer haben.

Hovander arbeitet rasch heraus, daß ein fünfjähriges Kind keine Vorstellung von Zeit oder Daten hat. Kimberly kann keinerlei Angaben über den Zeitpunkt des Todes ihrer Mutter machen. Sie kann lediglich sagen, daß es draußen hell war, als ihre Mutter anfing, zu streiten und zu lärmen.

Bei den Raumverhältnissen, der Geographie des Tatorts, hat Hovander mehr Erfolg. Wie bei der ersten Anhörung erzählt Kimberly, daß sie in ihrem Zimmer gespielt hat, als der Streit zwischen ihrer Mutter und dem Mörder begann. Der Streit scheint rasch sehr heftig geworden zu sein, denn das Kind hat vermutlich schon nach wenigen Minuten Angst bekommen, weil die Stimmen lauter wurden und irgend etwas im Wohnzimmer zu Bruch ging. Die Kleine ist dann leise über den Flur gelaufen und hat sich im Wandschrank versteckt.

«Hast du irgend etwas gesehen?» fragt Hovander.

Sie erntet ein Kopfschütteln, ernst und energisch. Im Protokoll wird festgehalten, daß sie die Frage verneint hat.

«Hast du die andere Person gesehen, die an dem Abend bei deiner Mutter war?»

«Nein.»

«Aber du hast seine Stimme gehört?»

«Einspruch.» Von Harry. Wir haben beschlossen, daß er das Kind ins Kreuzverhör nimmt. Ich habe Harry für diesen Vorschlag keine Begründung gegeben, aber er kann sie sich wohl denken. Seit Kimberly mich als die Person identifiziert hat, die an dem Abend da war, wollte ich das Schicksal nicht herausfordern. Ich hatte sogar überlegt, der heutigen Sitzung fernzubleiben, mich aber dann entschieden, das Risiko einzugehen. Wenn ich nicht hier wäre, würde Acosta sich wundern.

«Mit welcher Begründung?» sagt Radovich.

«Unterstellt Fakten, die nicht erwiesen sind», sagt Harry. «Das Geschlecht der Person, die an dem Abend da war.»

«Stattgegeben.»

«Kimberly, hast du außer deiner Mutter an dem Abend noch eine andere Stimme gehört?»

Sie nickt.

Radovich weist die Gerichtsschreiberin an, die Antwort entsprechend festzuhalten.

«War es eine Männerstimme oder eine Frauenstimme?»

«Ein Mann.» Sie sagt das ohne Zögern, so daß ich annehmen darf, daß sie es fest glaubt, ob es nun stimmt oder nicht. Die Macht der Suggestion.

Es herrscht einige Verwirrung, da das Kind seine Geschichte mehrmals abändert, aber im wesentlichen steht der Ablauf der Ereignisse fest. Irgendwann nach dem tödlichen Streit ist Kimberly aus dem Wandschrank gekommen und hat den leblosen Körper ihrer Mutter auf dem Fußboden liegen sehen, in einer Blutlache.

«Ich wollte sie wach machen», sagt sie. «Aber ich konnte nicht. Da habe ich dann Binky genommen.»

«Binky ist dein Teddy?» sagt Hovander.

«Ja.»

«Und wo hast du Binky gefunden?»

«Bei Mami auf dem Boden.»

«Was hat Binky bei Mami gemacht?»

«Ich habe ihn auf den Tisch gelegt, als ich von der Babysitterin nach Hause gekommen bin.»

«Weißt du noch, wann du von der Babysitterin nach Hause gekommen bist?»

Kimberly blickt zur Decke, einen verwirrten Ausdruck im Gesicht. «Ich glaube, es war zehn Uhr. Vielleicht acht.» Sie greift wahllos irgendwelche Zahlen aus der Luft, so daß wir uns nur fragen können, ob sie die Uhrzeit mit der Größe eines Schuhs oder dem Alter einer Freundin verwechselt. Für Kinder in dem Alter sind Zahlen bedeutungslos und beliebig austauschbar.

Hovander läßt es damit bewenden. Eine frühere Aussage hat bereits eindeutig erwiesen, daß Brittany ihre Tochter kurz nach fünf bei der Babysitterin abgeholt hat und wahrscheinlich irgendwann zwischen halb sechs und sechs nach Hause kam. Sie hatte sich den Nachmittag aus irgendeinem unbekannten Grund freigenommen.

«Du hast also Binky genommen, und was hast du dann getan?»

«Ich habe mich neben Mami hingesetzt. Ich wollte sie wach machen. Aber es ging nicht.»

Auf den Gesichtern einiger Geschworenen liegt ein gequälter Ausdruck. Die Vorstellung, daß ein Kind auf dem Fußboden neben der Leiche seiner Mutter sitzt, sein einziger Trost das synthetische Fell eines Teddybären, beschwört nicht gerade nachsichtige Gedanken.

«Und bist du danach wieder in den Wandschrank gegangen?»

Sie nickt. «Binky habe ich mitgenommen.»

«Warum? Warum bist du wieder in den Schrank gegangen?»

«Weil ich gehört habe, daß er kommt», sagt sie.

«Wer?»
«Der Mann, der Mami wehgetan hat.»
«Von wo ist er denn gekommen?»
«Von draußen», sagt sie. «Er hat die Tür aufgemacht.»
«Hat er dich gesehen?»
Sie schüttelt mit verwundertem Blick den Kopf. Vielleicht fragt sie sich, wieso er sie nicht gesehen hat.
«Ich bin ganz schnell gerannt», sagt sie.
«Hast du Angst gehabt?»
Das Kind nickt mehrmals heftig.
«Hast du gedacht, der Mann würde dir auch weh tun?»
«Ja. Weil er Mami weh getan hat.»
«Einspruch. Reine Mutmaßung», sagt Harry.
«Stattgegeben. Die Geschworenen werden die Aussage mißachten», sagt Radovich. Wohl kaum.
«Hast du den Mann gesehen, als er wiedergekommen ist?»
«Seine Schuhe», sagt sie. «Sie waren schwarz und haben geglänzt.»
In diesem Moment blicken alle Geschworenen unter unseren Tisch. Ich bin versucht, selbst hinzuschauen, halte mich aber zurück.
«Hast du das Gesicht des Mannes gesehen?»
Sie schüttelt den Kopf.
«Wie konntest du die Schuhe sehen?»
«Er ist über den Flur in Mamis Zimmer gegangen. Ich habe gesehen, wie seine Füße vorbeigegangen sind.»
«An dem Schrank, wo du dich versteckt hast?»
Sie nickt. «Die Tür war auf.»
«Ganz auf?»
«Ein Stückchen», sagt sie.
«Du hast dich also wieder im Schrank versteckt, als du gehört hast, daß der Mann zurückkommt?»
«Binky und ich, wir sind beide in den Schrank. Ganz schnell.»
«Und da bist du geblieben?»
Ein kräftiges Nicken.
«Lange», sagt sie. «Er ist gekommen und gegangen, und dann ist er noch einmal gekommen und gegangen.»
«Damit wir das ganz richtig verstehen», sagt Hovander. «Der Mann ist mehr als einmal wiedergekommen?»

Kimberly nickt der Anwältin heftig zu. Ich bin jetzt verwirrt. Das hören wir zum erstenmal. Zuerst denke ich, daß Kimberly die Geschichte ausschmückt, und dann fällt der Groschen. Das Kind erzählt die Wahrheit. Der erste Eindringling war zweifellos der Mörder, der wiedergekommen ist, um die Leiche zu holen. Beim zweitenmal hat sie Lenore und mich gehört.

«Weißt du, was der Mann gemacht hat, als er wiedergekommen ist?»

Sie schüttelt den Kopf. «Ich bin lange im Schrank geblieben. Und als ich rausgegangen bin, war Mami weg.»

«Was hast du da gemacht?»

Kimberly schaut kurz zu den Geschworenen hinüber, dann sagt sie: «Ich bin aus dem Schrank gegangen und habe Binky gefüttert.»

«Hast du was gehört, als du im Schrank warst?»

Einen Augenblick sitzt sie völlig abwesend im Zeugenstand.

«Schätzchen, hast du was gehört?»

«Mami», sagt sie.

«Du hast Mami gehört?»

Es entsteht Unruhe auf der Geschworenenbank, ein Raunen unter den Zuschauern.

Kimberly nickt. «Sie hat geschrien. Ganz kurz nachdem der Mann das erste Mal wiedergekommen ist.»

Acosta und ich blicken einander an. Harry ist verwirrt. Schließlich dämmert es mir. Ich schaue hoch zu Radovich auf der Richterbank, und unsere Blicke treffen sich genau in dem Moment, als wir zum gleichen Schluß kommen. Das Kind hat, während es mit seinem Teddy im Arm im Wandschrank hockte, den Schrei seiner Mutter aus dem Jenseits gehört – Brittany Halls Todesröcheln.

Nach einer kurzen Sitzungspause schlägt Hovander einen anderen Kurs ein. Zuvor bittet sie Kimberly, ihren Teddy Binky zu identifizieren, der auf dem Wagen mit den verschiedenen Beweisstücken sitzt. Kimberly möchte Binky wiederhaben. Harry ist sichtlich amüsiert über das Schauspiel, wie eine Staatsanwältin sich mit einer Fünfjährigen um einen Teddybären streitet.

Hovander versucht weiterzumachen, aber das Kind läßt sie nicht. Es wendet sich an den Richter und will wissen, ob Binky im Gefängnis ist. Radovich weiß nicht, was er antworten soll. Schließlich weist er Hovander an, ihr den Bären eine Weile zu geben. Das führt zu einer Krisenbesprechung an der Richterbank, drei Anwälte und der Richter.

«An dem Teddy ist das Blut ihrer Mutter», sagt Hovander. «Das Kind müßte Gummihandschuhe tragen. Aus gesundheitlichen Gründen.» Hovander will die Verantwortung nicht übernehmen.

Harry erhebt Einspruch gegen die Handschuhe, da sie vor den Geschworenen ein zu negatives Bild abgeben. Noch etwas, das die Anklage Acosta psychisch anhängen kann.

«Dann sagen Sie ihr, daß sie ihn nicht haben kann», sagt Hovander.

«Sie haben sich die Suppe eingebrockt», entgegnet Harry. «Löffeln Sie sie gefälligst selber aus.»

«So kommen wir nicht weiter», sagt Radovich. Er ruft Verstärkung herbei. Die Psychologin bekommt den unangenehmen Auftrag, zu schlichten. Sie zieht sich Gummihandschuhe an, nimmt Binky vom Wagen und geht zu Kimberly in den Zeugenstand. Wir kehren an unsere Plätze zurück, der Richter auf die Richterbank.

Eine Weile spricht die Psychologin im Flüsterton mit dem Kind, bemüht sich um eine vernünftige Lösung. Kimberly sitzt unruhig da, zupft am Ärmel ihres Kleides und zieht schließlich so lange an einem der herzförmigen Knöpfe, bis er abreißt.

Als wir gerade den Eindruck haben, daß das Problem gelöst ist, fragt Kimberly mit lauter Stimme, ob Binky krank ist.

«Was hast du ihm getan?» wendet sie sich an Radovich. «Du paßt nicht gut auf ihn auf.»

Der Richter hat die Handflächen nach oben gedreht, zuckt unter seiner schwarzen Robe mit den Schultern, als wollte er sagen, daß er nichts dafür kann.

Es ist eine lustige Unterbrechung. Sogar Acosta muß lachen.

Jetzt ist die Psychologin über das Geländer des Zeugenstandes gebeugt, um Kimberlys Aufmerksamkeit zu bekommen. Bevor sie es verhindern kann, reißt Kimberly ihr den Bären aus den Händen. Die Kleine drückt ihn an sich, steht vom Stuhl auf und zieht sich in eine Ecke des Zeugenstandes zurück, wo sie nicht zu erreichen ist. Eine starre Miene auf dem Gesicht der Psychologin. Wer hätte gedacht, daß ein Kind so schnell sein kann? Sie langt nach dem Bären, um ihn

Kimberly wegzunehmen, und ein schrilles Kreischen hallt durch den Gerichtssaal, daß es einem fast die Trommelfelle zerreißt. Hysterie im Zeugenstand, Tränen und schlagende kleine Hände.

Kimberlys Großmutter kommt durch das Törchen in der Gerichtsschranke, wie Mama Bär, die ihr Junges beschützt. Sie wird von einem Gerichtsdiener verfolgt, der versucht, sie festzuhalten.

Radovich ruft ihn zurück.

«Es reicht», sagt der Richter. «Laßt sie in Frieden. Sie kann den Bären haben. Und Sie setzen sich.» Er blickt die Psychologin an. «Sie können bleiben», sagt er zur Oma.

Es dauert einige Minuten – in der Zeit werden die Geschworenen hinausgelassen –, bis das Kind, das von seiner Großmutter im Arm gehalten wird, aufhört zu weinen. Jetzt sitzen beide im Zeugenstand, Kimberly auf dem Schoß ihrer Großmutter, Binky im Arm. Einmal streichelt sie den Teddy, als wäre er lebendig, und dann redet sie mit ihm, füttert ihn mit dem Knopf, den sie sich vom Kleid gerissen hat. Sie steckt ihn in den Mund des Bären, und als sie die Finger zurücknimmt, ist der Knopf verschwunden.

Hovander geht zum Zeugenstand und plaudert. Ich kann die Unterhaltung nicht hören, aber sie ist angeregt, viel Lächeln und Lachen zwischen dem Kind, der Großmutter und der Anwältin, die sich bemüht, das Vertrauen wiederherzustellen.

Als Kimberly sich beruhigt hat, werden die Geschworenen wieder hereingebracht, und Großmutter verläßt den Zeugenstand. Hovander und Kimberly sind wieder Freundinnen, jetzt, wo die Zeugin beide Bären hat.

«Du weißt doch, daß du immer noch die Wahrheit sagen mußt.» Radovich blickt über seine Brille auf das kleine Mädchen.

«Ja.»

«Fahren Sie fort», sagt er zu Hovander.

«Kimberly. Vorhin hast du gesagt, daß du an dem Abend, als deiner Mutter weh getan wurde, eine Männerstimme gehört hast. Weißt du das noch?»

Sie nickt.

«Glaubst du, du würdest die Stimme wiedererkennen?»

«Kann sein», sagt sie mit leichtem Singsang.

Über diesen Punkt haben wir uns im Richterzimmer geeinigt, nach einer heftigen Debatte. Hovander möchte, daß Acosta etwas sagt, vermutlich wütende Worte, wie sie das Kind an dem Abend gehört hat, um zu sehen, ob es seine Stimme wiedererkennt. Wir haben uns energisch dagegen verwahrt, da ein so kleines Kind durch einen derartigen Test beeinflußt würde.

Radovich, wie immer um einen Kompromiß bemüht, hat angeordnet, daß die Staatsanwaltschaft eine Stimmprobe auf Band aufnehmen darf, aber die Worte dürfen nicht mit wütender Stimme gesprochen werden. Dadurch, so sein Argument, sei der suggestive Charakter aufgehoben. Es werden drei Stimmen zu hören sein, eine, die von der Staatsanwaltschaft ausgesucht wurde, eine von uns, die Stimme dazwischen ist von dem Angeklagten. Wir haben einen Lateinamerikaner genommen, einen Anwaltsgehilfen aus einer anderen Kanzlei, der eine Baritonstimme hat wie Acosta mit einer ähnlichen hispanischen Intonation.

Die Geräte werden aufgebaut, und Hovander bittet Kimberly, ganz genau zuzuhören. Sie spielen die erste Stimme vor.

Sie ist hoch, recht nasal und klingt nicht wie eine Männerstimme. «Hallo, Kimberly. Kennst du meine Stimme?» Das ist der ganze Text.

Hovander sagt zu Kimberly, sie solle noch nicht antworten, sondern sich erst die beiden anderen anhören.

Als nächstes kommt Acosta, der dieselben Worte spricht. Dann unser Double. Kimberly sitzt wie gelähmt im Zeugenstand, das erste Mal, daß ich in ihrem Gesicht deutliche Anspannung lese.

«Erkennst du eine von den Stimmen?» fragt Hovander.

Sie schüttelt den Kopf.

«Möchtest du sie noch einmal hören?»

Harry blickt mich an. Er fragt sich wohl, ob er Einspruch erheben soll.

Radovich ordnet an, das Band noch einmal abzuspielen.

«Erkennst du eine von den Stimmen?» fragt Hovander.

Ein Menschenleben hängt von der Laune eines kleinen Kindes ab. Acosta sitzt neben mir. Ich drücke seinen Arm unter dem Tisch.

Radovich erkennt, was auf dem Spiel steht, und fordert sie auf, nicht zu raten. «Antworte nur, wenn du eine Stimme erkennst.»

Sie verzieht das Gesicht, wie es kleine Kinder tun, wenn sie sich auszurechnen versuchen, in welcher Hand man das Bonbon hat. «Die letzten beiden», sagt sie schließlich.

Hovander blickt triumphierend. «Vielleicht könnten wir nur die letzten beiden noch mal abspielen.»

Harry erhebt Einspruch. Radovich lehnt ab.

Der Gerichtsdiener hantiert an dem Apparat, blendet die erste Stimme aus, so daß diesmal zuerst Acosta zu hören ist.

Ich sehe, wie Schweiß an seiner Wange hinabläuft und schließlich vom Kinn auf den Tisch tröpfelt.

«Erkennst du eine von den beiden Stimmen?»

Es macht mir Sorgen, daß Acostas Stimme jetzt an erster Stelle ist. Der erste Eindruck ist bei einem Kind am stärksten.

«Ich glaube, das ist sie», sagt die Kleine.

«Welche?» fragt Hovander.

Kimberly blickt ratlos, als würde sie die Frage nicht verstehen. Sie dachte, sie wäre fertig. Endlich begreifen wir: Sie denkt, beide Stimmen sind derselbe Mann.

Hovander behauptet, daß die Zeugin sich für eine der Stimmen entschieden habe, und möchte das mit einer weiteren Frage klarstellen. Radovich lehnt ab und beugt sich vor.

«Kimberly. Wie viele Stimmen, glaubst du, sind auf dem Band?»

Sie schaut hilfesuchend zu ihrer Großmutter.

«Du brauchst keine Angst zu haben», sagt Radovich. «Wenn du es nicht weißt, kannst du das ruhig sagen.»

«Ich weiß nicht.» Kimberly greift nach dem Angebot wie nach einer Rettungsleine.

Acosta sinkt auf seinem Platz in sich zusammen.

Radovich ruft uns zu sich. Wir treten an die Richterbank, und die Gerichtsschreiberin drängelt sich zwischen uns.

«Sie ist durcheinander», sagt der Richter. «Ich bin nicht gewillt, das weiter zuzulassen.»

«Nur noch zwei Fragen», bittet Hovander.

«Und was wollen Sie fragen?», sagt der Richter.

«Ob sie eine der beiden Stimmen erkennt, die zuletzt vorgespielt wurden.»

«Sie hat doch schon gesagt, daß sie nur eine Stimme gehört hat», sagt Harry.

«Wir sollten die Möglichkeit bekommen, diesen Punkt zu klären», meint Hovander.

«Prima», sagt Harry. «Und wenn sie kapiert hat, daß auf dem Band zwei Stimmen sind, dann spielen Sie mit ihr ‹Ehne, mehne, muh, und raus bist du›, um zu wählen. So kommt man der Wahrheit nicht näher.»

«Das fürchte ich auch», sagt Radovich.

Harry erklärt Radovich, er möchte überprüfen, wie es um die Fähigkeit der Zeugin bestellt sei, Stimmen zu erkennen. Hovander erhebt Einspruch, aber der Richter hält den Wunsch für berechtigt. Wir lösen die Versammlung auf, und Harry bleibt vor dem Zeugenstand stehen.

Kimberly schaut ihn an, unsicher, was sie von der neuesten Entwicklung halten soll.

«Kimberly, ich bin Mr. Hinds. Guten Tag.»

Sie sieht ihn an, erwidert aber nichts.

«Erkennst du meine Stimme, Kimberly? Klingt meine Stimme so wie die, die du an dem Abend zu Hause gehört hast?»

Ein neuer Erwachsener steht ihr jetzt gegenüber, eine neue Bedrohung. Sie nickt.

«Meine Stimme klingt so wie die Stimme, die du an dem Abend gehört hast?»

Erneutes Nicken.

«Erinnerst du dich an die Stimme des Richters?» Harry zeigt auf Radovich.

Sie nickt.

«Hört er sich so an wie die Stimme, die du an dem Abend gehört hast?»

Diesmal schüttelt sie den Kopf.

«Wenn ich darf, Euer Ehren, noch ein Versuch?»

Radovich deutet Harry, fortzufahren.

Er blickt zu mir herüber und bittet mich aufzustehen. Ich könnte ihn umbringen.

«Steh auf», sagt er.

Ich tu's.

«Sag irgend etwas.»

Ich werfe Harry verächtliche Blicke zu.

«Sag was.»

«Erkennst du meine Stimme, Kimberly?»

Bevor ich zu Ende gesprochen habe, nickt sie heftig und macht sich ganz klein auf ihrem Stuhl.

«Da haben Sie's», sagt Harry.

Wir sind wieder an der Richterbank. Diesmal hat Radovich die Psychologin dazugerufen.

«Wenn sie eine Stimme kennt und sich durch sie nicht bedroht fühlt, dann klingt sie nicht so wie die Stimme an jenem Abend. Wenn sie sie nicht kennt, dann wohl.» Harrys Westentaschenpsychologie. «Es hängt eher davon ab, welche Stimme ihr angenehm ist, als davon, was sie gehört hat oder woran sie sich erinnert.»

«Was meinen Sie?» fragt Radovich die Psychologin.

«Ich bin seiner Ansicht. Das scheint der Fall zu sein.»

«Also Schluß damit», sagt Radovich. «Haben Sie noch andere Fragen an die Zeugin?» fragt er Hovander.

«Nein.»

«Haben Sie irgendwelche Fragen?» wendet er sich an Harry.

Wir beraten uns etwas abseits, Harry und ich.

«Wir tun uns keinen Gefallen, wenn wir ein kleines Kind fertigmachen», sagt Harry. «Bislang hat sie uns nicht geschadet, aber das könnte sich jederzeit ändern.»

Das ist auch meine Meinung.

«Außerdem scheinst du mit ihr ein Problem zu haben.» Harry schenkt mir sein typisch rätselhaftes Lächeln, liest meine Gedanken.

Bevor ich ihm widersprechen und irgendeinen Unsinn von mir geben kann, fügt er hinzu: «Warum das Schicksal herausfordern?»

«Wir haben keine Fragen an die Zeugin», sagt er zu Radovich.

«Gut.» Der Richter nimmt wieder seinen Platz ein.

«Wir machen Mittagspause», verkündet er. «Die Zeugin ist entlassen. Sie braucht nicht noch einmal zu kommen», sagt er zu der Großmutter. Dann schickt er die Geschworenen für heute nach Hause, weil er nachmittags andere Termine hat.

Harry und ich gehen zurück zu unserem Tisch.

«Das war gar nicht so schlecht», sagt Acosta.

«Wir sind einer Kugel ausgewichen», entgegne ich.

Harrys Blick scheint zu sagen, daß Kimberly vielleicht genau gewußt hat, wovon sie sprach, daß es Acostas Stimme war, die sie an dem Abend gehört hat. Harry ist eigentlich nie richtig auf den Zug der Verteidigung aufgesprungen.

Eine der Gerichtssekretärinnen hat Kimberly Gummibärchen gegeben. Offenbar versuchen sie, ihr Binky wieder abzuschwatzen, um ihn zurück auf den Wagen mit den Beweisstücken zu legen. Die Kleine will ihren Bär mit nach Hause nehmen.

Über die Schulter sehe ich, daß Kline zurück ist. Er steht an der Hintertür und konferiert mit Hovander; wahrscheinlich läßt er sich über die neuesten Entwicklungen ins Bild setzen, um abzuschätzen, wieviel Schaden sie uns heute morgen zugefügt hat.

Hovander schaut lachend zu dem Gekasper im Zeugenstand hinüber. Zwei Gerichtssekretärinnen und ein Gerichtsdiener versuchen, Kimberly zu überreden. Sie streiten sich um den Bären, der wieder auf den Wagen soll. Noch mehr Gummibärchen wechseln den Besitzer. Das Kind stopft zwei davon in Binkys Mund.

Der einzige, der nicht lacht, ist Kline. Wie jemand, der in einer Gruppe Betrunkener als einziger nüchtern ist, steht er da mit versteinertem Gesicht, wie hypnotisiert, und lauscht dem Gelächter, während winzige Finger Süßigkeiten im pelzigen Körper des kleinen Teddys verschwinden lassen.

27

«Wir haben noch ein bißchen Zeit. Hast du über unser Gespräch von neulich nachgedacht? Über Klines Bemerkung.»

Lenore und ich sind in meinem Büro bei geschlossener Tür. Harry ist draußen am Empfang, am Telefon, und will gleich zu einer Besprechung zu uns kommen.

«Ich habe mir das Gehirn zermartert», sagt Lenore. «Keine Ahnung, was er gemeint hat. Der Mann ist paranoid.»

Es geht um mein Privatgespräch mit Kline auf der Gouverneursparty, um seine Andeutung, daß Lenore etwas weiß, was sie nicht sagen will.

«Willst du wissen, was ich mir denke?» fragt sie.

«Schieß los.»

«Er will Zwietracht säen.»

«Wieso?»

Sie lacht. «Kline will in erster Linie Karriere machen, um anderen das Leben zu vermiesen. Der Kerl ist verrückt.»

Das überzeugt mich nicht. Klines Worte waren nicht bloß so dahergesagt. Es muß in seiner Beweisführung irgend etwas Wichtiges geben, dessen er sich nicht sicher ist. Für uns ist es entscheidend, vor ihm dahinterzukommen.

Lenore mustert mich seit einigen Sekunden schweigend.

«Du denkst, daß ich euch irgendwas verschweige?» sagt sie.

«Nein. Nein. Möglicherweise ist es etwas, das wir bereits wissen, aber dessen Bedeutung wir nicht erkennen.»

«Du weißt alles, was ich weiß. Hat er keine Andeutung gemacht, was er meint?»

«Nein.» Ich kratze mir über die Stoppeln am Kinn. Heute ist kein Verhandlungstag, und ich habe meinem Gesicht den Tag freigegeben. «Aber es gibt eigentlich nur zwei Möglichkeiten. Dein Gespräch mit

Hall damals in deinem Büro. Kline scheint sich ernsthaft Sorgen zu machen, daß sie dir etwas erzählt hat, wovon er nichts weiß.»

«Das erste Anzeichen für Paranoia», sagt sie.

«Vielleicht. Könnte sein, daß er dich deshalb gefeuert hat.»

Sie horcht auf.

«Warum hätte sie mir irgendein dunkles Geheimnis anvertrauen sollen?»

Ich zucke die Achseln. «Vielleicht denkt er sich, zwei Frauen, die ungestört miteinander reden ... Sie könnte mehr Vertrauen zu dir gehabt haben.»

«Falls dem so war, hatte es nichts mit der Geschlechtszugehörigkeit zu tun.»

«Dennoch beschäftigt ihn der Gedanke.»

«Ich bin sicher, ein Arzt könnte allein von Klines Obsessionen leben», sagt sie. «Und die andere?»

«Hmm?»

«Du hast von zwei Möglichkeiten gesprochen.»

«Ach, das. Reine Spekulation», sage ich.

«Was denn?»

«Sie haben deinen Fingerabdruck auf der Tür gefunden. Möglicherweise denkt er, wenn du reingegangen bist ...»

Ich lasse den Gedanken unausgesprochen.

«Er denkt, daß ich was gefunden habe?»

«Wäre doch möglich.»

«Und was zum Beispiel?»

«Ich weiß nicht.»

Das bringt sie ins Grübeln. «Du hast ihm doch nicht von dem Zettel mit Tonys Namen erzählt?»

«Hältst du mich für so blöd?»

«Meinst du, er weiß etwas davon?»

«Nicht, wenn du es ihm nicht erzählt hast», sage ich. «Es gibt nur fünf Personen, die von dem Zettel wissen. Eine ist tot, dann sind da Tony und Acosta, und die andern beiden sitzen hier in diesem Zimmer.» Ich bin übertrieben zurückhaltend, und das erregt Lenores Neugier.

«Was hast du wegen des Zettels vor? Das hast du mir noch nicht erzählt», sagt sie.

«Aus gutem Grund», entgegne ich. «Begnüg dich damit, daß du nicht in den Zeugenstand gerufen wirst.»

«Dann läßt du die Sache also fallen?» Lenore hat ihre eigenen Prioritäten. Tony. Blut ist dicker als Wasser.

«Darüber sollten wir nicht reden», sage ich.

«Aber du wirst mich nicht in den Zeugenstand rufen und mich nach der Kalendernotiz fragen?»

«Nein.»

Sie seufzt vernehmlich auf. «Ich kann dir sagen, das hat mich ein paar schlaflose Nächte gekostet.» In ihrer Stimme schwingt ein zärtlicher Unterton mit.

Lenores Loyalität gegenüber Arguillo hat tiefe Wurzeln und ist nicht allein durch die weitläufige Verwandtschaft zu erklären. Vor einigen Monaten hat sie mir in einem sehr innigen Augenblick von einem Erlebnis erzählt, das sie mit zwölf Jahren hatte. Eine Gruppe von Halbwüchsigen hatte sie belästigt. Tony und ein Freund von ihm retteten sie vor einer Vergewaltigung und wurden dafür übel zusammengeschlagen. Das hat sie ihm nie vergessen.

«Ich weiß, daß du deine Pflicht tun mußt», sagt sie. «Aber die Notiz bringt dich nicht weiter, ein nichtssagendes Stück Papier.» Sie ist offensichtlich erleichtert. Sie lächelt, dann fragt sie: «Kann ich es Tony sagen?»

«Ihm was sagen?»

«Daß er aus dem Schneider ist.»

Lenore hat meine Zusicherung etwas zu großzügig ausgelegt.

«Das habe ich nicht gesagt.»

«Aber du hast doch gesagt, daß du mich nicht in den Zeugenstand rufst?»

«Stimmt. Das werde ich auch nicht.»

Sie blickt mich verwirrt an, dann begreift sie. «Du hast doch nicht etwa vor, Tony als Zeugen aufzurufen?»

«Mehr kann ich dir nicht sagen.»

Es gibt gewisse Dinge in unserer Verteidigung, die ich ihr, seit sie aus dem Fall raus ist, nicht mehr mitteilen kann.

«Du machst einen Fehler», sagt sie. «Er wird dich keinen Schritt weiterbringen.»

«Wieso? Weil er mir nichts erzählen wird?»

«Weil es nichts zu erzählen gibt», sagt sie. «Sie hatten eine Verabredung, und die wurde abgesagt. Der einzige Grund, warum er mich gebeten hat, den Zettel zu beseitigen, war, daß ...»

«Ich weiß. Es war ihm peinlich», führe ich ihren Satz zu Ende.

«Genau», sagt sie. «Wenn du ihn in den Zeugenstand rufst, hat er keine andere Wahl, als alles abzustreiten.»

Ich blicke sie mit hochgezogenen Augenbrauen an. «Selbst die Tatsache, daß sie, er und Hall, sich für den Abend verabredet hatten?»

Ihre Miene bestätigt, daß Tony lügen würde, selbst in dem Punkt.

«Damit würde er einen Meineid leisten.»

«Die Sache ist unwichtig», sagt sie. «Die Verabredung wurde abgesagt.»

«Sie ist nur wichtig, wenn die Geschworenen ihm glauben.»

Das tut Lenore zweifellos. «Aber du hast keine Beweise», sagt sie. «Ohne meine Aussage kannst du nicht beweisen, daß der Zettel überhaupt existiert hat. Selbst wenn ich aussagen würde, wenn ich den Zettel sogar vorlegen könnte, wäre es Hörensagen.»

«Durchaus möglich», erwidere ich. «Sagen wir einfach, daß ich einen anderen Plan habe. Über den ich nicht sprechen kann.» Mehr möchte ich nicht darüber sagen.

«Du weißt noch etwas?» Das scheint sie ziemlich zu verunsichern. «Was ist es?»

Ich höre Harrys Stimme im Vorzimmer. Normalerweise kann man Harry auch durchhören, wenn er nicht telefoniert, doch im Augenblick schreit er.

«Was ist denn da draußen los?» sage ich.

Sie ist näher an der Tür als ich, aber sie geht nicht auf meine Frage ein.

«Verrätst du es mir nun oder nicht?»

«Ich kann nicht.»

«Und dabei bleibt es?» Sie packt ihre Unterlagen zusammen, nimmt ihren Aktenkoffer und ihre Handtasche.

«Ich wünschte, ich könnte», beteuere ich, «aber ich kann nicht.»

Ich starre in Lenores dunkle, entschlossene Augen, und mir wird klar, daß sie, sobald sie mein Büro verlassen hat, mit Tony reden wird. Ich habe sie mit meinem Schweigen dazu getrieben.

Wieder Schreien im Vorzimmer. Mir wird klar, daß Harry nicht telefoniert. Es sind zwei Stimmen; da ist noch jemand bei ihm.

Ich stehe vom Schreibtisch auf und gehe zur Tür. Als ich sie öffne, blicke ich in die zornigen, bösen Augen von Phil Mendel.

«Genau zu Ihnen will ich», sagt er. «Was soll das hier, verdammt noch mal?» Er hat ein zerknülltes Blatt Papier in der Hand.

«Seine Vorladung», sagt Harry. «Er scheint ein wenig angesäuert zu sein.»

«Falsch», sagt Mendel. «Ich bin stinksauer.»

Seine Vorladung ist eine der letzten, die Harry mit hundert anderen rausgeschickt hat, für den Fall, daß sich unsere Beweisführung bis ins Uferlose ausweitet.

«Schön», sagt er. «Der Zirkus, den Sie da veranstalten, ist Ihre Sache. Aber versuchen Sie ja nicht, mich da reinzuziehen. Oder die Gewerkschaft. Wir machen Sie fertig.»

«Die Nummer hatten wir doch schon», sage ich.

«Ich weiß nicht, wovon Sie reden.» Ein Gesicht, das ihn Lügen straft.

«Die Drogenrazzia», sage ich.

«Ach, das», meint er mit einem aufgesetzten Lächeln. «Hab darüber in der Zeitung gelesen. Gewisse Leute denken, Sie hätten das Zeug beiseite geschafft.»

«Gewisse Leute werden es wohl wissen», entgegne ich.

«In Zukunft werden die wohl etwas schneller sein müssen», sagt er.

«Ja, und sehr viel leiser.»

Er blickt mich an, ein Fragezeichen.

«Das Geräusch von der Spülkastenabdeckung», sage ich und sehe ihm an, daß der Groschen fällt – deshalb habe ich den Stoff so schnell gefunden.

Im Geist macht er sich eine Notiz. Der Kabelmann wird einiges zu hören kriegen.

«Tun Sie mir einen Gefallen, wenn Ihre Freunde das nächste Mal in meiner Toilette schwimmen gehen.»

Er fragt nicht nach, sieht mich aber erwartungsvoll an.

«Sagen Sie ihnen, sie sollen vorher baden, damit sie nicht wieder einen Schmutzrand in der Kloschüssel hinterlassen.»

«Ich weiß nicht, wovon Sie reden», sagt er.

«Denken Sie darüber nach. Ich bin sicher, Sie kommen drauf.» Ich will die Bürotür schließen.

«Was ist hiermit?» Er hält die Vorladung hoch, als würde ich sie tatsächlich zurückziehen. «In fünf Tagen bin ich nicht mehr im Land. Urlaub auf Bali.»

Harry, einen Bleistift in der Hand, fragt ihn nach dem Abreisedatum, und Mendel nennt es ihm, ohne nachzudenken.

«An Ihrer Stelle würde ich die Sonnencremes noch nicht einpakken», sagt Harry.

Mendel bedenkt ihn mit einem abfälligen Blick.

«Was ist nun damit?» wendet er sich an die nächsthöhere Instanz.

«Ich hoffe, es klappt», erwidere ich und mache erneut Anstalten, die Tür zu schließen.

«Tickets im Wert von achttausend Dollar. Ohne Rückerstattung. Ich hoffe für Sie, daß es klappt.»

«Wenn Sie ein Problem haben, sprechen Sie mit Ihrem Reisebüro», sage ich. Mendel ist zumindest formell Polizeibeamter. Hat er eine Vorladung erhalten, so darf er sich nicht von der Verhandlung entfernen, ohne später dem Gericht darüber Rechenschaft abzulegen. Sonst hätte das für ihn schwerwiegende Konsequenzen.

«Das ist doch Blödsinn», sagt er, «und das wissen Sie. Es gibt nichts, was ich in Ihrem Fall aussagen könnte, verdammt noch mal.» Er benutzt auch den Ausdruck «gequirlte Scheiße».

«War nett, mit Ihnen zu reden», sage ich und schließe die Tür.

Er tobt sich noch etwas bei Harry aus, bis ihm dieser mit dem Sicherheitsdienst droht. Dann höre ich, wie offenbar eine Menge Sachen auf den Boden fliegen, als hätte Mendel einen der Schreibtische leergefegt. Nach einigen Kraftausdrücken knallt die Tür zum Vorzimmer zu.

Ich blicke Lenore an, die hinter meiner Tür steht, den Aktenkoffer in der Hand, und mich prüfend ansieht.

«Da hast du ihn», sage ich, «Tonys verschworenen Freundeskreis.»

28

Harry und ich eröffnen unsere Beweisführung auf einem wissenschaftlichen Fachgebiet, in das sich die Anklage aus unerfindlichen Gründen nicht hineingewagt hat. Wenn Kline eine Schwachstelle hat, dann ist es seine mangelnde Voraussicht. Er hat einige Fragen offengelassen und die Bedeutung gewisser Beweismittel nicht geklärt, die er besser selbst untersucht hätte, als sie uns zu überlassen.

Lewis DeShield ist Sachverständiger für Metallkunde, insbesondere für die Analyse von Spurenelementen, den Vergleich bekannter Proben mit unbekannten von einem Tatort.

«Mr. DeShield, haben Sie den Tatort, in diesem Fall die Wohnung des Opfers, untersucht?»

«Auf Ihre Veranlassung, ja», antwortet er.

«Würden Sie den Geschworenen bitte erläutern, was Sie dabei festgestellt haben?»

«Ich habe das Wohnzimmer untersucht, insbesondere einen Metall-Glas-Couchtisch. Auf der Unterseite des Tisches entdeckte ich Kratzer am Metall der Tischkante sowie einige Spuren eines fremden Metalls. Ich habe sie fotografiert und dann eine Probe von den Metallspuren genommen, sie in einen Umschlag für Beweisstücke getan und zur Analyse in mein Labor mitgenommen.»

Wir nehmen den Umschlag aus einem Karton mit Beweisstücken. DeShield identifiziert ihn, und wir lassen ihn zusammen mit einigen Dias und Fotos von der Gerichtssekretärin beschriften.

Ich lasse den Couchtisch, den die Staatsanwaltschaft bereits als Beweisstück aufgenommen hat, hereinbringen. DeShield tritt aus dem Zeugenstand und zeigt, wo er die Kratzer und Metallspuren entdeckt hat: dicht an der Ecke, wo sich Blut angesammelt hat und wo nach Aussage des Gerichtsmediziners Halls Kopf aufgeschlagen wurde. Dann geht der Zeuge zurück in den Zeugenstand.

«Hatten Sie sich bereits durch einen ersten Augenschein eine Meinung gebildet, worum es sich bei den Metallspuren an dem Tisch handeln könnte?»

«Meiner Überzeugung nach wurden die Kratzer durch ein Schmuckstück verursacht. In den Spuren befanden sich offenbar Bestandteile von Gold.»

Zur Veranschaulichung hat DeShield Fotos mitgebracht, extreme Vergrößerungen, die auf Karton aufgezogen sind. Wir stellen sie auf zwei Staffeleien vor der Geschworenenbank auf, und der Zeuge deutet mit einem Zeigestock auf die Stelle, wo sich die Kratzer befanden.

«Wissen Sie, ob das Opfer zum Zeitpunkt des Todes Schmuck getragen hat, der die Kratzer verursacht haben könnte?»

«Nach den mir vorliegenden Informationen trug die Frau keinen Schmuck.»

«Ist Ihnen bei der Untersuchung des Tisches irgend etwas Ungewöhnliches im Hinblick auf die Position der Kratzer aufgefallen?»

«Ja. Auf der Tischplatte waren dicht an der Kante kleinere Kratzer, doch die größten Kratzer befanden sich an der Unterseite des Tisches. Wenn man davon ausgeht, daß die Kratzer von einem Schmuckstück stammen, das der Täter trug, so sind sie vermutlich durch ruckartige Aufwärtsbewegung entstanden, vielleicht als der Täter das Opfer zu sich gezogen hat, um dessen Kopf ein weiteres Mal auf den Tisch zu schlagen. Das ist mehrere Male geschehen, wobei jedesmal eine Reihe deutlicher Kratzer zurückgeblieben ist.»

«Und warum ist das von Bedeutung?»

«Es stimmt mit anderen Expertenmeinungen überein, wonach mehrere Schläge ausgeführt wurden. Doch noch bedeutsamer ist, daß das fragliche Schmuckstück durch die Kraft der Aufwärtsbewegung möglicherweise am Tisch hängengeblieben ist und dem Täter abgerissen wurde.»

«Einspruch», sagt Kline. «Mutmaßung.»

«Können Sie das feststellen?» fragt Radovich den Zeugen.

«Nicht mit absoluter Sicherheit», antwortet DeShield. «Doch aus der Tiefe der Kratzer zu schließen, besonders eines Kratzers, wie man in der Vergrößerung erkennen kann, würde ich sagen, daß die Möglichkeit besteht.»

Der Richter macht eine unsichere Handbewegung, offenbar eine schwere Entscheidung. «Ich lehne den Einspruch ab.»

Für die Staatsanwaltschaft besteht das Problem, daß ihr Ermittler am Tatort, Detective Stobel, das Schmuckstück nicht gefunden hat – falls der Täter es wirklich verloren hat.

Wir kommen jetzt zu DeShields Analyse der Metallspuren, die er von der Kante des Couchtisches genommen hat, und es wird technisch. Es geht um die Frage, ob das Metall, das vom Tisch abgekratzt wurde, einem bestimmten Schmuckstück zugeordnet werden könnte.

DeShield sagt, daß das möglich ist.

«Ist es wie beim Vergleich von Fingerabdrücken?» frage ich.

Er überlegt einen Moment und sagt dann: «Normalerweise nicht. Wir können anhand der chemischen Zusammensetzung lediglich feststellen, ob typische Merkmale vorhanden sind oder nicht. Auf diese Weise können wir mit größerer Wahrscheinlichkeit bestimmte Vergleichsproben als nicht übereinstimmend ausschließen.»

Er räumt allerdings ein, daß das Vorhandensein sogenannter «Spurenelemente», Unreinheiten im Metall, in einigen Fällen deutlichere Erkennungszeichen liefern kann.

«Je nachdem, wie selten sie sind, können sich aufgrund ihres Anteils in der Gesamtzusammensetzung des Metalls eindeutige Vergleichspunkte ergeben, die eine positive Identifizierung ermöglichen.»

Er meint damit Beweise, die keinen begründeten Zweifel mehr zulassen. Finde den Besitzer des Schmuckstücks, und du hast den Mörder.

«Wie Fingerabdrücke?» frage ich.

«Es hat Fälle gegeben, in denen Farbvergleiche angestellt wurden», sagt DeShield, «das heißt, es wurden bekannte und unbekannte Proben einander zugeordnet, und die Fehlerquote lag bei eins zu zehn Milliarden. Damit ist die Wahrscheinlichkeit höher als bei Fingerabdrücken. Grundlage waren die zahlreichen farblichen Unreinheiten und die Unwahrscheinlichkeit, daß diese Unreinheiten in der gleichen Kombination und in gleichen Anteilen bei einer anderen Farbmischung auftreten würden.»

Klines Gesichtsausdruck ist unheilvoll. Mir blitzt der Gedanke auf, daß er vermutet, wir hätten das entsprechende Schmuckstück gefunden, eine eindeutige Übereinstimmung nachgewiesen und es gehöre nicht meinem Mandanten. Am Tisch der Staatsanwaltschaft liefern sich Stobel und Kline eine heftige Diskussion. Der Detective schüttelt den Kopf, um zu bekräftigen, daß die Cops die Spuren anders deuten.

«Hatten Sie Gelegenheit, die vom Tisch genommenen Metallproben zu analysieren?»

«Ja.»

«Und wie haben Sie die Analyse durchgeführt?»

«Mit Hilfe der Spektrographie, eine Standardmethode.»

«Was versteht man unter Spektrographie?» frage ich.

«Eine geringe Menge des Beweismaterials wird bei hoher Temperatur verbrannt. Durch die Hitze wird die Kernstruktur der Substanz zerstört, was wiederum Energiewellen freisetzt, die wir als Farben wahrnehmen. Diese Farbmuster werden auf einer Fotoplatte gebündelt und lassen sich durch die Zuordnung zu bestimmten Wellenlängen auswerten, die der genauen chemischen Zusammensetzung der Substanz entsprechen. Es ist ein sehr altes Verfahren, aber zuverlässig.»

«Dann können Sie uns also genau sagen, wieviel Eisen, Kupfer oder Magnesium, sogenannte Unreinheiten, in einer Metallprobe enthalten sind?»

«Genau. Theoretisch nimmt man eine Probe von den Metallkratzern am Tisch, eine weitere von einem Schmuckstück und vergleicht ihre chemische Zusammensetzung, insbesondere, ob gewisse Unreinheiten, Spurenelemente, in gleichen Mengen vorhanden sind. Wenn das übereinstimmt, voilà.»

«Und Sie können diese Analyse mit winzigen Metallmengen durchführen?»

«Ja. Wir haben noch nicht einmal die gesamte Metallprobe, die wir vom Tisch genommen haben, verwenden müssen.»

«Dann haben Sie von der Probe also noch etwas übrig?»

«Ja.»

«Sie könnten sie also der Polizei übergeben, falls sie eigene Tests durchführen wollte?»

«Ja», sagt er, «aber das wird nicht erforderlich sein. Die Polizei hat von demselben Bereich eigene Proben genommen.»

Genau auf diesen Punkt kommt es mir an; die Cops haben ihr eigenes Beweismaterial gesammelt und es nicht offengelegt.

«Wissen Sie, ob sie ihre Probe analysiert haben?»

«Einspruch», sagt Kline. «Hörensagen.»

«Ich frage, ob der Zeuge es aus eigener Erfahrung weiß», sage ich zu Radovich.

«Wissen Sie es?» fragt der Richter.

«Ja», sagt DeShield. «Ich war bei einem Teil der Tests zugegen.»

«Abgelehnt», sagt Radovich.

«Die Polizei hat den Schmuck des Angeklagten untersucht», sagt DeShield.

«Den ganzen?»

«Meines Wissens, ja.»

«Darauf kommen wir später noch mal zu sprechen», sage ich. «Sagen Sie uns zunächst bitte, was Sie bei Ihrer Analyse festgestellt haben.»

«Meiner Ansicht nach handelt es sich bei dem Schmuckstück, das die Kratzer am Tisch verursacht und Metallspuren hinterlassen hat, um ein sehr teures Einzelstück», sagt der Zeuge.

«Und worauf stützen Sie diese Ansicht?»

«Auf die chemische Zusammensetzung», sagt DeShield. «Ein sehr hoher Goldgehalt. Zweiundzwanzig Karat. Bei Schmuck ausgesprochen selten. Wird überwiegend in Indien verwendet, wo Design und Herstellung von Einzelstücken wegen der niedrigen Löhne kostenmäßig kaum ins Gewicht fallen. Dort kauft man Gold wegen seines eigentlichen Wertes. Ein Schutz gegen die Inflation.»

«Sind Sie der Meinung, daß das Schmuckstück dort gekauft wurde?»

«Sehr wahrscheinlich. Es werden nur sehr wenige Stücke importiert, um sie hier zu verkaufen. Zu teuer», sagt DeShield.

«Haben Sie irgendwelche charakteristischen Merkmale festgestellt? Unreinheiten im Metall?»

«Nein. Das ist das Problem bei Gold von dieser Qualität», sagt er. «Spurenelemente – Blei, Eisen, Magnesium – sind normalerweise schon längst ausgeschwemmt.»

Über Stobels Gesicht huscht der Hauch eines Lächelns, und Kline blickt vielsagend; er schlägt sogar erleichtert mit der flachen Hand auf den Tisch, versucht dann aber, diese Geste als bloßes Strecken hinzustellen, als er merkt, daß er auf sich aufmerksam gemacht hat.

«Dann läßt sich also auf chemischem Weg nicht feststellen, ob die Metallspuren eindeutig zu einem bestimmten Schmuckstück gehören?»

«Auf chemischem Wege nicht. Nein.»

«Gibt es eine andere Möglichkeit?»

«Meiner Meinung nach, ja.»

Das Lächeln weicht aus Klines Gesicht.

«Und welche?»

«Rillen», sagt der Zeuge.

DeShield hat mich vor einer Woche darüber informiert. Zwar konnte er die Metallspuren aufgrund ihrer Reinheit nicht eindeutig zuordnen, doch Gold hat noch eine weitere Eigenschaft: Es ist formbar, weich, besonders zweiundzwanzigkarätiges Gold, wie in diesem Fall. Er erläutert den Sachverhalt nun den Geschworenen.

«Die Unterseite des Tisches weist an manchen Stellen kleine Rillen auf, Vertiefungen, die bei der Herstellung entstanden sind. Sie sind in ihrer Kombination, in Größe und Abstand zueinander, einzigartig.»

Zur Veranschaulichung hat er ein Foto mitgebracht, das wir jetzt auf die Staffelei stellen, eine zehnfache Vergrößerung, auf der die Furchen aussehen wie Mondkrater oder, wie DeShield meint, wie der gezackte Bart eines Schlüssels.

«Wenn man ein goldenes Schmuckstück mit übereinstimmenden Rillen finden würde, wäre das eine positive Identifizierung.»

Ich lasse diese Aussage an Klines Tisch langsam einwirken, während ich in unserem Karton mit Beweismaterial herumsuche. Bei dem Papiergeraschel blickt Kline gespannt. Plötzlich steht er auf, sieht Stobel an.

«Euer Ehren, können wir vortreten?»

«Jetzt nicht», sagt Radovich.

Kline möchte diesen dramatischen Augenblick gern entschärfen. Er ist sich zwar nicht sicher, aber er rechnet mit der Möglichkeit, daß wir das fehlende Objekt haben, das Schmuckstück aus Gold. Wie wir daran gekommen sein könnten, ist ihm schleierhaft.

Ich ziehe eine versiegelte Papiertüte hervor.

«Mr. DeShield, ich zeige Ihnen jetzt eine Tüte und frage Sie, ob Sie den Inhalt identifizieren können.»

Ich reiche ihm die Tüte. Er liest das Etikett und öffnet sie.

«Einige Schmuckstücke», sagt er.

Kline wirft mir einen gequälten Blick zu, als würde ich ihn in der Luft hängen lassen. Er setzt sich nicht hin, sondern es zieht ihn regelrecht in Richtung des Zeugen, um einen Blick über meine Schulter zu werfen.

«Und woher kommt der Schmuck?»

«Von der Polizei», sagt DeShield.

«Und woher haben die ihn?»

«Aus dem Haus des Angeklagten», sagt er. «Der Schmuck befindet sich in einem separaten Innenbeutel, der von Detective Stobel abgezeichnet wurde, und es liegt ein Inventarverzeichnis bei.»

«Und Sie haben den Schmuck unter Aufsicht eines Beamten bei der Polizei geholt?»

«Ja.»

«Warum haben Sie das getan?»

«Weil die Anklage ihn nicht mit in ihre Beweisführung aufnehmen wollte.»

«Einspruch», sagt Kline. «Woher konnte der Zeuge das wissen?»

«Das liegt jetzt auf der Hand», sage ich. «Sie haben Ihre Beweisführung abgeschlossen, und die Geschworenen haben ihn nicht zu sehen bekommen.»

Radovich nickt. «Einspruch abgelehnt.»

«Wissen Sie, ob das der ganze Schmuck ist, den der Angeklagte besitzt?»

«Soweit ich unterrichtet bin, ist das der ganze Schmuck, den der Angeklagte besitzt und den die Polizei bei der Durchsuchung seines Hauses gefunden hat.»

«Und wissen Sie, ob die Polizei die chemische Zusammensetzung des Schmucks analysiert und ihn mit den Metallspuren verglichen hat, die am Couchtisch des Opfers gefunden wurden?»

«Ja. Ich habe eine Kopie ihres Berichts.»

Man sollte unergiebige Beweismittel nicht unterschlagen. Die Gegenseite haut sie einem mit Sicherheit um die Ohren.

«Und was haben Sie festgestellt?» frage ich.

«Sie konnten jedes Schmuckstück als eindeutig nicht übereinstimmend mit den Metallspuren vom Couchtisch ausschließen.»

«Haben Sie den Schmuck im Besitz des Angeklagten ebenfalls untersucht?»

«Das habe ich.»

«Und können Sie die Ergebnisse des kriminalistischen Labors der Polizei bestätigen?»

«Ja.»

«Haben Sie diese Schmuckstücke dahingehend untersucht, ob eins von ihnen Rillen aufweist, die mit den Furchen am Tisch übereinstimmen?»

«Ja.»

«Und was haben Sie festgestellt?»

«Auf keinem der Schmuckstücke befinden sich solche Rillen.»

«Und soweit Sie wissen, waren all diese Informationen der Polizei zugänglich, nicht wahr?»

«Ja.»

In diesem Augenblick sieht Kline mich an, schäumend vor Wut.

«Danke. Ihr Zeuge.»

Kaum ist er aufgesprungen, kann Kline sich die naheliegende Frage nicht verkneifen.

«Mr. DeShield», sagt er, «haben Sie uns nicht vorhin erzählt, daß das fragliche Schmuckstück dem Täter wohl abgerissen wurde?»

«Das ist höchst wahrscheinlich.»

«Dann ist es doch kaum verwunderlich, daß es sich nicht im Haus des Angeklagten befand, als die Polizei die Durchsuchung vorgenommen hat, oder?»

«Das stimmt», sagt DeShield, «aber dann hätte die Polizei es eigentlich am Tatort finden müssen.»

Acosta packt meinen Arm und lacht leise. DeShields Antwort ist für Kline eine schallende Ohrfeige, denn es drängt sich der Verdacht auf, daß die Polizei nicht nur ihre Erkenntnisse über den Schmuck aus Acostas Haus zurückgehalten, sondern vielleicht auch Beweismaterial vernichtet hat, als sie feststellte, daß es nicht ihrem Hauptverdächtigen gehört.

Kline sieht Stobel an, der mit den Schultern zuckt und einen Was-soll-man-da-machen-Ausdruck aufsetzt.

«Wäre es nicht denkbar, daß der Angeklagte das Schmuckstück mitgenommen und weggeworfen hat?»

«Einspruch, spekulativ.» Ich bin aufgesprungen.

«Stattgegeben», sagt Radovich.

«Nicht spekulativer, als daß wir es am Tatort hätten finden müssen», sagt Kline.

«Sie haben die Frage gestellt», sagt der Richter.

Kline blättert seinen Notizblock durch und findet schließlich, was er sucht.

«Also. Sie sagen, daß eine positive Identifizierung möglich ist. Wie genau müßte einer dieser Tests sein, um eine solche, wie Sie es genannt haben, positive Identifizierung zu erreichen, eine zweifelsfreie Übereinstimmung zwischen dem abgeschabten Metall und dem Schmuck?»

«Welchen Test meinen Sie?» fragt DeShield.

«Na, irgendeinen», sagt Kline, nach dem Motto «Selbstbedienung». Er ist offensichtlich verärgert über den Zeugen.

«Wie ich bereits gesagt habe, wäre angesichts des Goldgehalts der Metallspuren, die an dem Tisch gefunden wurden, eine chemische Analyse für eine positive Identifizierung mit einem bestimmten Schmuckstück nicht zweckdienlich. Aber bei charakteristischen Spuren wie beispielsweise Rillen liegt der Fall anders.»

«Ja», sagt Kline. «Die Rillen. Wie genau können Ihre Ergebnisse in dieser Hinsicht ausfallen?»

«Dazu müßte ich das Schmuckstück erst untersuchen, aber ...»

«Dann haben Sie das Schmuckstück nicht gesehen?»

«Einspruch. Der Zeuge sollte erst antworten dürfen, bevor er unterbrochen wird», sage ich.

«Entschuldigung», sagt Kline.

«Wie ich gesagt habe», sagt DeShield, «wäre eine Untersuchung des Schmuckstücks meiner Überzeugung nach entscheidend. Ich glaube, die Spuren würden eine eindeutige Identifizierung ermöglichen.»

«Dann haben Sie den Schmuck also nicht gesehen?» Kline ist davon wie besessen. Inzwischen denkt er bestimmt, daß wir den Schmuck haben und ihn zurückhalten, um ihn im rechten Moment bühnenwirksam hervorzuholen. Aber wie sind wir daran gekommen?

«Ich habe ihn nicht gesehen. Noch nicht», sagt DeShield.

Darauf springt Kline erst recht an.

«Dann wissen Sie, wo er ist?» fragt er.

«Nein.»

«Sie haben eben gesagt, daß Sie ihn noch nicht gesehen haben.»

«Das habe ich gesagt.»

«Hat Mr. Madriani ihn?»

«Ich weiß es nicht.»

Kline sieht mich an, und einen Augenblick lang rechne ich fast damit, daß er mich in den Zeugenstand ruft.

«Euer Ehren, wir haben das Recht zu erfahren, ob die Verteidigung Beweise zurückhält», sagt Kline.

«Euer Ehren.» Ich schalte mich ein, bevor Radovich etwas sagen kann. «Wir kennen die Vorschriften zur gegenseitigen Offenlegung von Beweismitteln. Ich versichere dem Gericht hier und jetzt, daß wir nicht dagegen verstoßen haben. Wir haben alles termingerecht vorgelegt, wie es das Gesetz verlangt. Darüber hinaus sind wir zu nichts verpflichtet.»

Meine Gesetzestreue stellt Kline nicht zufrieden. «Euer Ehren, ich verlange eine klare Antwort», sagt er.

«Ins Richterzimmer», sagt Radovich. Sein Hammer fällt. «Fünf Minuten Pause.»

Harry begleitet mich ins Richterzimmer. Kline wird sekundiert von Stobel. Kline ist in Fahrt, sichtlich erbost über mein albernes Versteckspiel. Er sagt dem Richter, daß er sich genau vorstellen kann, was Sache ist: «Das Schmuckstück befindet sich bei Lenore Goya. Ihr Fingerabdruck auf der Wohnungstür des Opfers – jetzt ergibt das alles einen Sinn.»

«Stimmt das?» fragt Radovich.

«Ich weiß nicht, wovon er redet», erwidere ich.

«Sie haben das fehlende Schmuckstück. Es gehört zweifelsohne seinem Mandanten», sagt Kline zu Radovich. «Alle Teile fügen sich zusammen. Auf diese Weise hat sie sich in den Fall gedrängt.»

«Wer?» fragt Radovich.

«Goya», sagt Kline.

Er benutzt das Wort Erpressung, und Radovich fällt ihm ins Wort: «Jetzt reicht's!»

Kline verstummt, als stünde er kurz vor einem Nervenzusammenbruch.

«Eine klare Antwort.» Radovich blickt mich an. «Haben Sie das fehlende Schmuckstück oder nicht?»

«Ich habe es nicht», sage ich mit Betonung auf dem Personalpronomen, was Kline wieder aufbrausen läßt.

«Wenn jemand anderes es hat, so weiß ich davon nichts», füge ich an.

«Keine Tricks», sagt Radovich. «So etwas dulde ich nicht.»

«Wenn einer hier trickst, dann er», sagt Kline.

«Keine Tricks. Wir haben, das gebe ich zu, so unsere Theorien. Aber Theorien müssen der Gegenpartei nicht unterbreitet werden», sage ich zum Richter.

«Sie wissen, wo das Schmuckstück ist?» fragt er.

«Ich weiß gar nichts», erwidere ich.

Radovich legt beide Hände flach auf den Schreibtisch und zuckt die Achseln.

«Er sagt, er weiß es nicht», sagt er zu Kline.

«Er lügt», sagt Kline.

«Sie haben mich gefragt, und ich habe Ihnen geantwortet, Euer Ehren. Ich habe es nicht, und ich weiß nicht, wo es ist.»

«Sicher», sagt Kline, «aber Goya weiß es.»

«Ach ja? Das beweisen Sie mal», sage ich zu ihm.

«Euer Ehren, die Anklage beantragt, wieder in die Beweisführung eintreten zu dürfen, um Lenore Goya in den Zeugenstand zu rufen», sagt Kline.

«Und die Verteidigung erhebt Einspruch», sage ich zu Radovich. «Die Anklage hatte ausreichend Gelegenheit, während ihrer Beweisführung Ms. Goya als Zeugin aufzurufen. Sie wußte von Ms. Goyas Fingerabdruck auf der Wohnungstür des Opfers und hat sie nicht aufgerufen. Jetzt meint sie, einen taktischen Fehler gemacht zu haben, und möchte ihn wiedergutmachen.»

Radovichs Gesicht zeigt ein abwechslungsreiches Mienenspiel. «Ich bin geneigt, dem zuzustimmen. Sie haben Ihre Chance gehabt», sagt er zu Kline. «Nicht, daß ich Sie nicht auch verstehen könnte.» Er wirft mir einen Blick zu, als wäre er sich nicht sicher, ob er mir glauben kann.

Kline versucht es ein letztes Mal, aber der Richter schneidet ihm das Wort ab.

«Wenn Sie keinen Beweis vorlegen können», sagt Radovich, «irgendeinen stichhaltigen Beweis, daß Ms. Goya oder Mr. Madriani das fragliche Schmuckstück haben, erlaube ich Ihnen nicht, wieder in die Beweisführung einzutreten. Wir müssen weiterkommen.»

Harry und ich wenden uns zum Gehen.

«Und Sie, Mr. Madriani», sagt der Richter. «Ich rate Ihnen, mir nicht in letzter Minute mit irgendwelchen Schmuckstücken zu kommen, die am Abend vor Abschluß Ihrer Beweisführung entdeckt wurden. Verstehen wir uns richtig?»

«Wir verstehen uns richtig», sage ich.

Er blickt mich böse an. «Gut», sagt er.

Als ich Kline auf dem Weg nach draußen im Vorbeigehen streife, spüre ich, wie ihn ein Schauer durchläuft. Er kommt ganz dicht an mein Ohr, so daß niemand, nicht mal Harry, hören kann, was er sagt.

«Sagen Sie dem Miststück, daß ich es haben will.» Er hält mich am Arm fest, ein stahlharter Griff. Ich muß mich regelrecht losreißen.

Als ich in seine Augen blicke, sehe ich es: Die ganze Feindseligkeit, der monatelang mühsam verhohlene Haß auf Lenore dringt plötzlich brodelnd an die Oberfläche – wegen eines fehlenden Beweisstücks.

29

Irgendwann kommt der Zeitpunkt, wo du als Prozeßanwalt gezwungen bist, ein Risiko einzugehen. Wenn du Glück hast und clever bist, treten diese angstvollen Momente in einer Verhandlung nur selten auf. Du versuchst, sie auf ein Minimum zu beschränken, auf Nummer Sicher zu gehen, doch am Ende schließt du nur die Augen und drückst dir die Daumen. Eine solche Situation steht mir jetzt bevor.

Jerry Franks ist als Spurenexperte ein Hansdampf in allen Gassen. Auf keinem Gebiet kennt er sich richtig aus. Daß seine Aussage auf methodischem Wissen beruht, ist reine Glaubenssache. Kurzum, er ist der Mann, den man als Zeugen benennt, wenn man eine Sachverständigenmeinung kaufen möchte. Seine Referenzen sind nicht einfach nur fragwürdig, sie sind mit Geld zu bezahlen.

Aus all diesen Gründen zeichnet sich auf Klines Gesicht diebische Freude ab, als ich Franks in den Zeugenstand rufe. In dem Krieg «Mein Experte ist besser als deiner» kann jeder, der die Dienste von Jerry Franks in Anspruch nimmt, als nicht ganz dicht angesehen werden.

Als Franks in den Zeugenstand tritt, sagt Stobel etwas zu Kline, und die beiden Männer lachen. Es liegt auf der Hand, worüber sie einen Witz gemacht haben. Bei den Anwälten dieser Stadt und bei den scharfsinnigeren Geschworenen hat Franks' Sachverständigenmeinung soviel Gewicht wie Helium. Bei Geschworenen kann man aber nicht immer großen Durchblick voraussetzen, obwohl ein guter Anwalt Franks in der Regel in die Pfanne hauen kann.

Er wird vereidigt, und noch bevor ich meine erste Frage stelle, ist Kline aufgesprungen und legt Einspruch ein: «Euer Ehren, wir haben von dem Zeugen keinen Bericht bekommen. Weder irgendwelche Untersuchungsergebnisse noch ein schriftliches Gutachten.»

«Aus einem ganz einfachen Grund», sage ich zum Gericht. «Weil der Zeuge keinen geschrieben hat.»

Ich habe Kline einen kurzen Überblick über Franks' Aussage gegeben, aber nur gerade soviel, daß seine Neugier geweckt ist und wir der Verpflichtung genügt haben, ihm unsere Beweise vorzulegen.

«Könnten wir dann wenigstens erfahren, warum er heute hier ist?» fragt Kline.

Radovich ruft uns zu sich an die Richterbank.

«Worum geht es hier, Mr. Madriani?»

«Es geht um den Kalender in der Wohnung des Opfers, Euer Ehren.»

Ich habe Franks beauftragt, vier bis fünf Beweisstücke zu untersuchen, unter anderem den Kalender, so daß Kline sich nicht nur auf einen Punkt konzentrieren kann.

«Was ist mit dem Kalender?» sagt Radovich.

«Es sieht so aus, als wären einige Notizen auf dem Kalender gewesen; wir haben darin Eindrücke festgestellt, die wir für wichtig halten.»

«Zu welchem Zweck soll das hier zur Sprache gebracht werden?»

«Um zu belegen, daß das Opfer für den Tag des Mordes mehr auf den Kalender geschrieben hatte, als uns bislang bekannt war», sage ich zum Richter.

«Kein Wunder, daß der Zeuge keinen Bericht geliefert hat», sagt Kline. «Selbst wenn das stimmt, ist es Hörensagen.»

«Der Inhalt der Notizen kann Hörensagen sein», sage ich zu ihm, «aber die Tatsache, daß es auf dem Kalender andere Einträge für den Tag gegeben hat, ist es nicht.»

Für Kline ergibt sich das Problem, daß ein zusätzliches Treffen am Tag des Mordes bei den Geschworenen sicherlich Vermutungen wecken wird, die er nicht steuern kann.

«Wenn der Zweck darauf beschränkt bleibt, kann der Zeuge aussagen. Aber Sie sollten es kurz machen», instruiert mich Radovich.

Ich schiele zu Franks im Zeugenstand hinüber. «Das werde ich.»

Wir treten zurück. Ich sehe, daß Acosta von Harry wissen will, was los ist.

Obwohl Lenore nicht im Gerichtssaal ist, rückt sie jetzt immer stärker in den Mittelpunkt unserer Beweisführung. Ich habe sie nicht nur aus Loyalität, sondern auch aus taktischen Gründen nicht als Zeugin benannt. Was sie nach Klines Ansicht weiß oder hat, wird ihn dadurch in seinen dunkelsten Träumen verfolgen und ihm so manche schlaflose Nacht bescheren. So etwas wünsche ich wirklich nur einem Prozeßgegner.

Ohne Lenores Aussage mußte ich mir einen schlauen Schachzug überlegen, wie ich auf den Zettel zu sprechen kommen kann, den sie von Halls Kalender entfernt hat, und damit auf die Verabredung, die das Opfer mit Tony Arguillo für den Abend getroffen hatte. Aus diesem Grund ist Franks heute hier.

«Mr. Franks, würden Sie uns bitte sagen, ob Sie einen Kalender untersucht haben, der Ihnen auf meine Veranlassung hin ausgehändigt wurde?»

«Das habe ich», sagt er. «Und ich habe festgestellt –»

«Beantworten Sie nur die Frage», falle ich ihm ins Wort.

Franks möchte gern schnell zur Sache kommen, sein Honorar einstreichen und verschwinden.

Ich lasse den Kalender vom Wagen mit den Beweismitteln herüberbringen, und Franks identifiziert ihn. Ich schlage das Kalenderblatt vom Juli auf und stelle den Kalender auf eine Staffelei vor den Geschworenen, so weit von ihnen entfernt, daß sie ein Fernglas bräuchten, um sich den belastenden Eintrag mit Acostas Namen länger anzusehen.

«Ich möchte Sie fragen, ob Sie speziell den weißen Teil des Feldes für den 15. Juli untersucht haben?»

«Das habe ich.»

«Würden Sie den Geschworenen bitte erzählen, was für eine Untersuchung Sie durchgeführt haben?»

«Ich wurde gebeten, das Feld für den fraglichen Tag zu untersuchen, um festzustellen, ob irgendwelche schriftlichen Einträge nachweisbar sind, die mit bloßem Auge nicht zu erkennen sind. Durchgedrückte Schrift.»

«Und was ist darunter zu verstehen?» frage ich.

«Es sind Vertiefungen oder Eindrücke, die auf einem Stück Papier zurückbleiben, wenn auf einem daraufliegenden Blatt geschrieben wurde und dieses später entfernt wird.»

«Wie bei den übereinanderliegenden Blättern eines Schreibblocks?»

«Ja.»

«Konnten Sie solche Vertiefungen auf dem fraglichen Kalenderfeld für den 15. Juli feststellen?»

«Ja», sagt er. «Es handelte sich offenbar um den Durchdruck von Handgeschriebenem.»

«Und war es entzifferbar?»

«Einspruch. Hörensagen», sagt Kline.

«Die Frage war, ob die Schrift lesbar war, nicht, was dort geschrieben stand.» Ich spreche Kline an, und Radovich belehrt mich, meine Begründung an ihn zu richten.

«Der Zeuge kann die Frage mit ja oder nein beantworten», sagt der Richter.

«Ja», sagt Franks.

«War die Notiz lesbar?»

«Ja.»

«Konnten Sie bei der Untersuchung des Kalenders feststellen, auf was für ein Papier diese Notiz geschrieben wurde, das Papier, das entfernt wurde?»

Es ist immer hilfreich, wenn man weiß, was man beweisen will, bevor man sich auf die Suche macht. Franks und ich haben gut zusammengearbeitet. Ich habe ihm gesagt, was ich brauche, und er hat sich überlegt, wie man es rausfinden kann.

«Es gibt dafür einen Hinweis», sagt er.

Kline wird zappelig.

«Und welchen?»

«Unter dem Mikroskop waren sehr feine Spuren von Klebstoff zu erkennen, und zwar auf der Oberfläche des Abschnitts für das fragliche Datum.»

«Und was für ein Klebstoff?»

«Unter intensivem Licht und bei extremer Vergrößerung konnte ich feststellen, daß es sich sehr wahrscheinlich um Klebstoff von einem dieser gelben Haftnotizzettel handelt, wie wir sie alle benutzen.»

Unter intensivem Licht und bei extremer Vergrößerung, Schwachsinn bleibt Schwachsinn, und Kline riecht den Braten. Er verdreht die Augen und fängt an seinem Tisch an zu meckern. Er wirft zwei Papierfetzen in die Luft und läßt sie wieder vor sich auf dem Tisch landen, als wollte er sich vergewissern, daß die physikalischen Gesetze noch in Kraft sind. Er wirft Stobel einen «Nicht-zu-fassen»-Blick zu.

Harry hat an unserem Tisch einen solchen Haftnotizzettel bereitliegen; er reicht ihn mir, und ich zeige ihn dem Zeugen.

«Genau so einen meine ich», sagt er.

Kline ist inzwischen überzeugt, daß das Ganze eine Farce ist. Er will sich selbst ein Bild machen, und zusammen mit Stobel klebt er den Zettel auf ein Stück Papier, drückt ihn mit dem Daumen an und zieht ihn ab. Kline fühlt mit den Fingern nach Klebstoff und schüttelt den Kopf. Er hält ihn ins Licht und sucht nach Klebstoffspuren.

Bevor ich Einspruch erheben kann, übernimmt Franks das für mich.

«Oh, Sie brauchen ein Mikroskop.» Er sagt das mit argloser Aufrichtigkeit zu Kline, und zwei Geschworene müssen sogar lachen. Kline bedenkt den Zeugen mit einem vernichtenden Blick. Er sammelt bereits Gift für sein Kreuzverhör.

«Sie haben gesagt, daß die durchgedrückte Schrift von dem Zettel lesbar war. Welche Technik oder welches Verfahren haben sie angewandt, um sie zu lesen?»

«Die altmodische Methode», sagt er.

Er hält inne und sieht mich an. Einen Moment lang denke ich, daß er sagen wird: «Ich habe es mir ausgedacht.» Aber dann höre ich: «Schräg einfallendes Licht.»

«Erklären Sie das bitte den Geschworenen.»

«Man leuchtet mit einer hellen Lampe über die durchgedrückte Schrift. In den Vertiefungen auf dem Papier bilden sich Schatten, und wenn sie tief genug sind, wird die Schrift lesbar. Es gibt noch andere, auch kompliziertere Methoden.»

«Darauf wette ich», sagt Kline.

Ich erhebe Einspruch dagegen, und Radovich ermahnt ihn, sagt ihm, er solle warten, bis er an der Reihe sei.

«Ich kann's kaum erwarten», sagt er.

Ich ignoriere ihn.

«Hat die Methode mit dem schräg einfallenden Licht funktioniert?» frage ich.

«Sie war für unsere Zwecke ausreichend.»

«Wie viele Wörter umfaßte die durchgedrückte Notiz?»

«Einspruch», sagt Kline. «Hörensagen.»

«Ich frage nicht nach dem Inhalt, nur nach der Zahl der Wörter», argumentiere ich.

Wir bewegen uns auf einem schmalen Grat. Radovich überlegt kurz, bevor er entscheidet: «Ich lasse die Frage zu, aber nicht mehr.»

«Mal sehen.» Franks zählt mit den Fingern, und ich frage mich langsam, ob er durch das Loch in seinem Schuh fassen muß, wenn er über zehn kommt.

«Zählt die Initiale des Mannes und die Zeitangabe mit oder bloß der Name?» fragt er.

«Einspruch.» Kline springt auf. «Antrag auf Streichung.»

«Die Äußerung des Zeugen wird gestrichen», sagt Radovich. «Die Geschworenen werden sie nicht berücksichtigen.» Der Richter wirft mir einen funkelnden Blick zu, dann richtet er ihn auf Franks im Zeugenstand. «Beantworten Sie nur die Frage. Wie viele Wörter? Eine Bemerkung mehr, und Sie verbringen die Nacht in der Arrestzelle. Verstehen wir uns richtig?»

«Also.» Franks fängt wieder an zu zählen.

«Verstehen wir uns richtig?»

«Oh, ja. Sicher.»

«Zwei oder drei», sagt er. «Je nachdem wie man zählt.»

Radovich schaut drein, als ob er mit dem Hammer nach ihm schlagen möchte.

«Ihr Zeuge», sage ich zu Kline.

«Schwein gehabt», meint der Richter. Einige Geschworene lachen.

Kline geht auf den Zeugen los wie ein Hai, der Blut gewittert hat.

«Ist es nicht üblich, bei der Untersuchung von durchgedrückter Schrift Fotos zu machen?» fragt er.

«Einige machen das», antwortet Franks. «Ich nicht.»

«Kommen Sie», sagt Kline. «Trifft es nicht zu, daß Fotos notwendig sind, um durchgedrückte Schrift lesen zu können?»

«Ich kann sie auch ohne lesen», erwidert der Zeuge.

«Sie können bestimmt auch in Zungen reden», sagt Kline.

«Einspruch.»

«Beschränken Sie sich darauf, Fragen zu stellen», sagt Radovich.

«Wir müssen uns also auf Ihr Wort verlassen, daß diese durchgedrückte Schrift existierte. Sie können den Geschworenen keinen stichhaltigen Sachbeweis zeigen, nicht wahr?»

«Nein.»

«Wie praktisch», sagt Kline.

«Ist das eine Frage?» fragt Radovich.

«Natürlich», sagt Kline. Er will den Schlauen spielen. «Trifft es nicht zu, daß Sie das Fehlen von Fotos praktisch fanden?»

«In welcher Hinsicht?» sagt Franks.

«Weil wir die Fotos untersuchen und die Geschworenen sie sehen könnten. Ohne Fotos können Sie sagen, was Sie wollen, und es ist unmöglich, Ihre Aussage in Zweifel zu ziehen. Stimmt das nicht?»

«Es gibt einen Grund für die fehlenden Fotos, aber das ist er nicht», sagt Franks.

Vor den Geschworenen ist diese Antwort wie eine Herausforderung, eine Probe seiner Männlichkeit. Kline hat keine andere Wahl, als nach dem Grund zu fragen.

«Fotos wären nicht zulässig gewesen», sagt der Zeuge. «Sie haben es selbst gesagt. Der Inhalt der Notiz auf einem Foto wäre Hörensagen.»

Kline steht vor der Geschworenenbank, in der eigenen Falle gefangen.

«Nun, der Richter hätte sie sich ansehen können, unter Ausschluß der Öffentlichkeit», sagt Kline lahm, denn er weiß, daß er sich gerade ins eigene Fleisch geschnitten hat. Er tritt den Rückzug an, wechselt das Thema und kommt auf den Klebstoff zu sprechen.

«Wieso sind Sie sicher, daß der Rückstand, den sie auf dem Kalender gesehen haben, Klebstoff von einem Haftnotizzettel war?»

«Es sah so aus. Ich habe Vergleiche angestellt.»

«Sind Sie sicher, daß sie den Klebstoff nicht geschnüffelt haben?»

Franks sagt tatsächlich: «Nein», bevor ihm klar wird, daß das ein Seitenhieb von Kline war.

«Ich habe für diesen Zeugen keine weitere Verwendung», sagt Kline. Er zeigt seine ganze Verachtung und entläßt den Zeugen mit einer Handbewegung. Zu mehr ist er nicht imstande bei der Wut, die jetzt in ihm aufsteigt. Sie wäre noch gewaltiger, wenn er die Wahrheit wüßte.

Die durchgedrückte Schrift, deren Existenz Jerry Franks bezeugt hat, ist ein Mythos. Den Inhalt der Notiz, den Franks gegebenenfalls preisgegeben hätte, hatten wir zuvor vereinbart: Tony A. 7.30.

Kurz und knapp, eine rätselhafte Rekonstruktion dessen, was auf dem Zettel gestanden hat, so gut Lenore sich eben Monate später noch daran erinnern konnte.

«Du bist nicht bei Trost. Verrückt», sagt Harry. «Du verlierst deine Zulassung. Und das ist Acosta nicht wert.» Wir stehen während einer Sitzungspause in einer Ecke draußen im Flur vor der Cafeteria, und ich habe Harry endlich erzählt, was es mit Franks Aussage auf sich hat.

«Das sieht dir gar nicht ähnlich», sagt er.

Es ist ein gewagtes Spiel, aber nicht so riskant, wie Harry meint. Ich habe meinem Partner nicht alles erzählt, was ich weiß, geschweige denn, was ich mittlerweile vermute.

«Was machst du anschließend?» fragt er.

«Den nächsten Zeugen aufrufen.»

«Nein, ich meine, wovon willst du leben, wenn du deine Zulassung als Anwalt verloren hast.»

Ich blicke ihn an, und er lacht nicht.

Wir drängen uns durch das Menschengewühl auf dem Korridor vor dem Gerichtssaal. Ein Nachrichtenteam, Kameramann, Tontechniker und ein Reporter, erspähen uns zuerst.

«Können wir ein kurzes Interview haben?»

Harry und ich versuchen weiterzugehen.

«Keine Zeit», sage ich zu dem Reporter.

«Wessen Name stand in der Notiz?» Inzwischen sind weitere Kameras auf uns gerichtet; wir sind ausgeleuchtet wie bei Aufnahmen zu einem Kinofilm, und das Gedränge wird so dicht, daß uns der Weg versperrt ist.

«Verfolgen Sie den Prozeß», sage ich, «und Sie werden alles erfahren.»

Aus der Menschenmenge hinter mir greift eine Hand nach meinem Arm. Als ich mich umwende, sehe ich Phil Mendel.

«Schlau. Sehr schlau», sagt er.

Das letzte, was ich möchte, ist ein Streit mit Phil Mendel hier vor laufenden Kameras.

«Könnten Sie mir jetzt wohl bitte sagen, wann ich drankomme?» Seine Frage ist fast höflich.

«Wenn ich soweit bin», erwidere ich.

Mendel steht sich seit zwei Tagen hier draußen auf dem Korridor die Beine in den Bauch mit seiner Vorladung. Ich habe ihm gesagt, er könnte jederzeit aufgerufen werden. Tony ist hinter ihm und blickt ihm über die Schulter.

Mendel wedelt mir mit einem kleinen Umschlag vor dem Gesicht herum, blumige Zeichnungen in fröhlichen Farben, ein Passagierflugzeug über irgendeinem Strand, ein weibliches Hinterteil in einem Bikini ragt über die Flügelspitze, Fantasien, heraufbeschworen von der Werbegrafik.

«Flugtickets», sagt Mendel, «Koffer gepackt. Morgen abend bin ich hier weg. Abflug fünf Uhr.»

«Wir haben alle so unsere Sorgen.» Ich dränge mich an ihm vorbei, und er greift wieder nach meinem Arm.

«Fünf Uhr», sagt er. «Sie können mich als nächsten aufrufen und die Sache über die Bühne bringen.» Er meint das ernst. Mendel glaubt tatsächlich, daß ich meine Beweisführung umschmeiße, damit er in Urlaub fahren kann.

«Ich kann Sie per Gerichtsbeschluß vom Marshal in Gewahrsam nehmen lassen, wenn Ihnen das lieber ist.» Ich erinnere ihn daran, daß er als Polizeibeamter verpflichtet ist, so lange zu bleiben, bis das Gericht ihn nicht mehr braucht.

«Daß ich nicht lache», sagt er.

«Das Lachen würde Ihnen sowieso vergehen, wenn Sie versuchen abzureisen.»

Einer der Gerichtsdiener kommt auf mich zu. «Sie werden im Richterzimmer erwartet», sagt er.

Auf dem Weg dorthin frage ich mich, was Kline wohl jetzt wieder ausgeheckt hat. Ich könnte mir vorstellen, daß er erneut den Antrag gestellt hat, wieder in die Beweisführung eintreten zu dürfen. Er möchte Lenore in den Zeugenstand rufen, mit der Begründung, er hätte neues Beweismaterial entdeckt.

Sobald ich ins Richterzimmer trete, spüre ich die spannungsgeladene Atmosphäre.

Radovich sitzt an seinem Schreibtisch, die buschigen Augenbrauen zusammengezogen wie eine Darstellung von Gott an der gewölbten Decke einer Renaissance-Kapelle. Kline würdigt mich kaum eines Blickes, und Stobel wendet sich ab.

«Mr. Madriani. Ich bin froh, daß Sie kommen konnten», sagt der Richter. Die Einladung ging eindeutig von ihm aus, und ich befürchte Schlimmes.

«Tut mir leid, daß Sie warten mußten.» Ich murmle etwas von Kameras im Korridor.

«Schon gut», sagt Radovich. «Es sind ernste Vorwürfe erhoben worden. Mr. Kline hat den Kalender während der Sitzungspause von einem seiner Experten analysieren lassen.»

Ich spüre sofort einen Druck im Magen, als hätte ich einen Felsblock verschluckt.

«Wir sind besorgt», fährt Radovich fort, «es konnte nämlich keine durchgedrückte Schrift nachgewiesen werden.»

Ich versuche stammelnd etwas zu sagen, was Kline offenbar Vergnügen bereitet, wenn ich sein Lächeln richtig deute.

«Wie gründlich konnte die Analyse in der kurzen Zeit schon ausfallen?» sage ich schließlich.

«Das könnte eine Erklärung sein», sagt der Richter. «Aber ich dachte, es wäre nur recht und billig, Sie wissen zu lassen, daß die Staatsanwaltschaft eine Untersuchung in der Angelegenheit durchführt.»

«Um unsere Beweisführung zu widerlegen?» sage ich.

«Darum geht es uns nicht», sagt Kline. «Wegen Ihres Zeugen mache ich mir keine Gedanken. Die Geschworenen werden das schon durchschauen. Aber Anstiftung zum Meineid ist eine ernstere Sache. Erst recht für einen Anwalt.»

«Ich hoffe für Sie, Sie können den Vorwurf untermauern», sage ich zu ihm. Ich trete einen Schritt vor, rücke ihm ganz dicht zu Leibe. Die beste Verteidigung...

«Ich hoffe für Sie, daß er es nicht kann», sagt Radovich.

Es gibt zahlreiche Gründe, führe ich dem Richter aus, warum durchgedrückte Schrift verschwinden kann. Wenn beispielsweise in der Asservatenkammer schwere Gegenstände auf den Kalender gelegt wurden oder wenn der Kalender geknickt oder gerollt worden ist.

«Mir wurde gesagt, daß sich durchgedrückte Schrift mit einem Elektronenmikroskop feststellen läßt», sagt Kline. «Wir werden sehen.»

«Das reicht», sagt Radovich. «Wir haben einen Prozeß zu Ende zu führen.»

Er steht von seinem Schreibtisch auf und wirft mir einen nicht gerade herzlichen Blick zu, als wir zurück in den Gerichtssaal gehen. Er ist aber darauf bedacht, nicht zu weit hinter mir zu bleiben, um jedem Verdacht der Parteinahme für Kline und Stobel vorzubeugen. Ich vermute, daß ich mir zumindest das Vertrauen dieses Richters verscherzt habe.

Das erste, das mir an Tony Arguillo auffällt, als er in den Zeugenstand tritt, ist sein noch immer großspuriger Gang. Er weiß, daß der Zettel, den Lenore in der Mordnacht hat mitgehen lassen, seit langem vernichtet ist. Kline hat ihn sicherlich schon irgendwie darüber informiert, daß die durchgedrückte Schrift, falls sie existiert, nur begrenzt nachweisbar ist. Der Inhalt der Notiz, der auf Tony deuten könnte, ist Hörensagen und unzulässig.

«Würden Sie uns bitte sagen, was Sie beruflich machen?» frage ich.

«Ich bin Polizeibeamter. Sergeant», sagt er.

«Sie sind einer der Beamten, die am Fundort der Leiche waren?»

«Das ist richtig.»

«Kannten Sie das Opfer?»

Tony sieht mich an. Er würde es zweifellos abstreiten, wenn er glaubte, damit durchzukommen. Aber wir haben bereits von anderen Zeugen gehört, daß Hall ein Polizei-Groupie war und schon lange Kontakt zum Sittendezernat und dessen Mitarbeitern hatte.

«Wir waren Bekannte», sagt er schließlich.

«Beruflich oder privat?»

«Beruflich.» Weiter will er nicht gehen.

«Waren Sie jemals in der Wohnung des Opfers?»

«Einspruch. Vage Zeitangabe», sagt Kline.

«Stattgegeben.»

«Sprechen wir über die Zeit vor dem Tod von Ms. Hall. Waren Sie irgendwann vor ihrer Ermordung aus irgendeinem Anlaß in ihrer Wohnung?»

Wieder möchte Tony überlegen, bevor er antwortet. Es ist schon ein Problem, wenn man keine Ahnung hat, was die Gegenseite weiß.

«Möglich, daß ich dort war», sagt er. «Könnte durchaus sein. Als Cop kommt man zu vielen Leuten nach Hause. Aber ich erinnere mich nicht an ein bestimmtes Mal.»

«Ist es möglich, daß Sie mehr als einmal da waren?»

Jetzt muß Tony sich denken, daß meine Frage sich auf irgendein Faktum stützt, vielleicht ein neugieriger Nachbar, der ihn mehr als einmal gesehen hat.

«Ich weiß nicht. Wäre möglich.»

«Was Sie nicht sagen.» Während ich das sage, entferne ich mich ein paar Schritte vom Zeugenstand. Ich wende mich den Geschworenen zu mit einem Gesichtsausdruck, der besagt: «Betrachten wir doch mal die Möglichkeiten.»

«Sie erinnern sich an keinen bestimmten Besuch?»

Er denkt kurz nach, fragt sich wohl, was ich wissen könnte, überlegt sich die sicherste Antwort und sagt dann: «Nein.»

«Schön. Falls Sie dort waren, kann man dann davon ausgehen, daß es sich um berufsbedingte und nicht um private Besuche handelte?»

«Genau, dann waren es berufsbedingte Besuche.» Allein dessen scheint Tony sich sicher zu sein.

«Welche beruflichen Gründe könnten Sie gehabt haben?»

«Wenn ich mich nicht genau erinnern kann, in ihrer Wohnung gewesen zu sein, wie soll ich mich dann erinnern, aus welchem Grund ich vielleicht dort gewesen bin?» Er schaut ein wenig ängstlich zu den Geschworenen, dann lacht er, als läge diese Logik auf der Hand.

«Ist es möglich, daß Sie dort gewesen sein könnten, um über einen Fall zu sprechen?»

«Vermutlich», sagt er. «Wir haben zusammen im Sittendezernat gearbeitet.»

«Genau», sage ich.

Es gibt bestimmte Tabus, Fragen, die ich Tony nicht stellen kann, weil sie sich auf die Zeit beziehen, als ich sein Anwalt war, Fragen über die Bestechungssache, die ich umgehe.

«Wenn Sie dort waren, falls Sie dort waren» – wir spielen das Spielchen weiter – «sind Sie dann wahrscheinlich mit anderen dort gewesen oder allein?»

«Ich kann mich nicht erinnern. Vermutlich mit anderen.» Das klingt besser, hört sich für Tony seriöser an.

«Wissen Sie, ob das Opfer, Ms. Hall, Ihre private Telefonnummer hatte?»

«Woher soll ich das wissen?»

«Hat sie Sie schon mal zu Hause angerufen?»

Er verzieht das Gesicht. Tony weiß, daß wir Zugang zu den Telefonrechnungen haben.

«Möglich.»

«Sie haben eine Geheimnummer, nicht wahr?»

«Ja.»

«Woher soll sie dann die Nummer gehabt haben, wenn nicht von Ihnen?»

Einen Moment lang ist er ratlos. Tony in der Klemme, mit huschenden Augen. Dann sagt er: «Sie könnte sie vom Department bekommen haben, wenn Sie einen beruflichen Grund hatte.»

«Ach. Ist das üblich? Daß Privatnummern rausgegeben werden?»

«Es kommt vor.» Er lächelt, zufrieden mit einer guten Antwort; er weiß, daß ich das so schnell nicht überprüfen kann.

«Dann wäre es also möglich, daß Ihre Telefonnummer in Ms. Halls privatem Telefonbüchlein stand?»

«Ich weiß nicht.»

«Wir leider auch nicht. Die Seiten für den Buchstaben A sind offenbar aus dem Verzeichnis herausgerissen worden.»

Tony blickt mich an, als würde ich ihn dafür verantwortlich machen. Kline ist aufgesprungen, will gerade Einspruch erheben, als ich aus meinem letzten Satz eine Frage mache: «Sie wissen nicht vielleicht, wie das passiert ist?»

«Nein. Wie sollte ich?»

«Hätte ja sein können, daß Sie das auch vergessen haben», erwidere ich.

«Einspruch.» Kline schnellt hoch.

«Stattgegeben. Die Geschworenen werden die Bemerkung nicht berücksichtigen. Mr. Madriani», Radovich fuchtelt mit dem Hammer in meine Richtung, «sind Sie mit dem Zeugen fertig?»

«Nicht ganz, Euer Ehren.»

«Dann machen Sie weiter, aber schnell.»

«Sergeant Arguillo, können Sie den Geschworenen sagen, wie die Polizeibeamten Ms. Hall am Fundort identifizieren konnten, in der Nacht, in der sie gestorben ist?»

«Wie meinen Sie das?»

«Nun, soviel ich weiß, war sie nicht bekleidet und hatte auch keine Ausweispapiere bei sich. Woher wußten die Beamten, wer sie war?»

«Ich weiß nicht. Nicht genau», sagt er.

«Aber Sie waren doch auch dort?»

«Stimmt.»

«Haben Sie die Leiche nicht gesehen? Haben Sie sich das Opfer nicht angesehen?»

«Vielleicht aus einiger Entfernung», sagt er.

«Wie konnten Ihre Kollegen sie also identifizieren?»

«Sie hatten einige Mühe. Es hat eine Weile gedauert.»

«Wie lange?»

«Zwei Stunden.»

«Und wie ist es ihnen schließlich gelungen?»

«Ich glaube, irgendein anderer Kollege hat sie erkannt. Jemand vom Department.»

«Aber Sie hatten mit Ms. Hall bei der Sitte gearbeitet», erinnere ich ihn.

«Stimmt», sagt er. «Aber an dem Abend habe ich sie nicht genau sehen können.»

Tony ist Opfer seiner eigenen Kungelei geworden. Es hatte eine Weile gedauert, Lenore anzurufen, sie zur Wohnung des Opfers zu schicken, wo sie nach der Notiz suchen und sie vernichten sollte. Tony hatte Zeit gebraucht. Und deshalb mußte er seine Kollegen möglichst lange über die Identität des Opfers im unklaren lassen. Tony blieb am Fundort der Leiche ganz ruhig, hielt den Mund und benutzte sein Funktelefon.

«Dann haben Sie also zwei Stunden dort im Dunkeln abgewartet, nach Beweisen gesucht, wohlwissend, daß Ihre Kollegen die Leiche nicht identifizieren konnten, ohne daß Ihnen der Gedanke gekommen ist, mal selbst einen Blick auf das Opfer zu werfen?»

«Ja.»

«Hat Ihnen irgend jemand die Anweisung gegeben, sich die Leiche nicht anzusehen?»

«Nein.»
«Sie haben es also einfach nicht gewollt?»
«Richtig.»
«Waren Sie an dem Abend in Ms. Halls Wohnung?» frage ich. «An dem Abend ihrer Ermordung?»
«Das ist eine Lüge», sagt er. Für einen Zeugen ist Tony etwas zu hitzig.
«Einspruch. Vage Zeitangabe.» Kline versteht die Frage. Tony nicht.
Er merkt plötzlich, daß er überreagiert hat. Dadurch hat er mehr preisgegeben als beabsichtigt.
«Formulieren Sie die Frage neu», sagt der Richter.
«Tut mir leid», sage ich. Jetzt lächle ich Tony an, der ein hochrotes Gesicht bekommen hat.
«Hatten Sie Gelegenheit, am Abend oder in den frühen Morgenstunden nach dem Mord an Ms. Hall in ihre Wohnung zu gehen? In Ihrer Eigenschaft als Polizeibeamter?» füge ich hinzu.
«Ach so», sagt Tony. «Ja. Ich war einer der Cops – Beamten –, die zum Tatort geschickt wurden, nachdem die Leiche gefunden worden war.»
«Nachdem sie identifiziert worden war?»
«Genau.»
«Und wer hat Sie dorthin geschickt?»
«Lieutenant Stobel. Er war der Einsatzleiter.»
«Und was haben Sie getan, als Sie in der Wohnung waren?»
«Nach Beweisen gesucht. Nachbarn befragt. Das Übliche.»
Ich wende mich einen Moment von ihm ab.
«Können Sie uns sagen, Sergeant, wieso Ihr Name auf einem Notizzettel stand, der am Kalender des Opfers klebte, und zwar auf dem Tag des Mordes?»
Im Gerichtssaal entsteht Unruhe, Gedränge in den Reihen der Presse, weil jeder eine bessere Sicht auf den Zeugen haben will.
«Einspruch!» Kline schießt aus seinem Stuhl wie eine Rakete. «Geht von Fakten aus, die nicht als Beweismittel aufgenommen wurden. Empörend! Können wir vortreten?» fragt er den Richter.
«Stattgegeben. Zur Richterbank», sagt Radovich, die Augen, zwei glühende Kohlen, auf mich gerichtet.

«Sie», er zeigt auf mich, bevor ich bei ihm bin, «stellen meine Geduld auf eine harte Probe.»

«Wir verlangen eine Ermahnung vor den Geschworenen», sagt Kline. Er hat die Wut des Richters abgeschätzt und sucht seinen Vorteil, wo er kann.

«Worauf wollen Sie hinaus?» fragt mich Radovich.

«Wir haben das Recht zu fragen, ob er sich mit Ms. Hall am Abend ihrer Ermordung getroffen hat.»

Kline argumentiert, daß die Beweismittel eine derartige Annahme in keiner Weise stützen.

«Wir sollten die Frage stellen dürfen», beharre ich.

Radovich grübelt kurz darüber nach, während wir beide ihn gespannt ansehen.

«Eine einzige Frage», sagt er schließlich, «aber ohne jede Zweideutigkeit.»

Bevor ich wieder am Zeugenstand bin, spricht er die Ermahnung aus. «Die Geschworenen werden die letzte Frage des Verteidigers mißachten, als wäre sie nicht gestellt worden.»

Er nickt mir zu mit der stummen Aufforderung: «Nun fragen Sie schon!»

«Sergeant. Hatten Sie eine Verabredung mit dem Opfer Brittany Hall am Abend des 15. Juli, dem Abend ihrer Ermordung?»

«Nein», sagt er. Tony scheint nicht genau zu wissen, ob er den Entrüsteten spielen oder professionelle Distanziertheit an den Tag legen soll, und so klingt seine Verneinung nicht sonderlich überzeugend.

«Sind Sie sicher?» frage ich.

«Einspruch. Frage gestellt und beantwortet», sagt Kline.

«Absolut.» Tony antwortet, bevor der Richter entscheiden kann, und Radovich läßt es gelten.

«Und Ihres Wissens stand Ihr Name nicht auf einem kleinen Haftnotizzettel, der an Ms. Halls Kalender auf dem fraglichen Datum klebte?»

Bei dieser Frage muß wohl jedem Geschworenen der Gedanke kommen, daß Tony den Zettel vielleicht selbst entfernt hat, nachdem er am Tatort eingetroffen war.

Kline springt auf, brüllt seinen Einspruch.

«Euer Ehren, ich frage ihn bloß, ob er es weiß», rechtfertige ich mich.

«Stattgegeben», sagt Radovich. «Ich habe Sie gewarnt.» Er hat sich halb von seinem Stuhl erhoben, den Hammer drohend auf mich gerichtet.

«Nein. Da war kein Zettel», sagt Tony.

«Halten Sie den Mund», sagt Radovich.

Tony zieht den Kopf ein wie eine Schildkröte.

«Sie beantworten keine Frage, wenn ich einem Einspruch stattgegeben habe.» Er würde am liebsten hinzufügen: «Sie verdammter Idiot», aber die weit aufgerissenen Augenpaare auf der Geschworenenbank zügeln seine Wut.

«Die Geschworenen werden die Frage und die Antwort nicht beachten», sagt er. «Beides wird gestrichen.»

Der einzige, der so dumm ist, in diesem Augenblick etwas zu sagen, ist meine Wenigkeit.

«Es gibt einen berechtigten Grund für meine Frage», sage ich zu Radovich.

Der sieht mich an, als gäbe es auf diesem Planeten keine denkbare Rechtfertigung für das, was ich – nach seiner eben ausgesprochenen Ermahnung – getan habe.

«Es liegt ein Beweis vor, der diese Frage nahelegt.»

Er schickt die Geschworenen hinaus. Radovich blickt mich an, mit flammenden Augen. «Ins Richterzimmer», sagt er. «Und wehe, Sie überzeugen mich nicht.»

30

«Ich hoffe bloß, Sie haben Ihre Zahnbürste dabei.» Mit diesen Worten empfängt mich Radovich im Richterzimmer. Er lächelt nicht. Er setzt sich nicht und zieht auch nicht seine Robe aus, Zeichen dafür, daß er die Sache schnell über die Bühne bringen will.

Kline und Stobel stellen sich links und rechts vom Schreibtisch auf, wie Bücherstützen, Harry und ich in der Mitte. Wir stehen dichtgedrängt um den Schreibtisch, und jeder will sich in eine günstige Position bringen, um seine Argumente vorzubringen. Die Gerichtsschreiberin hat ihre Maschine auf den Knien, schreibt aber noch nicht. Ich vermute, der Richter möchte die offenen Drohungen nicht im Protokoll haben – eines der Privilegien seines Amtes.

«Hören Sie endlich mit diesem gelben Zettel vom Kalender auf», sagt Radovich. «Das können Sie nicht beweisen.»

«Ich habe einen Grund dafür», sage ich.

«Hoffentlich einen verdammt guten, sonst verbringen Sie die Nacht in der Arrestzelle.»

Kline und Stobel grinsen und kichern wie zwei Jungs, die gerade gleichzeitig gepupst haben.

Kline gibt zu bedenken, daß wir die Glaubwürdigkeit unseres eigenen Zeugen anzweifeln. Das wäre nur dann statthaft, wenn Tony zum feindlichen Zeugen erklärt würde: ein Zeuge, der plötzlich gegen die eigene Partei aussagt. Er behauptet, daß es dafür keine Grundlage gebe.

«Es gibt keinen Beweis dafür, daß er lügt oder daß er irgend etwas für Sie Überraschendes gesagt hat.»

Das rechtliche Kriterium, das mir erlauben würde, weiter nach dem Zettel am Kalender zu fragen, wäre die Überzeugung in gutem Glauben. Wenn ich einen auf Tatsachen gestützten Grund zu der Annahme habe, daß es den Zettel gab und daß Tonys Name darauf stand, habe ich das Recht zu fragen. Wenn nicht, schließen sich bei Sonnenuntergang die Gefängnistore hinter mir.

Ich bitte darum, einen Beweis vorbringen zu dürfen, daß sich meine Überzeugung auf guten Glauben stützt, und erkläre Radovich, daß ich dafür eine weitere Person hinzuholen müßte.

Der Richter nickt. «Machen Sie schnell.»

Als Harry die Tür öffnet, kommt Laurie Snyder herein, die von Radovich damit betraut worden ist, die Sammlung der Sachbeweise zu beaufsichtigen.

Snyder ist Ende Dreißig, eine kräftige Frau, größer als ich, dunkelhaarig und von Kopf bis Fuß Geschäftsfrau. Sie hat inzwischen eine eigene Kanzlei, nachdem sie acht Jahre lang als Staatsanwältin gearbeitet hat. Ihr Erscheinen im Richterzimmer scheint Radovich ein wenig zu besänftigen, er ringt sich zumindest ein Lächeln und eine Begrüßung ab.

Danach läßt er sich in seinen Sessel fallen, ein Zugeständnis, daß die Angelegenheit doch länger dauern könnte, als er gehofft hatte.

«Vor zwei Tagen, am frühen Nachmittag», sage ich, «wurde Beweismaterial entdeckt, dessen Bedeutung uns erst heute morgen klar wurde.»

«Darüber hätte ich informiert werden müssen», sagt Kline. «Überraschungen in letzter Minute. Euer Ehren, wenn es sich um Beweismaterial handelt, das wir nicht gesehen haben, werde ich Einspruch einlegen.»

«Bitte setzen Sie sich. Seien Sie still», sagt der Richter.

Kline gehorcht, zeigt aber deutlich sein Mißfallen.

«Um was für Beweismaterial handelt es sich?» fragt Radovich.

«Teppichfasern aus einem anderen Fahrzeug, die weitestgehend mit denen auf der Wolldecke übereinstimmen, in der die Leiche des Opfers eingewickelt war.»

«Das ist alles?» sagt Kline. «Mehr haben Sie nicht? Euer Ehren ...»

«Mr. Kline, wenn Sie nicht den Mund halten, werden Sie beide sich heute nacht eine Zelle teilen. Dann können Sie sich gegenseitig nach Herzenslust mit Dreck bewerfen, ohne daß wir es uns anhören müssen.»

«Das ist nicht alles», fahre ich fort. «Die Teppichfasern wurden in einem anderen Fahrzeug aus dem Dienstwagenpark der Bezirksbehörden gefunden. Und zwar im Polizeiwagen, der dem Zeugen Tony Arguillo zugeteilt war.»

«Fasern sind keine Fingerabdrücke», sagt Kline.

Radovich wirft ihm einen vernichtenden Blick zu und wendet sich wieder an mich: «Ich hoffe um Ihretwillen, daß Sie noch mehr in petto haben.»

Das scheint den Staatsanwalt zu beschwichtigen, zumindest vorläufig.

«Das habe ich», sage ich. «In dem Fahrzeug wurden auch Haare gefunden.»

Radovich blickt zu Snyder hinüber, und ihr ernstes Nicken macht ihm klar, daß die Sache bedeutsam ist.

«Was für Haare?» fragt der Richter.

«Pferdehaare», erwidere ich, «und Menschenhaare.»

Er fordert mich mit einem Wink auf, ausführlicher zu werden.

«Die Spurenexperten haben bereits bestätigt, daß die Tierhaare in jeder Hinsicht mit den Pferdehaaren übereinstimmen, die zuvor identifiziert wurden, mit den Haaren auf der Decke und in der Wohnung der Ermordeten.»

Radovich wippt in seinem Sessel vor und zurück, die Hände im Nacken verschränkt, während er mir aufmerksam zuhört. Sein nachdenklicher Gesichtsausdruck und die gespitzten Lippen sagen mir, daß er seiner richterlichen Aufgabe nachgeht – er wägt die Beweismittel ab.

«Wir wissen doch alle, daß Haare nicht entscheidend sind», sagt Kline. «Das Argument haben Sie selbst vorgebracht», wendet er sich zu mir.

Radovich nickt, als wäre das auch seine Meinung, als würde es lediglich zu einem erbitterten Sachverständigenstreit kommen.

«Außerdem wurden im Fußraum des Vordersitzes in Tony Arguillos Dienstwagen Menschenhaare gefunden. Jede Menge belastendes Beweismaterial.» Ich erinnere daran, daß die Polizei im Wagen meines Mandanten keinerlei Haare finden konnte, die mit denen des Opfers übereinstimmten. «Alles in allem deuten zur Zeit mehr Beweise auf Sergeant Arguillo als auf Richter Acosta», füge ich hinzu.

Kline schnaubt und sagt spöttisch: «Hat man etwa Sergeant Arguillos Brille am Tatort gefunden?»

Da ich nicht reagiere, antwortet er für mich: «Nein.»

«Es geht nicht darum, ob ich die Schuld des Officers zweifelsfrei beweisen kann», sage ich zu Radovich, «sondern ob ich ihn fragen darf, wo er sich am Abend des Mordes aufgehalten hat und ob er möglicherweise eine Verabredung mit dem Opfer hatte.»

«Euer Ehren, wir hatten keinerlei Gelegenheit, das alles näher zu untersuchen», wirft Kline ein. «Fünf Minuten vor zwölf kommt Ihnen das gerade recht.» Er spricht von einer «hinterhältigen Überrumpelungstaktik».

«Und wann, sagten Sie, haben Sie das alles herausgefunden?» fragt Radovich.

«Bis vor zwei Tagen, als wir den Zeugen vorgeladen haben, hatten wir noch keinen Zugang zu seinem Fahrzeug. Es war im Dienst», sage ich zu ihm. «Die ersten Haare und Fasern haben wir gestern morgen gesammelt. Sie wurden gestern nachmittag und abend untersucht.»

«Sie glauben also, daß die beiden an jenem Abend verabredet waren?» sagt Radovich.

«Davon bin ich überzeugt.»

«Es ist noch immer strittig, was es mit der durchgedrückten Schrift auf sich hat», sagt Kline. «Meine Sachverständigen sagen, daß sie nichts, aber auch gar nichts finden können.»

«Ms. Snyder. Dieses Zeug, die Haare und Fasern», sagt Radovich, «hat die Sache Hand und Fuß?»

«Soweit ich sehe, ja», sagt sie.

«Und die Spurenexperten, die das analysiert haben, sind seriös?»

«Ein renommiertes Labor», sagt sie.

Kline spürt, wie er an Boden verliert.

«Haben Sie die Unterlagen des Wagenparks überprüft? Sind Sie sicher, daß der Zeuge den Wagen am Tag des Mordes hatte?» fragt der Richter.

«Wir haben es überprüft. Er wurde an Arguillo ausgegeben», sage ich.

Radovich ist in Gedanken versunken. «Das Überraschungselement macht mir Sorgen», sagt er schließlich. «Wenn ich das zulasse, muß ich der Staatsanwaltschaft Zeit geben, sich auf das Kreuzverhör des Zeugen vorzubereiten.»

Wie Cowboys, die ihre Revolver ziehen, greifen wir alle plötzlich nach unseren Taschenkalendern.

«Was meinen Sie, wieviel Zeit Sie brauchen?» fragt Radovich Kline.

Nach kurzem Hin und Her einigen sie sich auf vier Tage.

Dann will Radovich wissen, wie lange ich brauche, um unsere Haar-und-Faser-Beweise vorzulegen und Tonys Befragung abzuschließen.

Ich sage ihm, daß ich Donnerstag nachmittag fertig werde.

«Sieht nach einem langen Wochenende aus», sagt der Richter. «Wir machen Freitag frei. Mittwoch morgen wird die Verhandlung wieder aufgenommen. Zwei Tage für das Kreuzverhör.»

Wir sind alle der Meinung, daß die Zeit ausreichen wird, doch Kline ist nicht zufrieden. Er befindet sich in der unangenehmen Position, die Glaubwürdigkeit eines Zeugen wiederherstellen zu müssen, den er nicht in den Zeugenstand gerufen hat.

Radovich hört nur mit einem Ohr hin, während Kline das erläutert. Er ist schon damit beschäftigt, seiner Sekretärin den festgelegten Zeitplan und die neuen Pläne mitzuteilen. Er ordnet an, alle Beweisstücke während der Verhandlungspause sicher wegzuschließen. Die Sekretärin wird bis Freitag morgen einen Platz finden, einen leeren verschließbaren Schrank irgendwo im Gerichtsgebäude.

Kline nörgelt noch immer, aber die Entscheidung steht. Die größten Schlachten in einem Prozeß sind stets verfahrensrechtlicher Art.

«Wir möchten darum bitten, daß uns die Laborberichte umgehend offengelegt werden», sagt er.

«Ein berechtigtes Anliegen», sagt Radovich.

«Und unsere Experten möchten bei allen weiteren Tests teilnehmen, die an diesem Beweismaterial vorgenommen werden.»

«Irgendwelche Einwände?» Der Richter blickt mich an.

«Nein, Euer Ehren, aber unsere Leute arbeiten die ganze Nacht durch. Solange sie nicht gestört werden.»

«Könnten wir einen Teil des Beweismaterials bekommen? Für unsere eigenen Tests?»

«Wir werden es versuchen», sage ich zu Kline. «Aber versprechen kann ich nichts. Die Labortechniker werden mir sagen müssen, wieviel sie haben.»

Kline will wissen, wo sich Tonys Dienstwagen jetzt befindet.

Ich sage ihm, daß er bei der Polizei untergestellt ist, und Kline beauftragt Stobel, seine Leute von der Spurensicherung hinzuschikken, um Teppichfasern einzusammeln.

In zwölf Stunden wird er alles wissen, was wir wissen. Damit ist Klines Problem aber noch nicht gelöst. Er verlangt eine richterliche Entscheidung darüber, ob ich Vorwürfe gegen meinen eigenen Zeugen erheben darf. Er argumentiert, zumindest fürs Protokoll, daß es dafür keine Grundlage gibt.

«Es gibt eine», sagt Radovich. «Der Zeuge scheint es mit der Wahrheit nicht so genau zu nehmen. Es sei denn, jemand hat sich seinen Wagen ausgeliehen. Warten wir ab, ob er eine gute Erklärung hat. Dann werde ich Sie wissen lassen, wie ich mich entscheide.»

Am Nachmittag teilt Radovich dem Zeugen mit, daß er wieder aufgerufen werden wird. Arguillo ist darüber nicht glücklich. Er spürt, daß irgend etwas im Busch ist. Während einer Pause sehe ich ihn mit Mendel auf einer Bank bei einer Geheimbesprechung, und als ich vorbeigehe, durchbohren mich die beiden mit Blicken.

Den Rest des Tages hören wir Expertenmeinungen zu den Haaren und Fasern, die in Tonys Wagen sichergestellt wurden. Am Ende haben wir mit unserer Beweisführung eine sichere Grundlage für die Frage gelegt, was Tony am Abend des Mordes getan hat oder zumindest, welche Rolle sein Wagen dabei spielte. Ich rufe einen Mitarbeiter des Wagenparks auf, der aussagt, aus seinen Unterlagen gehe eindeutig hervor, daß Tony den Wagen an jenem Abend benutzt habe.

Erst am folgenden Nachmittag ist Tony wieder im Zeugenstand. Er sieht aus, als hätte er in seinen Klamotten geschlafen. Seit gestern ist er um Jahre gealtert. Seine Großspurigkeit und das Grinsen sind verschwunden, und als er hereingerufen wird und sich von seinem Kumpel Mendel draußen im Korridor trennen muß, zieht er, laut Harry, ein Gesicht, als hätte man ihn aus seinem Rettungsboot ins Meer geworfen.

Ich vermute, daß gewisse Informationen zu ihm durchgedrungen sind.

Er wird daran erinnert, daß er noch immer unter Eid steht, und Radovich fordert mich auf fortzufahren.

«Sergeant Arguillo. Wie geht es Ihnen?»

«Gut», sagt er. Seine äußere Erscheinung straft ihn Lügen, und erst recht seine innere Haltung. Er strahlt im Zeugenstand pure Aggressivität aus. Tony hat mit Hilfe der Gewerkschaft einen eigenen Anwalt engagiert, der in Abwesenheit der Geschworenen Einspruch erhoben hat. Er hat Radovich gesagt, daß mein Verhör von Arguillo gegen meine Schweigepflicht verstößt, weil ich ihn früher anwaltlich vertreten habe. Radovich hat entschieden, daß er darin bislang keinen Interessenkonflikt sieht.

«Sergeant, wir haben kurz über Ihre Aktivitäten am 15. Juli gesprochen, am Abend, als Brittany Hall ermordet wurde.»

Er bestätigt das.

«Waren Sie an dem Abend im Dienst?»

«Mhm, nein», sagt er. «Eigentlich hatte ich an dem Abend frei.»

«Wie kommt es dann, daß Sie doch mit dem Fall zu tun hatten?»

«Ich war in der Stadt und habe über Funk gehört, daß in der Gasse eine Leiche gefunden worden war. Ich bin hingefahren.»

«Machen Sie das häufig? Daß Sie an Ihrem freien Tag zu einem Tatort fahren?»

«Kommt drauf an.»

«Worauf?»

«Was ich gerade mache. Wie weit ich weg bin.»

«Verstehe. Sehr diensteifrig von Ihnen.»

Tony wirft mir einen verächtlichen Blick zu.

«Sie haben gesagt, daß Sie nach der Entdeckung der Leiche zusammen mit anderen Beamten am Fundort waren. Stimmt das?»

«Das ist richtig.»

«Und irgendwann im Laufe des Abends oder in den frühen Morgenstunden bekamen Sie Anweisung, zur Wohnung des Opfers zu fahren. Richtig?»

«Richtig.»

«Sie haben ausgesagt, daß Sie die Ermordete zwar kannten, aber ihre Leiche am Fundort nicht identifizieren konnten, weil Sie zu weit weg waren, um sie genau zu sehen, ist das korrekt?»

«Das ist richtig.»

«Ein anderer Beamter hat sie schließlich identifiziert?»

«Richtig.»

«Dann nehme ich an, Sie haben an dem Abend weder die Leiche noch die Decke berührt, in der sie eingewickelt war?»

«Korrekt.»

«Und als Sie zur Wohnung des Opfers kamen, was genau war da Ihre Aufgabe? Sind Sie hineingegangen?»

«Ja.»

«Haben Sie sich bei jemandem gemeldet?»

«Ein Lieutenant war vor Ort, Michaelson», sagt er.

«Sie haben sich bei Lieutenant Michaelson gemeldet?»

«Ja.»

«Und womit hat er Sie beauftragt?»

«Ich sollte mich draußen umsehen. Die Fenster überprüfen, nach Spuren eines Einbruchs suchen.»

«Und haben Sie das getan?»

«Ja.»

«Als Sie in der Wohnung eintrafen, war die Spurensicherung bereits da?»

Er überlegt einen Moment. Zuckt die Achseln. «Das müßte im Dienstbuch stehen.»

«Ich frage Sie, ob Sie sich erinnern.»

«Das könnte der Fall gewesen sein. Ich weiß nicht. Ist möglich.»

«War die Wohnung mit gelbem Polizeiband abgesperrt? Vor der Wohnungstür?»

«Ja.»

«Dann mußten Sie also unter dem Band hindurch, um in die Wohnung zu kommen?»

«Ich erinnere mich nicht mehr. Ich denke, ja.»

Ich reiche ihm das Dienstbuch und frage ihn, ob er zur Auffrischung seines Gedächtnisses nachsehen kann, ob die Spurensicherung bei seinem Eintreffen bereits vor Ort war.

«Klar.»

Er klappt es auf, leckt sich den Daumen und blättert eine Seite um, dann schaut er mich an.

«Ja, sie war bereits da, als ich eintraf.»

«Wie viele Beamte waren da?»

Er sieht wieder nach. «Zwei», sagt er. «Sanchez und Sally Swartz.»

«Jetzt, wo Sie im Dienstbuch nachgeschlagen haben, erinnern Sie sich da, sie am Tatort gesehen zu haben?»

«Nein. Wahrscheinlich habe ich sie gesehen, aber ich erinnere mich nicht.»

«Wo könnten die beiden gewesen sein?»

«Überall. Vermutlich drinnen.»

«Im Wohnzimmer?»

«Da ist es schließlich passiert», sagt er.

«Wenn Sie keine klare Erinnerung daran haben, die Beamten von der Spurensicherung gesehen zu haben, gehe ich dann recht in der Annahme, daß Sie sich nicht lange im Wohnzimmer aufgehalten haben?»

«Ja.»

«Durften außer den Beamten von der Spurensicherung keine Polizisten hinein?»

Kline begreift, was ich vorhabe, Fluchtwege absperren, Auswege ausschließen.

«Doch, schon», sagt Arguillo. «Der Lieutenant ist hineingegangen, ein paar andere auch. Wenn sie dort zu tun hatten.»

«Aber Sie hatten dort nichts zu tun?»

Er überlegt einen Moment, wie ein Fuchs, der den Waldboden nach einer Falle absucht.

«Ich erinnere mich nicht», sagt er.

«Erinnern Sie sich, an dem Abend in der Nähe des Couchtisches gewesen zu sein? Haben Sie das Blut auf dem Wohnzimmerteppich gesehen?»

«Könnte sein.»

«Aber Sie erinnern sich nicht, die Leute von der Spurensicherung gesehen zu haben?»

«Vielleicht bin ich später reingegangen», sagt er. «Als sie schon wieder weg waren.» Er nimmt einen Schluck Wasser aus dem Becher, der auf dem Geländer des Zeugenstandes steht, und lächelt mich zum erstenmal an. Tony hält sich alle Möglichkeiten offen.

«Verstehe. Haben Sie selbst in dem Teil der Wohnung, im Wohnzimmer, irgendwelches Beweismaterial sichergestellt?» frage ich.

«Nein.» Das ist nachweisbar, und Tony weiß das.

«Haben Sie mit irgend jemandem von der Spurensicherung oder

mit anderen Beamten gesprochen, während Sie in dem Bereich gearbeitet haben?»

«Nein.»

«Haben Sie irgendwelche Beweisgegenstände, die in dem Bereich sichergestellt wurden, an sich genommen?»

«Nein.»

«Können Sie uns dann vielleicht erklären, Sergeant, wie es möglich ist, daß die Spurenexperten der Verteidigung im vorderen Fußraum Ihres Dienstwagens Haare gefunden haben, die mit denen des Opfers übereinstimmen?»

Tonys Augen huschen hin und her. Sein Adamsapfel hüpft ein wenig hoch.

«Woher soll ich das wissen», sagt er. «Hab sie wahrscheinlich irgendwo an die Schuhe bekommen.»

«Irgendwo?»

«Klar. Als ich durch ihre Wohnung gegangen bin.»

Ich nicke, als wäre das durchaus möglich. Ich lasse auf Karton aufgezogene Fotos in Postergröße hereinbringen und auf Staffeleien vor den Geschworenen aufstellen.

«Und Haare wie diese», sage ich. «Sie sind als Pferdehaare identifiziert worden und stimmen in jeder Hinsicht mit den Haaren überein, die auf der Wolldecke, in der die Ermordete eingewickelt war, und in ihrer Wohnung gefunden wurden. Diese speziellen Haare wurden im vorderen Fußraum Ihres Polizeifahrzeuges gefunden. Haben Sie eine Vorstellung, wie sie dorthin gekommen sind, Sergeant?»

Tony zuckt scheinbar gelangweilt die Achseln. «Genauso. Wahrscheinlich an meinen Schuhen haften geblieben, als ich durchgegangen bin.»

«Als Sie durch die Wohnung des Opfers gegangen sind?»

«Natürlich.»

Ich nehme den Zeigestock und baue mich vor den Fotos auf.

«Und das hier, Sergeant? Sehen Sie das hier?» Ich zeige auf andere, hellere Objekte, wie Goldstäbe, die an einigen Haaren haften.

«Wissen Sie, was das ist, Sergeant?»

«Keinen Schimmer», sagt er.

«Das sind Fasern. Vom Material, von der Struktur und von der Farbe her identisch mit denen von der Decke, in die das Opfer eingewickelt wurde. Können Sie uns sagen, Sergeant, wie diese Fasern in Ihrem Fahrzeug gefunden werden konnten?»

«Wie ich schon sagte. Ich war in der Wohnung.»

«Und es ist Blut gefunden worden. Blutgruppe A, die Blutgruppe des Opfers. Auf dem Teppich in Ihrem Wagen.»

«Das überrascht mich nicht», sagt er. «In Polizeiwagen ist jede Menge Blut.»

«Möchten Sie abwarten, was die DNS-Untersuchung ergibt?» frage ich ihn.

Tony erwidert darauf nichts.

«Wie erklären Sie sich das Blut und die Fasern von der Decke in Ihrem Wagen?»

«Wie ich schon sagte, ich bin durch die Wohnung gegangen.»

«Und da haben Sie sich im Blut des Opfers gewälzt? Auf dem Fußboden, um Haare und Fasern an Ihre Kleidung zu bekommen?» frage ich.

«Einspruch», sagt Kline.

«Nein», antwortet Tony.

«Einspruch. Antrag auf Streichung», wiederholt Kline.

«Abgelehnt.»

«Aber der Verteidiger zieht die Glaubwürdigkeit seines eigenen Zeugen in Zweifel.»

«Abgelehnt. Der Zeuge wird zum feindlichen Zeugen erklärt», sagt Radovich.

Jetzt darf ich ihn dahin bringen, wo ich ihn haben will.

«Trifft es nicht zu, Sergeant, daß Sie am Abend des Mordes mit dem Opfer Brittany Hall eine Verabredung hatten und daß Sie, einige Stunden bevor die Polizei die Leiche in der Gasse entdeckte, in ihrer Wohnung waren? Trifft es nicht zu, daß Sie sie ermordet haben?»

«Schwachsinn!»

Tony ist von seinem Stuhl aufgesprungen.

«Setzen Sie sich», sagt Radovich, «und achten Sie auf Ihre Ausdrucksweise.»

«Das ist nicht wahr», sagt er.

«Und was ist mit dem Zettel?»

«Sie wurde abgesagt.»

Kaum sind ihm die Worte über die Lippen gekommen, weiß Tony, daß er einen Fehler gemacht hat. Das ist das Problem beim Lügen. Man vergißt leicht, welchen Teil der Lüge man wem erzählt hat.

«Was haben Sie gesagt?» frage ich.

«Nichts», sagt er. «Ich hatte Sie falsch verstanden.»

«Was wurde abgesagt?»

«Ich habe Sie falsch verstanden.»

«Was haben Sie falsch verstanden, Sergeant? Welchen Teil Ihrer Lüge?» frage ich.

Kline versucht gar nicht erst, Einspruch zu erheben. Er muß sich der Tatsache stellen, daß die Beweise, die er in Acostas Wagen nicht finden konnte, Deckenfasern, Blut und die Haare des Opfers, allesamt in Tonys Wagen festgestellt wurden.

31

Wenn die Wächter nichts dagegen hätten, würde Acosta Champagner bestellen. Er ist außer sich vor Freude über Tonys Aussage. Einen Augenblick lang tanzt er auf den Zehenspitzen, eleganter, als ich es einem so großen Mann zugetraut hätte. Er vollführt so etwas wie eine Pirouette, so aufgedreht ist er.

«Nicht zu fassen, daß er das zugegeben hat», sagt er. «So ein Trottel. So ein Volltrottel!»

Dann, im nächsten Moment, ein dunkler Blick. In sachlichem Ton fragt er: «Glauben Sie, die Geschworenen haben es verstanden?»

Entscheidend war, so erkläre ich ihm, daß Arguillo es nicht wiederholen wollte. «Ich denke, die Scharfsinnigen unter ihnen haben kapiert, daß Tony jetzt plötzlich behauptet, die Verabredung mit Hall sei abgesagt worden, wo er doch die ganze Zeit über beteuert hatte, gar nicht mit ihr verabredet gewesen zu sein. Das gleiche Märchen, das er Lenore aufgetischt hatte.»

Armando, wie jeder Mandant, den ich bisher in einem Prozeß verteidigt habe, ist manisch-depressiv. Für jedes Glück, das ihm widerfährt, braucht er die Bestätigung seines Anwalts. Acosta traut seinem eigenen Urteilsvermögen nicht mehr.

Wir sind im Anwaltsbesprechungszimmer des Gerichtsgebäudes, und die Wächter drängen uns zur Eile. Es ist spät, und sie wollen Acosta möglichst noch zurück in seine Zelle bringen, bevor im Gebäude drei Straßen weiter die Essensausgabe vorbei ist.

«Lassen Sie uns allein», sagt Acosta in herrischem Ton. Er weist die Wächter hinaus, damit er unter vier Augen mit seinem Anwalt sprechen kann.

Sie blicken einander an, unsicher, ob sie sich fügen sollen.

«Haben Sie nicht gehört?» Acostas donnernde Stimme.

Sie gehen und schließen die Tür hinter sich, mit eingekniffenem Schwanz.

«Wenn man einmal das Sagen hatte...» Er führt den Gedanken nicht ganz zu Ende und zwinkert mir zu. Sollte Acosta verurteilt werden, wird er den Wächtern sicherlich noch bei seiner Hinrichtung sagen, was sie zu tun haben.

«Glauben Sie, er hat sie getötet?» fragt er. Er rückt einen Stuhl an den Tisch, setzt sich und reibt sich die Hände, als wäre ihm durch Tonys Eingeständnis kalt geworden.

«Ich glaube, er weiß mehr, als er sagt.» Schon seit einiger Zeit bin ich überzeugt, daß Tony bei dem Drama in Halls Wohnung eine wichtige Rolle gespielt hat. «Sein Auftauchen in der Wohnung könnte einiges erklären», füge ich hinzu.

«Und das wäre?» fragt er.

«Warum die Leiche weggeschafft wurde.»

«Sie glauben, das war er?» Acostas Augen leuchten auf. «Wir sollten ihn wieder in den Zeugenstand rufen.»

«Nein. Nein. Wir wollen das Schicksal nicht herausfordern.»

Es ist besser, die Geschworenen ziehen ihre eigenen Schlüsse aus dem Beweismaterial, das ihnen mittlerweile vorliegt.

«Wir haben das Blut, die Haare und die Fasern in seinem Wagen», führe ich aus. «Sie sollen in Ruhe darüber nachdenken. Außerdem, wenn wir Tony eine zweite Chance geben, tischt er uns vielleicht eine bessere Erklärung auf als bisher.»

«Wieso hätte er die Leiche wegschaffen sollen?» fragt Acosta mit lebhaften Augen.

«Fügen wir mal Stück für Stück zusammen, was wir wissen», sage ich. «Die Notiz am Kalender, ihre Verabredung, Tony und Hall. Sie war für halb acht an dem Abend. Soweit wir wissen.»

«Richtig», sagt er.

«Nehmen wir an, Sie kommen zu der Wohnung einer Frau, mit der Sie seit einiger Zeit ein Verhältnis haben. Die Tür steht auf, oder Sie haben einen Schlüssel. Sie gehen rein, und was sehen Sie?»

Er blickt mich an, verständnislos.

«Ihre Leiche auf dem Boden im Wohnzimmer. Überall Blut.»

«Das könnte meine Pläne für den Abend ganz schön durcheinanderbringen», sagt Acosta.

«Es könnte noch mehr bedeuten, je nachdem wie sie zu der Dame stehen. Angenommen, sie war eine sehr unternehmungslustige Frau. Angenommen, es gibt Dinge in der Wohnung, die für Sie peinlich werden könnten, die Sie mit dem Opfer in Verbindung bringen könnten und wovon niemand etwas wissen soll.»

«Zum Beispiel?»

«Zum Beispiel Einträge im Telefonbüchlein. Private Notizen. Bedenken Sie, die Frau hat sich immer alles notiert.»

Er nickt nachdenklich.

«Fügen Sie nun ein weiteres Teilchen in das Puzzle ein», sage ich zu ihm. «Nehmen wir an, Sie waren im Schlafzimmer damit beschäftigt, diese kleinen peinlichen Sachen zu beseitigen: Ihren Namen, die Namen von Ihren Freunden. Sie haben ein paar Seiten aus dem Telefonverzeichnis gerissen, damit es nicht so ein großes Geratsche gibt.»

«Sie vermuten, daß die betreffende Dame sehr beschäftigt war», sagt Acosta.

«Sie hat dem Sittendezernat vielfältige Dienste geleistet.»

Seine Augen funkeln, er lächelt hintersinnig über diese Doppeldeutigkeit.

«Und nehmen wir an, Sie haben ein Geräusch gehört.»

«Was für ein Geräusch?»

«Als hätte jemand geschrien.»

«Wer?»

«Erinnern Sie sich an die verschiedenen Aussagen. Die Nachbarin von oben hat gesagt, irgendwann nach halb acht habe sie ein Geräusch gehört. Als hätte jemand geschrien.»

Begreifen zeichnet sich auf seinem Gesicht ab.

«Auch die kleine Kimberly hat ein Geräusch gehört. Erinnern Sie sich? Und nun denken Sie an die Aussage des Gerichtsmediziners.»

«Das Todesröcheln», sagt er.

«Genau.»

«Angenommen, Sie sind Tony, in einem der hinteren Zimmer beschäftigt, und Sie hören dieses Geräusch aus dem Wohnzimmer. Sie würden doch wahrscheinlich denken ...»

«Daß sie nicht tot ist», sagt er.

«Genau», entgegne ich. «Sie könnten in Panik geraten, greifen verschreckt nach einer Decke, umwickeln die Kopfwunde mit irgendwas, wollen das Opfer ins Krankenhaus bringen.»

«Und auf dem Weg dorthin bemerken Sie Ihren Irrtum.»

Das ist meine Vermutung: Tony hat während der Fahrt gemerkt, daß sie doch tot ist. Er konnte die Leiche nicht zurück in die Wohnung bringen. Das war zu riskant. Also hat er sie irgendwo abgelegt.

«Ich verstehe jetzt, warum Sie ihn nicht wieder in den Zeugenstand rufen wollen», sagt Acosta. «Genau das könnte nämlich seine Erklärung sein. Aber ob die Geschworenen die glauben würden...»

«Warum das Risiko eingehen?»

«Genau.»

Wir sprechen über ein paar andere Punkte, die noch vor dem Wochenende geklärt werden müssen, und Harry gesellt sich zu uns. Er hat einige wichtige Dinge erledigt, bevor wir in die Prozeßpause gehen.

Mendel hat einen neuen Mittelstreckenrekord aufgestellt, als Harry ihm keine halbe Stunde vor Abflug seiner Maschine nach Bali mitteilte, daß er gehen könne. Er hat im Sekretariat seine Koffer abgeholt und ist zu einem Wagen gespurtet, der von einem seiner Handlanger aus der Gewerkschaft gesteuert wurde.

«Beinahe hätte er mir einen Abschiedskuß gegeben», sagt Harry.

«Hauptsache, er ist in einer Woche wieder da», sage ich.

«Der ist früher wieder da», meint Harry.

Ich blicke ihn fragend an. Manchmal spricht Harry in Rätseln. Bevor ich nachfragen kann, sagt er mir, daß Lenore auf mich wartet.

Ich habe sie angerufen und sie gebeten, heute abend hierher zu kommen. Ich habe während der Verhandlung etwas gesehen, das mich ins Grübeln gebracht hat, das mich seit einigen Tagen nicht mehr richtig schlafen läßt. Ich glaube, daß Lenore vielleicht die Lösung für dieses Rätsel hat.

«Ich danke Ihnen, mein Freund.» Acosta steht auf und wünscht mir eine gute Nacht. Er gibt mir die Hand und faßt mit der anderen an meinen Ellbogen. «Ich muß sagen, mir sind in den letzten Monaten genug düstere Gedanken durch den Kopf gegangen. Hoffen wir, daß wir noch mehr Tage wie heute erleben.»

«Allerdings», sage ich. «Wenn wir bloß ein paar von den anderen Fragen so leicht lösen könnten.»

Er blickt mich an, seine eigene Art, eine Frage zu stellen.
«Die Brille am Tatort und Ihr Name am Kalender», erkläre ich.
«Das haben Sie doch prima gedeichselt.»
«Vielleicht. Trotzdem wäre es hilfreich zu wissen, wie beides dahingekommen ist.»
«Aber das wissen wir doch. Die Cops haben die Sachen dort deponiert.»
«Glauben Sie wirklich?»
«Absolut. Daran besteht für mich kein Zweifel.»
«Die Notiz in der Handschrift des Opfers?»
«Gefälscht», entgegnet er. «Sie wissen so gut wie ich, daß die Leute an der Hand haben, die so was machen.»
Er glaubt das wirklich, nach Arguillos Aussage erst recht. «Da würde ich mein Leben drauf verwetten.» Seine Miene ist todernst.
«Ihr Wort in Gottes Ohr», sage ich, «denn genau das tun wir.»

Als wir aus dem Besprechungszimmer kommen, ist es im Gerichtssaal bereits dunkel. Der Haupteingang im hinteren Teil ist abgeschlossen, und Radovichs Gerichtsdiener muß uns mit dem Schlüssel hinauslassen. Wir sind die letzten.
Der Wagen mit den Beweisstücken ist bereits ins Sekretariat gebracht worden, und es sind nur noch eine Handvoll Fotos da, die am Geländer der Geschworenenbank lehnen. Der Gerichtsdiener wünscht uns eine gute Nacht. Ich höre, wie die Tür hinter uns verschlossen wird.
Im Korridor gehen Harry und ich zum Fahrstuhl. Es laufen noch ein paar Leute herum, die hier beschäftigt sind. Sie hasten zwischen den Büros hin und her, um kurz vor Feierabend noch rasch etwas zu erledigen. Es ist nach sieben. Ich habe dafür gesorgt, daß Sarah bei einer Freundin übernachtet.
«Wo wartet Lenore?» frage ich Harry.
«Department sechzehn», sagt er. «Eine Freundin hat ihr den Schlüssel gegeben. Sie hat gesagt, sie läßt die Tür für dich offen.»
«Gut.»
«Ich wünschte, du würdest mir sagen, was los ist.»
«Vertrau mir.»
«Klar. Laß mich im dunkeln tappen, erzähl mir irgendwelchen

Stuß. Mit Harry kann man's ja machen.» Er brummt irgend etwas vor sich hin, was ich nur zum Teil verstehe, doch ich höre deutlich einen Fluch.

«Hör zu. Wenn ich in Schwierigkeiten gerate, brauche ich jemanden, der mich da rausholt. Jemand, der nicht mit drinsteckt.»

Der Gedanke, daß ich etwas Illegales vorhabe, scheint Harry aus irgendeinem seltsamen Grund zu besänftigen, aber nur ein wenig.

«Sag mir, was los ist.» Der Gedanke hat auch sein Interesse verstärkt.

«Ich kann nicht.»

«Wieso?»

«Ich weiß es selbst nicht so recht», sage ich. «Ich hab nur so eine Ahnung. Ich muß das überprüfen.»

«Du willst es mir also nicht erzählen?»

«Nein.»

Seine Aktentasche ist voller Bücher, und wir nähern uns dem Fahrstuhl, wo unsere Wege sich trennen werden.

«Wir haben ihnen die Tour ganz schön vermasselt», sagt Harry.

«Das kann man wohl sagen.»

«Trotzdem, wie du schon dem Richter gesagt hast, gibt es noch jede Menge ungelöster Fragen.»

Er meint die Brille und die Kalendernotiz. Für Harry waren diese Indizien von Anfang an wichtige Gründe dafür, nicht an Acostas Unschuld zu glauben.

Auch ich fürchte, daß diese Punkte vor Gericht schwer zu widerlegen sind.

«Es ist schwierig, erst recht wenn man weiß, was passiert ist und es nicht beweisen kann.»

Harry wirft mir einen finsteren Blick zu. «Hab ich was nicht mitbekommen?»

Ein Punkt hat mich die ganze Zeit beunruhigt. Acosta hat vor seiner Festnahme auf die Fragen der Cops widersprüchliche Äußerungen über die Notiz an Halls Kalender gemacht. So konnte sie Kline in seine Beweisführung aufnehmen, obwohl es sich dabei eigentlich um Hörensagen handelte. Man kann über den Richter sagen, was man will, aber er ist nicht auf den Kopf gefallen. Nach und nach ist mir klargeworden, daß seine Äußerungen nicht auf den plötzlichen Verlust seines Urteilsvermögens zurückzuführen waren, sondern auf etwas ganz anderes.

«Hast du eine Erklärung dafür», frage ich Harry, «wieso Hall sich mit Acosta unter vier Augen treffen wollte, obwohl sie als Zeugin in der Prostitutionssache gegen ihn aussagen wollte?»

«Ich habe darüber nachgedacht. Aber bei Acosta wundert mich gar nichts. Du kaufst ihm doch wohl nicht die Theorie ab, daß die Kalendernotiz von den Cops gefälscht wurde?»

Ich schüttle den Kopf.

«Vielleicht wollte sie ihn erpressen?» schlägt Harry vor.

«Nein. Wenn eins an diesem Fall glasklar ist, dann der Charakter von Brittany Hall. Sie war keine Frau, die einmal ordentlich abkassiert und sich damit zufrieden gibt. Sie hatte längerfristige Pläne. Wenn sie Acosta reingelegt hat, dann wollte sie mehr rausschlagen. Meine Vermutung ist ja, daß sie auf Phil Mendel gesetzt hat.»

Harry grübelt einen Moment darüber nach, stimmt aber nicht zu.

«Warum hat sie sich dann mit dem Richter bei sich zu Hause verabredet?» sagt er.

«Aber das hat sie nicht.»

«Du hast gerade gesagt, du glaubst nicht, daß die Kalendernotiz von jemand anderem stammt. Also hat sie sie selbst geschrieben.»

«Hat sie auch. Es gibt zwei Punkte, die in diesem Fall zusammengehören: die Brille und die Notiz. Beide haben denselben Ursprung.»

Er sieht mich fragend an.

«Vergiß für einen Moment die Notiz. Überleg dir mal folgendes. Du hast eine kaputte Brille, an der eine Bügelschraube fehlt. Du bist ein vielbeschäftigter Richter. Bringst du die Brille selbst zum Optiker?»

Harry denkt eine Sekunde nach, dann schüttelt er den Kopf. «Ich schicke meine Sekretärin.»

«Oder deine Frau», füge ich hinzu.

Was sich jetzt auf Harrys Gesicht abzeichnet, kommt einer Erleuchtung gleich.

«Lili.» Wir beide sprechen ihren Namen gleichzeitig aus.

«Ich vermute, daß sie die Brille wochenlang in ihrer Handtasche hatte. Vielleicht hat sie sie rausgenommen, als sie nach einem Taschentuch gesucht hat. Das werden wir nie genau wissen», sage ich.

«Aber eins ist sicher; die Brille war an dem Nachmittag in ihrer Handtasche, als sie zu Hall in die Wohnung gegangen ist, um sich für ihren Mann einzusetzen, für seine Karriere.»

Wahrscheinlich hatte er seiner Frau erzählt, wie er reingelegt worden war. Daß er sich mit Hall in einer dienstlichen Angelegenheit treffen wollte und dabei den Cops in die Falle getappt war.

«Und die Notiz auf Halls Kalender?» sagt Harry.

«Da stand nicht ‹Armando›», erinnere ich ihn. «Nur ‹Acosta›».

«Glaubst du, er weiß, daß seine Frau dort war?»

«Wie kürzlich jemand zu mir gesagt hat, darauf würde ich mein Leben verwetten.»

Harry steht da und sieht mich an, sprachlos, die Fahrstuhltür öffnet sich gerade hinter ihm. Benommen sieht er hin, macht dann zwei Schritte rückwärts in die leere Kabine. Es dauert einige Sekunden, bis er wieder sprechen kann.

«Der Scheißkerl hat uns angelogen», bringt er schließlich hervor, bevor sich die Stahltür schließt und uns trennt.

Das hat er fürwahr – aber für den Richter war diese Lüge eine Frage der Ehre.

Lenore hat eine Freundin, eine Richterin am höheren Gericht, mit der sie sich öfter zum Lunch trifft. Nun hat sie ihre Freundin überredet, heute abend ihr leeres Richterzimmer benutzen zu dürfen. Angeblich will Lenore dort einen Fall vorbereiten, für den sie die Fachbücher braucht, die sich in den Regalen an den Wänden stapeln.

«Also, was hat das alles zu bedeuten?» fragt sie. «Wieso wolltest du dich mit mir hier im Gericht treffen?»

Lenore hat gehört, was heute in der Verhandlung geschehen ist. Sie fragt sich bestimmt, ob sie sich in Tony geirrt hat. Loyalität aus Kindheitstagen ist nicht so leicht totzukriegen.

Sie sitzt auf der Couch. Ich lehne mit dem Hintern am Schreibtisch.

Es gibt da ein Element in der ganzen Sache, das ich mir nicht erklären kann, falls es nichts mit Tony zu tun hat. Aus diesem Grunde habe ich Lenore heute abend hierher gebeten.

«Du erinnerst dich doch, als wir an dem Abend zu Halls Wohnung gefahren sind ...»

Sie nickt und betrachtet mich mit intensivem Blick.

«Erinnerst du dich, daß wir da was gesehen haben? Etwas Glitzerndes, ein Schmuckstück auf dem Boden, halb vergraben in der Blumenerde aus dem zerbrochenen Topf der Zimmerpflanze?»

«Ich erinnere mich.»

«Du hast es besser sehen können. Weißt du noch, was das war?»

«Du denkst an das abgeschabte Metall am Couchtisch?» fragt sie.

«Ja.»

«Es ging so schnell. Und es war dunkel», sagt sie. «Ich habe nicht genau darauf geachtet. Es war klein. Vielleicht ein Ring. Oder ein Teil von einem Armband.» Sie schüttelt den Kopf, unsicher.

«Tatsache ist, daß die Cops es nicht gefunden haben», sage ich.

«Das behaupten sie jedenfalls», berichtigt sie mich.

«Nein. Ich glaube, daß sie in diesem Punkt ehrlich waren. Aber es kann noch auf anderem Weg verschwunden sein.»

Sie blickt mich an.

«Hat Tony es an sich genommen?»

Lenore seufzt tief. «Du glaubst, er hat sie umgebracht.» Das ist eine Feststellung, keine Frage. Lenore weiß inzwischen, daß Tony sie angelogen hat, daß er an dem Abend dort war.

«Hast du mit ihm gesprochen?» frage ich.

Es dauert einen Moment, aber schließlich nickt Lenore.

«Was hat er gesagt?»

«Er hat zugegeben, daß er da war. Aber er sagt, daß er sie nicht getötet hat, sondern nur die Leiche gefunden hat.»

«Er hat sie weggeschafft, nicht?»

«Woher weißt du das?»

«Sagen wir: Intuition. Hat er sonst noch was vom Tatort mitgenommen?»

«Einige Seiten aus ihrem Telefonbüchlein. Mehr nicht, sagt er.»

«Hat er mal ein Schmuckstück erwähnt, das auf dem Boden lag?»

Sie schüttelt den Kopf.

Ich stehe auf und tigere hin und her. Wir sind zirka dreißig Meter von Radovichs Gerichtssaal entfernt. Von hier aus gelangt man über einen nicht für die Öffentlichkeit bestimmten Flur dorthin, der an den Außenfenstern entlang durch das gesamte Gerichtsgebäude verläuft. Er wird von Mitarbeitern des Gerichts benutzt, um Unterlagen zu befördern, und soll bei Feueralarm oder bei Gewalttätigkeiten in den Gerichtssälen einen sicheren Fluchtweg bieten.

«Vielleicht liegt die Antwort am Ende des Flurs.»

«Wovon sprichst du?»

«Nehmen wir mal einen Augenblick an, daß Tony das Schmuckstück nicht mitgenommen hat. Und daß die Cops es nicht gefunden haben. Wo kann es dann sein?»

Sie schüttelt den Kopf, verzieht das Gesicht und zuckt schließlich die Achseln.

Genau diese Frage hat mir Kopfzerbrechen bereitet.

«Da war der Mörder», erläutere ich. «Nehmen wir an, er hat das Schmuckstück fallenlassen. Da war Tony. Nehmen wir an, er hatte Wichtigeres zu tun, zum Beispiel Telefonnummern verschwinden zu lassen. Er hat es nicht gesehen. Vielleicht war er mit anderen Dingen zu beschäftigt. Da waren wir beide, und wir haben es nicht angefaßt.

«Wo kann es also sein?» fragt sie.

«Es war noch eine andere Person dort.»

Sie blickt mich an, als wäre der Groschen noch nicht gefallen.

«Kimberly», sage ich.

«Das kleine Mädchen?» Sie macht große Augen.

Ich nicke langsam.

«Aber sie ist verhört worden.»

«Stimmt», erwidere ich, «das ist sie. Und sie hat da was gesagt. Etwas, das ich nicht sofort richtig eingeordnet habe, weil ich mit anderen Sachen zu beschäftigt war. Es geht mir seit Wochen durch den Kopf. Kimberly hat es im Zeugenstand bei der Verhandlung nicht wiederholt. Aber beim ersten Mal, als wir Anwälte und der Richter allein mit ihr im Gerichtssaal gesprochen haben, da hat sie es gesagt.»

«Was?»

«Zuerst war ich mir selbst nicht ganz sicher, ob ich es gehört oder geträumt hatte, deshalb habe ich eine Abschrift des Protokolls von dieser ersten Anhörung machen lassen.»

Ich hole die Abschrift aus meiner Aktentasche. Die betreffende Stelle hab ich vor zwei Tagen mit einem Textmarker gekennzeichnet, und nun lese ich sie Lenore vor.

«Hör zu.»

Radovich stellt ihr Fragen.

KIMBERLY: Sie waren richtig böse.
RICHTER: Wer?
KIMBERLY: Mami.
RICHTER: War die andere Stimme von einer Frau, so wie Mamis Stimme, oder von einem Mann?
KIMBERLY: Ich habe Mami gehört. Sie hat geweint.
RICHTER: Ja. Aber hast du auch die andere Stimme gehört?
KIMBERLY gibt keine Antwort.
RICHTER: Hat deine Mutter irgendwas gesagt?
KIMBERLY: Sie hat «Nein!» gesagt. Sie war richtig böse.
RICHTER: Hast du eine Männerstimme gehört?

«An dieser Stelle erhebe ich Einspruch», unterbreche ich die Lektüre. «Radovich und ich haben kurz über seine Art der Befragung debattiert. Er hatte Kimberly auf eine Weise beeinflußt, die uns nicht sonderlich behagte.»

Lenore blickt mich an, nickt und lächelt, von Anwältin zu Anwalt.

«Er lehnt meinen Einspruch ab und macht weiter, fragt Kimberly, wo sie war und wo der Teddy war. Hör zu.»

KIMBERLY: Binky war vorne bei Mami. Sie haben sich beide weh getan.
RICHTER: Binky ist bestimmt ein guter Freund von dir?
KIMBERLY: Binky verwahrt alle meine Schätze.
RICHTER: Ich hatte auch mal so einen kuscheligen kleinen Freund, als ich so alt war wie du. Wir waren richtig dicke Freunde. Ich konnte ihm alles erzählen. Sag mal, Kimberly, hast du an dem Abend gesehen, wie deine Mami sich weh getan hat?

Radovich ist wie die meisten Erwachsenen, wenn sie mit kleinen Kindern reden; wir hören nicht zu. Er hatte ihr etwas Wichtiges entlockt und nicht einmal mitbekommen, was sie gesagt hatte, ebensowenig wir übrigen. Sie hat uns erzählt, was sie gesehen hat, was sie gefunden hat und wo es hingekommen ist.

«Der Schatz», sagt Lenore.

«Genau. In dem Bauch des Bären.»

«Aber...»

«Ich habe im Gerichtssaal gesehen, wie sie das macht, beim zweiten Mal», sage ich. «Sie hatte sich einen Knopf vom Kleid gerissen. Und den hat sie an den Bären verfüttert.»

«Wie?»

«Ich weiß nicht. Sie hat den Finger in den Mund des Bären gesteckt, und als sie ihn rauszog, war der Knopf weg.»

«Du glaubst also, was an dem Abend dort auf dem Boden gelegen hat...»

«Ist jetzt in dem Bären.»

«Und du willst, daß ich...» Sie spricht den Gedanken nicht zu Ende. «Auf keinen Fall.»

Es ist ein taktisches Dilemma: Was soll ich mit meinen Vermutungen zum Bauchinhalt des Bären anstellen? Ich habe keine ausreichenden Beweise. Wenn ich den Bären vor den Augen der Geschworenen öffnen lasse, und es ist nichts drin, oder schlimmer noch, sein Inhalt belastet meinen Mandanten, dann könnten die Folgen katastrophal sein. Ich glaube zwar nicht an einen solchen Ausgang, aber das Risiko ist mir einfach zu groß.

Ich blicke Lenore erwartungsvoll an.

«Auf keinen Fall.» In ihrer Stimme liegt Entschiedenheit. Unterhaltung beendet, Punkt, aus.

Lenore hat von ihrer Richterfreundin einen Schlüsselring bekommen, an dem auch ein Generalschlüssel baumelt. Damit läßt sich auf dem äußeren Flur jede Tür öffnen, sowohl die zu den Gerichtssälen auf dieser Etage als auch die Tür zu dem Sekretariat, wo der Wagen mit den Beweisstücken jetzt untergebracht ist.

«Morgen werden die Beweisstücke weggeschlossen.» Ich erzähle ihr von Radovichs Anweisung, daß die Beweisstücke während der einwöchigen Sitzungspause sicher verschlossen aufbewahrt werden sollen. «Das ist unsere letzte Chance.»

«Auf keinen Fall», wiederholt sie. «Wenn wir erwischt werden, sind wir geliefert.»

«Das hat dir aber keine Sorgen gemacht, als du mich an dem Abend mit in Halls Wohnung geschleift hast.»

«Ich war betrunken. Und wütend.»

«Du bist mir noch was schuldig», entgegne ich.

«Schließlich hast du mich in diese Sache reingezogen. Und mir erzählt, Tony wäre in der Mordnacht nicht in der Wohnung gewesen.»

«Ich habe ihm geglaubt.»

«Und jetzt? Wem glaubst du jetzt? Was, glaubst du, ist an dem Abend passiert?»

Auf ihrem Gesicht spiegelt sich der innere Kampf wider. «Ich weiß nicht», sagt sie.

«Dann wird es vielleicht Zeit, daß wir es herausfinden.»

32

Wir warten fast zwei Stunden, bis alles ruhig ist. Eine ganze Mannschaft von Hausmeistern hat ihre Arbeit in diesem Stockwerk beendet, und ein Wachmann hat seine Runden absolviert, so daß wir jetzt wissen, in welchem Rhythmus er vorbeikommt.

Der Wachmann rüttelt kurz an den Eingangstüren zu den Gerichtssälen und entfernt sich dann durch den breiten Korridor. Ich vernehme das Klingeln, als sich die Fahrstuhltür öffnet, und dann die plötzliche Stille, während er in eine andere Etage entschwebt.

Lenore und ich eilen zu der rückwärtigen Tür und dem für die Öffentlichkeit gesperrten Flur, der zu Radovichs Gerichtssaal führt. Der Flur ist recht hell, da durch die Fenster auf einer Seite Licht hereindringt. Es gibt hier keinerlei Einrichtungsgegenstände, bloß hellen Vinylboden und aseptische weiße Wände, die in regelmäßigen Abständen von den Türen der einzelnen Gerichtssäle unterbrochen werden. Auf jede Tür ist in großen, grünen Ziffern die jeweilige Department-Nummer aufgemalt.

Lenore hat mir die Schlüssel gegeben, deshalb gehe ich das kurze Stück voraus.

«Sieh nicht hin, aber wir werden beobachtet», sagt sie.

«Hä?»

«Die Decke.»

Ich schiele nach oben und sehe eine in die Decke eingelassene Überwachungskamera.

«Lächle und sag was», befiehlt Lenore. «Wir sind bloß zwei Leute, die Überstunden machen. Zwei kleine Streber, die Beweismaterial klauen wollen.»

Zu diesem Zweck habe ich eine kleine Taschenlampe und eine von Nikkis alten Häkelnadeln mitgebracht, mit der ich den Bauch des Teddys gründlich sondieren kann. Falls ich was finde, werde ich es da lassen, wo es ist, Kimberly noch einmal in den Zeugenstand rufen und sie fragen, womit sie ihren Bären in der Mordnacht gefüttert hat. Damit wäre eine legale Voraussetzung geschaffen, dieses Beweisstück eingehender zu untersuchen, diesmal vor den Augen der Geschworenen.

Wir gehen unter der festgestellten Kamera durch, die jetzt auf einen Punkt irgendwo hinter uns gerichtet ist. Kaum sind wir ihrem Blickfeld entronnen, bleiben wir stehen.

Die Tür zu Radovichs Amtszimmer liegt gut zwölf Meter weiter den Gang hinunter in der Nähe einer weiteren Kamera.

«Eins ist sicher», sagt sie, «wir sind auf dem Film.»

«Wollen wir hoffen, daß sie im Moment nicht auf die Monitore gucken.»

So oder so, wir müssen es riskieren.

«Kein verstohlenes Auftreten, gib dich ganz natürlich», sage ich zu ihr. «Wir haben offiziell hier zu tun, wir sind berechtigt hier zu sein.»

«Na schön, falls wir erwischt werden, übernimmst du das Reden», sagt sie.

«Falls wir erwischt werden, müssen das unsere Anwälte übernehmen.»

«Das kannst du richtig gut, ängstliche Mädchen beruhigen.»

Während wir uns der Tür nähern, redet Lenore auf mich ein, ein nervöser Monolog, auf den ich nicht reagieren muß.

Als wir die Tür erreichen, steht sie zwischen mir und der Kamera und verdeckt so meine Fummelei mit den Schlüsseln. Ich brauche mehrere Anläufe, bis ich den richtigen erwische. Die Tür öffnet sich mit einem Klick, im Nu sind wir drin und ziehen sie leise hinter uns zu.

Hier ist es dämmrig, die einzigen Lichtquellen sind ein schwach leuchtendes EXIT-Schild über der Tür und zwei Notlichter, die aus Sicherheitsgründen im Gerichtssaal angelassen wurden.

Ich bedeute ihr, einen Blick in den Publikumsbereich zu werfen. Sie tut es und kommt zurück.

«Alles in Ordnung.»

«Gibt es für das Sekretariat einen separaten Schlüssel?» frage ich.

«Versuch's mit dem Hauptschlüssel», sagt sie.

Wir wissen beide, daß wir nur diese eine Möglichkeit haben. Falls der Schlüssel nicht paßt, haben wir Pech gehabt. Keiner von uns wäre beherzt genug, das Schloß aufzubrechen. Im Moment sind meine Knie weich wie Pudding.

Ich schiebe den Schlüssel geräuschlos ins Schloß. Er läßt sich mühelos drehen, und die Tür geht auf.

Mir bleibt fast das Herz stehen. Blei in sämtlichen Adern.

«Ach du Scheiße», sagt Lenore, als sie ihn sieht.

Das bläuliche Licht eines Computer-Bildschirms fällt auf Coleman Kline, der mitten im Raum steht und uns anstarrt. Er hat die Beine weit gespreizt, die Hände hinter dem Rücken verschränkt und wippt auf den Fußballen wie ein Cop auf Streife, als hätte er uns erwartet.

«Würden Sie mir bitte erklären, was Sie hier zu suchen haben?» sagt er. Die Stimme der Autorität richtet sich an Lenore.

Sie weicht zurück, schiebt sich hinter mich und flüstert mir ins Ohr, daß ich doch das Reden übernehmen wollte.

«Ach, Mr. Madriani. Fungieren Sie heute abend als Sprachrohr? Und Sie, Ms. Goya, haben wohl die Sprache verloren? Das muß das erste Mal sein, was?» Er bläht sich mit Autorität auf wie ein Kugelfisch mit Wasser, der diensteifrige Staatsanwalt, der ein Hühnchen zu rupfen hat.

«Das gleiche könnten wir Sie fragen.» Lenore findet als erste die Sprache wieder, wenngleich noch immer hinter meinem Rücken. «Was machen Sie hier?»

«Ich habe einen Schlüssel», sagt er, «der mir aufgrund meines Amtes anvertraut wurde. Wo haben Sie Ihren her?» Das ist zwar keine Antwort auf unsere Frage, aber immer noch besser als das, was wir zu erzählen hätten.

Die ganze Zeit über wandern meine Augen an ihm auf und ab, bis mein Blick unten haften bleibt, bei den Schuhen. Um seine Füße herum liegen kleine Büschel, watteähnlich und weiß. Auf dem Teppich entdecke ich ein Zehn-Cent-Stück und ein Gummibärchen. Ich suche den Boden mit den Augen ab, und dann sehe ich ihn: den kleinen, rosafarbenen, herzförmigen Knopf.

Ich stehe da wie hypnotisiert von seinen wütenden Fragen, einen dümmlichen Ausdruck im Gesicht, bis ich anfange zu begreifen. Radovich hatte Anweisung gegeben, das Beweismaterial morgen wegzuschließen. Aber ich hatte nicht an die Möglichkeit gedacht, daß der Mörder selbst heute nacht deswegen herkommen würde.

Kline folgt meinem Blick. Er sieht nach unten und begreift plötzlich, worauf ich da starre. Mitten im Wort bricht er ab.

Und dann wird mir jäh klar, daß er die Hände nicht hinter dem Rücken verschränkt hat. Er hält dort etwas versteckt.

«Tja, also wenn wir noch länger hier rumstehen und debattieren», sagt Lenore, «will ich mich nicht fühlen wie eine Nachteule. Wenn niemand was dagegen hat, würde ich gern das Licht anmachen.»

Bevor ich sie zurückhalten kann, geht sie an mir vorbei zum Lichtschalter, der sich an der gegenüberliegenden Wand hinter Kline befindet.

«Nein!» Ich will sie noch packen, aber es ist zu spät.

Schneller, als ich es ihm zugetraut hätte, hat er sie an der Schulter gefaßt und herumgerissen. Plötzlich steht Lenore mit dem Rücken an seinen Körper gepreßt, Kline hat seinen linken Arm quer über ihre Brust gedrückt und hält ihr ein Messer an die Kehle. In seiner linken Hand sehe ich die zerfetzten Überreste von Kimberlys Teddy, dessen Bauch von der rasiermesserscharfen Klinge aufgeschlitzt worden ist.

Lenore kämpft, aber er hält sie fest umklammert. Er preßt ihr das spitze Messer an die Kehle, und sie hört auf sich zu wehren.

«Sie sind mir verflucht auf die Nerven gegangen, werte Dame», flüstert er ihr ins Ohr. «Verdammt neugierig, immer die falschen Fragen. Sie und Hall zusammen hinter verschlossenen Türen. Mein absoluter Alptraum.»

Ich beuge mich nach vorn, suche nach einer Angriffsmöglichkeit, und er drückt noch fester zu; an der Messerspitze quillt ein Blutstropfen hervor.

«Nein. Nein», sagt er. «Ich meine das nicht persönlich. Ich will ihr nicht weh tun. Aber wenn Sie mich zwingen...»

«Ganz ruhig», beschwöre ich ihn.

«Zurück», befiehlt er mir.

Ich mache einen Schritt nach hinten.

«Das ist doch lächerlich», sage ich zu ihm. «Es ist vorbei.»

Er sagt nichts, sondern mustert mich mit einem Blick, den ich noch nie bei ihm gesehen habe, halb Übermut, halb Wahnsinn.

«Sie werden sie nicht töten», sage ich. «Das wissen Sie so gut wie ich.»

«Im Moment könnte ich mir sogar vorstellen, sie bei lebendigem Leibe zu häuten. Als Vergeltung für den ganzen Ärger», sagt er. «Die Haut könnte ich mir dann als Trophäe über den Schreibtisch hängen.»

Ich schiebe mich ein wenig seitwärts, aber nicht so weit, daß er an mir vorbei durch die Tür könnte.

«Der Beweis.» Ich deute auf den zerfetzten Teddy. «Ist es ein Ring?»

Lenore sieht mich an. Sie findet es offenbar nicht den richtigen Augenblick für eine Fachsimpelei unter Anwälten.

Kline antwortet nicht.

Und dann fällt mein Blick auf Klines Markenzeichen: Wie immer trägt er goldene Manschettenknöpfe mit eingravierten Initialen.

«Natürlich.»

Deshalb mußte er ihn unbedingt zurückhaben – seine Initialen und die Rillen, die Kratzspuren vom Tisch. Endlich begreife ich, warum er sich fast zwanghaft auf Lenore kapriziert hatte. Er muß sich gewundert haben, als der fehlende Manschettenknopf nicht unter den aufgeführten Beweismitteln auftauchte. Und als dann ihr Fingerabdruck auf der Tür gefunden wurde, hat er seine Schlüsse gezogen, aber die falschen. Kline war überzeugt, daß Lenore seinen Manschettenknopf gefunden hatte.

«Weiter da rüber», sagt er.

«Wo wollen Sie denn hin? Sie können nicht mehr davonlaufen.»

«Wieso sollte ich denn wohl davonlaufen müssen?»

«Wegen uns», sagt Lenore.

«Wieso wegen euch? Los, rüber da», befiehlt er mir.

Ich mache ein paar Schrittchen zur Seite, aber immer noch nicht genug, daß er riskieren könnte, sich an mir vorbeizuschieben.

«Weil wir Bescheid wissen», sagt Lenore.

«Wer würde euch denn schon glauben? Ein enttäuschter Gegner bei einem Sensationsprozeß und eine ehemalige Mitarbeiterin, die ich wegen Amtsmißbrauch rausschmeißen mußte und deren Fingerabdrücke auf der Wohnungstür des Opfers prangen. Ihr seid beide nicht sonderlich glaubwürdig.»

Kline hat recht. Ohne das belastende Schmuckstück haben wir gar nichts in der Hand. Aber mit den Kratzspuren, seinen Initialen und Kimberly, die den Manschettenknopf als den Schatz identifizieren könnte, den sie in jener Nacht auf dem Boden neben ihrer Mutter fand, hatte Kline allen Grund zur Sorge.

«Wenn das hier verschwindet», sagt er, «können wir alle so weiterleben, als wäre nichts geschehen.»

Alle außer Acosta, der die Zeche zahlen muß.

Lenore wehrt sich gegen seine Umklammerung, und einen Augenblick lang fürchte ich, er wird ihr die Kehle aufschlitzen. Aber er schüttelt lediglich die kläglichen Reste von Kimberlys Bär, der aussieht wie ein ausgeweideter Kadaver. Ein Teil des Füllmaterials löst sich und fällt zu Boden – und damit einige von Kimberlys Schätzen, die über den Teppich rollen.

Er blickt, mit gierigen Augen suchend, über Lenores Schulter.

Da! Auf dem Boden zwischen uns schimmert das ominöse Objekt. Aber Kline kann nicht rankommen, nicht, ohne Lenore loszulassen. Und er weiß, wenn er das tut, werde ich mich auf ihn stürzen. Er sieht zu mir herüber und dann wieder zum Manschettenknopf auf dem Boden.

«Zurück», befiehlt er. «Zurück!»

Ich reagiere nicht.

«Wollen Sie zusehen, wie sie stirbt?»

Ich mache einen Schritt rückwärts.

«Weiter», sagt er.

Wieder weiche ich zentimeterweise ein Stückchen zurück.

«Heb ihn auf», sagt er zu Lenore. «Aber vorsichtig.»

Er drückt sie mit dem Knie ein Stück nach vorn, das Messer an ihrer Gurgel.

«Wenn ich mich bewege, schneiden Sie mir mit dem Ding die Kehle durch», sagt sie.

«Reiz mich nicht», sagt er. «Ich werde jetzt etwas locker lassen. Eine falsche Bewegung, und ich steche zu. Das ist mein Ernst.»

«Das ist mir klar», sagt Lenore.

Er lockert seinen Klammergriff ein bißchen, die Augen unverwandt auf mich gerichtet, dann nimmt er das Messer ein wenig zurück.

Lenore bückt sich. Sie nimmt das schimmernde goldene Ding vom Teppich.

«Gib her», sagt er.

Sie hat den rechten Arm ganz ausgestreckt und hält den Manschettenknopf in der geschlossenen Faust. «Von wegen.» Ihr spitzer Ellbogen stößt mit voller Wucht nach hinten und erwischt Kline genau unterhalb der Rippen. Er keucht vor Schmerz laut auf und knickt nach vorne. Genau in dem Moment reißt Lenore sich von ihm los.

Ich stoße sie Richtung Tür. Sie fällt auf alle viere, und ich dränge mich zwischen sie und Kline. «Raus! Raus! Los, raus mit dir!»

Als ich mich umdrehe, stößt Kline mit dem Messer zu und erwischt den Ärmel meines Jacketts. Blut dringt durch zerfetzten Stoff, aber ich spüre keinen Schmerz. Dann, einen Sekundenbruchteil später, schießt ein brennendes Gefühl durch meinen Unterarm.

Er holt zum zweiten Stoß aus. Ich weiche zurück, reiße eine Lampe vom Schreibtisch und wehre den Angriff damit ab, Metall auf Metall; ein dritter Hieb zerschlitzt den Lampenschirm.

Lenore steht noch immer da, wie unter Schock. Sie will mich nicht allein hier lassen. Ich schlage mit der Lampe nach Kline, treffe ihn am Arm und reiße dabei die Schnur aus der Steckdose. «Raus hier!» schreie ich sie an. Ich stehe zwischen Lenore und Kline und schwinge die Lampe jetzt in wilden Kreisen wie Windmühlenflügel, um ihn in Schach zu halten.

Als Lenore begreift, daß sie den Gegenstand in ihrer Hand hält, der sein Interesse von mir ablenken wird, dreht sie sich endlich um und rennt los. Kline sieht ihr einen Augenblick nach. In diesem Moment schleudere ich ihm die Lampe entgegen, und sie trifft ihn an der Wange. Er torkelt rückwärts gegen einen Stuhl und kracht dann an die Wand.

Lenore ist durch die Tür verschwunden. Eine Sekunde später höre ich das Klappern ihrer Absätze auf dem Vinylboden des Korridors, dann plötzlich nichts mehr, als liefe sie jetzt auf einmal über einen Teppich.

Da fällt mir ein, daß ich ja die Schlüssel habe. Sie kann sich in keinen der Gerichtssäle entlang des Korridors flüchten.

Kline versucht zur Tür zu kommen, und ich versperre ihm den Weg. Inzwischen schleudere ich wahllos Gegenstände vom Schreibtisch in seine Richtung. Ein schwerer Locher trifft ihn mitten auf der Brust, und er stöhnt auf. Als nächstes kommt ein Klebebandroller, der mindestens zwei Pfund wiegen muß.

Jetzt ist er richtig wütend. Er fängt an, mir mit gleicher Münze heimzuzahlen. Ich ducke mich, um einer Stehlampe auszuweichen, aber sie prallt mir gegen die Schulter.

Als ich mich gerade davon erhole und aus meiner geduckten Position aufrichte, sehe ich aus den Augenwinkeln eine kleine Topfpflanze, die wie ein Satellit im Weltall durch den Raum segelt. Sie erwischt mich knapp über dem rechten Auge. Das ist das letzte, was ich sehe, bevor ich mich auf dem Teppichboden wiederfinde. Kline tritt mir in die Kniekehle, als er über mich hinwegsteigt, dann höre ich, wie eine Tür sich öffnet und wieder schließt.

Ich bin benommen, krabble unsicher auf allen vieren, und warmes Blut tropft mir auf die Hand. Als ich meine Stirn betaste, fühle ich etwas Klebrig-Nasses über dem Auge.

Dann denke ich: *Lenore.*

Ich brauche einen Moment, bis ich sicher auf den Beinen stehe, halte mich an der Schreibtischkante fest. Ich drehe mich um und wanke durch die Tür in den Gerichtssaal und dann hinaus in den langen weißen Korridor. Nach wenigen Metern sehe ich den Grund für Lenores plötzlich geräuschlose Schritte. Da liegen ihre hochhakkigen Schuhe, gut drei Meter voneinander entfernt, als hätte sie sie im Laufen abgestreift.

Und dann höre ich ein Geräusch vom Notausgang am hintersten Ende des Flurs, eine Tür, die laut zuschlägt. Ich renne los, Beine wie Wasser, einmal pralle ich gegen die Wand. Ich biege um eine Ecke und sehe die metallene Doppeltür vor mir. Dahinter liegt ein betonierter Treppenschacht. Der Lärm laufender Füße auf den Metallstufen dringt zu mir herauf, und ich folge dem Geräusch.

Als ich in der Höhe des zweiten Stocks bin, hallt ein lauter Knall von unten zu mir hoch, die Tür zur Straße hat sich geschlossen; dann das Trommeln von harten Ledersohlen auf Asphalt. Kline hat auf der Jagd nach Lenore das Gebäude verlassen.

Ich brauche weitere dreißig Sekunden, bis ich das Erdgeschoß erreicht habe. Ich öffne die Tür, haste in die kalte, dunkle Nacht hinaus, blicke nach rechts und nach links.

Anderthalb Häuserblocks weiter sehe ich im Lichtschein einer Straßenlampe eine katzenhafte Gestalt, die ohne Schuhe quer über die Straße rennt, dann stehenbleibt und sich umsieht. Lenore. Ich suche den Bürgersteig nach Kline ab, kann ihn aber nicht entdecken, weil riesige Ulmen, die den Bürgersteig säumen, ihren dunklen Schatten darauf werfen.

Plötzlich fängt Lenore wieder an zu rennen; irgend etwas hat sie in die Flucht geschlagen wie ein aufgescheuchtes Reh.

Ich nehme die Beine in die Hand. Mit pochendem Herzen erreiche ich die erste Straßenecke. Von dort kann ich einen Häuserblock weiter unter einer Straßenlaterne eine Gestalt ausmachen: ein Mann, der mit ausladenden Schritten läuft. Er biegt vom Bürgersteig ab und rennt auf die Straße.

Als Lenore die Einkaufszone auf der K-Street erreicht, hat Kline den Abstand zu ihr schon um die Hälfte verringert. Ich bin noch immer weit hinter ihnen und laufe, so schnell ich kann.

Die Einkaufszone ist eine breite Flanierstraße, die über eine Länge von fünf Häuserblocks in der Mitte von Straßenbahnschienen durchschnitten wird. Gegenwärtig ist sie mit flimmernden elektrischen Minikerzen behängt, die diesjährige Weihnachtsbeleuchtung. Die Bäume sind weiß, rot und grün geschmückt. Darunter jedoch sieht man ein bunt gemischtes Völkchen von Trinkern, Obdachlosen und Pennern. Nachts flüchten die Vertreter der arbeitenden Mittelschicht aus dem Stadtzentrum.

Einen Häuserblock von der K-Street entfernt, auf der Ninth Street Plaza, drängelt sich ein ganzer Haufen von Jugendlichen, um einen Platz auf der Eisbahn zu ergattern, die die Stadt jedes Jahr dort aufbauen läßt. Lenore sieht sie und rennt schnurstracks auf sie zu.

Plötzlich habe ich Kline aus den Augen verloren. Offenbar ist er in dem Moment, als ich Lenore beobachtete, irgendwo von der Straße abgebogen. Mir sträuben sich die Nackenhaare, denn ich fürchte schon, daß ich an ihm vorbeigerannt bin, daß er jetzt irgendwo hinter mir ist. Ich sehe mich um: bloß kalte, stille Dunkelheit.

Ich halte nach einem Cop Ausschau, nach irgend jemandem in Uniform, obwohl uns das bei Kline nicht viel nützen würde. Bei seiner Sprachgewandtheit hätte er im Handumdrehen dafür gesorgt, daß Lenore und ich eingesperrt, durchsucht und des einzigen Beweismittels beraubt würden, das nicht lügt. Streifenpolizisten widersprechen einem amtierenden Bezirksstaatsanwalt nicht, und Angehörige eines privaten Sicherheitsdienstes würden vor ihm Kniefälle machen.

Im Eilschritt erreiche ich die weihnachtsbeleuchteten Bäume in der Einkaufszone. Lenore ist im Gedränge der Eisbahn verschwunden, wo ausgelassene Kids übers Eis schlittern und andere in Dreierreihen ungeduldig auf Einlaß warten. Eine rockige Version von «Jingle Bells» dröhnt ohrenbetäubend laut aus der Stereoanlage.

Ich nähere mich einer Telefonzelle neben einer Straßenbahnhaltestelle. Ich überlege kurz, ob ich jemanden anrufen soll, der uns zu Hilfe kommt. Aber wen? Ich bin dreißig Meter von der Eisbahn entfernt. Etliche Penner wittern ihre Chance, ein paar Cents zu erbetteln. Um diese Uhrzeit ist für sie alles, was einen Anzug trägt, ein gefundenes Fressen. Einer faßt mich an den Arm. Ich schüttle ihn ab, entferne mich von ihm und halte weiter nach Lenore Ausschau. Ich entdecke schimmerndes schwarzes Haar und einen dunklen Blazer, sie steht mit dem Rücken zu mir, nur wenige Meter entfernt. Ich suche die Menge nach Kline ab. Nichts.

Ich drängle mich zu Lenore durch und berühre sie an der Schulter. Sie dreht sich um, eine Kaugummi kauende Jugendliche mit pickeligem Gesicht.

«He! Was soll das, Alter?»

Der junge Bursche neben ihr gleicht ihr bis auf den letzten Pickel.

«He, Jeannie hat 'nen neuen Typ», sagt er.

«He, Alter, laß die Finger von der Frau.» Einer seiner Freunde.

«He, dürfen wir auch mal?» Ein Jugendlicher hinter mir, einsneunzig groß, mit einem Kinnbart wie Dr. Fu Man Tschu.

«Verzeihung. Ich habe Sie verwechselt», sage ich zu ihr.

«Jaja. Klar. Zisch ab», sagt sie.

«Zisch ab, du Arschloch.» Zwei von ihren Freunden sehen mich verächtlich an, und ich verschwinde in der Menge, dankbar für die laute Musik.

Nach kaum fünf Schritten entdecke ich sie. Sie steht auf der anderen Seite der Eisbahn am Geländer. Lenore sucht mit angstvollen Augen die Menge ab.

Ich winke, aber sie sieht mich nicht. Dann, als ob ich ein Objektiv auf den Hintergrund scharfstellen würde, bleibt mein Blick an einer Gestalt hängen, die sich Lenore von hinten nähert.

Kline hat sie entdeckt. Er ist höchstens sechs Meter von ihr entfernt und schiebt sich zwischen den Leuten hindurch wie ein Eisbrecher.

Ich stürme los, stoße dabei fast ein paar Jugendliche um. Ich bin aus dem Gedränge raus, fege um die Eisbahn, weiche Menschen aus und versuche dabei, Lenore nicht aus den Augen zu verlieren. In meinen Ohren dröhnende Musik, das Geklirre von albernen elektronischen Glöckchen, das Rauschen von Rädern auf Stahl.

Und dann sehe ich sie mitten auf der Straße miteinander ringen. Lenore hat den Arm ausgestreckt, die Faust geballt, hält das Beweisstück fest, Klines goldenen Manschettenknopf mit seinen Initialen und den belastenden Kratzspuren. Sie kämpft, versucht sich loszureißen. Kline ist hinter ihr her, hält sie fest, greift immer wieder nach dem ausgestreckten Arm.

Ich renne los.

Aus den Augenwinkeln sehe ich das metallisch glänzende Weiß und Blau, die hell erleuchteten Fenster, fünf Wagen der Straßenbahn. Sie rast über die Ninth Street heran und nähert sich der scharfen Kurve, um in die Einkaufszone einzubiegen. Wegen dieser Kurve kann der Fahrer nicht sehen, daß Lenore und Kline auf den Schienen sind.

Plötzlich holt Lenore mit dem Arm Schwung, ein schwacher Wurf, und das Glitzern von Gold in der Luft. Klines Manschettenknopf fliegt im niedrigen Bogen anderthalb Meter weit, hüpft zweimal vom Boden hoch und bleibt in der Rinne zwischen Schienen und Straßenbelag liegen.

Ich bin noch einige Meter von ihnen entfernt.

Die Bahn kommt näher. Endlich sieht der Fahrer sie durch die Glasscheibe, aber es ist zu spät. Stahl schleift auf Stahl, gleitet weiter, die Kräfte von Geschwindigkeit und Bremskraft.

Kline hält Lenore mit einem Arm umfaßt, während er versucht, sie in Richtung der Schienen zu zerren, in Richtung der nahenden Bahn.

Ich senke den Oberkörper. Mit voller Wucht werfe ich mich vor Kline, erwische Lenore zwischen Hüfte und Oberschenkel und packe sie mit beiden Armen. Durch den Aufprall wird sie aus Klines Umklammerung gerissen, und wir beide stürzen auf die andere Seite der Schienen und rollen über den Boden.

Meine einzigen Wahrnehmungen in diesem Moment sind Geräusche und Vibrationen: der dumpfe Aufschlag von Fleisch auf Metall und die Totenstille der Menschenmenge in dem kurzen Augenblick danach.

Wir liegen ausgestreckt auf der Straße, Lenore und ich, und allmählich dringt der Schmerz in mein Bewußtsein.

Die Straßenbahn rutscht noch fast einen halben Häuserblock weiter, bevor sie endlich zum Stehen kommt, und selbst der letzte Wagen rollt an uns vorbei. Die Kids kommen neugierig herangestürmt, um einen Blick zu erhaschen.

Vier Meter von uns entfernt, an der Aufprallstelle, ist überall Blut verspritzt, förmlich explodiert. Ein einzelner Schuh, der seinem Besitzer durch die Wucht der Kollision vom Fuß gerissen wurde, liegt zwischen den Schienen; ein Kometenschweif aus Blut glitzert auf dem Oberleder wie ein morbider Modegag.

Lenore zittert, wirkt benommen, scheint unter Schock zu stehen. Noch halb betäubt, ziehe ich mein Jackett aus und lege es ihr um die Schultern.

Auf allen vieren kriechend, suche ich die Schienen ab. Der Gedanke, daß der leitende Bezirksstaatsanwalt jetzt tot ist und seine Leiche von einer ganzen Horde aufgeregter Jugendlicher begafft wird und daß wir keinerlei Beweise für seine Schuld im Mordfall Hall haben, gleitet wie eine dunkle Wolke durch mein Gehirn. Der Manschettenknopf ist weg.

Lenore kommt von hinten heran.

Ich äußere meine Verwunderung darüber, daß ein Mensch sich mit dreißig Tonnen heranrasendem Stahl und Glas anlegen kann.

«Was zum Teufel ist ihm da wohl durch den Kopf geschossen?» frage ich.

«Wahrscheinlich sein Hintern», sagt sie.

Ich sehe zu Lenore auf, die zitternd in der Kälte hinter mir steht. Auf ihrem Gesicht liegt ein Ausdruck zwischen Grimasse und Lächeln. Ihr Galgenhumor angesichts von Klines Tod ist der letzte Ausdruck der Feindseligkeit, die zwischen den beiden herrschte.

Ich wende mich wieder der dringlichsten Aufgabe zu, meiner Suche zwischen den glänzenden Schienen.

«Ich kann ihn nicht finden», sage ich zu ihr. Ich fahre mit den

Fingern durch die Rinne, ganz langsam, Öl und Dreck; ich taste vergeblich nach dem Manschettenknopf.

«Bist du sicher?» fragt sie.

«Ja. Er ist nicht hier.» Allmählich gerate ich in Panik. Ich weiß beim besten Willen nicht, was wir der Polizei erzählen sollen, wenn wir keinen Beweis haben.

Einen Moment lang spüre ich ihre Nähe, als sie sich über meine Schulter beugt und mitsucht. «Verdammt», sagt sie. «Das war auch noch mein Lieblingspaar.»

Ich halte inne und blicke zu ihrer bebenden Gestalt in dem Flitterlicht hoch.

Sie steht da und hält mir in der offenen Hand einen einzelnen goldenen Ohrring hin. Zuerst begreife ich nicht. Ich studiere ihr Gesicht, auf dem ein rätselhaftes Lächeln liegt, bis sie die andere Hand öffnet. Und darin liegt Klines goldener Manschettenknopf.

EPILOG

Es war wie eine letzte Ironie des Schicksals, daß Kline im Kampf auf Leben und Tod durch einen Trick von Lenore umkam. Sie wollte sich auf keinen Fall von dem Beweis für Klines Verbrechen trennen und hatte daher einen ihrer Ohrringe gegen den Manschettenknopf ausgetauscht. Diesen Ohrring hatte ich gesehen, als sie ihn auf die Schienen warf, und beim Versuch, diesen Ohrring zu bekommen, war Kline tödlich verunglückt.

Inzwischen ist über eine Woche vergangen, und Radovich hat das Verfahren gegen Acosta eingestellt. Der Richter ist ein freier Mann. In den Zeitungen sind tagtäglich neue Enthüllungen zu lesen; immer mehr Fakten beweisen, daß Kline Brittany Hall ermordet hat. Anhand von Fotos hat Kimberly Kline schließlich als den Mann identifiziert, der in der Mordnacht bei ihrer Mutter war. Aus Angst, Kimberly würde ihn wiedererkennen, war Kline beide Male, als sie vor Gericht aussagte, nicht anwesend gewesen.

Armando und Lili waren gestern bei mir im Büro, und wir haben uns unterhalten. Doch es ist kein Wort darüber gefallen, daß Lili damals in Halls Wohnung war. Es gibt Dinge, die bleiben besser ungesagt.

Heute morgen sind Lenore und ich bei mir zu Hause. Wir fühlen uns beide ziemlich ausgelaugt und brauchen eine kleine Erholung. Harry hat versprochen, eine Woche lang die Stellung zu halten, also fahren wir mit den Kindern, Sarah und Lenores zwei Töchtern, für ein paar Tage zum Campen in die Berge. Wir sind dabei, den Wagen zu beladen, den Sarah mit ihren wuscheligen Stofftieren schon derart vollgepackt hat, daß wir vermutlich nur noch auf dem Dach Platz finden werden.

«Brauchen wir den?» Lenore hält die Schachtel mit dem Campingkocher hoch.

«Wenn wir was essen wollen», antworte ich.

«Ich dachte, wir könnten einfach den Pizza-Service anrufen.»

Mir dämmert allmählich, daß Zelte und Schlafsäcke nicht unbedingt Lenores Traum von Erholung entsprechen. Trotzdem, wir werden uns in der klaren Bergluft entspannen, ohne Fernseher und Telefon und Reporter, die uns verfolgen.

Es gibt zwar noch immer offene Fragen, aber Tony Arguillo hat sowohl gegenüber den Ermittlern, die ihn verhört haben, als auch im vertraulichen Gespräch mit Lenore einiges erklären können.

Hall hatte ihm beim Bettgeflüster von ihrer Affäre mit Kline erzählt, die zu diesem Zeitpunkt schon den Bach runterging. Sie hatte gedroht, ihn wegen sexueller Belästigung anzuzeigen. Es heißt, er habe sich geweigert, ihr eine Stelle anzubieten. Lenore glaubt, daß mehr dahintersteckte. Weibliche Intuition. Sie sagt, Kline hätte Hall jederzeit einen Job gegeben. «Bei einem Mitarbeiterstab von hundert Leuten hatte er doch Stellen wie Sand am Meer.»

«Was meinst du, steckte dann dahinter?» frage ich.

«Mein Tip? Hall war hinter dem Ehering her. Sie wollte, daß er seine Frau verläßt, aber ohne das Geld seiner Frau wäre es mit seiner Karriere aus gewesen.»

In dieser Zwickmühle, auf der einen Seite eine Frau mit Geld, das er dringend brauchte, auf der anderen eine Geliebte, die ihn wegen sexueller Belästigung drankriegen wollte, hatte Kline dann die Nerven verloren. Bei einem heftigen Streit in ihrer Wohnung explodierte sein Zorn wie ein Pulverfaß. Den Rest kennen wir.

Lenore sagt nicht, woher sie das weiß. Sie zieht eine Augenbraue hoch, als wollte sie sagen, eine Frau weiß so etwas. Vielleicht hatte Kline ja doch recht, und Hall hatte Lenore im Gespräch in der Staatsanwaltschaft irgendeinen Anhaltspunkt gegeben. Oder hat sie sich das Ganze im nachhinein zusammengereimt? Ich werde es nie erfahren.

Nach Kimberlys Aussage im Zeugenstand hatten sich für mich verschiedene Teilchen zu einem Ganzen zusammengefügt: Kline hatte sich förmlich darum gerissen, in diesem aufsehenerregenden Prozeß selbst die Anklagevertretung zu übernehmen. Warum sollte er es dann ausgerechnet seiner Assistentin überlassen, die Zeugin zu befragen, die am meisten Mitgefühl wecken mußte, das überlebende

Kind, die kleine Kimberly? Es sei denn, er hatte etwas zu befürchten. Und er fürchtete tatsächlich, daß Kimberly ihn vielleicht in jener Nacht gesehen hatte. Und dann war da dieser verblüffte Ausdruck auf seinem Gesicht, als er hinten im Gerichtssaal stand und beobachtete, wie sie ihren kleinen Teddy mit Gummibärchen fütterte, das Glimmen in seinen Augen, als ihm endlich klar wurde, was mit dem verschwundenen Manschettenknopf passiert war – das letzte Puzzleteilchen.

Eine Zeitlang war er wohl fest davon überzeugt, daß Lenore ihn hatte, daß sie ihn in jener Nacht gefunden hatte, als sie ihren Fingerabdruck an Halls Wohnungstür hinterließ. Er fürchtete, es mit noch einer intriganten Frau zu tun zu haben, die bloß auf den richtigen Moment wartete, um den Beweis gegen ihn einzusetzen und den größtmöglichen Profit herauszuschlagen. Viele seiner Äußerungen bei der Benefizveranstaltung waren rätselhaft: daß Lenore etwas wußte, daß sie vielleicht etwas besaß.

Und dann war da noch Klines Obsession im Hinblick auf Lenores Gespräch mit Hall. Warum? Vielleicht dachte er, daß Hall Lenore etwas über eine Beziehung erzählt hatte, die langsam, aber sicher in die Brüche ging. Hall war eine gesellschaftliche Schmeißfliege und Aufsteigertype. Mir war natürlich aufgefallen, daß der Buchstabe K in ihrem Telefonbüchlein fehlte. Bis heute wissen wir nicht, ob das reiner Zufall war, ob Tony die Seiten im Auftrag eines anderen entfernt hat. Oder ob Kline es selbst getan hat.

In jener Nacht ging es in Halls Wohnung zu wie auf dem Hauptbahnhof. Es sagt viel über die Frau und ihre Ambitionen aus, daß beinahe jeder, der bei dem nachfolgenden Prozeß eine Rolle spielte, dort war, wenn auch nicht alle gleichzeitig: Lili und Tony, Lenore und ich – und Kline.

Tatsächlich ist der einzige, der an jenem Abend nicht dort auftauchte, Phil Mendel, obwohl er in ihrem Telefonverzeichnis stand und jetzt im Gefängnis sitzt.

Harry konnte so sicher sein, daß Mendel vorzeitig von seiner Reise zurückkehren würde, weil Mendel gar nicht erst abflog. Phil hatte am Flughafen eine unerwartete Verabredung mit der Zollfahndung. Ein anonymer Anrufer hatte ihnen den Tip gegeben, daß Mendel ein halbes Kilo Kokain im Gepäck hatte.

Nach der Razzia in meinem Haus hatte ich Harry das Zeug gegeben. Er sollte es irgendwie verschwinden lassen, wie ich annahm, via Toilettenspülung. Harrys Vorstellung von einem passenden Klo entsprachen Mendels unbewachte Koffer im Gerichtsgebäude. Ich stellte ihn deswegen zur Rede, und er sprach von «Recycling»: Harry als aktiver Umweltschützer. Als Mendel auf dem Flughafen einlief und hektisch versuchte, seine Maschine noch zu erwischen, schnappten ihn die Beamten vom Zoll.

Alle Schulden sind jetzt bezahlt, alle Fragen beantwortet, der Kreis ist geschlossen – was will man mehr?